Michael Hamannt

DIE DÄMONEN KRIEGE

DUNKELKÖNIG

Roman

WILHELM HEYNE VERLAG
MÜNCHEN

MIX
Papier aus verantwortungsvollen Quellen
FSC® C083411

Verlagsgruppe Random House FSC® N001967

Originalausgabe 02/2019
Redaktion: Catherine Beck

Dieses Werk wurde vermittelt durch die
AVA international GmbH Autoren und Verlagsagentur, München
Printed in the Czech Republic
Umschlaggestaltung: DAS ILLUSTRAT GbR, München,
unter Verwendung von Shutterstock
Satz: GGP Media GmbH, Pößneck
Druck und Bindung: CPI books GmbH, Leck

ISBN: 978-3-453-31951-6

www.heyne.de

ERSTER TEIL

PROTEKTOR

»Die Magie ist die Schöpferin allen Lebens. Sie gebar den Kontinent, der in einem Meer aus unergründlicher Tiefe treibt und in dessen Abgründen und Gräben Kreaturen hausen, die jedem den Tod bringen, der närrisch genug ist, es zu bereisen. Die ersten Val'kai, die dem Schoß der Magie entstiegen, gaben ihrer Welt den Namen Mha'Rodim, was so viel bedeutet wie ›das endlose Rot‹. Und tatsächlich ist Mha'Rodim das Land des roten Staubs, durchzogen von Gebirgen, Schluchten und Flüssen aus Lava. Dazwischen geheimnisvolle Wälder, bevölkert von Geschöpfen der Magie, und Seen, in deren Wassern sich dunkles Leben regt. Und über alldem brennt und wacht eine blutrote Sonne und befeuert die Glut und Wildheit in den Herzen der Val'kai.«

Asmaran der Blutlenker,
Verfasser der Schriften von Kai'Ora,
Mythos der Schöpfungsgeschichte

PROLOG

Lynta, Sharigor
24. Augus 1026 n. d. Zweiten Dämonenkrieg

Risari lehnte mit den Ellbogen auf dem Fenstersims ihrer kleinen Dachkammer und genoss die Morgensonne, die gerade über dem Tal aufstieg. Vergnügt beobachtete sie das Treiben unter ihr im Hof. Der alte Soma warf ein paar Rüben in den Schweinepferch gleich neben der Scheune, in der um diese Zeit Risaris Mutter und zwei der Mägde die Kühe molken. Ihr Vater, der Herr des Hofes, war mit den Knechten längst auf dem Feld, um die Spääternte einzuholen, bevor sie ein Opfer der Herbststürme wurde.

»Morgen, du Schlafmütze!«, rief ihr jüngerer Bruder Elef zu ihr hinauf, der in diesem Moment mit einem Eimer Korn unter ihr vorüberflitzte. Eigentlich war es Risaris Aufgabe, die Hühner zu füttern und Eier einzusammeln.

»Du bist ja nur neidisch«, rief sie ihm hinterher.

Es war nicht nur ihr Geburtstag, es war auch der Tag ihres Versprechens, und deshalb war sie für heute von all ihren Pflichten befreit. Aber auch wenn Risari es genoss, einmal nichts tun zu müssen, war es doch irgendwie seltsam. Auf dem Hof zu arbeiten, bedeutete Teil eines Ganzen zu sein, Teil einer Familie, die sich gegenseitig half oder auch neckte. Abends saß man dann zusammen am großen Küchentisch, die Mägde und Knechte eingeschlossen, und brachte sich mit Geschichten vom Tage zum

Lachen. Oder auch mit besonders lauten Rülpsern, was in erster Linie für Risaris Brüder galt. Zwar schalt ihre Mutter sie jedes Mal, allerdings war Risari sicher, dass sich dabei stets ein Schmunzeln in ihren Mundwinkeln verbarg.

Risari lächelte. Das Abendbrot war seit jeher die schönste Zeit des Tages, dann spürte sie die Wärme und Zuneigung der Familie am stärksten. Inständig hoffte sie, dass es später mit Maruca einmal genauso sein würde. Sie seufzte und nahm einen tiefen Atemzug von der klaren Morgenluft. Der Herbst ... Sie konnte ihn schon riechen, wie er von den Bäumen hinter der Weide zu ihr herüberwehte. Einige der Blätter hatten bereits einen Stich ins Orange. Risari mochte den Herbst, die fröhlichen Farben, den Tanz der Blätter im Wind. Den Winter dagegen hasste sie. Er war kalt, bitterkalt – und wenn Schnee fiel, brachte er manchmal den Tod für die sehr Alten und sehr Jungen im Dorf.

Ach Nyma, dachte sie.

Der letzte Schnee lag lange zurück. Sieben Jahre. Damals war Risari erst fünf gewesen, trotzdem erinnerte sie sich daran, als wäre es vergangenen Winter gewesen. Es war das Jahr, in dem der weiße Tod sich Nyma geholt hatte. Ihre Großmutter, in deren Armen sie oft den Geschichten über die Gegenwelt gelauscht hatte: über boshafte Dämonen und strahlende Magier. An Nymas Gesicht konnte sich Risari nach all den Jahren kaum mehr erinnern, umso stärker an ihren Geruch. Nyma hatte immer nach Amarillen geduftet. Große, weiße Blüten. Im Sommer hatte ihre Großmutter stets einen Strauß davon auf dem Küchentisch stehen gehabt. Im Winter bewahrte sie die getrockneten Blüten zwischen ihren Kleidern im Schrank auf. Alle in Lynta, das ganze Dorf, hatten getrauert, als Eis und Frost die Wärme des Lebens aus Nymas Herz gestohlen hatten.

Risari blinzelte die Tränen fort. Heute war ein viel zu schöner Tag, um traurig zu sein. Sie lief zu der Waschschüssel, die auf einer Kommode am Fußende ihres Bettes stand, machte sich frisch und tauschte ihr Nachthemd gegen ein Kleid. Ein grünes Leinengewand, das an der Hüfte von einem geflochtenen Gürtel aus Leder zusammengehalten wurde. Am Abend, vor den Feierlichkeiten, würde sie das Kleid anziehen, dass ihr ihre Mutter genäht hatte. Es war etwas ganz Besonderes. Aus edlem Caminastoff, für den ihre Mutter extra in das acht Meilen entfernte Calares gefahren war. Risari war deswegen schon ganz aufgeregt. Sie hoffte nur, dass es auch Maruca gefallen würde.

Nachdem sie sich ihre Schuhe übergestreift hatte, lief sie hinunter in die Küche, wo sie ein Glas Milch trank und ein mit Butter und Honig bestrichenes Brot aß. Danach verließ sie den Hof und folgte dem Pfad, der entlang des Baches nach Lynta führte. Dort lebte Maruca mit seinem Vater Cowan. Sie betrieben eine Töpferwerkstatt und stellten so wunderbare Vasen und Skulpturen her, dass manchmal sogar Menschen aus der sharigorischen Hauptstadt ins Dorf kamen, um bei ihnen einzukaufen. Maruca war deshalb furchtbar stolz auf seinen Vater. Über seine Mutter sprach er hingegen nie. Sie war vor ein paar Jahren mit einem reichen Händler fortgegangen. Eigentlich war er wegen der Töpferkunst von Marucas Vater gekommen und hatte sich dann in dessen Frau verliebt. Gold und Geschmeide soll er ihr versprochen haben, woraufhin sie ihren Mann und ihren Sohn verlassen hatte.

Eine traurige Geschichte, wie Risari fand, und auch alle anderen Mädchen im Dorf. Und weil Maruca auch noch hübsch war, scharwenzelten sie ständig um ihn herum. Risari war deshalb ein kleines bisschen eifersüchtig, aber sie vertraute Maruca. Außerdem war heute der Tag ihres und Marucas Versprechens. Bei diesem Gedanken schwoll Risaris Brust an, und ihr Herz schlug heftig. In vier Jahren, wenn sie sechzehn war, würden sie heiraten. So wie ihre beiden Väter es ausgehandelt hatten. Risari war sicher, dass Maruca ihr ein guter und treu sorgender Ehemann sein würde. Er besaß das Talent seines Vaters und war stets höflich und zuvorkommend. Im Gegensatz zu den anderen Jungen aus Lynta – vor allem ihren Brüdern – hatte sich Maruca noch nie über ihre Sommersprossen lustig gemacht.

»Guten Morgen, Risari, bist schon aufgeregt, was, Mädchen?«, rief ihr die zahnlose Mitta zu. Wie jeden Tag saß sie in dem Schaukelstuhl vor ihrem Haus, während Risari über die Steine balancierte, die an dieser Stelle aus dem Bach ragten. Auf der anderen Seite angekommen, winkte sie Mitta zu, bevor sie die Böschung erklomm und an ihrer Hütte vorbei ins Dorf lief. Nicht ganz zweihundert Menschen lebten in Lynta. Es war die nächstgelegene Ortschaft zu Calares. Ein Stück weiter südlich begannen die Lehm- und Tonfelder, von denen Maruca und sein Vater ihr Arbeitsmaterial bezogen.

Die Töpferwerkstatt lag direkt am Marktplatz, dem Herzen des Dorfes. Es war eines der wenigen Gebäude aus Stein, wie auch die Schmiede und der kleine Gasthof. Die meisten anderen Häuser waren aus Holz. Risari blieb am Rande des Platzes stehen, wo sie sich hinter ein paar Olivenbäumchen verbarg, die vor dem Haus von Usarl Borona wuchsen. Mit seinen vierundsiebzig Jahren war er der älteste Bewohner von Lynta und so schwach auf den Beinen, dass er das Haus kaum mehr verließ, weshalb Risari auch nicht fürchten musste, von ihm aufgescheucht zu werden.

Auf der anderen Seite des Platzes, genau gegenüber ihrem Versteck, befand sich die Töpferwerkstatt. Die Skulpturen und Vasen fertigten Maruca und sein Vater im Haus an, gebrannt wurden sie jedoch in einem Steinofen, der in einem Schuppen neben der Werkstatt untergebracht war. Der Schuppen besaß ein Ziegeldach und war nach vorne hin offen. »Wegen des Feuers und der Hitze wäre es viel zu gefährlich, ihn im Haus zu haben«, hatte Maruca ihr einmal erklärt.

Risari seufzte. Maruca – da war er!

Um diese Zeit holte er immer die Töpferwaren aus dem Ofen, die über Nacht darin gebrannt worden waren. Ach, was hatte er nur für ein hübsches Gesicht! Es war ganz gerötet von der Anstrengung und der Glut des Ofens.

Sie sah zu, wie er jedes Stück herausholte und zum Abkühlen zu einer Steinbank auf der Rückseite des Schuppens brachte. Um sich nicht zu verbrennen, trug er Handschuhe aus doppelt geschlagenem Lehmbüffelleder. Risari hatte sie selbst angefertigt – nun gut, mit ein wenig Hilfe von ihrer Mutter –, nachdem Maruca ihr erzählt hatte, dass seine alten verschlissen waren. Sie seufzte erneut. Es gab im ganzen Dorf keinen Jungen, den sie lieber mochte. Außerdem war Maruca mit seinen vierzehn Jahren fast schon so groß wie sein Vater. O ja, heute war der glücklichste Tag ihres Lebens!

Nachdem sie ihm noch eine Weile bei der Arbeit zugesehen hatte, schlüpfte Risari aus ihrem Versteck und rannte schnurstracks zur süßen Wiese, wo ihre Freundinnen bestimmt schon warteten. Calisara, die Tochter des Bäckers, die von ihrem Vater abgöttisch verehrt wurde und nie auch nur einen Finger krumm machen musste. Und die beiden Schwestern Vinta und Lorike, die Töchter von Remat, dem Gastwirt, die am Tage tun und lassen konnten, was sie wollten, während sie am Abend in der Küche und Schankstube aushelfen mussten.

Die süße Wiese befand sich im Norden von Lynta, wo sie sich von der Dorfgrenze bis zum bewaldeten Hang des Tales erstreckte, in dem das Dorf wie auf dem Grund eines Kessels lag. Ihren Namen verdankte sie den Amarillen, die hier zu Hunderten wuchsen. Kräftige Pflanzen mit großen weißen Blüten, die vor allem von Blauaugenfaltern umschwirrt wurden. In Sharigor galten sie als Blumen der Trauer, aber auch der Hoffnung und des Neuanfangs.

Wie nicht anders zu erwarten, entdeckte Risari ihre drei Freundinnen auf den schlafenden Wächtern – einer Ansammlung von

Felsen nahe dem Bach. Die Mädchen hockten auf dem höchsten der Felsen und genossen die Morgensonne.

Risari schmunzelte. Sie hatte nichts anderes erwartet. Natürlich bekamen die drei nicht mit, wie sie ihnen zuwinkte. Was sie nicht überraschte, schließlich waren ihre Augen und Gedanken mit ganz anderen Dingen beschäftigt. Als Risari bei den schlafenden Wächtern ankam, kletterte sie sofort hinauf. Der Stein war rau, aber warm von der Sonne.

Calisara bemerkte sie als Erste. »Komm her«, sagte sie und klopfte neben sich auf den Fels. Sobald sie saß, wandten ihr Vinta und Lorike, die sich trotz eines Altersunterschieds von einem Jahr so ähnlich waren wie Zwillinge, die Gesichter zu.

»So müsste jeder Morgen anfangen«, säuselte Vinta und sah wieder in die Richtung, in die nun auch wieder ihre Schwester und Calisara blickten.

Risari wusste genau, was es dort zu sehen gab. In dieser Richtung lagen die Felder ihres Vaters, wo gerade die Ernte eingeholt wurde. Viele der jungen Burschen hatten wegen der Hitze die Hemden ausgezogen und arbeiteten mit nackten Oberkörpern. Eine Weile lang sahen sie ihnen bei der Arbeit zu, bis Calisara plötzlich verkündete: »Jetzt ist genug, Mädels. Das ist Risaris Tag. Sie darf heute bestimmen, was wir machen.«

Lorike zog einen Schmollmund, wagte es jedoch nicht, dem älteren Mädchen zu widersprechen.

»Worauf hast du Lust, Risari?« Calisara hob eine Braue und musterte sie.

»Ich weiß nicht«, sagte sie und biss sich auf die Unterlippe.

Eigentlich wünschte sie sich nichts sehnlicher, als dass es schon Abend wäre. Sie dachte an Maruca und ihr Kleid und hörte im Geiste die traditionellen Lieder, die ihr Vater und seine Freunde heute nur für sie und den Jungen ihres Herzens spielen würden. Die Luft würde erfüllt sein vom Aroma der Amarillen, gepaart mit den Düften aus der Küche ihrer Mutter, und natürlich vom Jauchzen und Klatschen der Gäste, während Maruca sie beim Tanz umherwirbelte und ihr süße Worte ins Ohr flüsterte. Und wenn die Sonne unterging, würden er und sie sich vor den Augen und Ohren aller das Treueversprechen geben. Dadurch wären sie aneinandergebunden, und in vier Jahren würden sie es erneuern, um als Mann und Frau in ein neues Leben einzutreten.

»Amarillen«, platzte sie heraus. »Lasst uns so viele sammeln, wie wir tragen können. Ich will mir einen Haarkranz daraus flechten, und mit dem Rest will ich die Stühle und Tische schmücken.«

Nyma hätte das gefallen. Nein, sie hätte es geliebt. Und Risari gab es das Gefühl, dass ihre Großmutter an diesem ganz besonderen Abend bei ihr war.

Die Mädchen kletterten von den Felsen und machten sich daran, die Blumen zu pflücken. Bald trug jede von ihnen einen dicken Strauß im Arm.

»Puh, ich versteh überhaupt nicht, was du an denen findest, Risari.« Lorike runzelte die Stirn. »Die riechen, als hätte sich ein Lehmbüffel in einer Honiglache gewälzt.«

»Sei still«, zischte ihre Schwester und funkelte sie an. »Verdirb Risari nicht die Freude!«

»Ach, lass nur.« Risari winkte ab. Heute konnte nichts ihr Glück trüben, doch dann traf ein kühler Lufthauch ihren Nacken, und sie schauderte. In dem Moment rief Calisara: »Seht nur, Fremde!«

Risari drehte sich um und folgte ihrem ausgestreckten Arm, der auf einen Hügel am oberen Rande des Talkessels wies. Dort gab es eine Ruine aus der alten Zeit. Ein Turm, von dem nur noch die Grundmauern standen. Nyma hatte immer behauptet, es sei ein böser Ort. Tatsächlich war dort oben vor ein paar Jahren die Leiche einer Frau aus dem Dorf gefunden worden. Pirscher hatten sie getötet und von ihr gefressen, bevor der

Dämonenjäger sie erlegen konnte. Nun standen im Schatten der Turmruine zwei Gestalten und blickten zu ihnen herab.

»Wer sind die?«, fragte Vinta, ihre Stimme zitterte leicht.

Risari ergriff ihre Hand. Auch sie hatte plötzlich Angst, ohne sich erklären zu können, woher dieses Gefühl stammte. Sie sah kurz zum Himmel auf. Die Sonne schien ihr mit einem Mal dunkler, als hätte sich eine Wolke davorgeschoben, nur war weit und breit keine zu sehen. Ihr Blick kehrte zu den Fremden zurück. Sie kniff die Augen gegen das Morgenlicht zusammen und erkannte, dass es sich um einen Mann und eine Frau handelte.

»Vielleicht wollen sie ja zu Marucas Vater?«, fragte Lorike.

»Ich weiß nicht«, meinte Risari. »Warum kommen sie dann nicht zu uns herunter?«

»Mir gefallen die auch nicht«, sagte Calisara, die nun enger an ihre Freundinnen heranrückte. »Lasst uns in Dorf gehen und die anderen warnen.«

In diesem Augenblick stieß Lorike einen Jauchzer aus. »Was ist das? Oh, seht nur!«, rief sie ganz aufgeregt und reckte das Gesicht nach oben.

Jetzt sahen es auch Risari und die anderen. Vinta ließ ihre Hand los und auch die Amarillen, die daraufhin zu Boden fielen, und streckte die Arme dem Himmel entgegen. Die Luft über dem Tal war von Goldstaub durchzogen, der in der Sonne flimmerte und tanzte. Wie feiner Regen ging er auf sie nieder, verfing sich in Risaris Haaren, blieb auf ihrer Haut kleben. Nun ließ auch sie die Amarillen los, hob die Hände vor das Gesicht, die ganz mit Goldstaub überzogen waren. Unterdessen tanzten ihre drei Freundinnen mit ausgestreckten Armen durch den Goldregen, lachten und fingen ihn wie Schneeflocken mit der Zunge auf.

»Nein, tut das nicht!«, rief Risari, die ganz plötzlich eine dunkle Vorahnung befiel. Doch es war zu spät.

Calisara war die Erste. Sie hielt mit einem Mal in ihrem Tanz inne und fing an zu husten. Einen Herzschlag später stieß Lorike einen schrillen Schrei aus. Risari fuhr zu ihr herum und starrte die Freundin an. Lorike stand einfach nur da – schrie und schrie und schrie, während die Haut in ihrem Gesicht, auf ihren Armen und Beinen immer röter wurde und schließlich Blasen warf wie ein Schweinebraten, der über dem Feuer briet. Inzwischen drangen auch Vintas und Calisaras Schreie an Risaris Ohren, dennoch war es ihr unmöglich, sich von Lorikes grausigem Anblick abzuwenden. Mittlerweile platzten die Blasen auf, und Flammenzungen schossen aus den Wunden hervor. Jetzt roch es wirklich nach Schweinebraten, und am liebsten hätte sich Risari übergeben. Stattdessen überkam sie ein so heftiger Schmerz, dass sie auf die Knie fiel.

Maruca!, dachte sie, als die Schreie auch auf den nahen Feldern und im Dorf einsetzten. Sie versuchte sich auf die Füße zu kämpfen, stattdessen verlor sie den Halt und fiel vornüber ins Gras, wo sie sich keuchend und wimmernd zusammenrollte. Der Schmerz, der wie ein Samenkorn in ihrer Brust erwacht war, wuchs nun rasch zu einer feurigen Blüte heran, deren zuckende Flammen sich durch ihren Körper fraßen. Verzweifelt streckte Risari die brennenden Finger nach einer Amarille aus und sah, wie sie durch ihre Berührung verging – und mit ihr alle Hoffnung. Dunkelheit stürzte auf Risari ein und riss sie mit sich ins Vergessen.

»Sie sterben«, stellte Königin Madea fest, wobei sie sich um einen gelassenen Ton bemühte. Tatsächlich kämpfte sie um ihre Fassung.

»Am Ende werden nur die Stärksten überleben«, erwiderte Ruvan con Betanne, der durch die Heirat mit ihr kürzlich zum König von Sharigor aufgestiegen war.

Madea wusste, dass das, was dort unten geschah, unausweichlich war. Durch die Einmischung von Asmaran, dem Blutlenker, waren ihre Pläne vereitelt worden. Zumindest vorerst. Und sie hatten einen wichtigen Verbündeten verloren, einen Morphus-Dämon, der Zaragoth treu ergeben gewesen war. Jetzt brauchten sie neue Diener, und die würden sie dort unten in Lynta finden, wenn alles vorbei war.

Aber den Tod eines Menschen zu befehlen, war etwas anderes, als dabei zusehen zu müssen, wie er starb. Die Schreie der Mädchen und Feldarbeiter zerrten an Madeas Nerven. Der Gestank von brennendem Fleisch, der aus dem Tal zu ihnen heraufstieg, verursachte ihr Übelkeit. Ein paar Häuser im Dorf hatten ebenfalls Feuer gefangen. Die Flammen, die ihre Bewohner verwandelten, mussten auf die Gebäude übergegangen sein.

»Dir gefällt nicht, was du siehst«, sagte ihr Gemahl. Sein Oberkörper war nackt, goldene Runen schimmerten unter seiner Haut. Aus dem Licht, das sie ausstrahlten, stieg flirrender Staub in den Himmel auf, der vom Wind hinaus über das Tal getragen wurde. Der Anblick war wunderschön. An der Akademie von Nekross nannte man diese Magie den Grauen Fluch. Er verwandelte Menschen, entstellte sie aufs Entsetzlichste und nahm ihnen ihren Willen. Aber dafür verlieh er jenen, die überlebten, eine mächtige und gefährliche Gabe.

Die Königin lächelte. »Opfer müssen in jedem Krieg gebracht werden, und diese Menschen sind für mich nicht von Bedeutung.« Madea selbst musste den Grauen Fluch nicht fürchten, sie war durch ihr Blut geschützt.

»Dennoch bedauerst du ihren Tod, obwohl es nur die Schwachen trifft: die Kinder, Kranken und Alten.« Mit hartem Blick sah er sie an – Sterne tanzten in den Tiefen seiner Augen. Auch wenn er äußerlich dem Menschen glich, der ihren Gemahl und damit den König von Sharigor verkörperte, so war er in Wahrheit doch Zaragoth der Fluchbringer.

Ja, es stimmte, sie bedauerte den Tod dieser Menschen. Ebenso wie den von Ishans Schwester Issy. Ihr Einfluss auf den jungen Prinzen war zu groß geworden, weshalb Madea sie hatte loswerden müssen. Bereits viele Jahre zuvor hatte sie Ishans Mutter, die frühere Königin von Sharigor, mit einem Gift getötet, dessen Symptome dem des Rotfiebers ähnelten. Zahlreiche Menschen waren ihren Plänen schon zum Opfer gefallen, was nicht hieß, dass deren Tod sie nicht bekümmerte. Schließlich war sie kein Monster, sondern nur eine Frau, die ihrem Glauben folgte. Sie hatte getan, was getan werden musste, um zu der zu werden, die sie heute war: die Königin eines mächtigen Inselverbundes. Nur so hatte sie über die Jahre ausreichend Geld und Einfluss anhäufen können, um Zaragoth dem Fluchbringer die Rückkehr in die Schwebenden Reiche zu ermöglichen. Sie hob die Hand und berührte sanft sein Gesicht. Zaragoth war der Schlüssel zur Auferstehung der Dhana'an, der lebenden Götter. Er stand für alles, an das sie glaubte.

»Meine Gefühle haben mich noch nie von meinen Pflichten abgehalten«, sagte sie. »Und das weißt du.«

»Wäre es anders, hätte ich dich bereits getötet.«

Sie nickte. »Und du hättest recht damit getan. Unsere Loyalität darf einzig und allein dem Dhana'an Inos gelten. Für ihn leben und sterben wir!«

Plötzlich erbebte Zaragoth, das goldene Licht unter seiner Haut erlosch, und er taumelte gegen Madea. Sie versuchte ihn aufzufangen. Er war jedoch zu schwer, und so zerrte sein Körper sie mit sich ins Gras. »Zaragoth, Zaragoth!«, rief sie und hockte sich so neben ihn, dass sie seinen Kopf in ihren Schoß betten konnte. »Was ist passiert?«

Sein Gesicht war blass, die Lider flatterten, und er atmete schwer. »Es ist ein mächtiger Zauber … und gefährlich. Wenn ich nicht achtgebe, kann er mich aufzehren.« Er seufzte, was ihn ausgesprochen menschlich wirken ließ, und schloss die Augen.

Madea hob die Hand und strich ihm über das dunkle, schweißnasse Haar. Dabei dachte sie an die alten Geschichten über Zaragoth. Daran, wie er vor dreihundert Jahren die Keesa verwandelt hatte, aber dann von den Dämonenjägern überwältigt worden war. *Diese Bastarde müssen ihn in einem Moment der Schwäche angetroffen haben. Ähnlich wie jetzt.* »Ruh dich aus, mein Gemahl«, flüsterte sie. »Ich werde so lange über dich wachen.«

Er schlug die Lider auf und lächelte dünn zu ihr herauf. In seinen Augen las sie, wie albern er ihre Worte fand. Sie, die nichts weiter war als die Hohepriesterin eines aussterbenden Kultes, sollte über den großen Zaragoth wachen? Doch auch wenn er es dachte, sprach er es nicht aus. »Rede mit mir«, forderte er stattdessen. »Ich darf jetzt nicht schlafen. Nicht solange die Bindung zwischen mir und meinen Dienern noch nicht gefestigt ist.«

Worüber sollte sie mit ihm reden? »Erklär mir, wie es funktioniert.«

Er nickte kaum merklich. »Die Dorfbewohner, die überleben, wird der Zauber zu mir führen.« Er stöhnte, und seine Hände verkrallten sich im Gras. »Fortan … werden sie nur noch von einem Wunsch beseelt sein: mir zu dienen. Es braucht eine Weile, bis … bis die Magie ihre volle Wirkung entfaltet hat, erst danach ist diese Verbindung zwischen ihnen und mir unwiderruflich.«

Ihr kam ein Gedanke. »Und die Keesa?«

»Zu spät«, schnaufte er. »Jene, die ich an mich hätte binden können, starben vor langer Zeit. Ihre Kinder und Kindeskinder mögen unter dem Fluch leiden, ihr Wille ist jedoch frei von dem meinen. Und jetzt hilf mir auf!«

Bald darauf saß er vor ihr im Gras, dabei war er ihr so nah, dass sie seinen Atem auf ihrem Gesicht spüren konnte.

»Wir dürfen uns keine weiteren Fehler leisten, solange die Barriere intakt ist und ich von meinen Anhängern abgeschnitten bin«, murmelte er. »Meine neuen Diener werde ich in alle Reiche ausschicken. Sie sollen meine Augen und Ohren sein – meine

Vollstrecker. Dieses Mal werden wir die Magier direkt angreifen.«

»Wenigstens sind wir Ryk Vangur los«, sagte Madea. »Und Asmaran, diesen Verräter! Das wird es uns leichter machen.«

»Wenn du das glaubst, bist du eine Närrin, Weib. Noch wissen wir nicht genau, was aus ihm und dem Dämonenjäger geworden ist. Beide sind gerade einmal etwas mehr als zwei Wochen verschwunden«, erwiderte er knurrend. »Ich sage dir, Asmaran sollte man niemals unterschätzen. Einst war er mein Bruder, daher weiß ich, wie gefährlich er sein kann. Er und ich, wir sind die letzten der Blutgeneräle, und das zeigt, wie stark und gerissen er ist. Hass und Misstrauen haben uns nach dem Tod der Dhana'an dazu verleitet, uns gegenseitig zu bekämpfen. Nur Inos kann mein Volk noch vor dem Untergang bewahren, indem er es wieder eint und zu seiner alten Größe zurückführt.«

»Und genau so soll es geschehen. Wir werden den lebenden Gott zurückbringen, und zum Dank wird er uns erheben. In seinem Namen werden wir unsere Völker führen, auf das sie Inos ewig huldigen.«

Unten im Dorf regte sich was. Die Königin und ihr Gemahl erhoben sich. Dürre, ausgemergelte Gestalten taumelten durch den Rauch zwischen den Hütten. »Komm«, sagte Zaragoth und machte sich an den Abstieg. »Es wird Zeit, dass ich zu meinen neuen Dienern spreche. Sie müssen wissen, wer ihr Gebieter ist.«

1

Cros'Anoriel, Gegenwelt
9. Septer 1026 n. d. Zweiten Dämonenkrieg

Nein! *Neeeeeein!*«, schrie Ryk und rüttelte an den Metallschellen, die ihn an den Stuhl fesselten. Schmerz zuckte durch seine Hände, als sich das Eisen noch tiefer in die Hautabschürfungen und Schnitte an seinen Gelenken fraß. Manche davon waren schon ein paar Wochen alt, andere ganz frisch. Die Wunden brannten, seine Finger waren vor Anspannung verkrümmt, und er roch das Blut, das an den Armlehnen hinabrann, wenngleich er es nicht sehen konnte, denn sein Geist war weit fort. An einem anderen Ort in einer anderen Welt zu einer anderen Zeit.

Ryk war wieder im Ostwald. Dort, wo alles angefangen hatte, wo er dem verfluchten Blutlenker Asmaran vor fünf Monaten zum ersten Mal begegnet war. Es hatte sein Leben verändert – in vielerlei Hinsicht. Wieder sah er Corrs bleiches Gesicht vor sich, die Furcht in seinen Augen, das Beben seiner Unterlippe. »Nicht«, schrie er, als sein alter Gehilfe nach dem Dolch an seinem Gürtel griff. »Tu's nicht!« Natürlich nützte es nichts. Corr konnte ihn nicht hören. Es war eine Erinnerung. »Nein«, flüsterte Ryk, als Asmaran seinem Gehilfen mit einer schnellen Bewegung die Kehle zerfetzte. Zum hundertsten – oder gar tausendsten Mal – war Ryk gezwungen zuzusehen, wie Corr ins Gras stürzte und röchelnd sein Leben aushauchte.

Die Erinnerung verblasste, und Finsternis legte sich über Ryks Geist. Der Kopf sackte ihm auf die Brust, und er kniff die Augen zusammen, in denen Schweiß und Tränen brannten. Seit Wochen durchlebte er diesen Albtraum und andere wieder und wieder – Tag für Tag, Stunde für Stunde. »Dreckiger Dämon!«, murmelte er mit rauer, hasserfüllter Stimme. An seine Ohren drang das Klacken von Asmarans Klauen auf dem Steinboden, während er sich durch den Raum auf ihn zubewegte.

»Hast du endlich genug, Magier? Bist du jetzt bereit zu reden?«, zischte der Dämon so dicht vor ihm, dass Ryk seinen stinkenden Atem im Gesicht spüren konnte. »Gib mir, was ich will, und ich werde deine Qualen auf der Stelle beenden!«

Ryk ignorierte Asmaran. Trauer umnebelte seinen Geist. Egal, wie oft der Blutlenker bereits in seinen Kopf eingedrungen war und die Bilder von Corrs Tod aus den Abgründen seiner Seele hervorgeholt hatte, jedes Mal war es so real, so unbegreiflich und schmerzhaft wie beim ersten Mal. *Meine Schuld! Meine Schuld!* Er hatte weder Jailar noch Corr beschützen können. Genauso wenig wie Ishan oder Kela. Was für ein miserabler Dämonenjäger und Freund er doch war.

»Versager!« Asmarans Stimme hatte etwas Krächzendes, wie bei einem Kranken, der mit wunder Kehle sprach.

Natürlich, der Dämon war noch immer in seinen Gedanken, lauschte und beeinflusste sie. Ryk hob den Kopf. Der Metallkragen, der um seinen Hals lag und seine Magie blockierte, schabte über seinen Adamsapfel. »Sprichst du von dir selbst, Dämon?« Er zwang sich, die Lider zu öffnen, und blickte in Asmarans hässliche Fratze. Sie wurde fast vollständig von seinen unnatürlich großen, schwarzen Augen beherrscht, unter denen zwei Schlitze saßen: die Nüstern. Bei jedem Atemzug blähten sie sich ein wenig auf. Der Mund des Dämons war leicht geöffnet, dahinter zuckte etwas Bläuliches zwischen zwei Reihen nadelspitzer Zähne.

Asmaran schlug ihm ins Gesicht. »Ich werde dich schon noch brechen, Dämonenjäger.« Er richtete sich wieder auf und blickte abfällig auf ihn herab.

»In deinen Träumen!« Ryk leckte sich das Blut von den Lippen und spuckte Asmaran ins Gesicht. Dieses Mal fiel der Schlag so hart aus, dass Ryks Kopf zurückflog und der Metallkragen sich tief in die Haut in seinem Nacken bohrte. Er stöhnte, aber dieser Schmerz war nichts im Vergleich zu den Schuldgefühlen, die ihn langsam von innen auffraßen. Es war nicht nur Corrs, Jailars und Ishans Tod, mit dem der verfluchte Dämon ihn quälte. Am ärgsten setzte ihm der von Mortos Dex zu. Auf Kellwyn hatte der verfluchte Dämon ihn gezwungen, seinen alten Freund und Kameraden hinterrücks abzuschlachten. Und auch wenn er diese Tat unter Asmarans Einfluss vollbracht hatte, würde er sich selbst dafür wohl niemals vergeben können. Doch Ryk lebte schon sein halbes Leben lang mit Schuldgefühlen und Selbstvorwürfen. Wenn Asmaran ihn wirklich brechen wollte, würde er härtere Geschütze auffahren müssen. »Meine Gedanken magst du ja kontrollieren können, du verdammtes Scheusal«, keuchte er, »aber meine Seele wird dir niemals gehören!«

Während ihrer ersten Begegnung im Ostwald hatte der Dämon von seinem Blut getrunken und ihn so unter seinen Willen gezwungen. Das war die Gabe eines Blutlenkers. Wann immer er wollte, konnte er in Ryks Kopf eindringen und in seinen Erinnerungen und Gedanken wühlen. Er hatte sie in die Hand genommen wie Steine am Wegesrand und sie umgedreht, um zu sehen, was sich darunter verbarg. Auf diese Weise hatte er von Ryks Hass auf die Val'kai erfahren, die seine Familie umgebracht hatten, und von seinen Gefühlen für Kela. Wenn Asmaran wollte, konnte er Ryk sogar dazu bringen, sich selbst in ein Schwert zu stürzen. Und dennoch war es ihm bisher nicht gelungen, dem Dämonenjäger das abzuzwingen, was er am dringendsten von ihm begehrte.

Es gab einen winzigen Bereich von Ryk, der ihm ganz allein gehörte und den er tief in seinem Seelenfeuer verborgen hielt. Über seine Gedanken, seine Erinnerungen, seinen Willen konnte der Blutlenker gebieten, Ryks Seelenfeuer jedoch widersetzte sich Asmarans Zugriff, schloss ihn von den Geheimnissen der Magie aus, die es in seinem Inneren hütete. Als die Dämonen ihm den Metallkragen umlegten, der verhinderte, dass Ryk seine Magie ausüben konnte, hatte er zunächst geglaubt, es sei erloschen. Dem war jedoch nicht so. Er hatte einige Tage gebraucht, um herauszufinden, dass es immer noch da war. Eine Quelle tröstlicher Wärme nahe seines Herzens. Die Dämonenmagie in dem Metallkragen nahm ihm die Fähigkeit, auf sein Seelenfeuer zuzugreifen, isolierte es wie eine undurchdringliche Mauer. Und trotzdem loderte es weiterhin hell in seiner Brust, als wäre es von einem gewissen Eigenleben erfüllt. Vielleicht war es auch so, und vielleicht konnte Asmaran deshalb nicht auf die Geheimnisse zugreifen, die sich hinter seinen Flammen verbargen.

In der ersten Woche seines Verhörs hatte Asmaran dennoch versucht, dorthin vorzudringen. Nicht nur einmal. Am Ende war ihm vor Anstrengung das Blut aus den Nüstern geschossen. Mit Befriedigung hatte Ryk erkannt, dass auch der Macht des Blutlenkers Grenzen gesetzt waren. An dem Punkt hatte Asmaran seine Strategie geändert und war dazu übergegangen, Ryk mit seinen eigenen Erinnerungen zu quälen. Einen schwächeren Geist hätte er dadurch vielleicht längst gebrochen.

Asmaran lachte. »Am Ende bekomme ich immer, was ich will, Dämonenjäger. Auch du wirst das noch begreifen.« Er bleckte die Zähne, und eine bläuliche Zunge schoss zwischen seinen Lippen hervor. »Wenn du glaubst, ich hätte bereits alle meine Mittel ausgeschöpft, irrst du gewaltig.« Er neigte den Kopf zur Seite und verzog den Mund zu einem Lächeln.

Asmarans plötzlicher Stimmungswechsel gefiel Ryk nicht, doch er wollte es sich vor dem Dämon nicht anmerken lassen.

»Ich scheiß auf deine Drohungen.« Er schnaubte. »Die musste ich mir in den letzten Wochen schon oft genug anhören. Rausgekommen ist dabei nie was.« Provokant schob er das Kinn vor.

Was der Blutlenker mehr als alles andere begehrte, war eine Rückkehr in die Schwebenden Reiche. Doch die Barriere hinderte Asmaran daran. Nur ein Magier konnte ein Portal öffnen, das es ihm erlauben würde, die Dimension der Dämonen zu verlassen. Aber um Ryk zu dem Zauber zwingen zu können, musste Asmaran erst verstehen, wie er funktionierte – und dieses Wissen hüteten die Flammen seines Seelenfeuers. Anfangs hatte er Ryk sogar gedroht, Kela etwas anzutun, bis er erkannt hatte, dass er damit bei Ryk keinen Erfolg haben würde. Auch wenn der Dämonenjäger sie liebte, würde er weder für sie noch um sein eigenes Leben zu retten, die Bewohner der Schwebenden Reiche in Gefahr bringen. Er war ein Magier und Dämonenjäger, und als solcher hatte er geschworen, die Menschen vor allem Unheil zu schützen. Besonders vor einer Bestie wie Asmaran. Zudem war Ryk sicher, dass der Blutlenker Kela niemals etwas tun würde, immerhin war sie eine Veydra, eine Halbdämonin. Und dazu die Letzte ihrer Art.

Kelas Vater war ein schwarzer Wächter gewesen. Diese Kriegerdämonen hatten einst den Dhana'an, den Göttern der Dämonen, als Leibwächter gedient. Es gab nicht viel, was sich ihnen in den Weg stellen konnte und es überlebte. Daher war sie umso wichtiger für Asmaran. Er hoffte wohl, sie auf seine Seite ziehen zu können und sich dadurch ihrer Stärke gegen seine Feinde zu versichern. Die Val'kai befanden sich seit Jahrhunderten in einem Bürgerkrieg, soweit Ryk herausgefunden hatte. Und für Asmarans Seite sah es alles andere als gut aus. *Ich würde eher sterben, als mein eigenes Volk zu verraten*, dachte Ryk und starrte dem Blutlenker in die Augen.

Asmaran stieß ein wütendes Zischeln aus. »Wenn das dein Wunsch ist, Mensch.« Natürlich war er die ganze Zeit über in

Ryks Kopf und las seine Gedanken. »Aber noch ist es nicht so weit!« Seine Klaue schoss vor und schloss sich so fest um Ryks Kiefer, dass die Knochen knirschten. »Ich werde mir diese Information jetzt holen, hörst du?« Ein Beben lief durch Asmarans Leib. »Ich brauche dieses verdammte Portal, und ich bin bereit, jeden Preis dafür zu zahlen!« Damit gab er Ryk wieder frei und entfernte sich.

Der Raum war rechteckig, mit hohen Wänden aus aschgrauem Gestein, die schräg aufeinander zuliefen wie im Inneren einer Pyramide. Neben einer Tür, die zugesperrt war, gab es noch ein Fenster. Es hatte eine Ellipsenform, ähnlich einem Auge, war jedoch so hoch angebracht, dass Ryk nur den Himmel sehen konnte. Rot war er, wie die Erde und die Felsen in dieser Welt. Wolken konnte er keine ausmachen. Dafür eine Vielzahl schwarzer Schatten, die ihre Kreise hoch über der Ebene vor der Stadt zogen.

Ein Klappern lenkte Ryks Aufmerksamkeit zurück zu Asmaran. Der Dämon stand vor einem Regal, das einzige Möbelstück neben dem Folterstuhl, und schob die Krüge und Schalen darin hin und her. Er suchte etwas. Im Profil wirkte der Blutlenker dürr und schmächtig. Er hatte lange, knochige Gliedmaßen mit schwarzen Krallen an den Enden. Die Rippen traten deutlich unter der kränklich weißen Haut hervor. Halb verhungert und schwach wirkte er. Von seinem Kampf mit Asmaran wusste Ryk allerdings, wie sehr dieser Eindruck täuschte.

Asmaran bezog seine Stärke aus der Magie. Seinen Oberkörper bedeckte ein verschlungenes Muster aus Runentätowierungen. Sie glommen golden im Schein der Glaskugeln, die wie ein Mobile aus Planeten dicht unter der Spitze des Raumes kreiste. Das Auffälligste an ihm war, dass er anders als niederen Val'kai keine Geschlechtsmerkmale besaß. Nur eines von vielen Rätseln, das den Blutlenker umgab.

Im Gegensatz zu Asmaran fühlte Ryk sich genau so, wie er

aussah. Die Dämonen hatten ihn zwar geheilt, nachdem die Portalmagie ihn während des Übergangs in die Gegenwelt fast bis zur Unkenntlichkeit verbrannt hatte, trotzdem wuchs sein Haar nur langsam nach. Graue und schwarze Stoppeln sprossen auf seinem Kopf, in seinem Gesicht und an einigen anderen Körperpartien – und juckten entsetzlich. Auch sonst gab er mit Sicherheit keinen besonders ansehnlichen Anblick ab. Die Essensrationen waren dürftig und Gelegenheiten, sich zu waschen, gar nicht erst vorhanden.

Warum tust du uns nicht beiden einen Gefallen und tötest mich?, dachte Ryk.

Asmaran stieß ein Krächzen aus, das vermutlich ein Lachen sein sollte, während er das Regal weiter durchsuchte.

Böte sich mir die Möglichkeit, dir ein Messer ins Herz zu stoßen, ich würde es auf der Stelle tun, Dämon!

Im Ersten und Zweiten Dämonenkrieg hatte der Blutlenker unter Inos gedient, dem grausamsten unter den Göttern der Val'kai. Damals hatte er den Titel Blutgeneral getragen, was nichts anderes war als eine Umschreibung für Schlächter. Hunderttausende Menschen waren in diesen Kriegen von den Dämonen ermordet worden. Allein die Vorstellung machte Ryk so zornig, dass er sich selbst mit bloßen Händen auf Asmaran gestürzt hätte, wäre er dazu in der Lage gewesen.

»Du denkst, du würdest alles wissen, Magier«, sagte Asmaran, der seine Gedanken mitverfolgt hatte, und drehte sich zu ihm um. »In Wahrheit habt du und deinesgleichen jedoch nichts begriffen. Die Dhana'an haben nicht einfach nur über mein Volk geherrscht. Sie haben es ebenso unterjocht wie euch. Ihr Wille war unser Wille.« Seine Zunge stieß hervor, wie immer, wenn er erregt war. »Inos war wahnsinnig. Weißt du, was es bedeutet, immerzu die Stimme eines Monsters in deinen Gedanken zu hören?«

»Nur zu gut«, erwiderte Ryk.

Asmaran bleckte die Zähne. »Sieh mal an, der Dämonenjäger hat Humor.« Er hob den Krug an, den er in der linken Klaue hielt. »Mal sehen, wie lange noch.«

Ryk beobachtete, wie der Dämon in den Krug griff, etwas herausholte und ihn zurück ins Regal stellte. Als er sah, womit sich Asmaran ihm näherte, fing sein Puls an zu rasen. Zuerst hielt er es für einen großen Dorn, gleich darauf erkannte er, dass es der Stachel eines Rieseninsekts war. Mindestens so lang und dick wie sein Zeigefinger. Ein paar ledrige Fetzen des Hinterleibes hingen noch daran, als wäre er dem Tier gewaltsam herausgerissen worden. Und dann sah er den Giftbeutel, der zuvor von Asmarans Hand verborgen gewesen war. Er war so groß wie ein Hühnerei. Unwillkürlich richtete sich Ryk auf, was den Metallschellen an seinen Händen ein Klirren entlockte.

»Das ist der Stachel einer Di'hypra.« Asmaran war vor ihm stehen geblieben und schwenkte das schwarz glänzende Ding vor seinem Gesicht hin und her. Es verströmte einen seltsam scharfen Geruch, der Ryk in der Nase und in den Augen brannte. »Ihr Gift tötet nicht den Körper, nur den Geist. Die Beute bleibt am Leben, ihr Fleisch frisch, und trotzdem leistet sie keinen Widerstand, während die Di'hypra sie über einen Zeitraum von mehreren Tagen langsam auffrisst.«

»Soll mir das Angst machen?«

Asmaran lachte. »Ich weiß, dass es das tut. Vergiss nicht, ich bin in deinem Kopf.« Er ließ den Stachel sinken und musterte Ryk abschätzend. »Deine Magie ist ein Teil von dir. Wenn dein Geist stirbt, könnte das auch ihre Abwehr brechen, und ich wäre endlich in der Lage, den Zauber zu sehen und zu verstehen, der mir ein Portal in die Schwebenden Reiche öffnet.«

»Wenn die Lösung so leicht ist, warum hast du das Gift dann nicht von Anfang an benutzt?«

Die Nüstern des Dämons blähten sich auf. »Es wurde noch nie an einem Menschenmagier getestet. Vielleicht macht es bloß eine sabbernde Fleischhülle aus dir. Vielleicht bringt es dich auch um, bevor ich habe, was ich will.«

»Das wäre dann wohl Pech für dich.« Ryk grinste schwach.

Der Blutlenker musste die Geduld verloren haben, wenn er bereit war, dieses Risiko einzugehen. Wenn Ryk starb, nahm ihm das jede Chance auf eine Rückkehr in die Welt der Menschen. Natürlich konnte es sich auch um ein Täuschungsmanöver handeln. Ein Einschüchterungsversuch, der Ryk dazu bringen sollte, aufzugeben. Den Rest seines Lebens als geistlose Hülle zu fristen, hatte wahrlich nichts Verlockendes. Er kniff die Augen zusammen. Wie ernst war es dem Dämon mit seiner Drohung? Er versuchte Asmarans Miene zu deuten, doch die fremdartigen Züge machten es ihm schwer, und obschon sie im Geiste verbunden waren, konnte er Asmarans Gedanken nicht lesen. Sein Wille war wie ein Schild, an dem Ryks Vorstöße abprallten. Er war vorsichtiger geworden, nachdem es Ryk schon einmal gelungen war, ihre Verbindung zu nutzen, um umgekehrt auch einen Blick in den Kopf des Dämons zu werfen. Das war vor über einem Monat auf Kellwyn gewesen, kurz nach ihrer Gefangennahme. Er seufzte.

»Du behauptest, du willst zurück, um Zaragoth aufzuhalten. Nur woher soll ich wissen, ob das stimmt?«, fragte Ryk und fixierte den Blutlenker mit seinem Blick. »Möglicherweise seid ihr wirklich Feinde, möglicherweise auch bloß Rivalen um die Macht. Inos wäre demjenigen, der ihn aus seinem Todesschlaf erwecken würde, sicher sehr dankbar.« Er schüttelte den Kopf. »Du wirst es nicht tun, du brauchst mich lebendig. Selbst wenn du die Worte des Zaubers in Erfahrung bringst, wird dir das nichts nützen. Die Barriere würde die Magie eines Dämons erkennen und kein Portal für dich öffnen. Du brauchst mich lebend!«

»Das ist wahr«, krächzte Asmaran. »Aber wenn Zaragoth siegt, bedeutet es den Untergang dieser Stadt und aller, die darin leben. Inos duldet keine Verräter, und als solche wird er uns betrachten, denn wir haben uns schon vor Langem von unserem Glauben und unserer alten Lebensweise abgewandt. Zaragoth hingegen ist überzeugt, dass Inos' Rückkehr unser Volk wieder einen wird, dieser Narr. Der falsche Gott kennt keine Vergebung. Er wird uns alle umbringen.« Seine Zunge zuckte zwischen den bleichen Lippen hervor. »Du siehst, ich muss dieses Wagnis eingehen, selbst wenn es deinen Tod bedeutet, Dämonenjäger. Ich muss versuchen, ein Portal zu öffnen. Es ist die einzige Chance, jene zu retten, die mir vertrauen. Und wenn es nicht klappt, habe ich wenigstens die Genugtuung, den Mann sterben zu sehen, der uns allen den Untergang gebracht hat.«

»Ein Dhana'an, der seine eigenen Leute abschlachtet? Dafür bin ich gern bereit zu sterben.« Ryk funkelte Asmaran an. »Worauf wartest du noch, Dämon?«

»So sei es.«

Ryk schloss die Augen. Er würde nicht um sein Leben flehen. Er würde auch keinen Widerstand leisten. Was änderte das schon? Der Blutlenker konnte ihn jederzeit durch pure Willenskraft wie eine Holzmarionette tanzen oder erstarren lassen. Am besten brachte er es einfach hinter sich. Er spürte, wie die Spitze des Stachels ihm die Haut über der Metallmanschette an seinem Hals aufritzte, bevor Asmaran ihn in sein Fleisch stieß. Ryk krallte die Finger in das Holz der Stuhllehnen. Splitter gruben sich unter seine Nägel. Dann keuchte er auf, als der Dämon das Gift der Di'hypra in seinen Körper pumpte.

Es brannte wie Nyxsäure in der Wunde, in seiner Kehle und schließlich auch in seinen Adern. Doch er stellte sich dem Schmerz, stellte sich der Angst vor dem Sterben und versank in der Dunkelheit hinter seinen Lidern. Das Einzige, was Ryk in diesem Moment fühlte, war aufrichtiges und tiefes Bedauern. Er dachte an Kela, an die letzten Wochen ihrer Gefangenschaft bei den Val'kai. Sie hatten kaum miteinander gesprochen. Sie war immer noch furchtbar wütend auf ihn, weil er Ishan hatte sterben lassen. Dabei hätte er nichts tun können. Nichts.

Plötzlich packte etwas seinen Geist und zerrte ihn mit sich. Verwundert erkannte er, dass er mit einem Mal schwebte, so als hätte die Schwärze hinter seinen Lidern ihn in sich hineingesogen. Und da waren Bilder, nein, ganze Szenen und Stimmen aus seiner Vergangenheit, die wie bei einem Blitzgewitter um ihn herum aufleuchteten und wieder verblassten. Er versuchte einzelne zu erfassen, aber sie kamen und gingen zu schnell. Das Zerren wurde stärker. Ryk sah an sich hinab. Tief unter ihm war ein Mahlstrom aus grauen, sich ineinander windenden Wolkenschleiern. Kaum dass er sie erblickt hatte, stürzte er auch schon auf sie zu. Schnell und immer schneller fiel er, wurde von dem Strudel aufgesogen und umhergewirbelt, als wäre er leicht wie ein Blatt im Wind.

Er hatte jegliche Kontrolle verloren, war den Mächten um sich herum hilflos ausgeliefert. Noch mehr Bilder strömten auf ihn ein. Dieses Mal konnte er einen kurzen Blick auf einige erhaschen. Darunter auch die Gesichter mehrerer Männer und Frauen. Die Erinnerungen an sie hatte er schon vor langer Zeit in die Schatten seiner Seele verbannt. Einst waren sie seine Gehilfen gewesen, und jeden von ihnen hatte er im Kampf gegen die Dämonen verloren. Sie hatten ihm vertraut, auch sie hatten teuer für dieses Vertrauen bezahlt.

Der Sog wurde stärker. Er sah in die Tiefe und erblickte den Grund des Mahlstroms: spitze, scharfkantige Felsen, die ihn bei seinem Aufprall zerreißen würden. Es wäre sein Ende. Zumindest das seines Geistes, wenn es stimmte, was Asmaran über das Gift der Di'hypra gesagt hatte. Anstatt in Panik zu verfallen, wurde Ryk ganz ruhig. Vielleicht war es ja gar kein so schreckliches Schicksal, auf diese Weise zu sterben. Selbst wenn sein Körper überlebte, würde sein Bewusstsein, sein Selbst ausgelöscht. *Und mit ihm all meine Schuldgefühle*. Mit einem Mal lächelte Ryk. Hatte er sich diesen Frieden nicht schon lange verdient?

Gleich. Gleich würde er am Grund des Mahlstroms zerschellen ... Doch wieder packte ihn etwas. Dieses Mal riss es ihn brutal in die Höhe und damit fort von der nahenden Erlösung.

»Nein!« Ryk öffnete die Lider und blinzelte in Nerseis Gesicht. Milchweiße Haut, große blaue Augen und flammend rotes Haar. Es war der Veydra, der ihn schon einmal gerettet hatte, kurz nach seiner Ankunft in der Gegenwelt. Damals wäre er fast an den Folgen der Portalmagie gestorben. Auch jetzt konnte er spüren, wie Nerseis Heilmagie warm und pulsierend durch seinen Körper strömte. »Warum?«, fragte er vorwurfsvoll.

Der junge Mann antwortete nicht, sondern verzog nur den Mund. Bald darauf ließ er von Ryk ab. Die Magie erstarb, und der Dämonenjäger sackte geschwächt, aber vom Gift befreit auf seinem Folterstuhl zusammen. Nersei fuhr zu Asmaran herum, der mit verschränkten Armen hinter ihm stand. »Die anderen Heiler und ich haben über eine Woche all unsere Kräfte gegeben, damit wir sicher sein konnten, dass er überlebt und wieder aussieht wie ein Mensch. Und was macht Ihr? Versucht, ihn zu vergiften!« Der Veydra hatte die Fäuste geballt. »Was ist bloß in Euch gefahren?«

Ryk hob den Kopf. Der Veydra war ein loyaler Diener des Blutlenkers. In den fünf Wochen, die er schon in der Gegenwelt festsaß, hatte er noch nie erlebt, dass er in diesem Ton zu seinem Herrn gesprochen hatte.

Asmaran machte einen Schritt auf Nersei zu. »Du hattest kein Recht, dich einzumischen.«

»Das hatte ich sehr wohl, Protektor. Über einen Monat sind die Veydra und der Mann jetzt schon hier. Seit drei Wochen versucht Ihr, ihn zum Reden zu bringen.« Nersei deutete auf Ryk. »Bisher habt Ihr es nicht geschafft. Die Geduld des Rates ist aufgebraucht. Morgen sollen ihm die beiden Gefangenen vorgeführt werden, damit sie ihm Rede und Antwort stehen können. Sie wollen selbst mit dem Magier sprechen und hören, was er zu sagen hat.«

»Glaubst du, das ändert etwas? Wenn er hier nichts sagt, wird er es dort auch nicht tun.« Asmaran zischelte drohend und entblößte dabei zwei Reihen nadelspitzer Zähne. »Außerdem ist er *mein* Gefangener!«

»Ihr vergesst Euch, Protektor«, sagte Nersci. »Es obliegt immer noch dem Rat, über das Schicksal des Magiers zu entscheiden. Ihr habt geschworen, Euch in den Dienst Eures Volkes zu stellen. Denkt daran. Oder wollt Ihr, dass man am Ende über Euch sagt, dass Ihr nicht besser seid als Zaragoth?«

Asmaran warf den Kopf in den Nacken und stieß einen schrillen Schrei aus. Die folgende Bewegung war so schnell, dass Ryk ihr nicht mit den Augen zu folgen vermochte. Nersei war erstarrt, Asmarans Klaue lag an seinem Hals. Ryk erinnerte sich nur zu gut daran, wie mühelos er Corr damit die Kehle zerfetzt hatte. »Wage es nie wieder, mich mit diesem elenden Wurm zu vergleichen. Nie wieder. Hast du mich verstanden?«

»Ja, Protektor.« Nerseis Stimme klang fest, doch in seinen Augen stand Furcht. »Verzeiht mir.«

Asmaran zog die Klaue zurück. Dort, wo die Krallen die Haut des Veydras geritzt hatten, bildeten sich kleine rote Perlen. Er wandte sich Ryk zu und maß ihn mit kaltem Blick. Nachdem er ihm das Gift verabreicht hatte, hatte er sich aus seinen Gedanken zurückgezogen und bisher auch nicht wieder Zugang dazu gesucht. »Heute hast du noch einmal Glück gehabt, Dämonenjäger! Doch wenn du morgen vor den Rat trittst, wirst du deinem Schicksal kein weiteres Mal entkommen. Dafür werde ich sorgen.«

Nersei räusperte sich. »Ich bringe eine weitere Nachricht, Protektor. Die Wandelnden Träumer wünschen Euch zu sprechen.«

Asmaran verzog die Lippen. »Ich habe schon einmal auf sie

gehört, nur deshalb lebt dieser Magier noch«, antwortete er dem Veydra. »Ich werde diesen Fehler nicht wiederholen. Sag ihnen das.« Damit drehte er sich um und verließ den Raum.

Ryk blieb mit Nersei zurück. Der Halbdämon starrte eine Weile auf die Tür, durch die der Blutlenker verschwunden war, bevor er sich dem Dämonenjäger zuwandte. Seine Miene wirkte grimmig, was Ryk wenig beeindruckte, nachdem er drei Wochen lang von einem schlecht gelaunten Dämon gequält worden war. Nerseis Existenz hingegen versetzte ihn nach wie vor in Erstaunen. Zum einen waren männliche Veydras sehr selten. Zum anderen bedeutete es, dass es in der Gegenwelt noch immer Menschen geben musste.

»Wieso dienst du Asmaran?«, fragte er.

Zuerst sah es nicht so aus, als wollte Nersei ihm antworten. Er hatte die Arme vor der Brust verschränkt und starrte auf Ryk herab. Der starrte zurück. Eine seiner leichtesten Übungen. Zudem wirkte Nersei nicht wirklich Furcht einflößend. Er war einen halben Kopf kleiner als Ryk, attraktiv, was bei einem Veydra keine Überraschung war, und trug dunkle Lederstiefel sowie Hemd und Hose aus einem rötlichen Stoff. »Warum willst du das wissen?«, entgegnete Nersei schließlich.

»Um dich besser zu verstehen. Diesen Ort besser zu verstehen. Das meiste, was ich über die Val'kai weiß, stammt aus Büchern, die vor über tausend Jahren geschrieben wurden. Mir scheint, dieses Wissen ist veraltet. Vor allem, was Asmaran angeht.« Er hob leicht die Schultern. Bei der Bewegung zuckte Schmerz durch seinen Rücken, und er stöhnte leise auf. Eine Nachwehe des Giftes? »Du … du bist der Einzige, der bisher mit mir geredet hat, ohne mir gleich mit dem Tod zu drohen. Außerdem: Ist es nicht mein gutes Recht, wenigstens ein paar Antworten zu erhalten, nach allem, was mir der Blutlenker angetan hat?« Er sah, wie Nerseis Wangenknochen arbeiteten.

Schließlich nickte der Veydra. »Also gut, stell deine Fragen.«

»Du nennst Asmaran den Protektor von Cros'Anoriel. Was bedeutet das, und wie ist er dazu geworden?«

»Er beschützt diese Stadt gegen Zaragoth und seine Anhänger. Die Bewohner von Cros'Anoriel haben ihn dazu bestimmt, nachdem er ihnen zunächst die Freiheit brachte. Asmaran hat die Kasten abgeschafft, durch die weite Teile des Volkes unterdrückt wurden. In Cros'Anoriel sind wir alle gleich.« Er zögerte kurz, bevor er hinzufügte: »Er ist nicht mehr der, der er einmal war. Doch du hast ihn aller Hoffnung beraubt.« In Nerseis Augen blitzte es auf. »Kein Wunder, dass er in seine alten Verhaltensweisen zurückgefallen ist.«

Ryk schüttelte den Kopf. »Es ist immer das Gleiche, nicht wahr? Es ist so viel leichter, die Schuld bei jemand anderem zu suchen als bei sich selbst.«

Der Veydra verzog gereizt den Mund. »Ich weiß, dass du mich bloß provozieren willst und dass du dem Protektor nicht glaubst. Aber er hat die Wahrheit gesagt, Dämonenjäger: Er kam nur in deine Welt, um Zaragoth aufzuhalten.«

»Wenn das wahr ist, warum hat er uns nicht um Hilfe gebeten?«

Nersei lachte auf. »Ein Dämon, der die Magier um Hilfe bittet? Bist du so dumm, oder tust du nur so? Ihr hättet ihn auf der Stelle getötet – ihn, den einstigen Blutgeneral des Inos.« Er stieß hörbar die Luft aus. »Nein, seine einzige Chance bestand darin, Zaragoth vom Grab des falschen Gottes fernzuhalten, bis er eine Lösung für dieses Problem gefunden hatte. Aber das spielt jetzt ohnehin keine Rolle mehr. Wir werden so oder so sterben.«

»Soweit ich weiß, ist Inos noch nicht erwacht.«

»Du bist ein Narr, Magier. Inos ist nicht unser einziger Feind.«

Ryk runzelte die Stirn. Er musste den Krieg meinen, der zwischen Zaragoths und Asmarans Gefolgsleuten herrschte. »Wovon sprichst du?«

»Das erfährst du noch früh genug, wenn du morgen vor den Rat trittst.« Nersei beugte sich vor, um die Metallschellen an Ryks Unterarmen zu lösen. Sobald er frei war, begutachtete der Dämonenjäger das wunde Fleisch an seinen Handgelenken. Es gab mehrere neue Schnitte, und ein paar ältere Verletzungen waren wieder aufgebrochen.

»Steh auf, ich bring dich zu deiner Zelle«, sagte Nersei.

Der Veydra ging voraus, Ryk schlurfte hinterher. Er konnte sich kaum auf den Beinen halten. Seine Kehle war wie ausgedörrt, dagegen klebte ihm das Hemd vor Nässe am Rücken. Nersei um Hilfe zu bitten, kam jedoch nicht infrage. Dafür war er zu stolz. Ryk fuhr sich mit der Hand über Stirn und Kopf, um den Schweiß fortzuwischen, damit er ihm nicht in die Augen lief. Seine Haarstoppeln knisterten unter seinen Fingern.

Die Folterkammer befand sich in der Spitze eines Turmes. Gleich hinter der Tür, durch die Nersei als Erster trat, lag eine Treppe, die in engen Windungen abwärtsführte. Auf der dritten Stufe nach unten knickte Ryk vor Schwäche ein. Nersei musste es mit seinen Veydra-Sinnen wahrgenommen haben. Sofort fuhr er zu Ryk herum, packte ihn am Arm und gab ihm so das Gleichgewicht zurück. Ryk murmelte einen Dank, bevor er die Hand des Halbdämons abschüttelte. Fortan hielt er sich dicht an der Außenmauer des Turmes, um sich notfalls abstützen zu können. In regelmäßigen Abständen gab es Fenster, durch die Ryk einen Blick nach draußen werfen konnte. Er sah wüstes rotes Land, Berge und Lavaflüsse, die sich durch Staub und Geröll fraßen. Als sie tiefer kamen, tauchte die Stadt unter ihm auf. Am beeindruckendsten war die Mauer, die sie umschloss. Ryk schätzte ihre Höhe auf dreihundert Fuß. Hier und da hatte sie Risse, an einigen Stellen waren Steine herausgebrochen. Anfangs hatte er das für Anzeichen von Verfall gehalten, doch nach seinem Gespräch mit Nersei dachte er anders darüber. *Wer eine so gewaltige Mauer baut, muss mächtige Feinde haben!*

Als Nersei kurz darauf die Zellentür hinter ihm zuwarf, blickte Kela von ihrer Seite des Raumes herüber, wo sie auf dem Rücken und mit hinter dem Kopf verschränkten Armen auf einer einfachen Steinpritsche lag. Tageslicht fiel durch ein schmales Fenster auf ihr Gesicht. Sie starrte ihn an, einen harten Zug um die Lippen. »Ach, du lebst ja immer noch!«

2

Feuerschwinge, *Große Leere*
9. Septer 1026 n. d. Zweiten Dämonenkrieg

Der Wind fuhr Catara übers Gesicht, trieb den Geruch des Feuerflusses in ihre Nase und zerrte an ihrer Kleidung. Ein hübsches weißes Seidenhemd, dazu eine Hose aus Hirschleder und zwei passende Stiefel, die ihr bis über die Knie reichten. Es war die Kleidung des Ersten Offiziers an Bord der *Feuerschwinge*, einem Handelsschiff im Dienste des caldoragischen Händlerkonsortiums. Ein Dreimaster mit breitem Rumpf, in dem fünfzig Fässer fheyanischer Asgar lagerten.

Die wahre Fracht des Schiffes bestand jedoch in einer Ladung Si'Maryl, das hinter einer doppelten Wand in der Kajüte des Kapitäns versteckt war. Die Droge bildete die Grundlage für den Reichtum und die Macht des Händlerkonsortiums, welches das unabhängige Inselreich Caldorag im Nordosten der Schwebenden Reiche regierte. Einmal abgesehen von illegalem Sklavenhandel, Glücksspiel und den Blutarenen, die sie betrieben.

Der Wert des Si'Maryls, so schätzte Catara, belief sich auf mehrere Hunderttausend Goldenger. Auf Xe'Neridian, zu dem sie auf dem Weg waren, könnte sie damit einen Titel und den dazugehörigen Landsitz erwerben. Die Vorstellung, ein neues Leben zu beginnen und das alte einfach hinter sich zu lassen, war verlockend. Vielleicht hätte Catara der Versuchung unter anderen Umständen sogar nachgegeben, wenn nicht das Einzige, nach der es sie derzeit dürstete, Rache gewesen wäre.

Ihre frühere Herrin, Königin Madea, hatte sie aufs Grausamste hintergangen. Catara knirschte mit den Zähnen und schlang die langen schlanken Finger so fest um die Reling, dass ihre Knöchel knackten. Dieses Miststück hatte ihr Zuneigung vorgegaukelt und behauptet, ihre neue Familie zu sein – die verständnisvolle Mutter, die sie nie gehabt hatte. Nichts als Lügen! In Wahrheit hatte Madea sie bloß ausgenutzt. Und als wäre das nicht übel genug, hatte sie sich auch noch mit dem Erzfeind der Keesa verbündet: Zaragoth dem Fluchbringer. Dem Dämon, der für all das Leid verantwortlich war, unter dem Cataras Stamm seit Jahrhunderten litt.

Catara hatte das alles nur herausgefunden, weil sie zufällig dazugestoßen war, als Madea und Zaragoth den neuen König von Sharigor ermordeten, damit der Fluchbringer an seine Stelle treten konnte. Dieser Verrat und der Anblick des Dämons hatte sie zunächst derart in Rage versetzt, dass Catara bereits ihre Zähne in den Dämonenfinger versenkt hatte, den sie seit Rifta bei sich trug. Erneut hatte sie sich in die Bestie verwandeln wollen, die schon den Großfürsten Gregorius Thamaryn seiner gerechten Strafe zugeführt hatte. Aber dann hatte sie gezögert, das Dämonenfleisch ausgespuckt und den Finger wieder eingesteckt. Ja, sie wollte Rache – wollte Madeas und Zaragoths Tod. Doch allein konnte sie es nicht mit dem Fluchbringer aufnehmen. Außerdem wollte sie nicht, dass es auf diese Weise geschah. Wenn sie Zaragoth tötete, dann als Mensch. Als ein Geschöpf, das er zutiefst verachtete. Umso größer wäre ihr Triumph über ihn und umso herber würde den Dämon die Niederlage treffen.

Ihre Mundwinkel zuckten. Ja, der Gedanke gefiel ihr.

In diesem Moment summten über ihr die Taue, gefolgt von den Flüchen eines Matrosen, einem graubärtigen Kerl mit verquollenen Augen. Er klammerte sich an eines der Taue, während sein rechter Fuß in der Luft strampelte. Offenbar hatte er beim Klettern den Halt verloren. Aus den Erinnerungen des Ersten Offiziers wusste Catara, dass der Mann ein hoffnungsloser Säufer war, der seine Arbeit mehr schlecht als recht verrichtete. Jeder andere Kapitän hätte ihn längst von Bord gejagt oder ihn kielholen lassen, was in einem Feuerfluss gleichbedeutend mit dem Tod war. Doch der Trunkenbold war zu seinem Glück um zwei Ecken mit einer der Frauen des Kapitäns verwandt, also wurde er geduldet.

Familie.

Catara spuckte aus und löste sich von der Reling. Wenn der Säufer schon abstürzte, sollte er wenigstens nicht auf ihr landen. Die Absätze ihrer Stiefel klapperten auf den Planken. Die anderen Matrosen sahen von ihrer Arbeit auf und nickten ihr zu. Die Männer an Bord mochten ihren Ersten Offizier. Das gefiel Catara. Sie genoss das gute Gefühl, das damit einherging.

Sie erreichte den Bug der *Feuerschwinge* und blieb stehen. Hier war sie ungestört, nur das Flattern des Segels über ihr und das Rauschen des Wassers vor dem Bug drangen an ihre Ohren. Mit den Ellbogen stützte sie sich auf die Reling und blickte hinaus auf den Fluss, der sich durch eine endlose blaue Weite wand. In der Ferne konnte sie ein paar grüne Inseln ausmachen. Xe'Neridian war nicht darunter. Die Insel im Herzen der Schwebenden Reiche würden sie frühestens in eineinhalb Tagen erreichen, wenn ihnen die Winde weiterhin gewogen waren. Dort würde sie das Schiff verlassen und sich auf eine mehrtätige Reise in den Norden des Landes begeben: zur Felsenstadt der Keesa, um mit Amaldis zu sprechen, der Schamanin und Anführerin ihres Stammes.

Nach all den Jahren aus heiterem Himmel bei ihr aufzutauchen, war riskant. Mehr als das. Denn durch die Morde, die Catara im Dienste von Königin Madea begangen hatte, hatte sie in den Augen der Keesa ihr eigenes Leben verwirkt. Bei einer

Heimkehr drohte ihr der Tod. Doch die Nachricht, die sie für ihre alte Mentorin hatte, war zu wichtig. Amaldis musste erfahren, dass Catara eine Möglichkeit gefunden hatte, um sie alle von dem Fluch des Dämons zu heilen. Ein Fluch, durch den Catara zur mächtigsten Assassine der Schwebenden Reiche geworden war, der ihr gleichzeitig jedoch einen Preis abverlangte, der sie am Ende auch den Rest ihrer Menschlichkeit kosten mochte.

Ganz von selbst dachte sie an ihr letztes Opfer: Raphael Torega, Erster Offizier der *Feuerschwinge*. Er war der Erste gewesen, auf den sie nach ihrer Flucht aus dem Palast von Calares gestoßen war. Die Straßen der sharigorischen Hauptstadt waren in nächtliche Dunkelheit getaucht gewesen, sodass es ihr gelungen war, sich ungesehen bis zum Hafen durchzuschlagen. Nach dem Massaker, das sie in der Herrscherpyramide auf Kellwyn angerichtet hatte, hatte sie sich geschworen, ihr Leben zu ändern. Sie würde nie wieder töten! Aber erneut war das Schicksal gegen Catara gewesen, und sie hatte ihren Schwur brechen müssen.

Raphael Torega war direkt vor ihr aus einer Hafenkneipe getaumelt und hatte nach Bier und billigem Sex gerochen. Sobald er ihr Gesicht sah, hatte er sich angewidert abgewandt. Das Antlitz einer Keesa. Da hatte sie gewusst, dass sie in dieser Gestalt niemals aus Sharigor entkommen könnte, und so hatte sie getan, was sie nie wieder hatte tun wollen: ein weiteres Leben genommen. Danach hatte sie ihm das Herz aus der Brust geschnitten und ein Stück herausgebissen. Warmes Blut war in ihren Mund geströmt, und fast hätte sie sich bei dem Geschmack übergeben müssen. Am Ende hatte sie sich gezwungen, den Bissen herunterzuwürgen. Sogleich war der Fluch erwacht.

Schaudernd dachte sie daran, wie ihre Knochen, Sehnen und Muskeln sich unter seiner Magie ausgedehnt hatten. Schmerz, so viel Schmerz war mit der Verwandlung einhergegangen. Sie war zu Boden gestürzt, wo sie sich wimmernd in der Gosse hin und her gewälzt hatte. Ihren eigenen Namen wieder und wieder flüsternd, damit sie sich in den Erinnerungen und Gefühlen ihres Opfers, die auf sie eingeströmt waren, nicht verlor. Wenigstens war ihr der Schmerz des Feuers erspart geblieben, das für gewöhnlich die Gestalt desjenigen verzehrte, dessen Gesicht und Körper sie gerade trug. Schließlich war sie zu diesem Zeitpunkt sie selbst gewesen.

Grimmig blickte sie hinab auf das orangerote Wasser. Die Gischt, die auf den Wellen vor dem Bug tanzte, schimmerte im Licht der Sonne.

Weil sie Zaragoths Verwandlung in den König von Sharigor beobachtete hatte, wusste sie nun, dass sie das Ergebnis ihres eigenen Gestaltwandels kontrollieren konnte, wenn sie das Herz ihres Opfers aß. Der Dämon hatte selbst gesagt, dass es der Sitz der Seele war. Und es stimmte. Früher waren die Erinnerungen und Gefühle ihrer Opfer unkontrolliert über sie hereingebrochen. Jetzt konnte sie ganz nach Belieben darauf zurückgreifen. Es fühlte sich wie ein anderes Ich an, das in den dunklen Winkeln ihres Geistes schlummerte und das sie wie eine Maske überstreifen konnte. Es machte alles so viel einfacher. Jetzt war ihre Verwandlung vollkommen.

Catara richtete sich auf und zog den Dämonenfinger aus dem Lederbeutel an ihrem Gürtel. Sie betrachte das abscheuliche, eingeschrumpelte Ding. Es hatte sie in ein Monster verwandelt und in einen Blutrausch gestürzt. Keine Kontrolle, keine Menschlichkeit. Sie war zu einem Dämon geworden. Zu etwas, das sie am meisten auf der Welt verabscheute. »Nie wieder«, knurrte sie. »Nie wieder!« Sie wollte den Finger gerade über die Reling in die Fluten des Feuerflusses werfen, als sie Schritte hinter sich vernahm. Rasch schloss sie die Hand um den Dämonenfinger.

»Ich habe dich vermisst, Liebster«, schnurrte eine Stimme dicht bei ihrem Ohr. Der Liebhaber des Ersten Offiziers. Ein junger, gut aussehender und von der Sonne gebräunter Matrose, mit dem sie sich in den vergangenen Tagen die Koje geteilt hatte. Seine Hand legte sich von hinten auf ihren Oberschenkel und glitt hinauf zu ihrem Schritt, wo er kräftig zupackte. Sofort wurde sie hart, und ein Stöhnen kam ihr über die Lippen. »Habe ich schon erwähnt, dass meine Schicht vorüber ist?«, fragte er.

»Willst du mir etwas Bestimmtes damit sagen?«

Er lachte leise. »Wenn du das nicht weißt ...«

»Geh schon mal in meine Kabine. Ich komme gleich nach.« Der Matrose ließ von ihr ab und ging ohne ein weiteres Wort davon. Sie sah ihm nach, während zwischen ihren Schenkeln die Erregung pulsierte. Raphaels Liebhaber war mehr als stattlich, und das gleich in mehrerlei Hinsicht. Schon lange hatte sie die körperliche Nähe eines anderen Menschen nicht mehr so sehr genossen. Vielleicht, weil sie die Welt nun durch Raphael Toregas Augen sah. Catara riss sich vom Anblick des jungen Mannes los und wandte sich erneut dem Feuerfluss unter ihr zu. *Nie wieder*, dachte sie und warf den Dämonenfinger über Bord. Mit einer Stichflamme verzehrte ihn das Wasser.

Auf dem Weg zu ihrer Kajüte dachte sie daran, dass sie der *Feuerschwinge* schon bald den Rücken kehren würde. Sie fühlte Bedauern darüber. Wenn sie jedoch ihre Rache bekommen wollte, war dieser Abschied unvermeidlich. Sie kannte nun einen Teil der Pläne dieser Verräterin Madea und ihres Verbündeten. Noch wusste Catara nicht, wie sie den übermächtigen Dämon vernichten sollte, trotzdem war sie überzeugt, dass sich auf Kellwyn eine Chance dazu ergeben würde. Das Schicksal hatte sie ihr Leben lang mies behandelt. Insbesondere dann, wenn sie endlich glaubte, Zufriedenheit gefunden zu haben. Aber auch wenn es ihr ihr Glück stets verwehrt hatte, so doch nie den Tod eines ihrer auserwählten Opfer.

Nie.

3

Tal des Dämonenjägers, Xe'Neridian
9. Septer 1026 n. d. Zweiten Dämonenkrieg

Die Frau schwang sich aus dem Sattel ihres Pferdes. Erde und Kiesel knirschten unter ihren Stiefeln. Sie war groß, hatte scharf hervortretende Wangenknochen, wulstige Lippen und eine kleine, mädchenhafte Stupsnase – das einzig Hübsche an diesem Gesicht, das von vielen Narben gezeichnet war. Ihr Haar, braun wie Erde, reichte ihr bis zu den Ohren. Der Nacken war ausrasiert.

»Da wären wir also.« Sie hielt das Pferd, einen Schimmel, am Zügel und sah sich aufmerksam auf dem Hof des Anwesens um. Nur kurz verweilte ihr Blick bei Veitt, bevor er weiter zum nachtschwarzen Haupthaus mit seinen Giebeln, Erkern und Türmchen und schließlich zum Stall hinüberglitt. Veitt fiel auf, dass ihre freie Hand am Schwertgriff lag. Entweder war sie bloß vorsichtig, oder sie erwartete einen Angriff. Merkwürdig, wer sollte ihr hier auflauern? Dies war das Anwesen des Dämonenjägers. Einer der sichersten Orte auf Xe'Neridian.

»Hat seine besten Tage schon hinter sich, was?«, fragte sie nach einer Weile, wobei sie erneut das Haus in Veitts Rücken in Augenschein nahm, und so wusste er nicht, ob sie mit ihm sprach oder mit ihren beiden Begleitern. Ungepflegte Gestalten, die noch auf ihren Pferden hockten. Der eine war fast so groß wie sie, aber massiger und breiter in den Schultern. An seinem

Sattel hing eine doppelköpfige Axt. Der andere war von sehniger Statur. Er trug einen Bogen auf dem Rücken. Vermutlich ein Jäger, wie Corr es gewesen war. Der Kerl gefiel Veitt nicht. In seinen Augen glomm etwas Tückisches.

»Ihr könnt jetzt absteigen«, forderte sie die Männer auf, bevor sie mit ihrem Pferd am Zügel auf Veitt zuschritt. Ihr Gang war der eines Mannes, ebenso wie ihre Kleidung. Stiefel, Hose, Jacke bestanden aus abgewetztem braunen Leder. Dazu trug sie ein Schnürhemd, das flach an der Brust anlag. Der neue Dämonenjäger war also eine Frau.

Veitt neigte den Kopf, als sie vor ihm stehen blieb. »Willkommen im Tal des Dämonenjägers. Ich bin Veitt.«

Sie hatte die Augen eines Grauklippenhabichts. Dunkel, wachsam, hungrig. Noch vor ein paar Wochen hätte ihn ein solcher Blick eingeschüchtert, inzwischen war jedoch viel passiert. »Mein Name lautet Kess Narodh, und ich bin die neue Dämonenjägerin auf Xe'Neridian.«

Veitt nickte. »Ich wurde über deine Ankunft unterrichtet.«

»Everdale Tilbrock?«

»Ich erhielt seinen Brief vor rund einer Woche«, bestätigte er. »Allerdings schrieb der Oberste Magus nicht mehr darin, als dass ein neuer Dämonenjäger auf dem Weg hierher sei.«

»Das passt zu diesem Bücherwurm.« Leichter Spott schwang in ihren Worten mit. »Ich habe mir sagen lassen«, fuhr sie fort, »dass mein Vorgänger – Ryk Vangur, nicht wahr? –, nun, ich habe mir sagen lassen, dass er einer der besten war.«

War ... Dieses eine Wort traf Veitt genauso hart, als hätte sie ihm mit der Faust ins Gesicht geschlagen. »Er ... er hat als Dämonenjäger länger durchgehalten als die meisten anderen.« Wieder einmal stiegen ihm die Tränen in die Augen, und er blinzelte sie hastig fort, in der Hoffnung, dass sie keinem auffielen. Dass Ryk auf Kellwyn den Tod gefunden hatte, daran gab es keinen Zweifel mehr für Veitt. Eineinhalb Monate waren seit seiner letzten Nachricht vergangen. Wäre er noch am Leben, hätte Ryk längst von sich hören lassen.

»*Länger durchgehalten als die meisten anderen* ... Was heißt das schon?«, fragte der massige Kerl mit der Axt am Sattel. Er und der Sehnige waren von ihren Pferden abgestiegen und ebenfalls näher gekommen. »Vielleicht ist das hier ja so'n ganz ruhiges Fleckchen, wo er nur zweimal im Jahr losziehen musste, um so ein paar dämlichen Reißern in den Arsch zu treten.« Er lachte rau auf.

Veitt funkelte den Mann an. Wie konnte er es wagen, so über Ryk zu reden?

»Uh, der böse Blick!« Der Axtkämpfer stieß den Sehnigen mit dem Ellbogen an. »Besser ich nehm mich vor dem kleinen Mann in Acht, was?«

»Besser wär's«, sagte Veitt. In seinen Fingerspitzen pulsierte die Magie wie Nadelstiche und drängte ihn dazu, sie freizugeben.

»Hast du was gesagt, kleiner Mann?« Der Axtkämpfer machte einen weiteren Schritt auf ihn zu. »Wenn du ...«

»Schluss, verdammt!«, fuhr die Dämonenjägerin ihren Gehilfen an. »Veitt ist jetzt einer von uns. Also behandle ihn mit Respekt. Und nach allem, was ich über Vangur gehört habe, war sein Ruf berechtigt.«

Der Axtkämpfer schluckte. »'tschuldige, Boss, ich wollte nicht ...« Er verstummte und senkte den Blick auf seine Stiefelspitzen, als Kess Narodh abwinkte, zuvor sah er aber noch finster zu Veitt hinüber. Den kümmerte das nicht, dafür war er viel zu zornig. Und das war ein Problem.

Magie reagierte auf Gefühle, insbesondere auf so starke wie Wut und Hass. Sie heizten das Seelenfeuer an. Es war das Erste, was man Novizen an der Akademie lehrte – und wovor man sie warnte. Veitts Begabung war nie so groß gewesen, dass er den Übungen zur Selbstbeherrschung viel Aufmerksamkeit geschenkt hatte. Meist hatte er sie sogar geschwänzt, um stattdessen Zeit in der Bibliothek zu verbringen. Bücher hatte er schon immer geliebt. Seit er sich jedoch vor ein paar Monaten mit Asmarans Blut infiziert hatte, war alles anders geworden. Plötzlich hatten sich seine magischen Fähigkeiten weiterentwickelt. Mittlerweile besaß Veitt Fähigkeiten in allen fünf Zweigen der Magie. Die *Medica*, die Heilmagie, beherrschte er schon jetzt besser als Ryk. Was allerdings den ganzen Rest anging, war er sich nicht so sicher, ob er damit jemals an seine Talente herankäme. Vor allem, weil ihm die Übung fehlte. Jahre, Jahrzehnte der Übung.

»Was ist los mit dir, Bursche?« Kess Narodh musterte ihn mit zusammengekniffenen Augen. Veitt hatte zu zittern begonnen, während er darum kämpfte, seinen Zorn auf den Axtkämpfer niederzuringen. Nur so würde er sein Seelenfeuer besänftigen können, das heiß hinter seinem Brustkorb loderte. *Für Ryk*, sagte er sich. Für sein Versprechen ihm gegenüber, weiterzumachen. Nicht aufzugeben. Und das ging nur, wenn er jetzt keine Dummheit beging. Verlor er die Beherrschung und verletzte den Axtkämpfer, würde ihn die neue Dämonenjägerin ganz sicher auf der Stelle töten.

»Es … ist … nichts«, presste er hervor und sackte vor Anstrengung, die Magie unter Kontrolle zu halten, auf die Knie. Doch er schaffte es schließlich, und so strömte sie aus seinen Händen zurück in das Energiezentrum nahe seines Herzens. Ganz zog sie sich allerdings niemals zurück, schon seit Monaten nicht. Stattdessen sandte sein Seelenfeuer warme, gleichmäßige Impulse durch seinen Körper, jederzeit bereit, auf seinen Ruf zu reagieren.

Die Dämonenjägerin verschränkte die Arme vor der Brust und sah mit hochgezogener Braue auf ihn herab. Vermutlich hielt sie sein Verhalten für ein Zeichen von Schwäche. »Jetzt steh schon auf, Bursche. Allmählich verliere ich die Geduld mit dir.«

Veitt kämpfte sich auf die Füße. Ihm schwindelte. Das hämische Grinsen des Axtkämpfers verlieh ihm allerdings die Kraft, die nötig war, um sich aufrecht zu halten.

»Eins noch: Du wirst mich Narodh rufen, klar?« Sie nahm die Hand vom Schwertgriff und tätschelte den Hals ihres Schimmels. Offenbar hatte sie beschlossen, dass ihr und ihren Männern an diesem Ort keine Gefahr drohte.

»Ja«, sagte Veitt.

»Elos«, sie wies mit dem Daumen auf den Axtkämpfer, »hast du ja bereits kennengelernt. Mein Fährtenleser heißt Barn.«

Der Sehnige starrte Veitt ausdruckslos an.

»Er redet nicht viel. Das dürfte dir schon aufgefallen sein.« Nun schob sie zwei Finger in den Mund und stieß einen Pfiff aus, bei dem die Pferde die Ohren aufstellten.

Neugierig wandte Veitt den Blick zum Ende des Hofes, wo der Schuppen mit den Holzvorräten für den Winter stand und hinter dem der Pfad begann, der zu den Hügelgräbern hinaufführte. Es dauerte nicht lange, bis ein Karren, der von einem Ochsen gezogen wurde, auf den Hof rumpelte. Vorne auf dem Kutschbock saß eine mollige Frau mit einem runden, gutmütigen Gesicht. Sie musste älter sein, als sie auf den ersten Blick wirkte, denn ihre wilde Lockenmähne war bereits ergraut. Sie trug ein einfaches blaues Kleid, unter dem mehrere Lagen Unterröcke hervorschauten. Darauf waren Schlammspritzer, genauso wie auf ihren Stiefeln. Sie hatte sich ein Tuch umgelegt, unter dem ihr riesiger Busen durch das Ruckeln des Karrens bebte und zitterte.

Während sie sich ihnen näherte, bemerkte Veitt noch ein Mädchen von höchstens sechzehn oder siebzehn Jahren, das es sich auf der Ladefläche zwischen einem Haufen Kisten, Truhen und Säcken gemütlich gemacht hatte. Ihr Haar war von einem Goldgelb. Ihre Kleidung glich der der älteren Frau. »Aus dem Weg, mein Sohn!«, rief sie Veitt zu, sodass er zur Seite trat. Als der Karren an ihm vorüberfuhr, winkte ihm das Mädchen grinsend zu. Kurz darauf kam er vor dem Eingang des Anwesens zum Stehen.

»Interessant«, meinte Kess Narodh hinter ihm. »Tilbrock sagte uns, du wärst ein Krüppel, auf den ich Rücksicht nehmen muss. Nur konnte ich kein Humpeln feststellen, als du dich gerade bewegt hast.«

Veitt bezweifelte, dass der Magus ihn einen Krüppel genannt hatte. Er drehte den Kopf so weit, dass er die Dämonenjägerin über die Schulter ansehen konnte. »Tja, dann hat uns das Schicksal wohl beide enttäuscht, denn ich dachte, du wärst ein Mann.«

Ihre Mundwinkel zuckten. Er konnte nicht sagen, ob vor Wut oder ob sie versuchte, ein Lächeln zu verbergen. »Jemand sagte mir einmal, dass das Leben eine einzige Ansammlung von Enttäuschungen sei.« Sie drückte ihm den Zügel ihres Pferdes in die Hand. »Hilf meiner Köchin und ihrer Enkeltochter, die Sachen ins Haus zu schaffen.« Sie winkte ihren Gehilfen zu. »Elos, Bran, wir sehen uns drinnen um.«

»Ich könnte dich rumführen, wenn du willst«, schlug Veitt der Dämonenjägerin vor.

»So groß ist es auch wieder nicht. Außerdem wollt ihr Mädels sicher ein wenig unter euch sein.« Sie zwinkerte ihm zu und schlenderte davon.

Veitt spürte, wie er rot wurde.

Elos musterte ihn mit gerunzelter Stirn, bevor er ihm sein Pferd überließ und mit der Axt in der Rechten der Dämonenjägerin ins Haus folgte. Sein Kamerad, der Fährtenleser, tat es ihm gleich, starrte Veitt aber noch einen Moment lang stumm an, bevor er sich abwandte. Es war ein Blick, der alles bedeuten konnte. *Ist doch richtig gut gelaufen, was?*, dachte er. *Sie hassen dich bereits, obwohl sie noch nicht mal richtig angekommen sind!* Er seufzte und wandte sich den beiden Frauen zu, die gerade von dem Karren herunterkletterten.

»Wie haltet ihr es bloß mit denen aus?« Die Frage war raus, bevor Veitt sich Gedanken darüber machen konnte, ob sie nicht zu weiteren Schwierigkeiten führen würde.

»Narodh ist gar nicht so übel, wenn man sie erst einmal näher kennt«, sagte die Köchin, die gerade ihre Unterröcke richtete, während ihre Enkeltochter vom anderen Ende des Karrens zu ihnen herübergeschlendert kam. »Und Elos ist ein Spatzenhirn. Versuch einfach, nicht hinzuhören, wenn er den Mund aufmacht.«

»Wird wohl das Beste sein.« Veitt nickte. »Und dieser Bran? Was ist der für ein Mensch?«

»Einer, der schwer zu durchschauen ist. Er arbeitet seit einem Jahr für Narodh. In all dieser Zeit habe ich ihn noch keine fünf Wörter sagen hören.« Die Köchin winkte ab. »Übrigens heiße ich Milda, und die hübsche junge Frau hier an meiner Seite ist Saira.« Sie legte ihrer Enkeltochter eine fleischige Hand um die Schultern. »Ich hab sie großgezogen, nachdem sie ihre Eltern an die Schwarzbeulen verloren hat. Es gibt keinen Menschen, auf den ich stolzer wäre.«

»Freut mich, euch kennenzulernen. Meinen Namen kennt ihr ja bereits. Am besten kümmere ich mich jetzt erst mal um die Pferde. Wenn ich aus dem Stall zurück bin, helfe ich euch beim Reintragen.«

»Warte!«, rief Saira, als er sich mit den Tieren umdrehte, »ich komme mit!«

Im Stall roch es nach Pferd, Stroh und dem Staub von ungezählten Sommern. Es gab zehn Boxen. Drei waren belegt von Ryks Pferd Feuerherz, Corrs Stute und eine zweite Stute, die Ryk ursprünglich für Jailar gekauft hatte. Vor drei Wochen war ein Mann aus Riszar aufgetaucht, um den Hengst und die weiße Stute im Auftrag des Dämonenjägers abzuliefern.

»Ich liebe Pferde«, sagte Saira. »Glaubst du, ich darf mal auf einem von denen reiten?«

»Warum nicht?«, sagte Veitt. Ihr Besitzer würde ohnehin nicht zurückkehren.

Mildas Enkeltochter war ein aufgewecktes, lebhaftes Ding, dessen Mundwerk nicht eine Sekunde lang stillstand, während sie die Pferde der Dämonenjägerin und die ihrer beiden Begleiter absattelten und danach mit Stroh trocken rieben.

»Das Tal ist mir nicht geheuer«, vertraute Saira Veitt an. »Beim Anblick der Hügelgräber ist's mir kalt den Rücken hinabgekrochen. Am liebsten wär ich gleich wieder umgekehrt.«

»Du gewöhnst dich schon noch dran«, meinte Veitt.

Saira schüttelte sich. »Ich weiß nicht.«

Nachdem sie die Tiere in drei leere Boxen geführt und mit Wasser und Hafer versorgt hatten, kehrten sie auf den Hof zurück. Inzwischen hatte Milda die leichteren Kisten und Säcke vom Wagen gehievt. »Salz, Gewürze, Seife und anderes Zeug«, sagte sie. »Wir haben in Arville noch einmal kräftig eingekauft, weil wir nicht wussten, wie es in der Vorratskammer aussieht.«

»War nicht das Verkehrteste«, sagte Veitt. »Jetzt, wo wir zu sechst sind.« Er sprang mit einem Satz auf die Ladefläche, was ihm früher nicht möglich gewesen wäre, und verschaffte sich einen Überblick: Dort gab es weitere Säcke mit Kartoffeln, Mehl und Äpfeln. Mehrere Käselaibe. Kisten mit Gemüse. Zwei Fässer Pökelfleisch und ein kleines randvoll mit Trockenpflaumen. Außerdem noch sechs Truhen, in denen sich vermutlich der Besitz von Kess Narodh und ihrem Gefolge befand.

»Das meiste kann ich allein tragen«, erklärte er. »Bei den Fässern und Truhen werde ich allerdings Hilfe benötigen.«

Veitt griff sich eine Kiste mit Kohl, ging leicht in die Knie und sprang. Als er am Boden aufkam, spürte er nicht den geringsten Schmerz. Nach wie vor war es ein verdammt gutes Gefühl, nachdem ihn sein lahmes Bein jahrelang geplagt hatte. Er wollte gerade zur Haustür, als Milda sich ihm in den Weg stellte. »Noch eine Sache, Veitt«, sagte sie und setzte dabei eine ernste

Miene auf. »Ich weiß, dass es nie leicht ist, seinen Herrn zu verlieren. Und Narodh ist, nun ja, rau und nicht ganz einfach. Aber sie behandelt jeden gerecht. Zumindest, solange man ihr nicht allzu oft auf der Nase herumtanzt.«

»Verstehe.« Veitt lächelte. »Und danke.« Er zögerte kurz, bevor er hinzufügte: »Sie hat eine hübsche Nase.«

Nun grinste Milda breit. »So ziemlich das Einzige an ihr, worauf diese Beschreibung zutrifft.«

Jetzt, da sie ihm so nahe war, fiel Veitt auf, dass ihr Atem nach Magenbrenner roch. Der Schnaps wurde häufig in der nekrossanischen Küche verwendet, um Speisen abzuschmecken. Offenbar hegte Milda auch außerhalb der Küche eine Vorliebe dafür. Sie räusperte sich. »Lass es dir von einer alten Frau gesagt sein, mein Sohn: Behandle …«

»Du bist doch nicht alt, Milli«, protestierte Saira, die sich unter jeden Arm ein kleines Salzfass geklemmt hatte.

»Und du bist ein furchtbar liebes Kind.« Milda tätschelte ihrer Enkeltochter die Wange, anschließend runzelte sie die Stirn. »Wo war ich noch gleich? Ach ja.« Sie sah wieder Veitt an. »Behandle sie einfach, wie du selbst behandelt werden willst, dann werdet ihr schon miteinander zurechtkommen.« Einen Herzschlag lang schien es Veitt, als wollte sie noch mehr sagen, aber dann trat sie ihm aus dem Weg und meinte: »Worauf wartet ihr junges Volk noch? Ab in die Küche mit den Sachen! Oder muss ich euch erst Beine machen?«

Es war früher Nachmittag, als Veitt das Haus über die Veranda verließ und sich durch den Garten dem Eichenhain näherte, der zum Tal gehörte. Obwohl der Himmel blau war und die Sonne schien, hatte er sich eine Jacke übergeworfen. Der Geruch von Herbst lag in der Luft, von Heu, Butterpilzen und Regen. Im Garten blühten nur noch wenige Blumen, und die Blätter an Bäumen und Sträuchern färbten sich allmählich gelb. Alles, was auf dem Karren gewesen war, befand sich jetzt im Haus, wo die Dämonenjägerin und ihre Gehilfen dabei waren, sich in ihren Zimmern einzurichten. Milda und Saira machten sich unterdessen mit der Küche und der Vorratskammer vertraut. Für Veitt blieb nichts weiter zu tun, und so nutzte er die Gelegenheit, um seinen neuen Mitbewohnern zu entfliehen und ein wenig Zeit für sich zu haben.

Er war auf dem Weg zum See, Ryks Lieblingsplatz im Tal. In den vergangenen Wochen hatte er ihn beinahe jeden Tag aufgesucht. Natürlich immer erst, nachdem er mit seinen Pflichten in Haus und Stall fertig war. Er wusste von dem Wesen, das im See lebte. Dem Nebelgeist. Nach seiner Trennung von Kela hatte Ryk viel Zeit in dem Eichenhain verbracht. Veitt hatte das misstrauisch gestimmt, und so war er ihm eines Tages dorthin gefolgt. Natürlich aus Sorge. Auf diese Weise hatte er von der Existenz des Nebelwesens erfahren.

Als Veitt zwischen den Eichen eintauchte, atmete er tief durch. Unter diesen Ästen mit ihren immergrünen Blättern war die Luft so anders als im Rest des Tales. Frischer, fast schon frühlingshaft. Seine Schritte federten auf dem weichen Erdreich, während ihm der würzige Geruch des Waldes in die Nase stieg. *Leben – alles hier roch danach!* Und plötzlich musste er lächeln. So erging es ihm immer, wenn er herkam. Ob Ryk das Gleiche gefühlt hatte? War das ein weiterer Grund, warum es ihn immer wieder hierhergezogen hatte? Ryk hatte einmal behauptet, die Zeit stünde in diesem Hain still. Und nun endlich glaubte Veitt zu verstehen. Seit seine magischen Fähigkeiten gewachsen waren, konnte er es spüren: Eine uralte Kraft wohnte diesem Ort inne. Er blieb stehen und strich über einen der knorrigen Stämme, bevor er sich streckte, um ein Eichenblatt zwischen Finger und Daumen zu nehmen. Er rieb darüber. »Was bist du?«, flüsterte er in die Stille des Waldes. »Oder sollte ich besser fragen: Wer bist du?« Erneut dachte er an den Nebelgeist, ließ das Blatt wieder los und eilte weiter, auf das Glitzern zwischen den Bäumen zu.

Eineinhalb Monate war es her, dass er Ryks Brief erhalten hatte. In diesem hatte sich der Dämonenjäger von ihm verabschiedet, weil er nicht daran geglaubt hatte, lebend von Kellwyn zurückzukehren. Damals war Veitt gleich zum See gegangen, um mit dem Geist zu reden. Niemals zuvor hatte er das getan.

Zunächst hatte er nach ihm gerufen. Ohne Erfolg. Schließlich hatte er sogar Ryks Brief laut vorgelesen, aber das Wesen hatte sich nicht gezeigt. Dabei hatte er bloß nach jemandem gesucht, mit dem er seinen Kummer teilen konnte. Zum ersten Mal im Leben hatte er sich wirklich allein gefühlt. Allein und zurückgelassen.

Veitt fuhr sich mit den Handrücken über die Augen, während er sich an dieses Gefühl erinnerte, und übersah eine Wurzel. Im nächsten Moment lag er der Länge nach auf dem Waldboden. »Verdammt! Verdammt!«, fluchte er und hämmerte mit der Faust aufs Erdreich ein. Es war einfach nicht gerecht! Niemals wieder würde er sich mit Ryk streiten und ihm den Kopf zurechtrücken können, um ihn von einer Dummheit abzuhalten. Niemals wieder würde er in seine Augen blicken und anhand ihres Grüntons ganz genau wissen, was gerade in ihm vorging. Er schluckte hart. Auch wenn die Hoffnung bekanntlich zuletzt starb, musste er das Unabänderliche akzeptieren. Ryk war tot. Zweifelsohne musste er bei dem Versuch umgekommen sein, den Blutlenker durch ein Portal in die Gegenwelt zurückzuschicken. Und der Oberste Magus war der gleichen Überzeugung. Sonst hätte er Kess Narodh und ihre Bluthunde wohl kaum ins Tal geschickt.

Für einen Moment fragte sich Veitt, ob man ihn vermissen würde, wenn er einfach hier liegen bliebe. *Klar werden sie das, du Idiot!*, dachte er gleich darauf. *Und wenn sie dich finden, werden sie über dich lachen. Besonders dieser Elos!* Der Gedanke machte ihn so wütend, dass er aufstand, sich den Dreck und das Laub von der Kleidung klopfte und seinen Weg wieder aufnahm. Der See war inzwischen ganz nah.

Wenn er wenigstens wüsste, ob es Ryk am Ende gelungen war, den Blutlenker zu bannen. Dann wäre sein Tod nicht umsonst gewesen. Auch von Kela hatte Veitt nichts gehört, und über Ishans Verbleib kursierten diverse Gerüchte. Eines besagte, Thamaryns Ratgeber hätte ihn getötet. Ein anderes behauptete, der Großfürst hätte ihn selbst umgebracht, bevor er in seinem Thronsaal Opfer eines Dämonenangriffs wurde. Ein drittes berichtete, er sei von den kellwynischen Rebellen getötet worden. Sicher war nur, dass Ishan genauso verschwunden blieb wie Ryk und Kela und somit vermutlich das gleiche Schicksal teilte wie die beiden.

Der See.

Er war angekommen.

Veitt sah hinaus auf das im Sonnenlicht funkelnde Wasser. Der Anblick wirkte so friedlich, fast wie in einem Traum. Er setzte sich auf den Felsen am Ufer, auf dem früher immer Ryk gehockt hatte, und es dauerte nicht lange, bis er von den Neuankömmlingen im Tal zu erzählen begann. Im Grunde tat er es nur, um sich den Frust von der Seele zu reden. Dass der Geist ihm zuhörte, bezweifelte er. Am meisten beschäftigte ihn nach wie vor Kess Narodhs Verhalten ihm gegenüber bei ihrer Ankunft.

»Mir kam es ja gleich merkwürdig vor, wie sie sich mir mit der Hand am Schwertgriff näherte. So als hätte sie erwartet, ich würde sie angreifen.« Er schüttelte den Kopf. »Und Milda und ihre Enkelin rief sie erst herbei, nachdem es ihr sicher schien. Vorhin, als ich für einen Moment mit der Köchin allein in der Küche war, da habe ich sie danach gefragt. Und weißt du, was sie daraufhin gesagt hat: ›Dein Herr ist nicht der Einzige, der verschwunden ist. Auch der sharigorische Dämonenjäger wird seit Kurzem vermisst. Er war ein guter Freund meiner Herrin.

Und ich glaube, da sind noch andere Dinge, in die sie mich nicht eingeweiht hat.‹ Nun, das hört sich so an, als ginge sehr viel mehr in den Schwebenden Reichen vor, als selbst Ryk vermutet hatte. Was meinst du?«

Natürlich bekam er auch dieses Mal keine Antwort, weshalb Veitt bald in Schweigen verfiel. Er knabberte an seiner Unterlippe und starrte auf das Wasser hinaus. *Keine Insekten*, dachte er nach einer Weile. Auch kein Fisch durchbrach die Oberfläche. Da war nur ein wenig Nebel, der eigentümlich reglos über der Mitte des Sees schwebte und der vorher nicht da gewesen war.

4

Calares, Sharigor
9. Septer 1026 n. d. Zweiten Dämonenkrieg

Das Herbergszimmer war von dem Geruch billigen Weins, Schweiß und Seufzern der Lust erfüllt. Veola hatte sich tief über den Burschen gebeugt, die Hände links und rechts neben seinem Kopf im Bettlaken verkrallt, und starrte mit einer Mischung aus Hass und Ekstase auf sein hübsches Gesicht hinab. Er war ein Sharigore. Dunkles Haar, gebräunter Teint und ungefähr im gleichen Alter wie Prinz Ishan. Mit halb geschlossenen Lidern lag er unter ihr, die Lippen geöffnet, und stöhnte, während ihr Schoß rhythmisch auf und nieder fuhr. Schweiß perlte über ihre Brüste, kitzelte die sensiblen Nippel, bevor er auf die unbehaarte Brust ihres Liebhabers tropfte. Keuchend warf Veola den Kopf zurück, sodass ihr das lange feuchte Haar auf den Rücken klatschte, und richtete sich auf. Nun ging sie dazu über, die Hüften leicht vor- und zurückzubewegen. Es schien ihm zu gefallen, so, wie er sich unter ihr wand. Wie er die Finger in ihre Oberschenkel schlug und seine Bauchmuskeln sich bei jeder Welle der Lust zusammenzogen. Der Anblick erregte Veola, obwohl der Bursche kaum die zwanzig überschritten haben konnte. Gewöhnlich bevorzugte sie reifere Männer, mit dem ersten Grau im Haar und vom Leben gezeichnet. Söldner hatten es ihr besonders angetan. Nichts erregte sie mehr, als einen von ihnen zu reiten, wie sie diesen hier ritt. Ihn zu besitzen, Gewalt über ihn zu haben.

Veola stöhnte.

Es war leicht, sie in ihr Bett zu holen. Sie wusste, dass sie attraktiv war, denn die Männer warfen ihr begehrliche Blicke zu, wohin sie auch kam, die jungen wie die alten. Und Veola wusste es für ihre Bedürfnisse und Zwecke einzusetzen. Was blieb ihr auch für eine andere Wahl? Eine Frau im Beruf eines Kopfgeldjägers musste jeden Vorteil nutzen, der sich ihr bot. Ihr letzter Auftrag hatte sie nach Calares geführt, die Hauptstadt des Königreiches Sharigor. Hierher war sie einem xe'neridianischen Kaufmann gefolgt, auf dessen Kopf sein Geschäftspartner eine Belohnung ausgesetzt hatte, nachdem er ihn um den Großteil seines Vermögens betrogen hatte. Mittlerweile lag er mit durchgeschnittener Kehle in der Gasse hinter dem Hurenhaus, in dem sie ihn am vergangenen Abend aufgespürt hatte. Im Austausch für seinen Siegelring würde Veola von ihrem Auftraggeber hundertfünfzig Goldenger einstreichen.

»Härter«, drang die flehende Stimme des Burschen in ihre Gedanken und holte sie in die Gegenwart zurück.

Veola knurrte und schlug ihm mit der flachen Hand ins Gesicht. »Was hast du gesagt?«

»Härter!« Ein entrückter, fiebriger Ausdruck war in seine Augen getreten.

Sie erfüllte ihm den Wunsch. Gleichzeitig presste sie ihm die Knie so hart in die Seiten, dass er vor Schmerz und Lust wimmerte. Lächelnd schloss Veola die Augen, warf erneut den Kopf zurück und lauschte verzückt seinem Stöhnen und dem Knarren des Bettes, das vermutlich im ganzen Gasthof zu hören war und Neid und Wollust in den Gemütern der unfreiwilligen Zuhörer hervorrief.

Natürlich hatte Königin Madea sofort von Veolas Anwesenheit in Calares erfahren. Nichts blieb ihr verborgen, denn sie hatte überall in der Stadt ihre Spitzel. Veola wusste es, weil sie schon früher für die Königin gearbeitet hatte. Sie war eine ihrer

Lieblingsauftraggeberinnen. Madea bezahlte ausnahmslos gut, und ihre Aufträge hatten Veola bereits zu den ungewöhnlichsten Orten geführt. Wie Onques, das Reich der lebenden Steine und Felsenhäuter, oder Caldorag, die Quelle des Si'Maryls. Auch nach Nekross, der Insel der Magier, war sie für die Königin schon gereist. Mehrmals sogar. Meist ging es dabei um einen ihrer Handlanger, einen Spitzel, dem sie nicht länger vertraute. Umso neugieriger war sie, wohin diese Aufgabe sie führen würde. Genaueres würde Veola am Abend erfahren. Sie war für Sonnenuntergang zu einem geheimen Treffen mit der Königin geladen worden. Zuvor würde sie sich aber noch ein wenig mit ihrem Boten vergnügen.

Der Bursche erinnerte Veola auf fatale Weise an Prinz Ishan. Diesem Drecksack! Sie knirschte mit den Zähnen. Vor ein paar Monaten hatte sie dem Prinzen in Arville aufgelauert, um das Kopfgeld von tausend Goldenger zu kassieren, das Fürst Elorien auf ihn ausgesetzt hatte. Nachdem sie ihn in ihre Gewalt gebracht hatte, hatte sie sich jedoch von ihm hinhalten lassen, sodass sie und ihr damaliger Partner schließlich von seinen Freunden überwältigt worden waren. Eine durch und durch demütigende Erfahrung.

Mit einem Fauchen grub Veola ihre Fingernägel in die Brust des Burschen unter ihr. Er keuchte kurz auf, bevor er zurück ins Kissen sank und sich wieder seiner Lust hingab. Zu dumm, dass der Prinz inzwischen tot war. An ihm konnte sie ihren Zorn über diese Schmach nicht mehr auslassen. Aber durch ihn hier – sie blickte auf ihren jungen Liebhaber hinab, der sich wie in einem Fiebertraum unter ihr wand – bot sich Veola die Gelegenheit, ihre Rachsucht doch noch auszuleben.

»Du willst es also härter, ja?«

Er sah sie an, den Mund leicht geöffnet und nickte begierig.

Veola schlang die Hände um seinen Hals und drückte zu, während sie gleichzeitig das Tempo ihrer kreisenden Hüften erhöhte. Der Bursche riss die Augen auf, wehrte sich allerdings nicht. Veola drückte noch fester zu. Lachte wild auf und schob ihr Becken vor und zurück. Schneller und immer schneller. Unter ihnen bebte und ächzte das Bett. Mit einem Aufschrei kam sie zum Höhepunkt und sackte über dem verschwitzten Körper ihres Liebhabers zusammen. Gerade noch rechtzeitig erinnerte sie sich daran, dass er nicht wirklich der Prinz war, sondern ein Bote der Königin, und gab ihn frei. Sein Oberkörper bäumte sich unter ihr auf, gierig sog er die Luft ein und ergoss sich im gleichen Augenblick in sie.

Für einen Moment blieb sie einfach so auf ihm liegen, lauschte dem Trommelwirbel seines Herzens und seinen gierigen Atemzügen. Der Sex war besser gewesen, als sie erwartet hatte. Gewöhnlich waren die Jungen so voller Eifer, dass es schon vorbei war, bevor es richtig angefangen hatte, Spaß zu machen. Auch deshalb bevorzugte sie ältere Männer. Sie leckte sich die Lippen, sie schmeckten immer noch leicht süß. Nach dem Samarino, von dem sie sich mit dem Boten eine Flasche in der Schankstube der Herberge geteilt hatte, bevor sie auf ihr Zimmer gegangen waren. Veola runzelte die Stirn. Wie war noch gleich sein Name? Leos? Soras? Egal.

Sie stemmte sich in die Höhe und wandte den Blick zum Fenster. Sie sah die Dächer der umliegenden Häuser, über denen sich der Himmel im Westen bereits rot verfärbte. Die Abenddämmerung war nicht mehr fern. *Königin Madea*, ermahnte sie sich. Wieder sah sie den Burschen an, der mit geschlossen Lidern und ausgestreckten Armen unter ihr lag und dabei leise, schmatzende Geräusche von sich gab. Wie ein Kleinkind, nachdem es sich an der Brust der Mutter satt getrunken hat, dachte Veola angewidert.

»Ich werde mich jetzt auf den Weg zum Palast machen«, sagte sie. »Wenn ich wiederkomme, will ich, dass du verschwunden bist. Verstanden?«

»Hm«, machte er, ohne die Augen zu öffnen, rollte sich unter ihr auf die Seite und vergrub das Gesicht in der Kuhle seines Ellbogens. »Nur noch ein bisschen hier liegen«, nuschelte er, »dann gehe ich.«

Andernfalls werde ich dir bei meiner Rückkehr Beine machen, dachte Veola, schwang sich von ihm hinunter und tappte auf nackten Füßen zu der Kommode auf der anderen Seite des Zimmers. Kurz betrachtete sie sich im Spiegel. Es war vor allem ihr ungewöhnliches Aussehen, das die Männer anzog. Die großen mandelförmigen Augen und das helle, fast weiße Haar, das ihr wie ein Fächer über die Schultern fiel. Ja, sie war immer noch schön, verflucht schön, trotz der fünfunddreißig Sommer, die sie inzwischen zählte.

Veola nahm die Kanne auf, die auf der Kommode bereitstand, und goss den Inhalt in eine Schüssel. Danach wusch sie sich. Sie wollte nicht, dass sie nach Sex stank, wenn sie vor die Königin trat. Ein Geräusch vom Bett her ließ sie aufblicken. Im Spiegel sah sie, wie der Bote sich auf seine Ellbogen stemmte und zu ihr herüberblickte. Im schwächer werdenden Tageslicht sah er Prinz Ishan umso ähnlicher. Aber der Prinz war tot. Umgekommen auf Kellwyn. Wie? Nun, darüber existierten die widersprüchlichsten Geschichten. Überhaupt wäre Kellwyn ein lohnendes Ziel für eine Kopfgeldjägerin.

General Sarazas hatte nach dem Tod von Großfürst Thamaryn die alleinige Kontrolle über die reetacianischen Truppen übernommen. Anstatt die Heimkehr nach Reetac einzuleiten, wo sich die Hohen Familien seit einem Monat über einen Nachfolger des kinderlosen Thamaryn stritten, sah es inzwischen danach aus, als wollte er die Pläne seines früheren Herrn fortführen und selbst die Herrschaft über Kellwyn übernehmen. Hochverrat vom Feinsten. Die Mehrheit seiner Truppen schien hinter ihm zu stehen, da man ihn nicht gleich am nächstbesten Baum aufgeknüpft hatte. Trotzdem dürften nicht alle seine

Männer mit Sarazas' Vorgehen einverstanden sein. Vielleicht würden einige von ihnen desertieren. Einfache Fußsoldaten konnten dem General egal sein. Dagegen mochten Offiziere sich leicht zu einer Bedrohung für ihn entwickeln. Durch ihren Einfluss konnten sie weitere Männer auf ihre Seite ziehen. Oder sie schlossen sich gar den Rebellen an und lieferten ihnen taktische Informationen über die reetacianischen Streitkräfte. Sollte es dazu kommen, bliebe dem General gar keine andere Wahl, als ein Kopfgeld auf solche Verräter auszusetzen. Für eine ambitionierte Kopfgeldjägerin wäre das die Chance, ein kleines Vermögen zu machen. Zunächst wollte sie sich jedoch anhören, welchen Vorschlag Königin Madea ihr unterbreiten würde … und dann war da noch die Belohnung, die sie sich für die Ergreifung des Kaufmannes abholen musste.

»Was willst du?«, fragte sie, als sie im Spiegel sah, wie sich der Bote ihr näherte. Er hatte einen eigentümlich schleppenden Gang, der ihr zuvor nicht an ihm aufgefallen war. Wie ein Leichnam, der wieder zum Leben erwacht war. Sie erschauderte, dabei war es ein völlig kindischer Gedanke. Vermutlich hatte sie ihn zu hart rangenommen. Plötzlich lächelte Veola. Selbst schuld, wenn er sich auf sie einließ. Sie wiederholte ihre Frage, dieses Mal mit mehr Nachdruck: »Was willst du?«

Wieder gab der Bursche keine Antwort. Mittlerweile war er kaum mehr drei Schritte von ihr entfernt. Sie fuhr herum. »Nimm deine Kleidung und verschwinde!«

Er blieb stehen, neigte den Kopf zur Seite und grinste. Weiße Zähne blitzten zwischen seinen Lippen auf. Waren sie auch vorher schon so spitz gewesen? Oder spielte ihr das Licht einen Streich? »Du hast bekommen, was du wolltest«, sagte er. »Jetzt bin ich an der Reihe.« In einer fließenden Bewegung sprang er auf sie zu.

Veola warf sich zur Seite und stieß gegen den Stuhl, auf dem sie vorhin ihre Kleidung und die Waffen abgelegt hatte. Veola ging zu Boden. Auch der Stuhl kippte um. Die beiden Dolche, die darauf gelegen hatten, landeten außerhalb ihrer Reichweite auf den Dielen. *Scheiße*. Sie kroch auf sie zu, war jedoch zu langsam. Madeas Bote griff ihr von hinten ins Haar.

Veola trat instinktiv nach seinen Beinen und brachte ihn aus dem Gleichgewicht. Er stürzte, ohne ihren Haarschopf loszulassen, sodass er sie mit sich zerrte. Die Wirbel in ihrem Nacken knackten, doch war das nichts im Vergleich zu dem Schmerz, als der Schopf ihr brutal aus der Kopfhaut gerissen wurde. Sie schrie auf. Tränen schossen ihr in die Augen. »Du dreckiges Schwein!«, wimmerte sie und kroch dennoch weiter. Im nächsten Moment schlangen sich ihre Finger um den Griff des einen Dolches und zerrten ihn aus der Scheide. Endlich. Veola sprang auf, nackt, wie sie war, und wirbelte herum, als ihr Angreifer sich gerade wieder erhob. Er lächelte und schwenkte mit der Rechten das Haarbüschel. »Das willst du doch bestimmt zurück.« Er warf es ihr zu.

Veola ließ es an sich abprallen. Der Zorn, der in diesem Augenblick in ihren Eingeweiden wütete, ließ sie den Schmerz vergessen. »Ich bring dich um!«

»Die Königin hatte recht«, erwiderte er gelassen. »Du bist eine würdige Kandidatin. Ich sehe Stärke in dir. Ganz sicher wird mir deine Erfahrung als Kopfgeldjägerin bei meiner Mission von großem Nutzen sein.«

Veola kniff die Augen zusammen. »Wovon redest du?«

Anstatt ihr zu antworten, fuhr er fort: »Ihre Majestät sagte mir auch, du hättest schon einige Male für die Magier gearbeitet. Das dürfte es mir leichter machen. Einem Gesicht, das sie kennen, werden sie vertrauen.«

»Was faselst du da?« Sie musste es mit einem Irren zu tun haben. »Keine Sorge, ich werde dich gleich von deinem Elend erlösen!«

»Nur zu.« Er winkte sie mit der Rechten heran.

Dieses Mal war Veola vorsichtiger. Sie umkreiste den Burschen in der Enge des Zimmers. Wie erwartet drehte er sich mit ihr, folgte jeder Bewegung mit den Augen. Er war niemals nur ein einfacher Bote. Nur warum hatte die Königin ihn gesandt? Wollte sie sie loswerden? Das ergab keinen Sinn. Veola hatte bisher jeden ihrer Aufträge zu ihrer vollsten Zufriedenheit erfüllt.

»Was willst du wirklich von mir?« Sie stieß mit dem Messer in seine Richtung. Er wich zurück, sodass ihr Hieb ins Leere traf.

»Etwas, das vermutlich noch kein Mann von dir bekommen hat.«

Veola runzelte die Stirn.

»Dein Herz.« Bei diesen Worten trat ein unseliger Hunger in seine Augen. »Die Quelle all deiner Erinnerungen und damit auch all deiner Erfahrungen, all deiner Fähigkeiten und all deines Wissens.« Er lächelte und bleckte die Zähne. »So hat der mächtige Zaragoth es mich gelehrt, und nun komm, Weib, lass mich meinen Hunger an dir stillen!« Dann war er auch schon bei ihr, entwand ihr das Messer und rang sie nieder. Gleich darauf hockte er auf ihr, nagelte sie mit seinem Gewicht auf den Boden. Und zum ersten Mal seit vielen Jahren verspürte Veola Furcht. »Hör ... hör zu«, ihre Stimme zitterte, »ich gebe dir Geld, ich gebe dir ...«

»Hunger«, sagte er und stieß ihr den Dolch in die Brust.

5

Labyrinth der Toten, Kellwyn
10. Septer 1026 n. d. Zweiten Dämonenkrieg

Mit einem Klirren trafen die beiden Schwertklingen aufeinander. Funken Stoben. Er keuchte. Den Aufprall hatte er bis ins Schultergelenk gespürt, seinen Gegner hatte es noch härter getroffen. Er taumelte, verlor das Gleichgewicht und sackte auf ein Knie. Ishan lächelte. Jetzt hatte er ihn. Mit einem triumphierenden Aufschrei schwang er das Schwert und ließ es auf den Mann herabsausen. Der schrie nun ebenfalls auf. Allerdings vor Panik. Ishan konnte seine Angst riechen und lachte, während der andere verzweifelt seine Waffe hochriss, um sich zu schützen.

In seinem Hinterkopf raunte eine Stimme, dass es genug war, dass er aufhören musste, aber er konnte nicht. Seit der Blutlenker in seinem Kopf gewesen war, kam es manchmal vor, dass die Furcht seiner Gegner ihn nur noch zorniger und hungriger auf den Sieg machte, so als hätte die Berührung durch Asmarans Willen etwas Dunkles in ihm geweckt. Einen urtümlichen Teil seiner Seele, der aus den finsteren Anfängen der Menschheit stammte, wo das Gesetz des Stärkeren galt und Schwäche mit Grausamkeit vergolten wurde.

»Ich … ich gebe auf, Herr. Hörst du?« Der Mann lag auf dem Rücken. Das Schwert hatte Ishan ihm aus der Hand geschlagen. Er reckte ihm eine Hand entgegen, während er den verletzten Schwertarm gegen den Oberkörper presste. »Ich ergebe mich!«

»Auf dem Schlachtfeld kannst du dich auch nicht ergeben«, erwiderte Ishan. »Kämpfe!« Seine Klinge zuckte vor.

»ISHAN!« Prinzessin Iritaris Stimme schnitt durch den Nebel aus Zorn, Trauer und Verblendung, den der Blutlenker in ihm zurückgelassen hatte, und drang zu dem wahren Ishan vor. Es war, als erwache er aus einem Albtraum. Mit Erschrecken sah er, wie dicht die Spitze seines Schwertes über der Brust seines Gegners schwebte. Ein junger Kellwyner, nur ein paar Jahre älter als er selbst, die Augen vor Entsetzen geweitet. Er trug nicht einmal ein Kettenhemd. Nur Weste, Hose und Sandalen. Bei Sorons Krähen!

Ishan wich einen Schritt von dem Mann zurück, steckte das Schwert ein und beugte sich dann vor, um ihm aufzuhelfen. »Ich bin zu weit gegangen«, sagte er und streckte ihm die Hand hin. »Es tut mir leid … Olan, nicht wahr?«

Der andere nickte, machte aber keine Anstalten, die Hand zu ergreifen.

»Ich habe mich vergessen, mich vom Kampf mitreißen lassen. Das hätte nicht passieren dürfen.« Ishan presste die Lippen zusammen. »Es wird nicht wieder vorkommen. Mein Wort darauf.« Es war ein Versprechen, von dem er nicht wusste, ob er es halten konnte. »Du hast gut gekämpft. Ja, wirklich. Hast mich in Bedrängnis gebracht, Olan. Sonst wären die Pferde wohl kaum mit mir durchgegangen.« Die Worte verfehlten ihre Wirkung nicht. Er sah, wie die Angst in den Augen des Mannes einem vorsichtigen Stolz wich. »Du hast gute Fortschritte gemacht«, fuhr Ishan fort, »und deshalb möchte ich, dass du ab morgen das Training dieser Einheit übernimmst.«

Jetzt lächelte der Mann und ergriff ohne weitere Verzögerung Ishans Hand. »Danke, Kommandant«, sagte Olan, sobald er stand.

»Du hast es dir verdient.« Ishan nickte ihm zu. »Und jetzt suche einen der Heiler auf, damit der sich deinen Arm anschaut.«

»Jawohl, Kommandant.« Der Mann eilte davon.

Ishan sah zu, wie er durch den Höhlenausgang verschwand. Für jemanden, der erst seit ein paar Wochen mit einem Schwert trainierte, hatte Olan sich tatsächlich ganz passabel behauptet. Jedenfalls besser als die meisten anderen seiner Landsleute.

»Das hast du gut gemacht«, raunte Iritari ihm zu. Sie war unbemerkt neben ihn getreten. Ihre Nähe tat gut.

Er wandte ihr das Gesicht zu. Die Prinzessin war mit ihren sechzehn ganze zwei Jahre jünger als er, trug jedoch schon jetzt die Last einer Rebellion auf den Schultern. Schmale, zerbrechlich wirkende Schultern. Er lächelte. Wie sehr sie ihn an Kela erinnerte. Dabei hätten beide Frauen nicht gegensätzlicher aussehen können. Iritari war eine typische Kellwynerin: langes schwarzes Haar, rotbraune Haut und große dunkle Augen. Allerdings besaß sie die gleiche innere Stärke wie Kela. Bei Sorons Krähen, mittlerweile war über ein Monat vergangen, und immer noch tat es verdammt weh, nur an sie zu denken!

»Was tust du hier, Iritari?«

»Ich habe nach dir gesucht, wir müssen reden.«

»Einen Moment noch, ich bin gleich fertig.« Ishan drehte sich um und blickte in die Gesichter von rund zwanzig Männern und Frauen jeden Alters. Kellwyner, die sich Iritaris Rebellion gegen die Invasoren ihrer Heimat angeschlossen hatten. Trotz Gregorius Thamaryns Tod waren die reetacianischen Truppen bisher nicht aus Kellwyn abgezogen.

Die Höhle, in der er sich befand, war eine von Dutzenden, in denen die Rebellen schichtweise den Kampf trainierten. Die Anfänger mit Stöcken, die Erfahreneren mit Äxten, Armbrüsten und erbeuteten Kurzschwertern. An den Wänden hingen Fackeln, die für Licht sorgten. Das Flackern der Flammen unterstrich die Besorgnis in den Augen der Männer und Frauen. Eigentlich hatte Ishan ihnen mit Olans Hilfe nur ein paar Kniffe und Taktiken demonstrieren wollen, bevor er die Kontrolle verloren hatte. Jetzt war es erst einmal wichtig, dass er ihr Vertrauen zu ihm wieder herstellte und sogar noch stärkte.

»Was ihr gerade miterlebt habt, war ein Kampf, wie er auf dem Schlachtfeld stattfindet. Ich bedaure, wenn ich euch Angst eingejagt habe, aber es ist wichtig, dass ihr voll und ganz begreift, worum es bei dieser Rebellion geht. Was wir hier tun, ist kein Spiel.« Ishan sprach mit fester Stimme, während er jedem einzelnen ins Gesicht blickte. *Verrückt.* Für einen Moment hatte er das Gefühl, seinen Vater reden zu hören und nicht sich selbst. Vielleicht hatte er ja mehr von ihm gelernt, als ihm bisher bewusst gewesen war. »Wenn euch das Angst macht, seid ihr hier nicht am richtigen Ort. Und das solltet ihr verstehen.«

Ein paar nickten.

»Nur eine Prüfung«, hörte er jemanden murmeln.

Gut so, dachte er. Offenbar war es ihm gelungen, die Situation noch einmal zu retten. »Über uns, in den Straßen von O'Shan'wa, herrscht Krieg. Hier unten im Labyrinth bekommen wir davon nur wenig mit. Aber es wird der Tag kommen, da wir uns dem Feind stellen müssen und wir uns zurückholen werden, was er uns genommen hat. Unsere Häuser, unsere Freiheit, unseren Frieden.« Er hob den Kopf ein wenig an und legte Stolz in seine Stimme. »O ja, ich bin einer von euch, ein Rebell! Hört ihr? Und die Reetacianer werden noch bereuen, dass sie sich mit uns angelegt haben.«

Vereinzelter Jubel.

Allmählich begriff er, warum sein Vater Worte immer für die gefährlichere Waffe gehalten hatte, als das Schwert. »Vertraut ihr mir?«

»Ja«, erscholl die Antwort – dieses Mal einstimmig und gefolgt von weiteren Jubelrufen.

Ishan lächelte. »Dann will ich euch lehren, wie wir diese Schweine besiegen können!«

Er sah das Leuchten in ihren Augen, während sie seinen Namen riefen, und wusste, dass ihre Herzen ihm gehörten. »Ishan! Ishan! Ishan!« Für einen Kommandanten gab es nichts Wichtigeres als das Vertrauen seiner Soldaten. Iritari hatte ihn zu ihrem Befehlshaber ernannt, weil er der Einzige unter den Rebellen war, der eine militärische Ausbildung besaß. Und weil Mortos Dex, der kellwynische Dämonenjäger, sich vor ihr für Ishan und seine Freunde verbürgt hatte. Die Prinzessin musste eine sehr hohe Meinung von ihm gehabt haben. Sein Tod hatte sie jedenfalls hart getroffen.

Ishan und Iritari verließen die Übungshöhle, damit die Einheit ihr Training fortsetzen konnte. Der Gang davor war mit Fackeln beleuchtet. Sie mussten nur ein kurzes Stück gehen, bevor sie auf einen der gemauerten Gänge des Labyrinths stießen. Noch immer wunderte sich Ishan über die angenehmen Temperaturen, die hier unten herrschten und verhinderten, dass sie froren, obwohl sie Hunderte Fuß unter der Erde waren. Aber auch das war nur eines der vielen Rätsel, die diesen Ort umgaben. Plötzlich ergriff die Prinzessin ihn am Arm und blieb stehen. »Ich danke dir«, sagte sie. »Du hast ihnen Hoffnung gegeben. Und Mut.«

»Vorher habe ich jedoch die Beherrschung verloren.«

»Du bist zu hart gegen dich selbst. Du hast viel ...« Sie verstummte, als eine Kellwynerin mit einem Korb Brote an ihnen vorübereilte. Sobald sie außer Hörweite war, sprach Iritari weiter. »Du hast viel durchmachen müssen, Ishan. Ein anderer, ein schwächerer Mann, wäre daran zerbrochen.«

»Du hast ja keine Ahnung«, erwiderte er düster. »Nachts quälen mich immer noch Albträume, in denen ich Asmarans Stimme in meinem Kopf höre. Es war ... schrecklich.« Er wich ihrem Blick aus. »Er hat meine Erinnerungen gelesen. Jede einzelne. Selbst meine geheimsten Gedanken. Vor nichts hat er haltgemacht. Ich habe ihn angefleht, aufzuhören, aber das war ihm egal. Einfach egal. Es fühlte sich so …« Er brach ab und schluckte. »Er glaubte, ich hätte mich mit diesem Zaragoth und den To'Dhana gegen ihn verbündet.«

»Ich weiß, ich weiß«, murmelte Iritari und streichelte seinen Arm.

»Und dann hat er meinen Freunden weisgemacht, ich sei tot. Ich wollte ihm widersprechen, wollte die Hand heben, zum Beweis, dass ich noch lebe, und konnte es nicht. Ich war ihm völlig ausgeliefert.«

»Das warst du, und trotzdem hast du überlebt. Du bist diesem Monster entkommen. Oh, Ishan, für mich bist du ein Held.«

»Ein Held? Nein, Iritari, ich habe meine Freunde im Stich gelassen, und jetzt sind sie tot.« Er lehnte sich gegen die Mauer in seinem Rücken und schüttelte den Kopf.

»Unsinn«, widersprach sie und bohrte ihm den Zeigefinger in die Brust. »Du hättest nichts für sie tun können. Du musstest dich selbst retten.«

Er atmete tief durch, schmeckte den Rauch der Fackeln auf der Zunge und die Verzweiflung und Hoffnung der Rebellen, die sich hier unten in den Kammern des Labyrinths vor einem übermächtigen Feind verbargen. »Woher nimmst du bloß jeden Tag aufs Neue die Stärke, weiterzumachen?« Ishan blickte der Prinzessin in die Augen. »Möchtest du manchmal nicht einfach davonlaufen?«

Iritari sah sich in dem Tunnel um. Ein Stück entfernt standen zwei Wächter, die den Zugang zu den Vorratskammern in diesem Abschnitt des Labyrinths bewachten. Sie sprachen mit der Frau mit dem Brotkorb. Die Prinzessin drängte sich an ihn. »Immerzu will ich das«, flüsterte sie ihm zu. »Aber diese Menschen sind alles, was ich habe. Sie sind meine Familie. Sie brauchen mich und ich – ich brauche sie.« Sie musterte ihn aufmerksam, als versuchte sie, ihn zu lesen. »Meine Stärke kommt von ihnen, Ishan. Vom Hoffnungsschimmer in den Augen einer Mutter, dem Lächeln ihres Kindes und dem Stolz der Männer und Frauen, denen du gerade gezeigt hast, dass wir immer noch siegen können.«

»Du bist ... unglaublich.«

»Nicht mehr als du.« Ihre Hand streichelte sein Gesicht, woraufhin er ein Stück vor ihr zurückwich. Er sah die Enttäuschung in ihrem Blick, doch es war einfach noch zu früh. »Hast du nicht gesagt, dass du über etwas mit mir reden willst?«

»Richtig.« Sie nickte. »Der Kartenmacher hat mich vorhin aufgesucht.«

Ishan riss die Augen auf. »Ist er endlich fertig?«

»Es hatte etwas länger gedauert, weil er die neuen Informationen erst mit dem vorhandenen Kartenmaterial abgleichen musste. Ich habe mir die Karten angesehen. Sie machen einen guten Eindruck.«

Auf Ishans Bitte hin hatte Iritari dem Kartenmacher von den Tunneln und Kammern und sogar ganzen Stockwerken des Labyrinths erzählt, von deren Existenz die meisten Kellwyner nichts ahnten. Uraltes Wissen, das seit Generationen von der Fürstenfamilie gehütet wurde, weil einige dieser Orte als gefährlich galten. Andere wiederum bargen Geheimnisse, die unlängst in Vergessenheit geraten waren und über die sich die Fürsten von Kellwyn nur deshalb ausgeschwiegen hatten, weil auch schon die früheren Herrscher es so gehandhabt hatten. »Diese Bereiche des Labyrinths können oft nur über verborgene Zugänge betreten werden«, fuhr die Prinzessin fort. »Falltüren, Geheimtunnel, verschiebbare Mauern und wer weiß, was noch.«

»Was ist mit dem Kartenmacher?«, fragte Ishan. »Wird er Schweigen bewahren?«

»Er hat mir sein Wort gegeben.«

»Können wir ihm denn trauen?«

»Mein Va…« Iritari brach ab, ein schmerzlicher Ausdruck huschte über ihr schönes Gesicht, und Ishan begriff, dass sie gerade an die Menschen dachte, die sie verloren hatte: ihren Vater und ihre beiden Brüder. Sie schluckte. »Mein Vater hielt ihn für einen ehrenwerten Mann, und ich tue das auch.« Er sah, wie sie sich zu einem Lächeln zwang. »Oh, Ishan, ich hoffe so sehr, dass diese Karten dir helfen zu finden, was du suchst. Wenn es stimmt, was du durch den Blutlenker erfahren hast, hängt nicht nur das Schicksal unseres Inselreiches, sondern das aller von deinem Erfolg ab.«

Er nahm ihre Hände in die seinen und drückte sie sanft. »Mit Ryk und Kela an meiner Seite wäre es sicher leichter, und ihr Verlust quält mich nach wie vor. Aber zum Glück habe ich hier auf Kellwyn neue Freunde gefunden.« Er lächelte die Prinzessin an. »Ich weiß, dass wir es gemeinsam schaffen können. Wir werden nicht nur dein Volk von der Unterdrückung durch die Reetacianer befreien, wir werden auch diesen falschen Gott finden, dessen Grab sich hier irgendwo im Labyrinth verbirgt. Ich werde nicht zulassen, dass er jemals wieder Unheil über die Menschheit bringt.«

Durch Asmarans Verhör hatte er nicht nur erfahren, dass Königin Madea hinter dem Anschlag auf seinen Vater steckte, sondern auch, dass sie zusammen mit Zaragoth den Dämonengott Inos von den Toten zurückholen wollte. Vor langer Zeit war der Gott ein Opfer seiner eigenen Brüder und Schwestern geworden. Die übrigen sechs Dhana'an hatten sich seiner entledigt, nachdem sein Wahnsinn während des Ersten Dämonenkrieges immer verheerendere Ausmaße angenommen hatte. Seinen Körper ließen sie in diesem Labyrinth zurück, bevor sie in die Gegenwelt zurückkehrten. Zumindest glaubte das der Blutlenker.

Mittlerweile hatte Ishan mehrere Streifzüge durch das Labyrinth unternommen, ohne einen Hinweis auf das Grab zu finden.

Daher vermutete er, dass es in einem Bereich verborgen lag, der nicht jedem zugänglich war. Aus diesem Grund hatte er Iritari auch gebeten, ihm die Karten anfertigen zu lassen. Madea würde noch bereuen, dass sie sich mit ihm angelegt hatte. Sie und Zaragoth konnten unmöglich ahnen, dass er noch lebte und von ihren Plänen wusste. Auf diese Weise konnte er in aller Ruhe seine Rache für den Verrat seiner Stiefmutter planen. Früher oder später würden die beiden selbst nach Kellwyn kommen, um nach Inos zu suchen. Wenn er die Grabkammer vor ihnen fand, konnte er ihre Pläne vereiteln und ihnen dort sogar eine Falle stellen.

»Du musst mir etwas versprechen«, riss Iritari ihn aus seinen Gedanken.

Er wandte ihr das Gesicht zu.

»Ich will, dass du vorsichtig bist, wenn du die verborgenen Orte auf der Karte aufsuchst«, sagte sie. »Die Herrscher von Kellwyn haben ihre Existenz nicht umsonst geheim gehalten. Seit Jahrhunderten war niemand mehr dort, und das aus gutem Grund.«

»Du machst dir zu viele Sorgen, Iritari.«

»Nur weil du mir wichtig bist.« Sie sah ihm in die Augen.

Ishan hielt ihrem Blick zwei, drei Herzschläge lang stand, bevor er ihm auswich. »Wie ich schon sagte, du machst dir zu viele Gedanken. Das Labyrinth hat dein Volk bisher immer beschützt, warum sollte es an diesen Orten anders sein? Selbst mich hat es … akzeptiert, obwohl ich kein Kellwyner bin.« Er dachte daran, wie er sich anfangs immer beobachtet gefühlt hatte, wenn er in einem der Tunnel unterwegs gewesen war. Als wären ihm Hunderte unsichtbarer Augen auf Schritt und Tritt gefolgt. Das hatte sich erst geändert, seit er offen auf Seite der Rebellen kämpfte. »Warum auch immer deine Ahnen diese Plätze gefürchtet haben, ich bin sicher, es ist alles halb so wild.«

Iritari kniff die Augen zusammen, entzog ihm ihre Hände und verschränkte die Arme vor der Brust. »Hast du denn überhaupt nichts gelernt, seitdem du hier unten bist, Ishan Dickschädel? Du warst selbst schon dabei, als das Labyrinth sich unsere Feinde geholt hat, nachdem sie hier eingedrungen waren und in einem der Tunnel unser Blut vergossen haben.« Sie stieß hörbar die Luft durch die Nase aus. »Das Labyrinth schützt uns, o ja. Aber es bestraft auch jene, die sich nicht an seine Regeln halten.«

Er presste die Lippen aufeinander. Vielleicht hatte sie recht. »Also schön«, sagte er, »ich werde vorsichtig sein. Das hatte ich ohnehin vor.«

»*Wir* werden vorsichtig sein«, erwiderte die Prinzessin, und das mit einer Stimme, die keinen Widerspruch duldete. »Nach diesem Gespräch lasse ich dich ganz sicher nicht allein gehen. Außerdem bist du mit dem Labyrinth nicht so vertraut wie ich und könntest dich selbst mit einer Karte leicht verirren. Haben wir uns verstanden?« Sie sah ihn mit trotzig vorgeschobener Unterlippe an. Manchmal vergaß er, dass Iritari erst sechzehn Sommer zählte. Aber sie war auch die Anführerin der Rebellen und rechtmäßige Regentin von Kellwyn. Das musste er respektieren. Ihm war bewusst, dass sie sich lediglich um ihn sorgte. Sie hatte ihn schließlich gesund gepflegt, nachdem eine Rebellenpatrouille ihn nach seiner Flucht bewusstlos in einem der Tunnel gefunden hatte. Nur dank eines Feuers, das in der Palastpyramide ausgebrochen war und Kela und Ryk das Leben gekostet hatte, war er überhaupt entkommen.

Er hatte den Rauch und das Chaos genutzt, um durch den Geheimgang in der Gruft von Iritaris Ahnen ins Labyrinth zu entkommen. Danach war er eine Zeit lang in völliger Finsternis durch die Tunnel geirrt, geschwächt und fiebrig von Asmarans Folter, dem Schmerz über den Verlust seiner Freunde und dem Verrat seiner Stiefmutter. Schließlich war er zusammengebrochen und hätte sich wohl Fieber und Trauer ergeben, wenn Iritaris süße Stimme ihn nicht zurück ins Leben gelockt hätte.

»Wir reden noch einmal darüber, wenn du dich wieder beruhigt hast, einverstanden?«, sagte er zu der Prinzessin.

Iritari zog eine Braue hoch.

»Oder wir machen es so, wie du sagst«, seufzte Ishan. »Und jetzt würde ich gern die Karten sehen.«

6

Cros'Anoriel, Gegenwelt
10. Septer 1026 n. d. Zweiten Dämonenkrieg

Heute war der Tag, an dem Ryk und Kela vor den Rat der Stadt treten würden. Zu diesem Zweck brachte man ihnen eine Schüssel mit Wasser und frische Kleidung in ihre Zelle. Bei dem Anblick bekam Kela große Augen. Kaum waren die Wächter gegangen, entledigte sie sich ihrer Sachen und wusch sich den Schmutz der letzten Wochen vom Körper. Ryk wandte den Blick ab, um ihr ihre Privatsphäre zu geben. Er selbst spielte mit dem Gedanken, stinkend und verdreckt vor den Rat zu treten. Einfach nur, weil es Asmaran reizen würde.

Doch nachdem sich Kela wieder auf die Pritsche auf ihrer Seite der Zelle zurückgezogen hatte und er keine Anstalten machte, sich der Schüssel zu nähern, traf ihn ein finsterer Blick von ihr. Schlagartig wurde ihm bewusst, was es für die Veydra bedeutete, zusammen mit ihm eingesperrt zu sein. Ohne Siaminzöl musste sein Schweißgeruch sie mittlerweile an den Rand des Wahnsinns getrieben haben.

Sobald er fertig war, öffnete sich ihre Zellentür, und Nersei erschien. Auch heute trug er wieder eine rote Weste und eine farblich passende Hose, während ihre eigene Kleidung von einem trostlosen Aschgrau war.

»Ich bringe euch jetzt zum Rat. Der Weg zur Halle der Entscheidungen führt uns durch die Stadt. Ich hoffe, ihr seid vernünftig und versucht keine Dummheiten.« Nersei fixierte Ryk mit seinen blauen Augen. Sie wirkten fremd und ungewohnt in dieser Welt, die von Dämonen dominiert wurde. »Selbst, wenn ihr es schafft, den Wächtern zu entkommen, würdet ihr in den Straßen von Cros'Anoriel nicht lange überleben. Die Bewohner erinnern sich vom Tag eurer Ankunft noch gut an euch.«

Das glaubte Ryk ihm gern. Asmaran hatte selbst dafür gesorgt, dass man sie nicht vergessen würde. Während man sie zum Gefängnisturm gebracht hatte, war der Blutlenker nicht müde geworden, sie vor der Bevölkerung als diejenigen anzuprangern, die für den baldigen Untergang der Stadt verantwortlich wären. Schon damals hatte Ryk sich gefragt, was das bedeutete. Aber wenn es stimmte, was Nersei gestern gesagt hatte, würden sie heute vor dem Rat endlich erfahren, was es damit auf sich hatte.

Auf dem Gang vor ihrer Zelle warteten sechs Empathen, die sie in ihre Mitte nahmen. Es waren Diener des Blutlenkers, die Gedanken lesen und beeinflussen konnten. Im Grunde sahen sich alle Humanos ähnlich: weiße Haut, unnatürlich große schwarze Augen und albtraumhafte Fratzen. Zusätzlich besaßen die Empathen ein drittes Auge auf der Stirn. Es war kleiner als die beiden anderen und ein wenig in den Schädel eingesunken. Normalerweise war es geschlossen, verborgen hinter einem Lid von graublauer Färbung. Heute war es bei allen sechs geöffnet. Ryk spürte, wie sie nach seinem Bewusstsein tasteten, und zuckte unter ihrer Berührung zusammen. Es fühlte sich an wie ein eiskalter Luftzug, der mitten durch seinen Schädel ging. Vermutlich suchten sie in seinem und Kelas Geist nach Fluchtgedanken.

Der Oberkörper der Empathen war mit Runen tätowiert, die Ähnlichkeit mit denen des Blutlenkers besaßen, aber weniger ausschweifend und komplex waren. Im Gegensatz zu Asmaran waren sie auch nicht nackt, sondern trugen knielange rote

Hosen. Ein Hinweis darauf, dass sie Geschlechtsteile besaßen und damit Angehörige der zweiten Kaste waren. Ein Gesellschaftssystem, von dem Nersei behauptete, dass Asmaran es abgeschafft habe. Schuhwerk trugen die Dämonen nicht, ihre sechs Zehen mit den Klauen hätten darin wohl kaum Platz gefunden. Und so klatschten ihre nackten Füße bei jedem Schritt auf den Stein. Sie eskortierten ihre Gefangenen durch einen von schwebenden Leuchtkugeln erhellten Tunnel, der sich außen um den Gefängnisturm herum in die Tiefe wand.

Nersei führte den Trupp an. Die Wächter, denen sie unterwegs begegneten, nickten ihm respektvoll zu. Ryk und Kela hingegen starrten sie mit Hass in den Augen an, aber damit konnte der Dämonenjäger leben. Wäre ihm die Chance gegeben, hätte er selbst jeden von ihnen angegriffen und getötet. Sorgen machte er sich hingegen um Kela. Wie würde sie all diesen Hass verkraften? In den Schwebenden Reichen wurden Veydras aufgrund ihrer Abstammung von den meisten Menschen gemieden und sogar gejagt, und nun begegneten die Dämonen ihr in der Heimat ihres Vaters mit der gleichen Feindseligkeit. Er sah über die Schulter. Kela ging zwei Schritte hinter ihm und hielt den Blick gesenkt. Ihr Gesicht war ausdruckslos, sodass er nicht feststellen konnte, wie es in ihr aussah. Er wagte auch nicht, sie anzusprechen, und so drehte er sich wieder nach vorne.

In den vergangenen Wochen hatten sie kaum ein Wort miteinander gewechselt, und wenn doch, dann nur, um zu streiten. Kela gab ihm die Schuld an Ishans Tod. Sie warf ihm vor, er hätte ihn absichtlich sterben lassen, um sie wieder für sich allein zu haben. Das war natürlich Unsinn. Er hatte den Jungen gemocht. Im Grunde ihres Herzens musste Kela das auch wissen. Zu trauern hätte jedoch bedeutet, das Unabänderliche zu akzeptieren. Also hielt sie stattdessen an ihrer Wut auf Ryk fest, weil es sie von Ishans Verlust ablenkte. Verdammt, sie musste wirklich etwas für den Jungen empfunden haben!

Der Ausgang des Tunnels führte sie auf einen in Schatten getauchten Innenhof, der am Fuße des Turmes lag und von Mauern umgeben war. Ryk registrierte Dutzende Wächter, die hoch über ihnen auf dem Wehrgang patrouillierten. Nersei führte sie direkt auf ein Tor zu. Sobald die Val'kai-Wachen Nersei erblickten, machten sie sich daran, die Flügel zu öffnen. *Interessant*. Inzwischen war Ryk sicher, dass der männliche Veydra sehr viel mehr war als ein einfacher Befehlsempfänger des Blutlenkers.

Kaum waren sie durch das Tor getreten, traf sie die Hitze der Mittagssonne, die ungnädig auf die Straßen von Cros'Anoriel schien. Ryk stöhnte auf und kniff die Augen zusammen. Die dicken Außenwände ihres Gefängnisses hatten sie bisher vor den Temperaturen der Gegenwelt geschützt.

Jeder Atemzug kratzte ihm im Hals, denn die Luft war staubtrocken und schmeckte nach den Lavaströmen, die die Stadt umschlossen. Um sie zu überwinden, musste man eine Brücke überqueren, die die Stadt mit der Ebene dahinter verband. Ryk glaubte nicht, dass er ein weiteres Mal einen Fuß auf sie setzen würde. Es spielte keine Rolle, ob er Asmaran gab, was er wollte oder nicht. Der Dämon würde sie niemals lebend aus Cros'Anoriel herauslassen.

Bei ihrer Ankunft in der Stadt hatte Ryk diesem Ort nur wenig Aufmerksamkeit entgegengebracht. Er war verletzt gewesen, erschöpft vom Fußmarsch, und auch die Schmerzen von seinen Verbrennungen hatten sich zu diesem Zeitpunkt wieder zurückgemeldet. Schließlich hatte Nersei ihn nur so weit geheilt, dass er überlebte. Jetzt bot sich ihm die Gelegenheit, sich zum ersten Mal genauer umzusehen. Sämtliche Straßen und Gassen waren mit Steinplatten gepflastert, die von einem dunklen Rot waren und sich fast fugenlos aneinanderreihten. Jede musste Hunderte Pfund wiegen. Die Gebäude, die zu beiden Seiten von ihnen aufragten, waren zumeist aus grauem oder rotem Gestein, häufig mehrstöckig, von quadratischer Grundform und mit einem flachen Dach. Ein Anblick, der Ryk an die Ruinen in der Schlucht der Himmelssäulen auf Xe'Neridian erinnerte.

»Lasst niemanden zu den Gefangenen durch«, mahnte Nersei die Empathen, von denen jeweils drei links und rechts von Ryk und Kela gingen. Inzwischen verließen immer mehr Bewohner ihre Häuser, um einen Blick auf die Gefangenen zu werfen. »Der Rat will sie lebend, damit er sie befragen kann, bevor er ein Urteil fällt.«

Bei den Schaulustigen handelte es sich überwiegend um Val'kai, die für Ryk nahezu alle gleich aussahen, wenn sie nicht gerade über ein drittes Auge oder ein Paar zusätzlicher Arme verfügten. Veydras entdeckte er nur sehr wenige unter ihnen. Und Menschen überhaupt nicht. Ein paar Gestalten drückten sich in den Schatten der Hauseingänge und schmaleren Gassen herum, als wollten sie nicht gesehen werden. Ihre Silhouetten besaßen weder Ähnlichkeit mit den Val'kai noch mit Veydras. Am schlimmsten fand Ryk, dass das alles in völligem Schweigen ablief. Kein Raunen, keine Beschimpfungen. Man starrte sie einfach nur aus großen dunklen Augen an.

Ein junger Dämon, offenbar der Anführer einer Gruppe Halbstarker, warf etwas nach Ryk. Er verfehlte ihn, woraufhin das Ding – es war blau und apfelgroß – auf dem Straßenpflaster vor Ryk aufschlug und aufplatzte. Der Dämonenjäger zuckte zurück, als ihm ein bestialischer Gestank in die Nase stieg, und prallte gegen Kela. »Pass doch auf«, knurrte sie.

Nersei fuhr mit einem so zornigen Ausdruck im Gesicht zu der Bande herum, dass selbst die Val'kai in unmittelbarer Nähe vor ihm zurückwichen. Die vier Halbstarken drängten eingeschüchtert durch die Menge nach hinten und flohen in eine Gasse.

Nersei wandte sich wieder nach vorne, seufzte und stemmte die Hände in die Hüften. Drei Val'kai hatten sich ihrem Trupp in den Weg gestellt. Sie gehörten einer Gattung an, die Ryk nicht kannte. Ihre Gesichter waren spitzer und länger, und sie überragten den Veydra um gut einen Kopf. Auch ihre Körper waren mit Runen verziert, allerdings konzentrierten die sich in erster Linie auf ihre Gliedmaßen, die kräftiger wirkten als bei anderen Val'kai. Sie trugen nichts weiter als Lendenschurze aus einer Art Leder, die von einer Kordel gehalten wurden. Spitz gefeilte Knöchelchen baumelten daran. Als der Dämon in der Mitte vortrat, klapperten sie wie hohle Stöckchen, die man aneinanderschlug. Ein seltsam schauriger Laut.

»Wir sind die Todbringer. Wir wurden bestimmt, die Gefangenen ihrem Urteil zuzuführen. Übergib sie uns, Bruder«, forderte der Dämon in der Sprache der Val'kai.

Ryk verstand nur etwa jedes zweite Wort, den Rest reimte er sich zusammen.

»Allein der Rat hat das Recht, ein Urteil über sie zu fällen«, entgegnete Nersei. »Und dorthin werde ich sie jetzt bringen.«

»Nein!« Die Zunge des Dämons schoss vor und zischelte drohend. »Der Rat ist die Stimme des Volkes, und das Volk hat uns erwählt, jene zu töten, die uns durch ihre Einmischung dem Untergang geweiht haben.«

»Noch sind wir nicht besiegt, noch können wir ...«

»Mach keinen Narren aus dir, Bruder. Wir sind nicht blind. Seit Tagen kreist der geflügelte Tod über der Ebene jenseits der Stadt.« Er deutete zu ein paar schwarzen Punkten, die sich am Himmel abzeichneten.

Ryk erinnerte sich daran, sie auch am Tag zuvor schon gesehen zu haben.

»Wir alle wissen, was uns bei einem Angriff droht«, fuhr der Dämon fort. Seine Augen wurden schmal. »Diese Gefangenen verdienen den Tod!«

Zustimmendes Gemurmel erhob sich aus den Reihen der Umstehenden.

»Wenn das so ist, hol sie dir, Bruder«, erwiderte Nersei.

»Dann würdest du für diese *Cre'tash* sterben?« Das Wort kannte Ryk nicht, aber es war bestimmt kein Kompliment.

»Nicht für sie, sondern für meine Ehre. Ich habe dem Rat meine Treue geschworen. Wer wäre ich denn, wenn ich mein Wort jetzt bräche, nur weil ein dahergelaufener *Lathoo* das von mir verlangt?«

Der Dämon bleckte die Zähne. Sie waren dünn und spitz wie Nadeln und leicht nach innen gebogen. »Das wirst du bereuen, Veydra!«

»Keine Einmischung«, befahl Nersei den Empathen, während er in Kampfstellung ging. »Und schützt vor allem die Gefangenen.«

Ein Veydra gegen drei Val'kai? Lächerlich. Ryk verschränkte die Arme vor der Brust. Nersei litt nicht bloß unter Selbstüberschätzung, das kam schon Größenwahn gleich. Ein Dämon der ersten Kaste mochte mit diesen Gesellen spielend fertigwerden, aber Nersei war nur ein Halbdämon. Und stammte sicher auch nicht von einem schwarzen Wächter ab wie Kela. Asmaran hatte sie schließlich als die Letzte ihrer Art bezeichnet. *Verdammt! Verdammt! Verdammt!* Das würde übel ausgehen. War Nersei erst einmal ausgeschaltet, würde es Kela und ihm an den Kragen gehen. Er drehte sich zu ihr um. Ihre Blicke begegneten sich kurz, bevor sie wieder wegsah.

»Ich warte.« Nersei trug keine Waffe und hatte auch um keine gebeten, und trotzdem wirkte er gelassen. Er lächelte seine Widersacher an. Auch die Todbringer waren waffenlos, besaßen dafür jedoch Klauen, mit denen sie einen Gegner problemlos in Stücke reißen konnten.

Scheiße, dachte Ryk und blickte sich um. An Flucht war nicht zu denken. Sobald sie den Schutzring der Empathen verließen, würden sich die Val'kai auf sie stürzen. Und sie trugen immer noch die Metallkrägen, die seine Magie und Kelas dunkle Seite unterdrückten.

»*Sha'taaaaa*«, schrien die drei Todbringer wie aus einem Mund und stürzten sich auf Nersei. Sie bewegten sich so flink, dass ihre Gestalten vor Ryks Augen verschwammen. Doch der Veydra stand ihnen in Schnelligkeit in nichts nach. Schon bald war die Luft vom Stöhnen und Keuchen der Todbringer erfüllt, begleitet vom Gesang der Knöchelchen an ihren Lendenschurzen. Die Menge war dagegen so still, als hätte sie selbst das Atmen eingestellt.

Gelegentlich ging einer der Todbringer zu Boden, rappelte sich aber sofort wieder auf, um sich erneut in den Kampf zu stürzen. Nach einiger Zeit erlahmten ihre Bewegungen allerdings, sodass Ryk immer deutlicher erkennen konnte, was vor sich ging. Wie es aussah, waren die Dämonen mittlerweile in die Defensive übergegangen, während der Nersei zwischen ihnen wütete. Rot wie der Staub der Ebene blitzte seine Kleidung zwischen den Dämonen auf, wenn er einem von ihnen einen Hieb verpasste, wobei Ryk stets nur die Auswirkungen sah. Schon bald krümmte sich ein Todbringer wie nach einem Schlag in den Magen zusammen. Ein anderer sackte wimmernd zu Boden. Nach einer Weile kämpften sie sich wieder hoch. Aber nach einem weiteren Treffer blieb der erste von ihnen benommen auf dem Straßenpflaster liegen. Nur einen Augenblick später waren es schon zwei, woraufhin der dritte aufgab.

»Nimm deine Kameraden und schaff sie fort, bevor ich es mir anders überlege und euch ins Gefängnis werfen lasse«, forderte Nersei von dem Todbringer. Der Veydra war schweißüberströmt. An einigen Stellen war seine Weste aufgerissen und blutig, und trotzdem strahlte er eine Macht und Würde aus, dass einige Val'kai unter den Zuschauern in Anerkennung seiner Leistung die Köpfe vor ihm neigten. Unterdessen half der Todbringer seinen verletzten Kameraden auf und humpelte mit ihnen davon. Das Klappern der Knöchelchen folgte ihnen wie ein hämisches Lachen.

»Danke«, sagte Ryk zu Nersei. Daraufhin drehte der sich zu ihm um. Ein langer Kratzer verlief quer über seine linke Wange. Er hob die Hand, berührte ihn und flüsterte ein paar Worte in der Sprache der Val'kai. Die Wunde schloss sich. Ryk fühlte sich in diesem Moment unangenehm an seinen eigenen Kampf mit dem Blutlenker erinnert. Er runzelte die Stirn. Bisher hatte er Nersei nur Magie wirken sehen. Aber wie er sich gerade mit eigenen Augen überzeugen konnte, besaß er auch die Stärke und Schnelligkeit eines Humanos. Für einen Halbdämon war er unglaublich mächtig und zudem vielseitig begabt.

»Du schuldest mir keinen Dank. Ich habe nur meine Pflicht getan.« Für einen kurzen Moment schien Nersei zu wanken, hatte sich allerdings sofort wieder im Griff. In diesem Augenblick wurde Ryk klar, wie knapp es tatsächlich gerade gewesen war. Nersei hatte nicht einfach nur gekämpft, er musste sich völlig verausgabt haben. *Er hat es zur Abschreckung getan*, dachte Ryk. *Um zu verhindern, dass jemand den Todbringern zur Seite springt.*

»Es geht weiter«, befahl Nersei und wischte sich mit dem Handrücken den Schweiß von der Stirn.

Ryk setzte sich wieder in Bewegung. Im Vorübergehen betrachtete er die Val'kai am Straßenrand, deren wütende Blicke ihnen folgten. So hatte er sich die Gegenwelt nicht vorgestellt. Er biss sich auf die Unterlippe und senkte den Kopf. Er musste nachdenken. Diese Welt war so anders, als er erwartet hätte. Aufgrund der Bücher, die er über die Val'kai gelesen hatte, hatte er eine militärisch organisierte Gesellschaft erwartet, die in Kasten unterteilt war und nach einem strengen Kodex lebte. Diese Dämonen hier unterschieden sich jedoch kaum von den Menschen in den Schwebenden Reichen. Hatte Nersei also die Wahrheit gesagt, als er behauptete, Asmaran hätte die alte Ordnung aufgebrochen und seinem Volk die Freiheit gebracht? Wenn das stimmte, dann vielleicht auch, dass Zaragoth plante, durch

Inos' Auferstehung diese Veränderungen wieder rückgängig zu machen. In dem Fall mochte Asmaran wirklich nur in die Schwebenden Reiche eingedrungen sein, um den Fluchbringer aufzuhalten.

Bei allen Dämonen, dachte Ryk, dem gerade speiübel geworden war. Wenn das zutraf, hatte er einen verdammt großen Fehler gemacht, als er den Blutlenker in die Gegenwelt zurückschickte. Einen Fehler, der nicht nur die Welt der Val'kai, sondern auch seine eigene einer massiven Bedrohung aussetzte. Indem er Asmaran bekämpft hatte, hatte er geglaubt, einen Krieg zu verhindern. Jetzt schien es, als hätte er ihn durch seine Einmischung erst möglich gemacht. Falls Zaragoth wirklich in den Schwebenden Reichen war. Einen Beweis hatte ihm Asmaran dafür nicht geliefert. Andererseits sprach so manches dafür, wenn er jetzt darüber nachdachte. Wie ihre Begegnung mit dem Morphus im toten Land. Diese Dämonengattung war Zaragoth schon immer treu ergeben gewesen. *Ihr vergessenen Götter der alten Welt, steht uns bei*, dachte Ryk. Einen dritten Dämonenkrieg würde die Menschheit niemals ohne echte Magier überleben.

Vor ihnen endete die Straße und öffnete sich zu einem Platz. Ein Meer aus Val'kai hatte sich darauf versammelt. Ein trockener Wind trug ihre Stimmen heran. Ihre Rufe verstummten allerdings, sobald sie in Sicht kamen. Im Zentrum des Platzes gab es eine Steinkuppel, so gewaltig, dass sie die umliegenden Gebäude in den Schatten stellte. Im Licht der Nachmittagssonne leuchtete sie rot wie die Felsen draußen vor der Stadt. In ihre Fassade war ein verschlungenes Muster aus Runen eingearbeitet. Dies musste die Halle der Entscheidungen sein, von der Nersei gesprochen hatte. Der Ort, an dem über Ryks und Kelas Schicksal entschieden würde.

Eine Gasse führte mitten durch die Menge auf ein Tor zu, den Eingang der Kuppel. Die Flügel standen offen und glänzten schwarz in der Sonne. Ein Art Metall, vermutete Ryk. Weitere Empathen hatten entlang der Gasse Aufstellung bezogen. Ihr drittes Auge war geöffnet, und sie starrten die Schaulustigen durchdringend an. Offenbar hielten sie die Menge kraft ihres Willens zurück, sodass Nersei und seine Gefangenen den Eingang zur Halle ohne weitere Zwischenfälle erreichten.

Sobald sie eingetreten waren, schloss sich das Tor hinter ihnen und das kühle Zwielicht eines Korridors umfing sie. Es stammte von Leuchtkugeln, die unter der Decke schwebten. Die Wände sowie der Boden bestanden aus einem glatten, dunklen Stein und warfen ihre Schritte zurück, sodass es klang, als zöge eine kleine Armee durch den Gang. Bald darauf folgte ein zweites Tor. Runen waren in die Oberfläche gearbeitet. Als Nersei eine Hand hob, leuchteten sie auf und die Flügel schwangen zur Seite. Er warf Ryk und Kela einen Blick zu. »Erweist dem Rat Respekt«, mahnte er sie, bevor er hindurchging.

Das Innere des Kuppelbaus lag größtenteils im Dunkeln. Nur wenige Leuchtkugeln brannten. Ihr Licht konzentrierte sich auf eine leere runde Fläche im Herzen der Halle. Stufen führten nach dort unten. Sie verliefen zwischen Reihen aus Steinbänken, auf denen jedoch niemand saß. *Es gleicht einem Theater*, dachte Ryk, während sie die Stufen hinabstiegen. Und vermutlich würde es hier auch genauso zugehen.

Sobald sie die Mitte der Halle erreichten, ließ Nersei sie anhalten. Er selbst blieb bei Ryk und Kela. Die Empathen zogen sich an den Rand der freien Fläche zurück und schlossen sie so in einem weiträumigen Kreis ein.

»Was soll diese Farce, Nersei?« Ryk drehte sich überrascht um. Es waren die ersten Worte, die Kela an diesem Tag gesprochen hatte. Ihre Miene wirkte gefasst, nur ihre Augen verrieten nach wie vor ihre Trauer um Ishan. »Wir wissen doch alle wie das hier enden wird.«

»Keine Farce, schwarze Wächterin, sondern eine Anhörung.«

Die Stimme war aus der Finsternis jenseits des Kreises gekommen, klang tief und melodiös und gehörte keinesfalls dem Blutlenker. Aufmerksam blickte Ryk in diese Richtung. Jemand näherte sich ihnen durch das Dunkel. Er kniff die Augen zusammen, konnte dennoch nichts erkennen. Dafür vernahm er das Klicken von Krallen auf Stein und ein regelmäßiges *Klong*, wie von einem Stab, der immer wieder auf den Boden aufgesetzt wurde. Kurz darauf schälten sich sieben Gestalten aus der Schwärze und traten zwischen den Empathen hindurch in den Schein der Leuchtkugeln. Eine von ihnen war Asmaran, der einen langen roten Mantel trug und einen Stab – schwarz und mit Runen versehen. Auf der Spitze thronte eine Flamme aus Gold.

»Protektor, Ratsmitglieder.« Nersei verneigte sich vor ihnen.

Der Blutlenker betrachtete die beschädigte und blutbeschmierte Weste des Veydras. »Was ist geschehen?«

»Nichts, was der Rede wert wäre.« Nersei hob die Hand und wies auf die Gefangenen. »Dies sind der Dämonenjäger Ryk Vangur und die Veydra Kela Mal'Dhun. Ich habe sie zu Euch gebracht, damit sie sich Euren Fragen stellen können.«

»Zeitverschwendung.« Asmaran winkte ab. »Der Magier wird uns niemals helfen, und darum sollte er …«

»Protektor«, fiel ihm eins der anderen Ratsmitglieder ins Wort, ein Val'kai mit grauer Haut und matten Augen, der leicht vorgebeugt dastand. Er war nackt, ohne erkennbare Geschlechtsmerkmale. Ein Hinweis darauf, dass er ursprünglich der ersten Kaste entstammte. Er musste sehr alt sein, denn neben ihm wirkte selbst Asmaran, der bereits Tausende von Jahren zählte, jung. Es gab noch drei weitere Val'kai, von denen jeder entweder eine Hose oder einen Lendenschurz trug. Und eine Veydra. Sie war auffallend hübsch und wirkte kaum älter als siebzehn, aber Halbdämonen alterten sehr viel langsamer als Menschen. Sie trug ein rotes Kleid, und ihr Lächeln war geradezu betörend. Doch Ryk wusste um den Charme ihrer Art und ließ den Blick rasch weiter zum letzten Ratsmitglied wandern. Ein Wesen, bei dessen Anblick er die Augen aufriss. Konnte es sein? Er hatte immer nur in Büchern über sie gelesen. Einst hatten sie den Rotwald auf Nekross bewohnt, aber es hieß, dass sie dort inzwischen ausgestorben seien.

»Ein Wandelnder Träumer«, hauchte er.

Das Wesen war groß, zugleich ungeheuer feingliedrig. Vor allem seine Finger, die sich unablässig wie tastende Fühler bewegten. Es trug eine Art Robe von der gleichen Farbe wie Asmarans Mantel. Das Haar war eine rote Mähne. Die Haut schimmerte silbern. Aber auch wenn sein Gesicht starke Ähnlichkeit mit dem eines Menschen hatte, erschauderte Ryk bei dem Anblick. Statt Augen hatte der Wandelnde Träumer nur leere, vernarbte Höhlen. *Die Geschichten stimmen also*. Die Seher unter ihnen stachen sie sich aus, um sich ganz ihren Visionen hinzugeben.

»Deine Gegenwart an diesem Ort ist unerwartet«, sagte der Wandelnde Träumer zu Ryk. Es war die gleiche melodiöse Stimme, die vorhin aus dem Dunkel zu Kela gesprochen hatte. »Diese Entwicklung habe ich nicht vorausgesehen.«

»Dann habe ich dir zu verdanken, dass Asmaran mich bei unserer ersten Begegnung nicht umgebracht hat«, sagte der Dämonenjäger.

»Ein unverzeihlicher Fehler.« Zornig sah der Blutlenker zu dem Wandelnden Träumer herüber. »Ich hätte nie auf Euch hören dürfen, Tol'Avas. Hätte ich ihn gleich getötet, wäre das Grab des Inos jetzt vor Zaragoths Zugriff sicher.«

Tol'Avas ließ sich von Asmaran nicht provozieren. »Ihr seid wütend, Protektor, und ich verstehe das. Dennoch solltet Ihr Euch von Euren Gefühlen nicht zu etwas Unbedachtem hinreißen lassen. Meine Visionen haben sich stets als wahr erwiesen.«

»Es gibt für alles ein erstes Mal. Auch Ihr könntet Euch geirrt haben. Nein, ich habe lange genug auf Euch gehört, damit ist jetzt Schluss.« Asmaran ließ seine Zunge zwischen den Lippen hervorschnellen. »Befragt die Gefangenen, wenn es unbedingt sein muss. Versprecht Euch jedoch keine Hilfe von ihnen. Es gibt nur einen Weg, von dem Magier zu bekommen, was wir brauchen.«

»Nein, Protektor«, sagte der alte Val'kai daraufhin. »Das werden wir nicht dulden. Das Gift der Di'hypra zu benutzen, wäre ein Verstoß gegen unsere Gesetze.«

»Narr!« Asmarans Augen blitzten, und er schlug mit dem Ende seines Stabes auf den Boden ein. »Er ist bloß ein verdammter Magier!«

»Nein, Gesaris hat recht.« Die Veydra aus dem Rat hatte das Wort ergriffen. »Einst haben die Dhana'an es genutzt, um Ungehorsam zu strafen. Als Ihr uns die Freiheit brachtet, Asmaran, haben wir solch grausamen Methoden abgeschworen. Lasst uns jetzt nicht wieder damit anfangen.«

Ryks Blick wanderte zwischen den Ratsmitgliedern umher. Was sollte er von dieser Diskussion halten? Stellten die anderen Mitglieder sich tatsächlich gegen den Blutlenker, um Kela und ihn zu schützen? Das ergab keinen Sinn. Sie waren Todfeinde – die Menschen und die Val'kai. *Nein*, sagte er sich. *Das ist bloß Theater. Eins von Asmarans Spielchen, um sich mein Vertrauen zu erschleichen.* Da bemerkte er, dass Tol'Avas ihm das Gesicht zugewandt hatte. Das Wesen schien Ryk anzusehen, obwohl es keine Augen besaß. Im nächsten Moment spürte er die Berührung eines anderen Geistes. Der Wandelnde Träumer versuchte, ihm etwas mitzuteilen. Schon erhob Asmaran erneut die Stimme, und das Gefühl schwand wieder. Ryk fluchte innerlich. Zu gern hätte er gewusst, was das Wesen ihm zu sagen hatte. Sein Blick kehrte zum Blutlenker zurück, der beschwörend die linke Hand erhoben hatte. »Es wäre eine Ausnahme«, erklärte er. »Kein Verrat an unseren Idealen. Im Gegenteil. Es könnte uns alle retten.«

»Retten oder verdammen, Asmaran?« Der Wandelnde Träumer schüttelte den Kopf. »Ihr wisst so gut wie ich, dass, wenn man einmal eine Ausnahme macht, weitere unweigerlich folgen werden. Lasst uns diesen Pfad gar nicht erst beschreiten. Nicht, nachdem wir so weit gekommen sind.«

Der Blutlenker schwieg für einige Augenblicke, als müsste er über die Worte nachdenken. Schließlich nickte er. »Wenn das der Wille des Rates ist, so werde ich mich diesem beugen.« Er sprach ruhig, viel zu ruhig für jemanden mit seinem Temperament.

Da stimmt etwas nicht, dachte Ryk. Das Lächeln, das der Blutlenker als Nächstes zeigte, bestätigte seine Befürchtung. Er wandte Ryk die hässliche Fratze zu. Sterne tanzten in seinen Augen, schnell und immer schneller, bis es aussah, als würden sie von innen leuchten. »Vor dem Gift der Di'hypra magst du sicher sein, Magier, aber ich bin immer noch der Protektor dieser Stadt.«

»Nein, wartet!«, rief Tol'Avas, der zu ahnen schien, was der Blutlenker plante. Er streckte eine feingliedrige Hand nach ihm aus, die dieser beiseiteschlug. »Tut das nicht, ich beschwöre Euch. Meine Visionen …«

»Hiermit verhänge ich das Kriegsrecht über Cros'Anoriel.« Asmaran hämmerte dreimal mit dem Runenstab auf den Boden der Ratshalle.

Das Geräusch echote in Ryks Ohren. Er beobachtete, wie die übrigen Ratsmitglieder Blicke wechselten. Er glaubte, Sorge und auch so etwas wie Furcht darin zu erkennen.

»Des Weiteren erkläre ich als oberster militärischer Führer der Stadt die Gefangenen zu einer Bedrohung für unsere Existenz. Ich bestimme daher, dass die Veydra Kela Mal'Dhun ihr Leben im Gefängnis fristen soll, bis ihre Schuld beglichen ist. Der Magier und Dämonenjäger Ryk Vangur hat durch sein Handeln sein Leben verwirkt. Er wird dem Tode überantwortet.«

»Nein«, rief Kela aus. Und dann noch einmal lauter: »Nein!«

Ryk drehte sich zu ihm um, ein Lächeln auf den Lippen. Er war ihr also doch nicht völlig egal.

»Wie es das Gesetz verlangt«, fügte Asmaran hinzu, »wird ihm eine angemessene Zeitspanne gewährt, um seine persönlichen Angelegenheiten zu regeln. In fünf Tagen soll seine Hinrichtung zur Mittagsstunde erfolgen. Außerdem bestimme ich, dass die Gefangenen fortan in getrennten Zellen unterzubringen sind.«

Tränen glitzerten in Kelas Augenwinkeln. Nur zu gern hätte Ryk sie in diesem Moment in den Arm genommen und ihr zugeflüstert, dass alles gut würde. Auch wenn es eine Lüge war. Doch er wusste, Kelas Stolz hätte das nicht zugelassen. Noch war sie nicht bereit, ihm zu vergeben. Nicht wirklich.

»Nersei«, wandte sich der Blutlenker an den Veydra, »schaff die Gefangenen zurück in …«

»Nicht so schnell«, warf Tol'Avas ein, der sich als Erster von den Ratsmitgliedern von dem Schock erholt hatte. »Das Urteil ist gefällt, Protektor, und das muss ich wohl oder übel akzeptieren. Aber wenn dieser Mensch schon sterben muss, soll er im Tausch für sein Leben wenigstens die Wahrheit erfahren. Die ganze Wahrheit.«

»Wozu sollte das jetzt noch gut sein?«, zischelte Asmaran. »Dieser Mann hasst uns. Alle Magier hassen uns.«

»Sie hassen nicht uns, Protektor, sondern das, was sie über uns zu wissen glauben«, warf Gesaris ein. Der Blick seiner Augen suchte den von Ryk. »Wissen, das längst überholt ist. Wie könnte er uns also nicht hassen, solange er nicht begreift?«

»Was ist, Asmaran?«, drängte Tol'Avas. »Wollt Ihr es ihm erklären, oder soll ich es tun?«

Der Blutlenker sah Ryk zwar an, sprach dabei aber zu den Mitgliedern des Rates. »Ihr glaubt immer noch, ihn umstimmen zu können, was?« Seine Nüstern blähten sich auf. »Nun, es wird mir ein Vergnügen sein, ihn die Geschichte der Val'kai zu lehren.«

Ryk schwante Übles. Er machte einen stolpernden Schritt zurück, weg von Asmaran, und wirbelte herum. Schon sah er sich Nersei gegenüber, der sich ihm mit übermenschlicher Schnelligkeit in den Weg gestellt hatte. *Nein.* Ryks Kopf ruckte herum und begegnete den Blicken der Empathen, die am Rande des Lichtkreises standen. *Es war zwecklos.* Im nächsten Moment spürte er, wie Asmarans Wille nach ihm griff, brutaler als jemals zuvor. Mit einem Aufschrei sackte Ryk auf die Knie und warf die Arme schützend über den Kopf, während sich das Bewusstsein des Blutlenkers wie eine Wolke über ihn senkte und ihn sich einverleibte.

Als Ryk wieder zu sich kam, war er im Freien. Er blinzelte in das Sonnenlicht, das aus einem roten Himmel auf ihn herabschien. Die Hitze stach ihm ins Gesicht. Im Rücken drückten ihn Steine. Wo war er? Und wie war er hergekommen? Stöhnend wälzte er sich auf die Seite und kam auf die Füße.

Ryk stand auf einem Berg, Wind fuhr über die Haarstoppel auf seinem Kopf und trug die Gerüche und Geräusche einer Stadt zu ihm herauf. Sie lag tief unter ihm auf einer Ebene. Ohne Frage war er nach wie vor in der Gegenwelt, aber diese Stadt sah so anders aus als Cros'Anoriel. Größer, mächtiger, strahlender. Die Gebäude waren gewaltig, die Straßen breit wie Flüsse. Und sie leuchteten. Alles an dieser Stadt leuchtete, war durchdrungen von einer Magie, so rein und ungezähmt, dass ihr bloßer Anblick Ryk das Gefühl gab, fortan sei ihm nichts im Leben verwehrt.

»Das ist Dhana'Oturis, die Erleuchtete, einstige Hauptstadt des Imperiums der Val'kai«, sagte Asmaran. »Heute nur noch eine vergessene Ruine, überwuchert von Vegetation, begraben unter Tonnen von Dreck und Gestein.«

»Ich wusste, dass das nicht real sein konnte. Es wäre auch zu schön gewesen, dich endlich los zu sein.« Er drehte sich zu Asmaran um. Er stand ein paar Schritte von ihm entfernt und sah genauso aus wie bei ihrer ersten Begegnung. Kein Mantel, kein Runenstab. Nur eine hässliche, verabscheuungswürdige Kreatur. »Warum zeigst du mir das?«

»Weil es das ist, was Tol'Avas verlangt hat.«

Ryk winkte ab. »Als ob dich das interessieren würde.«

Der Blutlenker zuckte die Schultern. »Du hast recht, ich tue es nicht für ihn, ich tue es für mein Volk. Ich will, dass du begreifst, dass du kein Märtyrer bist, kein Retter der Menschheit, sondern ein Massenmörder, der durch seine Taten und seine Sturheit mein Volk zum Tode verurteilt hat.«

»Ausgerechnet du nennst mich einen Mörder? Erst gestern hast du versucht mich zu vergiften.« Ryk spuckte auf den Boden. »Vergiss es! Mit deinen Manipulationsversuchen erreichst du bei mir gar nichts, solange du mir keinen Beweis für Zaragoths Anwesenheit in den Schwebenden Reichen lieferst.« Nur stimmte das nicht. Inzwischen fürchtete Ryk, dass Asmaran die Wahrheit gesagt hatte. Und der Dämon wusste es, schließlich war er in seinem Kopf.

Der Blutlenker wandte das Gesicht der Stadt unter ihnen zu. »Dhana'Oturis existierte lange vor meiner Zeit, lange vor der Seuche, mit der mein Volk gestraft wurde, und auch lange vor der Ankunft der falschen Götter«, fuhr er unbeirrt fort. »Damals waren alle Val'kai so mächtig wie später nur noch die Dhana'an. Ein Volk von Eroberern, die sich nahmen, was immer sie begehrten. Nichts und niemand konnte sie aufhalten, und so herrschten sie über ein ganzes Imperium von Welten. Doch dann trafen sie auf die Si'mo'ri. Ein Volk von Entdeckern und Forschern.

Auch ihre Welt eroberten meine Vorfahren wie schon so viele andere davor. Jene, die Widerstand leisteten, töteten sie, die anderen wurden in das Imperium integriert. Die Val'kai unterschätzten die Si'mo'ri jedoch, denn diese besaßen Wissen, das mächtiger war als Magie. Sie erschufen eine Seuche, die viele meiner Vorfahren tötete und jenen, die überlebten, einen Großteil ihrer Macht raubte. Nun waren sie nicht länger unbesiegbar. Daraufhin begann das Imperium zu zerfallen, denn die Völker, die sie einst erobert und unterjocht hatten, erhoben sich nun, um ihre Freiheit zurückzufordern.«

Asmaran hob eine Klaue, und plötzlich stand Dhana'Oturis in Flammen. Das Feuer hatte die gesamte Stadt ergriffen und verschlang ihre Pracht und Größe, als wäre nichts davon je von Bedeutung gewesen. Vor Ryks Augen stürzte ein Gebäude nach dem anderen ein und spie dabei Asche und Glutbälle in den Himmel.

»Das Sterben hatte begonnen. Zu groß war die Zahl der Feinde. Eine Stadt nach der anderen fiel, bis nichts mehr von dem übrig war, was meine Vorfahren errichtet hatten. Die Überlebenden flohen, verbargen sich in Erdlöchern und Höhlen und lebten so lange wie Tiere, bis sie vergessen hatten, wer sie einst gewesen waren. Jahrhunderte vergingen. Mein Volk wuchs jedoch nur langsam.

Es gab zwar noch Magie, aber sie war bei jedem anders ausgeprägt und weit entfernt von der Macht, die wir einst besessen hatten. Ungefähr zu dieser Zeit kamen die Dhana'an zu meinem Volk. Sieben an der Zahl. Sie nannten sich Götter, und so mussten sie mit ihrer Macht auf die damaligen Val'kai gewirkt haben. In Wahrheit waren sie ebenfalls bloß Überlebende der Seuche. Allerdings hatte sie ihnen und ihren Fähigkeiten aus irgendeinem Grund nichts anhaben können. Lange Zeit hatten sie sich verborgen gehalten, vermutlich aus Furcht vor den Si'mo'ri und all den anderen.

Natürlich ließen sie die Val'kai im Dunkeln darüber, wer sie waren. Dafür gefiel ihnen die Rolle der Götter viel zu sehr. Sie bauten einen Kult um sich auf, führten die Kasten ein und begannen mit dem Bau neuer Städte. Aber schon bald reichte ihnen das nicht mehr. Sie träumten von den alten Tagen. Besonders Inos, den es in den Wahnsinn getrieben hatte, dem Untergang des Imperiums zusehen zu müssen. Und so begannen sie mit neuen Eroberungsfeldzügen, von denen einer uns in die Welt der Menschen führte. Sie erschienen den Dhana'an als die perfekten Sklaven, zu schwach, um Widerstand zu leisten und dennoch stark genug, um zu dienen. Zumindest so lange, bis sie selbst Magie erlernten und die Dhana'an im Zweiten Dämonenkrieg töteten.« Asmaran wandte Ryk das Gesicht zu und lächelte. »Sie hatten die Menschen genauso unterschätzt wie seinerzeit die Si'mo'ri. Das hat schon etwas Ironisches, findest du nicht, Magier?«

Gegen Ryks Willen hatte Asmarans Erzählung seine Neugier geweckt. Seit jeher hatte ihn die Vergangenheit fasziniert. »Diese Si'mo'ri«, sagte er. »Wenn sie Reisende sind, wie du sagst, haben sie dann auch meine Welt besucht? Sind sie die Erbauer der Monolithen und Hügelgräber, die die Val'kai so sehr fürchten?«

»Ja, das sind sie.« Asmaran nickte. »Diesen Relikten einer vergangenen Epoche haftet noch immer der Geruch des Feindes an. Auch wenn die Val'kai sich heute nicht mehr an die Si'mo'ri erinnern, ist es eine instinktive Furcht, die in jedem von uns steckt.«

»Was wurde aus diesem Volk?«

»Wie du sicher nachvollziehen kannst, habe ich nie großes Verlangen verspürt, das herauszufinden.«

Ryk schüttelte den Kopf. »Ich glaube dir nicht. Das ist bloß ein weiterer Versuch, mir den Portalzauber zu entlocken. Wenn die Dhana'an das alles vor den Val'kai geheim gehalten haben, wie kannst du dann davon wissen?«

Asmaran bleckte die Zähne. »Weil ich Inos diente, dem Wahnsinnigen. Er war ein Monster, eine Bestie, und ich habe ihn gehasst wie nichts und niemanden sonst.« Er sagte das mit solcher Leidenschaft, dass Ryk sicher war, dass er zumindest in dieser Hinsicht die Wahrheit sprach, denn mit Hass kannte er sich aus. »Ich war Inos' Blutgeneral, und wann immer ihm danach war, drang er in meinen Geist ein und überflutete mich mit seinem Blutdurst und dem Irrsinn in seinem Herzen. Aber unter all diesen wirren und grausigen Bildern, mit denen er mir seine Befehle aufzwang, entdeckte ich auch solche, die nicht dazu passen wollten. Erst nach und nach begriff ich, dass sie gar nicht für mich bestimmt waren, sondern ihm in seinem Wahnsinn unbemerkt entschlüpft sein mussten. Ich sammelte diese Bilder und Gedanken und setzte sie im Laufe der Zeit zu der Geschichte zusammen, die ich dir gerade erzählt habe. Außer mir selbst ist sie nur noch dem Rat, Nersei und einigen wenigen Eingeweihten bekannt.«

Ryk starrte Asmaran an. »Mit anderen Worten: Die Val'kai sind in Wahrheit ebenso Opfer der Dhana'an wie wir Menschen. Ist es das, was du mich glauben machen willst?«

»Nein, ganz sicher nicht, Magier, denn es wäre eine Lüge. Wir sind ein Volk von Kriegern, das waren wir schon immer. Als die Dhana'an zu uns kamen und uns Macht und Größe versprachen, ließen wir uns nur allzu bereitwillig darauf ein. Doch wir haben uns geändert. Zumindest jene von uns, die hier in Cros'Anoriel leben. Verdammt, Magier, du hast mein Volk mit eigenen Augen gesehen, als man euch in die Halle der Entscheidungen brachte. Sind das noch die gleichen Dämonen, die dein Volk vor tausend Jahren bekämpft hat?«

»Vielleicht sind sie das wirklich nicht mehr«, gab Ryk widerwillig zu. »Aber du, Blutlenker, du hast dich nicht geändert. Als du in meiner Welt warst, hast du Menschen getötet, als wären ihre Leben nichts wert.«

»Ich habe getan, was ich für nötig hielt, um mein Volk zu schützen. Willst du behaupten, du hättest an meiner Stelle anders gehandelt?«

Ryk funkelte Asmaran an, verschränkte die Arme vor der Brust und wandte das Gesicht ab. Die Dämonenstadt war verschwunden, ebenso der Rauch und das Feuer. Stattdessen breitete sich unter ihm eine Wüstenlandschaft aus, karg und ohne jedes Leben.

»Wenn du mir schon nicht um meines Volkes willen helfen willst, dann tu es wenigstens für das deine«, nahm Asmaran das Gespräch nach einer Weile wieder auf. »Wir verlieren beide, wenn Inos erwacht. Selbst die anderen Dhana'an haben ihn gefürchtet, nachdem sein Wahnsinn immer grausigere Formen annahm.«

»Warum haben sie ihn nicht einfach getötet?«, fragte Ryk.

»Weil er trotz allem einer der ihren war, ihr Bruder.« Asmaran gab ein Geräusch von sich, das entfernt an ein Seufzen erinnerte. »Es war gegen Ende des Ersten Krieges, als er vom Blutdurst überwältigt beschloss, auch den Rest der Menschheit auszulöschen. Ich warnte die anderen Dhana'an vor seinen Absichten, denn sie brauchten euch lebendig.«

»Als Sklaven, die ihr Imperium wieder errichten sollten.«

Asmaran ignorierte seinen Einwurf. »Mit meiner Hilfe lockten sie Inos in eine Falle, legten einen todesähnlichen Bann über ihn und verbargen seinen Körper in den Trümmern eurer zerstörten Welt, die heute zum Inselreich Kellwyn gehören. Meinem Volk erzählten sie damals, Inos sei ausgezogen, neue und ferne Welten zu erobern. Zweitausend Jahre später erhoben sich die Ersten eurer Magier gegen die verbliebenen sechs Dhana'an, töteten sie und führten die Menschen in ihre eigene Welt zurück. Ich dachte, endlich sei der Zeitpunkt gekommen, mein Volk wachzurütteln. Also teilte ich mein Wissen über die falschen Götter mit den anderen Blutgenerälen, so, wie ich es heute mit dir geteilt habe. Es stellte sich heraus, dass sie die Wahrheit gar nicht hören wollten. Stattdessen strebte jeder von ihnen selbst nach Macht. Weitere Kriege folgten, an deren Ende nur noch

Zaragoth und ich übrig waren. Doch der Fluchbringer ist genauso ein Narr, wie es einst die Dhana'an waren. Er träumt vom Glanz und der Größe alter Zeiten und hofft, dass Inos ihm beides zurückgeben wird. Nur irrt er sich. Das Einzige, was der falsche Gott uns bringen wird, ist Wahnsinn und Tod.«

Ryk sah ihn stumm an.

»Du glaubst mir immer noch nicht, Magier. Deine Gedanken flüstern es mir zu.«

»Wie sollte ich?« Ryk machte eine umfassende Geste. »Das alles hier ist eine Illusion, die in meinem Kopf existiert. Bilder und Worte, die genauso Lüge wie Wahrheit sein könnten.« Er fuhr sich müde über das Gesicht und schüttelte den Kopf. »Wochenlang hast du mich mit meinen dunkelsten Erinnerungen gequält, um mich zu brechen, damit ich ein Portal für dich und deine Verbündeten öffne. Wenn du lediglich meine Hilfe suchst, warum hast du mir dann nicht von Anfang an die Wahrheit gesagt?«

»Weil du mir genauso wenig geglaubt hättest, wie du es jetzt tust.« Asmaran stierte Ryk an, die Klauen zu Fäusten geballt. »Was immer Tol'Avas in dir sieht, es muss seiner Verzweiflung über unseren bevorstehenden Untergang entspringen.«

»Noch so etwas, das ich nicht verstehe«, erwiderte Ryk. »Ihr redet von eurem Untergang, dabei ist Zaragoth in den Schwebenden Reichen.«

»Nichts ist so einfach, wie es scheint, Magier. Auch wenn der Fluchbringer nicht hier ist, führen seine Anhänger weiterhin seine Befehle aus. Zaragoths Armee ist bereits auf dem Weg nach Cros'Anoriel. In früheren Zeiten konnten wir sie zurückschlagen. Er hat jedoch neue mächtige Verbündete gewonnen, bevor er sich auf die Suche nach Inos machte.«

»Die Schatten am Himmel«, murmelte Ryk. »Ihr Anblick hat Nersei und die anderen Stadtbewohner beunruhigt.«

»Das sollte er auch. Es sind Ra'Carohk.«

Ryk war diese Dämonenart fremd, weshalb er den Namen zu übersetzen versuchte. »Die … Zerstörer?«

Asmaran nickte. »Ein passender Name.«

Eine Sekunde später verdunkelte sich der Himmel über Ryk, und ein mächtiger Windstoß fegte über ihn hinweg, wirbelte Staub und Sand um ihn herum auf. Er riss die Hände hoch, um sich zu schützen, und starrte mit tränenden Augen einem Giganten mit ledernen Schwingen nach, wie er schwerfällig hinauf in den Himmel stieg. *Wie kann so etwas Gewaltiges nur existieren?*

»Das hat es auch nicht, ehe Menetoris die Ra'Carohk eigenhändig erschuf«, sagte Asmaran. »Unter den Dhana'an war er der Mächtigste. Eure Magier haben viele von ihnen während des Zweiten Krieges getötet, doch einige haben überlebt. Ich weiß nicht, wie es Zaragoth und seinen Verbündeten gelungen ist, ihnen ihren Willen aufzuzwingen. Selbst Menetoris konnte sie kaum bändigen, wenn sie einmal im Rausch der Zerstörung waren. In diesem Zustand unterscheiden sie nicht zwischen Freund und Feind, daher hat er sie stets nur als letztes Mittel eingesetzt.«

Ryk schluckte. »Was passiert, wenn sie eure Stadt angreifen?«

»Was glaubst du wohl?« Asmaran schnaubte. »Zaragoth hat zahlreiche Kinder, die ihm dienen. Zusätzlich hat er in den letzten Jahren viele Anhänger um sich geschart. Vielleicht können wir uns ein paar Wochen, vielleicht sogar einen Monat, gegen seine Armee behaupten, bevor unsere Schutzzauber versagen. Sollten sie die Ra'Carohk von Anfang an einsetzen, bleibt uns womöglich sehr viel weniger Zeit. Danach beginnt dann das große Abschlachten. Was jemandem wie dir, der uns so sehr hasst, doch nur recht sein dürfte, Dämonenjäger.«

Schwindel erfasste Ryk. Er wankte, griff sich an den Kopf und fand sich mit einem Mal in der Ratshalle wieder. Kniend. Mit Kela an seiner Seite. Für einen Moment las er Sorge in ihren tiefgrünen Augen, bevor sich ihr Blick verhärtete und sie sich von ihm zurückzog. Ryk kämpfte sich zurück auf die Füße. Tol'Avas stand ganz in seiner Nähe. Seine ganze Haltung drückte Hoffnung aus. Ryks Blick glitt von ihm über die anderen Ratsmitglieder zu Asmaran. Stolzen Hauptes stand er da, mit seinem Umhang um die Schultern und dem Runenstab in der Klaue, der ihn als Protektor von Cros'Anoriel auszeichnete. Ryk hatte immer noch eine Chance, sein Leben zu retten. Er erkannte es in Asmarans Augen. Das Einzige, was er dafür würde tun müssen, war, ein Portal in die Schwebenden Reiche zu öffnen. Doch er konnte nicht. *Durfte* nicht. Ein Teil von ihm wollte es dennoch, weil er wusste, dass Asmaran nicht gelogen hatte. Nur hieße das, einem Dämon zu vertrauen. Einer Kreatur, die seine Freunde getötet hatte und alles tun würde, um ihr eigenes Volk zu retten. Ein solches Risiko durfte er nicht eingehen.

7

Felsenstadt der Keesa, Xe'Neridian
13. Septer 1026 n. d. Zweiten Dämonenkrieg

Du trägst das Gesicht eines Mannes, Leta«, krächzte Amaldis. »Das bedeutet, dass du getötet hast.«

Leta. Es schmerzte Catara, diesen Namen zu hören. Lange Jahre hatte sie niemand mehr so genannt. »Ich habe viele getötet, Amaldis«, sagte sie. »Manche, weil sie es verdient haben. Die meisten jedoch, weil es der Wille meiner früheren Herrin war.«

Sie stand vor dem Feuer in Amaldis Höhle und blickte auf die Schamanin hinab, die auf der anderen Seite der Flammen saß. Ihr Spiel aus Licht und Schatten ließ das Gesicht der alten Frau noch grotesker erscheinen, als Catara es in Erinnerung gehabt hatte.

»Wir alle haben uns verändert«, sagte Amaldis, als hätte sie ihre Gedanken erraten. Sie stellte die Schüssel Pilzeintopf, aus der sie bei Cataras Eintreten gegessen hatte, neben sich auf den Boden. »Dann bist du jetzt also eine Mörderin?«

»Eine Assassine«, erwiderte Catara. »Das ist ein Unterschied. Allerdings hat meine Herrin mich hintergangen.« Sie beschloss, dass es ungefährlich war, sich zu setzen, und ließ sich im Schneidersitz gegenüber ihrer alten Mentorin nieder. Gogorafelle, die um die Feuerstelle herum ausgelegt waren, schützten sie gegen die Kälte des Steinbodens. »Wie hast du mich erkannt?«

»Die Geister der Ahnen haben mir dein Kommen angekündigt«, sagte Amaldis.

Catara lächelte. *Die Geister der Ahnen* … Das klang so mysteriös und bedeutsam. Tatsächlich glaubte sie schon lange nicht mehr an solchen Unsinn. Doch sie verstand und respektierte, dass es die Aufgabe einer Schamanin war, so zu reden. »Ich habe dich und deine Geschichten vermisst, alte Frau.«

Amaldis neigte den Kopf zur Seite und musterte sie aus kleinen, zwischen Runzeln und Falten eingebetteten Augen. »Ich hoffe, du hast niemanden auf dem Weg zu meiner Höhle verletzt.«

»Das war nicht nötig.« Es gab viele Gänge und Stollen, die sich durch das Innere des Graubuckels wanden und Teil der Felsenstadt waren. Einige davon waren ausschließlich der Schamanin und ihrem Schüler bekannt. Catara, die ein ausgezeichnetes Gedächtnis hatte, erinnerte sich an jeden der geheimen Tunnel. »Ich nehme an, du hast inzwischen eine Nachfolgerin gefunden?«

Amaldis überging die Frage. »Bist du gekommen, um mich zu töten?«

»Scheiße … was denkst du von mir? Ich würde nie die Hand gegen meinesgleichen erheben. So gut müsstest du mich eigentlich kennen.«

»Ich kannte dich, als du noch Leta warst. Wer du inzwischen bist, muss sich erst noch zeigen.«

»Warum fragst du nicht einfach deine Geister?«, erwiderte Catara schnippisch und fuhr sich mit den Händen über das Gesicht. Sie hatte drei verflucht anstrengende Wochen hinter sich. Angefangen mit ihrer Flucht aus dem Königspalast von Calares, gefolgt von ihrer Fahrt auf der *Feuerschwinge* und einem mehrtätigen Ritt in den Norden von Xe'Neridian. Geschlafen hatte sie in all dieser Zeit nur wenig. Früher waren es die Erinnerungen ihrer Opfer gewesen, die sie in ihren Albträumen heimgesucht hatten. Dieser Tage war es Zaragoths hässliche Fratze, die ihr Nacht für Nacht den Schlaf raubte – verbunden mit all dem Zorn und Hass, der mit den Gedanken an ihn und Madea einherging.

»Etwas ist passiert.« Amaldis blickte sie über die Flammen des Feuers hinweg an. »Etwas Bedeutsames, sonst wärst du nicht zurückgekommen.«

»Zaragoth.« Catara legte allen Abscheu, zu dem sie fähig war, in diesen Namen. Einst hatte der Fluchbringer den Keesa alles genommen und sie zu einer schwächlichen und verabscheuungswürdigen Existenz verdammt. »Er ist zurück.«

Die Schamanin starrte sie an, ohne ein Wort zu sagen. Nach einer Weile erhob sie sich und schlurfte zu einer Truhe im hinteren Bereich der Höhle. Diese war in das blaue Licht einer Schale mit Leuchtpilzen getaucht, die überall in der unterirdischen Stadt der Keesa wuchsen. Catara beobachtete, wie Amaldis eine Steinflasche und zwei Becher aus der Truhe holte und mit diesen zum Feuer zurückkehrte.

»Ich brauche jetzt einen Schluck Beerenfrost. Was ist mit dir?«

Catara nickte.

Amaldis entkorkte die Flasche und goss ihnen beiden von der klaren Flüssigkeit ein. Der Beerenfrost brannte in Cataras Kehle, aber sie lachte, denn er schmeckte nach Zuhause. Waren das nicht verrückte Zeiten? Sie hatte gedacht, den Graubuckel und die Stadt in seinem Inneren niemals im Leben wiederzusehen, und nun saß sie hier mit ihrer alten Mentorin und trank Beerenfrost. Es fühlte sich an, als wäre sie niemals fort gewesen. Zumindest zwei, drei Herzschläge lang, dann holte die Wirklichkeit sie ein.

»Wo ist Zaragoth jetzt?«, wollte Amaldis wissen, während sie die Becher nachfüllte. »Und wie hast du herausgefunden, dass er zurück ist?«

Catara erzählte ihr von Königin Madea, die zur Absicherung ihrer Macht ein Bündnis mit dem Dämon eingegangen war. »Als ich erkannte, wer der Mann an ihrer Seite war, wollte ich mich auf ihn stürzen«, sagte sie. »Diese Wut … ich … ich konnte kaum mehr klar denken.«

»Hättest du es getan, wärst du jetzt tot, Leta.« Amaldis setzte ihren Becher an die Lippen und leerte ihn in einem Zug. Danach schüttelte sie sich. »Was hat dich davon abgehalten?«

»Ich wollte, dass er bezahlt, wirklich bezahlt für das, was er uns angetan hat. Und das brachte mich letztlich zur Besinnung.« Sie trank den letzten Schluck Beerenfrost und stellte den Becher beiseite. Anschließend zog sie die Beine an, umschlang sie mit den Armen und stützte ihr Kinn auf den Knien ab. In ihrem Bauch und Kopf machte sich ein warmes Gefühl breit. *Was mache ich hier?* Sie betrachtete ihre Mentorin: das lang gezogene Gesicht, die fahlgraue Haut, die schlaff von den Knochen hing, die Bandagen und das Gogorafell, das den Großteil ihres verfallenen Körpers verbarg. *Das könnte auch ich sein, wäre ich damals nicht fortgegangen*, dachte Catara und empfand plötzlich tiefe Abscheu vor ihrem Gegenüber. Beschämt senkte sie den Blick. »Du hast recht, Amaldis, in einem offenen Kampf wäre ich dem Dämon unterlegen. Wenn ich ihn und diese Verräterin bestrafen will, brauche ich einen Plan. Ich weiß auch schon, wo ich beginnen muss, nur noch nicht, wie …«

»Tu das nicht«, fiel ihr Amaldis ins Wort. »Ich bitte dich, Kind. Deine Rachsucht wird dich am Ende zerstören. Denk an Darval. Damals dachte ich … ich dachte, ich hätte dich für immer verloren, aber du bist zurückgekehrt.« Sehnsucht lag in ihrer Stimme. »Bleib, Leta, bleib hier bei uns und werde wieder eine Keesa.«

Catara sah überrascht auf. In den Augen der Schamanin standen Tränen. »Und das oberste Gesetz?«, fragte sie. »Verdammt, ich habe getötet! Viele Male. Und ich habe vom Fleisch der

Toten gegessen.« Sie schüttelte den Kopf. »Ich bin nicht wie du und die anderen, ich war es nie. Euer Wille ist weich, eure Herzen schlaff. Meines dagegen ist ...«

»... gebrochen.«

»Tot. Und das macht mich stark.«

»Es macht dich allenfalls blind für die Wahrheit, Kind. Warum bist du wirklich hier?«

Catara zuckte die Achseln. »Es ist nur ein kurzer Zwischenstopp, bevor ich weiter nach Kellwyn reise.« Ach, was redete sie da? Wem wollte sie etwas vormachen? Plötzlich war ihr die Kehle eng. »Ich ... ich bin hier, um mich zu verabschieden.«

Amaldis nickte. »Soll ich nach deiner Mutter und deiner Schwester rufen lassen?«

»Dann leben sie noch?« Catara konnte nicht anders, als bei dieser Vorstellung zu lächeln. Es tat gut, das zu erfahren. »Sag ihnen nur, dass ich da war. Aber nicht, wer ich inzwischen bin.«

»Wenn das dein Wunsch ist.«

Catara biss sich auf die Unterlippe. Es gab noch etwas anderes, über das sie mit Amaldis reden wollte. »Der Dämon – ich muss ihn noch aus einem anderen Grund töten.«

»Ich verstehe nicht, Kind.«

Erkannte die Schamanin wirklich nicht die Hoffnung, die in dieser Tat lag? Catara beugte sich weiter vor, bis sie den Flammen so nahe kam, dass sie ihre Hitze schmerzhaft auf dem Gesicht spürte. »Zaragoths Tod könnte die Keesa von ihrem Fluch erlösen. Weißt du, was das heißt? Wir wären nicht länger Außenseiter, sondern frei. Frei, Amaldis!«

»Ach, Leta, das sind wir auch jetzt schon.«

»Das sagst du nur, weil du kein anderes Leben kennst. Du wirst verstehen, wenn es so weit ist. Da draußen ... wartet eine ganze Welt darauf, von den Keesa entdeckt zu werden.«

»Wieso sollten wir hinaus in die Welt ziehen, Leta? Wir sind hier glücklich. Was wollen wir mehr?«

Catara presste die Lippen zusammen. Wie konnte diese alte Närrin es wagen? Sie bot den Keesa Erlösung an und wurde dafür zurückgewiesen. »Ich hätte niemals herkommen sollen!« Sie sprang auf und funkelte Amaldis an. »Du hast dich kein bisschen verändert. Immer noch so verflucht selbstherrlich wie damals, was?« Sie streckte die Hand in Richtung der Schamanin aus, die Finger gekrümmt wie eine Klaue. »Ich sollte dich etwas Demut …«

Ein Geräusch ließ Catara herumfahren, und sie sah sich einem Mann gegenüber, der gerade durch das Fell am Eingang der Höhle getreten war und sie nun verdutzt anstarrte. Mit einem Satz war sie bei ihm und packte ihn bei der Kehle. Der Keesa riss die Hände hoch und schlang sie um Cataras Handgelenk. Sofort drückte sie noch fester zu. Seine Augen wurden riesig. Er gab röchelnde Laute von sich. *So schwach, so zerbrechlich*, dachte Catara.

»Leta!«

Bei Amaldis Aufschrei schrak Catara zusammen. Sie sah den Mann an, den sie im Würgeriff hielt. Im nächsten Moment zog sie die Hand zurück, woraufhin er nach Luft japsend auf alle viere fiel. Amaldis schlurfte zu ihm rüber und strich ihm beruhigend über den Rücken. Nach einer Weile hob sie den Kopf und sah mit kummervollen Blick zu Catara auf. »Das ist Eridor, mein Schüler.«

»Dein … Schüler?« *Mein Nachfolger.*

»Du solltest jetzt besser gehen«, sagte Amaldis.

»Du wirst nicht versuchen, mich aufzuhalten?«

»Das Gesetz dient seit jeher nur der Abschreckung. Kein Keesa würde je einen anderen verletzen. Und jetzt geh, Leta. Geh und kehre nie wieder zurück. Bitte!«

Catara stürmte an den beiden vorbei, bückte sich unter dem Fell hindurch und schlüpfte hinaus in die kleine Vorhöhle. Zeichnungen zierten dort die Felswände und erzählten von

Geistern und Gottheiten aus den Mythen ihres Volkes. Am liebsten wäre Catara auf sie losgegangen, um sie mit bloßen Fingernägeln von den Wänden zu kratzen. Stattdessen verschwamm ihr Blick, und in ihren Ohren wisperte die Stimme der alten Westa, jener verrückten Heilerin aus Arville: »Du bist nun mal zum Leiden geboren, Püppchen. Akzeptiere es endlich!«

8

Cros'Anoriel, Gegenwelt
14. Septer 1026 n. d. Zweiten Dämonenkrieg

Es sind erst vier Tage«, protestierte Ryk, als die Empathen ihn aus seiner Gefängniszelle im Turm zerrten. »Dieser verdammte Blutlenker hat mir fünf versprochen.« Er kämpfte darum, sich aus dem Klammergriff der Dämonen zu befreien. Doch ihre Klauen hielten seine Unterarme so unnachgiebig umschlungen wie die Metallschellen von Asmarans Folterstuhl. »Sagt mir wenigstens, wo ihr mich hinbringt!«

Die Antwort der beiden Empathen bestand aus Schweigen. Kein Wort war ihnen über die Lippen gekommen, seit sie seine Zelle betreten und ihn von seiner Pritsche gezerrt hatten. Sie sahen ihn nicht einmal an. Und versuchten auch nicht, ihn durch ihre empathischen Fähigkeiten ruhigzustellen, ganz so, als wäre er es ihnen nicht wert. Ohne seine Magie waren sie um ein Vielfaches stärker als er. Ryk fühlte sich wie ein Tier auf dem Weg zur Schlachtbank, während sie ihn durch einen langen, gewundenen Gang hinunter auf den Hof vor dem Gefängnistor schleiften. Würden sie ihn ein weiteres Mal zur Halle der Entscheidungen bringen, um dort das Urteil zu vollstrecken?

Die Flügel des Tores öffneten sich, und seine Wächter schleppten ihn nach draußen in die Sonne. Sie führten ihn jedoch nicht weiter die Hauptstraße entlang wie beim letzten Mal, sondern bogen nach einem kurzen Stück nach links in eine schmale, zwischen steil aufragenden Gebäuden verlaufende Gasse ab. Ein einzelner Dämon hielt sich darin auf und schaufelte Unrat und Abfälle, die in den Schatten der Mittagssonne vor sich hin gammelten, auf einen Karren. Fremdartige Insekten umschwirrten ihn, angelockt vom Gestank. Ihr Summen kratzte an Ryks Trommelfell, seine Nerven waren ohnehin überspannt. *Verdammt!* Plötzlich war er sicher, dass seine Wächter ihn nur in diese Gasse verschleppt hatten, um ihm hier mit ihren Klauen die Kehle aufzureißen. Praktischerweise konnten sie ihn dann gleich zusammen mit dem Unrat entsorgen lassen. Ryks Herz schlug wild, und das Einzige, woran er denken konnte, war, dass er sich nicht von Kela hatte verabschieden können. Seit der Anhörung vor dem Rat waren sie in getrennten Zellen untergebracht. Ryk begann wieder an seinen Armen zu zerren und die Füße in den Boden zu stemmen. Die Val'kai schenkten seiner Gegenwehr keine Beachtung und zogen ihn einfach mit sich weiter.

Der Dämon mit der Müllschaufel sah auf, als sie näher kamen. Bei Ryks Anblick wurden seine Augen schmal. Er unterbrach seine Arbeit und machte ihnen Platz, indem er dichter an seinen Karren heranrückte. Als sie auf einer Höhe mit ihm waren, spuckte er Ryk an. Die Empathen reagierten nicht. Ryk spürte, wie der Dämonenrotz ihm die Wange hinablief und auf seine Schulter tropfte, während er zwischen seinen Wächtern vorwärtsstolperte. Das Ende der Gasse kam in Sicht. Er würde also nicht hier sterben. Nur was hatten sie dann mit ihm vor?

Einige Straßen und Abzweigungen später war Ryk sicher, dass sie ihn zu einem der mächtigen Wachttürme brachten, die Teil der Stadtmauer waren. Er ragte nicht einmal mehr hundert Schritte entfernt vor ihnen auf und war nicht weniger beeindruckend als die Türme der magischen Akademie. Vom Wolkenspalter, dem größten unter ihnen, einmal abgesehen. Sofort fielen ihm die Lavaströme ein, die Cros'Anoriel umflossen. War das ihr Plan? Würden sie ihn von dem Turm in den Tod stürzen? Er schauderte bei der Vorstellung.

Ryk keuchte schwer, als sie die Spitze des Turmes erreichten, eine von Mauern gesäumte Plattform, auf der Asmaran, Nersei und zu seiner Überraschung auch Kela ihn erwarteten. Ihre Blicke begegneten sich. Er sah Furcht und Verwirrung in ihren grünen Augen. Offenbar wusste sie ebenfalls nicht, was vor sich ging. Ryk hätte bei ihrem Anblick beinahe gelächelt. Es hatte etwas Tröstliches, sie vor seinem Ende noch einmal zu sehen. Zugleich hasste er den Blutlenker dafür, dass er sie zwang, bei seiner Hinrichtung zuzuschauen. Dieser Schweinehund!

Die Empathen gaben Ryk einen Stoß, sodass er vor Asmaran zu Boden stürzte. Sie selbst verneigten sich vor ihrem Anführer.

»Ryk«, murmelte Kela, kam zu ihm und half ihm auf die Füße. Niemand hinderte sie daran, auch wenn Nerseis Blick ihr folgte.

»Es ist nichts«, sagte Ryk. Und das stimmte, abgesehen von ein paar Schürfwunden und seinem verletzten Stolz.

Kela ließ von ihm ab und trat ein paar Schritte zurück. Ihr Gesicht, das zuvor von Sorge gezeichnet war, wirkte jetzt wieder verschlossen.

»Bringt mir den anderen Gefangenen«, wies Asmaran die Empathen an. »Nersei wird so lange ein Auge auf diese beiden hier haben.« Sobald die Dämonen gegangen waren, wandte er sich Ryk und Kela zu. »Ich will, dass ihr euch etwas anseht.« Er drehte sich um und trat an die Brüstung des Turms. »Kommt her!« Als sie zögerten, winkte er ungeduldig mit der Klaue.

Ryk wechselte einen Blick mit Kela. Sie schluckte. Dachte sie das Gleiche wie er?

»Der Protektor wird euch nichts tun, mein Wort darauf«, sagte Nersei daraufhin. »Und jetzt macht, was er sagt.«

Sie gehorchten, wenn auch widerwillig. Als Ryk über die Brüstung Richtung Westen blickte, riss er die Augen auf. Dort gab es Berge und davor eine Ebene, die fast vollständig unter einer roten Staubwolke verschwunden war. Im ersten Moment hielt Ryk es für einen Sandsturm, dann erkannte er Silhouetten und Schemen, die sich in dem Staub bewegten. Seine Finger krallten sich in den Stein der Brüstung. Es war eine Armee, aber was für eine! Das Fußvolk verschwand fast vollständig zwischen den Reittieren, von denen einige groß wie belymische Elefanten waren. Vielleicht sogar noch größer. Und wenn er ganz genau hinhörte, meinte er Trommelschläge zu hören, die sich mit dem Gebrüll mächtiger Bestien vermischten. Seinem Instinkt folgend, legte er den Kopf in den Nacken, und da sah er sie wieder: die Schatten, von denen er inzwischen wusste, dass es Ra'Carohk waren. Er schirmte seine Augen gegen die Sonne ab, um sie zählen zu können. Fünf oder sechs. Ganz genau konnte er es nicht feststellen, denn sie flogen so hoch über ihnen, dass sie wie schwarze Sterne in einem blutroten Himmel anmuteten.

»Zaragoths Armee«, sagte Nersei, der neben Kela an der Brüstung lehnte. »Wir schätzen sie auf hunderttausend Kämpfer und Kriegsbestien.«

Kela schüttelte den Kopf. »Der reinste Wahnsinn! Und trotzdem werden sie sich an Cros'Anoriel aufreiben. Ich habe noch nie eine Stadt mit so gewaltigen Mauern gesehen.«

»Bei den letzten Malen war es auch so«, zischte Asmaran. »Aber unsere Feinde haben dazugelernt und Verstärkung aus der Luft mitgebracht.« Er erklärte ihr, was es mit den Schatten am Himmel auf sich hatte.

Ryk glaubte jedoch, dass man die Bedrohung, die von ihnen ausging, nur dann verstand, wenn man sie einmal aus der Nähe gesehen hatte. Selbst wenn es nur eine Illusion gewesen war. Ein Gedankenkonstrukt aus Asmarans Erinnerung.

»Wie stehen die Chancen für Cros'Anoriel?«, fragte Ryk, wobei er es vermied, Asmaran oder Nersei anzusehen. Stattdessen konzentrierte er sich ganz auf die ferne Armee.

»Die Lava bietet uns einen gewissen Schutz vor ihren Bodentruppen«, sagte Nersei. »Unsere größte Schwachstelle ist das Tor, weshalb wir es mit zusätzlichen Bannsprüchen gesichert haben. Vor Angriffen aus der Luft ist die Stadt durch einen magischen Schild geschützt, der vom Rat gewirkt wurde. Eine Zeit lang wird er die Ra'Carohk abwehren können. Wie lange, vermag keiner zu sagen.«

Asmaran blähte hörbar die Nüstern. »Du hast mich einen Lügner genannt, Magier. Nun kannst du dich mit eigenen Augen von dem Unheil überzeugen, das gekommen ist, mein Volk abzuschlachten.«

Harte Worte.

Ryk presste die Lippen aufeinander. Die Val'kai hatten einst seine Familie ermordet, und darum hatte er geschworen, alle Dämonen zu töten, derer er habhaft werden konnte. Aber seit er in der Gegenwelt war, kam er nicht umhin, sich einzugestehen, dass hier vieles anders war, als man ihn an der Akademie gelehrt hatte. Die Bewohner dieser Stadt waren den Menschen gar nicht so unähnlich. Einmal abgesehen von ihrer äußeren Erscheinung.

»Falls du glaubst, es sei eine Illusion ...«

»Ich weiß, dass es keine ist«, unterbrach Ryk den Blutlenker. Er hätte es gespürt, wenn Asmaran in seinen Kopf eingedrungen wäre. Er seufzte. »Es war niemals meine Absicht, diese Stadt in Gefahr zu bringen. Ich wusste nichts von Zaragoths Anwesenheit in den Schwebenden Reichen.«

»Es ist nicht allein deine Schuld, Magier«, sagte Nersei. »Auf beiden Seiten herrscht Misstrauen. Auf beiden Seiten wurden Fehler gemacht.«

Asmaran verzog gereizt die Fratze, widersprach dem Veydra jedoch nicht, wie Ryk es erwartet hätte. Erneut fragte er sich, wer dieser Nersei wirklich war? Er schien hohes Ansehen zu genießen – selbst bei Asmaran. Ryks Blick kehrte zu der Armee zurück. Ein paar Wochen mochte die Stadt Zaragoths Anhängern widerstehen können. Zumindest war Asmaran davon überzeugt gewesen, als er Ryk in der Halle der Entscheidungen die Wahrheit über die Dhana'an eröffnet hatte. Das konnte immer noch genug Zeit sein, in die Schwebenden Reiche zurückzukehren und den Fluchbringer zu finden. Trotz dieses Gedankens, trotz des Wissens, dass womöglich die Auslöschung einer ganzen Stadt drohte, fielen ihm die nächsten Worte schwerer als alles, was er jemals zuvor im Leben gesagt hatte. Sein ganzes Selbst sträubte sich dagegen, sie auszusprechen. Aber wenn er tatsächlich ein Unrecht gegen die Bewohner von Cros'Anoriel begangen hatte, wollte er es wiedergutmachen. Unabhängig davon, wie er über die Val'kai dachte. »Ich ... ich wäre ...« Ryk brach ab, atmete tief durch und roch den Rauch und Schwefel, der von dem Lavastrom weit unter ihm aufstieg. Er räusperte sich. »Unter der Bedingung, dass ihr Kela und mich mitnehmt, wäre ich bereit, ein Portal zu öffnen, damit wir uns gemeinsam auf die Suche nach Zaragoth machen können.« *Vorausgesetzt, ich überlebe den Zauber ein weiteres Mal*, fügte er in Gedanken hinzu.

»Wovon redest du?«, platzte Kela heraus.

»Davon, einen Fehler wiedergutzumachen«, sagte Ryk und wandte sich wieder dem Blutlenker zu.

Asmaran starrte ihn mit seinen unnatürlich großen, schwarzen Augen an. Schließlich bleckte er die Lippen. »Wie großzügig von dir, Magier, nur kommt dein Angebot zu spät. Von eurer Seite ist es leichter, ein Portal zu öffnen, damit ihr unsereins bannen könnt. Um von der Gegenwelt ein Portal in die Schwebenden Reiche zu öffnen, müssen wir uns schon zu einem Ort begeben, an dem die Barriere dünner ist. Es gibt Schlupflöcher, durch die gelegentlich Animalia, wie ihr sie nennt, in eure Welt hinübergezogen werden. An einem solchen Ort könntest du vielleicht in der Lage sein, ein Portal zu öffnen. Nur ist der nächstgelegene mehrere Tagesreisen entfernt, und Zaragoths Armee steht zwischen ihm und uns. Außerdem, und das ist das Entscheidende, würden die Bewohner von Cros'Anoriel glauben, ich hätte sie verraten, wenn ich jetzt ginge, wo der Feind vor unseren Toren aufmarschiert. Sie würden glauben, ich hätte sie aufgegeben. Nein, Dämonenjäger, es ist zu spät!« Die Worte klangen weniger zornig denn bitter.

Ryk senkte den Blick und nickte. »Verstehe.«

Schritte und ein gequältes Zischeln erklangen hinter ihnen. Sie drehten sich um. Die Empathen waren mit dem Gefangenen zurückgekehrt, nach dem Asmaran geschickt hatte. Sie hielten ihn an den Armen, da er kaum mehr in der Lage war, selbstständig zu stehen. Der Dämon war nackt und besaß keine erkennbaren Geschlechtsmerkmale. Der Großteil seines Körpers war mit Schnitten, Prellungen und Brandwunden überzogen. Insbesondere sein Brustkorb, den gewöhnlich bei jedem Val'kai ein kompliziertes Muster aus goldenen Runen zierte. Um seinen Hals lag ein Metallkragen, wie Ryk und Kela einen trugen, der die Magie des Dämons unterband, damit er weder fliehen noch sich heilen konnte. Sein Kopf hing nach vorne, und jeder Atemzug wurde von einem ungesund klingenden Röcheln begleitet.

»Ein Spion.« Nersei sprach mit neutraler Stimme, sein Gesicht drückte jedoch Missfallen aus. »Er muss vor ein paar Monaten mit einer Flüchtlingsgruppe nach Cros'Anoriel gekommen sein. Immer wieder zieht es Val'kai hierher, die der alten Lebensweise entfliehen wollen. Wir haben ihn vorgestern dabei erwischt, wir er die Schutzzauber am Stadttor zu sabotieren versuchte.«

»Ihr habt ihn gefoltert«, sagte Kela.

»Um an Informationen zu kommen. Vor allem über die Stärke von Zaragoths Armee«, stimmte Nersei zu. »Er hatte sich als erstaunlich widerspenstig gegenüber den Kontrollversuchen des Protektors erwiesen. So blieb uns keine andere Wahl.«

»Was passiert jetzt mit ihm?«, wollte Ryk wissen. Ein ungutes Gefühl hatte ihn beschlichen.

»Ich vermute, dass er eines von Zaragoths zahlreichen Kindern ist«, sagte Asmaran. »Er hat seine Saat weit gestreut, um durch sie die anderen Val'kai zu kontrollieren. Und das würde auch erklären, warum der Gefangene die Stärke besitzt, mir zu widerstehen.«

Noch immer zeigte der Dämon keine Reaktion. Völlig lethargisch hing er zwischen seinen beiden Wächtern. Asmaran trat zu ihm hin, schlang die Hand um seinen Hals, direkt über dem Metallkragen, und zwang ihn, ihn anzusehen. Dann brach er ihm mit einer plötzlichen Bewegung das Genick. Das Knacken des Knochens hallte in Ryks Ohren wider.

»Warum hast du das getan?«, platzte Kela heraus. »Er war keine Gefahr!«

»Schafft die Leiche fort«, befahl Asmaran den Empathen, bevor er sich zu Kela umdrehte. »Er war ein Gefangener, Veydra. In Kriegszeiten sind die bloß eine Belastung.« Sein Blick wanderte zu Ryk. War es so weit? Würde er der Nächste sein? »Nimm ihnen die Krägen ab«, sagte der Blutlenker zu Nersei.

»Was?« Ryk glaubte, sich verhört zu haben.

»Der Tod ist nicht weit, Magier. Mach dich nützlich, indem du so viele von Zaragoths Anhängern wie möglich mit in den Abgrund reißt. Dann wirst du zumindest länger leben als der Spion. Wenn du dich jedoch gegen mich wendest …«

»… ende ich genauso wie er.« Ryk nickte. »Ich hätte es auch verstanden, ohne dass du ihn direkt vor unseren Augen getötet hättest.«

»Taten hinterlassen oft einen tieferen Eindruck als Worte.«

Nersei war zu ihm getreten und griff nach dem Metallkragen. Eine kurze Berührung an der richtigen Stelle genügte, um ihn zu öffnen. Kaum hatte er ihn Ryk abgenommen, spürte dieser sein Seelenfeuer wieder. Heiß und erregend loderte es in seinem

Brustkorb. Endlich waren sie wieder eins. Er sandte die Magie in seine Hände, wo sie seine Muskeln und Knochen härtete. Kurz spielte er mit dem Gedanken, Asmaran anzugreifen, verwarf ihn jedoch sofort wieder. Er würde dadurch bloß seinen eigenen Tod provozieren. Dagegen mochte der Ausbruch des Krieges ihm und Kela früher oder später eine Gelegenheit zur Flucht bieten. Asmarans Lippen verzogen sich zu einem Grinsen. Ryk zuckte zusammen. Der Dämon war nicht in seinem Kopf, trotzdem schien er seine Gedanken erraten zu haben. »Schon gut, Magier, ich würde an deiner Stelle genauso denken. Aber mach dir keine allzu großen Hoffnungen. Oder hast du vergessen, was in euren Schriften über uns steht: *›Die Val'kai sind ein aggressives Volk und kennen keine Gnade. Ihre einzige Freude ist das Töten.‹* Erinnere dich daran, wenn du einem von Zaragoths Kriegsbestien gegenüberstehst.«

9

Palast in Calares, Sharigor
14. Septer 1026 n. d. Zweiten Dämonenkrieg

Hauptmann Argas trug einen Harnisch und einen passenden Waffenrock aus braunem Leder. Sein Helm schimmerte golden, und der Umhang über seinen Schultern zeigte das Purpurrot der königlichen Leibgarde. Sobald er die Tür zu Königin Madeas privaten Gemächern hinter sich geschlossen hatte, verneigte er sich vor der Regentin von Sharigor.

»Ich bedaure, Euch schlechte Nachrichten überbringen zu müssen, Eure Majestät«, sagte er, »noch immer haben wir keinen Hinweis auf den Verbleib Eures Beraters Ephilius. Nachdem wir den Palast durchsucht haben, sprach ich mit den Männern, die gestern zur Torwache eingeteilt waren. Von ihnen habe ich erfahren, dass er das Gelände am Abend verlassen hat, jedoch nicht wieder zurückgekehrt ist.«

»Nicht wieder zurückgekehrt?« Die Königin runzelte die Stirn. Das sah Ephilius überhaupt nicht ähnlich. Er war ein sehr gewissenhafter Mann. Noch nie hatte er eine Nacht außerhalb des Palastes verbracht, ohne sie zuvor darüber zu informieren. Und für heute Morgen waren sie verabredet gewesen, um letzte Details für das Treffen der Regenten in einer Woche hier in Calares zu besprechen. Madea hatte den Rat der Freien Reiche einberufen, um mit den anderen Herrschern die Situation auf Kellwyn zu diskutieren. Trotz Thamaryns Tod weigerte sich General

Sarazas, die reetacianischen Truppen von dem Inselreich abzuziehen. Madea war davon überhaupt nicht begeistert. Zaragoth hingegen vertrat die Meinung, dass sie das zu ihrem Vorteil nutzen konnten. »Hat er den Wachen etwas darüber gesagt, wo er hinwollte?«

Argas schüttelte den Kopf. »Er trug einfache Kleidung und war mit einem Schwert bewaffnet. Wie meist, wenn er nicht erkannt werden wollte.«

Entweder war er auf dem Weg zu einem seiner Informanten, dachte die Königin. *Oder …* »Hast du schon jemanden zu den Nachtbadern geschickt?«

Argas errötete, was sie bei einem gestandenen Mann wie ihm nicht erwartet hätte. Die Nachtbader, zwei Brüder, betrieben ein Badehaus der besonderen Art, das sich weniger der Körperhygiene als vielmehr der fleischlichen Begierde widmete. Sie erfüllten ihren Gästen jeden noch so ausgefallenen Wunsch, und auch wenn Ephilius nichts davon ahnte, wusste Madea sehr wohl von seiner Schwäche für die Ridori. Menschen, die beiderlei Geschlechts waren.

»Ja, Eure Majestät, das habe ich.« Argas räusperte sich. »Ephilius war bis kurz nach Mitternacht im Haus der Brüder. Allerdings gibt es mehrere Zeugen, die gesehen haben, dass er es wohlbehalten wieder verlassen hat. Danach verliert sich seine Spur.«

»Gräme dich nicht, meine Liebste, er wird schon wieder auftauchen«, sagte Zaragoth in der Gestalt von Ruvan con Betanne. Er hatte gerade das Gemach betreten, in der Hand einen Weinkelch. Ihr gefiel nicht, wie er lächelte. Doch warum sollte er Ephilius etwas antun, schließlich waren sie Verbündete. »Hier, trink das«, sagte er und reichte ihr den Kelch. Es war Samarino mit einem Löffel Honig. In letzter Zeit hatte sie eine Vorliebe für Süßes entwickelt. Sie dankte ihm und nahm einen weiteren Schluck, bevor sie sich wieder an den Hauptmann wandte. »Ich will, dass du so viele Männer für die Suche nach ihm einsetzt, wie du entbehren kannst.«

»Jawohl, Eure Majestät.«

»Worauf wartest du noch, Argas? Sofort!«

Der Hauptmann verneigte sich und verließ den Raum.

Madea schüttelte den Kopf, ging zu einer der Ruhebänke und ließ sich mit einem Seufzen darauf sinken. Wind, der durch eines der Fenster auf der anderen Seite des Gemaches wehte, kühlte ihre vor Sorge erhitzte Haut.

»Du solltest dich nicht wegen jeder Kleinigkeit gleich so verrückt machen. Das ist nicht gut für dich«, sagte Zaragoth, der hinter sie getreten war. Er legte ihr eine Hand auf die Schulter. Die Berührung fühlte sich seltsam beruhigend an. Sie spürte, wie sich ihr verkrampfter Nacken entspannte, schloss die Augen und schmiegte sich an ihn. »Es sieht Ephilius nicht ähnlich, ohne ein Wort zu verschwinden. Glaubst du, es ist ihm etwas zugestoßen?« Sie lauschte seinen Atemzügen, während er schwieg und über ihre Frage nachdachte.

»Hat er viele Feinde?«, fragte Zaragoth schließlich.

»Viele beneiden ihn um das Vertrauen, das ich ihm entgegenbringe.«

»Dann hätte der Narr nicht ohne Leibwächter gehen sollen. Er musste doch gewusst haben, wie wichtig er dir war.«

Ihr fiel auf, dass er in der Vergangenheit von Ephilius sprach. Sofort verspannte sie sich wieder. »Du glaubst, er ist tot.«

»Was ich glaube, ist ohne Bedeutung. Im Moment können wir nur abwarten und hoffen, dass sich alles zum Guten wendet.« Zaragoth küsste sie aufs Haar. Es war ein wenig befremdlich. Immerhin waren sie kein echtes Paar, sondern spielten nur ihre Rollen. Zugleich löste seine Zuneigung einen wohligen Schauer bei ihr aus. »Du machst dir viel zu viele Gedanken, meine Liebste. Um mein Wohlergehen, die Zukunft und jetzt auch noch um Ephilius. Das zehrt an deinem Gemüt und auch an deinen Kräften«, sagte er. »Warum ruhst du dich nicht ein wenig aus?«

Bei seinen Worten wurde ihr erst bewusst, wie erschöpft sie war. In letzter Zeit schlief sie unruhig, wurde von Albträumen geplagt. Außerdem schien sie sich eine Magenverstimmung zugezogen zu haben.

»Ja, warum eigentlich nicht«, sagte sie, reichte ihm den Kelch und streckte sich auf der Liege aus. Zaragoth lächelte auf sie herab. Mit seiner fürsorglichen Art erinnerte er sie Tag für Tag mehr an Varrus. Königin Madea bedauerte den Tod ihres ersten Gemahls noch immer. Auch wenn sie wusste, dass er unvermeidlich gewesen war. Nicht nur, weil er ihren Plänen, durch Ishan das Königreich zu regieren, im Weg gestanden hatte. Insgeheim hatte sie befürchtet, er könnte Verdacht geschöpft haben, wer sie wirklich war. Vielleicht hatte sie es sich auch bloß eingebildet. Am Tag seiner Abreise nach Xe'Neridian war sie jedoch sicher gewesen, einen leisen Vorwurf in seinen Augen gelesen zu haben.

Sie gähnte hinter der Hand, während Zaragoth den Weinkelch auf einem Tischchen ein Stück links von ihr abstellte. Danach setzte er sich zu ihr auf die Liege. Früher war ihr nie aufgefallen, wie gut Ruvan con Betanne aussah. Dunkles Haar, ausgeprägte Wangenknochen und leuchtend braune Augen.

»Alles wird nach Plan verlaufen, du wirst schon sehen«, sagte er und strich ihr eine Locke aus der Stirn. »Der Fünferbund ist zerschlagen, von ihm droht uns keine Gefahr mehr. Im Gegenteil. Die junge Baronin von Rifta sucht Anschluss an die Freien Reiche. Ebenso die neuen Regenten von Dagoras und Ipstat. In Reetac ist man mit sich selbst beschäftigt. Dort könnte es zu einem Krieg der Hohen Häuser kommen, weil man sich nicht auf einen Nachfolger für Thamaryn einigen kann. Und Sataou ... Seit der Bastardbruder von Sharala den Thron bestiegen hat, dringen kaum mehr Nachrichten aus dem Palast.

Gerüchten zufolge ist er ein Reformer, der weitreichende Veränderungen für sein Land plant. Du siehst, jeder ist viel zu sehr mit sich selbst beschäftigt, um uns dieses Mal in die Quere zu kommen.«

»Bleibt nur noch General Sarazas.« Madea unterdrückte ein Gähnen. »Er zieht sich ganz sicher nicht so schnell aus Kellwyn zurück. Wenn überhaupt.«

»Was für uns von Vorteil ist«, erklärte Zaragoth. »Wenn die Regenten der Freien Reiche in einer Woche hier eintreffen, überzeugen wir sie zunächst von der Notwendigkeit, dass wir unter allen Umständen eine Einigung mit dem General erzielen müssen. Ihre Zustimmung zu diesem Vorschlag ist uns so gut wie sicher. Immerhin kontrolliert Sarazas eine der größten Armeen der Schwebenden Reiche und stellt somit eine Bedrohung für die Stabilität des neuen Friedens dar. Anschließend bieten wir den Regenten an, in ihrem Namen als Vermittler nach Kellwyn zu reisen.«

Madea lächelte träge. »Ohne Frage ... werden sie zustimmen, froh darüber, ihren eigenen Hals ... nicht riskieren zu müssen.«

»Und spielen uns damit direkt in die Hände. Sobald wir auf Kellwyn sind, übernehme ich Sarazas' Körper. Dann schlagen wir mithilfe der reetacianischen Streitkräfte die Rebellion nieder, und schon steht nichts mehr zwischen uns und Inos' letzter Ruhestätte.«

»Was ... was ist mit Asmaran? Du sagtest ... wir dürfen ihn nicht ... unterschätzen.« Welche Mühe sie auf einmal hatte, die Lider offen zu halten.

»Ja, das sagte ich. Allerdings ist es inzwischen sechs Wochen her, dass ihn jemand gesehen hat. Tot ist er sicher nicht. Ich bezweifle, dass dieser Dämonenjäger ihm im Kampf gewachsen war. Eher gehe ich davon aus, dass er ihn durch ein Portal zurück nach Mha'Rodim verbannt hat. Wäre Asmaran noch in den Schwebenden Reichen, hätte er längst versucht, Macht über Sarazas zu erlangen und Kellwyn wieder unter seine Kontrolle zu bringen.« Er zuckte die Achseln. »Letztlich kann uns egal sein, was hinter seinem Verschwinden steckt. Hauptsache, er ist uns nicht mehr im Weg.«

Für einen kurzen Moment funkelten Sterne in Zaragoths Augen. Madea lächelte bei diesem herrlichen Anblick.

»Dieses Mal dürfen wir uns keine Fehler erlauben«, fuhr er fort. »Umso wichtiger ist es, dass wir die anderen Regenten mit an Bord holen. Wenn wir eigenmächtig und ohne ihre Zustimmung handeln, erregt das nur ihr Missfallen. Danach wird es nicht lange dauern, bis auch die Magier auf Nekross davon erfahren. Das wird bloß zu Fragen und Argwohn führen und im schlimmsten Fall zu einer Einmischung der Magier. Wir können nicht sicher sein, wie viel sie wissen.«

Madea nickte. Es gab noch jemanden, der zu viel wusste: Catara Fiers. Vor dreieinhalb Wochen hatte die Assassine aus einem Geheimtunnel heraus beobachtet, wie Zaragoth den echten Ruvan con Betanne getötet und seinen Körper übernommen hatte. Seitdem war sie auf der Flucht. Zaragoth hatte ihre Gegenwart mit seinen außergewöhnlich scharfen Sinnen wahrgenommen, bevor er jedoch etwas hatte unternehmen können, war sie entkommen. In gewisser Weise bedauerte die Königin, Catara als Verbündete verloren zu haben. Sie hatte immer das Gefühl gehabt, etwas ganz Besonderes verbinde sie. Madeas Liebe und Loyalität galt dennoch in erster Linie den Dhana'an. »Jetzt müssen …« Die Lider fielen ihr zu, und ihr Kopf sackte zur Seite. »Jetzt müssen wir … nur noch … Grab … finden.«

Zaragoths nächste Worte drangen wie aus weiter Ferne an ihr Ohr. »Ich habe drei meiner neuen Diener vorausgeschickt. Mittlerweile sollten sie auf Kellwyn eingetroffen sein und sich unter die Rebellen gemischt haben. Du siehst, ich habe alles unter Kontrolle, meine Liebste. Und jetzt schlaf.«

Ja, dachte die Königin, *schlafen … einfach nur schlafen.* Sie glaubte noch zu spüren, wie Zaragoth seine Hand auf ihren Bauch legte und mit der Berührung Wärme und Glück in sie hineinströmten. Sie lächelte, aber vielleicht träumte sie das auch nur. Zaragoth war so anders, als sie erwartet hatte. Wieso fiel es den anderen Menschen bloß so schwer zu sehen, wie die Val'kai wirklich waren?

10

Labyrinth der Toten, Kellwyn
17. Septer 1026 n. d. Zweiten Dämonenkrieg

Sie ist deine Stiefmutter«, echote Asmarans Stimme durch seine Gedanken. »Wage ja nicht zu behaupten, du wüsstest nicht, dass sie die Hohepriesterin ist!«

»Es ist die Wahrheit«, erwiderte Ishan gequält. In seinen Ohren rasselten die Ketten. Sie wollten einfach nicht nachgeben. Tränen rannen ihm die Wangen hinab. »Bitte, bitte ... ich weiß nichts.«

»Lügen! Nichts als Lügen!«, zischte Asmaran in seinem Kopf. »Sag mir, warum ihr hier seid. Hat Zaragoth euch geschickt? Seid ihr seine Spione? Antworte mir! Oder muss ich deine Qualen noch vergrößern?«

Es fühlte sich an, als hätte der Dämon seine Klaue mitten durch seine Stirn in seinen Kopf getrieben und risse mit seinen Krallen tiefe Furchen in seinen Geist. Ishan schrie. Doch noch schlimmer als der Schmerz war das Entsetzen, das ihn überkam, als er die ganze Macht des Blutlenkers begriff. Wenn der Dämon wollte, konnte er Ishan alles nehmen – einfach alles. Wie die Kerne aus einer Orange konnte er sie mit seinen Krallen aus Ishan herauspulen: jede Erinnerung, jeden glücklichen Moment, selbst die Trauer um seinen Vater oder seine Gefühle für Kela ... Alles, was er war, was er jemals durchlebt hatte und ihn erst zu dem machte, der er heute war. »Aufhören!«

Erneut stieß die Klaue zu, drang tiefer noch als zuvor in ihn ein. Zu tief. Etwas in Ishan zerbrach. In einem Moment war der Schmerz noch übermächtig, im nächsten … nichts. Ishan stöhnte. Der Raum, Asmaran, seine Freunde – alles verschwunden. Es war, als wäre er einfach aus der Welt herausgefallen, und nun war nichts als Schwärze um ihn herum: warme, tröstliche Dunkelheit, auf der er dahintrieb wie auf einem Strom. Fort und immer weiter fort von seinem Peiniger, dem Schmerz und Entsetzen. Ein letztes Mal vernahm er wie aus großer Entfernung Asmarans Stimme: »So zerbrechlich.« Darauf folgte ein verzweifelter Aufschrei. Kela! Es schnürte ihm das Herz zusammen. Ishan wollte ihr etwas zurufen, sie trösten, ihr sagen, dass alles gut sei, aber eine ganze Welt aus Finsternis lag zwischen ihnen. War er wach? Träumte er? Ishan wusste es nicht zu sagen. Er fühlte, wie ihm die Ketten abgenommen wurden, sein Körper zu Boden sank und davongeschleift wurde. Nur ein kurzes Stück, bevor man ihn ablegte. Da war harter Stein unter ihm, während er gleichzeitig von dem dunklen Wasser davongetragen wurde. Was passierte mit ihm? Warum wachte er nicht auf?

Der Blutlenker war aus seinem Kopf verschwunden. Oder war das ein weiterer seiner Tricks, und er wollte ihn bloß in Sicherheit wiegen? Da erinnerte er sich an Kelas Schrei und die Verzweiflung darin. Wieder krampfte sich sein Herz zusammen. Keine von Asmarans Täuschungen konnte so echt sein. *Warum hat sie nur … Glaubt sie etwa … Bei Sorons Krähen, bin ich tot?* Panik überfiel ihn, gleißte wie ein Stern in der Dunkelheit auf. Ishan begann um sich zu schlagen, und die Schwärze um ihn herum geriet in Aufruhr. *Nein, nicht tot! Niemals!* Er trat mit den Beinen aus. *Aufwachen! Wach auf, verdammt!* Und plötzlich glitt die Schwärze von ihm fort. Wie Wasser floss sie in alle Richtungen davon. Zugleich nahm sie die tröstende Wärme ihrer Berührung mit sich.

Er blinzelte, und fahles Tageslicht stach ihm in die Augen. Erleichterung wallte in ihm auf, und er flüsterte Kelas Namen: Kaum war er über seine Lippen geschlüpft, gab es eine Explosion. Der Boden unter ihm erbebte. War das noch Teil seines Traumes oder schon die Wirklichkeit? Schritte drangen an sein Ohr. Eine Tür quietschte, und dann roch er Rauch. Das brachte ihn endgültig zur Besinnung. Er riss die Augen auf und fand sich in einem nackten Raum wieder, allein. Die einzige Tür stand offen, und Rauchschwaden krochen über den Boden auf ihn zu. Was ging hier vor sich?

Ishan stemmte sich auf die Füße und taumelte nach draußen. Es war der Gang, durch den die Soldaten ihn Stunden zuvor in Asmarans Folterkammer gebracht hatten. Sie befand sich ein Stück den Gang runter, wo die Wand eingebrochen war und ein Meer aus Flammen tobte. *Nein!* Ishan lief darauf zu. Nach wenigen Schritten biss ihn der Rauch in die Augen und brachte ihn zum Husten. Er kämpfte sich trotzdem weiter, bis er dem Feuer so nah war, dass er zum Schutz vor der Hitze die Arme hochnehmen musste. Dann erst blieb er stehen. »Kela! Ryk!«, rief er immer wieder über das Prasseln der Flammen hinweg. »Bei Sorons Krähen, so antwortet mir!«

Natürlich taten sie es nicht. Wie auch? Sie waren tot, tot, tot, tot, tot, tot, tooooooooooooot …

Mit einem Schrei fuhr Ishan in die Höhe. Das Dämmerlicht der kleinen Höhle, die er bewohnte, seit er sich den Rebellen angeschlossen hatte, umfing ihn. Stimmen, Geräusche und der Schein der Lagerfeuer drangen durch die dünne Felldecke vor dem Eingang. Seufzend schwang er die Beine von der Pritsche und setzte sich auf. Es verging kaum eine Nacht, in der dieser Albtraum ihn nicht plagte. Und selbst jetzt noch hielt er ihn fest in seiner Umklammerung. Vor seinem geistigen Auge zogen die Bilder seiner Flucht vorüber, begleitet von dem Gefühl, seine Freunde verraten zu haben, obwohl er nichts mehr für sie hatte tun können. Nachdem die Rebellen ihn im Labyrinth gefunden hatten, war Iritaris Stimme eine Woche lang eine ständige Begleiterin durch seine von Fieber und Trauer geplagten Träume gewesen. Sie hatte ihm gut zugeredet, ihn daran erinnert, wer er war und dass er eine Pflicht gegenüber seinem Volk hatte. Ishan seufzte und fuhr sich mit den Händen über das Gesicht. Ohne die Prinzessin hätte er sicher nicht zurückgefunden. Nicht dieses Mal, denn er hatte sich aufgegeben. Zu viel war ihm genommen worden. Der Vater, sein Zuhause, Kela und Ryk. Und das alles wegen seiner Stiefmutter, die ihn betrogen und seine Zuneigung und sein Vertrauen über Jahre hinweg schamlos ausgenutzt hatte.

»Dafür wird sie zahlen!« Er schlang seine Finger so fest um das Holzgestell der Pritsche, das die Knöchel knackten.

»Bist du schon auf, Ishan?« Die Decke wurde beiseitegezogen, und ein grinsendes Gesicht erschien am Eingang zur Höhle. Der Mann war nur ein paar Jahre älter als Ishan und hatte die typisch rote Haut und das dunkle Haar eines Kellwyners. Ein Ohrring baumelte an seinem linken Ohrläppchen. Er trat ein und lehnte sich mit der Schulter gegen den Felsen. »Siehst beschissen aus!«

»Du mich auch, Derass«, brummte Ishan und unterdrückte ein Gähnen.

Der Mann lachte.

»Was machst du überhaupt hier?« Ishan runzelte die Stirn, riss dann aber die Augen auf. »Bei Sorons Krähen, habe ich verschlafen?«

»Keine Sorge, die Prinzessin hat mich rechtzeitig losgeschickt. Wir haben noch etwas Zeit, bis die Besprechung beginnt.«

»Gut.« Auf Iritari war Verlass. Sie wusste um seine Verfassung. »Gib mir einen Augenblick. Ich will mir nur rasch was überziehen. Anschließend können wir los.«

Derass nickte, stieß sich von der Felswand ab und verließ die Höhle.

Ishan erhob sich von seiner Schlafstätte und ging zu dem Holzschemel, der in einer Ecke der Höhle stand. Am vergangenen Abend hatte er darauf sein Leinenhemd sowie eine Weste und Hose im Stil der kellwynischen Mode abgelegt. Nur die bunten Stickmuster fehlten. Darauf hatte er bestanden, als Iritari sie ihm anfertigen ließ. Seine eigene Kleidung war an vielen Stellen durchgewetzt gewesen. Außerdem glaubte die Prinzessin, dass es den Rebellen leichter fiele, ihn als ihren Kommandanten zu akzeptieren, wenn er mehr wie einer der ihren aussah. Das Einzige, was er von seinen alten Sachen behalten hatte, waren seine Stiefel. Es dauerte Monate, neue einzulaufen.

Nachdem er angezogen war, wandte er sich dem Ausgang zu. Er hob die Felldecke an und trat nach draußen. »Sag mal, Derass, hast du schon …« Überrascht hielt er inne, als er den Kellwyner nicht wie erwartet vor seiner Höhle antraf. Er blickte sich um und entdeckte ihn bei einem der Lagerfeuer, von denen es in der gewaltigen Höhle an die hundert Stück gab. Es waren Kochstellen, an denen jene Frauen und Mädchen, die nicht am Kampftraining teilnahmen, damit beschäftigt waren, Maisfladen zu backen und Eintöpfe aus Gemüse, Wurzeln und Kräutern zuzubereiten. Gleichzeitig versuchten sie, die jüngeren Kinder zu bändigen, die um sie herumtollten. Um die vielen Tausend Menschen versorgen zu können, die zu den Rebellen gehörten, wurde in Schichten gekocht. Eines der Hauptprobleme der Rebellion war die Nahrung, die sie für so viele Menschen benötigten. Zwar lag der Dschungel vor der Haustür, aber dort bedienten sich auch schon die Reetacianer. Die Rebellen lebten in erster Linie von wilden Früchten, Pilzen und Wurzeln. Und davon, was sie den Soldaten stahlen. Genau darum würde es bei der heutigen Besprechung gehen: den Überfall auf eine reetacianische Karawane mit Vorräten für Sarazas' Truppen.

»Hier trink, dann geht's dir besser«, sagte Derass, der plötzlich neben ihm stand. Er hatte zwei dampfende Becher dabei. Einen gab er Ishan, den anderen behielt er für sich.

Ishan umschloss den Becher mit beiden Händen und atmete tief den davon aufsteigenden Dampf ein. »Ich weiß schon, warum ich dich zu meiner rechten Hand gemacht habe.«

»Weil ich dein bester Krieger bin?«, fragte Derass. Ursprünglich hatte er der Leibgarde der kellwynischen Fürstenfamilie angehört, weshalb er im Gegensatz zu den meisten seiner Landsleute tatsächlich etwas vom Kämpfen verstand.

»Das natürlich auch«, erwiderte er und grinste, als Derass eine Braue wölbte. Dann nahm er einen großen Schluck aus seinem Becher. Das Gebräu nannte sich Raxas, es hatte eine dunkle, leicht violette Farbe und wurde aus einer Art getrockneter Bohnen gekocht. Um dem herben Eigengeschmack entgegenzuwirken, gaben die Kellwyner Süßholzsaft dazu. Aufgrund der belebenden Wirkung des Raxas hatte Ishan es sich angewöhnt, jeden Morgen davon zu trinken.

»Lass uns schon mal losgehen«, meinte Derass und setzte sich in Bewegung. »Die Besprechung findet ausnahmsweise in der Mosaikkammer statt.«

»Warum das?« Im Gehen nahm Ishan einen weiteren Schluck. Es gab nichts Besseres, um einen Tag zu beginnen. Außerdem half der Raxas, den strengen Geruch in der Höhle zu überdecken, wenn er den Becher dicht vor seinem Gesicht hielt. Zwar gab es hier unten ein paar Quellen und unterirdische Gewässer, allerdings wurden sie überwiegend für die Trinkwasserversorgung genutzt, weshalb die Körperpflege unter den Rebellen zu kurz kam.

»Heute Nacht sind neue Flüchtlinge eingetroffen«, erklärte Derass unterdessen. »Bis wir Platz für sie geschaffen haben, wurden sie in den Höhlen und Kammern untergebracht, die wir sonst für unsere Treffen und das Kampftraining benutzen.«

»Es werden immer mehr, nicht wahr?«

»Sarazas ist genauso ein Dreckschwein, wie Thamaryn es war. Vielleicht sogar ein noch schlimmeres.« Derass spuckte aus. »Wer bisher nicht aus O'Shan'wa geflohen ist, lebt unter einer strengen Ausgangssperre. Viele sind krank und müssen hungern, weil die Essensrationen für die Bevölkerung zu klein sind, während Sarazas Truppen sich die Bäuche mit unserem Vieh und Getreide vollschlagen. Und wer das Pech hat, vor Schwäche nicht auf allen vieren zu kriechen, wird zudem für Aufräumarbeiten in der Stadt eingesetzt.«

»Wenn nur mein Vater noch leben würde«, sagte Ishan. »Er hätte längst etwas unternommen.«

Derass klopfte ihm auf die Schulter. »Wenn wir schon nicht ihn haben, dann wenigstens dich. Du gibst meinem Volk Hoffnung. Und sogar ich konnte noch ein paar Kniffe im Schwertkampf von dir lernen.«

Die Mosaikkammer lag am anderen Ende der Höhle, weshalb sie sie einmal der Länge nach durchqueren mussten. Während sie zwischen den Lagerfeuern hindurchgingen, nickten ihnen die Frauen zu. Ein paar der älteren Mädchen sahen verstohlen zu Ishan herüber. Früher hätte er das genossen. Mittlerweile tat er so, als bemerkte er es nicht. Stattdessen ließ er den Blick umherschweifen. Wenn man mal den Grund außer Acht ließ, weshalb er und die anderen sich hier unten aufhielten, war das Labyrinth einer der unglaublichsten Orte, an den es Ishan bisher im Leben verschlagen hatte. Er verstand nur zu gut, warum die Kellwyner überzeugt waren, dass das Labyrinth lebendig war. Obwohl sie Hunderte Fuß unter der Erde waren, froren sie nicht, und die Luft war immer frisch. Nicht minder beeindruckend war die Größe des Labyrinths.

Die Höhle, die sie gerade durchwanderten, besaß kolossale Ausmaße, weshalb sie auch zum Hauptlager der Rebellen bestimmt worden war. In den Felswänden ringsherum befanden sich unzählige Kammern, die an Waben eines Bienenstocks erinnerten und den Rebellen als Unterkünfte dienten. Viele waren nur über Leitern erreichbar. Von Iritari wusste Ishan, dass es sich bei den Wabenhöhlen ursprünglich um Begräbnisstätten gehandelt hatte. Die Knochen, die man darin gefunden hatte, waren in einer würdevollen Zeremonie umgelagert worden. Für ihr Alter hatte die Prinzessin hier unten Großartiges geleistet. Sie war die geborene Anführerin. Und wenn er ihr Glauben schenken durfte, schlug er sich selbst in der Rolle des Kommandanten auch gar nicht so übel. Allerdings verdankte er das vor allem Ryk. Die Zeit mit ihm und Kela hatte ihn verändert. Erwachsener gemacht. Er wünschte nur, er hätte das früher erkannt …

Seufzend führte er den Raxas an die Lippen, doch der Becher war leer. Enttäuscht ließ er ihn sinken und gab ihn bei der nächsten Kochstelle ab. Hier unten gab es kaum Besitztümer. Für alle anderen Dinge existierten strenge Regeln. Nur auf diese Weise ließ sich das Zusammenleben so vieler Menschen auf engstem Raum bewerkstelligen. Außer den Jüngsten hatte jeder seine Aufgabe, ob als Kämpfer, Koch, Heiler, Bote oder Wächter. Es war wichtig, die Menschen zu beschäftigen, damit sie sich nicht noch gegenseitig an die Kehle gingen.

Die Mosaikkammer lag am Ende eines Tunnels, dessen Decke und Wände mit einer kristallinen Schicht überzogen waren, die im Licht der Fackeln glitzerte und funkelte. Die Kammer selbst hatte ihren Namen von dem Bodenmuster, das sich aus vielfarbigen, rechteckigen Steinen zusammensetzte. In der Mauer gegenüber des Eingangs befand sich das Relief einer Riesenschlange mit Flügeln. Davor standen Tonschüsseln und Krüge auf dem Boden, bedeckt mit Staub und Spinnweben. Opfergaben, was den Schluss nahelegte, dass die Kammer früher einmal rituellen Zwecken gedient hatte.

Iritari war nicht unter den Anwesenden. Sie überließ die Planung solcher Aktionen Ishan, ihrem Kommandanten. Neben ihm und Derass nahmen noch Tamari und Quartiermeister Sokoel an der Besprechung teil. Bei Tamari handelte es sich um eine junge, aufgeweckte Frau, die ein Netzwerk aus Spähern befehligte. Innerhalb der Stadt und im Umland trugen sie Informationen über die Aktivitäten der Reetacianer zusammen. Sokoel war das genaue Gegenteil von ihr: grauhaarig und beleibt. Er hatte als Kaufmann gearbeitet, bevor O'Shan'wa in die Hände des Feindes gefallen war. Hier unten im Labyrinth hatte er die Aufsicht über sämtliche Vorräte. Es gab noch eine dritte Person im Raum. Einen Mann mit schmalem Gesicht und wachem Blick, den Ishan jedoch nicht kannte.

»Das ist Calvos«, stellte Tamari ihn vor, nachdem die allgemeine Begrüßung abgeschlossen war. »Er ist einer meiner Späher und erst vor einer Stunde von seiner Mission zurückgekehrt. Mit äußerst interessanten Neuigkeiten zu der Nahrungslieferung, die heute von den Reetacianern in O'Shan'wa erwartet wird.« Sie nickte ihm zu.

Er hatte sich bisher im Hintergrund gehalten und trat nun zu den Übrigen in die Mitte der Kammer.

»Wie wir wissen, ist der General dazu übergegangen, Truppenverbände in die umliegenden Dörfer auszuschicken, seit kein Nachschub von Thamaryns Verbündeten mehr eintrifft.« Der Mann hatte eine raue Stimme, in der ein harscher Unterton mitschwang, wenn er über die Reetacianer sprach. »Dort beschlagnahmen die Soldaten alles Essbare, was sie in die Finger bekommen, und schicken es dann in die Hauptstadt. In den letzten Wochen konnten wir einige der Lieferungen abfangen.«

»Zu unserem Glück«, warf Sokoel ein und hob verzweifelt die Arme. »Unsere Leute fressen mir allmählich noch die Haare vom Kopf.«

»Für heute wird eine weitere Lieferung in O'Shan'wa erwartet«, fuhr der Späher fort. »Und jetzt kommt das Interessante: Es gibt dieses Mal zwei Karawanen. Eine folgt der Nordostroute durch den Dschungel, wie sonst auch. Allerdings handelt es sich dabei um eine Falle. Statt Waren verbergen sich bewaffnete Soldaten in den Wagen.«

»Sie haben dazugelernt, was?«, meinte Derass und kratzte sich den Kinnbart.

»Was ist mit der anderen Lieferung?«, wollte Ishan wissen.

Der Späher nickte. »Die nimmt einen Umweg, um sich der Stadt aus nordwestlicher Richtung zu nähern. Das hat mir zumindest mein Kontaktmann gesagt.«

»Nördlich von O'Shan'wa liegen die Nebelberge«, sagte Derass. »An ihrem Fuße verläuft die alte Transportstraße durch den Dschungel. Sie wird kaum mehr genutzt, seit der Steinbruch aufgegeben wurde, der früher dem Ausbau der Stadt diente. Wenn ich mich nicht irre, besitzt sie auch eine Verbindung zur Nordostroute.«

»Du irrst dich nicht«, warf Tamari ein. »Ein paar meiner Leute haben sie erst vor Kurzem erkundet, ohne etwas Auffälliges zu entdecken. Es ist die einzige Straße, die die Reetacianer nutzen können, wenn sie sich der Stadt aus dieser Richtung nähern wollen.«

Ishan wandte sich dem Späher zu. »Ist deine Quelle verlässlich, Calvos?«

»Ja, Kommandant.«

Nicht alle Reetacianer dachten wie Sarazas. Viele der einfachen Soldaten wollten nach Hause zu ihren Familien. Auch unter seinen Offizieren rumorte es. Ein paar von ihnen suchten Anschluss zu den Rebellen. Bisher hatte sich Iritari geweigert, sie aufzunehmen, und sie tat recht damit, denn es konnten genauso gut Spione sein. Andere blieben in Sarazas' Diensten und hofften, der General würde schließlich mürbe werden und aufgeben, wenn die Rebellen nur lange genug durchhielten. Und deshalb spielten einige ihnen immer wieder Informationen zu. Aber Ishan wusste, dass General Sarazas seine eigenen Gründe hatte, auf Kellwyn zu bleiben. Eine Heimkehr kam für ihn nicht infrage. Gerüchten zufolge hatten sich nach Thamaryns Tod die mächtigen Adelsfamilien Reetacs wieder aus ihren Löchern gewagt und rangen nun untereinander um die Vorherrschaft über das Inselreich. Wer am Ende siegte, spielte für Sarazas keine Rolle. Sie alle verachteten ihn für seine frühere Loyalität gegenüber dem Großfürsten und würden ihn hinrichten lassen, sobald er auch nur einen Fuß auf reetacianischen Boden setzte.

»Was machen wir jetzt?«, wollte Derass wissen.

»Wir konzentrieren uns auf die zweite Karawane, in der Hoffnung, dass die Informationen stimmen«, sagte Ishan nach kurzer Überlegung. »Trotzdem schicken wir auch ein paar Männer und Frauen aus, die einen Überfall auf den Nachschubtransport auf der Nordostroute vortäuschen sollen.«

Derass runzelte die Stirn. »Wozu sollte das gut sein? Es bringt unsere Leute bloß in Gefahr.«

»Wenn wir nur die richtige Karawane angreifen und die andere ignorieren, weiß Sarazas, dass wir Verbündete unter seinen Leuten haben. Wenn wir uns beide vornehmen, lässt ihn das im Unklaren, wie genau unsere Informationen sind. Das macht es ihm schwerer herauszufinden, wer ihn verraten hat. Es ist das Einzige, was wir tun können, um unsere Verbündeten in seinen Reihen zu schützen.«

»Verstehe«, sagte Derass. »Also gut, ich rufe die Männer und Frauen zusammen und teile sie in zwei Gruppen ein. Wann brechen wir auf?«

Ishan sah fragend zu Calvos, dem Späher.

»Keine der Karawanen wird vor dem Mittag erwartet«, erklärte der.

»Du hast eine Stunde, Derass«, sagte Ishan zu seinem Stellvertreter. »Außerdem wirst du den Angriff auf den Nachschubtransport auf der Nordostroute anführen. Pass auf, dass niemand den Helden spielt und sich in Gefahr bringt.«

»Mein Wort darauf.« Derass legte ihm eine Hand auf die Schulter. »Gut, dass wir dich bei uns haben.«

11

Dschungel, Kellwyn
19. Septer 1026 n. d. Zweiten Dämonenkrieg

Der Herbst hielt Einzug in die Schwebenden Reiche. In Sharigor bedeutete das rotgoldenes Laub, den Duft von Amarillen, die bis zum ersten Frost blühten, und Regen. Viel Regen, sodass die Arbeiten auf den Lehmfeldern schon bald niedergelegt und bis zum Frühjahr ruhen würden. Hier auf Kellwyn merkte man vom Wechsel der Jahreszeiten nur wenig. Die Luft roch ein wenig anders, herber und erdiger. Es war auch nicht mehr ganz so schwül, und einzelne Baumriesen im Dschungel warfen sogar ihre Blätter ab. Für die meisten galt das jedoch nicht.

Ishan saß rund fünfzehn Fuß über dem Boden auf einem Ast, der so dick war wie sein Oberschenkel. Direkt unter ihm verlief die alte Transportstraße, gepflastert mit grauen Steinplatten und stellenweise bucklig vom Wurzelwerk der Bäume. Wenn er gen Norden blickte, konnte er die Nebelberge sehen, die wie die zyklopische Zitadelle eines vergessenen Volkes von Riesen aus den Bäumen des Dschungels ragten. Die Gipfel schimmerten silbergrau in der Mittagssonne, während die Hänge hinter ewigen Dunstschleiern verborgen lagen, die erst mit zunehmender Höhe dünner wurden.

Derass hatte ihm erzählt, dass die Nebelberge unwirtlich und gefährlich seien und niemand wisse, was sich in ihren Schluchten und Tälern verberge. Zwar habe Neugier und Stolz schon früher so manchen Kellwyner dazu verleitet, sie bezwingen zu wollen, aber keinem sei es je gelungen. Manche gaben auf, nachdem sie keinen Weg durch den Nebel entdeckten, und traten den Rückweg an. Die weniger Glücklichen fand man am Fuße der Berge, wo ihre Knochen wie eine stumme Warnung ausharrten. Bei der Vorstellung schüttelte es Ishan. Offenbar war das Labyrinth nicht das einzige Rätsel, dessen sich das Inselreich rühmen konnte. Erneut ließ er den Blick über die Straße unter sich gleiten und lauschte, ob etwas auf das Nahen der Karawane hindeutete. Doch da war nichts, außer den Geräuschen des Dschungels. Vogelrufe, Wind, der im Geäst wisperte, die Schreie der Dshigas. Unwillkürlich musste er grinsen. Niemals zuvor hatte er solch lustige kleine Kerlchen gesehen: Sie waren von Kopf bis Fuß befellt und besaßen überlange Arme und Beine, mit denen sie unablässig in den Bäumen umherkletterten. Dabei sprangen sie mit einer Leichtigkeit von Ast zu Ast, als wäre es völlig ausgeschlossen, dass sie in die Tiefe stürzen könnten. Ishan seufzte. Dieser Wald wirkte so lebendig, so unbeschwert. In so einer Umgebung fiel es ihm schwer, sich vorzustellen, dass nur ein paar Meilen weiter ein Tyrann und sein Heer die Bewohner einer ganzen Stadt drangsalierten.

Er schob den Gedanken beiseite und blickte auf das Seil, das zusammengerollt neben ihm lag und dessen eines Ende er am Ast befestigt hatte. Wenn die Karawane unter ihm auftauchte, brauchte er es bloß hinabzustoßen und konnte daran herunterrutschen. Außer ihm selbst hockten noch vier weitere Rebellen in dem Baum. Jeder an einer anderen Stelle, damit sie aus der Ferne nicht so leicht entdeckt werden konnten. Auch sie besaßen Seile, um sich herabzulassen, und natürlich Waffen. Ishan trug ein Schwert und mehrere Dolche bei sich. Die übrigen Rebellen waren mit Äxten und Armbrüsten ausgestattet. Einige hatten auch reetacianische Kurzschwerter, die sie von gefallenen

Gegnern erbeutet hatten. Gleiches galt für die weiteren fünfzig Männer und Frauen, die sich über mehrere Bäume entlang der Straße verteilten. Ishan hatte Schweigen angeordnet. Er fürchtete, die Karawane könnte Späher vorausgeschickt haben, die aus dem Unterholz abseits der Straße nach einem Hinterhalt Ausschau hielten. Jetzt, da General Sarazas vorsichtiger geworden war, mussten sie doppelt so behutsam vorgehen. Neben seinen Waffen hielt Ishan noch eine weitere Überraschung für die Wächter der Karawane bereit. An einem Ast rechts von ihm hing ein Stoffbeutel. Je nachdem, wie er sich drehte, fiel Sonnenlicht darauf. Dann wurde der Leinenstoff durchscheinend und offenbarte ein Knäuel aus Dutzenden fingerlangen Körpern, die darin umherwuselten. Die Blutbohrer waren Derass' Idee gewesen.

Erst vor ein paar Tagen war eine Patrouille in einem abgelegenen Teil des Labyrinths auf eine Kolonie der Insekten gestoßen, nachdem sie vom jämmerlichen Blöken einer Ziege dorthin gelockt worden waren. Das Tier musste aus seinem Pferch entkommen und bei seiner Wanderung durch die Tunnel über die Kolonie gestolpert sein. Bis die Männer der Ziege zu Hilfe kommen konnten, hatten die Blutbohrer dem Tier so viele Wunden zugefügt, dass es noch an Ort und Stelle verendet war.

Sie werden ein hübsches Begrüßungskomitee für die Soldaten abgeben, dachte Ishan und musste plötzlich lächeln. War das nicht verrückt? Ein Kronprinz, der in einem fremden Land zum Rebellen geworden war und dort für ein Volk kämpfte, das nicht sein eigenes war. Keiner, der ihn kannte, hätte das wohl jemals von ihm erwartet. Er selbst am allerwenigsten. Und trotzdem hatte er das Gefühl, dass sein Vater stolz auf ihn wäre, wenn er ihn jetzt sehen könnte.

Ach, Vater, dachte er und ballte die Fäuste. *Ich habe dich nicht vergessen. Madea wird für das bezahlen, was sie dir angetan hat. Ich brauche nur noch ein wenig mehr Zeit.*

Ishan schluckte gegen das raue Gefühl in seiner Kehle an und lehnte sich dann gegen den Baumstamm in seinem Rücken. In den ersten Tagen seiner Genesung, nachdem Iritari ihn aus seinen Fieberträumen zurückgeholt hatte, hatte er nur an seine Rache gedacht. Zu schwach, um aufzustehen, hatte er auf seiner Pritsche gelegen und sich Hunderte Arten ausgemalt, wie er seine Stiefmutter für ihren Verrat würde bezahlen lassen. Aber je länger er darüber nachgedacht hatte, desto klarer war ihm geworden, wie absurd seine Pläne waren. Er konnte nicht einfach nach Sharigor zurückkehren. In Calares würde man ihn sofort erkennen. Er würde nicht einmal in die Nähe dieser verdammten Hexe kommen. Spätestens die Wachen am Palasttor würden ihn als Königsmörder verhaften. Vielleicht würde man ihn auch gleich töten. Der Hitzkopf, der Ishan einmal gewesen war, hätte sich davon dennoch nicht aufhalten lassen.

Inzwischen war er jedoch ein anderer. Er führte die Rebellion der Kellwyner an und lehrte sie das Kämpfen. Das gab ihm das Gefühl, etwas Sinnvolles mit seinem Leben anzufangen, denn er brachte diesen Menschen Hoffnung. Das war ungleich mehr, als er in all den Jahren als Kronprinz getan hatte. Wie es um ihre Chancen stand, diesen Krieg zu gewinnen, daran verschwendete er nur selten einen Gedanken. Hoffnung war kein Kind von Zahlen und Umständen. Hoffnung war ein Kind des Glaubens an eine bessere Zukunft.

Plötzlich richtete sich Ishan auf. War das nicht …? Da! Das Wiehern eines Pferdes. Das konnte nur die Karawane sein. Die Rebellen hatten schließlich keine Reittiere bei sich. Ein Blick zum Himmel zeigte ihm, dass die Sonne an ihrem höchsten Punkt stand. Calvos' Informant hatte recht behalten. Kurz fragte Ishan sich, was Derass und seine Leute gerade taten. Hatten sie den Nachschubtransport auf der Nordostroute längst angegriffen und befanden sich inzwischen wieder auf dem Rückweg zum Lager? Oder stand auch ihnen der Kampf noch bevor?

Ishan wagte sich auf seinem Ast ein wenig vor, um besser zwischen dem Blattwerk hindurchschauen zu können. Die alte Transportstraße führte an dieser Stelle über eine Viertelmeile geradeaus. Er sah einen Trupp Reiter, der im Schatten der Baumriesen in ihre Richtung ritt. Je näher er kam, desto mehr Einzelheiten konnte er ausmachen. Er zählte rund dreißig Mann zu Pferde. Sie trugen Helme und Kettenhemden. Einer der Soldaten führte eine Standarte mit sich, daran hing eine Flagge, die einen roten Adler auf goldenem Hintergrund zeigte. Das reetacianische Wappen.

Bald kamen auch die Karren in Sicht, die hinter dem Trupp über die Straße holperten. Zwölf Stück waren es. Sie wurden von Ochsen gezogen und waren mit Fässern, Kisten und Säcken beladen. Geschlossene Wagen, in denen sich weitere Soldaten hätten verstecken können, waren nicht darunter. Bei den Männern, die sie lenkten, handelte es sich ebenfalls um Reetacianer.

Ishan wartete ab, bis ein Teil des Trupps unter ihm hindurchgeritten war. Die Soldaten legten ein gemächliches Tempo an den Tag, damit die Karren nicht den Anschluss verloren. Einige der Männer schwatzten miteinander, andere ließen die Blicke umherschweifen, als suchten sie im Unterholz nach einer Bedrohung. Nur nach oben schaute keiner.

Narren! Er griff nach dem Beutel mit den Blutbohrern und löste den Knoten. Dann drehte er ihn um und schüttete den Inhalt über den Soldaten aus. Wütend darüber, dass man sie aus ihrer Kolonie entführt und über Stunden in dieses winzige Gefängnis gesperrt hatte, stießen die Blutbohrer ihre scharfen Beißwerkzeuge in jeden Flecken Haut oder Fell, derer sie habhaft wurden. Männer schrien, Pferde bäumten sich auf und warfen ihre Reiter ab. Für die anderen Rebellen, die in den Bäumen hinter Ishan hockten, war es das Zeichen zum Angriff. Weitere Blutbohrer regneten auf den Rest des Reitertrupps herab.

Die Soldaten schlugen nach den Insekten, die sich in ihren Gesichtern, an ihren Hälsen und Unterarmen festbissen. Gleichzeitig versuchten sie, ihre Pferde unter Kontrolle zu bringen. Wer abgeworfen wurde und sich nicht rechtzeitig ins Unterholz rettete, geriet unter die Hufe der scheuenden Tiere.

Sobald das erste Pferd davongaloppierte, folgten ihm die übrigen nach. Mit ihnen die fünf oder sechs Männer, die sich im Sattel hatten halten können. Vier der Reetacianer, die auf der Straße lagen, rührten sich nicht mehr. Zwei weitere schienen so schwer verletzt, dass sie kampfunfähig waren. Blieben nicht einmal mehr zwanzig Soldaten und die Lenker der Ochsenkarren. Ishan stieß das aufgerollte Seil vom Ast und glitt daran in die Tiefe. Kaum berührten seine Füße den Boden, riss er sein Schwert aus der Scheide. Die Nahkämpfer unter den Rebellen waren seinem Beispiel gefolgt, während die Armbrustschützen in den Bäumen ausharrten und von dort Pfeile auf den Feind niedergehen ließen.

Die reetacianischen Soldaten, die sich zuvor ins Dickicht geflüchtet hatten, kamen nun wieder hervor, jetzt, da sie reale Gegner vor Augen hatten. Fluchend warfen sie sich mit ihren Schwertern den Rebellen entgegen. Ishan erlaubte sich ein kurzes, zufriedenes Grinsen, als er sah, dass sich das Training ausgezahlt hatte. Noch konnten die Rebellen es mit der Erfahrung und Ausdauer eines gut ausgebildeten Soldaten nicht gänzlich aufnehmen, doch ihre Überzahl sowie ihr Mut und ihre Entschlossenheit machten das mehr als wett.

»Vorsicht, Kommandant!«, hörte Ishan jemanden über das Kampfgetöse hinweg rufen. Doch er hatte den Soldaten, der mit dem Schwert auf ihn zugestürzt kam, bereits aus dem Augenwinkel bemerkt. Er fuhr herum, lenkte dessen Schlag zur Seite ab und stieß ihm dann die eigene Klinge in die Kehle. Warmes Blut spritzte Ishan ins Gesicht. Den Geschmack des Todes auf den Lippen, lachte er auf. Da waren sie wieder: der Zorn und die Dunkelheit, mit denen Asmaran während des Verhörs in seinem Geist nach Antworten gesucht hatte und die ihn seitdem nie wieder wirklich verlassen hatten. Er wehrte den Hieb eines weiteren Gegners ab, schlitzte einem anderen den Bauch auf und wirbelte wieder zurück, um dem ersten mit einem Streich das Gesicht zu spalten. *Mehr* sang seine Klinge. *Mehr* sang die Dunkelheit in seinem Herzen. Schon sprang er vor, um einen Reetacianer zu töten, der eine Rebellin bedrängte.

»Das sind meine Leute!«, schrie er. »*Meine* Leute!«

Mit seiner Waffe durchtrennte er erst den Schwertarm des Mannes, bevor er ihm mit einem zweiten Hieb den Kopf von den Schultern schlug. Die Rebellin taumelte zur Seite und warf Ishan einen erschrockenen Blick zu, bevor sie von einem anderen Soldaten attackiert wurde. »Meine Leute«, murmelte Ishan noch einmal – grimmig und voller Genugtuung. Nun machte er zwei Schritte nach rechts und schwang die Klinge in einem niedrigen Halbkreis, wodurch er zwei nahenden Reetacianern die Oberschenkel aufschlitzte. Der eine ging zu Boden, wo er sich schreiend hin und her wälzte. Den anderen schien die Klinge nur oberflächlich verletzt zu haben, denn er hielt sich weiterhin aufrecht.

»Ich bring dich um, du mieses Rebellenschwein!«, schrie er Ishan an, riss sein Schwert hoch und … wurde von einem Armbrustbolzen direkt ins Auge getroffen. Er schwankte, drehte sich zur Seite und stürzte auf seinen schreienden, sein Bein umklammernden Kameraden, wobei er ihm die Klinge mitten in den Bauch trieb.

Im Nachhinein konnte Ishan nicht genau sagen, wie lange der Kampf gedauert hatte. Er wusste nur, dass er ihm viel zu kurz erschienen war. *Mehr, mehr, mehr* schrie die Dunkelheit in seinem Herzen, während er keuchend in der Mitte der Straße stand und die Toten um sich herum betrachtete. Bei den meisten handelte es sich um reetacianische Soldaten, aber es waren auch Rebellen darunter. Einige hatte er persönlich gekannt, wie den linkischen Loris, der erst vor zwei Tagen seinen siebzehnten Geburtstag gefeiert hatte. Oder Norali, die Frau des Schmieds. Er würde ihr Lachen vermissen. Und plötzlich strömte Trauer in sein Herz und drängte die Dunkelheit zurück, brachte sie zum Schweigen. Zumindest für dieses Mal. Nun drang das Stöhnen der Verletzten an seine Ohren. Ishan sah sich um und erkannte, dass die Rebellen, die nichts abbekommen hatten, sich bereits um ihre Kameraden kümmerten. Auch um zwei Reetacianer, bei denen er bezweifelte, dass sie den nächsten Sonnenaufgang erleben würden. Aber so waren die Kellwyner nun mal. Obwohl sie den Feind dafür verachteten, was er ihnen angetan hatte, hätten sie es niemals fertiggebracht, die beiden Verwundeten sich selbst zu überlassen. Im Grunde ihrer Herzen waren sie ein gutmütiges, friedfertiges Volk, das diesen Krieg nicht verdient hatte.

Ishan fiel auf, dass einige seiner Leute ihm verstohlene Blicke zuwarfen. In manchen las er Bewunderung, in anderen Furcht, und da fragte er sich, für wie viele der toten Reetacianer er verantwortlich war. Für zu viele, wie er vermutete.

»Geht es dir gut, Kommandant?«, brach die Stimme einer jungen Frau in seine Gedanken. Es war die Rebellin, die er vor dem Soldaten gerettet hatte. Er versuchte sich an ihren Namen zu erinnern, was ihm nicht gelang. »Danke, es ist alles in Ordnung«, sagte er und war überrascht, wie erschöpft seine Stimme klang.

»Du bist voller Blut, Herr.«

»Nicht mein eigenes.« Er nickte ihr zu und wandte sich dann an seine Leute. »Wer gerade nichts zu tun hat, soll sich zu den Karren begeben. Räumt einen davon für die Verwundeten und unsere Toten frei. Die Nahrungsvorräte verteilt auf die übrigen Wagen. Und beeilt euch!« Früher oder später würden die Soldaten, die mit den Pferden entkommen waren, mit Verstärkung zurückkehren. Bis dahin mussten sie fort sein.

Die Rebellin schloss sich den Männern und Frauen an, die sich um die Vorräte kümmerten, sodass Ishan wieder allein war. Kurz betrachtete er die blutverschmierte Klinge, die er immer noch in der Hand hielt, wischte sie schließlich an seiner Hose ab und steckte sie zurück in die Scheide. Die Bewegung löste ein Brennen in seiner rechten Seite aus. Er lächelte grimmig. Ein Teil des Blutes auf seiner Kleidung stammte wohl doch von ihm.

12

Rebellenlager, Kellwyn
19. Septer 1026 n. d. Zweiten Dämonenkrieg

Nach ihrer Rückkehr ins Rebellenlager befahl Ishan, die erbeuteten Vorräte zu Sokoel zu bringen. Der Quartiermeister würde am besten wissen, wo sie benötigt würden. Er selbst begleitete die Verletzten zu den Heilern. Erst nachdem alle anderen versorgt waren, ließ er zu, dass man sich auch um ihn kümmerte. Auf der rechten Seite hatte er einen langen Schnitt, der quer über seine Rippen verlief und genäht werden musste. Gleiches galt für eine Stichwunde unter seinem linken Schulterblatt, die zwar nicht sonderlich tief war, aber an einer ungünstigen Stelle saß und sonst immer wieder aufzugehen drohte. Zum Schluss gab der Heiler ihm noch etwas Traumwurz gegen die Schmerzen.

Ishan bedankte sich und ging zu seiner Unterkunft. Dort zog er saubere Kleidung an. Danach machte er sich auf die Suche nach Derass, um in Erfahrung zu bringen, wie der Angriff auf der Nordostroute verlaufen war. Er traf seinen Stellvertreter jedoch weder an einem der Kochfeuer in der großen Kaverne an, wo er den Erfolg einer Mission schon mal gerne mit einem Becher Raxas feierte, noch in dessen Unterkunft. Zuerst dachte er, Derass und sein Trupp wären noch nicht zurückgekehrt, doch dann traf er auf Uwak, der ein wenig abseits der Kochfeuer auf einem Felsen saß und einen mit Gemüse gefüllten Maisfladen vertilgte. Er war einer von Derass' Leuten.

Ishan ging zu ihm. »Ihr seid also zurück. Und Derass? Wo steckt der Halunke?«

Der Mann schlang hastig den Bissen hinunter, den er im Mund hatte. »Er ist nicht mit uns zurückgekommen, Kommandant.«

»Was meinst du damit?«

Ein Schatten legte sich über Uwaks Gesicht. »Anfangs lief alles wie geplant«, sagte er und ließ den Maisfladen in seinen Schoß sinken. »Wir haben die Karawane angegriffen, und wie erwartet verbargen sich in einigen der geschlossenen Wagen weitere Soldaten. Da haben wir uns sofort zurückgezogen, um erst gar nicht in einen Kampf verwickelt zu werden. Gorvin wurde trotzdem verletzt, er bekam einen Pfeil ins Bein. Eine Weile sind uns die Soldaten durchs Unterholz gefolgt, aber schließlich haben wir sie abgeschüttelt. Danach schlugen wir uns zu der Lichtung nahe der Ruine der alten Stufenpyramide durch. Wie du sicher weißt, Herr, gibt es dort einen verborgenen Zugang ins Labyrinth. Er war am nächsten zu unserer Position. Doch als wir dort ankamen, lungerte eine Patrouille der Reetacianer auf der Lichtung herum. Derass wollte keinen weiteren Kampf riskieren, weil er nicht wusste, ob noch mehr von ihnen in der Nähe waren.« Er senkte den Blick auf seinen Maisfladen.

Ishan, dessen Sorge um seinen Freund und Stellvertreter weiter angewachsen war, hätte Uwak am liebsten bei der Weste gepackt und kräftig durchgeschüttelt, damit er weitersprach. Stattdessen zwang er sich zur Ruhe. »Was ist passiert, Freund?«

Uwak sah wieder auf. »Zuerst haben wir abgewartet, Kommandant. Mit der Zeit wurden Gorvins Schmerzen aber immer stärker, und das Bein sah überhaupt nicht gut aus. Also hat Derass beschlossen, die Patrouille von der Lichtung fortzulocken, damit wir ins Labyrinth hinabsteigen und Gorvin zu einem Heiler bringen konnten.«

»Bei Sorons Krähen, ihr habt ihn allein gelassen?«

Uwak war blass geworden. »Der... Derass wollte es so, Kommandant. Er sagte, das würde es ihm leichter machen, weil er auf niemanden achten müsste.« Er schluckte. »Eigentlich hätte er längst zurück sein müssen.«

Mit einem Knurren wandte sich Ishan von Uwak ab und stiefelte zwischen den Kochfeuern hindurch, bis er ein Gesicht entdeckte, das er kannte. Er befahl dem Mann, eine Truppe aus ausgeruhten Männern und Frauen zusammenzustellen und sich mit ihnen auf die Suche nach Derass zu machen. »Und kehrt nicht eher zurück, bis ihr ihn gefunden habt, verstanden?«, fügte er mit Nachdruck hinzu.

»Ja, Kommandant«, sagte der Mann und eilte davon.

Ishan presste die Lippen aufeinander und machte sich auf den Weg zu Iritari, um ihr Bericht zu erstatten. *Habe ich überreagiert?*, fragte er sich, während er die Kaverne mit ihren fast einhundert Kochfeuern durchquerte und dabei tollenden Kindern und umherstreunenden Tieren auswich. Er wusste, dass Derass gut auf sich aufpassen konnte. Als früherer Leibwächter der Prinzessin verstand er sich aufs Kämpfen. Und trotzdem war er noch nicht zurückgekehrt. Verdammt, wenn ihm nun etwas zugestoßen war?

Derass hatte die Patrouille angeführt, die Ishan nach seiner Flucht aus der Herrscherpyramide im Labyrinth gefunden hatte. Zufall oder Instinkt hatte ihn und seine Leute zu dem Tunnel geführt, in dem Ishan zusammengebrochen war. Insofern verdankte Ishan ihm sein Überleben genauso, wie Iritari. Aber er sorgte sich nicht nur um ihn, weil er ihm etwas schuldig zu sein glaubte. Derass war auch sein einziger echter Freund, den er unter all den vielen Menschen hier unten hatte. Für die meisten war er ihr Kommandant, und allein das schaffte Distanz zwischen ihnen. Einige sahen in ihm auch bloß den Fremdling. Zwar betrachteten sie ihn nicht mit der gleichen Feindseligkeit wie die Reetacianer, trotzdem begegneten sie ihm mit Argwohn.

Seine Schritte hatten ihn zu einem Bereich der Kaverne geführt, der ein wenig abseits des Treibens lag. Dort gab es einen Tunnel, der den Zugang zu Prinzessin Iritaris Unterkunft bildete. Die Wächter, die Ishans Gesicht nur zu gut kannten, ließen ihn wortlos passieren. Der Stollen war kurz, aber schmal. Lichtschein fiel vom jenseitigen Ende hinein und leuchtete Ishan den Weg. Kurz darauf betrat er eine Höhle, die mit weichen Teppichen ausgelegt war. Fackeln und Laternen spendeten Licht und zeigten ihm die Prinzessin, die sich über einen Tisch beugte, auf dem sich Schriftrollen und Dokumente stapelten.

»Iritari«, grüßte Ishan.

»Einen Moment«, murmelte sie, ohne aufzusehen, »ich muss das hier nur noch zu Ende lesen.«

Ishan sah zu den beiden Dienerinnen, zwei kellwynische Mädchen, die damit beschäftigt waren, aufzuräumen und Wäsche zu falten, und nickte ihnen freundlich zu. Daraufhin fingen sie an zu kichern, nickten ihm ebenfalls zu und zogen sich in eine angrenzende Höhle zurück. Er mochte die Ungezwungenheit der Kellwyner, die ganz anders war als die Förmlichkeit und Strenge, die am sharigorischen Königshof herrschten. Von Anfang an hatte die Prinzessin darauf bestanden, dass er sie mit ihrem Namen und nicht mit ihrem Titel ansprach.

Er verschränkte die Arme hinter dem Rücken, wie er es früher bei seinem Vater beobachtet hatte, und wartete geduldig darauf, dass Iritari mit ihrer Arbeit fertig wurde. Dabei fiel ihm wieder einmal auf, wie viel angenehmer es hier im Vergleich zu seinem eigenen Quartier und der Kaverne mit ihren Feuern und Menschenansammlungen roch. Plötzlich seufzte Iritari und hob den Kopf. »Ishan«, begrüßte sie ihn mit einem müden Lächeln. Schatten lagen unter ihren Augen.

»Alles in Ordnung?«

Sie winkte ab. »Das Übliche. Jeder will irgendetwas, von nichts ist genug da, und im Süden der Stadt haben die Reetacianer einen weiteren Zugang zum Labyrinth entdeckt. Es gab ein Scharmützel, bei dem drei unserer Leute starben, bevor das Labyrinth eingriff. Später haben unsere Leute den Tunnel zum Einsturz gebracht. Von dieser Seite droht uns keine weitere Gefahr. Doch je mehr Zugänge wir verlieren, desto schwerer wird es für unsere Späher, ungesehen nach O'Shan'wa und wieder zurück zu gelangen.«

»Mag sein. Trotzdem gibt es noch viele, die dem Feind bisher verborgen geblieben sind.« Er nahm ihre Hand in die seine. »Gräm dich nicht über das, was wir verloren haben, Iritari, konzentrier dich lieber auf unsere Triumphe. Wie klein sie auch sein mögen, jeder ist von Bedeutung, denn er zeigt deinem Volk, dass der Feind trotz seiner Übermacht nicht unbesiegbar ist.« Er erzählte ihr von den erbeuteten Lebensmitteln, nicht jedoch von der Dunkelheit, die ihn während des Kampfes erneut übermannt hatte.

»Das ist gut, sehr gut.« Sie nickte. »Und dennoch scheint es mir zu wenig. Mein Volk leidet unter der Besatzung. Viele Menschen sind gestorben, und noch mehr werden ihr Leben verlieren, sollte Sarazas seinen Feldzug fortsetzen. Ach, Ishan.« Plötzlich lehnte ihr Kopf an seiner Brust. Er spürte, wie er sich unter ihrer Berührung verspannte, und kämpfte dagegen an. Er wollte nicht, dass sie das Gefühl hatte, er würde sie nicht mögen. Denn das stimmte nicht. Doch er trauerte immer noch um Kela. »Ich wünschte, wir könnten wenigstens einmal zu einem richtigen Gegenschlag ausholen«, sagte sie. »Gibt es nichts, was wir tun können?«

»Wir tun schon viel. Wir bieten deinem Volk Zuflucht, spionieren die Stärken und Schwächen des Feindes aus und rauben Vorräte und Waffen, wann immer wir können. Und das Allerwichtigste: Wir lehren dein Volk, wie man sich verteidigt! Für einen Gegenschlag ist es noch zu früh. Zum jetzigen Zeitpunkt würde er in einem Blutbad für unsere Seite enden. Wir müssen einfach geduldig sein und darauf hoffen, dass wir weitere Verbündete unter Sarazas' Leuten finden.«

Iritari löste sich von ihm, sodass sie ihm ins Gesicht blicken konnte. »Was ist mit ihren Schiffen? Könnten wir nicht wenigstens die zerstören und damit ein Zeichen setzen? Wir könnten uns nachts an Bord schleichen und sie anzünden und so dem General klarmachen, dass er uns noch längst nicht in die Knie gezwungen hat.«

Ishan erkannte sofort, dass dieses Mal nicht die Regentin eines ganzen Inselreiches zu ihm sprach, sondern das sechzehnjährige Mädchen, das sie immer noch war. »O ja, das könnten wir tun«, sagte er. »Das Feuer würde über die ganze Stadt hinweg zu sehen sein. Dein Volk würde uns dafür bejubeln und Sarazas verdammen.«

Sie kniff die Augen zusammen. »Aber?«

»Aber was gewinnen wir dadurch, frage ich dich? Außer, dass die Reetacianer auf Kellwyn festsäßen und nicht mehr wegkönnten, selbst wenn sie sich entschließen sollten, abzuziehen.«

»Was ihnen nur recht geschähe.« Sie seufzte. »Du hast ja recht. Es war eine dumme Idee. Vor allem, weil Sarazas mein Volk dafür büßen lassen würde.«

»Dumm ist die Idee ganz und gar nicht«, widersprach Ishan. »Nur ist jetzt noch nicht der passende Zeitpunkt dafür. Falls es uns gelingt, ihn zurückzuschlagen, sollten wir ihm seine Schiffe als Fluchtmöglichkeit lassen. Wenn der General beginnt, den Krieg auszuweiten, werden wir auf deinen Plan zurückgreifen. Ohne die Schiffe kann er die anderen Hafenstädte im Norden des Reiches nicht anlaufen. Er wäre gezwungen, seine Armee über Land zu führen, was sehr viel zeitraubender ist und den anderen Städten die Möglichkeit gäbe, ihre Verteidigung auszubauen. Falls sie nicht längst damit begonnen haben.«

Iritari biss sich auf die Unterlippe. »Was glaubst du, wie bald es dazu kommen wird?«

»Nicht so bald. Sarazas scheint mir nicht besonders risikofreudig zu sein. Und er tut recht daran. Durch die Vernichtung des Fünferbundes steht er ohne Verbündete da. Wenn er jetzt einen Feldzug startet, ist er gezwungen, seine Armee aufzuteilen, damit er die eroberten Gebiete halten kann. Dadurch würde er sich selbst schwächen und angreifbar machen. Gerade für uns. Nein, an seiner Stelle würde ich mich erst einmal in O'Shan'wa verschanzen und abwarten, wie sich die Regenten der Freien Reiche verhalten. Früher oder später müssen sie Position beziehen.«

»Ich kann dir gar nicht sagen, wie froh ich bin, dich an meiner Seite zu haben.« Sie lehnte sich wieder an seine Brust. »Du weißt immer genau das Richtige zu sagen.«

Die Prinzessin lud ihn ein, später das Abendessen mit ihr zusammen einzunehmen. Ishan lehnte ab. Er brauchte Zeit für sich. Er spürte noch immer das Blut der Männer, die er getötet hatte, auf seiner Haut, obwohl er sich bei den Heilern gründlich gewaschen hatte. Außerdem hatte er noch etwas zu erledigen, zu dem er während der vergangenen Tage nicht gekommen war.

Er verabschiedete sich von Iritari und kehrte in seine Höhle zurück. Die Felldecke zog er sorgfältig wieder vor den Zugang, nachdem er eingetreten war. Sie erlaubte ihm zwar keine echte Privatsphäre, denn nach wie vor drangen Stimmen und andere Geräusche von draußen zu ihm herein, doch wenigstens schützte sie ihn vor neugierigen Blicken. Ein wenig Licht fiel an den Rändern vorbei in seine Unterkunft. Gerade genug, dass er mithilfe von alchemistischen Zündelhölzern eine Kerze anmachen konnte. Er blickte noch einmal zum Eingang, bevor er seine Holzpritsche beiseiteschob. Nun kniete er sich hin und stellte die Kerze neben sich auf den Boden. An der Felswand vor ihm gab es eine Stelle mit ein paar losen Steinen, die dort wie zufällig lagen. Ishan räumte sie beiseite, und ein Hohlraum kam zum Vorschein. Darin lagerten die Karten des Labyrinths, die Prinzessin Iritari für ihn hatte anfertigen lassen. Es waren vier an der

Zahl, aufgerollt und zum Schutz vor Feuchtigkeit in gegerbtes Leder eingewickelt. Ishan nahm die erste heraus, öffnete sie und breitete sie vor sich auf dem Boden aus. Die Ecken beschwerte er mit Steinen, danach nahm er die Kerze zur Hand, um in ihrem Licht die Karte zu studieren.

Mittlerweile wusste er aus eigener Erfahrung und aus Gesprächen mit Iritari und Derass, dass das Labyrinth nicht nur ungezählte Stockwerke in die Tiefe reichte, sondern sich auch weit hinaus über die Grenzen der Stadt erstreckte. Manche der Gänge führten viele Meilen ins Landesinnere, bevor sie an einer Erdspalte oder einer Wand aus Geröll und Schotter endeten. Das Labyrinth war so alt, dass man überall auf verschüttete Kammern und Tunnel stoßen konnte. Manchmal folgte man einer Treppe und fand sich plötzlich am Rande einer gähnenden Kluft wieder. Viele solcher Stellen fand Ishan auf der Karte vermerkt. Der Kartenmacher hatte sich bemüht, sie nach dem aktuellen Wissensstand anzufertigen. Trotzdem zeigte sie nur einen Teil der Gesamtanlage. Der Rest verteilte sich auf die übrigen drei Karten.

Die Bereiche, für die sich Ishan interessierte, waren jene, deren Existenz die Fürsten und Fürstinnen von Kellwyn über viele Jahrhunderte hinweg vor ihrem Volk verschwiegen hatten und die nur durch geheime Zugänge betreten werden konnten. In einigen Fällen kannte selbst Iritari den Grund dafür nicht. Diese Gebiete hatte der Kartenmacher mit roter Tinte eingezeichnet.

Auf der Karte, die er gerade betrachtete, gab es drei solcher Gebiete, gar nicht so weit vom Lager der Rebellen entfernt. Jeder dieser Bereiche war mit einer eigenen Überschrift versehen: Dunkelhort, Drachenodem und Schattenkammer. Unter zweien fand sich jeweils eine kurze Notiz, durch was für eine Art von verborgenem Zugang der Ort geschützt wurde. Alles, was Iritari wusste, hatte sie an den Kartenmacher weitergegeben. Ishan musste trotz der Kerze die Augen zusammenkneifen, um dessen winzige Schrift zu entziffern. Nachdem er alles gelesen hatte, rollte er die Karte wieder zusammen, holte die anderen hervor und studierte auch sie. Als er damit fertig war, legte er sie alle wieder zurück in ihr Versteck, verschloss es erneut mit den Steinen und schob auch die Pritsche wieder an Ort und Stelle.

Die Kerze blies Ishan aus, bevor er sich niederlegte. Um zu schlafen, war er noch zu aufgewühlt, weshalb er die Arme hinter dem Kopf verschränkte und sinnierend in die Dunkelheit starrte. Keiner der geheimen Orte trug einen Namen, hinter dem er die Grabkammer eines Gottes vermuten würde. Aber was hieß das schon? Namen konnten irreführend sein. Vielleicht sollten sie es in diesem Fall sogar, um die Wahrheit zu verschleiern.

Ich muss sie alle aufsuchen, dachte er. *Und dann, wenn ich das Grab gefunden habe, werde ich den Leichnam, die Knochen oder was auch immer noch von Inos übrig ist, verbrennen. Die Asche bringe ich zum Rand der Insel und schütte sie dort aus, wo der Wind sie mit sich ins Bodenlose reißt.* Er schnaubte. *Viel Spaß bei dem Versuch, deinen verfluchten Gott aus einem Haufen Nichts wiederzuerwecken, Madea!*

13

Tal des Dämonenjägers, Xe'Neridian
19. Septer 1026 n. d. Zweiten Dämonenkrieg

Vor genau zehn Tagen war Kess Narodh mit ihren Handlangern ins Tal gekommen und hatte Veitts Leben seitdem gehörig durcheinandergewirbelt. Narodh, wie sie genannt werden wollte, war ganz anders als Ryk. Herrisch, burschikos und ganz sicher niemand, der Wert auf seine Meinung legte, so wie Ryk es immer getan hatte. Wenn er sie wenigstens hätte hassen können – das hätte es einfacher gemacht. Aber sie war nie wirklich unfreundlich zu ihm und behandelte ihn auch nicht schlechter als ihre beiden Gehilfen. Anfangs hatte Veitt versucht, ihr aus dem Weg zu gehen, indem er sich wie ein Schatten durch das Haus bewegte und die Mahlzeiten allein auf seinem Zimmer einnahm. Aber am dritten Abend nach ihrer Ankunft hatte sie ihm klargemacht, dass sie ein solches Verhalten nicht duldete.

»Wir sind jetzt deine Familie, Veitt, ob dir das passt oder nicht«, hatte sie zu ihm gesagt, nachdem sie ihn auf der Veranda aufgespürt hatte. »Betrachte Elos und Barn einfach als die Brüder, die du nie haben wolltest. Ich weiß, wie das ist. Ich hatte fünf von der Sorte. Haben mir das Leben schwergemacht, wo sie nur konnten. Aber wenn ich sie gebraucht habe, konnte ich mich immer darauf verlassen, dass sie zu mir hielten. Du verstehst?«

Er hätte sie gern gefragt, was das aus *ihr* machte, wenn er Elos und Barn als seine Brüder betrachten sollte, verkniff es sich jedoch. Stattdessen nickte er. Seitdem nahm er an den Mahlzeiten teil. Genauso, wie zu seiner Überraschung und großen Freude die beiden Frauen aus der Küche: Milda und ihre Enkeltochter Saira. Die beiden plapperten fast ohne Unterlass und sorgten stets für eine ausgelassene und unverfängliche Stimmung bei Tisch.

Die ersten Tage hatte Narodh damit verbracht, das Anwesen zu inspizieren. Das Haus mache einen soliden Eindruck, hätte ihrer Meinung nach allerdings ruhig ein wenig besser in Schuss gehalten werden können. Es gab eine undichte Stelle im Dach, und einige der Fenster im ersten Stock waren verzogen, weshalb der Wind durch die Ritzen pfiff, was unbedingt noch vor dem Winter behoben werden sollte. Den Garten mit seinen Kräutern und Blumen, der hinter dem Anwesen lag und sich beinahe bis zum Eichenhain ausdehnte, mochte sie. Trotzdem hatte sie für eine solche Arbeit genauso wenig übrig wie seinerzeit Ryk, weshalb sie ihn in Veitts Obhut beließ. Das Labor interessierte sie kein bisschen. Sie nannte es vergeudeten Platz und plante, es mit der Zeit in einen Trainings- und Meditationsraum umzuwandeln. Die Bibliothek fand ihren Gefallen. Der Wohn- und Empfangsraum ging ebenfalls in Ordnung, bis auf die zwei schweren Sessel vor dem Kamin, die sie früher oder später gegen Holzbänke austauschen wollte. »Ist viel gemütlicher«, war ihre Meinung. »Und so haben wenigstens alle einen Sitzplatz.«

Am neugierigsten war Veitt darauf, welche Aufgaben Narodh ihm zuteilen würde. Unter Ryk war er in gewisser Weise das Mädchen für alles gewesen. Das Kochen und den Hausputz hatten inzwischen Milda und Saira übernommen. Das Labor fiel ebenfalls weg, und um die Pferde und Waffen würden sich Elos und Barn kümmern. Als Veitt die Dämonenjägerin schließlich darauf ansprach, begegnete sie ihm mit einem schelmischen

Grinsen, das so gar nicht zu ihrem plumpen Äußeren passen wollte.

»Außer mir bist du der Einzige im Haus, der wirklich lesen und schreiben kann. Und ich schwinge nun mal lieber das Schwert als eine Feder. Also wirst du dich um sämtlichen Schriftverkehr kümmern. Missionsberichte, Briefe ... Da fällt mir ein, dass du gleich einen an Fürst Elorien aufsetzen kannst. Informiere ihn über meine Ankunft im Tal und dass ich ihm mit einem Besuch im Palast meinen Respekt erweisen werde, sobald ich mich eingelebt habe. Bleib aber so vage wie möglich, was den Zeitpunkt betrifft. Ich hasse diese ganzen offiziellen Geschichten.« Sie verzog gereizt das Gesicht, bevor sie augenzwinkernd hinzufügte: »Außerdem ernenne ich dich zum Hüter der Bibliothek sowie der Kräuter und Blumen. Und um das Haus wirst du dich auch kümmern. Ich will, dass du nach einem Tischler schickst, der das Dach und die Fenster repariert. Zufrieden?«

Veitt bejahte und zog sich zurück.

Als er an diesem Vormittag nach einem Rundgang durch den Garten in die Küche kam, um sich aus frisch gepflückten Blättern des Socaritstrauches einen Tee aufzubrühen, war auch Elos dort. Er trug Stiefel, eine Leinenhose und darüber eine geschnürte Lederweste, die seinen Brustkorb und die Oberarme frei ließ. Mit einem anzüglichen Grinsen lehnte er an der Arbeitsfläche, auf der Saira gerade einen Brotteig knetete, und flirtete heftig mit ihr. Die Köchin selbst war nicht zugegen. Ansonsten hätte Narodhs Axtkämpfer es sicher nicht gewagt, das Mädchen so offen anzugehen. Milda konnte zur Furie werden, wenn es um ihre Enkeltochter ging. Saira schien die Vorbehalte ihrer Großmutter nicht zu teilen, denn sie lachte lauthals über einen Witz des Spatzenhirns – wie Veitt ihn insgeheim nannte –, der nicht mal ein Gähnen wert gewesen wäre.

»Ah, da ist ja unser Prinzesschen«, begrüßte ihn Elos, als Veitt eintrat. »Warum so missmutig? Schon lange nicht mehr richtig durchgeklatscht worden, was?« Er lachte hämisch und zwinkerte Saira zu.

Veitt blieb zwei Schritt vor ihm stehen. »Danke für das Angebot, aber da ›klatsche‹ ich mir doch lieber selbst einen.« Aus dem Augenwinkel sah er, wie Saira ihre bemehlte Hand auf den Mund presste, um ein Prusten zu unterdrücken. Dagegen gaffte Elos ihn noch ein, zwei Herzschläge lang mit gerunzelter Stirn an, bevor sein Gesicht mit einem Mal dunkelrot anlief. »Du mieser kleiner Schwanzlutscher«, platzte er heraus, packte Veitt am Hemd und zerrte ihn daran hoch, bis er nur noch auf den Zehenspitzen stand, »willst du etwa behaupten, ich würde auf Ärsche stehen?« Er sah zu Saira rüber. »Der Kerl lügt, hörst du? Er lügt!«

Veitt starrte den Axtkämpfer an. Wäre er früher in so eine Situation geraten, hätte er den Kopf eingezogen und entweder darauf gehofft, dass Ryk in Hörweite war, oder dass er spätestens mit dem zweiten Schlag die Besinnung verlor. Ziemlich erbärmlich. Das wusste er selbst. Aber Kerle wie Elos waren in der Regel immer größer und kräftiger als man selbst. Vor allem, wenn man eher schmächtig und gut einen halben Kopf kleiner war als die meisten Männer und seine große Klappe trotzdem nicht im Griff hatte. Inzwischen hatte sich bei Veitt jedoch etwas geändert. Er gebot über Magie. Sie pulsierte in seiner Brust, pulsierte in seinen Händen – und er wusste, ein einziger Schlag von ihm würde Elos den Kiefer zertrümmern. Der Gedanke erfüllte ihn mit einem Gefühl der Macht, und plötzlich lächelte er, ballte die Rechte zur Faust und …

»Lass ihn bitte in Ruhe!« Saira war neben den Axtkämpfer getreten.

Elos wandte ihr das von Zorn gerötete Gesicht zu. »Tu es für mich, Großer, ja?« Sie untermalte die Bitte mit einem derart koketten Augenaufschlag, dass Veitt sich fragte, ob die gute Milda überhaupt wusste, was für ein durchtriebenes Früchtchen sie zur Enkelin hatte. Elos schien sich allerdings nicht so einfach zu beruhigen. Sein Blick schnellte zu Veitt zurück, und ein Knurren kam ihm über die Lippen.

»Uh, was haben wir denn hier?« Saira fuhr mit dem Zeigefinger über den angespannten Muskel in Elos' Oberarm, mit dem er Veitt hielt. »Bis heute wusste ich gar nicht, *wie* stark du bist.« Erneut wandte er ihr das Gesicht zu, während ihre Hand hinüber zu seiner Brust wanderte. »Ich weiß nur zu gut, worauf du stehst«, schnurrte Saira, beugte sich vor und flüsterte ihm etwas ins Ohr.

Veitt hätte mithilfe der Magie lauschen können, besaß aber den Anstand, es nicht zu tun.

Im nächsten Moment lachte Elos laut auf und gab Veitt frei, ohne ihn überhaupt noch einmal anzusehen. Anschließend folgte er Saira wie ein läufiger Rüde zurück zur Arbeitsfläche, wo er sich von hinten an ihr rieb, während er ihr über ihre Schulter gebeugt zusah, wie sie den Teig knetete. Saira kicherte.

Veitt entspannte sich, und die Magie, die zuvor in seinen Gliedern pulsiert hatte, zog sich in das Energiezentrum nahe seines Herzens zurück. Mit ihr schwand auch das Hochgefühl, keinesfalls jedoch der Wunsch, Elos eine reinzuhauen. Allerdings hätte er dadurch seine neu erwachten Fähigkeiten preisgegeben, und dazu war er noch nicht bereit, solange er nicht wusste, ob er Narodh trauen konnte. Also schluckte er seinen verletzten Stolz hinunter. Bei nächster Gelegenheit würde er Saira für ihre Hilfe danken. Ihr Kichern drang an sein Ohr. Veitt seufzte. Die Lust auf Tee war ihm vergangen. Er legte die Blätter auf die Anrichte neben dem Ofen, drehte sich um und zuckte zusammen. Kess Narodh stand in der Tür. Ihre Habichtaugen musterten ihn aufmerksam, bevor sie ihn mit einem Wink aufforderte, ihr zu folgen. Stumm ging er hinter ihr her bis in die Eingangshalle, von wo aus sie in den ersten Stock hinaufstiegen. Dort gab es einen Flur, von dem mehrere Türen abgingen.

Narodh öffnete die zweite auf der linken Seite. Ryks altes Arbeitszimmer.

Es war nicht besonders groß und wirkte durch die Bücherregale, die bis zur Decke reichten, und den schweren Schreibtisch, der gut ein Drittel des Zimmers beanspruchte, noch beengter. Rechts von Veitt knisterte ein Feuer im Kamin. Narodh schritt daran vorbei, um auf dem Stuhl hinter dem Schreibtisch Platz zu nehmen. In ihrem Rücken befanden sich zwei Fenster, durch die man den Garten und weiter im Hintergrund den Eichenhain sehen konnte. Bisher hatte sie nichts an dem Zimmer verändert, außer dass es hier nicht mehr nach Ryk, sondern nach Lavendel roch, für dessen Duft die Dämonenjägerin eine Schwäche zu haben schien.

»Setz dich«, sagte sie zu Veitt und wies auf den Stuhl ihr gegenüber.

Er folgte ihrer Aufforderung, während er sich fragte, warum sie ihn zu sich gerufen hatte. Unterdessen faltete Narodh die Hände und legte sie vor sich auf einem Stapel Papiere ab. Sie starrte ihn einen Augenblick lang an, bevor sie erklärte: »Everdale Tilbrock sagte mir vor meinem Aufbruch von der Akademie, dass du keine besonderen magischen Fähigkeiten besitzt. Und doch kommt es mir vor, als hätte ich vorhin in der Küche etwas bei dir … gespürt. Und dann die Sache mit deinem Bein. Willst du mir vielleicht etwas sagen?«

Die Frage kam nicht unerwartet, und dennoch fühlte er sich von ihr überrascht. Tatsächlich wünschte er sich nichts sehnlicher, als sich jemandem anzuvertrauen. So unglaublich es war, was mit ihm geschah, machte es ihm doch auch Angst. Wer konnte schon sagen, wohin ihn seine Verwandlung führen würde? Am Ende wurde er noch selbst zu einem Dämon. Natürlich war das lächerlich, trotzdem hegte er diese Furcht gelegentlich. Viel wahrscheinlich war seine Theorie, dass durch einen solchen Blutaustausch zwischen Menschen und Dämonen die

Ersten Magier entstanden waren. Nur warum hatten sie es geheim gehalten? Gab es vielleicht noch einen anderen Grund als den, dass sie ihre Macht nicht hatten teilen wollen? Für den Fall wäre es besser, wenn er vorerst weiter schwieg, bis er Genaueres wusste.

»Der Oberste Magus hat recht«, erwiderte Veitt. »Ich habe keine besondere … Begabung.« Streng genommen war das nicht einmal gelogen. Ein Magier war er schon vorher gewesen. Kein sehr guter zwar, aber das hatte sich inzwischen geändert. Und seine Verwandlung war ja noch nicht abgeschlossen. Regelmäßig entdeckte er eine neue Veränderung an sich. Erst gestern hatte er bei einem Spaziergang durch das Tal einen wilden Soral am Himmel beobachtet. In einem Moment war er noch winzig klein gewesen, kaum mehr als ein Fleck vor dem wolkenlosen Himmel. Im nächsten hatte Veitt jede Einzelheit seines blaugoldenen Gefieders ausmachen können. Auch seine direkte Umgebung hatte sich verändert. Die Formen der Bäume waren so scharf umrissen gewesen, dass er das Gefühl gehabt hatte, sich die Augen allein vom Hinsehen zu verletzen. Und erst die Farben: Selbst das Grün der Blätter war nicht mehr einfach nur grün gewesen, sondern hatte sich in gelbe, türkise und smaragdfarbene Töne von solcher Intensität aufgefächert, dass er sich blinzelnd hatte abwenden müssen. Einen Herzschlag später war es auch schon wieder vorbei gewesen. Das berauschende Gefühl der Magie hatte ihn verlassen, seine Normalsicht war zurückgekehrt.

»Also schön«, sagte Narodh. »Kommen wir zu dem eigentlichen Grund, aus dem ich mit dir reden wollte. Heute Morgen ist ein Botenvogel aus Auriss eingetroffen. Vor zwei Tagen gab es einen Dämonenangriff auf einen ihrer Goldtransporte, der auf dem Weg nach Arville war. Mehrere Soldaten kamen dabei ums Leben, bevor die Val'kai vertrieben werden konnten. Nach der Beschreibung zu urteilen, handelte es sich dabei um Pa'rac.«

»Pirscher«, murmelte Veitt. Er kannte die raubkatzenartigen Dämonen nur von Zeichnungen aus Grimboggs *Dämonenatlas*. »Das ist … ungewöhnlich. Sie sind Jäger, die sich aus dem Hinterhalt auf ihre Beute stürzen. Die offene Konfrontation scheuen sie normalerweise.«

»Genau das dachte ich auch.« Narodh nickte. »Weißt du, ob es hier früher schon ähnliche Überfalle gegeben hat?«

Veitt musste an das Schreiben des Obersten Magus denken, das Ryks Abschiedsbrief beigelegen hatte. In diesem hatte er ihn über alles informiert, was Ryk während seiner Jagd nach dem Morphus herausgefunden hatte. Unter anderem war darin auch die Rede von einem Überfall auf Kela Mal'Dhun gewesen. »Die To'Dhana«, sagte er. »Irgendwie ist es ihnen gelungen, sich Pirscher gefügig zu machen. Erst vor ein paar Monaten haben sie versucht, mit ihrer Hilfe eine Veydra zu töten, die im Flüsternden Wald lebt.«

»Hm, die To'Dhana. Tilbrock warnte mich davor, dass sie mehr als ein Gerücht sind.« Die Dämonenjägerin schürzte die Lippen. »Ist es also Zufall, dass der Goldtransport von Pirschern überfallen wurde?«

»Wohl kaum«, erwiderte Veitt.

»Ja, sehe ich genauso. Nur warum sollten die To'Dhana so etwas tun? Brauchen sie Geld?«

»Warum?« War das nicht offensichtlich? Oder wollte sie ihn prüfen? »Es gibt nur einen Grund: damit man dich zu Hilfe ruft!«

»Eine Falle, ja, daran habe ich auch schon gedacht. Irgendwer will mich aus dem Weg haben.«

Veitt wagte einen Vorstoß. »Milda sagte mir, dass in den Schwebenden Reichen etwas vor sich geht.«

Narodh kniff die Lider zusammen. »Sagte sie das? Nun, sie redet manchmal zu viel.«

»Trotzdem ist es wahr, oder nicht?«

Narodh zögerte nur kurz, bevor sie nickte. »Ja, das ist es. Der sharigorische Dämonenjäger ist seit drei Wochen verschwunden. Er hatte das Königspaar um eine private Audienz gebeten. Sie wurde ihm auch gewährt, nur behaupten beide, er habe sie an dem betreffenden Tag und auch an den folgenden nicht aufgesucht. Niemand hat ihn seitdem gesehen.«

Veitt öffnete den Mund und schloss ihn wieder.

»Verstehe, du bist auch in dieses Geheimnis eingeweiht.«

»Ryk hat herausgefunden, dass Königin Madea die Hohepriesterin der To'Dhana ist. Der Oberste Magus wagt jedoch nicht, etwas gegen sie zu unternehmen. Ihm fehlen die Beweise, und er fürchtet die politischen Verwicklungen, die sich aus einer nicht haltbaren Anschuldigung ergeben könnten.«

»Etwas Ähnliches sagte Tilbrock auch zu mir.« Sie lehnte sich zurück. Ihre kräftigen Hände umschlangen die Stuhllehnen. »Wenn du mich fragst, ist er ein Narr. Die Macht der Hohepriesterin wächst mit jedem Tag, den wir untätig bleiben. In Tárnos gab es einen Giftanschlag auf den Dämonenjäger. Sein Zustand ist ungewiss. Und Caldorag ... Seit einiger Zeit bekommt man keine Antworten mehr auf Botenvögel, die man dem dortigen Dämonenjäger schickt.« Sie schnalzte mit der Zunge. »Beide Inselreiche liegen nahe bei Sharigor. Ich will verdammt sein, wenn das nicht das Werk dieser Hohepriesterin ist.«

Veitt sah sie erschrocken an. »Das ... das ist nicht gut.«

»Nicht gut?« Sie beugte sich vor und schlug mit den Händen auf den Tisch. »Ginge es nach mir, ich würde einen Meuchelmörder losschicken, der sich um dieses ›Problem‹ kümmert.«

»Diese Lösung erscheint allzu verlockend«, sagte Veitt. »Nur darfst du die anderen Regenten bei einer solchen Überlegung nicht außer Acht lassen. Was, wenn es herauskäme? Wir Magier sind nicht mehr, was wir einmal waren. Wir besitzen weder die Macht noch die Stärke, uns gegen die anderen Inselreiche zu behaupten, wenn sie uns für diese Tat zur Rechenschaft ziehen.

Nein, wir können nur etwas gegen Königin Madea unternehmen, wenn wir die Regenten auf unserer Seite wissen.«

»Du hörst dich an wie Tilbrock.« Narodh stieß die Luft aus. »Vielleicht habt ihr ja recht. Politik war noch nie meins. Ich bin ein Freund von klaren Entscheidungen. Ich gehe Dinge an. Darum bin ich auch der Meinung, dass man eine schwelende Wunde herausschneiden sollte, bevor sie den ganzen Körper befällt. Am Ende wird die Hohepriesterin uns noch allen den Untergang bringen.«

Veitt presste die Lippen zusammen. Kess Narodhs Ansichten mochten brachial sein, aber die Wahrheit in ihren Worten ließ sich nicht leugnen. »Denkst du, Tilbrock hat einen Plan?«

Die Dämonenjägerin zuckte die Schultern. »Falls er einen hat, hat er mich nicht darin eingeweiht.« Sie musterte ihn eine Weile mit ihren grauen Augen, schließlich nickte sie, als hätte sie eine Entscheidung getroffen. »Tilbrock sagte mir, Ryk Vangur hätte dich ihm gegenüber immer in den höchsten Tönen gelobt. Er nannte dich einen guten Mann, loyal, verlässlich, ehrlich. Jetzt weiß ich, dass er recht hatte. Ein Schwächerer hätte mir nach dem Mund geredet. Ich glaube, wir werden gut miteinander zurechtkommen.«

Veitt spürte, wie er rot wurde. »Das hat er gesagt?«

»Und noch mehr, nur tut das jetzt nichts zur Sache.« Sie sank zurück in ihren Stuhl. »Hör zu, Veitt, mir bleibt keine andere Wahl, als dem Hilferuf aus Auriss zu folgen. Auch wenn ich eine Falle wittere. In der Zwischenzeit seid ihr drei – du, Milda und Saira – auf euch gestellt. Die beiden Frauen sind mir wichtig. Ich kenne sie schon seit vielen Jahren. Hab ein Auge auf sie, während ich mit Elos und Barn auf Dämonenjagd bin.«

Veitt runzelte die Stirn. »Fürchtest du einen Angriff auf das Tal?«

»Nicht von Dämonen. Ich weiß, dass sie es meiden. Aber falls die To'Dhana hinter dem Angriff auf den Goldtransport stecken, könnten sie auch jemanden hierherschicken.« Sie zögerte. »Gibt es einen Ort im Tal, wo ihr euch verstecken könnt, sollte es dazu kommen?«

»Der Eichenhain«, antwortete er nach kurzer Überlegung. »Er ist größer, als er aussieht. Außerdem gibt es dort einen See, an dessen jenseitigem Ufer eine Höhle liegt. Man muss sie schon kennen, um sie zu finden.«

»Gut. Das sollte genügen. Vermutlich haben sie es ohnehin auf mich abgesehen und werden euch in Ruhe lassen.«

»Wann brecht ihr auf?«

»Gleich morgen früh.«

Veitt hatte das Gefühl, dass das Gespräch damit beendet war, und erhob sich. An der Tür drehte er sich noch einmal um. »Danke, Narodh.«

»Wofür?«

»Dein Vertrauen.«

Ihre Lippen verzogen sich zu einem grimmigen Lächeln. »Ich hoffe, du bist es wert.«

14

Herrscherpyramide, Kellwyn
20. Septer 1026 n. d. Zweiten Dämonenkrieg

Er will immer noch nicht reden, Herr.« Der Mann – Sarazas hatte seinen Namen vergessen – hielt ein Messer in der Hand, von dessen Klinge Blut zu Boden tropfte.

Sarazas betrachtete den gefangenen Rebellen auf der Folterbank. Sein Haar war schweißnass, ebenso wie sein Gesicht und der nackte Oberkörper. Zumindest an den Stellen, wo kein Blut floss. Er hatte die Augen geschlossen. Seine Lippen bebten. Sein ganzer Körper zitterte. »Vielleicht hast du nur noch nicht die richtige Methode gefunden, um ihn zum Sprechen zu bringen.« Er trat zu dem Tisch mit den Folterwerkzeugen. Im Licht der Fackeln, die den fensterlosen Raum erhellten, schimmerten die Instrumente so rötlich, als hätte man sie gerade erst aus dem Schmiedefeuer gezogen. Sarazas' Fingerspitzen glitten über die Klingen, Nadeln, Sägen und Zangen, während das Keuchen und Stöhnen des Gefangenen an seine Ohren drang. Der Schmerz des Mannes berührte ihn nicht. Ebenso wenig wie Trauer, Hass oder Liebe. Sarazas' Herz war tot. Schon seit langer Zeit. Vielleicht war es auch nie anders gewesen. Vielleicht wollte er das aber auch nur glauben.

In diesem Moment verharrten seine Finger über dem Stiel eines Hammers. Er nahm ihn auf und wog ihn. Anschließend drehte er sich mit ihm zum Kerkermeister um. »Fang mit den

Fingern seiner linken Hand an«, befahl er. »Nach jedem Schlag fragst du ihm nach dem Weg zum Lager der Rebellen. Wenn er nicht antwortet, fährst du fort.«

Mit vor Erregung zittriger Stimme ergriff der Mann den Hammer. »Was ist, wenn er trotzdem nicht redet?« Er leckte sich die Lippen.

»Machst du mit seiner Rechten weiter.«

Die Mundwinkel des Kerkermeisters zuckten, während er gegen ein Grinsen ankämpfte. »Und dann?«

»Wir werden sehen.«

»Jawohl, Herr.«

Der Kerkermeister fing mit dem kleinen Finger des Gefangenen an. Der Schmerz musste brutal sein, trotzdem verzog der Rebell lediglich das Gesicht. Erst als er ihm den Ringfinger zertrümmerte, schrie er auf. Doch auf die Frage hin, wo sich das Lager der Rebellen befände, presste er die Lippen zusammen. Sarazas brauchte dem Gefangenen nur in die Augen zu blicken, die nun weit aufgerissen waren und starr zur Decke des Gewölbes blickten, um zu wissen, dass er ihnen nichts verraten würde. Er verschränkte die Arme hinter dem Rücken, schlenderte zu dem Stuhl in der Ecke der Kammer und setzte sich. Sein Blick wanderte zu den beiden Wächtern, die vor der Tür der Folterkammer postiert waren. Sie bemühten sich um ausdruckslose Mienen, aber im Fackelschein sah er deutlich, wie sie jedes Mal zusammenzuckten, wenn der Hammer herunterfuhr.

Großfürst Thamaryn hatte der Folterung von Gefangenen des Öfteren beigewohnt und manchmal sogar selbst Hand angelegt. Dieses Bedürfnis verspürte Sarazas nicht. Er war vorrangig an den Informationen interessiert, die der Rebell ihnen vorenthielt. Thamaryn hatte viele Soldaten in das Labyrinth der Toten geschickt, wie die Kellwyner es nannten. Keiner war je zurückgekehrt. Umso hartnäckiger hielt sich unter seinen Männern das Gerücht, in den Tunneln unter der Stadt hause eine düstere Macht, die die Rebellen vor ihren Feinden schütze. Sarazas, der nicht abergläubisch war, bezweifelte diese Geschichten. Viel wahrscheinlicher war es seiner Meinung nach, dass die Enge der Tunnel sowie verborgene Fallen und Gruben den Männern zum Verhängnis wurden. Auch kannten die Rebellen sich dort unten sehr viel besser aus als seine eigenen Leute und zogen daraus zweifelsfrei ihre Vorteile. Aus diesem Grund war es auch unklug, weitere Männer ins Labyrinth zu schicken. Zumindest fürs Erste. Das würde bloß die Zahl der Opfer erhöhen und damit die Furcht seiner Soldaten vor diesem Ort. Es war einfach zu groß: zu viele Tunnel, zu viele Stockwerke, die hinab in die Tiefe reichten. Eine ganze Armee konnte sich darin verlaufen.

Es wäre etwas anderes, wenn er die genaue Position des Rebellenlagers kennen würde. Das gäbe ihm die Möglichkeit eines Großangriffes, durch den er den Widerstand mit einem Schlag auslöschen könnte. Diese Hoffnung schien sich vorerst nicht zu erfüllen. Mittlerweile hallten die Schreie des Gefangenen von den Wänden wider. Nur Antworten lieferte er keine. *Warum redet der Narr nicht? Eine einzige Information, und all das wäre vorüber!* In diesem Moment wechselte der Kerkermeister auf die andere Seite der Folterbank, wodurch er für Sarazas den Blick auf die linke Hand des Mannes freigab. Unterhalb der Eisenschelle, mit der sie an die Folterbank gefesselt war, befand sich nur noch eine unförmige blutige Masse aus Fleisch und gesplitterten Knochen. Der Schmerz musste den Rebellen schier auffressen, und dennoch verriet er seine Freunde nicht. *Loyalität*, dachte Sarazas. Ein weiteres Konzept, das er nicht verstand. Er selbst hatte Thamaryn nur aus einem einzigen Grund gedient. Der Großfürst hatte ihm die Möglichkeit geboten, zu tun, was er gern tat: effektiv sein. Sein Verstand, der mit kühler Logik arbeitete, machte ihn zum perfekten Strategen – zum perfekten Herrscher.

In der Pause zwischen zwei Hammerschlägen, als der Kerkermeister erneut seine Frage stellte, erhob sich Sarazas von seinem Stuhl. Das hier war Zeitverschwendung. In seinem Arbeitszimmer wartete ein Berg von Berichten. Darunter auch die von den gestrigen Überfällen der Rebellen auf die Versorgungskarawanen. Sein Blick streifte den wimmernden Gefangenen, der an dem Überfall auf der Nordostroute beteiligt gewesen war. »Informiere mich umgehend, solltest du ihm doch noch etwas entlocken«, sagte er zu dem Kerkermeister.

Der Mann sah ihn mit fiebrig glänzenden Augen an. »Natürlich, General.«

Sarazas drehte sich fort und ging rechts an der Folterbank vorbei auf den Ausgang der Kammer zu. Die Wächter salutierten ihm, bevor er durch die Tür auf den Gang dahinter trat. Auch hier waren Fackeln die einzige Lichtquelle. Er wandte sich nach links und hielt mit forschem Schritt auf die Treppe am Ende des Ganges zu. Die Luft war muffig. An vielen Stellen glänzten die Steinblöcke des Mauerwerks schwarz von Feuchtigkeit.

Vielleicht gibt es einen Verräter unter meinen Offizieren, dachte er, während er die Stufen hinaufstieg. *Jemanden, der die Rebellen mit Informationen versorgt.* Natürlich konnten ihre Späher auch zufällig beide Karawanen entdeckt haben, nur glaubte Sarazas nicht an Zufälle. Womöglich mochten die Berichte ein wenig Licht in die Angelegenheit bringen, obwohl er das bezweifelte. Die Offiziere in seinem Stab waren von ihm handverlesen. Männer mit Weitsicht und einem scharfen Verstand. Keiner von ihnen wäre so dumm, eine Spur zu hinterlassen, die sich zurückverfolgen ließe. Nun gut, er würde es einfach als eine weitere Herausforderung betrachten, wie alles in seinem Leben. Und er würde ihr begegnen, indem er eine neue Strategie gegen die Rebellenüberfälle entwickelte. Dieses Mal würde er nur einige wenige seiner Offiziere darin einweihen und sie so auf die Probe stellen.

Früher hatte er stundenlang mit dem Großfürsten über Strategien zur Eroberung von Milnfor sowie den zu Reetac nächstgelegenen Inselreichen diskutiert. Auch Thamaryn war ein brillanter Stratege gewesen. Zumindest als er noch nicht dem Einfluss seines Beraters Asmaran verfallen gewesen war, der ihn davon überzeugt hatte, seine gesamten Streitkräfte nach Kellwyn zu schicken. Sarazas knirschte mit den Zähnen. Welcher Dämon den Großfürsten da wohl geritten hatte? Er erwiderte den Gruß einer vierköpfigen Patrouille, die ihm auf der Treppe entgegenkam, und stieg anschließend weiter hinauf auf die fünfte Ebene der Stufenpyramide. Dort befand sich neben dem Thronsaal und den privaten Gemächern der getöteten Herrscherfamilie auch sein Arbeitszimmer.

Die Wächter, die er davor postiert hatte, salutierten, als sie ihn erblickten. Der Raum war in seiner Grundform quadratisch. Es gab einen Schreibtisch, mehrere Sitzgelegenheiten sowie Truhen mit Büchern und Schriftrollen. Die meisten stammten noch von Kadin Aca Shan, dem früheren Fürsten dieses Inselreiches. Tageslicht drang durch die Fenster auf der anderen Seite des Raumes und fiel auf Götzenskulpturen, die in Nischen entlang der Wände standen. Durch eines der Fenster konnte er das Blätterdach des Dschungels und einen Teil des Nebelgebirges sehen.

Sarazas war kaum um den Schreibtisch herumgetreten, auf dem Dokumente und Landkarten lagen, als es an der Tür klopfte. Er runzelte die Stirn. Der Kerkermeister? »Herein!«, rief er.

Die Tür öffnete sich, und ein schlanker junger Mann trat ein. Er trug eine reetacianische Uniform, hatte kurzes blondes Haar, noble Gesichtszüge sowie wache Augen. Bei Sarazas' Anblick blieb er stehen und grüßte zackig. »Ah, Terell, du bist es.« Terell Sarazas war der zweite Sohn seines Bruders und sein Adjutant.

»Onkel«, sagte Terell und blieb ihm gegenüber vor dem Schreibtisch stehen. In der Hand hielt er ein gefaltetes Pergament, das mit dem Wachssiegel des sataouanischen Herrscherhauses versehen war. »Vorhin ist ein Bote eingetroffen und hat diese Nachricht für dich überbracht. Er sagte, sie dürfe nur von dir persönlich geöffnet werden.« Neugier flackerte in den kupferfarbenen Augen seines Neffen auf.

Sarazas nahm das Dokument entgegen, betrachtete kurz das Siegel und brach es dann auf, um den Brief zu lesen. »Gute Nachrichten, Onkel?«, fragte Terell, als er wieder aufblickte.

Sarazas schürzte die Lippen. Nach dem Tod von Herrin Sharala hatte deren Bastardbruder Arykon den Thron des Wüstenreiches bestiegen. Noch ahnte niemand etwas davon, dass der neue Regent von Sataou ihm ein Bündnis vorgeschlagen hatte, das der Wiederbelebung des Fünferbundes dienen sollte. In diesem Brief stellte Arykon ihm Verstärkung in Form einer Flotte Himmelsgleiter in Aussicht, jedoch nur, wenn Sarazas ihn in diesem Bündnis als gleichrangigen Partner anerkannte.

Das Angebot war verlockend. Mit Arykons Unterstützung konnte er nicht nur das Inselreich Kellwyn in die Knie zwingen, er wäre sogar mächtig genug, um nach Reetac zurückzukehren und dort selbst die Herrschaft zu übernehmen. Einer Vereinigung seiner Streitkräfte mit denen Sataous hätten die Hohen Familien von Reetac nichts entgegenzusetzen. Sie wären gezwungen, zu kapitulieren und sich seinen Forderungen zu beugen. Daraufhin würde es nicht lange dauern, bis Abgesandte der Waldinsel Dagoras und des Flussreiches Ipstat angekrochen kämen, um um eine Wiederaufnahme in den Fünferbund zu bitten. Die Dagorasi und die Ipstater waren schon immer Feiglinge gewesen. Und wenn die Situation zu Hause erst einmal stabil war, stand auch einer Eroberung Milnfors – wie Thamaryn es ursprünglich geplant hatte – nichts mehr im Wege. Auf diese Weise würde der Fünferbund den gesamten Südwesten der Schwebenden Reiche kontrollieren. Natürlich war Sarazas sich im Klaren darüber, dass es in einem solchen Bündnis immer nur einen wahren Anführer geben konnte. Das musste auch Arykon bewusst sein. Am Ende würde einer von ihnen das Haupt vor dem anderen beugen müssen. Sarazas war sich allerdings sicher, dass er nicht derjenige sein würde.

Er sah seinen Neffen an. »Arykon hat mir ein interessantes Angebot unterbreitet.«

»Und was denkst du darüber, Onkel?«

»Ich bin ihm niemals persönlich begegnet. Sharala war jedoch eine gefährliche Frau, und wenn Arykon seiner Schwester ähnelt, sollte ich seine Großzügigkeit mit Vorsicht genießen.«

»Du misstraust ihm?«

»Ich wäre ein Narr, täte ich es nicht.«

»Also lehnst du sein Angebot ab?«

»Nicht doch. Ich brauche ihn und seine Truppen, wenn wir nicht für immer auf Kellwyn festsitzen wollen. Trotzdem werde ich nicht sofort zusagen. Das ließe mich schwach erscheinen. Außerdem braucht er meine Hilfe genauso dringend wie ich die seine.« Sarazas verschränkte die Arme vor dem goldenen Brustharnisch, den er trug und den er jeden Morgen von einem Diener auf Hochglanz polieren ließ. »Arykon ist ein Bastard, ein illegitimer Sohn von Sharalas Vater. Er konnte seinen Herrschaftsanspruch nur geltend machen, weil Sharala keine Kinder hinterließ, dennoch dürften nicht alle sataouanischen Adligen von seiner Thronbesteigung begeistert sein. Hingegen könnte eine Wiederbelebung des Fünferbundes unter seiner Mitführung seine Position in seiner Heimat erheblich stärken.«

Terell lächelte. »Ein Umstand, der uns zum Vorteil gereichen könnte.«

»Das wird es mir leichter machen, ihm das ein oder andere Zugeständnis zu entlocken.«

»Hast du etwas Bestimmtes im Sinn, Onkel?«

»Im Falle eines Bündnisses werde ich verlangen, dass die Besatzung auf seinen Luftschiffen zur Hälfte aus reetacianischen

Soldaten besteht. Das wird es ihm erschweren, uns später in den Rücken zu fallen.«

»Ein guter Gedanke.« Terell nickte. »Nur wird er damit einverstanden sein?«

»Nicht sofort. Aber wenn ich mich unnachgiebig zeige, wird ihm am Ende nichts anderes übrig bleiben.«

»Sicher hast du recht«, sagte Terell. »Trotzdem solltest du deine Zustimmung zu dem Bündnis nicht zu lange hinauszögern. Wegen der Rebellen gehen uns allmählich die Vorräte aus. Früher oder später wird das unsere eigenen Leute gegen uns aufbringen. Auch ist es immer noch möglich, dass sich die Freien Reiche auf die Seite der Kellwyner stellen und zum Angriff gegen uns ausholen.«

Sarazas schüttelte den Kopf. »Nein, in dieser Hinsicht hatte Thamaryn recht. Die Freien Reiche sind von Frieden und Wohlstand verwöhnt. Sie werden niemals leichtfertig einen Krieg riskieren. Was unsere Vorräte angeht, stimme ich dir zu. Wir können nicht zulassen, dass sich die Rebellen weiterhin daran bedienen.«

»Stell den Karawanen weitere Soldaten zur Seite«, schlug Terell vor.

»Das ist eine Möglichkeit. Mir schwebt jedoch was anderes vor: Ich erteile den Rebellen eine Lektion.«

»Eine Lektion?«

»Thamaryn hatte einen Schwarzmeister in seinen Diensten. Er ist immer noch im Palast. Finde ihn und schick ihn zu mir. In der Zwischenzeit werde ich eine Antwort an Arykon von Sataou verfassen.«

»Wie du wünschst, Onkel.« Terell drehte sich um und marschierte auf die Tür zu.

»Eins noch«, rief Sarazas seinem Neffen nach, woraufhin der sich noch einmal zu ihm umwandte. »Kein Wort von dem, was gerade hier besprochen wurde, darf diesen Raum verlassen. Verstanden?«

Terell salutierte. »Jawohl, General.«

Sobald er allein war, zog Sarazas einen Stuhl heran und setzte sich an den Schreibtisch. Er rieb sich die Schläfen, hinter denen es dumpf pochte. Als Oberbefehlshaber der reetacianischen Truppen war er es gewohnt, Befehle zu erteilen. Nur war er inzwischen mehr als ein General, in gewisser Weise war er Thamaryns Nachfolger. Es gab niemanden mehr über ihm. Das hatte zusätzliche Bürden mit sich gebracht, und wie immer forderte so etwas seinen Tribut. Er schlief zu wenig, weil es zu viel zu tun gab, und litt häufiger unter Kopfschmerzen.

Mit einem Seufzen schob er einen Stapel Papiere beiseite, der sich vor ihm auftürmte. Zuoberst lagen die Berichte über die gestrigen Überfälle der Rebellen. Er würde sie später lesen. Jetzt zog er sich ein leeres Blatt sowie ein Tintenfass mit Federkiel heran, um das Antwortschreiben für Arykon zu verfassen. Er war gerade damit fertig geworden und hatte den Brief mit dem Siegel des reetacianischen Herrscherhauses versehen, da klopfte es erneut an der Tür. Es war jedoch nicht Terell mit dem Schwarzmeister, sondern sein Kerkermeister. Der Mann war gekommen, um ihn von dem Tod des Rebellen zu unterrichten.

»Ich bedaure, Herr«, sagte er, den Kopf demütig geneigt, »ich konnte dem Gefangenen nichts entlocken. Mir ... mir sind noch nicht viele Menschen untergekommen, die solche Schmerzen ertragen haben. Und ich schwöre Euch, Herr, ich habe mein Bestes gegeben.«

Sarazas erinnerte sich an das hungrige Funkeln in den Augen des Mannes, als er den Hammer von ihm entgegengenommen hatte. »Daran habe ich keinen Zweifel.« Er fuhr sich über das kurz geschorene Haar. Eine weitere vertane Chance. Warum hatten seine Soldaten keinen Mann mit schwächerem Charakter, mit weniger Integrität und mehr Furcht im Herzen erwischen können? Andererseits war es schon ein Glücksfall gewesen, dass sie ihn überhaupt lebendig zu fassen bekommen hatten.

In der Regel kämpften diese verdammten Rothäute bis zum Tod. »Und er hat rein gar nichts gesagt.«

»Jedenfalls nichts von Bedeutung, Herr.«

Sarazas wölbte eine Braue. »Also hat er etwas gesagt?«

Der Kerkermeister schluckte nervös. »Kurz bevor er seinen letzten Atemzug tat, bäumte er sich noch einmal auf und schrie: ›Lang lebe die Rebellion!‹« Der Mann zog den Kopf zwischen die Schultern, als erwartete er einen Wutanfall bei seinem Gegenüber. Thamaryns Wahnsinn hatte tiefe Spuren bei seinen Gefolgsleuten hinterlassen.

Sarazas sah den Mann an und nickte. »Du kannst gehen.«

Erleichtert wandte der Kerkermeister sich um und hastete aus dem Raum.

Sarazas lehnte sich in seinem Stuhl zurück und trommelte mit den Fingern auf die Armlehne ein. Es wurde Zeit, die Rebellen in ihre Schranken zu verweisen, und der Schwarzmeister würde ihm dabei helfen. Und wenn er erst ein Bündnis mit Sataou geschlossen hatte, würde es ohnehin nicht mehr lange dauern, bis er ganz Kellwyn unterworfen hatte.

15

Cros'Anoriel, Gegenwelt
21. Septer 1026 n. d. Zweiten Dämonenkrieg

Vor genau drei Tagen, am Morgen des 18. Septer, war der Krieg über Cros'Anoriel hereingebrochen. Seitdem wurde die Stadt der Val'kai von ihren Feinden belagert. Ryk stand auf einem der Türme, die das Tor flankierten, von wo er freien Blick auf die Ebene vor der Stadtmauer hatte. In vorderster Front standen die Kriegsmaschinen. Katapulte, so gewaltig, dass sie in der Lage waren, Felsbrocken von der Größe eines ausgewachsenen Mannes zu schleudern. Meist kamen sie am Morgen und Abend zum Einsatz. Die dreihundert Fuß hohe Wehranlage, die Cros'Anoriel umgab, wies bereits an Dutzenden Stellen Risse auf. Jedes Mal klang es wie Donnergrollen, wenn eines der Geschosse in die Mauer krachte. Trotzdem war es dem Feind bisher nicht gelungen, den Wall zu durchbrechen. Ryk hätte an ein Wunder geglaubt, hätte er nicht von Nersei erfahren, dass der Stein, den die Val'kai zum Bau der Mauer benutzt hatten, mit Magie verstärkt war und nur deshalb noch standhielt.

Jetzt, um die Mittagszeit, ruhten die Kriegsmaschinen, hatten ihr Ächzen und bösartiges Gebrüll eingestellt, mit dem sie ihre Geschosse der Stadt entgegenspien. Während dieser Pause zog der Feind los, um in den Bergen und Schluchten jenseits der Ebene neue Felsbrocken zu schlagen und schon in Bälde wieder ihre ewig hungrigen Kriegsmaschinen damit zu füttern.

Ryk wischte sich den Schweiß von der Stirn, bevor er ihm in die Augen laufen konnte. Die Sonne brannte in der Welt der Dämonen sehr viel heißer als in den Schwebenden Reichen. Sein Blick wanderte von den Kriegsmaschinen zu dem Meer aus dunklen, roten und gescheckten Leibern, das sich bis zum Rand der Ebene erstreckte, und vermutlich noch weit darüber hinaus. Es war eine Armee aus Animalia. Tierdämonen. Zehntausende von Reißern, Greifern, Dämonenhunden, Pirschern und Berserkern und noch einige Arten mehr, deren Namen er nicht einmal kannte. Manche insektenartig, andere groß wie Häuser und mit einer Vielzahl von Klauen und Beinen ausgestattet. Und dann waren da noch die Primatengattungen, die die Katapulte bedienten.

Ryk schätzte die Zahl der Animalia auf gut sechzig- bis siebzigtausend. Hinzu kamen noch die Humanos, Menschendämonen, die sich bisher im Hintergrund hielten, sodass ihre genaue Zahl nicht ersichtlich war. Bei ihnen handelte es sich um den wahren Feind, denn sie kontrollierten die Animalia, die sich ansonsten gegenseitig zerfleischt hätten.

»Warum übernehmt ihr nicht einfach selbst die Kontrolle über die Tierdämonen?«, hatte er Nersei an dem Tag gefragt, als der Krieg begann. »Ich dachte, alle Humanos seien dazu in der Lage.«

»Glaubst du, wir hätten es nicht längst getan, wenn es möglich wäre?«, hatte der Veydra geantwortet. »Ja, einige von uns können die Animalia, wie ihr sie nennt, beherrschen. Allerdings ist es nur möglich, wenn sie nicht schon unter dem Einfluss eines anderen Willens stehen.«

»Was ist mit Asmaran und seinen Telepathen? Können sie denn gar nichts machen?«

»Es würde sie viel zu viel Kraft kosten, und der Erfolg fiele lächerlich gering aus. Vielleicht könnten sie dem Feind ein paar Dutzend Diener entreißen. Nur wäre uns damit nicht einmal im Ansatz geholfen.«

»Eins verstehe ich dennoch nicht«, hatte Ryk darauf erwidert. »Wenn ihr wusstet, dass euch ein Angriff droht, warum habt ihr euch dann nicht auch eine solche Armee aufgebaut?«

»Weil es allem widerspricht, woran wir glauben, Dämonenjäger. Jene, die in Cros'Anoriel leben, kamen her, um der alten Ordnung zu entfliehen. Hier gibt es keine Kasten, hier sind alle gleich. Und nur weil die Animalia Tiere sind, haben wir kein Recht, ihnen das anzutun, was wir für uns selbst ablehnen.«

»Asmaran scheint solche Bedenken nicht zu kennen Immerhin hat er die Reißer kontrolliert, die meine beiden Gehilfen getötet haben.« Bei diesen Worten hatten die Augen des Veydras gefährlich aufgeblitzt. Ryk hatte schon einen Angriff befürchtet, stattdessen hatte Nersei erneut Geduld und Nachsicht mit ihm bewiesen. »Hör zu, Magier, ich weiß, wie du über den Protektor denkst. Vielleicht sogar zu Recht. Aber was immer er getan hat, geschah nur aus einem Grund: um diese Stadt, ihre Bewohner und die Idee dahinter zu retten. Ich will damit nicht das Unrecht entschuldigen, das er begangen haben mag. Denn auch wenn Asmaran all dies hier erst möglich gemacht hat, wird er niemals ganz abschütteln können, wer er einmal gewesen ist. Inos' Einfluss auf ihn war groß. Ein Schwächerer wäre unter seinem Wahnsinn zerbrochen.«

Seit diesem Gespräch waren drei Tage vergangen. Drei Tage, in denen Ryk einsehen musste, dass sie diesen Krieg aufgrund der schieren Überzahl des Feindes nicht gewinnen konnten. Zwar gebot auch Cros'Anoriel über Soldaten, doch belief sich ihre Zahl auf wenige Tausend. Die meisten von ihnen waren dieser Tage zum Dienst auf der Wehrmauer eingeteilt, andere patrouillierten zur Beruhigung der Bevölkerung in den Straßen oder bewachten die Gefangenen im Kerkerturm. Ryk seufzte und lehnte sich mit den Unterarmen auf die Balustrade des Turmes. Dass die Humanos die versklavten Tierdämonen noch nicht auf die Stadt gehetzt hatten, lag einzig an dem Strom aus

Lava, der Cros'Anoriel umfloss, bevor er ein paar Meilen weiter südlich in eine Schlucht stürzte. Der einzige Schwachpunkt war das Stadttor. Um es zu erreichen, musste man eine schmale, geländerlose Brücke überqueren.

In den letzten Tagen hatte der Feind immer wieder Horden von wilden Val'kai ausgesandt, die das Tor stürmen sollten. Ohne Erfolg. Dafür hatten die Val'kai-Krieger auf den umliegenden Türmen und auf der Mauer gesorgt. Sie hatten die Tierdämonen mit magisch verstärkten Bolzen und Speeren abgewehrt. Einigen wenigen war es gelungen, dennoch bis zum Tor vorzudringen, wo sie dann von einem blauen Feuer verschlungen worden waren, das die Verteidiger auf sie hatten herabregnen lassen. Allerdings hatte das die Humanos unter Zaragoths Anhängern nicht davon abgehalten, es immer wieder aufs Neue zu versuchen. Offenbar waren die Leben der Tierdämonen von keiner großen Bedeutung für sie. Auch jetzt war wieder eine Horde auf dem Vormarsch.

Sie war größer als alle vorherigen und bestand aus geschätzten einhundert Greifern. Diese Dämonenart gehörte den Primaten an, war zwischen sechs und neun Fuß groß und lief aufrecht auf zwei Beinen. Ihre Haut war von einem dunklen Braun und spannte sich über einen mächtigen, von Muskelwülsten verstärkten Brustkorb. Das Auffälligste an ihnen war, dass sie ein zweites Armpaar besaßen, mit denen sich einige auf die Brust trommelten, während sie sich mit dem anderen beim Laufen auf dem Boden abstützten.

Es war seltsam anzusehen, wie sich diese Wesen in geordneten Zweierreihen zwischen den Katapulten hindurch auf die Brücke zubewegten. Marionetten, die von einem Menschendämon gelenkt wurden. *Einem verfluchten Feigling*, dachte Ryk. Während er die Animalia in den Tod schickte, blieb er außerhalb ihrer Sicht- und Reichweite. Irgendwo jenseits der Ebene mussten die Humanos ihr Heerlager aufgeschlagen haben und waren damit unerreichbar für Nersei und seine Krieger.

»Sieh nur, einige tragen Kapuzenumhänge, als versuchten sie, ihre Herrn zu imitieren«, sagte Kela, die neben ihm erschienen war.

»Ja, das ist mir auch schon aufgefallen. Ich frage mich nur, wieso? Die Umhänge bedecken ihre Körper kaum, und in einem Zweikampf dürften sie eher hinderlich sein.«

Aus dem Augenwinkel sah er, wie Kela die Schultern zuckte. »Wer weiß schon, was sich in ihren primitiven Hirnen abspielt.«

Ryk war froh, dass sie wieder miteinander sprachen, auch wenn sich ihre Unterhaltungen zumeist um das Kriegsgeschehen drehten. Ishan erwähnte Kela weiterhin mit keinem Wort. Dass es ihr dennoch besser ging, bewies, wie gut sie sich unter Kontrolle hatte. Trotz ihrer Trauer, trotz der Gefahr, in der sie sich befanden, und trotz des Todesgeruchs, der jeden Tag aufs Neue von den sterbenden Dämonen zu ihnen aufstieg, war der schwarze Wächter bisher nicht wieder hervorgebrochen.

Vielleicht lag es aber auch an Nerseis Nähe, an seinem Zuspruch, der ihr diese neue Stärke verlieh. Ryk drehte den Kopf nach links, wo der rothaarige Veydra nur ein paar Meter entfernt an der Balustrade lehnte und mit unbewegter Miene auf das Geschehen unter ihnen starrte. Er war attraktiv und sah so viel jünger aus als Ryk, obwohl er vermutlich um etliche Jahrhunderte älter war. In den vergangenen Tagen hatten Nersei und Kela viel Zeit miteinander verbracht. Allein bei dem Gedanken spürte Ryk einen eifersüchtigen Stich in der Brust. Schon im nächsten Moment verfluchte er sich selbst für dieses Gefühl. Es war falsch und selbstsüchtig. Kela hatte so viel durchgemacht, dass sie ein bisschen Frieden – wenn man es denn so nennen wollte – inmitten dieses Albtraums verdient hatte. Außerdem waren Nerseis Geruch und der der anderen Dämonen sicher sehr viel angenehmer für Kela als der seine.

Mittlerweile hatten die vorderste Reihe der Greifer die Brücke erreicht und tauchten in die Rauchschwaden ein, die von der Lava aufstiegen und ihnen ein unwirkliches, schemenhaftes Aussehen verliehen. Wie Schatten, die sich durch dichten Nebel bewegten. Nach wie vor stießen einige von ihnen ihr zorniges Gebrüll gegen die Mauer von Cros'Anoriel aus, doch wurden sie alle noch von Nersei übertroffen. Mit magisch verstärkter Stimme rief er seinen Leuten Befehle zu, und das in einer Lautstärke, dass selbst die Val'kai auf dem Turm zur anderen Seite des Tors ihn verstehen mussten. Ryk bemerkte, wie Kela neben ihm das Gesicht verzog. In den ersten Tagen war sie jedes Mal zusammengezuckt, wenn Nersei seine Befehle gebrüllt hatte. Allmählich schien sich ihr empfindliches Veydra-Gehör daran zu gewöhnen.

Überall um sie herum bezogen Val'kai-Krieger Stellung. Weißhäutige, ausgemergelte Gestalten, die oft nur Hosen oder Lendenschurze trugen. Runen glühten auf ihren Oberkörpern, ebenso wie auf den Bolzen der Armbrüste, mit denen sie auf die Horde zielten. Die Verteidiger nutzten jeden Vorteil, den die Magie ihnen gegen ihre Feinde bot. In ihren schwarzen, unnatürlich großen Augen glühte der Eifer, aber auch der Hass auf jene, die ihnen die Freiheit und das Leben, das sie sich in dieser Stadt in der Hoffnung auf einen Neuanfang aufgebaut hatten, wieder nehmen wollten.

»Jetzt«, schrie Nersei, und wieder hallte seine Stimme über die gesamte Wehranlage. Die Val'kai drückten ab, und die Bolzen zischten davon – hier und auf der anderen Seite des Tores. Die glühenden Runen auf ihren Schäften ließen sie aussehen wie winzige Sternschnuppen, die auf die Horde niedergingen. Nicht wenige trafen ihr Ziel, trotzdem zählte Ryk nur sechs gefallene Greifer. Diese Biester waren zäh. Zwei weitere fanden den Tod, als sie über die Kadaver ihrer Artgenossen hinwegzuklettern versuchten, dabei den Halt verloren und in die Lava stürzten.

Nachdem die Verteidiger geschossen hatten, traten sie von der Wehrmauer zurück, um ihre Armbrüste nachzuladen, während eine zweite Gruppe von Val'kai mit schussbereiten Waffen vortrat und ihre Plätze einnahm. Wieder erteilte Nersei den Befehl zum Schießen. Wieder jagten die Bolzen den Greifern entgegen, die inzwischen zwei Drittel der Brücke überwunden hatten. Auch dieses Mal waren es nicht einmal zehn Tierdämonen, die im Pfeilhagel starben, obwohl viele mehr getroffen worden waren. Wie glühende Stacheln ragten die Bolzen aus ihren Schultern, Armen, Brustkörben oder Beinen. Die Schmerzen behinderten die Greifer jedoch nicht. Im Gegenteil. Sie versetzten sie nur noch mehr in Raserei.

Aus eigener Erfahrung wusste Ryk, dass es an der besonderen Physiologie der Greifer lag, dass die Bolzen nur so wenige von ihnen getötet hatten. Muskelwülste und darunter liegende Knochenpanzer schützten die lebenswichtigen Organe dieser Dämonengattung. Zu allem Übel waren sie verflucht stark. Wenn sie bis zum Tor durchkämen, waren sie durchaus in der Lage, ihm ernsthaften Schaden zuzufügen.

Ryk wollte Nersei gerade darauf hinweisen, als er in der Horde der Greifer etwas entdeckte, das ihn aufmerken ließ. Im nächsten Augenblick ging ein weiterer Bolzenhagel auf die Angreifer nieder. Dieses Mal verschwendete Ryk keine Zeit damit, die Opfer zu zählen, sondern konzentrierte sich ganz auf den Greifer, der seine Aufmerksamkeit erregt hatte. Er war viel kleiner und schmächtiger als die übrigen, und wich den Pfeilen unerwartet flink aus. Ryk runzelte die Stirn. Die anderen Greifer hatten den Sonderling bisher vor seinen Blicken abgeschirmt. Doch jetzt, wo die Horde so nahe war, dass die vorderste Reihe kaum mehr zwanzig Schritte vom Stadttor trennte, konnten die anderen Körper und auch die Rauchschwaden ihn nicht länger vor ihm verbergen. Auch dieser Greifer trug einen Kapuzenumhang.

»Bei allen Dämonen der Gegenwelt«, stieß er hervor. »Die Umhänge der anderen … Sie sollten uns bloß von diesem da ablenken!« Er stieß den Armbrustschützen neben sich beiseite und hielt auf den Veydra zu. »Nersei!«, brüllte er über das Zischen einer neuen Salve Bolzen hinweg. »Nersei!« Der Kopf des Veydras fuhr zu ihm herum. »Deine Schützen sollen sofort den da ins Visier nehmen!« Ryk deutete auf die schmächtige Kapuzengestalt unten auf der Brücke. »Das ist niemals ein Greifer.«

Nersei warf einen Blick in die Tiefe und musste zu der gleichen Erkenntnis gelangt sein, umgehend erteilte er den Befehl, die Gestalt anzuvisieren.

»Was hat das zu bedeuten?«, wollte Kela wissen, die Ryk gefolgt war.

»Die früheren Angriffe … Wir konnten sie viel zu leicht zurückschlagen«, antwortete er, während sein Blick den davonsirrenden Bolzen folgte. »Damit wollten sie uns bloß in Sicherheit wiegen, bestenfalls unsere Verteidigung auskundschaften.«

Die Bolzen trafen ins Ziel. Oder hätten es getan, wenn die Kapuzengestalt nicht plötzlich vor Ryks Augen verschwommen wäre, um ein Blinzeln später direkt vor dem Tor wieder aufzutauchen.

»Ein Humanos«, stöhnte Kela. »Kein Greifer ist so schnell.«

»Schießt! Schießt! Schießt, verflucht!«, gellte Nerseis Stimme uber das Dach des Turmes.

Die Val'kai-Krieger gehorchten, verfehlten jedoch erneut ihr Ziel. Dieses Mal, weil die Greifer einen schützenden Wall um die Kapuzengestalt gebildet und mit ihren massigen Körpern die Bolzen abgefangen hatten. Drei waren gefallen, wurden allerdings sogleich von nachrückenden Greifern ersetzt.

»Weiterschießen! Immer weiter!«, brüllte Nersei die Schützen an. Sein Gesicht leuchtete inzwischen genauso rot wie sein Haar. Nun wirbelte er zu Ryk herum und packte ihn am Arm. »Wir müssen runter zum Tor«, stieß er hervor und rannte schon los.

Ryk und Kela zogen umgehend die Schwerter, die ihnen die Val'kai überlassen hatten, und liefen zu der Falltür in der Mitte des Turmes. Der Veydra war bereits durch sie verschwunden. Gleich darunter begann eine Treppe. Ryk rief seine Magie, um mit Kela, die ihm ein Stück voraus war, mithalten zu können. In seinem Brustkorb explodierte das Seelenfeuer. Fast erwartete er, es durch seine Kleidung hindurch leuchten zu sehen. Stattdessen strömte die Hitze mit schmerzhafter Intensität in seine Glieder. Einen Herzschlag lang berauschte ihn die Magie so stark, dass er aus dem Tritt geriet und stolperte.

Im letzten Moment fing er sich wieder, indem er mit der Linken eine der Eisenhalterungen für die Leuchtkugeln zu packen bekam, die die Val'kai häufig innerhalb von Gebäuden als Lichtquelle nutzten. *Scheiße, war das knapp!* In seiner Brust hämmerte sein Herz. Hätte er den Halt verloren, hätte er sich vermutlich alle Knochen im Leib gebrochen, so steil, wie die Treppe war.

Ryk hastete weiter. Er ahnte, was Nersei zur Eile antrieb. Der Humanos konnte nur einen Grund haben, dass er sich so weit vorgewagt hatte: Er glaubte, mächtig genug zu sein, um das Stadttor einzureißen. Da die mit Eisen beschlagenen Flügel zusätzlich mit Schutzzaubern versehen waren, handelte es sich bei diesem Val'kai wahrscheinlich um einen Dämon der Ersten Kaste oder einem direkten Abkömmling eines solchen. Im nächsten Augenblick stieß Ryk mit Kela zusammen.

»Hast du keine Augen im Kopf?«, fuhr sie ihn an. »Du hättest mich fast mit deinem Schwert aufgespießt!«

Sie befanden sich auf einem Zwischenstockwerk des Turmes. Es gab hier eine Tür, durch die man hinaus auf die Wehrmauer gelangte.

»Warum bist du stehen geblieben?«

»Ich dachte, ich hätte was gehört. Bist du gestolpert?«

Ryk winkte ab. »Das war nichts. Alles best…«

Den Rest des Satzes verschluckte eine Explosion, die den gesamten Turm erschütterte. Ryk verlor den Halt und krachte erneut gegen Kela. Die Steindecke und das Gemäuer um sie herum knirschten. Staub rieselte auf sie herab.

»Das Tor!«, keuchte Kela.

Ryk nickte. Schneller und immer schneller liefen sie, während sie den Stufen in die Tiefe folgten. Ein falscher Tritt würde ihrer beider Tod bedeuten. In Ryks Ohren rauschte das Blut, untermalt vom Wummern seines Herzens. Nersei holten sie nicht mehr ein, und als sie endlich den Ausgang des Turmes erreichten, drangen von draußen bereits Kampfgeräusche zu ihnen herein.

Blut.

Es war das Erste, was Ryk roch, gefolgt vom Gestank verbrannten Holzes. Das mächtige Stadttor, das gut drei Manneslängen über ihm aufragte, war durch die Explosion aufgebrochen worden. Der eine Flügel hing schief in den Angeln, der andere lag auf dem Boden und war unter den Klauen und Füßen der Angreifer und Verteidiger verschwunden.

»Dort vorne!« Kela deutete auf Nersei, der an vorderster Linie kämpfte. Ryk konnte seinen unglaublich flinken Bewegungen nur deshalb folgen, weil seine Sinne durch seine Magie geschärft waren. Links und rechts des Veydras kämpften weitere Val'kai-Krieger. Wie Nersei hielten sie Runenspeere in ihren Klauen. Die Runen leuchteten golden und verliehen den Waffen die Stabilität, die nötig war, um gegen die Muskelwülste und Knochenpanzer bestehen zu können, durch die Greifer und viele andere Animalia geschützt waren. Die Speere hatten zudem den Vorteil, dass sie die Greifer, die Nerseis Krieger um mehrere Kopflängen überragten, auf Abstand hielten. Noch befand sich der Großteil der Horde außerhalb der Stadtmauern auf der Brücke. Nur würde das nicht lange so bleiben, wenn die Verteidigung des Tores zusammenbrechen sollte.

Ryk und Kela rannten los, um die Verteidiger von Cros'Anoriel zu unterstützen. *Nersei kämpft wie ein Berserker*, dachte er im Laufen. Das Gesicht des Veydras war vor Anstrengung verzerrt, und trotzdem war jede seiner Bewegungen von beeindruckender Präzision. Er stieß mit seinem Runenspeer zu, wich aus und stieß erneut zu. Jeder Hieb ein Treffer, wobei er sich in erster Linie auf die Hüfte und Oberschenkel der Greifer konzentrierte. Als Ryk begriff, was Nersei tat, lächelte er. *Gar nicht so dumm!* Das Herz dieser Bestien war durch Muskelwüste und Knochenplatten geschützt. Der einzig andere Weg, sie zu töten, war ein Stoß durch ihr Maul oder durch eines ihrer Augen direkt ins Hirn. Aufgrund ihrer Größe war ein solcher Treffer nur schwer zu erzielen. Also musste man ihnen diesen Vorteil nehmen, indem man sie zu Fall brachte. Nersei war nicht nur ein kluger und mächtiger Heiler, er war ein mindestens ebenso kluger und mächtiger Krieger. Kein Wunder, dass er so hoch in Asmarans Gunst stand.

Ryk und Kela schoben sich zwischen Nerseis Kriegern hindurch nach vorne. Die zum Teil misstrauischen, zum Teil hasserfüllten Blicke, die die Val'kai-Krieger ihnen dabei zuwarfen, ignorierten sie. Dass keiner der Dämonen ihnen einen Speer in den Rücken stieß, verdankten sie dem Blutlenker, der sie unter seinen Schutz gestellt hatte. Schließlich kamen sie nicht weiter vorwärts. Nerseis Krieger hatten einen Wall um das Tor gebildet und bekämpften die Greifer, die in die Stadt einzudringen versuchten.

Ryk war stehen geblieben und hatte den Kopf gereckt, um nach dem Humanos zu suchen, der für die Explosion verantwortlich war, konnte die Kapuzengestalt jedoch nirgends unter den Angreifern entdecken.

»Er ist weg«, erklärte Kela neben ihm mit gepresster Stimme, als hätte sie seine Gedanken gelesen.

»Sicher wird er bald mit Verstärkung zurückkehren.«

Die Greifer trampelten rücksichtslos über verletzte Artgenossen hinweg. Wenn hingegen ein Verteidiger der Stadt fiel, stürzten sogleich zwei Val'kai-Krieger hin, um den Verwundeten oder Toten aus der Gefahrenzone zu zerren, während ein Kamerad seinen Platz einnahm. Auf eine solche Gelegenheit warteten auch Ryk und Kela.

»So viel Leid, so viel Blut«, murmelte die Veydra.

Alarmiert warf Ryk ihr einen Blick zu, konnte aber keine Veränderungen an ihr ausmachen, die auf das Erwachen des schwarzen Wächters hindeuteten. »Es ist ein Krieg, und das hier ist gerade mal der Anfang.« Er deutete mit der Schwertspitze über die Kämpfenden hinweg auf die Brücke. Dort tummelten sich rund sechzig Greifer, brüllten und schubsten sich gegenseitig, weil sie es nicht erwarten konnten, endlich zu kämpfen. »Wenn sie durchbrechen und in die Stadt gelangen, richten sie ein Massaker unter den Zivilisten an.«

»Sie sind genauso Opfer wie die Bewohner von Cros'Anoriel.« Kela zog ein finsteres Gesicht. »Sie werden gezwungen, in einem Krieg zu kämpfen, der nicht der ihre ist.«

»Trifft das nicht auf die meisten Soldaten zu?«

Und plötzlich war es so weit. Ein Greifer geriet ins Wanken, nachdem ihm ein Krieger einen Speer ins Bein gerammt hatte. Mit einem wütenden Brüllen warf sich das Untier mitten in die Schar aus Verteidigern. Es begrub vier von ihnen unter sich, die durch die Vielzahl an Kriegern, die sich unter dem Tor drängte, nicht hatten ausweichen können.

Ohne zu zögern, rückten Ryk und Kela vor, um die Lücken zu schließen, die sich vor ihnen im Verteidigungswall aufgetan hatten. Der Greifer, aufgrund seiner Beinverletzung unfähig, wieder aufzustehen, hatte den Oberkörper aufgerichtet. Mit dem unteren Armpaar stützte er sich auf den Leichen unter ihm ab, während er mit dem anderen Paar nach den Verteidigern von Cros'Anoriel schlug, die ihn mit ihren Speeren attackierten.

Dabei hatte er das Maul weit aufgerissen und die Zähne drohend gebleckt.

Die Val'kai, die ihn mit ihren Speeren bedrängten, waren gut ausgebildet, doch ihnen fehlte die Erfahrung.

»Aus dem Weg!«, schrie Ryk und drängte an ihnen vorbei auf den Greifer zu. Er tauchte unter seinen vorschießenden Klauen hinweg, indem er sich auf die Knie warf und gleichzeitig mit dem Schwert nach oben stieß. Die Klinge fuhr geradewegs in das Maul des Greifers. Kaum, dass die Waffe mit seinem Gegner in Berührung kam, flammten die magischen Runen auf dem Metall auf, sodass sie wie durch Butter bis ins Gehirn der Bestie glitt. Kela, die mit Ryk vorgestürmt war, hatte sich bereits einem anderen Greifer zugewandt, der einen einzelnen Val'kai bedrängte. Der wich zwar den Hieben des Tierdämons mit übermenschlicher Schnelligkeit aus, schaffte es jedoch nicht aus der Defensive heraus, um zum Gegenschlag auszuholen.

Aus dem Augenwinkel gewahrte Ryk, wie der Greifer Kela zu packen versuchte. Die Veydra entwand sich seinem Griff, indem sie zur Seite tänzelte und gleichzeitig mit dem Schwert ausholte, um es auf die Klaue ihres Gegners niedersausen zu lassen. Die Runen auf der Klinge leuchteten auf, als es den Arm vom Körper trennte. Der Schmerzensschrei des Greifers dröhnte Ryk in den Ohren, während er sich bereits der nächsten Bestie zugewandt hatte. Gerade einmal sechs Fuß groß, und damit noch ein Jungtier, was es nicht davon abhielt, mit der gleichen Wildheit und Inbrunst der ausgewachsenen Greifer zu kämpfen. Es fügte Ryk eine Wunde am linken Oberarm zu, bevor es ihm gelang, ihm einen Stich in die Leiste zu verpassen. Als es vor Wut aufschrie, stieß der Krieger neben Ryk ihm seinen Runenspeer ins Maul. Mit einem gurgelnden Geräusch brach der Greifer zusammen. Sofort nahm ein anderer seinen Platz ein, rund neun Fuß groß und von oben bis unten mit Blut besudelt, das nicht sein eigenes zu sein schien.

Dreck, verdammter!, dachte Ryk und zuckte mit dem Oberkörper zurück, sodass die Klauen der Bestie ihn verfehlten. So knapp, dass er den Luftzug noch auf dem Gesicht spüren konnte. Der Schreck ließ sein Seelenfeuer auflodern. Die Magie ergoss sich wie eine Sturmflut in seine Glieder, härtete Muskeln, Sehnen und Knochen, sodass er sich fühlte, als könnte nichts auf dieser Welt ihm etwas anhaben. Sein Verstand warnte ihn vor der Gefahr, die dieses Gefühl mit sich brachte, aber der Dämonenjäger in ihm ergab sich seiner Verlockung. Er warf sich mit einem Aufschrei nach vorne und tauchte völlig in die Schlacht ein.

Sekunden, Minuten, Stunden … Im Rausch des Kampfes vermochte Ryk nicht zu sagen, wie lange die Schlacht schon andauerte, wie viele Greifer er in dieser Zeit getötet oder wie viele von Cros'Anoriels Verteidigern er hatte fallen sehen. Sein Atem ging stoßweise. Seine Kleidung war feucht vom Schweiß und Blut seiner Feinde und klebte an ihm wie eine zweite Haut. Der rechte Arm und die Schulter brannten von der Wucht der Schläge, die er ausgeteilt und abgefangen hatte. Und obwohl sie tapfer kämpften, waren er, Kela und die Val'kai-Krieger gezwungen, Schritt für Schritt vom Tor zurückzuweichen. Die Kadaver der Greifer behinderten sie zusehends. Zudem war der Boden glitschig von ihrem Blut.

Plötzlich war Nersei an seiner Seite. Die Augen, sonst von einem strahlenden Blau, waren nun dunkel wie eine sternlose Nacht. »Wir … müssen … uns … zurückziehen.«

»Wovon redest du?«, fragte Ryk. Von den anfangs gut hundert Greifern waren inzwischen nur noch zwanzig kampffähige Bestien übrig. »Wir können es schaffen!« Aber dann sah er, was Nersei bereits vor ihm entdeckt hatte. Nach wie vor spie der Lavafluss, der die Stadt umfloss, Rauch und Wasserdampf aus. In diesen Schwaden, die die Brücke umwaberten, bewegten sich Gestalten auf die Stadt zu. Viele Gestalten. Solche, die auf zwei

Beinen gingen, aber auch andere, die auf vier, sechs oder acht auf sie zukrochen. »Scheiße«, entfuhr es ihm, während er den Hieb eines jungen Greifers abwehrte und ihm anschließend die Klinge ins Auge rammte.

Nersei packte ihn am Arm und zog ihn ein Stück vom Kampfgeschehen fort. Zwei Val'kai-Krieger nahmen sofort ihre Plätze ein. »Da ... ist ... er ... wieder!« Der Veydra wies mit seinem Speer hinaus auf die Brücke.

»Verdammt!« Nun sah auch Ryk sie. Die schmächtige Gestalt im Kapuzenmantel, der Humanos, der zuvor das Tor zerstört hatte und dann wieder abgetaucht war. Er führte den Trupp auf der Brücke an. *Ich hatte also recht! Der Mistkerl ist mit Verstärkung zurückgekehrt!* Als hätte er die Blicke der beiden gespürt, hob er die Klauen und warf die Kapuze zurück. Darunter kam ein Menschendämon zum Vorschein. Seine Fratze verzog sich zu einem hämischen Grinsen, während er im Gehen den Umhang von den Schultern gleiten ließ. Ryk fluchte. Der Oberkörper des Dämons war über und über mit Runen gezeichnet – und er besaß keine Geschlechtsmerkmale.

»Das ist Nasraf«, zischte Nersei und wischte sich den Schweiß von der Stirn. »Ein Sohn des Zaragoth. Er zählte einst zur Kaste der Ersten, wenngleich er nicht so mächtig ist wie sein Vater.«

»Was können wir tun?«, keuchte Ryk.

»Kämpfen, Magier!«, knurrte Nersei. »Und hoffen!«

Irgendwo rechts von Ryk schrie jemand. Eigentlich schrie oder brüllte seit Beginn der Schlacht ständig jemand, aber diese Stimme hätte Ryk aus Hunderten herausgekannt. Er fuhr herum. »Kela!«

Die Veydra bekämpfte zusammen mit einem Val'kai-Krieger einen annähernd zehn Fuß großen Greifer. Selbst die anderen seiner Horde überragte das Biest noch um mindestens eine Kopflänge. Seine Arme und Beine waren dick wie Baumstämme. Die Klauen glichen Pranken, die wie Keulenschläge auf seine

Gegner eindroschen. An einigen Stellen war sein Fell bereits ergraut, was auf Alter, aber auch Erfahrung schließen ließ. Und tatsächlich legte er im Vergleich zu vielen anderen seiner Artgenossen eine gewisse Geschicklichkeit an den Tag, wenn es darum ging, die Vorstöße von Kela und ihrem Mitstreiter abzuwehren. Ryk runzelte die Stirn. Kelas eigene Ausweichmanöver wirkten hingegen eher steif und ungelenk. Dann fiel ihm auf, dass sie den linken Arm gegen ihre Seite presste. Sie musste verletzt sein.

»Kümmere dich um sie!«, stieß Nersei hervor. »Ich werde mich Nasraf entgegenstellen.«

»Sobald Kela in Sicherheit ist, helfe ich dir«, versprach Ryk.

»Könnte nicht schaden.« Mit diesen Worten stürzte sich Nersei wieder ins Kampfgeschehen.

Ryk eilte zu Kela, doch noch bevor er sie erreichte, traf sie ein weiterer Schlag des Greifers. Dieses Mal vor die Brust. Als wöge sie kaum mehr als eine Stoffpuppe, wurde sie mehrere Meter durch die Luft geschleudert, bevor sie auf dem Straßenpflaster landete, wo sie reglos liegen blieb. »Nein!«, schrie Ryk. »NEIN!« Plötzlich sah er rot. Er riss sein Schwert hoch und sprang auf den Greifer zu. Magie jagte aus dem Energiezentrum nahe seines Herzens in seinen Schwertarm. Mit der zusätzlichen Kraft gelang es ihm, die Waffe bis zum Heft in den Bauch der Bestie zu stoßen, bevor ihn eine ihrer Pranken traf. Er taumelte zurück, fiel auf die Knie und japste wie ein Fisch auf dem Trockenen. Sein Blick verschwamm. Weitere Val'kai-Krieger eilten links und rechts an ihm vorüber auf den Greifer zu.

Halb blind von Schmerz und Tränen, wandte sich Ryk vom Kampf ab und kroch über das Straßenpflaster auf Kela zu. Als er sie erreichte, spürten seine Finger zunächst nach dem Puls an ihrem Hals. Nichts. »Tu mir das nicht an«, flüsterte er, senkte den Kopf und presste das Ohr auf ihre Brust. *Komm schon! Komm schon!* Er blendete die Kampfgeräusche um sich herum aus, um mit seinem magisch geschärften Gehör nach ihrem

Herzschlag zu suchen. Ein schwaches, unregelmäßiges Wummern drang an sein Ohr. *Ja! Verdammt, ja!* Er riss den Kopf hoch und starrte in ihr Gesicht. Dieses wunderschöne Gesicht. Erneut kamen ihm die Tränen. Dieses Mal jedoch vor Erleichterung. »Halte durch«, murmelte er, strich ihr über die Stirn und überlegte fieberhaft, was er tun sollte. Er musste sie vom Tor fortschaffen. Tiefer in die Stadt hinein, wo sie sicher ... Plötzlich stellten sich die Härchen in seinem Nacken auf. Magie! Mächtige Magie! Draußen auf der Brücke passierte etwas.

Ryk zwang sich auf die Füße und starrte blinzelnd zwischen den Kämpfenden hindurch zu Nersei. Dem Veydra war es tatsächlich gelungen, sich durch das Tor bis zu Nasraf durchzuschlagen. Nur was ging dort vor sich? Nersei stand mit erhobenem Speer auf der Brücke und hielt die Linke schützend vor das Gesicht, während sich zwischen ihm und seinem Gegner ein gleißendes weißes Licht bildete. Als Ryk erkannte, um was es sich handelte, riss er vor Überraschung die Augen auf. Ein Portal. Im nächsten Moment trat eine Gestalt daraus hervor. Um ihre Schultern lag ein roter Mantel, und in der Rechten hielt sie einen Runenstab, den eine goldene Flamme krönte. Asmaran.

Der Blutlenker richtete den Stab auf Nasraf, der erschrocken zu der Meute aus grunzenden, knurrenden und kläffenden Tierdämonen in seinem Rücken zurückwich.

»Dies ist Cros'Anoriel, die freie Stadt!«, rief Asmaran in der Sprache der Val'kai, wobei er seine Stimme magisch verstärkt hatte, sodass sie über die ganze Stadt hinweg und bis hinaus auf die Ebene zu hören sein musste. »Du hast nicht das Recht, sie zu betreten, denn du bringst Tod und Verderben mit dir.« Er wandte sich um und sah an Nersei vorbei zum Tor, wo noch immer gekämpft wurde. Im nächsten Augenblick löste sich ein Lichtblitz aus der Spitze seines Stabes, spaltete sich in Dutzende kleine auf und fuhr in die Körper der übrigen Greifer. Sie brachen auf der Stelle zusammen und rührten sich nicht mehr.

»Du und die anderen« – Asmaran wies auf Nersei und seine Krieger –, »zurück hinter das Tor mit euch!« Dann fuhr er wieder zu Nasraf herum. »Und jetzt zu dir!«

Der Sohn des Zaragoth schien sich jedoch wieder gefangen zu haben. Seine Zunge schoss zischelnd hervor. »Glaubst du etwa, mich mit deiner kleinen Vorstellung beeindruckt zu haben, Verräter?« Auch er schien es darauf angelegt zu haben, überall gehört zu werden, und hatte seine Stimme ebenfalls magisch verstärkt. »Ich weiß genau, was dich das gekostet hat. Mich kannst du nicht täuschen. Diese Stadt wird fallen!«

»Vielleicht wird sie das«, erwiderte Asmaran kalt. »Aber nicht heute.«

»Lächerlich! Du kannst uns nicht aufhalten. Das Tor ist zerstört. Und wir werden uns die Stadt jetzt holen!«

Asmaran lachte und hob den Runenstab. Erneut löste sich ein Blitz daraus. Ryk rechnete damit, dass er Nasraf töten oder zumindest verletzen würde. Stattdessen fuhr er zu Füßen des Menschendämons in die Brücke hinein. Es gab eine Explosion, bei der Steine und Staub in die Luft gewirbelt wurden. Ryk sah, wie Asmaran in das Portal flüchtete, das sich umgehend hinter ihm schloss. Die Brücke erbebte, Risse brachen auf und der Stein auseinander. Für den Bruchteil eines Augenblicks hing panisches Geheul, Gekreische und Gejammer in der Luft, bevor es abrupt endete, als Nasraf und Hunderte Tierdämonen von der glühend heißen Lava verschlungen wurden.

Die Val'kai-Krieger hinter dem Tor und um Ryk herum jubelten, doch Ryk wusste, dass sie nur eine Schlacht gewonnen hatten und längst nicht den Krieg. Und auch wenn der Blutlenker sie mit dieser Tat davor bewahrt hatte, schon heute von ihren Feinden überrannt zu werden, hatte er ihnen gleichzeitig den einzigen Fluchtweg genommen, den es aus Cros'Anoriel gab. Ein zweites Tor existierte nicht, und der Lavafluss, der die Stadt umströmte, war zu breit, um ihn anderweitig zu überwinden.

Nun, zumindest leben wir noch, dachte Ryk. Er ging in die Knie, nahm die bewusstlose Kela auf die Arme und machte sich auf den Weg zu den Heilern.

16

Athane, Nekross
21. Septer 1026 n. d. Zweiten Dämonenkrieg

Jemand hat das Feuer absichtlich gelegt, dachte Emeryle, als sie mit der Kutsche zurück zum Goldenen Tropfen fuhr. Ein kleiner, aber feiner Gasthof im Universitätsviertel von Athane, in dem sie am vergangenen Abend nach ihrer Ankunft in der Hauptstadt abgestiegen war. Als erste Bibliothekarin des Ordens der Deret'kai und rechte Hand des Obersten Magus verbrachte Emeryle die meiste Zeit ihres Lebens an der magischen Akademie, die gut eine Tagesreise von Athane entfernt am Fuße des Himmelsgebirges lag. Ein Leben, das wie für sie geschaffen war. Hohe Mauern, die sie vor der äußeren Welt schützten. Eine Bibliothek mit einem nahezu unbegrenzten Fundus an Wissen. Hunderte gebildeter Menschen, mit denen sie sich jederzeit austauschen konnte, und Diener, die einem jeden Wunsch von den Lippen ablasen. Es war das Paradies. Und Everdale Tilbrock hatte sie hinausgeworfen, wenn auch nur für ein paar Tage.

Emeryle seufzte.

In der Bibliothek der Athaner Universität hatte es vor zwei Nächten gebrannt, und der gute Everdale hatte sie hergeschickt, um sich des Vorfalls anzunehmen. Die Universität war vor über tausend Jahren von den Ersten Magiern gegründet worden und war die erste ihrer Art gewesen. Natürlich wurde dort keine Magie unterrichtet, dafür gab es schließlich die Akademie. Bei der Athaner Universität handelte es sich um eine rein wissenschaftliche Institution. Sie hatte sich der Alchemie, der Lehre der Naturgesetze und allerlei anderem Klimbim verschrieben, um das sich das Leben der Talentlosen, wie Emeryle die nicht magisch begabten Menschen so gern nannte, gewöhnlich drehte.

Zum Glück war das Feuer rechtzeitig von einem Universitätsdiener bemerkt worden und konnte gelöscht werden, bevor es eine Chance hatte, auf die anderen Flügel überzugreifen. So waren lediglich ein paar Hundert Historienschinken und philosophische Schriften den Flammen zum Opfer gefallen. Nichts von Bedeutung.

Der Dekan der Universität sah das natürlich anders, aber er war ja auch ein Talentloser. Mit Tränen in den Augen hatte er von unersetzlichen Originalen und einem Verlust für die gesamte Menschheit gesprochen, während er auf einen Haufen geschwärztes Papier geblickt hatte. *Blablabla*, dachte Emeryle. Volle drei Stunden hatte sie sich sein Gejammer anhören müssen, bevor es ihr endlich gelungen war, ihn abzuschütteln. Jetzt plagten sie Kopfschmerzen, die von der holprigen Kutschfahrt noch verstärkt wurden.

Eigentlich war es die Sache nicht wert, dass sie sich deshalb extra in die Hauptstadt begeben hatte. Was sie selbstverständlich auch nicht getan hätte, hätte Everdale nicht darauf bestanden. Allerdings gab es da noch zwei andere Vorfälle, die sich in der gleichen Nacht zugetragen hatten wie das Feuer und eine beunruhigende Verbindung dazu besaßen. Bei dem einen handelte es sich um einen Einbruch in einen Vorratsschrank der alchemistischen Fakultät, bei der ein Fläschchen Feuerodem entwendet wurde. Eine leicht entflammbare Flüssigkeit. Der Dieb hatte sie benutzt, um das Feuer in der Bibliothek zu legen. Das leere Fläschchen war ganz in der Nähe des Brandherdes gefunden worden. Das zweite Ereignis war das mit Abstand besorgniserregendste der drei Vorfälle. Ein Mord. Auf den Stufen zur Bibliothek hatte man die Leiche eines Nachtwächters gefunden. Während seiner Patrouille auf dem Universitätsgelände musste er auf den Brandstifter aufmerksam geworden sein und war von ihm erstochen worden.

Plötzlich machte die Kutsche einen Satz, und Emeryle stieß sich den Kopf an der Innenwand, an die sie erschöpft gesunken war. »He, du Tölpel!«, rief sie, »pass gefälligst auf Schlaglöcher auf!« Sie rieb sich die schmerzende Stelle. Der Kutscher hatte sie vermutlich nicht einmal gehört, denn gleich darauf fuhr er durch ein zweites Schlagloch. Das Trinkgeld war jedenfalls gestrichen!

Sie rückte ein wenig von der Kutschwand ab, nur für alle Fälle, und kehrte in Gedanken zu den Ereignissen von vor zwei Tagen zurück. Das Seltsame daran war, dass es gar keinen Sinn ergab. Was war das Motiv? Ein Student, der durch die Abschlussprüfung gefallen war und sich an der Universität rächen wollte? Denkbar, aber unwahrscheinlich. Diese Taten waren nicht von einem Rachsüchtigen oder Verrückten begangen worden, sondern von jemandem, der sein Handwerk verstand. Der Vorratsschrank, aus dem der Feuerodem gestohlen worden war, befand sich in einem Raum ohne Fenster und mit einer Tür, die durch zwei voneinander unabhängige Schlösser gesichert wurde. Nein, dafür war niemals ein einfacher Student verantwortlich.

Die Kutsche hielt. Waren sie etwa schon am Ziel?

Emeryle beugte sich vor, um aus dem Kutschenfenster zu sehen. Sie standen vor dem Goldenen Tropfen. Ein zweistöckiges Haus mit einem blauen Anstrich und weiß gerahmten Fenstern. Über der Tür hing eine Tafel aus Arnholz, die ein Weinfass zeigte, aus dessen Zapfhahn sich ein goldener Tropfen löste. *Das ging ja schnell*, dachte Emeryle und stieg aus. Sie bezahlte den Kutscher und betrat dann den Gasthof. In der Schankstube hielten sich nur wenige Besucher auf, was ihr nur recht war. Sie suchte sich einen Tisch im hintersten Winkel, wo sie sich ungestört wähnte. Aus der Küche wehte der verführerische Duft von

Gänsebraten, bei dem Emeryle das Wasser im Munde zusammenlief. Seit dem Frühstück hatte sie nichts mehr gegessen, dabei war es mittlerweile früher Nachmittag, und der Dekan hatte ihr lediglich einen viel zu dünn aufgebrühten Tee aus Qilwinblättern angeboten. Nachdem Emeryle bereits einige Minuten gewartet hatte, ohne dass sich jemand vom Gasthof hatte blicken lassen, verlor sie die Geduld und rief mit herrischer Stimme nach der Bedienung.

Nur einen Augenblick später tauchte ein Mädchen an ihrem Tisch auf. Ein spindeldürres Ding in einem blauen Kleid. »Verzeiht, Herrin, ich hatte Euch nicht hereinkommen gehört.«

»Schon gut, Kind, verrate mir lieber, ob ich da wirklich Gans rieche?«

Das Mädchen lächelte. »Gänsebrust in Preiselbeersoße und süßes Mandelbrot. Alles ganz frisch, Herrin.«

»Das nehme ich, und dazu ein Glas Rotwein«, entschied Emeryle. »Einen Spätherbstler aus dem letzten Jahr, den führt ihr hoffentlich?«

»Gewiss, Herrin.«

»Sehr gut. Und jetzt *husch*, *husch*.«

Das Mädchen eilte davon. Kopfschüttelnd blickte Emeryle ihm nach. Diese Talentlosen. Immer warteten sie darauf, dass man ihnen sagte, was sie zu tun hatten. Sie lehnte sich in ihrem Stuhl zurück, hob die Hände an die Schläfen und massierte sie. Seit sie aus der Kutsche ausgestiegen war, ließen wenigstens die Kopfschmerzen nach. Sie seufzte und fragte sich, was der Oberste Magus an ihrer Stelle wegen der Vorfälle an der Athaner Universität unternehmen würde? Natürlich könnte sie ihn um Rat bitten, indem sie ihm eine Nachricht mit einem Botenvogel sandte. Aber er hatte sie schließlich hergeschickt, damit sie dieses Problem für ihn löste. Der arme Everdale hatte gerade ganz eigene Sorgen.

Das Mädchen kehrte mit dem Rotwein zurück.

Emeryle löste die Finger von ihren Schläfen, um das Glas entgegenzunehmen. Sie nippte daran und nickte. »Sehr schön, genau das habe ich jetzt gebraucht.«

»Danke, Herrin. Das Essen bringe ich Euch gleich.« Das Mädchen verschwand wieder.

Emeryle trank einen weiteren Schluck Wein und dann noch einen. *Ach, Everdale*, dachte sie, *du musst auf der Hut sein!* Seit herausgekommen war, dass Kaldor Morrain die Akademie verraten hatte, mehrten sich unter den Magiern die Stimmen, die Everdales Abdankung forderten. Er habe die Gefahr zu spät erkannt, sagten die einen. Er hätte deutlichere Position gegen Thamaryns Kriegstreiberei beziehen müssen, behaupteten die anderen. Sie nannten ihn unfähig und unentschlossen. Es trug auch nicht zur Glättung der Wogen bei, dass seit Kurzem der Kontakt zu mehreren Dämonenjägern abgebrochen war. Oder Gerüchte laut wurden, die besagten, dass die To'Dhana kein Mythos seien.

Emeryle kannte natürlich die Wahrheit über die Königin von Sharigor. Everdale hatte sie selbst darin eingeweiht, doch er hatte sie auch um Stillschweigen gebeten. Er fürchtete um den Ruf und die Sicherheit der Akademie, wenn er die allseits beliebte Königin öffentlich anklagte. Schließlich handelte es sich bei seinem einzigen Beweis, dass Madea con Betanne die Hohepriesterin der To'Dhana war, um das Schuldbekenntnis eines Verräters. Das würde kaum ausreichen.

Ah, da kam ja auch schon das Mädchen mit der Gänsebrust. Emeryle machte sich mit Heißhunger über ihre Mahlzeit her. Die Haut war knusprig gebraten, das Fleisch darunter weich und saftig. Einfach köstlich. Der Goldene Tropfen stand nicht umsonst in dem Ruf, der beste Gasthof der Stadt zu sein.

Die letzten Reste Preiselbeersoße wischte Emeryle mit dem Mandelbrot auf, spülte alles mit einem Schluck Wein hinunter und erhob sich anschließend, um sich in ihr Zimmer zurückzuziehen. Sie musste ihren Bericht verfassen und ihr weiteres Vorgehen planen. Als sie die Schankstube durchquerte, um zur Treppe zu gelangen, die zu den Gästezimmern führte, gewahrte sie aus dem Augenwinkel, wie sich ein weiterer Gast von seinem Tisch erhob. Zunächst schenkte sie dem keine weitere Beachtung, aber als sie hinter sich Schritte auf der Treppe vernahm, verspürte sie leichtes Unbehagen. Sie beruhigte sich, indem sie sich sagte, dass derjenige ebenfalls auf dem Weg zu seinem Zimmer war. Ihr eigenes, selbstverständlich das beste und größte des Gasthofes, lag am Ende eines mit Lumineslaternen ausgeleuchteten Korridors im ersten Stock. Zielstrebig hielt sie darauf zu. Die Schritte folgten ihr. Es reichte. Emeryle fuhr herum, um ihren Verfolger zur Rede zu stellen.

»Du?«, rief sie überrascht aus, als sie das Gesicht ihres Gegenübers im Lichtschein erkannte. »Was willst du von mir?«

»Wir müssen reden.«

Vor ihr stand eine Frau mit hellem, fast schon weißem Haar, großen mandelförmigen Augen und einem zuckersüßen Lächeln. Sie trug ein eng anliegendes, tailliertes Kleid in einem herbstlichen Rotton, mit tiefem Ausschnitt und hochgestelltem Kragen, was der neusten nekrossanischen Mode entsprach. Doch Emeryle kannte die Frau gut genug, um zu wissen, dass sie nicht so harmlos war, wie sie auf den ersten Blick wirkte. Ihr Name war Veola Grauschwinge. Eine Kopfgeldjägerin, die auch andere Aufträge annahm, wenn die Bezahlung stimmte. Everdale hatte sie bereits mehrmals mit der »Sicherung« von Artefakten aus der alten Welt betraut, die gelegentlich gefunden wurden und eindeutig nicht in die Hände von Talentlosen gehörten.

»Worum geht es?«, wollte Emeryle wissen. Es war ungewöhnlich, dass Veola Grauschwinge sie aufsuchte, ohne zuvor gerufen worden zu sein. Das entsprach nicht den Vereinbarungen.

Die Kopfgeldjägerin verschränkte die Arme vor der Brust. »Der Anschlag auf die Bibliothek … Ich weiß, wer dahintersteckt.«

Emeryle hob eine Braue. »Dann sprich!«

»Nicht hier.« Veola Grauschwinge warf einen vielsagenden Blick auf die anderen Türen. »Man kann nie wissen, wer gerade lauscht.«

Emeryle dachte einen Moment lang über ihre Worte nach, schließlich nickte sie. »Folge mir«, forderte sie die Kopfgeldjägerin auf und trat zu ihrer Zimmertür. Mit einer rasch ausgeführten Geste hob sie den Schutzzauber auf, den sie für alle Fälle darüber gelegt hatte. Der Raum dahinter war bei Weitem nicht so luxuriös wie ihre Gemächer in der Akademie. Es gab einen Kamin mit einem Sessel davor, dem gegenüber stand ein Himmelbett, das mit Kissen, Decken und Fellen bestückt war. Auf einem Schreibtisch, der unter dem einzigen Fenster stand, lagen diverse Schriftstücke. Der Brief des Dekans, den dieser mit der Bitte um Beistand an Everdale geschickt hatte, sowie ein mehrseitiger Bericht über die drei Vorfälle, der zwar aufschlussreiche Details enthielt, jedoch auch Fragen aufwarf, die nur durch eine Begehung der Tatorte hatten geklärt werden können.

Emeryle blieb in der Mitte des Gemachs stehen und drehte sich zu Veola Grauschwinge um, die gerade die Tür hinter sich schloss. »Nun sind wir ungestört.«

»Ich gestehe, ich bin ein wenig überrascht, Euch und nicht den Obersten Magus hier anzutreffen.« Die Kopfgeldjägerin bewegte sich unter Emeryles aufmerksamem Blick zum Bett. Dort verharrte sie an einem der Bettpfosten und fuhr mit den Fingerspitzen über die Ornamente und Blumenranken, die in das Holz geschnitzt waren. »Ich hatte erwartet, er würde sich höchstpersönlich um diese Angelegenheit kümmern.« Sie wandte das Gesicht Emeryle zu.

»Er ist zurzeit sehr beschäftigt. Aus diesem Grund hat er mich mit dieser Aufgabe betraut.« Emeryle hob das Kinn ein wenig an. »Immerhin bin ich seine Stellvertreterin.«

»Verstehe.« Veola Grauschwinge lächelte.

»Und nun rede, Kopfgeldjägerin. Meine Zeit ist kostbar.« Emeryle spürte, wie ihre Kopfschmerzen zurückkehrten. Eines hatten alle Talentlosen gemeinsam: Sie besaßen eine Begabung dafür, ihre Geduld zu strapazieren. »Wenn es dir ums Geld geht, ist das kein Problem. Nenn mir deinen Preis, und du sollst ihn erhalten.«

»Wie großzügig.« Veola Grauschwinge ließ vom Bett ab und näherte sich ihr. Drei Schritte trennten sie noch voneinander.

Irgendetwas stimmte hier nicht. Und plötzlich dämmerte es Emeryle. »Es ist doch kein Zufall, dass du in Athane bist. Du warst das, nicht wahr?« Sie starrte die Kopfgeldjägerin an. »Du besitzt das Talent und die Kaltblütigkeit, die für all diese Taten vonnöten sind.«

»Bravo, Magierin, bravo, Ihr habt mich erwischt.«

Emeryle hob abwehrend die Hand. »Ich warne dich, komm nicht näher.« Sie griff nach dem Seelenfeuer in ihrer Brust. Als Empathin konnte sie die Gedanken und Gefühle eines anderen Menschen erspüren und in einigen Fällen sogar beeinflussen. »Verschwinde, bevor ich dir wehtun muss.«

Veola Grauschwinge blieb stehen und grinste. »Wollt Ihr denn gar nicht wissen, warum ich es getan habe?«

»Das hast du mir längst verraten: Du wolltest Everdale Tilbrock hierherlocken.«

»Ich bin beeindruckt.«

Emeryles Hand hatte zu zittern begonnen. Ein Schweißtropfen rann ihren Nacken hinab. »Geh! Sofort!« Sie nahm einen Teil ihrer Furcht, formte in Gedanken einen Pfeil daraus und schoss ihn auf die Kopfgeldjägerin ab. Sie spürte, wie er in das Bewusstsein ihrer Gegnerin eindrang, dort zersplitterte und ihren Geist mit Bildern eines düsteren Kerkers, dem Gefühl von Hoffnungslosigkeit und dem Geschmack bitterer Verzweiflung überschwemmte. »All das erwartet dich, wenn du nicht auf der Stelle mein Zimmer verlässt!«

Veola rollte mit den Augen. »Ihr müsst schon tiefer in die Trickkiste greifen, Emeryle, wenn Ihr mir Angst einjagen wollt. Viel tiefer.« Sie wedelte mit der Hand. »Ihr wisst doch gar nicht, was Verzweiflung ist! Und es gibt Schlimmeres, als in einem Gefängnis zu verrotten. Habt Ihr Eure zarten Finger schon einmal an einer Kerzenflamme verbrannt? Habt ihr?«

Emeryle schluckte und nickte.

»Nehmt diesen Schmerz und verhundertfacht ihn.« Veola hatte sich wieder in Bewegung gesetzt, eine Mischung aus Abscheu und Verlangen im Blick, der Emeryle zurückweichen und nach einem Fluchtweg suchen ließ. Ihr blieb nur eine Chance. »Lass mich in Ruhe!«, stieß sie hervor und versuchte an der Kopfgeldjägerin vorbei zur Tür zu gelangen. Veola war jedoch schneller. Ihre Finger schlossen sich um Emeryles Handgelenk und rissen sie zu sich herum. *Nein.* Emeryle öffnete den Mund, um nach Hilfe zu schreien. Doch nur ein Krächzen kam ihr über die Lippen. Die Hände der Kopfgeldjägerin hatten sich bereits um ihren Hals geschlungen.

»Ihr wollt wissen, was echte Verzweiflung ist?«, fuhr diese fort. »Stellt Euch vor, Euer ganzer Körper stünde in Flammen. Wisst Ihr, wie sich das anfühlt, wenn das Feuer Euch langsam von innen verzehrt?«

Emeryle rauschte das Blut in den Ohren. Das Herz hämmerte wie wild gegen ihre Rippen. »Aufhören!«, wollte sie schreien und konnte nicht. Panisch zerrte sie an den Händen, die ihr die Luft abdrückten.

»Erst wenn Euer Blut kocht, wenn Eure Haut von Euren Knochen schmilzt und Euch der Gestank Eures eigenen brennenden Fetts in die Nase steigt«, zischte Veola, »wisst Ihr wahrhaftig, wovon ich rede. Und nun sterbt endlich, damit ich mir Euer verfluchtes Herz nehmen kann!«

17

Cros'Anoriel, Gegenwelt
22. Septer 1026 n. d. Zweiten Dämonenkrieg

Einen Tag war es her, seit Zaragoths Anhänger das Stadttor von Cros'Anoriel durchbrochen hatten. Nur knapp waren die Stadt und ihre Verteidiger einer Katastrophe entgangen, und das hatten sie Asmaran zu verdanken. Wohin auch immer der Blutlenker dieser Tage kam, hauchten die Bewohner ehrfurchtsvoll seinen Namen. Immer wieder sah man ihn in den Straßen umherwandern, den Runenstab in der Klaue und in den roten Mantel des Protektors gehüllt. Doch Ryk glaubte Asmaran inzwischen gut genug zu kennen, um zu wissen, dass es ihm nicht um Verehrung ging – vielmehr wollte er seinem Volk durch seine Auftritte Hoffnung und Zuversicht spenden. Gegen seinen Willen musste Ryk sich eingestehen, dass der Blutlenker einen guten Anführer abgab. *Nur retten kann auch er uns nicht!*

Ryk hatte die Arme vor der Brust verschränkt, lehnte mit Kopf und Schulter am kühlen Mauerwerk von Kelas Krankenzimmer und blickte durch ein Fenster hinüber zum fernen Stadttor. Niemand hatte sich die Mühe gemacht, die beschädigten Flügel zu reparieren. Die Brücke, die die Stadt einen Tag zuvor noch mit der Ebene verbunden hatte, war vollständig verschwunden, verschlungen vom Feuer der Erde.

Auch wenn es kein Tor mehr gab, keine eisenverstärkten Flügel, die den Zugang nach Cros'Anoriel versperrten, konnte die

Stadt dennoch nicht so einfach betreten werden. Ein magischer Schild, der auf der Wehrmauer aufsetzte und sich wie eine Glocke über die gesamte Stadt wölbte, schützte sie vor Angriffen aus der Luft. Das galt für die Geschosse der Katapulte ebenso wie für flugfähige Dämonen. Die gleiche Magie hatte der Rat nun eingesetzt, um das zerstörte Tor zu verschließen. Aber solche Zauber waren nicht für die Ewigkeit. Vor allem nicht, wenn sie von solch monströsen Kreaturen wie den Ra'Carohk attackiert würden. Noch war es nicht so weit. Noch hielt der Feind diese gefährlichste aller Waffen zurück. Doch es war nur eine Frage der Zeit, bis sie zum Einsatz käme.

Ryk blies den Atem durch die Nase aus.

Wenn Asmaran keine Überraschung in petto hatte, war ihr Ende nur noch eine Frage von Tagen. Bestenfalls zwei Wochen – mit sehr viel Glück. Allerdings bezweifelte Ryk, dass dem so war. Er hatte gespürt, wieviel Kraft der Kampf mit Nasraf Asmaran gekostet hatte. Die Macht des Blutlenkers hatte Grenzen. Ein Portalzauber allein konnte einen Magier bereits ausbrennen, wenn man nicht gerade über die Stärke der Ersten Magier oder der Dhana'an verfügte. Asmaran hatte jedoch zusätzlich noch die Greifer getötet und die Brücke gesprengt. Ryk wagte sich nicht auszumalen, wie lange es wohl dauerte, sich von einer solchen Anstrengung zu erholen.

Und der Feind?

Den Verlust von ein paar Hundert Tierdämonen konnte er bei der Größe seiner Streitmacht locker wegstecken. Nasrafs Tod hingegen mochte ein herber Schlag gewesen sein. Trotzdem stellte er keine ernsthafte Schwächung ihres Gegners dar, denn Zaragoth besaß zahlreiche Nachkommen. »... und sie alle sind ihm treu ergeben«, hatte Nersei ihm nach der Schlacht erklärt. »Sie sind es, die diese Armee anführen. Auch wenn wir außer Nasraf noch keinen seiner anderen Söhne oder Töchter zu sehen bekommen haben. Was nichts heißt. Sie sind eine listige und verschlagene Brut, und nach dem Tod von einem der Ihren werden sie noch vorsichtiger sein. Ihre Kräfte mögen nicht so ausgeprägt sein wie die der früheren Blutgeneräle, trotzdem müsste man sie der Ersten Kaste zuordnen, wenn man sie nach alten Maßstäben beurteilen wollte. Denn wie Zaragoth und Asmaran besitzen auch sie Talente in allen fünf Zweigen der Magie.«

Ein Stöhnen.

Ryks Kopf fuhr herum. Kela!

Sie lag auf dem Bett und starrte blinzelnd zur Zimmerdecke empor. Es war das erste Mal seit dem Kampf am Tor, dass sie das Bewusstsein wiedererlangte. Ihr Oberkörper war mit Bandagen umwickelt, ebenso ihr Kopf. Der Stoff leuchtete rot: die bevorzugte Farbe der Val'kai. Für Ryk sah es aus, als trüge sie einen Turban, aus dem statt einer Feder ein lockiger Haarschopf hervorschaute. Er trat an ihr Krankenlager und ergriff ihre Hand. »Wie geht es dir?«

Sie sah ihn an. Einen Moment lang fürchtete er, sie hätte ihn nicht erkannt. »Als wäre ein onquesischer Felsenhäuter über mich hinweggetrampelt«, antwortete sie.

Er lächelte. »Das überrascht mich nicht. Der Greifer hat dich übel zugerichtet. Du hast einen Schädelbruch und mehrere gebrochene Rippen.« Er seufzte. »Du hattest auch innere Blutungen, aber die haben die Heiler gleich als Erstes gestillt. Es gab gestern Dutzende Verwundete, deshalb haben sie zunächst nur die lebensbedrohlichen Verletzungen geheilt und sich dann dem nächsten Verletzten zugewandt. Allerdings wollen sie heute Abend noch einmal nach dir sehen, um sich um deine Brüche zu kümmern.«

»Da werd ich nicht Nein sagen.« Kela stöhnte und verzog das Gesicht. »Verdammt, Ryk, in meinem Hinterkopf pocht's, als hätte sich dort ein kleiner Dämon mit einer riesigen Spitzhacke eingenistet.« Sie leckte sich die Lippen. »Gibt's denn hier nichts zu trinken?«

Auf dem Boden neben dem Bett standen ein Tonkrug mit Wasser und ein Becher. Ryk füllte ihn und führte ihn an Kelas Lippen.

»Besser«, murmelte sie, nachdem sie ein paar Schlucke davon genommen hatte.

»Willst du auch was essen? Ich könnte nachhören, ob ...«

»Später vielleicht«, unterbrach sie ihn. »Der Kampf liegt also wirklich schon einen ganzen Tag zurück? Erzähl mir, was in der Zwischenzeit passiert ist.«

»Nicht viel. Die Katapulte haben wieder ihren Beschuss der Mauer aufgenommen. Du kannst es selbst hier hören.«

»Ist das alles? Nicht mehr?«

Er schüttelte den Kopf.

»Das stinkt doch zum Himmel.« Sie gähnte, und ihre Lider flatterten. »Andererseits ... andererseits versäume ich dann ja auch nichts, wenn ich noch ein bisschen schlafe, was?«

»Nein, ganz sicher nicht.«

»Gut.«

Einen Augenblick später war sie wieder eingeschlafen.

Ryk blieb noch eine Weile an ihrem Krankenlager stehen, ganz vertieft in ihre feinen Gesichtszüge. Sie wirkte so jung, so zerbrechlich. In Wahrheit war sie nichts von beidem, worüber er sehr froh war. Einen Menschen hätte der Schlag des Greifers auf der Stelle getötet. Der Körper einer Veydra war robuster und gebot über starke Selbstheilungskräfte. Und trotzdem ... Beinahe hätte er sie gestern verloren. Allein die Vorstellung jagte ihm eine solche Furcht ein, dass er sie am liebsten auf der Stelle in den Arm genommen und nie wieder losgelassen hätte.

Zu spät, du alter Idiot! Ishans Tod wird sie dir nie verzeihen. Mit viel Glück wirst du vielleicht noch eure Freundschaft retten können. Alles andere hast du dir selbst verbaut!

Ryk schluckte gegen das raue Gefühl in seiner Kehle an, wandte sich um und fing an, im Zimmer auf und ab zu laufen.

Es war winzig, besaß nur ein Fenster und eine Tür. Er brauchte gerade mal fünf Schritte, um von einer Seite zur anderen zu gelangen. Die Heiler hatten Kela von den anderen Verwundeten separiert. Auch wenn sie jetzt aufseiten von Cros'Anoriel kämpften, hatten die Bewohner der Stadt ganz sicher nicht vergessen, dass sie in gewisser Weise die Schuld an ihrem Schicksal trugen. Zwar standen sie unter dem Schutz des Blutlenkers, in einer Situation wie dieser konnten Gefühle jedoch allzu leicht hochkochen.

So wie seine eigenen.

Ryk blieb plötzlich stehen, fasste sich an den Kopf und sog zischend die Luft ein. Wenn er wenigstens Kela aus dieser misslichen Lage retten könnte. Sie hatte es am allerwenigsten verdient, hier zu sterben. Schließlich saßen sie nur wegen ihm in der Gegenwelt fest. Aber Asmaran hatte die Wahrheit gesagt, als er vor einigen Tagen behauptete, dass es in Cros'Anoriel und ihrer Umgebung unmöglich sei, ein Portal zwischen ihren Welten zu öffnen. Die Barriere war an diesem Ort zu stark. Ryk hatte es überprüft, indem er mithilfe seiner Magie nach Schlupflöchern gesucht hatte. Natürlich waren da keine gewesen. Wäre es anders, hätte der Blutlenker ihnen wohl kaum erlaubt, die Kragen abzunehmen, die ihre Magie unterbunden hatten.

Ryk ballte die Fäuste und hätte am liebsten laut aufgeschrien. »Was soll ich bloß tun?«, murmelte er. Er fragte sich, was Veitt ihm jetzt raten würde. Oder Corr. »Es ist, wie es ist«, hätte der alte Wolf wohl gesagt. »Mach das Beste draus. Was anderes bleibt dir ohnehin nicht übrig.«

Auf der Suche nach Zerstreuung ging er zurück zum Fenster. Das Krankenzimmer lag mehrere Stockwerke über dem Erdboden, trotzdem gab es außer Häusern und leeren Straßen nicht viel zu sehen. Die meisten Bewohner hatten sich in ihren Häusern verschanzt. Er sah hinauf zur Stadtmauer und kniff die Augen gegen das Sonnenlicht zusammen. Was war das? Die

Val'kai-Krieger, die dort oben standen, gaben sich gegenseitig Handzeichen und deuteten immer wieder hinaus auf die Ebene vor der Stadt. Irgendetwas musste dort draußen vor sich gehen. Bei dem Gedanken verspannte er sich, und sein Magen zog sich zusammen. Er wirbelte zu Kela herum. Sie schlief. *Ich kann ohnehin nichts für sie tun*, sagte er sich. Mit drei langen Schritten war er bei der Tür und schlüpfte hinaus.

Die Mittagssonne brannte auf seinen Hinterkopf, während er auf den Turm links des zerstörten Stadttores zuhielt. Dort würde er Nersei finden. Wie er inzwischen wusste, hatte der Veydra die Befehlsgewalt über die Krieger innerhalb der Stadt. Ryk rief seine Magie herbei, was es ihm erlaubte, die zahlreichen Treppenstufen des Turmes in Rekordzeit zu erklimmen. Als er auf dem Dach ankam, beachtete ihn keiner. Alle waren von dem abgelenkt, was draußen vor der Stadt vor sich ging. Ryk eilte zur Brüstung. Kurz spürte er Nerseis Augen auf sich ruhen.

Ein Blick auf die Ebene genügte ihm, um die Ursache für den Aufruhr unter den Val'kai-Kriegern zu verstehen. *Menschendämonen*. Er zählte zwölf. Sie waren in Umhänge gehüllt, rot wie die Erde, auf der sie standen. Die Schatten unter den Kapuzen verbargen ihre Gesichter. Die zwölf hatten sich in einer Reihe vor den Kriegsmaschinen aufgestellt, die wie immer um diese Tageszeit die Stadtmauer mit Felsbrocken beschossen. Wenn sie gegen die Mauer krachten, klang es wie ferner Donner. Die meisten Steine prallten von ihr ab, ohne Schaden zu hinterlassen, und stürzten anschließend in die Lava. Die Mauer war zu dick und wurde zusätzlich durch eingewobene Zauber geschützt. Mit dieser Taktik würden die Angreifer keinen Erfolg haben. Vermutlich hatten sie das inzwischen auch erkannt und wollten etwas anderes versuchen.

Ryk runzelte die Stirn. Noch standen die zwölf bloß herum und machten gar nichts. Sollte das eine Art Einschüchterungsversuch darstellen? Wohl kaum. Das Einzige, was sie damit erreichten, war … Ryk stieß scharf den Atem aus. Natürlich, Aufmerksamkeit. Durch ihren Auftritt konnten sie sicher sein, dass die Augen aller auf diesem Abschnitt der Mauer auf sie gerichtet waren.

Im nächsten Moment warfen alle zwölf gleichzeitig ihre Umhänge ab. Ihre einzige Kleidung darunter waren Lendenschurze. Waffen trugen sie keine bei sich. Dafür waren ihre Körper von Kopf bis Fuß mit schwarzen Runen tätowiert. Selbst ihre Gesichter waren davon nicht ausgenommen. Ein so aufwendig gestaltetes und umfassendes Runenmuster hatte Ryk bei noch keinem Val'kai beobachtet. Nicht einmal bei denen der Ersten Kaste. Einige der Val'kai-Krieger ganz in seiner Nähe hatten ein Zischen ausgestoßen. Und Nersei, der ansonsten die Ruhe selbst war, sprang plötzlich wie von einer Di'hypra gestochen zwischen seinen Leuten umher und schrie die Armbrustschützen an, auf die Selbstverzehrer zu schießen. Selbstverzehrer? Was meinte Nersei wohl damit? Doch sosehr die Schützen sich auch mühten, keiner ihrer Bolzen erreichte sein Ziel. Geschickterweise hielten die Humanos sich gerade so außerhalb der Reichweite der Armbrüste auf.

»Bei allen falschen Göttern«, fluchte Nersei, entriss einem der verdutzten Schützen die Waffe und versuchte es selbst. Das Ergebnis war das gleiche. Mit einem wütenden Aufschrei schleuderte er die Armbrust von sich. Sein Gesicht war mit Zornesflecken übersät, als er die Hände auf die Brüstung klatschte und erneut auf die Ebene hinausstarrte. Seine Augen waren dunkel. Dunkler, als Ryk sie jemals bei ihm gesehen hatte.

Verdammte Scheiße, was geht hier vor? Ryks Blick kehrte zurück zu der Ebene, wo die Selbstverzehrer sich in der Zwischenzeit zu einem Kreis aufgestellt hatten. Einen Herzschlag später rissen sie sich auch noch die Lendenschurze von den dürren Leibern und legten einander die Klauen auf die Schultern. Nun erwachten die Runen auf ihrer Haut zum Leben. Zunächst erstrahlten sie noch in einem warmen goldenen Licht, das alsbald jedoch greller und greller wurde, sodass es schließlich aussah, als würden selbst ihre Körper glühen. Hüllen, angefüllt mit reiner Energie.

Ryk biss sich auf die Unterlippe. Selbst auf diese Entfernung konnte er noch die Hitze der Dämonenmagie spüren. Er musste wissen, was das zu bedeuteten hatte. Er wollte gerade zu Nersei, als ihm auffiel, dass die Val'kai-Krieger von der Turmbrüstung zurückwichen. Nur der Veydra, der ein paar Schritte von Ryk entfernt stand, und er selbst hatten sich bisher nicht von der Stelle gerührt.

Plötzlich fegte ihm ein heißer Wind durch Gesicht und Haar, der von der Ebene ausging. Als er den Kopf dorthin drehte, sah es aus, als stiege an der Stelle, wo zuvor die Selbstverzehrer gestanden hatten, eine kleine Sonne aus der Erde auf. Ryk blinzelte und hob die Hand, um seine Augen zu schützen, als der Turm unter seinen Füßen erbebte. Um nicht das Gleichgewicht zu verlieren, klammerte er sich an die Brüstung. Unter den Verteidigern von Cros'Anoriel brach Panik aus. Alle versuchten gleichzeitig, die Luke zu erreichen, unter der der Zugang zum Inneren des Turmes lag. Einzig Nersei hatte sich nicht von der Brüstung wegbewegt. Ryk schlug das Herz unterdessen bis zum Hals. Der Turm bebte immer heftiger. Er konnte das Knacken des meterdicken Steins hören und durch seine Finger spüren. Weitere Risse brachen im Mauerwerk und Boden auf. Tief unter ihm warf sich die Lava, aufgewiegelt von der Macht der Selbstverzehrer, gegen das Fundament der Wehranlage und spie Rauch und Schwefel in die Luft.

»Runter mit dir, Magier!«, brüllte Nerseis mit einem Mal. Noch bevor er reagieren konnte, war der Veydra bei ihm und riss ihn mit sich zu Boden. »Schließ die Augen!«, zischte er in Ryks Ohr.

Ohne nachzudenken, gehorchte er.

Einen Herzschlag später krachte eine Druckwelle mit solcher Macht gegen Turm und Mauer, dass die gesamte Anlage wie unter dem Faustschlag eines Titanen erzitterte. Mit einem Mal war die Luft vom Kreischen und Stöhnen berstenden Gesteins erfüllt, unter das sich die Angst- und Entsetzensschreie der Val'kai-Krieger mischten. Gleichzeitig drang ein helles Gleißen durch Ryks geschlossene Lider.

Nach einer Weile – vermutlich waren es nur wenige Augenblicke, auch wenn es ihm viel länger vorkam – hörte der Turm auf zu schwanken, und Ryk öffnete die Augen. Das grelle Licht war verschwunden. »Wir ... leben noch«, keuchte er.

Nersei schnaubte in sein Ohr, rollte sich von ihm runter und sprang auf. Er reichte Ryk eine Hand und zog ihn auf die Füße, danach warfen sie einen Blick auf die Ebene. Dort, wo zuvor die Selbstverzehrer gestanden hatten, lagen nun zwölf geschwärzte Körper auf dem Boden. Die Kriegsmaschinen im Hintergrund feuerten weiter auf die Stadt, als wäre nichts gewesen. Ryk hatte zumindest erwartet, dass die Armee aus Animalia außer Rand und Band wäre. Greifer, Pirscher und Reißer, die sich in wilder Panik gegenseitig an die Kehle gingen. Doch nichts. Alles war wie gehabt.

Die Selbstverzehrer mussten den Zauber so gelenkt haben, dass die Bewohner von Cros'Anoriel die Einzigen waren, die die Auswirkungen dieses Angriffs zu spüren bekamen. Neben ihm fluchte Nersei in der Sprache der Val'kai. Die meisten Wörter sagten Ryk nichts, worüber er wahrscheinlich froh sein konnte. »Sieh es dir an, Magier! Sieh es dir an!« Er hatte sich über die Brüstung gelehnt und starrte in die Tiefe.

Ryk tat es ihm gleich. »Bei allen Dämonen ...« Er brach ab und schluckte schwer. Die Mauer unter ihnen war von einem verzweigten Netz aus Rissen durchzogen, einige so breit, dass das Licht der Leuchtkugeln im Inneren des Turmes hindurchschimmerte. Und wenn er nach links und rechts schaute, sah es nicht viel besser aus. Noch viel schlimmer war, dass sich den Geschossen der Katapulte, die zumeist im unteren Drittel der Mauer einschlugen, dadurch eine Angriffsfläche bot. Das mürbe Gestein um die Risse herum platzte bei jedem weiteren Treffer auf, wodurch sich der Schaden noch vergrößerte. Die Selbstverzehrer mussten vor allem die Schutzzauber geschwächt haben.

»Was ist hier gerade passiert?«, wollte Ryk wissen und schob sich zurück hinter die Brüstung.

Auch Nersei richtete sich wieder auf. »Verdammte Wahnsinnige!« Er schüttelte den Kopf. »Die Selbstverzehrer haben sich geopfert, indem sie ihre gesamte Lebensenergie in ihre Magie einfließen ließen, wodurch ihr Angriffszauber auf unsere Wehrmauer um ein Vielfaches mächtiger wurde. Die Auswirkungen hast du selbst gesehen. Zu Zeiten der Dhana'an war es eine hohe Ehre für einen Val'kai, auf diese Weise im Krieg den Tod zu finden. Heutzutage sind die Selbstverzehrer im wahrsten Sinne des Wortes eine aussterbende Art, wofür wir dankbar sein müssen. Vor allem, weil es eine lange und schwierige Ausbildung ist.« Er presste die Lippen so fest aufeinander, dass sie zu einem dünnen Strich in seinem Gesicht wurden. Für einige Augenblicke schwieg er. »Im Gegensatz zum Protektor glaube ich nicht, dass Zaragoth seine Armee ausgeschickt hat, um uns zu vernichten«, fuhr er schließlich fort. »Ich denke, er will uns mürbe machen, uns zur Aufgabe zwingen. Ihre bisherige Taktik spricht jedenfalls dafür. Unser Volk ist längst nicht mehr so zahlreich wie früher. Zaragoth würde nichts dadurch gewinnen, wenn er uns alle umbringt. Im Gegenteil. Jeder Tote schwächt unser Volk bloß noch mehr.« Er deutete mit dem Kinn in Richtung der Schatten, die hoch über ihnen am Himmel ihre Kreise zogen. »Dafür spricht auch, dass seine Anhänger die Ra'Carohk nach wie vor zurückhalten.«

»Womöglich hast du recht.«

Nersei kniff die Augen zusammen. »Du glaubst etwas anderes, nicht wahr? Dein Tonfall verrät dich, Magier.«

»Wenn die Ra'Carohk so schwer zu kontrollieren sind, wie der Blutlenker behauptet: Warum das Risiko eingehen und sie mit zum Schlachtfeld bringen, wenn man nicht vorhat, sie auch einzusetzen?«

»Nur warum sind sie dann immer noch dort oben«, Nersei wies zum Himmel, »statt den Schutzschild über der Stadt zu attackieren?«

»Wenn ich eine Vermutung anstellen sollte: Zaragoth ist ein Fanatiker«, sagte Ryk. »In seinen Augen und in denen seiner Anhänger seid ihr Verräter an allem, was ihnen heilig ist. Ihr habt euch von eurer alten Lebensweise und euren Göttern abgewandt. An ihrer Stelle würde ich wollen, dass ihr leidet, dass ihr euch vor Angst in die Hose pisst. Ich würde euch Stück für Stück eure Hoffnung nehmen, bis nichts mehr davon übrig ist. Ganz langsam, damit es besonders schmerzhaft ist. Und dann, wenn ihr am Boden liegt, euch grämt vor Trauer über den Verlust von Familie und Freunden, gebrochen und aller Sehnsüchte nach einem besseren und freien Leben beraubt, würde ich die Arme öffnen und euch Vergebung und eine Rückkehr in den Schoß eurer *wahren* Familie anbieten.«

»Und wir würden ablehnen.« Nersei verschränkte die Arme vor der Brust.

Ryk sah ihm in die Augen und wusste, dass der Veydra die Wahrheit sagte. »Ja, das würdet ihr. Und das muss auch Zaragoth klar gewesen sein, als er diese Armee zusammengestellt hat. Schwer zu sagen, was der Fluchbringer will. Eure Kapitulation? Euren Tod? Ich weiß nur eines: Früher oder später werden die Ra'Carohk zum Einsatz kommen. Das spüre ich in meinen Knochen.«

»Eine Vorahnung, Magier?«

Sein Onkel hätte es wohl so genannt. »Nennen wir es Instinkt.« Er sah, wie Nerseis Wangenknochen arbeiteten. Schließlich nickte er. »Ich sollte jetzt nach meinen Kriegern sehen, und danach muss ich dem Protektor Bericht erstatten.«

18

Palast in Calares, Sharigor
24. Septer 1026 n. d. Zweiten Dämonenkrieg

Königin Madea.« Graf Oris von Uxta neigte zum Abschied das ergraute Haupt vor ihr. »Es war mir wie immer das größte Vergnügen, die vergangenen drei Tage in Eurer Gegenwart verbringen zu dürfen. Jedes Mal, wenn ich Euch sehe, seid Ihr noch schöner geworden.«

»Ihr alter Schmeichler«, erwiderte sie lächelnd und mit einem wohldosierten Hauch Verlegenheit in der Stimme. »Ihr wusstet schon immer, wie Ihr mich zum Erröten bringen könnt.«

In den wässrigen Augen des Grafen blitzte es verschmitzt auf, bevor er sich Ruvan con Betanne, dem König von Sharigor und nach der heutigen Abstimmung auch Vorsitzender und Sprecher des Rates der Freien Reiche, zuwandte. »Ich habe Euch unterschätzt, Euer Majestät. Man sagte mir, Ihr seid ein politischer Narr, unfähig, über den Rand Eures Tellers hinauszublicken. Die anderen Regenten und ich hatten befürchtet, dass Eure Thronbesteigung eine Isolation Sharigors und damit das Ende des Bündnisses der Freien Reiche bedeuten könnte. Ich muss gestehen, ich bin noch nie so erfreut gewesen, dass ich mich geirrt habe.«

Ruvan con Betanne lachte. »Ihr hingegen macht Eurem Ruf alle Ehre, Graf. Man hatte mich davor gewarnt, dass Ihr bekannt dafür seid, kein Blatt vor den Mund zu nehmen.«

Oris winkte ab. »Wer will es einem Greis schon verübeln, dass er spricht, wie ihm der Schnabel gewachsen ist, Majestät? Es ist eines der wenigen Vergnügen, die das Alter bereit hält, wenn einen die Manneskraft erst verlassen hat und der Wein so fade mundet, dass man keinen Trost mehr darin findet.« Er seufzte. »Ach, was rede ich da. Heute ist Euer Tag und …«

Madea verdrehte die Augen über das Geschwafel des Grafen, was sie sich nur deshalb erlauben konnte, weil seine Aufmerksamkeit ganz ihrem Gemahl galt und außer ein paar Dienern, die die lange Tafel im Hintergrund abräumten, niemand mehr im Saal war, der es hätte bemerken können. Sie und ihr Mann hatten an der großen Flügeltür Stellung bezogen, um sich persönlich von jedem Ratsmitglied zu verabschieden. Die anderen Regenten und ihre Berater mussten inzwischen in ihren Gemächern angekommen sein, wo sie sich auf ihre Abreise vorbereiteten, nachdem die dreitägige Zusammenkunft in einem ausgedehnten Festmahl gegipfelt hatte. Graf Oris, der sich als Letzter von ihnen verabschiedete, war dummerweise auch der Geschwätzigste unter den Regenten. Seinen Berater hatte er schon vorausgeschickt.

Madea war zufrieden und erleichtert über den Ausgang der Sitzung. Als der Rat zuletzt zusammengetreten war, hatte noch ihr erster Gemahl Varras con Femen den Vorsitz geführt. Er war ein Meister des Wortes gewesen, mit einem Gespür für unterschwellige Stimmungen, die er stets für sich zu nutzen gewusst hatte. Ihre größte Befürchtung war gewesen, dass Ruvan weder die Gewandtheit noch die Geduld besitzen könnte, um die anderen Regenten für ihre Sache zu gewinnen. Schließlich waren sie in seinen Augen bloß Menschen. Doch was für ein Irrtum! Der echte Ruvan con Betanne war für sein Rede- und Verhandlungsgeschick bekannt gewesen. Und nun hatte sich Zaragoth sogar als noch wortgewandter entpuppt als der Mann, dessen Gesicht und Körper er gestohlen hatte.

»Sorge dich nicht, Hohepriesterin«, hatte er ihr im Vorfeld gesagt, »das Herz deines Gemahls hat mich mit allen Erinnerungen und Fähigkeiten versorgt, die für diese Aufgabe vonnöten sind.«

Madea lächelte in sich hinein. Es war gut für sie gelaufen. Sogar besser als das. Zaragoth hatte all diese ahnungslosen Narren im Handumdrehen für sich eingenommen und von der Wichtigkeit ihrer Mission überzeugt. Madea wollte nicht ausschließen, dass dabei auch ein wenig Magie im Spiel gewesen war. Als Val'kai der Ersten Kaste gebot Zaragoth über empathische Fähigkeiten. Jetzt konnte es nicht mehr lange dauern, bis sie den Dhana'an Inos ... Sie horchte auf, als Graf Oris den Namen von Kadin Aca Shan in den Mund nahm, und wandte ihre Aufmerksamkeit wieder der Unterhaltung zwischen ihm und ihrem Gemahl zu.

»... umso bewundernswerter ist Euer Mut, Majestät. Ich gestehe, ich wüsste nicht, ob ich den Schneid aufbringen würde, mich in der derzeitigen Situation nach Kellwyn zu begeben. Auch wenn Gregorius Thamaryn tot ist, war ihm General Sarazas ein loyaler Untertan. Er könnte den gleichen Groll gegen die Freien Reiche und damit auch gegen Euch hegen wie einst sein Herr. Und was ihn noch gefährlicher macht: Er ist verzweifelt, denn in Reetac ist er nicht mehr willkommen, seit Thamaryns einstige Widersacher zu neuer politischer Stärke gelangt sind.«

»Ich weiß Eure Sorge zu schätzen, Graf«, erwiderte Ruvan freundlich. »Doch wer nichts riskiert, hat auch nichts zu gewinnen. Zudem bin ich davon überzeugt, dass General Sarazas es nicht wagen wird, unsere Bitte um ein Gespräch abzulehnen. Geschweige denn Hand an mich und meine Königin zu legen, falls es zu Verhandlungen zwischen ihm und uns kommen sollte. Nur ein Narr würde es wagen, die Freien Reiche gegen sich aufzubringen.«

»Auch König Varras dachte so. Wir vertrauten ihm, als er uns sagte, Thamaryn würde niemals einen Krieg riskieren. Und dennoch irrte er sich.« Oris hob fragend eine Braue.

»Die Situation war eine völlig andere«, platzte Madea heraus, bevor Ruvan antworten konnte.

Oris warf ihr einen überraschten Blick zu. Nach sharigorischem Recht stand es einer Frau nicht zu, sich zur Politik zu äußern.

»Was meine Gemahlin damit sagen will«, warf Ruvan mit einem tadelnden Blick in Madeas Richtung ein, »Großfürst Thamaryn war in einer anderen Position, als es jetzt Sarazas ist. Ganz Reetac stand hinter ihm. Ebenso wie die Mitglieder des Fünferbundes. Das Einzige, was Sarazas derzeit hat, ist eine Armee, deren Soldaten sich nach dem heimischen Herd und den Umarmungen ihrer Frauen und Kinder sehnen.«

»Da habt Ihr sicher recht«, pflichtete der Graf ihm bei.

Trotz seiner Zustimmung bemerkte Madea Zweifel in seinen Augen. Graf Oris war nicht so überzeugt, wie er vorgab zu sein. *Und wenn schon*, dachte sie. Der Rat hatte seinen Segen gegeben. In Kürze würden sie und Zaragoth nach Kellwyn aufbrechen. Daran konnte auch Oris nichts mehr ändern.

»Wir brauchen diesen Frieden zweifelsohne«, fuhr der Graf fort. »Er ist ein wichtiger Schritt auf dem Weg zur Einheit und Stabilisierung der Schwebenden Reiche. Reetac und Rifta bemühen sich zwar um eine politische Annäherung an die Freien Reiche, aber noch ist nicht eindeutig, welche Absichten sie verfolgen. Gleiches gilt für Ipstat, Dagoras und Sataou. Diese Reiche sind politische Pulverfässer, die ein einziger unbedachter Funke entzünden könnte. Vorerst bleibt uns wohl nichts anderes übrig, als Geduld aufzubringen. Erst die Zeit wird zeigen, wohin uns diese Reise führt. Doch genug lamentiert.« Er nickte Ruvan und Madea zu. »Ich habe Ihre Majestäten bereits viel zu lange aufgehalten.«

Sobald sich die Flügel der Tür hinter ihm geschlossen hatten, atmete Madea auf. Erst jetzt merkte sie, wie angespannt sie die ganze Zeit gewesen war. »Wir haben erreicht, was wir wollten. Und das verdanken wir dir, dir allein!«

»Nicht hier«, sagte Zaragoth und sah zu den Dienern hinüber, die noch mit dem Abräumen der Festtafel beschäftigt waren. »Ziehen wir uns in unsere privaten Räume zurück. Dort sind wir ungestört, meine Liebste.«

Die Fenster in ihren Gemächern waren weit geöffnet. Wind brachte die Vorhänge davor zum Tanzen und trug die Geräusche der Stadt zu ihnen herein. Ein summendes Stimmengewirr, begleitet vom Rattern der Händlerkarren und dem Gleichschritt der Wachpatrouillen, die in den Straßen von Calares für Ordnung sorgten. Für einen Moment glaubte Madea sogar, den süßen Duft von Amarillen riechen zu können, die so kurz vor dem Herbstfest zu Tausenden von den Händlern in den Straßen zum Kauf angeboten wurden.

Mit einem Seufzen sank sie auf eine der Ruhebänke. Sie fühlte sich erschöpfter, als sie eigentlich sollte. Dabei hatte sie an diesem Vormittag nichts anderes tun müssen, als stumm neben ihrem Gemahl zu sitzen und zu lächeln. »Sie waren ganz angetan von dir«, sagte sie. Zaragoth war zu einer Anrichte rübergeschlendert, wo er Wein in zwei Kelche goss. »Wenn sie wüssten, wer du wirklich bist …«

»Was sie zum Glück nicht tun«, unterbrach er sie und wandte ihr das Gesicht zu. Goldene Sterne flimmerten in seinen Augen. »Wenn man ihnen nur sagt, was sie hören wollen, fressen sie einem wie Xarocs aus der Hand.« Er kam rüber, setzte sich zu ihr auf die Bank und reichte ihr einen Kelch. »Auf uns, meine Liebste!«

»Auf uns!« Madea stieß mit ihm an und trank einen Schluck. Es war ein Herbstwein, weniger süß als Samarino, dafür vollmundiger und kräftiger im Abgang. »Keiner hat auch nur Verdacht geschöpft!«

»Und so muss es auch bleiben. Einen Fehler wie mit Asmaran können wir uns kein zweites Mal erlauben. Als ich nach Kellwyn ging, um nach dem Grab des Inos zu suchen, glaubte ich, dort in Sicherheit zu sein. Was konnte ein einzelner Dämon schon gegen mich ausrichten? Ich trug die Gestalt von Kadin Aca Shan. Die Kellwyner hätten alles getan, um mich zu schützen.« Er schüttete den Rest Wein herunter. Es war ein eigentümlich menschlicher Zug, wie Madea fand. Vieles an Zaragoth wirkte inzwischen menschlicher. »Aber er war schon immer gerissen, dieser elende Blutsäufer. Damals hatte er sich Thamaryns wachsenden Irrsinn zunutze gemacht. Er übernahm die Kontrolle über ihn, und schon stand ihm eine ganze Armee zur Verfügung, die er gegen mich einsetzen konnte. Das hätte ich voraussehen müssen.«

»Gerissen mag Asmaran ja sein, genutzt hat ihm das am Ende auch nicht viel. Zumindest nicht gegen Vangur.« Madea nahm einen weiteren Schluck Wein und merkte, wie er ihr bereits zu Kopf stieg. Mit einem Stirnrunzeln stellte sie ihn auf das Tischchen neben der Ruhebank. »Dieses Mal haben wir den Vorteil, dass Asmarans Schicksal ungewiss ist und niemand sonst die Wahrheit über unsere Pläne kennt. Infolgedessen kann uns auch keiner in die Quere kommen.«

Zaragoth drehte ihr das Gesicht zu. »Ich wäre mit einer solchen Aussage vorsichtig.«

Was wollte er damit sagen? Wusste er etwas, das sie nicht wusste? »Was meinst du?«

»Hast du den Verräter etwa schon vergessen? Diesen Magier namens Kaldor Morrain? Er drohte, dich gegenüber seinem Ordensoberhaupt als Hohepriesterin zu enttarnen.«

Sie winkte ab. »Wenn die Magier auf Nekross Bescheid wüssten, hätten sie längst etwas unternommen.«

»Tatsächlich? Hm, ich bin nicht überzeugt.« Er legte die Stirn in Falten und rieb sich das Kinn. *So menschlich*, dachte Madea noch einmal. »Meiner Meinung nach wären sie dumm, wenn sie es täten. Sie sind schwach geworden, und ihr Einfluss auf die Herrscherhäuser ist in den vergangenen Jahrhunderten zurückgegangen. Du hingegen bist die angesehene Frau eines der mächtigsten Männer der Schwebenden Reiche.« Er lächelte ihr zu. »Wer würde diesem Haufen seniler alter Männer schon glauben, wenn sie dich die Hohepriesterin der To'Dhana nennen? Eines Kultes, dessen Existenz nie bewiesen wurde und von dem die meisten Menschen noch nicht einmal gehört haben. Nein, damit würden sie sich bloß lächerlich machen.«

Madea fuhr sich mit der Zunge über die Lippen. »Du denkst, sie planen etwas?«

»Vielleicht.« Ihr Gemahl zuckte mit den Schultern und streichelte ihr dann über die Wange. »Es ist auch nicht wichtig. Ich habe dafür gesorgt, dass wir vor ihnen sicher sind.«

»Was hast du getan?«

Als er dieses Mal lächelte, war es nicht das Lächeln von Ruvan con Betanne, sondern das von Zaragoth, dem Dämon. Etwas Listiges lag darin. Und eine Spur seiner alten Boshaftigkeit, die ein warmes, erregendes Kribbeln in Madeas Unterleib auslöste. Er hatte also doch nicht vergessen, wer er war. Unter dieser menschlichen Hülle aus rosa Fleisch steckte noch immer das Wesen, das sie verehrte … und begehrte. Und das beruhigte sie mehr als jede Beteuerung seinerseits, dass sie sich keine Sorgen machen müsse. »Die Kopfgeldjägerin, die gelegentlich für dich arbeitet … Veola, nicht wahr?«

Sie nickte. »Was ist mit ihr?«

»Du hast mir von ihr erzählt, weil du dachtest, sie könnte uns von Nutzen sein.«

Madea richtete sich auf. »Wir könnten sie nach Nekross schicken, damit sie für uns ein wenig bei den Magiern rumspioniert.

Sie hat schon früher für die Akademie gearbeitet und kennt sich dort aus.«

»Sie könnte«, stimmte ihr Gemahl ihr zu, »wenn ich nicht schon ein anderes ... *Arrangement* für sie getroffen hätte. Auf diese Weise wird sie für uns sogar noch um ein Vielfaches wertvoller sein.«

»Verrätst du mir, was du getan hast?«

»Später vielleicht. Du vertraust mir doch!«

Natürlich vertraute sie ihm. »Mit meinem Leben.«

Er beugte sich vor und küsste sie auf die Stirn. Für Madea fühlte es sich an, als wären sie wirklich verheiratet. »Und jetzt werden wir eine Nachricht an General Sarazas aufsetzen und ihn bitten, ihn aufsuchen zu dürfen, um zwischen ihm und dem kellwynischen Volk zu vermitteln.«

»Du bist sicher, dass er zustimmen wird?«

»Nach allem, was ich über ihn gehört habe, ist Sarazas ein Stratege und Taktiker, der jeden Vorteil ergreift, der sich ihm bietet. Folglich wird er der Versuchung, zwei wertvolle Geiseln wie den König und die Königin von Sharigor in die Hände zu bekommen, nicht widerstehen können.« Zaragoth erhob sich und rief nach einem Diener. Anschließend schickte er ihn los, um Papier, eine Schreibfeder sowie Tinte zu holen.

Unwillkürlich musste Madea an Ephilius denken. Vor Zaragoth war er ihr treuster und wichtigster Ratgeber gewesen und hatte sich für sie um solche Schreibarbeiten gekümmert. Mittlerweile hatte sie seit eineinhalb Wochen nichts von ihm gehört und machte sich seinetwegen schreckliche Sorgen. Hauptmann Argas hatte bisher lediglich in Erfahrung bringen können, dass Ephilius nach einem Besuch bei den Nachtbadern nicht mehr in den Palast zurückgekehrt war. Danach hatte sich seine Spur in den Gassen von Calares verloren. Zweifelsohne war ihm etwas zugestoßen. Andernfalls hätte er längst von sich hören lassen. Madea fürchtete, dass er tot war. Ermordet. Sehr wahrscheinlich war er auf dem Rückweg in den Hinterhalt einer Straßenbande geraten. Jedenfalls war es das, was Hauptmann Argas glaubte. *Oh, Ephilius, du verfluchter Narr, wie konntest du mir das nur antun?*

»Du denkst wieder an ihn, nicht wahr?«, unterbrach Zaragoth ihren Gedankengang.

»Was erwartest du? Er war mein Mentor, seit ich denken kann. Er hat mich aufgezogen und über mich gewacht, und nach dem Tod meines Vaters war er mir fast wie …« Sie brach ab und biss sich auf die Unterlippe. Es war zu schmerzhaft, die Worte auszusprechen.

»Ich verstehe dich ja, meine Liebste«, sagte ihr Gemahl, kehrte zu ihr zurück und nahm ihre Hände in die seinen. »Aber das hier ist wichtig. Wichtiger als ich, du oder gar Ephilius. Wäre er jetzt hier, würde er dir sagen, dass du dich einzig und allein auf unser Ziel konzentrieren sollst.«

Ja, das würde er wohl, dachte sie. In diesem Moment öffnete sich die Tür, und der Diener kehrte mit den geforderten Schreibutensilien zurück. Er übergab sie ihrem Gemahl und ging. »Je eher die Nachricht General Sarazas erreicht«, sagte Zaragoth, »desto eher kann die Falle zuschnappen.«

»Und Inos wiederauferstehen«, fügte sie mit Überzeugung hinzu. O ja, es war ihrer beider Bestimmung, dem toten Gott neues Leben einzuhauchen. Das durfte sie niemals vergessen. Sie stand auf und trat vor ihn. »Seine Auferstehung wird die wahre Ordnung wiederherstellen.«

»Das wird sie«, erklärte Zaragoth. »Inos wird jene aus meinem Volk strafen, die sich vom alten Glauben abgewandt haben. Doch wer seine Fehler bekennt und von Herzen bereut, dem wird er vergeben. O ja, er wird meinem Volk die Einigung bringen, die es so dringend benötigt. Danach wird er es in die Schwebenden Reiche führen, um die Menschen ein für alle Mal zu unterwerfen.«

Diese Vorstellung gefiel Madea, sie verstärkte das Kribbeln in ihrem Unterleib. »Und uns wird der Gott zur Belohnung erheben.«

Zaragoth beugte sich näher zu ihr heran. »Ein langes Leben soll dein Geschenk sein«, flüsterte er und blickte ihr tief in die Augen. »Und du sollst an meiner Seite stehen. Gemeinsam werden wir in Inos' Namen über die Menschen herrschen, während er auszieht, weitere Welten zu erobern.«

»In Inos' Namen«, wiederholte sie und sah, wie ein goldenes Feuer unter Zaragoths Obergewand entflammte. Sie öffnete es, um die Runen zu sehen, die unter seiner menschlichen Haut brannten. Runen der Macht, Runen, die Zaragoths Namen und seine Geschichte priesen. Mit zittrigen Fingern berührte sie sie und erbebte. Die Härchen auf ihren Unterarmen richteten sich auf, und ein leises Stöhnen kam ihr über die Lippen. Das Blut in ihren Adern reagierte auf die Dämonenmagie, die auch ein Teil von ihr war.

19

Dschungel, Kellwyn
26. Septer 1026 n. d. Zweiten Dämonenkrieg

Die Luft unter den Bäumen war schwer von Feuchtigkeit, denn es hatte die ganze Nacht hindurch geregnet, und Cataras Schritte verursachten keinen Laut auf der weichen Laubschicht, die den Boden des Dschungels bedeckte. Gierig hatte die Erde darunter alles Wasser aufgesogen. Nur hier und da hatte sich der Regen in Vertiefungen zwischen den Wurzeln der Baumriesen zu kleinen Teichen angesammelt, über denen nun Insekten tanzten.

Es war nicht so schwül wie bei ihrem letzten Besuch auf Kellwyn vor gut sieben Wochen. Damals war sie hier gewesen, um Großfürst Thamaryn und seine letzten beiden Verbündeten zu töten. Sie schauderte bei der Erinnerung. Bis vor Kurzem war es Catara gelungen, sie erfolgreich zu verdrängen. Doch seit sie vor zwei Tagen zum ersten Mal wieder einen Fuß auf kellwynischen Boden gesetzt hatte, kehrten ihre Gedanken mit quälender Regelmäßigkeit zu diesem Ereignis zurück. So wie jetzt. *Scheiße!*

Plötzlich raste ihr Herz, ihr Atem beschleunigte sich, und die Knie wurden ihr weich. Sie blieb stehen und lehnte sich gegen einen Baum. Der Jagdbogen, den sie in ihrer Rechten hielt, glitt ihr aus den Fingern, während die Bilder der toten Soldaten und der überwältigende Geruch von einem ganzen See aus Blut, Eingeweiden und abgerissenen Körperteilen auf sie eindrangen. Damals hatte sie sich durch den Verzehr von Dämonenfleisch selbst in einen Dämon verwandelt und war zu dem geworden, was sie am meisten verabscheute: eine Schlächterin, angetrieben von der Lust am Töten. *Das war nicht ich, nicht ich*, schrie sie sich in Gedanken selbst zu. *Und jetzt reiß dich verdammt noch mal zusammen, du dummes Miststück!*

Catara zwang sich, ruhiger zu atmen. »Ruhig atmen hilft immer«, hatte Klinge stets gesagt, der Mann, der sie zur Assassine ausgebildet hatte. Gleichzeitig konzentrierte sie sich auf die Gerüche, die sie durch die Nase einsog: das feuchte Laub, die würzige Erde. Sie drängten die Bilder aus ihren Erinnerungen in die Schatten zurück, denen sie entstiegen waren, und holten Catara in die Gegenwart zurück. Ein und aus, ein und aus ... und dabei fokussierte sie sich ganz auf ihre Umgebung. Auf das Licht der Nachmittagssonne, das an manchen Stellen wie goldener Sirup von den Blättern der Bäume zu ihr hinabzutropfen schien. Auf das Grün der Pflanzen und die Vogelrufe, die von nah und fern an ihre Ohren drangen.

Nach einer Weile ging es ihr besser. Sie hob den Jagdbogen zu ihren Füßen auf. Es war eine gute Waffe und aus dem Holz des Otyngabaumes gefertigt, den es nur auf Kellwyn gab. Er lag leicht in der Hand und besaß eine hohe Elastizität. Die Kellwyner besaßen für die Herstellung von Jagdwaffen ein ganz besonderes Talent.

Catara rückte den Pfeilköcher auf ihrem Rücken in eine angenehme Position und ging weiter. Begleitet vom Wind, der weit über ihr durch die Baumwipfel strich, Vogelgezwitscher und einem gelegentlichen Rascheln im Unterholz. Seit den Morgenstunden war sie im Dschungel unterwegs, so wie ein Dutzend anderer Jäger, um Wildschweine, Waldziegen und was ihr sonst so unter die Nase kam, zu jagen. Fleisch war dieser Tage knapp bei den Rebellen. Bisher hatte sie allerdings kein Glück gehabt.

Nur ein paar Wurzelbeißer und Moosratten, an denen ohnehin nichts dran war, hatte sie in den letzten Stunden erspäht.

Was mache ich hier überhaupt?, dachte sie.

Deine Rolle spielen, ermahnte sie sich einen Herzschlag später selbst. *Also reiß dich zusammen!*

Nach ihrer Ankunft auf Kellwyn hatte sich Catara nicht ganz freiwillig das Gesicht und den Körper einer jungen Jägerin genommen. Ihr Name war Lurnah gewesen, und sie hatte der Rebellenbewegung angehört. Die Frau hatte Catara beim Herumschleichen am Rande einer Lichtung nahe der alten Stufenpyramide erwischt, wo sich ein Zugang zum Labyrinth der Toten verbarg, und daraufhin angegriffen. Kein Wunder, zu diesem Zeitpunkt hatte Catara wie ein reetacianischer Soldat ausgesehen. Ihr war nichts anderes übrig geblieben, als die Jägerin zu töten, um ihr eigenes Leben zu retten. Danach hatte sie ihr das Herz aus der Brust geschnitten und davon gegessen. Jetzt wusste sie alles, was auch Lurnah wusste. Sie konnte auf all ihre Erinnerungen und Gefühle zurückgreifen, sie beliebig abrufen und kontrollieren, ohne fürchten zu müssen, in einem unpassenden Moment von ihnen überwältigt zu werden. Und das bedeutete: Keine unbeherrschten Ausbrüche mehr, kein langwieriges Studium ihres Opfers. Auch musste sie keine Angst mehr davor haben, von jemandem durchschaut zu werden, weil sie eine Antwort nicht kannte, die sie in ihrer Rolle eigentlich hätte wissen müssen. Jetzt war sie wirklich unbesiegbar.

Nach ihrer Rückkehr auf Kellwyn war die größte Überraschung gewesen, dass Prinz Ishan noch lebte und mittlerweile den Posten des Kommandanten innehatte. Nachdem er nicht nach Sharigor heimgekehrt war, hatte sie zunächst geglaubt, er hätte auf Kellwyn den Tod gefunden. Aber als sie dann in Lurnahs Gestalt ins Lager der Rebellen gekommen war und ihn dort zwischen den Lagerfeuern hatte umherwandern sehen, lächelnd und händeschüttelnd, war ihre eigene Hand ganz automatisch zu dem Messer an ihrem Gürtel gezuckt.

Bei seinem Anblick hatte sie rot gesehen und an nichts anderes mehr denken können als daran, ihn zu töten. Schon allein, weil er Madeas Stiefsohn war. Irgendetwas hatte sie jedoch zögern lassen. Ein Gefühl, das sich, nachdem ihr Zorn seinen Zenit erst einmal überschritten hatte und sie wieder einigermaßen klar denken konnte, zu einer Erkenntnis verdichtet hatte: Was, wenn er von der Königin genauso hintergangen und betrogen worden war wie sie selbst? In dem Fall gäbe er den perfekten Verbündeten ab, und den brauchte sie, wenn sie Zaragoth besiegen wollte. Dennoch war sie nicht so dumm gewesen, sich ihm zu offenbaren. Sie konnte sich schließlich auch irren. Doch erst einmal hatte sie beschlossen, ihn am Leben zu lassen. Sollte er sich später als ein Vertrauter der Königin erweisen, konnte sie immer noch entscheiden, ob sie ihn töten oder als Köder für Madea und den Fluchbringer benutzen wollte.

Catara blieb stehen. Vor ihr ragte ein Baum auf, der auf seinen knorrigen Wurzeln wie auf Stelzen stand, sodass sie einfach unter ihm hätte hindurchmarschieren können. Seine Blätter hatten die Farbe alten Weins, und er ragte weit über die anderen Bäume hinaus. Die Blutfeige markierte das Ende des Jagdreviers, das ihr Ossa an diesem Morgen zugeteilt hatte und bei dem es sich um eine Region des Waldes handelte, die Lurnahs Erfahrung zufolge ohnehin nicht besonders ergiebig war. Das hatte Catara auch Ossa erklärt. Er galt als einer der ältesten und erfahrensten Jäger im Rebellenlager. Die jüngeren Jäger und Jägerinnen, zu denen auch Lurnah gehört hatte, waren ihm unterstellt. Ossa hatte Catara trotzdem hierhergeschickt. Er selbst wollte am Fuße der Nebelberge jagen. Aus Lurnahs Erinnerungen wusste sie, dass es an diesem Ort viele wilde Ziegenherden gab. Vor dem Einfall der Reetacianer hatte die junge Frau dort häufig selbst gejagt.

Dieses Gebiet ist so weitläufig, das Ossa es niemals mitbekommt, wenn ich mich in seinem Revier umsehe, dachte Catara. Also ließ sie die Blutfeige hinter sich und ging weiter in Richtung Nebelberge, deren verhüllte Gipfel sich gut zwei Meilen nördlich von ihrer Position in den Himmel erhoben.

Nachdem sie ein wenig in Lurnahs Erinnerungen herumgestöbert hatte, entschied sie sich für eine Stelle, an der die Jägerin schon früher erfolgreich auf der Lauer gelegen hatte. Es gab dort einen kleinen See, der von einem Gebirgsbach gespeist wurde und an dessen Ufer Weißblattflattich wuchs, für den die Ziegen eine besondere Vorliebe hatten.

Unterwegs kam sie an einem riesigen Spinnennetz vorüber, von denen sie heute schon mehrere gesehen hatte. Es spannte sich im Geäst eines umgestürzten Baumriesen. Das Holz war dunkel und wirkte so morsch, dass der Baum schon mehrere Jahre so daliegen musste. An vielen Stellen war er mit einem schwammartigen gelben Pilz bewachsen, der Catara auch schon in der Nähe der anderen Netze aufgefallen war. Die Spinnen suchten seine Nähe, denn er verströmte einen Aasgeruch, von dem viele Insekten angelockt wurden. Auch in diesem Netz zappelten unzählige Insekten, trotzdem zeigte sich die Erbauerin des Netzes nicht und würde es auch vor Anbruch der Nacht nicht tun. Das galt für viele Gifttiere des kellwynischen Dschungels. Erst im Dunkeln wurden sie aktiv. Bis dahin hatte Catara längst wieder vor, im Rebellenlager zu sein.

Sie folgte einem kaum erkennbaren Pfad durchs Unterholz, dessen Verlauf sie Lurnahs Erinnerungen entnahm. Zwischendurch blieb sie immer mal wieder stehen, um zu lauschen oder die Luft zu schnuppern. Es war der Instinkt der Jägerin, aber auch der der Assassine, der sie zur Vorsicht rief. Der Dschungel war fremdes Terrain. Er war unübersichtlich, und auch wenn es unwahrscheinlich war, so weit draußen auf eine reetacianische Patrouille zu treffen, durfte man sich nie zu sicher sein. Nach einer Weile drang ein Plätschern an Cataras Ohr und verriet ihr, dass sie ihrem Ziel nahe war. Erregung ergriff sie. Sie zog einen Pfeil aus dem Köcher auf ihrem Rücken, legte ihn locker auf die Sehne und schlich zwischen Farnen und Buschwerk hindurch auf den See zu. Ganz die Jägerin, deren Körper sie gestohlen hatte, achtete sie bei jedem Schritt darauf, wohin sie trat. Ein Knacken im Unterholz mochte die Wildziegen aufschrecken, falls die Herde wirklich am Ufer graste, und dann wäre sie ganz umsonst hierhergekommen.

Ein Fetzen Nebel trieb an Catara vorüber und verfing sich im Wurzelwerk eines Baumriesen. Ein geisterhafter Bote, der von den Hängen der Berge zu ihr herübergeweht war, die wie eine monströse, nebelverhangene Zitadelle aus uralter Zeit über ihr aufragten. Im nächsten Moment machte Catara ein Glitzern vor sich im Unterholz aus. Der See. Endlich. Das Jagdfieber packte sie, und mit einem Mal war der Drang, vorwärtszustürmen, so stark, dass sie sich nur mit Mühe beherrschen konnte.

Ruhig bleiben!, mahnte sie sich. *Beim kleinsten Laut …*

Plötzlich hörte sie Stimmen.

Catara erstarrte, dann wurde sie wütend. Die Stimmen bedeuteten, dass sie heute keine Beute machen würde. Wenn jemals Ziegen hier gewesen waren, hatten die Störenfriede sie verscheucht. Catara wollte sich gerade abwenden, um es an einer anderen Stelle zu versuchen, als sie eine der Stimmen erkannte. Sie gehörte Ossa. Mit einem Mal war Cataras Neugier geweckt.

Sie schob den Pfeil zurück in den Köcher und schlich auf die Stimmen zu. Hinter ein paar Büschen ging sie in die Hocke, legte den Bogen neben sich auf den Waldboden und schob behutsam ein paar Zweige auseinander. Jetzt konnte sie Ossa sehen. Auf den ersten Blick war er ein typischer Kellwyner: rotbraune Haut, schulterlanges schwarzes Haar mit ersten Anzeichen von Grau, jedoch wirkte er im Vergleich zu den meisten anderen seines Volkes weniger gedrungen. Vielmehr war er von zäher, sehniger Statur. Er stand zusammen mit einem anderen Kellwyner, der wie er Weste und Hose aus Leder trug, auf einer kleinen Lichtung. Im Gras zu ihren Füßen lag eine tote Ziege. Der andere Mann war jünger als Ossa. Sein Gesicht kam Catara vage vertraut vor, und auch wenn sie keinen Namen mit ihm in Verbindung bringen konnte, war sie sicher, dass er zu den Rebellen gehörte. Ein Jäger war er allerdings nicht. Das hätte sie gewusst. Auch trug er keinen Bogen bei sich. Was tat er also hier draußen?

»Er sucht etwas«, sagte Ossa gerade. Er hatte die Arme vor der Brust verschränkt, und seine Miene und Stimme verrieten Verärgerung. »Wie ich aus sicherer Quelle weiß, hat Iritari Karten vom Labyrinth für ihn anfertigen lassen. Karten, wie sie niemand sonst besitzt.«

»Glaubst du, Prinz Ishan weiß Bescheid?«

»Wir müssen davon ausgehen. Hm, Königin Madea und Zaragoth haben nichts davon gesagt, dass er noch lebt, als sie uns herschickten. Mit Sicherheit hielten sie ihn für tot.«

»Aber wie hat er vom Grab des Inos erfahren?«

Ossa zuckte die Schultern. »Spielt das eine Rolle? Zaragoth will, dass wir unsere Augen und Ohren für ihn offen halten, und das werden wir tun.«

In ihrem Versteck ballte Catara die Fäuste. Die beiden wussten über den Fluchbringer Bescheid? Das konnte nur bedeuten, dass sie Spione ihrer ehemaligen Herrin waren.

»Sollten wir sie warnen?«, fragte der andere Mann.

»Dafür ist es noch zu früh«, erwiderte Ossa. »Außerdem können wir nicht riskieren, einen Botenvogel nach Sharigor zu schicken. Die Reetacianer könnten ihn abfangen. Lass uns erst herausfinden, wie viel der Prinz weiß, danach sehen wir weiter.«

»Was glaubst du, warum versucht er, das Grab zu finden?«

»In den vergangenen Monaten hat er viel Zeit mit diesem Dämonenjäger verbracht. Diesem Ryk Vangur.« Ossa spuckte aus. »Vangur soll angeblich tot sein. Der Prinz könnte sich verpflichtet fühlen, dessen Arbeit fortzusetzen.«

»Sollten wir ihn dann nicht besser töten?«

»Vielleicht hast du recht, Calvos.« Ossa verfiel in Schweigen, als dächte er über den Vorschlag des anderen nach. Schließlich sah er wieder auf. »Oder wir machen uns seinen Eifer zunutze. Soll er ruhig nach dem Grab suchen. Zaragoth hat uns verboten, es selbst zu tun. Er fürchtet, wir könnten Inos in Gefahr bringen, wenn wir dabei beobachtet werden. Sollte der Prinz es jedoch finden, können wir ihn immer noch töten und Zaragoth nach seiner Ankunft auf Kellwyn von der Entdeckung berichten.«

Der andere Mann rieb sich die Hände. »Stell dir nur vor, wie zufrieden unser Gebieter mit uns wäre.«

Ossa grinste. »Und jetzt solltest du dich auf den Rückweg ins Lager machen, Calvos. Es wäre nicht gut, wenn jemand deine Abwesenheit bemerkt.«

»Niemand vermisst einen Spion. Sollte dennoch jemand fragen, werde ich einfach behaupten, dass ich auf einer Mission war.«

Catara knirschte mit den Zähnen, während sie zusah, wie sich die beiden Männer voneinander verabschiedeten. Sie wartete, bis der jüngere Rebell im Unterholz verschwunden war, anschließend griff sie nach ihrem Bogen. Lautlos legte sie einen Pfeil auf die Sehne und zielte auf Ossas Brust, der sich gerade die tote Ziege auf die Schultern gewuchtet hatte. *Erst stirbst du, danach dein verräterischer Freund!* Sie wollte den Pfeil gerade auf seine Reise schicken, als eine Stimme in ihrem Kopf sie zur Vorsicht mahnte. Was, wenn Ossa und sein Kumpan Dämonen waren? Gestaltwandler. Ein einfacher Pfeil würde nicht ausreichen, um einen Morphus-Dämon zu töten.

Catara senkte den Bogen wieder und beobachtete mit vor Hass zusammengekniffenen Augen, wie Ossa sich mit seiner Beute davonmachte. Sie musste erst herausfinden, *was* die beiden waren, danach würde sie entscheiden, *wie* sie sie umbrachte. Alles andere wäre töricht. Ein Gutes hatte die ganze Sache: Jetzt wusste sie wenigstens, dass Ishan und sie auf derselben Seite standen.

20

Tal des Dämonenjägers, Xe'Neridian
26. Septer 1026 n. d. Zweiten Dämonenkrieg

Der Himmel war wolkenverhangen. Feiner Nieselregen wehte Veitt ins Gesicht. Wie er den Herbst verabscheute! Die Kälte und die Feuchtigkeit. Zum Schutz vor dem Wetter hatte er den Kragen seiner Jacke hochgeschlagen, während er über den Hof zum Schuppen stiefelte. In der Küche drohte das Feuer im Ofen auszugehen, weshalb Milda ihn hinausgeschickt hatte, um Brennholz zu holen.

Der Schuppen mit den Holzvorräten lag am Ende des Hofes. Die Tür knarrte, als er sie aufriss. Drinnen herrschte Zwielicht. Veitt trat ein, und die Tür fiel hinter ihm zu. Dunkelheit umfing ihn. Früher hatte er immer eine Laterne hierher mitgenommen, aber jetzt, da er über Magie gebot, wandte er sie bei jeder Gelegenheit an. Nicht aus kindischem Eifer, sondern um seine Fähigkeiten zu schulen. Was die Magie anging, hatte er viel nachzuholen. Ein Gedanke genügte, um sein Seelenfeuer zu entfachen. Umgehend schärften sich seine Sinne. Aus der Finsternis vor ihm schälten sich die Stapel aus Holzscheiten. Gleichzeitig drang das Tapsen winziger Pfoten an sein Ohr, und der Geruch von Baumharz wurde so intensiv, dass er das Gesicht verzog. Veitt griff sich mehrere Scheite und legte sie in den Eimer, den er bei sich trug. Ein plötzliches Geräusch außerhalb des Schuppens ließ ihn aufhorchen. Das waren doch … Schritte. Veitt krauste die Stirn. Wer konnte das sein? Kess Narodh war vor sechs Tagen mit Elos und Barn aufgebrochen, um eine Horde Pirscher zu jagen, die einen Goldtransport auf der Handelsstraße von Auriss nach Arville angefallen hatte. Seitdem hielten sich außer ihm nur noch Milda und Saira im Tal auf. Beide Frauen waren jedoch im Haus, Milda in der Küche und Saira in ihrem Zimmer. Das Mädchen hatte beim Frühstück über Kopfschmerzen geklagt und war deshalb von ihrer Großmutter wieder ins Bett geschickt worden. Es gab ohnehin nicht viel zu tun, jetzt, da die anderen auf Dämonenjagd waren.

Vielleicht ein Besucher, der die Hilfe der neuen Dämonenjägerin brauchte? Gleich würde er es wissen. Veitt trat zur Schuppentür und öffnete sie. Wind fuhr ihm durchs Haar. »Saira?«

Die Enkeltochter der Köchin blinzelte ihn durch den Regen an. Das goldgelbe Haar fiel ihr in feuchten Strähnen auf die Schultern, ihr Kleid war dunkel vor Nässe. »Was machst du bei diesem Wetter hier draußen?« Sie klang verärgert.

Veitt zeigte ihr den Eimer mit dem Holz. »Und du?« Er warf ihr einen bedeutungsvollen Blick zu. »Ich dachte, du wärst auf deinem Zimmer. Dabei siehst du aus, als wärst du seit Stunden durch den Regen gelaufen.«

»Ich … ich habe bloß einen Spaziergang gemacht. Wegen … der Kopfschmerzen.« Sie zuckte die Achseln. »Ist doch nicht verboten, oder?«

»Nein, nur warum hast du nicht Bescheid gesagt?«

»Weil … Was soll das überhaupt?« Plötzlich funkelte sie ihn an. »Ich bin kein kleines Kind mehr, dass sich wegen allem bei euch an- und abmelden muss. Außerdem war es bloß ein Spaziergang. Herrje, du tust ja so, als wäre das ein Verbrechen.«

»B… Bitte entschuldige«, stammelte Veitt, überrumpelt von Sairas Ausbruch. So hatte er die junge Frau noch nie erlebt.

Im nächsten Moment schenkte sie ihm ein zerknirschtes Lächeln. »Nein, ich muss mich entschuldigen, Veitt. Das war nicht sehr nett von mir. Ich bin sicher, du hast es nur gut gemeint. Aber diese Kopfschmerzen …« Sie griff sich an die Stirn. »Die machen mich ganz verrückt. Und jetzt bin ich auch noch bis auf die Haut durchnässt. Ich sollte lieber reingehen und mich umziehen, bevor ich mir noch was hole.«

Bevor Veitt anbieten konnte, ihr gegen den Schmerz einen Kräutertee aufzubrühen, war Saira auch schon im Haus verschwunden. Er schüttelte den Kopf. *Wenn sie nur einen Spaziergang gemacht hat, warum hat sie sich dann aufgeführt, als hätte ich sie bei etwas Verbotenem erwischt?* Er seufzte. Frauen!

Gegenüber ihrer Großmutter erwähnte er den Vorfall nicht. Veitt war schließlich kein Verräter. Auch waren sie hier mitten im Niemandsland. Selbst wenn das Mädchen etwas Verbotenes hätte anstellen wollen, hätte es an einem Ort wie diesem keine Gelegenheit dazu. Nachdem er die Scheite in der Küche abgeliefert hatte, wo Milda gerade das Mittagessen vorbereitete, suchte er die Bibliothek auf, die nicht weit von seinem eigenen Zimmer im Erdgeschoss des Hauses lag.

Er wollte Narodhs Abwesenheit nutzen, um in einem Buch zu schmökern, dem er all die Jahre zuvor nie große Aufmerksamkeit geschenkt hatte und das er erst vor Kurzem wiederentdeckt hatte. Er hoffte, dass es ein wenig Licht darin bringen konnte, was derzeit mit ihm geschah. Es stammte von einer Magierin namens Antonina Hobbs und trug den Titel *Die Entschlüsselung der Transformation*. Er wollte damit durch sein, bevor Narodh zurückkehrte, um ihren Argwohn ihm gegenüber nicht noch zu verstärken.

Veitt schloss die Bibliothekstür hinter sich und wandte sich mit einem Lächeln dem Raum zu. Er war dreimal so groß wie sein eigenes Zimmer und bis zur Decke mit Büchern in allen Größen, Formen und Zuständen vollgestopft. Einige der Regale bogen sich schier unter der Last des Gewichts, das sie zu tragen hatten. Veitt atmete tief durch. In der Luft hing der Geruch von

Tinte, Papier, Wissen und auch ein wenig Magie. Sein Lächeln wurde breiter. Das war seine Welt.

Er ging zu einem der Regale und zog einen Folianten mit zerfleddertem Ledereinband heraus. Diesen trug er zu einem Sessel auf der anderen Seite der Bibliothek. Es gab dort ein Fenster und einen Kamin. Mit der Linken berührte er das darin aufgeschichtete Holz und konzentrierte sich darauf, es zu entzünden. Funken lösten sich aus seinen Fingerspitzen, wo sie die Scheite berührten, wurden sie schwarz, und kleine Flämmchen loderten auf. Er zog seine Hand zurück und nickte zufrieden. Die *Energetys*. Die Beeinflussung von Materie. Der mächtigste unter den fünf Zweigen der Magie.

Mit einem behaglichen Seufzen machte Veitt es sich in seinem Sessel gemütlich und schlug das Buch auf Seite zweihundertdreiundzwanzig auf, wo er am Tag zuvor abgebrochen hatte, als Milda ihn zum Abendessen gerufen hatte. Bisher hatte Hobbs' Abhandlung ihm noch nicht die Antworten geliefert, die er suchte. Der erste Teil des Buches hatte die Transformation von Materie in andere Materie behandelt. Allerdings waren das rein alchemistische Prozesse, wie beispielsweise die Umwandlung von Sand zu Glas durch Hitze. Der zweite Teil des Buches, mit dem er gestern begonnen hatte, wirkte auf Anhieb vielversprechender, denn er behandelte die Transformation lebender Materie. In den ersten Kapiteln ging es um natürliche Metamorphosen, wie sie im Tierreich vorkamen. Das meiste davon hatte er lediglich überflogen. Veitt hoffte, dass Hobbs im späteren Verlauf auch auf durch Magie verursachte Transformationen eingehen würde.

Er hob das Buch so an, dass der Schein des Kaminfeuers auf die Seiten fiel, und begann zu lesen. Allerdings war er noch nicht weit gekommen, als Hufgeklapper draußen auf dem Hof ihn aus seiner Lektüre riss. Er beugte sich so weit über die Armlehne des Sessels, dass er aus dem Fenster hinter ihm blicken konnte.

O nein! Er sprang auf, stellte das Buch zurück an seinen Platz und hastete aus der Bibliothek. Als er kurz darauf in der Eingangshalle eintraf, standen Milda und Saira bereits an der Haustür, durch die eine triefnasse Kess Narodh gerade den humpelnden Elos bugsierte. Sein rechtes Bein war mit mehreren Stöcken fixiert. Offenbar hatte er es sich gebrochen. Schmerzen schien er nicht zu haben, denn auf seinem Gesicht lag ein glückseliges Lächeln. Traumwurz.

»Warte, ich helfe dir!« Schon war Veitt an Elos anderer Seite, um den Axtkämpfer zu stützen.

»Lass nur, das kriege ich auch allein hin«, wehrte die Dämonenjägerin ab. »Barn ist noch draußen und …«

»Die Pferde.« Veitt nickte. »Ich werde ihm helfen.« Damit war er auch schon zur Tür hinaus.

Barn stand vor der Scheune. Das Haar klebte ihm am Kopf und der Regen lief ihm übers Gesicht, während er die drei Pferde zu beruhigen und gleichzeitig die Stalltür zu öffnen versuchte.

Veitt lief zu ihm. »Ich mach schon«, sagte er, schob den Riegel zurück und stieß die Tür auf. Dann drehte er sich zu Barn um, der ihn einen Moment lang schweigend musterte, bevor er ihm die Zügel von Elos' Pferd in die Hand drückte. Sie brachten die Tiere in den Stall, wo sie jedes in eine eigene Box führten und ihnen Gepäck und Sattel abnahmen. Nachdem sie die Pferde mit Stroh trocken gerieben hatten, versorgten sie sie mit Hafer. Barn fütterte jedem Tier noch drei kleine Herbstäpfel. »Das haben sie sich verdient«, brummte er und marschierte nach draußen.

Veitt sah ihm verdutzt nach. Sieh mal einer an, Barn konnte nicht nur reden, er schien sogar ein Herz zu haben. Manchmal geschahen eben doch noch Wunder. Er verließ den Stall und lief zurück zum Haus.

Eine feuchte Spur, die von Narodh und Elos stammen musste, führte zur Treppe. Als Veitt hochblickte, sah er gerade noch, wie

Barn am oberen Absatz um die Ecke bog. Er musste auf dem Weg zu Elos' Zimmer sein. Als Veitt kurz darauf den Raum betrat, lag der Axtkämpfer auf dem Bett, die Augen fest geschlossen, aber immer noch grinsend, während Milda und Saira ihn aus seiner Kleidung schälten. Im Hintergrund trommelte der Regen gegen das Fenster.

Veitt, der in der Tür stehen geblieben war, wölbte beim Anblick des Chaos eine Braue. Am Fußende des Bettes stand eine Truhe. Der Deckel war offen. Die Hosen und Hemden, die eigentlich dort hineingehörten, lagen achtlos davor auf dem Boden herum und vermischten sich mit den getragenen Kleidungsstücken, die fleckig von Schweiß und Dreck waren. Auf einer Kommode stapelte sich benutztes Geschirr, und in einer Ecke sammelten sich leere Weinflaschen.

Barn, der kurz vor Veitt eingetroffen war, stand zu seiner Rechten. Die Arme vor der Brust verschränkt, starrte er mit verschlossener Miene auf Elos. Er selbst wirkte unverletzt. Kess Narodh hatte sich so in der Mitte des Zimmers aufgebaut, dass Veitt sie im Profil betrachten konnte. Die Linke hatte sie in die Seite gestemmt, die Rechte ruhte vermutlich auf dem Griff ihres Schwertes. Das Leder, das sie trug, war dunkel von Feuchtigkeit, und um ihre Stiefel hatte sich eine Pfütze gebildet. Ihm fiel auf, dass eine frisch verheilte Narbe ihre linke Wange zeichnete. Auf der Suche nach weiteren Verletzungen glitt sein Blick über ihre Gestalt. Er schluckte, als er sah, dass von dem kleinen Finger an ihrer linken Hand nur noch ein rosa Knubbel übrig war, der gleich über dem ersten Gelenk endete. Veitt war sicher, dass der Finger vor ihrer Abreise noch nicht gefehlt hatte. Wenigstens waren ihre Fähigkeiten, was die Heilmagie anging, eindeutig besser als die von Ryk.

»Was ist passiert?«, wollte Veitt wissen.

Narodh hob abwehrend die Hand. »Später.« Sie ging zum Bett hinüber, zog einen ihrer Dolche aus dem Gürtel und hielt ihn Milda hin, nachdem sie und ihre Enkeltochter Elos so weit entkleidet hatten, dass sie nun zu seiner Hose kamen. »Für das Seil, das die Stöcke hält. Sobald ihr ihn ausgezogen habt, fixiert das Bein erneut, und danach wascht ihn. Er wird nicht viel merken.« Milda tat wie ihr geheißen. »So gut es ging, habe ich ihn zusammengeflickt, aber der Kampf und die Heilung meiner eigenen Verletzungen hatten mich bereits ausgezehrt«, fuhr die Dämonenjägerin fort. »Sobald ich heute Nacht eine gehörige Portion Schlaf nachgeholt habe, nehme ich mir gleich morgen sein Bein vor.«

Veitt verspürte den Anflug eines schlechten Gewissens. Vermutlich könnte er Elos heilen. Er hatte die *Medica* noch nie bei einem anderen außer bei sich selbst angewandt, aber so schwierig konnte es doch nicht sein, oder? Er biss sich auf die Unterlippe. Auf der anderen Seite würde das bedeuten, sich Narodh und den anderen zu offenbaren, und das würde bloß Fragen nach sich ziehen. Er musterte den Axtkämpfer. Er schlief und schien keine Schmerzen zu haben. Außerdem hatte Narodh bereits erklärt, dass sie sich am nächsten Tag um ihn kümmern würde.

Als die Frauen Elos die Hose herunterzogen, wandte Veitt den Blick ab. Im nächsten Moment legte sich eine Hand auf seine Schulter. »Komm mit, wir müssen reden«, sagte Narodh.

Sie verließen den Raum.

»Willst du dich nicht erst mal umziehen?«, schlug Veitt vor, während er der Dämonenjägerin zu ihrem Arbeitszimmer folgte.

»In den letzten vier Tagen hat es nur geregnet. Ich war keine Minute lang trocken. Da machen mir ein paar Minuten mehr oder weniger auch nichts mehr aus.« Sie waren den Korridor ein Stück zurückgegangen und betraten Narodhs Arbeitszimmer. Mit ihrer Magie entzündete sie ein Feuer im Kamin und nahm anschließend auf dem Stuhl hinter dem Schreibtisch Platz. »Viel besser«, seufzte sie, lehnte sich zurück und knallte ihre Stiefel auf die Schreibtischplatte. Genau auf einen Stapel Papiere, den Veitt erst gestern dort platziert hatte. Er presste die Lippen zusammen, als Schlamm und Wasser auf die Dokumente spritzte. Einen Kommentar verkniff er sich. Narodh hätte ohnehin nichts dafür gegeben.

»Es war eine Falle, wie ich es mir gedacht hatte«, begann sie ohne Umschweife zu berichten. »Wir folgten der Fährte der Pirscher bis zum Ostwald. Dort lauerten sie uns in einem Hinterhalt auf. Bei dem Kampf zog ich mir etliche Verletzungen zu und verlor einen Finger, aber das war es wert, zwei von den Biestern zu töten. Aber dann erhielten die restlichen drei Hilfe.«

»Hilfe? Von wem?« Veitt setzte sich.

»Menschen. Insgesamt sechs. Männer und Frauen, die sich bis dahin im Dickicht verborgen hatten.«

Veitt rieb sich das Kinn. »Bist du sicher, dass es keine ...«

»... Dämonen waren?«, unterbrach sie ihn. »Ganz sicher. Sie besaßen weder die Ausdauer noch die Schnelligkeit eines Humanos. Wir konnten mehrere von ihnen verletzen, bevor sie zurück ins Unterholz flohen. Die Pirscher nahmen sie mit sich. Zumindest schien es so. Doch als wir zurück zu unseren Pferden liefen, um sie zu verfolgen, stürzte sich eines der Biester mit einem Mal auf mich. Es hatte sich im Geäst eines Baumes verborgen. Elos stieß mich im letzten Moment zur Seite, sodass er die ganze Wucht des Angriffs abbekam. Der Pa'rac hätte diesem Narren wohl die Kehle zerfetzt, hätte Barn nicht geistesgegenwärtig reagiert und dem Dämon einen Pfeil ins Auge geschossen.« Sie schüttelte den Kopf. »Das war vor zweieinhalb Tagen. Elos hatte mehrere angeknackste Rippen, und sein Bein war hinüber. Nachdem ich meine eigenen Verletzungen geheilt hatte, habe ich ihn so weit zusammengeflickt, dass er zumindest reiten konnte. Ich wagte nicht, noch Magie für seine Heilung aufzuwenden, bevor wir nicht in Sicherheit wären. Ich musste sie für den Fall zusammenhalten, dass wir erneut angegriffen würden. Dazu kam es aber nicht. Offenbar haben wir ihnen stärker zugesetzt, als sie erwartet hatten.«

»Das klingt ziemlich ernst«, sagte Veitt. »Denkst du, diese Männer und Frauen gehörten den To'Dhana an?«

»Ich würde darauf wetten. Wer wäre sonst verrückt genug, sich mit einem Rudel Pirscher einzulassen?«

»Besteht die Gefahr, dass sie euch zum Tal gefolgt sind?«

Narodh zuckte die Schultern. »Wenn es so ist, wird ihnen das nicht viel nützen, denn die Dämonen können es nicht betreten. Unsere Angreifer konnten zwar mit dem Schwert umgehen, es aber trotzdem nicht mit mir und meinen Männern aufnehmen. Sie wären Narren, es noch einmal ohne die Hilfe der Pirscher zu versuchen.«

»Du hast sicher recht.« Veitt biss sich auf die Unterlippe. Auf der anderen Seite war Elos ausgeschaltet, und Narodh schien in den vergangenen Tagen überhaupt nicht geschlafen zu haben, so erschöpft wirkte sie. Wie viel Widerstand könnte sie diesen Leuten wohl entgegenbringen, wenn sie angegriffen würden? Er sprach diesen Gedanken allerdings nicht laut aus. »Was hast du jetzt vor?«, fragte er sie stattdessen.

Narodh nahm die Stiefel vom Tisch. »Als Erstes schreibe ich Tilbrock einen Brief. Es wird Zeit, dass er die anderen Dämonenjäger warnt. Irgendjemand hat es verdammt noch mal auf uns abgesehen.« Sie schlug mit der Faust auf den Tisch. »Scheiße, Veitt, ich sage dir, da steckt etwas ganz Großes dahinter, und es bedeutet nichts Gutes für die Magier.«

21

Cros'Anoriel, Gegenwelt
26. Septer 1026 n. d. Zweiten Dämonenkrieg

Sie kommen!«, sagte Nersei.

Ryk und Kela, die dank der Heiler wieder vollständig genesen war, standen zusammen mit dem Veydra auf dem Platz, der dem zerstörten Stadttor vorgelagert war. Hinter ihnen hatte eine Gruppe von dreihundert Val'kai-Kriegern Aufstellung bezogen, die mit Runenspeeren und Schwertern bewaffnet war. Zusätzlich lagen auf den Häuserdächern ringsum Armbrustschützen auf der Lauer.

In Ryks Brust loderte das Seelenfeuer mit einer Kraft und Ausdauer, wie er es niemals zuvor erfahren hatte. Hier in der Gegenwelt war seine Magie nicht nur stärker, sie schien mit jedem Tag zu wachsen. Er fühlte sich gut, verdammt gut. Selbst seine Knochen und alten Verletzungen schmerzten weniger als noch vor ein paar Wochen. Wenn er nur ein wenig mehr Zeit hätte, so vierzig oder fünfzig Jahre. Wer weiß ... Womöglich wäre er bis dahin genauso mächtig, wie es einst die Ersten Magier gewesen waren. Aber so, wie es zurzeit aussah, würden sie nicht einmal mehr das Ende dieses Tages erleben.

Für einen Moment schloss er die Augen und wünschte sich zurück in sein Tal. Er vermisste den Frieden, den er dort immer gefühlt hatte, den Sonnenaufgang über den Hügeln, den Eichenhain und seinen mysteriösen Bewohner, vor allem aber Veitt, der ihm stets ein besserer Freund gewesen war als er ihm. Er atmete aus, öffnete die Augen und begegnete Kelas Blick. In den vergangenen vier Tagen, während die Ra'Carohk den magischen Schild über der Stadt attackiert hatten und sie nichts weiter hatten tun können, war ihnen viel Zeit zum Reden geblieben. Und dieses Mal war Kela auch bereit dazu gewesen. Vielleicht, weil einem im Angesicht des nahenden Endes Gefühle wie Zorn oder Hass plötzlich nichtig erschienen und Trost, Freundschaft und Geborgenheit umso bedeutsamer wurden. Letztlich hatte sich herausgestellt, dass Kela wegen Ishans Tod sehr viel wütender auf sich selbst war als auf Ryk oder sogar Asmaran. Sie hatte das Gefühl, dem Blutlenker nicht genug Widerstand geleistet und nicht hart genug gegen ihre Fesseln gekämpft zu haben. Sie glaubte, sie hätte Ishan im Stich gelassen.

»Ich habe bereits so viele Leben gelebt, dass es nur gerecht gewesen wäre, wenn ich an diesem Tag gestorben wäre«, hatte sie Ryk unter Schluchzern erklärt. Woraufhin er sie in den Arm genommen und so lange gehalten hatte, bis ihre Tränen versiegt waren. In der ganzen Zeit war ihm kein Ton über die Lippen gekommen. Er konnte gut nachvollziehen, wie sie sich fühlte, und wusste, dass alles, was er gesagt hätte, sie nicht vom Gegenteil überzeugt hätte. Das war vor zwei Tagen gewesen.

Die Zeit danach hatten sie, wenn sie nicht gerade geschlafen, gegessen oder miteinander geredet hatten, viele Stunden damit verbracht, den Angriffen der Ra'Carohk auf die Stadt zuzusehen. Jedes Mal, wenn eine von diesen Monstrositäten auf Cros'Anoriel herabgestoßen war, hatte der magische Schild aufgeleuchtet und Blitze waren über seine Oberfläche gejagt.

Heute Morgen war es schließlich passiert: Der Schild hatte versagt. Geschwächt von den tagelangen Attacken durch die Ra'Carohk war er mit einem Krachen, als sei die Erde selbst aufgebrochen und hätte einen gequälten Schrei ausgestoßen, zerrissen. Für einen Moment war der Himmel über Cros'Anoriel in ein Blitzgewitter getaucht worden, dann war der brennende Riesenkadaver eines Ra'Carohk auf die Stadt niedergestürzt und hatte einen ganzen Straßenzug unter sich begraben. Hunderte Val'kai waren gestorben und starben immer noch in den Flammen, die sich seitdem in der Stadt ausbreiteten und bisher nicht eingedämmt werden konnten. Der gesamte Nordwesten von Cros'Anoriel lag unter einer dichten Rauchdecke.

Das einzig Gute daran war, dass die Ra'Carohk das Feuer zu fürchten schienen, denn die übrigen waren mit ohrenbetäubendem Gebrüll abgezogen. Der Tod ihres Artgenossen musste sie aufgerüttelt haben, sodass sie die Kontrolle durch Zaragoths Anhänger hatten abschütteln können. Seitdem waren sie nicht wieder gesehen worden.

Der Zusammenbruch des Schutzschildes hatte sich gleich in mehrerlei Hinsicht auf die Stadt ausgewirkt. Durch die Energieentladungen, die durch den Zusammenbruch des Schildes freigesetzt wurden, kam es überall in Cros'Anoriel zu Erschütterungen und Beben. Weitere Gebäude waren eingestürzt, und auch jener Teil der Wehrmauer, der bereits durch den Angriff der Selbstverzehrer geschwächt worden war. Und so klaffte jetzt dort, wo einst das Stadttor gewesen war, ein gewaltiges Loch. Die Trümmerstücke der Türme und der Mauer waren zum Teil so groß, dass sie aus der Lava herausragten wie Steine aus einem flachen Bachbett. Noch immer waren sie mit der Magie der Schutzzauber aufgeladen, die beim Bau der Mauer verwendet wurden, weshalb sie auch nicht schmolzen. Das Fatale daran war, dass der Feind das für sich zu nutzen gewusst hatte. Mehrere von Zaragoths Soldaten waren daraufhin am jenseitigen Ufer des Stroms erschienen, um einen Zauber zu wirken, der aus den Trümmerstücken eine neue Brücke formte. Nun war die Ebene wieder mit der Stadt verbunden. Die feindlichen Humanos hatten sich anschließend zurückgezogen. Die Tierdämonen, die unter ihrer Kontrolle standen, waren dagegen bis zum Lavastrom vorgerückt. Ein Meer aus nackten, mit Knochenplatten gepanzerten Leibern, das ein unablässiges Kreischen und Brüllen ausstieß.

»Sie kommen!«, griffen die Val'kai-Krieger hinter Ryk und Kela Nerseis Worte auf, nachdem die ersten Animalia die provisorische Brücke betreten hatten, und ließen die Warnung bis in die umliegenden Viertel erschallen.

Kela zog ihr Schwert. »Viel Glück, Jungs!«

Nersei, der einen Speer in den Händen hielt, nickte ihr zu. Im nächsten Moment erstrahlten die Runen auf dem Speerschaft.

»Lasst euch nicht umbringen«, brummte Ryk, ohne den Blick von den Angreifern draußen auf der Brücke abzuwenden. Hunderte Tierdämonen, manche klein wie Xe'Neridianische Silberfüchse, andere von der Größe belymischer Elefanten, schoben sich einer Lawine gleich über die Trümmerstücke auf sie zu. Nicht wenige fielen dem Eifer ihrer Artgenossen zum Opfer, wurden überrannt oder beiseitegerempelt und stürzten in die feurigen Fluten unter ihnen. Aber was machten ein paar Feinde mehr oder weniger bei dieser Masse schon aus? Zumal weitere Dämonen von der Ebene nachströmten.

Die Luft vibrierte von ihrem Kreischen, Zischen, Brüllen und Jaulen. Eine Symphonie des Todes, die Ryk einen Schauer über den Rücken jagte.

Ryk war kein Mensch, der sich leicht einschüchtern ließ, doch bei diesem Anblick musste er all seinen Mut zusammennehmen, um sich nicht einfach umzudrehen und die Flucht zu ergreifen. Er zwang sich zu seinem grimmigsten Lächeln und brachte sich neben Kela in Position. Die Füße fest in den Boden gestemmt, die Spitze des Kurzschwertes dem Feind entgegengereckt.

Es war soweit. Die Animalia hatten das diesseitige Ufer des Lavastromes erreicht. Ryk rief seine Magie herbei. Hitze strömte von seiner Brust in seine Gliedmaßen, stärkte seine Sehnen,

Muskeln und Knochen und verlieh ihm übermenschlich schnelle Reflexe. Einen Herzschlag lang gab er sich der Hochstimmung hin, die stets mit dem Erwachen der Magie einherging. Ein warmes, pulsierendes Gefühl der Energie, das durch seinen Körper zog. Jetzt war er bereit – so bereit, wie man eben fürs Sterben sein konnte.

Als die ersten Tierdämonen ans Ufer sprangen und über die Überreste der Mauer hinwegsetzten, hörte Ryk, wie einige von Nerseis Kriegern hinter ihnen ihre Waffen fallen ließen und davonliefen. Er verstand sie nur zu gut.

Zwanzig Schritte trennten sie noch vom Feind.

»Wenn wir das überleben«, zischte Kela und riss ihr Schwert hoch, »verlasse ich eine Woche lang nicht mehr das Bett. Und du wirst mir Gesellschaft leisten.«

»Das ist mal ein Wort!«

Sie lachte und stieß ihre Klinge in den Hals eines Reißers. Die Runen auf der Schneide glühten auf und sorgten dafür, dass es mühelos durch Muskeln und Knochen glitt.

Ryk sprang vor. Er schlitzte einem Dämonenhund die Kehle auf, wirbelte herum, versenkte sein Schwert zwischen den Rippen eines Wühlers und rammte einem Greifer, der sich ihm von links näherte, die Schulter in den Unterleib. Das Biest verlor das Gleichgewicht, stürzte und wurde von den nachrückenden Dämonen niedergetrampelt. Ryk riss sein Schwert zurück, sprang auf den Rücken des toten Wühlers und schwang die Waffe in einem weiten Bogen. Die Masse an Dämonen war zu dicht, als dass sie ihm hätten ausweichen können. Er spürte, wie die magisch verstärkte Klinge durch Fleisch, Muskeln und Knochen schnitt, während das Brüllen und Wutgeheul seiner Feinde ihm in den Ohren klang.

Aus dem Augenwinkel bemerkte er eine Bewegung. Ryk bückte sich unter einer Klaue hinweg, sprang von dem Kadaver herunter, fuhr herum und schlug zu. Blut spritzte ihm ins Gesicht.

Etwas prallte gegen ihn. Es war groß und haarig und hätte ihn fast zu Boden geworfen. Ohne nachzudenken, stieß er zu und fühlte noch mehr Blut, gefolgt von einem heftigen Schlag in seinen Rücken. Er stolperte vor und direkt auf das aufgerissene Maul eines Klingenzahns zu. Ein Speer zischte dicht an seiner rechten Wange vorüber, bohrte sich in den Rachen des Dämons und tötete ihn.

Ryk fand seinen Halt wieder, wehrte die Pranke eines Reißers ab und zuckte zurück, als Nersei wie aus dem Nichts an seiner Seite emporwuchs. »Vorsicht, Magier, wir brauchen dich vielleicht noch!«, zischte er, zerrte den Speer aus dem Maul des leblosen Klingenzahns und war auch schon wieder im Gewühl der Schlacht verschwunden.

Ryk beschloss, ihm später zu danken, denn zwei Tass'ryten waren direkt vor ihm aus der Masse der Angreifer aufgetaucht und attackierten ihn mit ihren stachelbesetzen Fangscheren. Jedes Mal, wenn eine ihrer Greifzangen dicht vor seinem Gesicht zuschnappte, klang es wie zwei Blechkellen, die aufeinanderschlugen. Die beiden Dämonen reichten ihm zwar nur bis zur Brust, dafür waren ihre Bewegungen blitzschnell und was sie noch gefährlicher machte: Die Stachel an ihren Scheren waren mit einem Nervengift getränkt, das zu Muskellähmungen führte. Schon ein Kratzer konnte ihm zum Verhängnis werden.

Nicht mit mir, dachte er und fachte sein Seelenfeuer weiter an. Die zusätzliche Magie wirkte wie ein Adrenalinstoß und schickte ein nie da gewesenes Hochgefühl durch seinen Körper. Ryk bewegte sich flink, flinker als jemals zuvor in seinem Leben. Mit einem Lachen und zwei präzise geführten Streichen enthauptete er die beiden Tass'ryten. *Mehr*. Er fuhr herum, auf der Suche nach weiterem Futter für seine Klinge. Und fand es.

Die Magie durchströmte Ryk, brannte in seinen Adern, in seinem Geist, beflügelte seine Schritte, Hiebe und Stöße, sodass jede seiner Bewegungen in perfekter Harmonie aufeinander zu folgen schien. *Ein Tanz*, dachte er. *Ja, es war ein Tanz!* Er lachte, schrie auf vor Verlangen und lachte dann wieder, als seine Klinge ihr Ziel fand. Ein winziger Teil von ihm fragte sich, ob es das war, was Asmaran fühlte oder auch Kela, wenn der schwarze Wächter sich ihrer bemächtigte.

Der Gedanke rüttelte ihn auf, und sogleich blickte er sich nach ihr um. Erleichtert sah er, dass Kela immer noch sie selbst war, während sie gerade einen Reißer in Stücke hieb. Zwar war sie von Kopf bis Fuß mit Blut bespritzt, und ihr Gesicht zeigte einen so unbarmherzigen Ausdruck, dass er ihr in diesem Moment nicht in die Quere hätte kommen wollen, aber wenigstens war sie kein Teufel mit roten Augen und schwarzem Leib, sondern immer noch die Frau, die er liebte. Vielleicht lag auch das an der Gegenwelt, sagte er sich und wehrte den Schlag eines Keulenpeitschers ab. Vielleicht hatte diese Welt größeren Einfluss auf sie beide, als ihnen bewusst war. Immerhin war sie der Ursprung aller Magie und somit auch all dessen, was sie waren und ausmachte. Wenn die Gegenwelt seine Fähigkeiten gestärkt hatte, mochte sie das auch bei Kela getan haben. In ihrem Fall die Kontrolle über den schwarzen Wächter.

Zsssch.

Ryk warf sich zur Seite, als der skorpionartige Schwanz des Keulenpeitschers erneut auf ihn herabsauste, und wäre dabei fast über den Leichnam eines Val'kai-Kriegers gestolpert. Etwas hatte ihm das halbe Gesicht weggerissen. *Scheiße!* In der nächsten Sekunde sträubten sich Ryks Nackenhaare. Instinktiv wich er nach links aus und spürte, wie der Schwanz des Keulenpeitschers ihn nur knapp verfehlte. *Es reicht*, dachte er und riss dem toten Krieger den Speer aus der Klaue. Nun hatte er zwei Waffen. Mit einem Aufschrei warf er sich herum und zielte mit dem Speer nach dem Kopf des Dämons. Der wich fauchend auf seinen sechs Beinen zurück und stieß gegen einen Greifer. Die Bestie versetzte ihm daraufhin einen Tritt, der den Keulenpeitscher direkt in den Speer trieb. Ryk ließ die Waffe los, die fest in dem Kadaver steckte, und sah sich um. Von den vormals dreihundert Val'kai-Kriegern waren kaum mehr hundert auf den Beinen. Verdammt, das war nicht gut! Er stürzte sich wieder in den Kampf, tötete noch mehr Tierdämonen und sah weitere von Nerseis Kriegern fallen. Zwar waren Menschendämonen den Animalia an Schnelligkeit und Gewandtheit überlegen, doch ihrer schieren Überzahl hatten die Verteidiger von Cros'Anoriel nur wenig entgegenzusetzen.

Ryk wusste nicht, wie lange die Schlacht schon andauerte, wie viele Feinde er niedergerungen oder Verbündete er verloren hatte, als ihn das erste Anzeichen von Schwäche überkam. Ein Brennen in der Schulter, das sich nach zwei weiteren Streichen mit dem Schwert wie flüssiges Feuer seinen Arm hinab bis in die Spitzen seiner Finger fraß. Mit einem verzweifelten Hieb schlug er dem Pirscher rechts von ihm den Kopf ab und taumelte dann von der Wucht seines eigenen Schlages getragen nach vorne. Er stolperte und fiel auf die Knie, kämpfte sich jedoch gleich wieder auf die Füße. Er machte einen Schritt vor, und ein Zittern lief durch seinen Körper. Seine Magie war … aufgebraucht. Ryks Seelenfeuer fiel in sich zusammen. Was folgte, war bittere Ernüchterung und noch mehr Schmerz.

Das war's dann also?, dachte er und stützte sich auf sein Schwert. Sein Atem ging stoßweise. Ihm schwindelte, und in seinen Augen brannte der Schweiß. Um ihn herum wurde gekämpft. Nerseis Krieger lieferten sich ein verbissenes Gefecht mit ihren Gegnern, obwohl kaum mehr vierzig von ihnen übrig waren. Die Runen auf ihren Speeren und Oberkörpern hatten an Helligkeit eingebüßt. Doch was ihm mehr als alles andere verriet, dass ihre Kräfte allmählich erlahmten: Er konnte ihren Bewegungen folgen, ohne dass Magie seine Sicht verbesserte.

Sein Blick wanderte zu dem Loch in der Stadtmauer, durch das sich nach wie vor Scharen von Dämonen ergossen. Allerdings griffen längst nicht mehr alle an. Anstatt auf den Platz zu stürmen, wo der Boden feucht und glitschig vom Blut und den Kadavern ihrer Artgenossen war, folgten sie dem äußeren Verlauf des Platzes. Von dort aus hetzten sie in die Straßen, die tiefer in die Stadt hineinführten, wo sie leichtere Beute witterten. Trotz allem waren die Animalia immer noch instinktgesteuerte Kreaturen, und der Geruch des Todes, der diesem Ort und den Val'kai-Kriegern anhaftete, sprach eine deutliche Warnung. Natürlich galt das nicht für alle Tierdämonen. Manche lockte der Gestank auch an.

Es ist noch nicht vorbei, Ryk, sagte er sich und richtete sich mühsam auf. Alles tat ihm weh. *Noch ein letzter Gegner*, dachte er, als ihn plötzlich etwas am Hinterkopf traf. Schmerz explodierte hinter seiner Stirn, und er stürzte – stürzte in die Dunkelheit …

22

Tal des Dämonenjägers, Xe'Neridian
26. Septer 1026 n. d. Zweiten Dämonenkrieg

Die Abenddämmerung zog früher über dem Tal herauf als sonst. Schon vor der Heimkehr der Dämonenjägerin und ihren beiden Gehilfen hatte es geregnet. Für den Rest des Tages war das Wetter nicht besser geworden. Allerdings passte die düstere Stimmung draußen zu seiner eigenen, fand Veitt. Er war im Haus unterwegs und entzündete mithilfe alchemistischer Zündelhölzer die Kerzen in ihren Wandhalterungen, sodass sie den Weg von der Küche zum Wohnraum beleuchteten, wo Saira damit beschäftigt war, den Tisch für das Abendessen einzudecken.

Seit Stunden schon dachte er darüber nach, was Narodh ihm am Vormittag unter vier Augen anvertraut hatte: Jemand hatte es auf die Dämonenjäger abgesehen, und das nicht nur auf Xe'Neridian, sondern auch auf anderen Inselreichen. Dass es sich bei diesem Jemand mit großer Wahrscheinlichkeit um den Kult der To'Dhana handelte, daran zweifelte er nicht. Der Grund lag auf der Hand. Narodh hatte es selbst gesagt: Etwas Großes war im Gange. Was sie damit gemeint hatte, stand außer Frage. *Ein dritter Dämonenkrieg*, dachte Veitt, und seine Hand mit dem Zündelholz begann zu zittern. Die Flamme erlosch, bevor sie auch nur in die Nähe des Dochts kam. Verflucht!

Er schloss für einen Moment die Augen, atmete durch und entfachte ein neues. Dieses Mal gelang es ihm, die Kerze zu entzünden, bevor die Flamme ausging. Zum Glück war es die letzte gewesen. Er steckte die kleine Box mit den Zündelhölzern in seine Hosentasche, lauschte kurz auf das Klappern des Geschirrs aus dem Wohnraum und suchte dann sein Zimmer auf, wo er sich im Dunkeln auf sein Bett legte und mit hinter dem Kopf verschränkten Armen zur Zimmerdecke starrte.

Wie sehr er sich wünschte, sich zu irren. Veitt wollte kein Pessimist sein, aber alle Vorzeichen sprachen dafür, dass er mit seiner Befürchtung recht hatte. Alles hatte mit dem Auftauchen des Blutlenkers in den Schwebenden Reichen begonnen. Er hatte hinter Thamaryns Einmarsch in Kellwyn gesteckt. Dann der Mord an Ishans Vater. Auch dafür war ein Dämon verantwortlich. Und nun sandte auch noch der Kult der To'Dhana seine Mitglieder aus, um gegen die Dämonenjäger vorzugehen. Wenn das keine Vorbereitungen für einen Krieg waren, was dann?

Nachdenklich begann er an dem Bärtchen unter seiner Unterlippe zu zupfen, das er sich seit Kurzem wachsen ließ. Wenn die Dämonen einen Krieg wollten, hatten sie noch ein ganz anderes Problem: die Barriere. Ein paar von ihnen mochte es ja gelungen sein, ein Schlupfloch aufzutun, durch das sie in diese Welt eindringen konnten. Aber Tausende, vielmehr Zehntausende von ihnen ... Das wäre nur möglich, wenn die Barriere zuvor zerstört würde. Und das war ausgeschlossen. *Trotzdem haben sich die To'Dhana zum ersten Mal seit Jahrhunderten aus ihren Löchern gewagt*, dachte Veitt. Sie mussten sich ihrer Sache also sehr sicher sein. Wussten sie etwas, das die Magier nicht wussten? Gab es noch mehr Verräter an der Akademie? Oder hatten sie einen anderen Weg gefunden, die Barriere außer Kraft zu setzen? Könnte er doch noch einmal mit Ryk sprechen, um in Erfahrung zu bringen, was er über den Blutlenker und seine Pläne auf Kellwyn herausgefunden hatte. Aber Ryk war tot. Entweder hatte der Blutlenker ihn umgebracht, oder er war ein Opfer des Portalzaubers geworden, mit dessen Hilfe er den Dämon wieder in die Gegenwelt verbannen wollte. Nicht einmal der Oberste Magus schien zu wissen, was wirklich auf Kellwyn passiert war. Oder hatte er Veitt nur nicht darin einweihen wollen?

Es klopfte an der Tür.

»Veitt, bist du da drin?« Es war Saira.

»Was gibt's denn?«

»Großmutter schickt mich. Das Essen ist fertig.«

Abendessen, richtig.

»Ich komme gleich. Geh schon mal vor.«

Veitt hörte, wie sich Sairas Schritte entfernten, und schwang die Beine aus dem Bett. Er stand nicht sofort auf, sondern blieb zunächst auf der Bettkante sitzen. Eigentlich hatte er überhaupt keinen Hunger. Im Gegenteil. Ihm war flau, und sein Magen drückte, als hätte er zu Mittag einen Sack Steine gegessen. Am liebsten hätte er sich gleich wieder hingelegt, aber er wollte vor Narodh nicht als Weichknie dastehen, das bei der kleinsten Belastung einknickte. Die Dämonenjägerin sollte wissen, dass sie auf ihn zählen konnte.

Kess Narodh hatte am Kopfende des Tisches Platz genommen. Sie unterhielt sich mit Milda, die zu ihrer Linken saß, als Veitt den Raum betrat. Barn, der den Stuhl zur Rechten der Dämonenjägerin belegte, sah auf und begegnete kurz seinem Blick, bevor er den Kopf wieder senkte. Sein wettergegerbtes Gesicht war so ausdruckslos wie eh und je.

Veitt setzte sich neben Milda. »Wo steckt Saira?«, fragte er und schob sich mit seinem Stuhl näher an den Tisch heran.

Es war Narodh, die ihm antwortete. »Elos ist aufgewacht. Ich habe sie zu ihm geschickt, damit sie ihm etwas von Mildas köstlichem Bratsch bringt. Es gibt nichts Besseres, um einen Kranken wieder auf die Beine zu bringen.«

Veitt reckte den Hals, um einen Blick in den Kessel zu werfen, der in der Mitte des Tisches stand. Feiner Dampf stieg daraus auf.

»Ein Rezept aus dem fernen Norsah«, sagte Milda daraufhin. »Ein Eintopf aus Pilzen, Rüben, Kartoffeln und Schweinefleisch, verfeinert mit Wiesenkräutern und einem Schuss meiner Geheimzutat.« Sie zwinkerte ihm zu.

Veitt lächelte. Mildas Geheimzutat war Magenbrenner. Ein hochprozentiger Schnaps, dem sie auch sonst nicht abgeneigt war. »Riecht fantastisch«, sagte er, was der Wahrheit entsprach. Tatsächlich hatte der Duft des Bratsch seinen Appetit angeregt.

Die Tür ging auf, und Saira huschte herein. »Hat länger gedauert, weil ich noch in der Vorratskammer war«, erklärte sie ein wenig atemlos, während sie mit dem Fuß die Tür hinter sich zuschob. In den Händen hielt sie einen großen Zinnkrug. »Elos hat so lange rumgequengelt, bis ich ihm ein Bier gebracht habe. Und da dachte ich, ihr mögt vielleicht auch eins.«

»Keine schlechte Idee, Mädchen«, sagte Narodh.

Saira strahlte ob des Lobs und füllte den Becher der Dämonenjägerin als ersten. Danach kamen Barn und ihre Großmutter an die Reihe. Gerade als sie Veitt einschenken wollte, legte er die Hand über seinen Becher. »Für mich nicht.«

Saira wirkte enttäuscht. »Nicht mal einen halben?«

Er schüttelte den Kopf. »Ich mochte Bier noch nie.«

Saira zog einen Schmollmund, zuckte dann die Schultern und nahm Veitt gegenüber am Tisch Platz. Jetzt, da alle saßen, schöpfte sich Narodh zwei volle Kellen Eintopf auf den Teller. Die anderen folgten ihrem Beispiel. Auch Veitt aß etwas. Mildas Bratsch schmeckte, wie er roch. Fantastisch. Trotzdem nahm er sich im Gegensatz zu den anderen keinen Nachschlag. Sein Magen machte sich wieder bemerkbar. So erging es ihm immer, wenn ihm zu viele Sorgen im Kopf herumschwirrten.

Während des Abendessens fiel ihm mehrmals auf, wie Barns Blick zu den Fenstern in Veitts Rücken huschte, als gäbe es draußen im Garten etwas zu sehen. Einmal drehte er sich neugierig um. Aber da war nichts. Nur die Dunkelheit und das Hämmern des Regens auf dem Vordach der Veranda. Auch Narodh war Barns Verhalten aufgefallen.

»Hast du etwas gesehen?«, wollte sie wissen.

Er schüttelte den Kopf.

»Was beunruhigt dich dann?«

Erneut sah er zu den Fenstern. »Gedanken und Hirngespinste.«

Narodh klopfte ihm auf die Schulter. »Kein Wunder nach den letzten Tagen.«

Nach dem Essen half Veitt den beiden Frauen beim Abräumen, während Narodh und Barn in den ersten Stock hinaufstiegen, um nach Elos zu sehen. Außerdem waren sie erschöpft von den Strapazen der Dämonenjagd und wollten früh zu Bett gehen. Vor allem Narodh brauchte dringend Schlaf, wenn sie am nächsten Tag Elos' Bein heilen wollte.

Veitt kehrte gerade von draußen in die Küche zurück, als die Köchin einen Topf heißes Wasser über dem Geschirr im Spülbecken entleerte. Dabei gähnte sie herzhaft. »Entschuldigt, Kinder, das muss am Wetter liegen.«

Saira, die den Boden fegte, sah auf und lächelte. »Warum machst du nicht eine Pause, Großmutter?«

»Ach was«, wehrte Milda ab, schleppte den Topf zurück zum Ofen und forderte Veitt auf, ihn mit dem Wasser zu füllen, das er gerade vom Brunnen hinter dem Stall geholt hatte. Danach kehrte sie zurück zum Spülbecken und rollte die Ärmel ihres Kleides hoch. »Auweia«, murmelte sie und hob die Hand zum Mund, als sie schon wieder gähnen musste.

»Was ist los, Großmutter?« Saira stellte den Besen zurück in die Ecke und ging zu Milda hinüber. Sie schlang einen Arm um sie und lehnte den Kopf an ihre Schulter. »Du siehst erschöpft aus. Warum gehst du nicht schon mal ins Bett und lässt mich das machen?«

»Es gibt noch so viel …«

»Papperlapapp«, fiel ihr Saira ins Wort. »Ich schaff das schon. Und Veitt ist ja auch noch da.« Das Mädchen sah fragend zu ihm herüber.

Veitt, der neben dem Ofen ausgeharrt hatte, trat auf die beiden Frauen zu. »Saira hat recht. Du hast dir die Ruhe verdient.«

Milda warf einen unschlüssigen Blick auf den Geschirrberg. »Also schön, wenn ihr darauf besteht, Kinder. Aber dass es euch beiden nicht zur Gewohnheit wird, sich gegen mich zu verschwören!« Sie drohte ihnen spielerisch mit dem Zeigefinger, bevor sie beiden in die Wangen kniff. »Wir sehen uns morgen früh.«

Saira sah ihr nach, bis sie aus der Küchentür verschwunden war. »Früher hat sie immer auf mich aufgepasst«, sagte sie leise, »heute bin ich es, die auf sie aufpassen muss.«

Die Zuneigung in ihrer Stimme berührte Veitt. »Du liebst sie wirklich sehr, nicht wahr?«

»Sie ist die beste Großmutter der Welt.«

Veitt beneidete sie um dieses Gefühl. Er konnte sich kaum mehr daran erinnern, wie es war, eine Familie zu haben. Menschen, die ihn bedingungslos liebten. Seine Eltern hatten ihn als Jungen verstoßen, nachdem sie herausfanden, dass er eine magische Begabung besaß. Auf Uxta waren die Menschen sehr abergläubisch und hielten die Magie für die Quelle allen Unheils.

Nachdem alle Arbeiten in der Küche getan waren, schickte Veitt auch Saira ins Bett. Dankbar machte sie sich davon. Er selbst ging noch einmal durchs Haus, um alle Kerzen zu löschen. *Wie anders es hier plötzlich riecht*, dachte er, während er dem Flur zu seinem Zimmer folgte. Früher hatte es in diesem Haus immer nach den Chemikalien aus Ryks Labor gestunken. Dieser Tage roch es mehr nach Menschen, mehr nach einem … Zuhause. Veitt lächelte bei dem Gedanken. Er mochte Saira und ihre Großmutter. Sie waren gute Menschen. Auf eine gewisse Weise mochte er auch Narodh. Sie konnte zwar ganz schön einschüchternd sein, hatte das Herz jedoch am rechten Fleck. Natürlich waren da noch Barn und Elos, aber an die würde er sich schon noch gewöhnen – und sie sich sicher auch an ihn. Mit einem Seufzen schloss er die Tür seines Zimmers hinter sich, zog seine Sachen aus und kroch ins Bett. Eine Weile lauschte er noch dem Trommeln des Regens an seinem Fenster, bis er schließlich einschlief.

Veitt starrte mit angehaltenem Atem in die Dunkelheit. Er konnte nicht sagen, was ihn geweckt hatte. Ein Geräusch. Vielleicht trieb einen der anderen ein nächtliches Hungergefühl im Haus um. *Ja, so muss es sein,* dachte Veitt. Er schloss die Augen wieder, zog sich die Decke bis zum Kinn und war bereits am Wegdämmern, als es einen Knall gab. Er schoss in die Höhe und starrte zur Decke. Sein Puls raste. Das Geräusch war von oben gekommen und hatte geklungen, als wäre etwas umgekippt oder gefallen. War das nicht Barns Zimmer direkt über dem seinen? Er sprang aus dem Bett, schlüpfte in seine Hose und schlich hinaus auf den Flur. Dort blieb er stehen und lauschte ins Dunkel. Über ihm knarrten Dielenbretter. Zwar knackte und knisterte es in so einem alten Haus immer, aber diese Geräusche waren zu gleichmäßig und klangen verdächtig nach jemandem, der umherschlich und dabei unbemerkt bleiben wollte.

Veitt entfachte seine Magie. Sicher war sicher. Barfuß lief er zur Treppe und hinauf in den ersten Stock. Mit geschärften Sinnen erfasste er seine Umgebung. Als ihm der Geruch von Blut in die Nase kroch, schauderte er. Aber da war noch mehr: Er roch Fremde. Eindringlinge. Er schluckte.

Veitt zwang sich weiterzugehen. Mühelos durchdrang sein Blick die nächtliche Schwärze, die den Flur ausfüllte. Als Erstes fiel ihm auf, dass die Tür zu Elos' Zimmer offen stand. Es kam noch vor dem von Barn und Narodh. Er ging hin und warf einen Blick hinein. Der Blutgeruch war in diesem Raum so überwältigend, dass Veitt würgen musste. *Bei … bei allen Dämonen der Gegenwelt!* Elos war tot. Jemand hatte ihm im Schlaf die Kehle durchgeschnitten.

Veitt wich zurück auf den Gang, fuhr herum und riss die Tür zu Barns Zimmer auf, das gleich nebenan lag. Er stürmte hinein und wäre fast über einen umgestoßenen Stuhl gestolpert. »Nein, nein, nein«, raunte er und schüttelte den Kopf, als könnte er nicht glauben, was er sah. Auch Barn war tot. Er lag in der Mitte des Zimmers, nur mit einer Hose bekleidet. Aus seiner Brust ragte ein Messer. Er musste aufgewacht sein, als der Mörder den Raum betreten hatte. Viel hatte ihm das nicht genutzt. Und das erschien Veitt seltsam. Barn war ein Jäger, hatte gegen Dämonen gekämpft. Jemand wie er war ständig auf der Hut. Das war er schon den ganzen Abend gewesen, und trotzdem hatte er nicht mitbekommen, wie jemand ins Haus eingedrungen war.

Ein Schrei riss Veitt aus seiner Starre. Er wirbelte herum und stürmte nach draußen. Der Laut war vom Ende des Flurs gekommen, wo sich Ryks, nein, jetzt Narodhs Zimmer befand. Waffengeklirr drang an sein Ohr. Er rannte zu Narodhs Tür. Die Dämonenjägerin, gekleidet in ein Leinenhemd, das ihr bis auf die Oberschenkel fiel, wehrte mit ihrem Schwert gerade die Angriffe von zwei Männern ab. Ihre Klingen blitzten im Schein des Mondes, der durch das Fenster fiel. Ein dritter Schwertkämpfer lag in einer Blutlache auf dem Boden. Er musste derjenige sein, dessen Schrei Veitt gehört hatte. Verflucht! Narodh war in Bedrängnis. Sie stand mit dem Rücken zum Bett, als wäre sie gerade noch so herausgekommen, bevor die Männer sich auf sie gestürzt hatten. Nun war sie eingekesselt. Zudem stimmte etwas nicht mit ihr. Sie war eine Dämonenjägerin. Dank ihrer Magie konnte sie sich schneller bewegen als jeder gewöhnliche Mensch, und dennoch wirkten ihre Hiebe und Abwehrversuche träge und unbeholfen. An den Armen hatte sie bereits mehrere

Schnitte. Und sie blinzelte unablässig, als wäre sie nicht ganz bei sich, dabei müsste ihr Körper wegen des Kampfes mit Adrenalin vollgepumpt sein.

»Narodh! Was soll ich tun?« Veitt hörte selbst, wie panisch er klang. Er war nun mal kein Kämpfer, er war ein Schreiberling und Laborgehilfe.

Sie sah zu ihm herüber. Im gleichen Augenblick bereute Veitt, sie gerufen zu haben. Einer der Männer nutzte die Ablenkung und zielte mit der Klinge auf ihren Hals. »Vorsicht!«, schrie Veitt. Die Dämonenjägerin zuckte zusammen, als erwachte sie aus einer Trance. Sie schlug das Schwert ihres Gegners zur Seite, woraufhin es ihre Kehle verfehlte, sich dafür aber in ihre linke Schulter bohrte.

»Scheiße«, stöhnte Narodh, verpasste dem Mann einen Tritt, sodass er zurücktaumelte und dabei das Schwert mit sich riss. Blut spritzte aus der Wunde. Der Schmerz musste höllisch sein, doch Narodh verzog nicht mal das Gesicht. Stattdessen stieß sie ihre Klinge in Richtung des zweiten Kämpfers, um ihm keine Gelegenheit zu einem Angriff zu geben. »Veitt«, keuchte sie, ohne ihn anzusehen. »Bring … die Frauen in … Sicherheit. Ich komme … holen, wenn ich hier … fertig bin.« Narodhs Zunge wirkte genauso träge wie der Rest von ihr. In diesem Zustand konnte er sie nicht allein lassen. Die beiden würden sie umbringen.

Er machte einen Schritt in den Raum hinein, und ihr Kopf ruckte zu ihm herum. »Geh«, bellte sie. »Das ist ein Befehl!« Für einen Moment flackerte Wut in ihren Augen auf. Das war die Kess Narodh, die er kannte. Veitt lief zurück in den Flur. Niemand folgte ihm. Anscheinend hatten sie es in erster Linie auf die Dämonenjägerin und ihre Gehilfen abgesehen. Das erklärte auch, warum diese Mörder gleich in den ersten Stock hinaufgestiegen waren. Nur woher hatten sie gewusst, dass sie sie dort finden würden?

Veitt erreichte die Treppe und hechtete hinunter ins Erdgeschoss. Es war ihm egal, dass er dabei so viel Lärm machte wie ein sharigorischer Lehmbüffel. Seine Anwesenheit im Haus war ohnehin kein Geheimnis mehr. Ob es die gleichen Männer waren, die Narodh, Bran und Elos im Ostwald angegriffen hatten? Sehr wahrscheinlich. Demnach mussten sie ihnen hierher gefolgt sein. Diese verfluchten To'Dhana. Wenigstens hatten sie die Pirscher nicht mit ins Tal bringen können.

In der Vorhalle des Hauses wandte Veitt sich nach links. In dieser Richtung lagen die Küche, die Bibliothek, sein eigenes Zimmer und die von Milda und Saira. Er hetzte den Gang entlang, als ein weiterer Schrei erklang. »Großmutter! Großmutter! *Neeeeeeein*!« Dieses Mal kam er aus der Küche.

Veitt fand Saira schluchzend über Milda gebeugt, die auf dem Boden vor dem Ofen lag. Neben ihr stand ein dreiarmiger Kerzenleuchter auf den Bodendielen. Die Flammen tanzten wie in einem Luftzug und tauchten die Küche in unruhigen Widerschein. Beide Frauen trugen ihre Nachthemden. Mildas zeigte einen großen roten Fleck über der Brust. Sie war ebenfalls erstochen worden. Neben ihr lag ein Becher in einer Wasserpfütze. Durst musste die alte Frau in die Küche geführt haben.

Veitt war in der Tür stehen geblieben. Der Anblick schnürte ihm die Kehle zu. Tränen schossen ihm in die Augen.

»Oh, Veitt ... sie ist ... ist tot!«, stammelte Saira, als er sich ihr näherte. Das Mädchen sprang auf und warf sich an seine Brust. »Tot, tot, tot ...«

»Wir haben keine Zeit. Wir müssen auf der Stel...« Ein beißender Schmerz jagte durch seine Seite. Erschrocken stieß Veitt Saira von sich. Sie prallte gegen die Anrichte neben dem Ofen und ging zu Boden. Er selbst taumelte rückwärts gegen den Türrahmen. Scheiße. Mit der Rechten tastete er nach dem Schmerz in seiner Seite. Als er seine Hand wieder zurückzog, klebte Blut daran.

»Ts, ts, ts, behandelt man so etwa eine Frau?«, stieß Saira hervor. Sie hatte sich wieder aufgerichtet und starrte ihn mit kalten Augen an. In der Hand hielt sie einen Dolch. Die Schneide war voller Blut.

»Du … du arbeitest mit denen zusammen?«

»Dann bist du meinen Freunden also schon begegnet?« Sairas Lippen verzogen sich zu einem Grinsen.

»Ich verstehe …« Schmerz durchzuckte ihn. Veitt stöhnte und krümmte sich für einen Moment zusammen. »Deine … deine eigene Großmutter, Saira? Warum?«

Das Mädchen lachte. »Saira ist tot! Auf ihrer Reise ins Tal hatte das dumme Ding eines Abends den Fehler gemacht, sich zu weit vom Lager ihrer Freunde zu entfernen.«

Veitt starrte sie an. »Du … du bist ein Morphus?«

»Ich bin etwas Besseres.«

»Was … *verdammt!* … meinst du damit?«

»Oh, armer Veitt, tut es sehr weh?«, fragte die Gestaltwandlerin spöttisch. Dann hob sie das Kinn und schnaubte. »Was spielt es für eine Rolle, was ich bin? Du bist bald eh tot.«

»Dann spielt es … auch keine Rolle, ob du meine Fragen beantwortest.« Veitt wusste nicht, wie lange er noch durchhalten würde, bevor die Beine unter ihm einknickten. Er musste versuchen, sich zu heilen. Also sandte er Magie in seine linke Seite, damit sie die Wunde schloss. Gleichzeitig redete er weiter, um seine Gegnerin abzulenken. »Du … du hast ihnen etwas ins Bier getan, nicht wahr?«

»Du bist ja ein ganz Schlauer.« Saira machte einen Schritt auf ihn zu. »Ich war ein wenig enttäuscht, als du nichts trinken wolltest. Aber dann dachte ich mir, dass du eh nur ein Gehilfe und kein richtiger Magier bist. Elos, dieser Narr, hat es mir verraten.« Sie kam noch ein wenig näher.

»Ich warne dich«, stöhnte Veitt, »dieses Mal hast du kein so leichtes Spiel mit mir.«

Saira neigte den Kopf und musterte Veitt abschätzend. »Ach, was soll's«, sagte sie. »Meine Freunde werden jeden Augenblick hier sein. Sollen sie sich um dich kümmern.«

»Der Überfall im Ostwald, das waren sie.« Unmerklich richtete er sich ein wenig auf. Der Schmerz in seiner Seite ließ spürbar nach. Und er wollte bereit sein, falls sie ihn noch einmal angriff.

»Narodh, Bran und Elos hätten dabei sterben sollen und wären dann von ihnen ersetzt worden. So, wie ich Sairas Platz eingenommen habe, um die Situation hier im Haus auszukundschaften.«

Veitt nickte. »Heute Morgen, da warst du nicht spazieren, du hast dich mit ihnen getroffen.« Er verzog das Gesicht, als würde er von einer weiteren Schmerzattacke geplagt. Tatsächlich fühlte er die Wunde kaum mehr. Dafür war ihm inzwischen seltsam schummrig zumute. »Warum ... tut ihr das?«

»Du willst verstehen?« Sie zuckte die Schultern. »Ihr Magier seid schwach geworden. Einzig die Dämonenjäger stellen noch eine Gefahr für unseren Herrn und seine Pläne dar. Aus diesem Grund hat er uns zu allen Inselwelten ausgesandt, damit wir euch beseitigen und ersetzen. Die Wahrheit werden die Menschen erst begreifen, wenn es längst zu spät ist.«

Veitt dachte daran, was Narodh ihm von den verschwundenen Dämonenjägern erzählt hatte. Ganz so glatt, wie diese Saira-Doppelgängerin ihn glauben machen wollte, lief die Sache wohl doch nicht. »Und wer ist euer Herr?«

Saira hob das Kinn ein wenig an und bedachte ihn mit einem herablassenden Blick. »Wer anders als Zaragoth der Mächtige. Der einzig wahre Diener der lebenden Götter.«

In diesem Moment stieß Veitt sich vom Türrahmen ab und stürzte auf sie zu. Er hatte die Entfernung jedoch unterschätzt und war immer noch ein wenig wackelig auf den Beinen, was Saira Gelegenheit gab, ihm auszuweichen. Veitt stolperte an ihr vorüber und krachte nun selbst gegen die Anrichte, gefolgt von einem Tritt in den Rücken. Er stöhnte auf, ignorierte den Schmerz dieses Mal und fuhr herum. Saira stand nur drei Schritte entfernt, den Oberkörper leicht vorgebeugt und die Spitze des Dolches auf ihn gerichtet.

Veitt blieb nur eine Chance. Er rief die Magie, die er zuvor ausgesandt hatte, die Stichwunde zu heilen, zurück in das Energiezentrum nahe seines Herzens. Anschließend leitete er sie in seine Arme und Beine um und erhöhte auf diese Weise seine Kraft und sein Reaktionsvermögen. Keinen Augenblick zu früh.

Saira griff an. Veitt warf sich zur Seite, rollte über die Schulter ab und stand bereits wieder auf den Füßen, bevor Saira bei ihm war. Sie kniff die Augen zusammen und knurrte. »Ich bringe dich trotzdem um.« Mit dem Dolch stieß sie in seine Richtung.

Veitt wich zurück. Saira setzte nach und zielte mit dem Dolch auf seine Brust. Erneut tänzelte Veitt zur Seite, sodass ihr Stoß ins Leere ging. Gleichzeitig nutzte er seine Magie, um mit einer übermenschlich schnellen Bewegung hinter sie zu gelangen und ihr die flache Hand in den Rücken zu rammen. Mit übelkeiterregender Deutlichkeit spürte er, wie ihr Rückgrat unter der Wucht seines Schlages brach. Saira wurde einmal quer durch die Küche geschleudert und blieb schließlich reglos auf dem Boden liegen.

Bei allen Dämonen … Das hatte er nicht gewollt. Er hatte unterschätzt, wie stark er durch die Magie war. Plötzlich sackten die Beine unter ihm weg, und er landete auf seinem Hintern. Sogleich begann die Wunde in seiner linken Seite wieder zu schmerzen. Veitt achtete nicht darauf. Sein Blick hing an Sairas Leichnam.

Ihr Körper wirkte merkwürdig verdreht, wie bei einer Marionette, der man die Fäden durchgeschnitten hatte. Das Nachthemd war so weit hochgerutscht, dass es ihre langen weißen

Beine und eine Pobacke entblößte. Die Arme lagen unter ihrem Körper. Der Kopf hatte sich beim Aufprall so gedreht, dass sie in seine Richtung blickte. Blut rann aus einem Mundwinkel.

»Was warst du?«, flüsterte er und zuckte heftig zusammen, als plötzlich ihre Lider aufklappten. Mit einem blutigen Lächeln sah sie ihn an. »Sharigor ... komme aus Sharigor. Dorf ... Felder ... Blumen ... alles weg. Vergessen.« Eine Träne rann aus ihrem Auge. »Du ... du denkst, du hast ... gewonnen«, sie zeigte ihm erneut ihr rotes Lächeln, »dabei bist du genauso ... tot wie ich. Unsere Waffen ... vergiftet.« Ihre Stimme brach und verstummte. Dieses Mal war sie wirklich tot.

Vor seinen Augen verfiel ihr Körper. Fleisch und Muskeln schienen unter ihrer Haut wegzuschmelzen wie Schnee an einem ersten warmen Frühlingsmorgen. Ihr Haar verlor seine Farbe ebenso wie ihr Körper, bis alles an ihr nur noch grau war. Grau und verdorrt. Im ersten Moment glaubte er, sie sei eine Keesa. Nur war das nicht möglich, die Keesa waren ein friedliebendes Volk. Und dann begriff er. Saira – oder wie immer ihr Name war – hatte die Wahrheit gesagt: Zaragoth war ihr Herr. Was bedeutete, dass der Dämon sich in den Schwebenden Reichen aufhielt und den Grauen Fluch unter die Menschen brachte.

Hinter ihm erklangen Schritte. Er seufzte. Einen weiteren Kampf würde er nicht durchstehen. Auf dem Boden sitzend, drehte sich Veitt so weit herum, dass er durch die Küchentür in den Flur davor sehen konnte. Es war Narodh, die durch das Dunkel geschlurft kam. In der Rechten hielt sie ihr Schwert, die Spitze schleifte über den Boden. Mit der anderen Hand hangelte sie sich an der Wand entlang. Die Dämonenjägerin blutete aus zahlreichen Wunden. Kaum war sie durch die Tür, brach sie auch schon zusammen. Klappernd schlug das Schwert neben ihr auf den Dielen auf.

»Narodh!« Veitt kroch zu ihr hinüber. »Narodh, hörst du mich?«

Flatternd hoben sich ihre Lider. Im ersten Moment schien sie ihn nicht zu erkennen, aber dann nickte sie schwach. »Sie … sie waren Gestaltwandler«, keuchte sie. »Sie können … die Gestalt von Menschen imitieren, wenn sie von … ihrem Fleisch essen.«

Veitt berührte ihre Stirn. Sie glühte förmlich. »Saira gehörte zu ihnen. Sie sagte, ihre Waffen wären vergiftet gewesen.«

»Weiß …«, antwortete Narodh.

»Du musst dich heilen.« *Und ich mich selbst auch*, fügte Veitt in Gedanken hinzu.

»Schon … versucht«, krächzte sie. »Zu stark.«

»Was kann ich tun?«

Ihre Hand schoss hoch, krallte sich in sein Hemd und zog ihn zu sich herab. »Zuhören … verdammt.« Sie funkelte ihn an. »Vielleicht sind … noch mehr dort … draußen. Ich will nicht doch noch … von einem dieser Monster gefressen … werden. Du musst mich … töten. Das Gift … Dämonengift … kenne es. Tötet mich eh und der Schmerz … grausam. Danach … verbrenne … alles. Zur Sicherheit.«

»Nein«, sagte Veitt und schüttelte den Kopf. »Du wirst nicht sterben.« Er legte seine Hand auf ihren Oberbauch. Dorthin, wo sich bei einem Magier das Seelenfeuer befand. »Ich werde dich retten. Verstanden?«

Sie starrte ihn an. Stumm und irgendwie traurig.

Veitt konzentrierte sich auf seine Magie und rief sie zurück in sein Energiezentrum. Im selben Moment, da sie sich aus seinem Körper zurückzog, loderte der Schmerz in seiner Seite auf. Er schrie auf und brach über Narodh zusammen. Ihm schwindelte, und einige Sekunden lang war ihm schwarz vor Augen, bevor sich seine Sicht wieder klärte. Mühsam stemmte er sich hoch. Schon von dieser kleinen Anstrengung brach ihm am ganzen Körper der Schweiß aus.

»Magie«, flüsterte Narodh. »Spüre … bei … dir.«

»Ich erkläre es dir ein andermal«, keuchte Veitt und stützte sich mit den Handen auf seinen Oberschenkeln ab.

»Zu ... spät ... für mich. Vielleicht auch ... dich.« Ihre Hand tastete sich bis zu ihrem Schwert vor, umfasste es und zog es heran. »Tu ... es.«

Veitt schluckte und entfachte seine Magie wieder, um seinen Körper zu stärken. Danach fühlte er sich zumindest sicher genug, um aufzustehen. Er sah auf Narodh herab und setzte die Spitze des Schwertes auf ihre Brust. Sein Blick verschwamm, während ihm Tränen in die Augen stiegen. »Mach ... schnell.« Ohne ein weiteres Wort stieß er zu. Die Klinge drang tief in Narodhs Brust, sodass sie auf der Stelle tot war. Danach ließ Veitt das Schwert los und floh aus der Küche.

Zunächst suchte er sein Zimmer auf, zog sich seine restlichen Sachen und Stiefel an. Kurz ließ er den Blick durch den Raum schweifen. So viele Jahre bewohnte er ihn schon, so viele Erinnerungen lagerten in den Regalen und in seiner Truhe. Er dachte darüber nach, etwas davon einzupacken und mitzunehmen. Nur wozu? Er spürte das Dämonengift in seinem Körper wüten. Seine Magie versuchte, die durch das Gift verursachte Schwäche auszugleichen. Aber er fühlte sich nicht so stark, wie er sollte. Gab es wirklich keine Heilung? Und wie viel Zeit blieb ihm noch, bevor seine Magie den Kampf gegen das Dämonengift verlor? Er fürchtete sich vor der Antwort, weshalb er den Gedanken fürs Erste beiseiteschob. Viel wichtiger war im Augenblick, dass er Narodhs letzten Befehl ausführte.

Veitt eilte ins Labor. Mittlerweile lief ihm der Schweiß in Strömen über Gesicht, Brust und Rücken, sodass ihm das Hemd am Körper klebte wie eine zweite Haut. Im hintersten Winkel des Laboratoriums gab es eine kleine, unscheinbare Truhe. Ryk bewahrte sie im untersten Fach eines Regals auf, wo sie zwischen ein paar alten Wälzern stand und leicht zu übersehen war. Sie war mit einem Schloss gesichert. Veitt wusste jedoch, wo Ryk den Schlüssel verbarg. Er holte ihn aus seinem Versteck. Als er sich nach der Truhe bückte, spürte er links ein Reißen, gefolgt von einer feuchtklebrigen Wärme, die seitlich seinen Rücken hinabrann. Verflucht! Er tastete danach, und als er die Hand zurückzog, war frisches Blut an seinen Fingern. Der Messerstich hatte sich wieder geöffnet.

Er beachtete die Wunde nicht weiter, holte die Truhe aus dem Regal und stellte sie auf einen der Labortische. Neben einer Reihe Phiolen mit tödlichen Giften wie Sauerblut und Witwenkuss lagerten noch drei faustgroße Fläschchen Feuerodem darin. Die leicht entzündliche Flüssigkeit würde selbst bei Regen weiterbrennen. Veitt nahm behutsam die Fläschchen heraus, entkorkte die erste und verteilte ihren Inhalt über Möbel und Boden des Labors. Die Flüssigkeit war geruchlos, dafür zäh wie Sirup. Danach ging er zur Tür, stellte die anderen beiden Flaschen Feuerodem in sicherer Entfernung draußen auf dem Gang ab und nahm die alchemistischen Zündelhölzer aus seiner Hosentasche, die er am Abend für die Kerzen verwendet hatte. Eines der Hölzer entfachte er an der rauen Oberfläche der Schachtel und warf es ins Labor. Es landete mitten in einer Pfütze Feuerodem. Mit einer Stichflamme loderte es auf.

Veitt wartete gar nicht erst ab, ob das Feuer sich ausbreitete. Das war so gewiss wie der nächste Sonnenaufgang. Er lief in die Küche und setzte sie mit dem zweiten Fläschchen in Brand. Mit dem letzten kehrte er in die Vorhalle des Anwesens zurück, wo er seinen Inhalt auf dem Boden ausgoss. Aus dem Labor und aus der Küche konnte er das Prasseln der Flammen hören. Rauch zog von beiden Seiten des Flurs auf ihn zu. Sein Blick glitt ein letztes Mal über die Gemälde der früheren Dämonenjäger, die an den Wänden hingen und heute besonders grimmig auf ihn herabzustarren schienen.

Das war's also, dachte er, wischte sich mit dem Handrücken den Schweiß von der Stirn und taumelte zur Haustür. Draußen war es stockduster. Regen wehte ihm ins Gesicht. Veitt entfachte ein weiteres Zündelholz, drehte sich um und warf es in die Vorhalle.

Die Nacht umfing ihn mit einer nasskalten Umarmung. Seine Magie konzentrierte sich inzwischen ganz darauf, seinen Körper am Leben zu halten, weshalb er kaum etwas sah und bei jedem dritten oder vierten Schritt strauchelte. Ihm war übel und schwindelig, und das Herz schlug ihm bis zum Hals. Trotzdem befreite er noch die Pferde aus ihren Boxen im Stall, damit sie sich vor dem Feuer in Sicherheit bringen konnten. Kurz spielte er mit dem Gedanken, zu einem der Gehöfte draußen auf der Grasebene zu reiten und dort um Hilfe zu bitten. Aber es gab nichts, was diese Menschen für ihn hätten tun können. Nur ein mächtiger Heiler konnte ihn jetzt noch retten. Auch fürchtete er, dass außerhalb des Tales Pirscher oder andere Dämonen herumlungerten, die mit den Gestaltwandlern gekommen waren.

Veitt sah zu, wie die Pferde in die Dunkelheit entschwanden, bevor er sich auf den Weg zum Eichenhain machte. Nur einmal blickte er zurück, bevor er das Wäldchen betrat. Das Feuer wütete inzwischen im gesamten Erdgeschoss.

Veitt tastete sich zwischen den Baumstämmen hindurch, die ihm zugleich Halt gaben. Regen rann ihm übers Gesicht, und bei jedem Schritt schmatzte der Waldboden unter seinen Stiefeln. Immer häufiger musste er stehen bleiben, um nach Atem zu ringen. Dabei lehnte er zitternd vor Kälte und Erschöpfung an einem der Stämme, während der Schmerz sich durch seine linke Seite fraß. Er wollte schreien, nur fehlte ihm selbst dafür die Kraft.

Als er das Ufer des Sees erreichte, in dessen Nähe eine Höhle lag, die er zu seinem Schutz hatte aufsuchen wollen, war er bereits so schwach, dass ihm die Knie einknickten. Der Länge nach schlug er hin und landete im Schlamm. Erneut jagte eine Schmerzwelle durch seinen Körper. Veitt stöhnte auf. Der See – er war direkt vor ihm. Die letzten Meter kroch er.

»Hilfe«, krächzte er. »Hilfe!«

Er schob die Rechte vor und fühlte, wie seine Hand ins Wasser eintauchte. Ein magisches Flimmern erwachte im See, und Schlieren aus Blut – seinem Blut – lösten sich von seinen Fingern und trieben als dünne Fäden hinaus in den See. Der aufziehende Nebel war das Letzte, was er sah, bevor er die Besinnung verlor.

23

Cros'Anoriel, Gegenwelt
26. Septer 1026 n. d. Zweiten Dämonenkrieg

Schmerz zerrte an Ryks Bewusstsein und entriss ihn der tröstlichen Umarmung seiner Ohnmacht. Etwas hatte sein Gesicht getroffen. Er schlug die Augen auf. »Na endlich, ich dachte schon, ich müsste dich noch mal schlagen«, brummte Kela, die sich über ihn gebeugt hatte. »Nicht dass ich keinen Spaß daran hätte, aber uns läuft die Zeit davon.« Da waren überall Blutspritzer: auf ihren Wangen, auf der Stirn und selbst auf ihren Lippen. »Nun komm schon auf die Füße, oder willst du hier sterben?«

Ihm fiel wieder ein, wo er war. Der Gedanke genügte, um ihn aufzurütteln. Ryk schoss in eine aufrechte Position, stöhnte und verzog das Gesicht, als ein heftiges Pochen in seinem Hinterkopf einsetzte. »Scheiße, was ist passiert?« Er griff nach dem Schwert, das neben ihm auf dem Boden lag. Die Klinge war rot von Dämonenblut.

Kela reichte ihm eine Hand und zog ihn hoch. »Ein Val'kai-Krieger hatte sich von hinten an dich rangemacht«, sagte sie und seufzte. »Einige von ihnen geben noch immer uns die Schuld an dem, was passiert ist. Nersei hat ihn getötet, bevor er dir weiteren Schaden zufügen konnte.«

Ryk, gestützt von Kela, blickte sich auf dem Platz um, der mit toten Tier- und Menschendämonen gepflastert war. Von Nerseis

Truppe lebten gerade noch dreißig Krieger. Sie hatten einen Ring um Ryk und Kela gebildet und wehrten jene Dämonen ab, die sich nicht durch die Kadaver ihrer Artgenossen von einem Angriff abschrecken ließen.

»Nersei hat den Rückzug befohlen. Seine Leute sind am Ende ihrer Kräfte. Und uns beiden geht's nicht besser, wenn ich dich so ansehe. Wir sollen uns in dem Haus dort drüben verschanzen.« Sie deutete auf ein merkstöckiges Bollwerk aus massiven roten Steinquadern und mit schießschartenähnlichen Fenstern, die zu schmal waren, als dass etwas hindurchschlüpfen könnte. Es lag auf der Nordseite des Platzes – genau gegenüber dem zerstörten Stadttor. »Wenn ich ihn richtig verstanden habe, handelt es sich um eine Garnison der Stadtwache.«

Ryks Blick kehrte zu Kela zurück. »Und was tun wir dort? Auf ein Wunder hoffen?«

Sie zuckte mit den Schultern. »Wir waren schon in aussichtsloseren Situationen.«

»Wirklich?«

»Vermutlich nicht. Aber ist das jetzt noch von Bedeutung?« Sie gab Nersei ein Zeichen, dass sie und Ryk bereit waren. Daraufhin erteilte der Veydra den Befehl zum Rückzug. An Kelas Seite und umringt von Val'kai-Kriegern, stolperte Ryk auf das Militärgebäude zu. Es hatte ein Flachdach, von dem aus eine Handvoll Armbrustschützen die Animalia beschossen, die nach wie vor durch das Tor und die eingestürzte Stadtmauer drängten. Ihr Heulen und Kreischen erinnerte an das Brausen eines Sturms.

Jeder Schritt kam Ryk vor wie Hunderte. Ohne Kela, die einen Arm um seine Hüften gelegt hatte, während sie mit der anderen das Schwert hielt, wäre er schon nach wenigen Metern zusammengebrochen. Verdammt, jeder Muskel und Knochen im Leib schmerzte ihm. Zudem war seine Magie bis aufs letzte Fünkchen aufgebraucht. Wenn er nicht dringend etwas Schlaf bekam, würde er keine neue regenerieren können.

Nersei ging dem Trupp voraus und kämpfte ihnen den Weg frei, wann immer es nötig war. Seine Krieger schützten Ryk und Kela auch weiterhin vor Dämonenangriffen. Viele waren selbst verwundet, humpelten oder bluteten aus zahlreichen Kratz- und Bissverletzungen.

»Mach dich nicht so verflucht schwer, Ryk«, zischte Kela.

Er wandte ihr das Gesicht zu. Seine Füße schleiften mehr über den Boden, als dass er wirklich ging. Sein Schwert, das er mit der Linken umklammerte, wies mit der Spitze nach unten und schabte über das Pflaster. Er hatte ohnehin nicht das Gefühl, auch nur noch einen Hieb damit ausführen zu können. Erst jetzt fielen ihm die Prellungen, Schnitte und Kratzspuren an Kelas Schultern und Armen auf, und vermutlich hatte sie noch Dutzende mehr, die er nicht sehen konnte. Es ging ihr kaum besser als ihm selbst, und trotzdem schleppte sie ihn mit sich. Plötzlich schämte er sich und versuchte, noch ein wenig Kraft in sich zu finden, um ihr ihre Aufgabe zu erleichtern. Aber da war nichts. Überhaupt nichts mehr.

»Tut mir leid«, keuchte er.

»Sag das meinem Rücken.« Sie sah ihn an. In ihren Augen loderte ein verbissener Ausdruck, gepaart mit dem Stolz und der Unnachgiebigkeit einer Veydra. »Mach dir nichts draus. Ich wusste schon immer, das ich die Stärkere von uns beiden bin.«

Mittlerweile hatten sie das Ende des Platzes erreicht. Die Garnison war nur noch zehn Schritte entfernt, als ein Reißer aus einer Seitengasse hervorbrach und auf Nersei zuhielt. Mehrere Val'kai-Krieger riefen dem Veydra eine Warnung zu. Nersei hatte den Angreifer jedoch längst bemerkt. Er wirbelte mit dem Speer in der Hand zu ihm herum und stieß damit nach der Kehle des Dämons. Aber auch Nersei hatte durch die vorangegangenen Kämpfe an Stärke und Schnelligkeit eingebüßt. Der Reißer setzte mit einem Sprung über den Runenspeer hinweg und hätte den Veydra unter sich begraben, wäre einer der Krieger nicht vorgeprescht und hätte ihn aus dem Weg gestoßen. Für Nersei war es die Rettung. Der Krieger hingegen starb unter den Klauen des Reißers. Der Triumph der Bestie währte nicht lange. Nur einen Atemzug später brach sie tot über der Leiche des Kriegers zusammen, durchbohrt von fünf Speeren.

Nersei wandte sich von dem Anblick ab und dem Gebäude in seinem Rücken zu. Die Tür war massiv und zusätzlich mit Eisenbeschlägen verstärkt, sodass sie einem Angriff durch die meisten Tierdämonen standhalten würde. Der Veydra stieß sie mit dem Speer auf. Als sich drinnen nichts rührte, forderte er seine Krieger sowie Kela und Ryk mit einem Wink auf, einzutreten. Er selbst folgte als Letzter und verrammelte die Tür hinter ihnen.

Im Inneren des Hauses war es kühl. Die dicken Mauern und schmalen Fenster hielten die Hitze draußen. Ryk und Kela folgten den Val'kai-Kriegern durch einen Gang, von dem eine Reihe Türen abging, und gelangten auf diese Weise in einen großen Raum mit einer Feuerstelle und mehreren Tischen. Auf einigen standen noch Teller mit Essensresten.

Nersei erschien an Kelas Seite. »Hinter der Tür dort hinten liegt eine Treppe.« Er nickte zum anderen Ende des Raumes. »Sie führt in die oberen Stockwerke, wo sich die Unterkünfte für die Krieger befinden. In einem der Zimmer könnt du und Ryk euch ausruhen.«

Die Zimmer im ersten Stock waren schlicht und lediglich mit jeweils zwei Pritschen ausgestattet. Kela schleifte Ryk zu der nächst stehenden und ließ sich anschließend mit einem *Uff* neben ihn fallen. Das Schwert entglitt ihr und fiel klappernd zu Boden. Das Geräusch schreckte Ryk auf, und er blickte hinab auf seine eigene Waffe. Seine Fingerknöchel traten weiß hervor, so fest umklammerte er den Knauf. Er musste sich zwingen, sie loszulassen, woraufhin die Waffe von der Pritsche rutschte und sich am Boden mit der von Kela kreuzte. »Ich bin völlig am Arsch!«

Ryk sackte gegen die Wand in seinem Rücken. »Ach ja, und danke.«

Kela, die das Gesicht in den Händen vergraben hatte, erwiderte etwas darauf, das vielmehr nach einem Knurren als nach richtigen Wörtern klang. Nach einer Weile sah sie auf. »Du bist verletzt!« Sie starrte auf seine linke Seite. Dort war das Hemd unterhalb der Rippen zerfetzt und hatte sich mit Blut vollgesogen.

Ryk neigte den Kopf vor, um einen Blick darauf zu werfen. »Hm, macht ganz den Eindruck.« Im Rausch der Magie hatte er kaum etwas von den Hieben und Schlägen seiner Gegner gespürt. Jetzt schien sein ganzer Körper nur noch aus Schmerzen zu bestehen, sodass er kaum in der Lage war, zwischen den verschiedenen Verletzungen zu unterscheiden.

»Ich schau's mir lieber mal an.« Kela zerrte ihm das Hemd aus der Hose, wobei sie nicht gerade zimperlich war. Ryk stöhnte. »Jetzt stell dich nicht so an.« Nachdem sie die Wunde freigelegt hatte, beugte sie sich vor, um sie genauer zu untersuchen. Ryk wollte schon protestieren, als sie mit ihren Fingern die Wundränder abtastete, doch dieses Mal ging sie unerwartet sanft vor. »Drei tiefe Kratzer wie von einer Klaue«, sagte sie. »Besser wär's, wir würden sie nähen. Nur fehlen mir dazu Nadel und Faden.«

»Lass nur, es wird schon ...«

»Klappe! Wir müssen dich zumindest verbinden, damit du am Ende nicht noch verblutest. Ich bin gleich wieder zurück.« Kela stand auf und verließ den Raum.

Ohne sie wäre ich jetzt tot, dachte Ryk. Er schuldete ihr was, und auch Nersei. Der Veydra hatte ihm an diesem Tag gleich mehrmals das Leben gerettet. Er sank wieder zurück und schloss die Augen. Er war so verdammt müde. Wie aus weiter Ferne drangen die Geräusche von draußen an sein Ohr: Das Gebrüll der Animalia und die Schreie ihrer Opfer.

Die Tür ging auf. Ryk schreckte hoch und stöhnte. Er musste kurz eingenickt sein. Es war Kela. Sie hielt ein Hemd in den Händen. »Das ist alles, was ich auftreiben konnte. Das Verbandszeug ist aufgebraucht«, sagte sie und fing an, es in Streifen zu reißen.

»Das wird schon genügen.«

»Du musst dich aufrecht hinsetzen, damit ich die Wunde verbinden kann«, sagte sie. »Schaffst du das?«

Anstatt ihr zu antworten, schob Ryk sich in eine sitzende Position. Ein Stich fuhr ihm durch das Rückgrat, als hätte ihm jemand einen Dolch zwischen zwei Wirbel gerammt. Er biss die Zähne zusammen und schluckte den Schmerz herunter.

Kela legte die Stoffstreifen auf der Pritsche ab, kniete sich vor ihn hin und zog ihm das Hemd dieses Mal komplett aus. Anschließend setzte sie sich neben ihn. »Da ist eine große violette Verfärbung im oberen Bereich deines Rückens. Sieht aus, als hätte dich ein Pferd getreten.« Sie tastete mit den Fingerspitzen darüber. »Wie fühlt sich das an?«

Ryk verzog das Gesicht. »Als hätte mich ein Pferd getreten.«

»Ich mein's ernst. Vielleicht sind ein paar Rippen angeknackst. Hast du Probleme beim Atmen?«

Er schüttelte den Kopf.

»Hm, scheint, als hättest du noch mal Glück gehabt.« Sie verband seine Verletzung, wobei sie die Bandagen möglichst straff zog, um den Blutfluss zu stoppen. Der Schmerz ließ Sterne vor Ryks Augen tanzen. Um nicht aufzuschreien, biss er die Zähne zusammen. Bald darauf war Kela fertig und half ihm wieder in sein Hemd.

»Was ist mit dir?«, fragte Ryk, der sich mit dem Rücken gegen die Wand lehnte.

Kela zuckte die Schultern. »Du weißt ja, so rasch bringt mich nichts um. Auch regeneriert mein Körper schneller als deiner. Einer der Vorteile, wenn man nur zur Hälfte Mensch ist.«

»Was ist mit *ihm?*« An ihrer Reaktion merkte er sofort, dass sie wusste, worauf er anspielte. Das Erbe ihres Vaters. Der schwarze Wächter.

Kela wandte den Blick ab und starrte auf die gegenüberliegende Wand. »*Er* war die ganze Zeit über da … ist es immer noch.« Sie schlang die Arme um sich. »Seine Schreie nach Blut hallen durch meine Gedanken. Ebenso wie sein Versprechen, dass ich nichts und niemanden fürchten müsse, wenn ich ihn nur freiließe. Und das Schlimme daran ist, dass ich weiß, dass es stimmt. Verdammt, Ryk«, ihr Kopf fuhr zu ihm herum, »während der Schlacht ist *er* Sturm gelaufen gegen die Mauern seines Gefängnisses, und beinahe hätte ich ihm nachgegeben. Es schien so verlockend, so einfach, ihm die Kontrolle zu überlassen.«

Er griff nach ihrer Hand. »Am Ende zählt nur, dass du es nicht getan hast.«

»Ich wusste, käme er frei, wärt ihr alle verloren. Der schwarze Wächter macht keinen Unterschied zwischen Freund und Feind.« Kela entzog ihm ihre Hand. »Wir hatten bloß Glück.«

»Nein.« Ryk richtete sich auf, wobei er den Aufschrei seines Körpers ignorierte, und sah ihr in die Augen. »Das war kein Glück. Das warst *du*. Dieser Ort, diese Welt, sie hat etwas in dir und mir bewirkt.«

»Sie hat euch in mehrerlei Hinsicht stärker gemacht.« Nersei stand in der Tür. Der Veydra sah genauso fertig aus, wie Ryk sich fühlte. Er war blass und hatte dunkle Ringe unter den Augen. Das Haar klebte ihm am Kopf. Und genauso wie bei ihm selbst und Kela waren Nerseis Kleidung, seine Arme und selbst sein Gesicht mit Blut bespritzt. Er warf die Tür hinter sich zu und nahm neben Kela auf der Pritsche Platz. Abgesehen von ein paar Prellungen und Schnitten, schien er unverletzt.

»Wie geht es euch?«, fragte er.

»Ich werd's überleben«, sagte Kela. »Ryk ist jedoch verletzt. Kannst du was für ihn tun?«

»Wie ernst ist es, Magier?«

Ryk winkte ab. »Es wird schon gehen.«

»Muss es vorerst auch.« Der Veydra atmete tief durch. »Ich habe gerade noch genug Kraft, mich auf den Beinen zu halten.«

Kela seufzte. »Da geht's dir nicht anders als uns.«

»Oder meinen Leuten.« Nersei stieß einen Fluch in der Sprache der Val'kai aus. Ryk war zu erschöpft, um ihn für sich zu übersetzen. »Von meinen dreihundert Kriegern hat nur eine Handvoll überlebt«, fuhr er fort. »Vier von ihnen bewachen derzeit die Tür. Jene, die nicht zu schwer verletzt sind, habe ich hinauf aufs Dach geschickt, um die Schützen zu unterstützen.«

»Mit anderen Worten: Wir sitzen fest«, sagte Ryk.

Nersei sah ihn an. »Immer noch besser als tot zu sein, oder nicht?«

»Wobei das nur eine Frage der Zeit sein dürfte.«

»Ist es das nicht immer?«

»Da kann ich dir kaum widersprechen.« Ryk seufzte. Seit dem Kampf gegen den Blutlenker im Ostwald fühlte sich jeder Tag seines Lebens nach geliehener Zeit an. Vielleicht war das aber auch bloß sein schlechtes Gewissen, weil Corr und Jailar gestorben waren und er überlebt hatte. »Wie geht es jetzt weiter?«

»Wir haben getan, was wir konnten«, sagte Nersei. »Cros'Anoriel ist verloren. Jetzt hängt alles von der Entscheidung des Rates ab.«

Ryk und Kela wechselten einen Blick. »Was meinst du damit?«, wollte die Veydra wissen.

»Ich weiß, dass euch nicht gefallen wird, was ich euch als Nächstes mitzuteilen habe. Also sage ich einfach, wie es ist: Der Protektor hat euch angelogen, als er behauptete, es gäbe keinen anderen Weg aus der Stadt heraus.«

Ryk schnaubte. »Warum bin ich nicht überrascht? Ich wusste gleich, dass man diesem Mistkerl nicht trauen kann.«

Wut blitzte in Nerseis Augen auf. »Ich habe genug von deiner Respektlosigkeit gegenüber dem Protektor, Dämonenjäger! Er hat nur getan, was er für das Richtige hielt. Niemand außer ihm, dem Rat oder mir weiß von den geheimen Fluchttunneln, die aus der Stadt hinausführen. Das sollte verhindern, dass Zaragoths Spione von ihnen erfahren. Während wir hier gekämpft haben, hat der Rat sie geöffnet, um die Stadtbewohner in Sicherheit zu bringen.«

»Nett, dass wir auch mal davon erfahren.« Kela hatte die Arme vor der Brust verschränkt und musterte den anderen Veydra säuerlich.

»Der Protektor war der Ansicht, ihr würdet härter kämpfen, wenn ihr mit dem Rücken zur Wand steht.«

»Ausgemachter Schwachsinn!« Ryk winkte ab. »Allmählich begreife ich, warum er uns am Leben gelassen hat. Meine Hinrichtung wurde nicht aufgehoben, sondern nur verschoben. Für ihn sind wir bloß Dämonenfutter. Ist es nicht so, Nersei? Er wusste, er würde früher oder später ein paar Opfer brauchen, die ihm die nötige Zeit verschaffen, um sich selbst zu retten.«

»Das reicht, Magier!« Nersei war aufgesprungen. Sein Gesicht hatte die gleiche Farbe wie sein Haar angenommen, die Hände hatte er zu Fäusten geballt. »Hätte mein Vater dir nicht sein Wort gegeben, ich würde dich auf der Stelle umbringen! Niemals würde er sich selbst in Sicherheit bringen, während sein Volk leidet. NIEMALS! Und er wird uns Verstärkung schicken, die uns hier herausholt, sobald es ihm möglich ist.« Der Veydra zitterte am ganzen Körper. »Obwohl ihr es in meinen Augen nicht verdient habt zu leben.« Damit wirbelte er herum. Kurz bevor er die Tür hinter sich zuwarf, drehte er sich noch einmal zu ihnen um. »Es wäre besser für euch, wenn ihr den Raum nicht verlasst.«

»Sein Vater?«, wiederholte Kela, sobald sie allein waren. »Das heißt ja, dass …«

»… er Asmarans Sohn ist«, beendete Ryk den Satz für sie. »Das erklärt auch, warum er so mächtig ist.«

»Der Blutlenker und eine Menschenfrau? Irgendwie will mir das nicht in den Kopf.« Kela schüttelte sich. »Es gibt meines Wissens keine Menschen mehr in der Gegenwelt. Und wie geht das überhaupt? Asmaran hat doch keine … du weißt schon.«

»Magie. Anders kann ich es mir auch nicht erklären.«

»Wenn wir Nersei fragen, bekommt er es bloß in den falschen Hals«, sagte Kela. »Er ist nicht gerade gut auf uns zu sprechen.«

Da sie fürs Erste in der Garnison festsaßen und es auch nichts für sie zu tun gab, konnten sie genauso gut schlafen. Ohnehin kämpfte Ryk schon die ganze Zeit damit, die Augen offen zu halten. Er streckte sich auf der Pritsche aus, während Kela es sich auf der anderen an der Wand gegenüber bequem machte. Tatsächlich schlief sie noch vor ihm ein, wie ihre gleichmäßigen Atemzüge ihm bald verrieten. Eine Weile lauschte Ryk noch auf Geräusche von draußen, auf das Kreischen der Dämonen oder das Stampfen mächtiger Tatzen, die den Platz vor dem ehemaligen Stadttor überquerten. Ein paar Mal vernahm er auch das Klicken von Krallen auf dem Straßenpflaster, wenn ein Reißer oder Dämonenhund um das Gebäude herumschlich. Die Häuser in unmittelbarer Nähe zum Tor waren bereits vor Tagen evakuiert worden, weshalb sich außer ihnen und den Val'kai-Kriegern niemand mehr in dieser Gegend aufhielt. Ganz im Gegensatz zu den inneren Vierteln, wo die Bevölkerung von Cros'Anoriel gerade um ihr Überleben kämpfte. Darunter auch Familien mit Kindern.

Ryk konnte nicht länger ein ganzes Volk dafür hassen, was einige wenige Dämonen seinen Eltern und Zieheltern angetan hatten. Nicht, wenn er daran dachte, wie die Bewohner dieser Stadt von ihrer eigenen Art niedergemetzelt wurden. Und das Allerschlimmste daran war, dass ihr Sterben für sie – die hier in der Garnison eingeschlossen waren – Sicherheit bedeutete.

Die Animalia waren vergleichbar mit wilden Tieren. Sie jagten, tötete und labten sich an ihrer Beute. Allerdings belagerten sie keine Gebäude, wie Soldaten es getan hätten. Stattdessen lockte der Angstgeruch Tausender und Abertausender Humanos, die vor ihnen auf der Flucht waren, sie tiefer in die Stadt hin. *Verdammte Scheiße!* Er schluckte und fuhr sich mit der Hand durch das Gesicht. Eine Weile grübelte er noch über diese Dinge nach, bevor der Schlaf ihn am Ende übermannte.

Als Ryk aufwachte, fühlte er sich kaum erholt. Lange konnte er nicht geschlafen haben. Das Tageslicht, das durch das Fenster fiel und einen schlanken Lichtstreifen auf den Boden zeichnete, hatte sich kaum verändert. Kela war auch schon wieder auf den Beinen. Sie hatte sich so neben das Fenster positioniert, dass sie rausgucken konnte, aber von draußen nicht zu sehen war. Unter Schmerzen stemmte sich Ryk hoch. »Was siehst du?«

»Seit einer Weile strömen keine neuen Dämonen mehr in die Stadt«, sagte sie, ohne sich zu ihm umzudrehen. »Ein paar lungern noch in den umliegenden Straßen herum. Gelegentlich dringen von dort Kampfgeräusche herüber. Ansonsten wirkt es dort draußen gefährlich ruhig.«

»Hat Nersei sich noch einmal blicken lassen?«

»Vorhin. Es gab einen Tumult auf dem Dach. Fünf Pirscher waren von einem Nachbargebäude herübergesprungen. Ein Armbrustschütze starb und drei weitere wurden verletzt, bevor die Dämonen getötet werden konnten.«

»Verdammt!« Er schüttelte den Kopf. »Wie geht es Nersei?«

Kela wandte ihm das Gesicht zu und verschränkte die Arme vor der Brust. »Er schien nicht mehr ganz so wütend.«

»Ich weiß, ich hätte ihn nicht provozieren sollen. Es war mir einfach rausgerutscht.« Ryk schluckte gegen die Trockenheit in seiner Kehle an. »Gibt es hier denn nichts zu trinken?«

»Das habe ich Nersei auch schon gefragt. Es gibt einen Brunnen hinter der Garnison. Er hält es im Augenblick jedoch für zu gefährlich, das Gebäude zu verlassen. Und ich stimme ihm da zu.«

»Hm, und was ist mit der Verstärkung, von der er gesprochen hat?«

Sie zuckte die Schultern. »Er scheint weiterhin davon überzeugt, dass Asmaran uns Hilfe schicken wird.«

»Nun, wenn er wirklich sein Sohn ist, können wir wohl davon ausgehen.«

Mittlerweile war es später Nachmittag. Die Sonne stand tief im Westen, von wo sie wie ein brennendes Auge ungnädig auf Cros'Anoriel herabblickte. Wind war aufgekommen und trug Rauch und den Geruch von vielen Feuern heran. Ihre Situation erschien Ryk auswegloser denn je zuvor. Er hatte Schmerzen, und Durst plagte ihn. Cros'Anoriel war von Tausenden Dämonen überrannt worden, und Tausende mehr lagerten auf der Ebene vor der Stadt. Was sollte aus ihnen werden? Er hatte den Gedanken kaum zu Ende gedacht, als die Tür aufsprang. »Macht euch bereit, wir brechen auf!«, erklärte Nersei.

»Die Verstärkung ist eingetroffen?«, wollte Ryk wissen.

»Ist sie.«

»Und wo soll es hingehen?«

»Zur Halle der Entscheidungen.« Damit wandte Nersei sich ab und verließ den Raum. Kela warf Ryk einen besorgten Blick zu. »Kannst du allein gehen, oder brauchst du Hilfe?«

»Wir werden es gleich wissen.« Ryk rutschte bis zum Rand der Pritsche vor und drückte sich dann nach oben. Er stand, wenn auch auf wackeligen Beinen. Im nächsten Augenblick begann er zu wanken und wäre gestürzt, hätte Kela ihn nicht beim Ellbogen gegriffen. Langsam ließ das Zittern in seinen Oberschenkeln wieder nach. »Danke, es geht schon«, sagte Ryk. »Du kannst mich jetzt wieder loslassen.«

»Sicher?«

Er nickte.

»Na, schön, mein stolzer Held. Ich bleibe trotzdem in deiner Nähe. Nur für alle Fälle.« Kela rückte von ihm ab, und er schaffte es tatsächlich, auf eigenen Füßen zu stehen.

Die ersten Schritte waren eine Qual. Auch wenn er nur wenige Stunden geschlafen hatte, fühlte sich sein Körper steif und ungelenk an. Zusätzlich machte ihm seine Wunde zu schaffen. Bei jeder unbedachten Bewegung fühlte es sich an, als würde jemand mit spitzen Fingern darin herumstochern. Er biss die Zähne zusammen, um sich nichts anmerken zu lassen. An Kelas Blick erkannte er jedoch, dass er sich darauf nicht so gut verstand, wie er gehofft hatte. Als sie zur Treppe kamen, die hinunter ins Erdgeschoss führte, blieb er stehen und atmete tief durch, um sich für den Abstieg zu rüsten.

»Keine Sorge, ich bin direkt hinter dir«, sagte Kela, »und ich werde nicht zulassen, dass du stürzt.«

Ryk tastete nach seinem Seelenfeuer. Ein Teil seiner Magie hatte sich durch den Schlaf regeneriert. Sollte er sie nutzen, um seinen Körper zu stärken? Er entschied sich dagegen. Wenn Nersei wirklich vorhatte, sie durch das von feindlichen Dämonen verseuchte Cros'Anoriel zu führen, mochten sie in eine Situation geraten, in der er seine Magie dringender benötigen würde. Eine gefühlte Ewigkeit später und deutlich außer Atem betrat Ryk in Kelas Begleitung den Gemeinschaftsraum der Garnison. An einem der vielen Tische saß Nersei und war in eine Unterhaltung mit sechs Empathen vertieft. Asmarans persönliche Diener. Keiner von ihnen hatte sein drittes Auge geöffnet, was bedeutete, dass sie ihre besonderen Fähigkeiten gerade nicht benutzten.

»Wen haben wir denn da?«, murmelte Kela.

Ryk vermochte nicht zu sagen, ob es die gleichen Val'kai waren, die sie beide schon einmal durch die Stadt eskortiert hatten. Diese Typen sahen sich einfach zu ähnlich. Kela hätte es ihm womöglich sagen können, denn sie hatte ein besonderes

Näschen für den Geruch von Dämonen. Doch gerade als Ryk sie fragen wollte, drehte sich Nersei auf seinem Platz zu ihnen um. »Da seid ihr ja.« Er winkte sie zu sich. »Der Protektor hat sie uns geschickt.« Er deutete auf die Empathen. »Sie bringen uns sicher zu meinem Vater.«

»Warum zu ihm?«, wollte Ryk wissen. »Warum nicht aus der Stadt raus? Und wenn er was von uns will, warum ist er nicht gleich mit ihnen gekommen? Asmaran ...« Ryk verstummte, als Kela ihn beschwichtigend am Arm berührte.

Nersei und die Empathen hatten sich unterdessen von ihren Plätzen erhoben. »Der Protektor koordiniert die Flucht unseres Volkes. Über seine geistige Verbindung zu den Empathen erteilt er ihnen letzte Befehle. Sie bringen die Stadtbewohner durch die geheimen Fluchttunnel in das nördlich von Cros'Anoriel gelegene Hinterland. Von dort aus werden sie der Sonnenroute in das Reich der Feuersümpfe folgen. Die Sümpfe bieten den Flüchtlingen Schutz, denn nicht viele kennen die Pfade, die sicher hindurchführen.«

»Er will, dass wir mit ihnen gehen?«

»Für uns hat er andere Pläne«, sagte Nersei.

»Die du uns nicht verraten wirst.«

»Du bist weise, Magier!« Der Veydra bedachte ihn mit einem dünnen Lächeln.

Ryk verdrehte die Augen. Mittlerweile wusste er, dass Nersei sich nichts entlocken ließ, worüber er nicht reden wollte. In dieser Hinsicht waren sie beide sich ähnlich.

»Ich weiß ja nicht recht.« Skepsis sprach aus Kelas Worten und aus dem Blick, mit dem sie die Empathen musterte. »Wie sollen diese sechs uns gegen ein ganzes Heer aus Tierdämonen beschützen?«

»Sie haben es auch unverletzt zu uns geschafft«, hielt Nersei dagegen.

Kela zog eine Braue hoch. »Wohl wahr. Nur wie?«

»Vertrauen gehört nicht gerade zu deinen Stärken, oder?«, sagte Nersei. »Nun, die wilden Val'kai, oder Animalia, wie ihr sie nennt, stehen unter dem Willen von Zaragoths Anhängern. Dagegen können die Empathen nicht viel ausrichten. Sie können jedoch die Sinne der Animalia vernebeln, sodass wir für ihre Augen, Ohren und Nasen unsichtbar sind.«

»Aber wir sind so viele«, wandte Kela ein. »Zusammen mit deinen Kriegern sind wir rund vierzig ...«

»Meine Krieger kommen nicht mit uns«, fiel der Veydra ihr ins Wort.

»Was?«

»Du hast mich richtig verstanden, Kela. Wir müssen sie zurücklassen.« Nichts an Nerseis Miene verriet in diesem Moment seine Gefühle. Ryk war jedoch sicher, dass diese Entscheidung den Veydra nicht so gleichgültig ließ, wie er sich gab. Er wusste, dass ihm seine Leute wichtig waren. »So lautet der Befehl des Protektors, denn du hast recht: Den Empathen ist es nicht möglich, eine so große Gruppe zu schützen. Es muss sein.«

Es erschütterte Ryk zu erfahren, dass sie die Val'kai-Krieger, mit denen sie noch heute Morgen Seite an Seite gekämpft hatten, einfach ihrem Schicksal überlassen sollten. »Das können wir nicht tun«, platzte er heraus.

»Ich habe bereits mit meinen Leuten gesprochen«, erwiderte Nersei. »Sie werden hierbleiben und kämpfen.«

»Das ist Selbstmord!«

Nersei funkelte ihn an. »Glaubst du, das weiß ich nicht, Dämonenjäger? Glaubst du, ich würde sie hier zurücklassen, wenn mir eine andere Wahl bliebe?«

Ryk sah ihm direkt in die Augen. »Nein«, sagte er dann und seufzte. »Nein, das würdest du nicht.«

Als sie die Garnison verließen, nahmen die Empathen Ryk, Kela und Nersei in ihre Mitte. Bei jedem von ihnen war das dritte Auge inzwischen geöffnet. Es saß in der Mitte ihrer Stirn, wie eine große schwarze Perle. Dass keiner von ihnen redete, verstand sich von selbst. Ohnehin war ihnen nicht danach zumute, angesichts des Grauens, das sich ihnen in den Straßen darbot.

Still war es in den äußeren Vierteln der Stadt, nachdem die Angreifer weitergezogen waren. In den Gassen, in Hauseingängen ... überall lagen Kadaver wilder Val'kai, durchbohrt von Runenspeeren und Armbrustbolzen. Dazwischen die Leichen der Einwohner. Weiße, ausgemergelte Körper brutal von Klauen und Bisspuren entstellt.

Bei dem Anblick kam Ryk sein eigenes Leid gleich sehr viel unbedeutender vor. Immerhin hieß Schmerz, dass er noch lebte. Er schluckte und fuhr sich über den Mund. Ihm war übel. Die Luft schmeckte nach Blut, Rauch, Angst und Tod. Den anderen schien es nicht besser zu gehen. Am meisten nahm es Nersei mit. Er ging zwei Schritte vor ihm und taumelte gelegentlich, als würde von einem Moment auf den anderen alle Kraft aus ihm weichen. Ryk konnte nur ahnen, wie es in dem Veydra aussah, was es für ihn bedeuten musste, all diese Bewohner tot zu sehen, die ursprünglich nach Cros'Anoriel gekommen waren, um hier Schutz, Frieden und Freiheit zu finden. Plötzlich spürte er Kelas Hand, die sich in die seine schob. Er sah zu ihr rüber. Tränen liefen ihr über die Wangen. Verflucht, er hatte ganz vergessen, dass es auch ihr Volk war. Er drückte ihre Hand und zog sie näher an sich heran, in der Hoffnung, es würde ihr Trost spenden.

Die ersten Dämonen, denen sie begegneten, waren drei Reißer. Zwei standen sich auf der Straße gegenüber und knurrten sich über einen Leichnam hinweg an, den jeder für sich beanspruchte. Der dritte hatte sich bereits seinen Anteil gesichert und damit in einen Hauseingang verzogen, wo er sich über seine Beute hermachte. Als sie an ihnen vorbeikamen, hob einer von ihnen plötzlich die Schnauze und schnüffelte die Luft. Zwei Sekunden später senkte er sie wieder, um sich weiter mit seinem

Artgenossen zu streiten. Was immer die Empathen taten, es wirkte.

Je näher sie dem Zentrum von Cros'Anoriel kamen, desto häufiger konnten sie vereinzelte Kämpfe zwischen Val'kai-Kriegern und Animalia beobachten. Die Hauptschlacht war allerdings längst vorüber. In manchen Straßen hatte sie so grausam gewütet, dass sie regelrecht durch Blut, Eingeweide und Leichenteile wateten. Ryk versuchte, nicht so genau hinzusehen. Gelegentlich trug der Wind einzelne Hilferufe an ihre Ohren, die oft abrupt abbrachen. Alles in Ryk schrie danach, diesem Schrecken ein Ende zu bereiten, aber was konnte er schon tun? Er war geschwächt und verletzt, und sobald er aus dem Schutzkreis der Empathen heraustreten würde, wäre es sein Tod. Die Tierdämonen würden ihn umgehend aufspüren.

Plötzlich blieb Nersei stehen und deutete mit der Spitze seines Speeres voraus. Jetzt sah auch Ryk die rote Kuppel, die hinter einer Reihe mehrstöckiger Wohngebäude aufragte. Die Halle der Entscheidungen. Sie waren fast am Ziel. Ein Gefühl der Erleichterung machte sich in ihm breit. Auch Kelas Miene hellte sich auf. Und die Empathen legten an Tempo zu. Hier, in den Straßen nahe dem Herzen der Stadt, türmten sich die Kadaver wilder Val'kai. Jede Bestie war mit Dutzenden Bolzen gespickt. Zu einem früheren Zeitpunkt der Schlacht musste es auf den Dächern ringsum von Schützen gewimmelt haben. Nur wo waren sie jetzt? Tot? Oder hatte Asmaran sie den Bewohnern der Stadt zu ihrem Schutz mitgegeben?

Gerade waren sie in die Straße eingebogen, an deren Ende die Halle der Entscheidungen lag, als plötzlich etwas die Sonne verdunkelte. Der Schreck fuhr Ryk in alle Glieder, und auch Kela verstärkte den Griff um seine Hand. Waren die Ra'Carohk etwa zurückgekehrt? Er hob den Blick zum Himmel und sah, dass ein Teil der Rauchdecke, die wabernd und von einem unheilvollen, rotorangen Licht beseelt über dem Nordosten der Stadt hing, vom Wind abgedrängt worden war und nun wie eine Gewitterfront über sie hinwegrollte. Er stieß den Atem aus, den er unwillkürlich angehalten hatte, und stolperte weiter hinter Nersei auf das Ende der Straße zu. Dort lag der Platz, in dessen Zentrum die Halle der Entscheidungen thronte. Ryk und die anderen waren keine dreißig Schritte mehr davon entfernt, als ein gigantischer Dämon aus einer Gasse hervorstürzte. Die Bestie hatte die Größe eines belymischen Elefanten, verfügte über acht baumstammdicke Beine und Dutzende Mäuler, die sich über ihren kugelförmigen Leib verteilten.

Die Empathen erstarrten, instinktiv folgten Ryk, Kela und Nersei ihrem Beispiel. Der Gigant verharrte ebenfalls. Nicht einmal zehn Schritte trennten sie voneinander. Das Biest schaukelte lautlos auf seinen Beinen vor und zurück, als lauerte es auf etwas. Wusste der Dämon von ihrer Gegenwart? Er schien weder Augen noch Ohren zu besitzen. Ryk war mit dieser Art nicht vertraut. Dämonen dieser Größe konnten die Barriere ebenso wenig passieren wie Menschendämonen. Ihm fiel jedoch auf, dass um ihre Münder herum viele dünne Tentakel saßen, die sich unentwegt regten. Und plötzlich machte der Dämon einen Schritt in ihre Richtung. Dann noch einen, gefolgt von einem vielstimmigen wütenden Kreischen.

»Lauft!«, schrie Nersei, wirbelte zu Ryk herum und warf ihn sich kurzerhand über die Schulter. Es war eine demütigende und auch schmerzhafte Erfahrung, denn die Schulter des Veydras bohrte sich bei jedem Schritt ein wenig tiefer in seine Wunde. Stöhnend hob er den Kopf und sah, dass Kela direkt hinter ihnen war. Nicht aber die Empathen. Statt die Flucht zu ergreifen, traten sie dem Giganten entgegen. Es war das Letzte, was Ryk von ihnen sah, bevor das Tor der Halle der Entscheidungen sich hinter ihnen schloss.

Nersei blieb keuchend stehen und ließ Ryk von seiner Schulter gleiten, der auf die Knie sank und sich zusammenkrümmte.

Der Veydra wandte sich zum Tor um. Drei Empathen waren gerade dabei, einen schweren Riegel umzulegen. »Was auch passiert: Lasst niemanden hinein!«, befahl er ihnen.

»Was ist mit den anderen?«, wandte Kela ein. »Wir können sie doch nicht diesem Monster überlassen!«

Nersei sah sie an. Im Licht der Leuchtkugeln über ihnen an der Decke wirkten seine Züge hart und unnachgiebig. »Wo ein Nari'ith ist, sind die anderen nicht fern. Mit seinem Schrei hat er sie zu sich gerufen. Wenn wir jetzt da rausgehen, sind wir tot.«

Kela war blass geworden.

»Wir haben Krieg. Opfer sind unvermeidlich.« Damit drehte sich Nersei um und schritt den Gang entlang, der auf ein zweites Tor zuführte.

»Er hat recht, Kela«, sagte Ryk, der sich wieder auf die Füße gekämpft hatte.

»Ich weiß. Es ist nur ... Sie haben ihr Leben für uns gegeben.«

Nersei erwartete sie voller Ungeduld am Ende des Ganges. Sie hatten ihn noch nicht ganz erreicht, als er sich auch schon umwandte und die Hand hob. Daraufhin leuchteten die Runen auf dem Tor auf, und die Flügel schwangen zur Seite.

Wie schon bei ihrem ersten Besuch war das Innere des Kuppelbaus in Schatten getaucht. Nur wenige Leuchtkugeln brannten und konzentrierten ihr Licht auf eine runde Fläche im Zentrum der Halle. Dort unten standen die Mitglieder des Rates und diskutierten heftig miteinander. Stufen, die zwischen Reihen leerer Steinbänke verliefen, führten zu ihnen hinab. Nersei ging voraus. Ryk und Kela folgten ihm mit Abstand. Gerade Ryk hatte seine Schwierigkeiten mit der Treppe. Die Ratsmitglieder verstummten augenblicklich und wandten sich ihnen zu, als sie das Ende der Treppe erreichten. Ryk erkannte Gesaris wieder, einen uralten Val'kai mit grauer Haut und matten Augen, der wie

Asmaran der ersten Kaste entstammte. Gleich neben ihm stand eine Veydra, außergewöhnlich attraktiv, deren Namen er allerdings vergessen hatte. Das Gleiche galt für die drei Val'kai, die ebenfalls zum Rat gehörten und im Gegensatz zu Gesaris Hosen oder Lendenschurze trugen. Das auffallendste Mitglied war zweifelsohne Tol'Avas, ein Seher aus dem Volk der Wandelnden Träumer. Er war groß, zugleich ungeheuer feingliedrig, und trug eine Robe von der gleichen Farbe wie seine flammend rote Haarmähne. Auch dieses Mal erschauderte Ryk beim Anblick seiner leeren, vernarbten Augenhöhlen. Und obwohl Tol'Avas eigentlich unmöglich sehen konnte, hatte Ryk auch heute wieder das Gefühl, dass er ihn direkt anblickte. Wächter waren dieses Mal nicht zugegen.

Nersei neigte das Haupt. »Ehrenwerter Rat.« Die sechs erwiderten den Gruß. »Wie ich sehe, ist der Protektor nicht anwesend«, fuhr der Veydra fort. »Er schickte mir Nachricht, dass er sich hier mit uns treffen wolle.«

»Ich bin sicher, er wird jeden Moment zu uns stoßen«, erwiderte Tol'Avas mit seiner melodiösen Stimme. Erst jetzt, da er ihm zum zweiten Mal gegenüberstand, fiel Ryk auf, wie sehr sie ihn an das Wispern der Blätter im Rotwald auf Nekross erinnerte. Plötzlich löste er sich aus dem Kreis der anderen Ratsmitglieder und ging an Nersei vorbei auf Ryk zu. Einen Schritt vor ihm blieb er stehen. »Ich war mir sicher, dass wir uns wiedersehen würden, Ryk Vangur. Genauso sicher bin ich mir, dass dies unsere letzte Begegnung sein wird.«

Ryk musterte ihn aufmerksam. »Gibt es etwas, das du mir sagen willst?«

»Vieles und zugleich nichts, denn jedes Wort zu viel birgt die Gefahr, dich in eine falsche Richtung zu lenken.«

»Das ist nicht besonders hilfreich.«

Tol'Avas lachte. Es klang wie das Rauschen des Windes. »Nein, ist es wohl nicht. Doch so viel will ich dir verraten: Das

Schicksal unserer beider Welten liegt in deinen Händen – und in denen Asmarans. Ein Feind, der zum Verbündeten werden könnte, wenn du es zulässt.«

»Ein Feind, der uns ebenso hintergehen könnte«, erwiderte Ryk. Nerseis Schnauben drang an seine Ohren. »Warum?«, fragte er Tol'Avas. »Warum ist es so verdammt wichtig für dich, dass er und ich Frieden schließen?«

»Es ist nicht für mich wichtig, sondern für dich.« Tol'Avas nickte, wie um seine eigenen Worte zu bestätigen. »In deiner dunkelsten Stunde, Magier, wenn alles Leben aus dir zu weichen droht, soll auch sein Blut fließen. Dieser Moment wird über Sieg oder Niedergang unserer Kulturen entscheiden. Nur wenn du ihm …«

»Lass gut sein, Tol'Avas«, krächzte Asmaran, der gerade aus der Dunkelheit außerhalb des Lichtkreises getreten war. Er trug weder seinen Mantel noch den Runenstab, der ihn als Protektor von Cros'Anoriel auszeichnete. »Er und ich, wir brauchen keinen Frieden. Uns verbindet etwas sehr viel Mächtigeres: der Hass auf Zaragoth! Sollte es ihm gelingen, Inos zu wecken, wird der Krieg sich auch auf die Welt der Menschen ausweiten. Das sollte dem Dämonenjäger Ansporn genug sein.« Der Blick seiner unnatürlich großen Augen wandte sich Ryk zu. »Was ist, Magier? Stehst du noch zu deinem Wort und wirst uns ein Portal in die Schwebenden Reiche öffnen?«

»Ich dachte, du wolltest dein Volk nicht im Stich lassen«, sagte Ryk.

»Zuvor war das auch so«, erwiderte der Blutlenker. »Wäre ich vor dem Angriff gegangen, hätte mein Volk geglaubt, ich würde es im Stich lassen, um mich selbst zu retten. Jetzt ist alles anders. Die Hoffnung, dass die Mauern Cros'Anoriels dem Feind trotzen könnten, ist dahin.« Seine Nasenschlitze blähten sich auf, und als er weitersprach, bebte seine Stimme vor Zorn. »Es war ein brutaler, unnötig blutiger Angriff. Zaragoths Kinder haben ihr eigenes Volk regelrecht abgeschlachtet. Für diese Gräueltat sollen sie und er bezahlen!«

Ryk wusste selbst nur zu gut, wie sich der Wunsch nach Rache anfühlte, wie er einem in den Eingeweiden brannte und die Seele aufzehrte. »Was muss ich tun?«

»Mehrere Tagesreisen östlich von hier liegen die Ruinen von Dhana'Oturis, der ehemaligen Hauptstadt unseres untergegangenen Imperiums. Ich zeigte sie dir in einer Vision.«

»Ich erinnere mich.«

»Mha'Rodim, oder die Gegenwelt, wie ihr sie nennt, wurde einst aus der Magie geboren«, fuhr Asmaran fort. »Sie ist unsere wahre Schöpferin, nicht die Dhana'an.« Seine Lippen verzogen sich vor Abscheu, als er die falschen Götter erwähnte. »Es gibt in dieser Welt Orte, an denen die Magie besonders stark ist. An einem solchen wurde Dhana'Oturis von unseren Vorfahren erbaut. Die Barriere, die unsere Welten voneinander trennt, ist dort durchlässiger. Es gibt Schlupflöcher, durch die gelegentlich wilde Val'kai in eure Welt hinübergezogen werden. Wir wissen auch, dass einige der Schlupflöcher von euren eigenen Magiern erzeugt werden.« Ryk konnte seine Überraschung über dieses Eingeständnis nicht völlig verbergen, was Asmaran mit einem Lächeln quittierte. »Wir sind keine Narren, Dämonenjäger! In den Schwebenden Reichen gibt es keine Magie, darum müsst ihr unsere anzapfen, um damit die Barriere zu speisen. Eines dieser Schlupflöcher könnten wir als Durchgang in deine Welt nutzen.«

»Was macht dich so sicher, dass es funktionieren wird, Protektor?« Es war Gesaris, der gesprochen hatte. Seine Zunge zuckte erregt zwischen seinen Lippen vor und zurück.

Asmaran drehte sich zu dem Val'kai um. »Nichts, Ehrwürdiger, es ist lediglich eine Hoffnung. Begünstigt durch das Wissen, dass ich in den Ruinen von Dhana'Oturis auf das Tor stieß, durch das ich Zaragoth vor so vielen Monaten in die Schwebenden Reiche gefolgt bin. Natürlich wurde es damals von der anderen Seite geöffnet. Von einem Magier ...«

»Einem Verräter, der für die To'Dhana arbeitete«, warf Ryk ein.

»Einem Verräter, natürlich.« Asmaran winkte ab. »Mir ist bewusst, Ehrwürdiger«, fuhr er an Gesaris und den Rest des Rates gewandt fort, »dass es Zaragoth zuletzt vor über dreihundert Jahren gelang, von dieser Seite aus ein Portal in die Welt der Menschen zu erschaffen. Die Magier haben den Schutz der Barriere daraufhin verstärkt, ihre Wirkungsweise verfeinert. Sie erkennt uns an unserer Magie, die roher und ungestümer ist als die der Menschen, und verweigert uns die Passage. Aber der Dämonenjäger ist ein Magier.« Er wies auf Ryk. »Ihm wird sich die Barriere nicht widersetzen. Seine Magie ist ihr vertraut. Er muss lediglich eines der Schlupflöcher so weit aufstoßen, dass wir alle es passieren können.«

Ryk räusperte sich und zog dadurch alle Blicke auf sich. »Das letzte Mal, als ich das getan habe, wäre ich dabei fast draufgegangen. Und ob es wirklich so einfach ist, wie Asmaran behauptet, bezweifle ich. Das Portal könnte sich während des Übergangs destabilisieren, weil meine Magie nicht stark genug ist oder weil es die Gegenwart eines Menschendämons spürt.«

»Wenn es so geschehen soll, wird es das auch, Magier«, entgegnete Asmaran. »Aber ich will nicht glauben, dass das Schicksal gegen uns ist. Nicht dieses Mal. Oder haben wir nicht schon genug gelitten?«

Ein Laut wie von einem mächtigen Gong echote durch die Halle.

»Das Tor!«, sagte Nersei. »Der Feind ist bereits im Gebäude.«

Alle Gesichter wandten sich der Dunkelheit hinter Ryk zu, wo der Treppenaufgang lag, der zum Eingang der Halle führte. Erneut schlug etwas Großes von außen gegen das Tor.

»Die Schutzrunen werden sie nicht lange aufhalten«, merkte Tol'Avas an.

»Wilde Val'kai, die ein Gebäude stürmen?«, fragte Ryk.

»Vergiss nicht, sie werden durch den Willen von Zaragoths Anhängern gelenkt«, sagte Nersei. »Zudem fürchte ich, dass dort oben nicht nur wilde Val'kai sind. Jetzt, da unsere Verteidigung zusammengebrochen und der Hauptkampf vorbei ist, werden diese Feiglinge selbst ins Geschehen eingreifen. Ihre oberste Priorität wird der Rat sein, um die freien Val'kai seiner Führung zu berauben.«

Wieder krachte etwas gegen das Tor, gefolgt von einem Knacken.

»Uns bleibt nicht mehr viel Zeit.« Einer der drei Val'kai aus dem Rat, an dessen Namen sich Ryk nicht erinnern konnte, hatte gesprochen.

»Ihr müsst jetzt gehen«, forderte Asmaran den Rat auf. »Ein Empath wird am vereinbarten Ort auf euch warten, um euch sicher durch die Tunnel zu bringen.«

»Hab Dank und viel Erfolg, Protektor.« Gesaris umfasste mit seiner Klaue Asmarans Unterarm, der die Geste erwiderte. »Ich brauche dir nicht zu sagen, was auf dem Spiel steht.« Der alte Val'kai ließ los und führte die übrigen Ratsmitglieder in die Dunkelheit außerhalb des Lichtkreises. Irgendwo dort musste es einen zweiten Ausgang geben.

»Was ist mit uns?«, fragte Kela.

Asmaran blieb keine Gelegenheit für eine Antwort.

Alle zuckten zusammen, als die Flügel des Tors auf die Treppe krachten. Triumphierendes Gebrüll füllte die Halle. Im selben Moment spürte Ryk Asmarans Magie. Wie ein heißer Wüstenwind fegte sie über ihn hinweg. Ein Zauber, so mächtig, dass sich ihm die Härchen im Nacken und auf den Unterarmen aufstellten. Im selben Augenblick flammte ein blendend weißes Licht zwischen ihnen auf und verschlang sie.

24

Akademie, Nekross
26. Septer 1026 n. d. Zweiten Dämonenkrieg

Eine äußerst traurige Bilanz, mein Guter«, sagte Meister Wodnic. Er war ein pausbäckiger, väterlich wirkender Mann in einer grünen Robe, der in einem Ohrensessel im Arbeitszimmer des Obersten Magus saß. Seine Hände ruhten auf seinem Bauch, dessen Umfang Everdale Tilbrock jedes Mal aufs Neue in Faszination versetzte. »Zum Beginn des Herbstsemesters konnten wir gerade einmal dreiundvierzig Neuzugänge an der Akademie verzeichnen. Bei acht davon steht noch der Nachweis aus, dass sie tatsächlich über magische Fähigkeiten verfügen. Und um die Abschlussprüfung am Semesterende ist es sogar noch düsterer bestellt. Wir haben gerade einmal elf Novizen des sechsten Grades, die berechtigt sind, daran teilzunehmen. Das ist die niedrigste Zahl seit Jahrzehnten.«

Everdale seufzte, warf den Holzscheit, den er in der Hand hielt, in das Kaminfeuer und kehrte zu seinem Sessel zurück. »Es sieht nicht gut für unsere Zunft aus, was, Meister Wodnic?« Nur Novizen des sechsten Grades waren dazu berechtigt, in den Rang eines Meisters aufzusteigen. Zweifelsohne waren die Magier eine aussterbende Art. »Was denkst du? Sollen wir unsere Ansprüche zurückschrauben, um weitere Novizen zu der Prüfung zuzulassen?«

»Wozu brauchen wir weitere Meister, wenn kaum mehr Schüler nachkommen?«

»Auch wieder wahr.« Everdale nahm seine Brille von der Nase und putzte die Gläser mit einem Zipfel seiner Robe. Eine nervöse Angewohnheit, die sich in letzter Zeit häufte. »Was sollen wir tun? Können wir überhaupt etwas tun?«

Meister Wodnic hob die Schultern und ließ sie wieder fallen. Seine ganze Gestalt erbebte unter dieser Geste. »Es ist, wie es ist, mein Guter.«

»Ich habe befürchtet, dass du das sagen würdest.« Er setzte seine Brille wieder auf.

»Jetzt wird es aber Zeit, dass ich an meinen Schreibtisch zurückkehre«, erklärte Meister Wodnic. »Ich muss bis morgen früh unbedingt noch ein paar Essays meiner Schüler korrigieren.«

»Ich begleite dich bis zur schwebenden Kammer.« Everdale erhob sich.

»Tut mir leid, dass ich keine besseren Neuigkeiten für dich hatte.«

Nachdem Everdale Meister Wodnic bei der schwebenden Kammer abgeliefert hatte, kehrte er wieder in sein Arbeitszimmer unter der Spitze des Turms der Eingeweihten zurück. Aufgrund der Unmengen an Pergamenten und Büchern roch es darin immer ein wenig staubig und trocken. Gewöhnlich störte ihn der Geruch nicht, doch jetzt war ihm nach frischer Luft zumute. Als er ein Fenster öffnete, blies ihm sofort der Wind ins Gesicht, der von den Steilhängen des Himmelsgebirges herüberwehte. Wie eisige Finger streichelte er seine Wangen, zupfte an seinem dünnen Haar.

Nachdem Everdale mehrmals tief durchgeatmet hatte, schloss er das Fenster wieder und goss sich einen Sherry ein. Einen dreifachen. Er ließ sich in seinen Sessel fallen, trank einen großen Schluck und versenkte seinen Blick in das Kaminfeuer. Die tanzenden Flammen hatten etwas Hypnotisches. Er seufzte. Seit Ryk Vangur nach Kellwyn gegangen war, um dort Jagd auf einen Blutlenker zu machen, hatte er nichts mehr von ihm gehört. Acht Wochen war das nun her.

»Ich kann dir gar nicht sagen, wie sehr ich dich vermisse, alter Freund«, murmelte Everdale, blinzelte eine Träne aus seinem Augenwinkel und kippte den Rest des Sherrys hinunter. Wahrscheinlich waren Ryk und seine Begleiter bei dem Portalzauber umgekommen. Jedenfalls hoffte er das, denn die Alternative war weitaus schrecklicher. Sollten sie noch leben, säßen sie für den Rest ihres Lebens in der Gegenwelt fest, wo die Dämonen Jagd auf sie machen würden. Das wünschte er ihnen auf keinen Fall. Aber auch seine eigene Situation war vertrackt. Unter den Meistern machte sich eine gewisse Stimmung gegen ihn breit. Gespräche verstummten plötzlich, wenn er einen Raum betrat. Ganz zu schweigen von den Blicken, die einige ihm zuwarfen, wenn sie glaubten, er bekäme es nicht mit.

Ohne Frage hatte er Fehler gemacht. Sein größter war es gewesen, Kaldor Morrain ins Gewölbe zu schicken. Jenem Ort, von dem aus die magische Barriere gesteuert wurde. Niemals zuvor hatte er sich so sehr in einem Menschen getäuscht. Emeryle hatte vor ihrer Abreise nach Athane schon von einer drohenden Revolte gegen ihn gesprochen. Dass es bereits so weit sein sollte, daran wollte er nicht glauben. Apropos Emeryle. Am Vorabend war sie wieder an die Akademie zurückgekehrt, nachdem sie in seinem Namen mehrere Zwischenfälle an der Athaner Universität untersucht hatte. Sie hatte umgehend mit ihm zu sprechen gewünscht. Everdale hatte zu dem Zeitpunkt jedoch an einer Sitzung mit den Meistern der energetyschen Fakultät teilgenommen und ihr Treffen auf den heutigen Nachmittag verschoben.

Nach dem Verrat von Kaldor Morrain hatte er die Meister damit beauftragt, die namenlosen Kammern im Gewölbe zu erforschen. Morrain hatte die Apparaturen in diesen Kammern dazu genutzt, um die Barriere zu schwächen und ein Portal für die Dämonen zu öffnen. Dabei bestand ihre Aufgabe im genauen Gegenteil: Sie sollten die Unvergessenen bei der Aufrechterhaltung der Barriere unterstützen. Wie die Apparaturen das bewerkstelligten, war allerdings schon vor langer Zeit in Vergessenheit geraten. Das wollte Everdale ändern, indem er die Meister der energetyschen Fakultät damit beauftragt hatte, ihre Geheimnisse zu ergründen. Während der Sitzung am vergangenen Abend hatten sie ihm ihre Ergebnisse vorgetragen.

Es klopfte.

Ah, das muss Emeryle sein. Everdales Blick fiel auf das leere Sherryglas in seiner Hand. Auf keinen Fall wollte er auf sie einen besorgten oder gar verzweifelten Eindruck machen. Er wusste, dass sie das nur bekümmern würde.

»Komme gleich!«, rief er, sprang aus seinem Sessel auf und versteckte das Glas hinter einem der vielen Bücherstapel, die sich um ihn herum auf dem Boden türmten. Nun strich er seine Robe glatt, durchquerte das Arbeitszimmer und öffnete die Tür. Die erste Bibliothekarin des Ordens sah so bezaubernd aus wie eh und je. »Bitte, tritt ein«, forderte er sie auf.

»Du glaubst nicht, was ich herausgefunden habe.« Sie stürmte an ihm vorbei ins Zimmer und auf die Sessel vor dem Kamin zu.

Everdale blickte ihr lächelnd nach. Typisch Emeryle, sie fiel immer gleich mit der Tür ins Haus. Er rückte seine Brille zurecht und folgte ihr. Sie hatte sich bereits gesetzt. Er nahm ihr gegenüber Platz und schlug die Beine übereinander. »Wenn das so ist, warum erzählst du mir nicht davon?«

Sie nickte und sah ihn dabei mit einem eigentümlich hungrigen Blick an, der so gar nicht zu ihr passte.

Er schauderte plötzlich. »Stimmt etwas nicht?«

Emeryles Lächeln wuchs in die Breite. »Ich habe heute nur noch nichts gegessen«, sagte sie und leckte sich die Lippen. »Aber das werde ich gleich mal ändern.«

25

Dhana'Oturis, Gegenwelt
26. Septer 1026 n. d. Zweiten Dämonenkrieg

Das Erste, was Ryk spürte, als er an Kelas Seite aus dem Portal trat, waren Hitze und Staub, den eine Windbö ihm ins Gesicht blies. Sie standen auf einer Anhöhe aus rotem Felsgestein, die in den Sonnenuntergang getaucht war, und blickten auf die Wipfel eines Waldes von schier endlosen Ausmaßen. In einiger Entfernung erhob sich zu Ryks Linker ein Berg. Ein steiler, zerklüfteter Kegel, den er aus der Vision des Blutlenkers wiedererkannte. In dieser hatten sie auf dem Gipfel des Berges gestanden und auf Dhana'Oturis hinabgeblickt. Die Hauptstadt des einstigen Val'kai-Imperiums. Dort, wo die Stadt vor Tausenden von Jahren gestanden hatte, wuchs nun der Wald.

Noch mehr Staub wirbelte auf, als sich das Portal hinter ihnen schloss. Ryk fluchte, als er ihm in die Augen geriet. Kela hustete und stieß ebenfalls eine Verwünschung aus. Zum Schutz hoben sie die Hände vor die Gesichter und stolperten auf Asmaran und Nersei zu. Die beiden standen ein Stück abseits, wo der Blutlenker an einem Felsen lehnte. Er sah übel aus. Die Nüstern blähten sich bei jedem Atemzug geräuschvoll auf, und er zitterte am ganzen Körper.

»Was ist mit ihm?«, wollte Kela von Nersei wissen.

»Die Portalmagie hat ihm viel Kraft geraubt. Insbesondere

wegen der großen Entfernung, die der Zauber überwinden musste, um uns hierherzubringen. Der Protektor braucht jetzt dringend etwas Ruhe.«

Asmaran winkte gereizt ab. »Erst wenn … wir im Lager … sind.« Er machte einen Schritt und wäre gestürzt, hätte Nersei ihn nicht aufgefangen.

»Stütz dich auf mich«, forderte der Veydra ihn auf. Asmarans Zunge schoss zwischen seinen Lippen hervor, als wäre er über Nerseis Worte erzürnt, aber er wehrte sich nicht, als der einen Arm um ihn legte.

»Ein Lager?«, fragte Ryk.

»Ein Beobachtungsposten«, bestätigte Nersei. »Er liegt zweieinhalb Meilen nördlich von hier am Rande der Ruinenstadt Dhana'Oturis. Ich ließ ihn dort einrichten, nachdem mein Vater Zaragoth in die Schwebenden Reiche gefolgt war. Für den Fall, dass er zurückkehren oder die To'Dhana an dieser Stelle ein weiteres Portal öffnen würden.«

Kela blickte in die genannte Richtung.

»Der Wald ist zu dicht, um die Ruinen von hier aus zu sehen«, sagte Nersei daraufhin.

»Worauf warten wir noch?«, ächzte Ryk. »Asmaran ist nicht der Einzige, der sich nicht mehr lange auf den Beinen halten wird.«

Ein steiniger, kaum erkennbarer Pfad führte von der Anhöhe hinab in den Wald. Einmal verlor Ryk auf dem losen Untergrund das Gleichgewicht, geriet ins Rutschen und fiel hin. Er fühlte stechenden Schmerz und stöhnte auf. »Kann man dich nicht mal eine Sekunde aus den Augen lassen«, schimpfte Kela, als sie sich über ihn beugte. Er ignorierte sie, schob die Hand unter das Hemd und tastete nach dem Verband. Als er sie wieder hervorzog, war Blut an seinen Fingern. Die verdammte Wunde war wieder aufgegangen.

»Komm schon, lass dir aufhelfen.« Kela zog ihn auf die Füße.

»Verdammt, so übel ging es mir schon lange nicht mehr«, gestand Ryk, woraufhin Kela sich bei ihm unterhakte und ihm zusätzlichen Halt bot.

»Tja, alter Mann«, neckte sie ihn, »vielleicht solltest du dir Gedanken über deinen Ruhestand machen, wenn wir diese Sache erst mal hinter uns gebracht haben.«

Ryk schnaubte. »Ruhestand, pah! Ausruhen kann ich mich immer noch, wenn ich tot bin.« Er entzog ihr seinen Arm und stolperte weiter den Hang hinunter, vorbei an Nersei, der nach wie vor Asmaran stützte und die Gelegenheit für eine Pause genutzt hatte. Um nicht noch einmal zu stürzen, klammerte er sich an alles, woran ihn sein Weg vorüberführte. Felsen, Büsche, Gräser. Kela holte zu ihm auf und schüttelte den Kopf. »Sturer Hund«, murmelte sie.

Der Wald empfing sie mit schattiger Kühle. Im Licht der untergehenden Sonne bestaunte Ryk die Bäume. Aus der Ferne hatten sie ganz gewöhnlich gewirkt, abgesehen von der Farbe ihres Laubes, das von einem Azurblau war. Jetzt, aus der Nähe gesehen, wirkte ihr Anblick befremdlich, fast schon beklemmend auf ihn. Die Stämme ragten hoch hinauf, höher als alle Bäume, die er je gesehen hatte. Ihre Rinde war von graubrauner Färbung, erinnerte an Leder und war wie mit einem Geflecht von Adern durchzogen, durch die winzige blaue Lichtpunkte pulsierten.

»Sie wurden aus Magie geboren. Genauso wie die Val'kai«, krächzte Asmaran, der zusammen mit Nersei an Ryks Seite stehen geblieben war. »An diesem Ort ist sie besonders stark.«

»Wie gefährlich ist dieser Wald?«, wollte Kela wissen.

»Es gibt hier einige wilde Val'kai«, sagte Nersei. »Es wäre also besser, wenn wir dicht beisammenbleiben.«

Ryk betrachtete das Unterholz. Es bestand in erster Linie aus Schösslingen, zwischen denen Gewächse mit farnartigen, schwarzen Blättern und roten Blüten sprossen. Eigentlich hätte am Boden dieses Waldes nichts wachsen dürfen, so undurchlässig, wie das Blätterdach hoch über ihren Köpfen war. Vielleicht benötigten diese Pflanzen aber auch kein Sonnenlicht, sondern nährten sich von der Magie. Nersei hatte recht. Auch Ryk konnte sie überall um sie herum spüren. In der Erde, in den Pflanzen, selbst in der Luft, die sie atmeten. Pfade konnte Ryk nicht ausmachen. Offenbar gab es auch keine, denn Nersei führte sie geradewegs ins Unterholz, wobei das blaue Schimmern der Baumkolosse ihre einzige Lichtquelle war. Der Veydra ging voran, gefolgt von Asmaran, der darauf bestanden hatte, ohne Hilfe weiterzugehen. Seine Bewegungen waren weit von der geschmeidigen Leichtigkeit entfernt, mit der er sonst einherschritt. Ryk hielt sich dicht hinter ihm. Kela kam zum Schluss. Auch wenn Ryk erschöpft war und ihm jeder Schritt alle Willenskraft abverlangte, behielt er ihre Umgebung ganz genau im Blick.

Je tiefer sie in den Wald vordrangen, desto unwirklicher wurde er. Ryk beobachtete leuchtende Blütensporen, die durch die Düsternis um sie herum tanzten, getragen von einer kaum spürbaren Brise und umschwirrt von Insekten, die eine Spur aus flimmerndem Goldstaub hinter sich herzogen. Er lauschte auf ihr Summen, aber alles, was er hörte, waren ihre eigenen Schritte und ein weiches, leises Klingen wie ein Lied. Selbst die Luft war anders. Sie roch nicht nach Erde, nicht nach verrottendem Laub, sondern belebend und anregend. Sie schien mit einer Art Energie aufgeladen zu sein, bei der sich ihm die Härchen auf den Unterarmen aufstellten.

Er schob sich gerade zwischen zwei Schösslingen hindurch, die ihm bis zum Brustkorb reichten, als Kela hinter ihm feststellte: »Es geht dir schon viel besser, nicht wahr?«

Ryk warf ihr einen Blick über die Schulter zu. »Noch vor ein paar Minuten konnte ich die Füße kaum vom Boden heben. Inzwischen erscheint mir jeder Schritt leichter als der vorangegangene, und die Schmerzen in meiner Seite und im Rücken haben nachgelassen.«

»So wie die Magie diesen Wald gedeihen und wachsen lässt, stärkt sie auch uns«, krächzte Asmaran, der ihre Unterhaltung belauscht hatte. »Ich war mir nicht sicher, ob das auch auf euch zutrifft.«

»Da ist er ja«, sagte Nersei. Sie waren auf einen Wildwechsel gestoßen, kaum breiter als ein Trampelpfad. Die Abdrücke vieler Tatzen waren im Erdreich zu erkennen. Ein Anblick, der Ryk nicht gefiel. »Von hier aus ist es nicht einmal mehr eine Meile bis zum Lager«, meinte der Veydra und setzte sich wieder in Bewegung.

Der Wildwechsel verlief in nördlicher Richtung. Sie folgten ihm, bis er plötzlich einen Schlenker nach Osten machte, woraufhin Nersei sie zurück ins Unterholz führte. Hier wuchsen weniger Schösslinge, dafür mehr von diesen Farngewächsen und Nester aus schwammigen, leuchtend blauen Kugeln, die von winzigen Faltern umflattert wurden. Mit einem Mal knurrte es links von Ryk im Unterholz. Sein Kopf fuhr herum, und der Atem stockte ihm. Zwei Paar leuchtend weißer Augen starrten ihn aus dem Zwielicht des Waldes an.

»Scheiße!«, entfuhr es Ryk, und seine Hand schnellte zum Griff seines Schwertes. »Das sind Reißer!« Die löwenartigen Kreaturen waren keine sechs Schritte von ihm entfernt und gehörten mit zu den größten Exemplaren, die er je gesehen hatte.

Kela und Nersei hatten ebenfalls ihre Waffen gezogen.

»Immer mit der Ruhe«, sagte Asmaran. »Sie werden uns nichts tun.«

»Wie kannst du dir da so sicher sein?«, fragte Ryk. Er umklammerte das Schwert so fest, dass seine Fingerknöchel knackten. Er wünschte, er hätte seine Armbrust zur Hand.

»Es sind insgesamt fünf, die anderen halten sich versteckt. Ihr Rudel folgt uns schon, seit wir den Wald betreten haben«, antwortete der Blutlenker. »Doch sie sind wild und keinem fremden Willen unterworfen, weshalb ich sie daran hindern konnte, uns anzugreifen.«

»Du kontrollierst sie?«, fragte Kela.

»Ich halte sie auf Abstand«, erwiderte Asmaran. »Zu mehr fehlt mir im Augenblick die Kraft.«

»Dann sollten wir uns nicht länger mit Reden aufhalten, sondern weitergehen«, entschied Nersei.

Niemand erhob Einwände.

Seit Ryk wusste, dass sie verfolgt wurden, konnte er die Nähe der Reißer spüren. Meist blieben sie in den Schatten der Bäume, wo sie vor seinen Blicken verborgen waren. Aber er hörte sie: ein Knacken im Unterholz, ein gelegentliches Knurren, das der Wind an seine Ohren trug. Er tastete nach seinem Seelenfeuer. Genauso wie sein Körper zehrte es von der Energie des Waldes und regenerierte sich auf diese Weise. Sollte er es wagen, ein wenig davon abzuziehen, um seine Umgebung auszukundschaften? Es widerstrebte ihm, sich allein auf das Wort des Blutlenkers zu verlassen. Er musste wissen, ob es wirklich nur fünf Reißer waren oder ob sie noch von anderen Gefahren umgeben waren. Er fachte sein Seelenfeuer an und sandte seine Sinne hinaus in den Wald. Die Vielzahl an Eindrücken, die im nächsten Augenblick auf ihn einprasselten, brachten ihn aus dem Tritt. Er fing den Sturz ab, indem er sich an einem Baum abstützte. Beinahe sofort zog er seine Hand mit einem Gefühl des Ekels wieder zurück. Die Rinde … Sie hatte sich weich und warm unter seinen Fingern angefühlt wie menschliche Haut. Ryk schauderte. Kela wölbte fragend eine Braue. Er winkte ab und ging rasch weiter, um den Anschluss an Nersei und Asmaran nicht zu verlieren. Gleichzeitig saugte er wie gebannt die Informationen auf, die ihm seine Sinne zutrugen.

Die Magie war tatsächlich überall: Er spürte sie im Boden, schmeckte sie in der Luft – sie war selbst in den wilden Val'kai, die diesen Wald durchstreiften. Einfach alles war von ihr durchdrungen, und er konnte sie fühlen wie den Herzschlag eines einzigen gewaltigen Lebewesens.

Jetzt begreifst du es, Magier, erklang Asmarans Stimme in seinen Gedanken. *Sie ist die wahre Schöpferin dieser Welt und von allem, was darin existiert. Zaragoth verweigert sich jedoch dieser Vorstellung. Dieser kleingeistige Leichenfresser hält stattdessen an seinem Glauben an falsche Götter fest!*

»Raus aus meinen Kopf, Dämon«, stöhnte Ryk.

Asmaran stieß ein kehliges Lachen aus.

»Vater!« Nersei funkelte Asmaran an.

Der Blutlenker zuckte die Schultern. »Wir sind durch sein Blut miteinander verbunden. Und er denkt so laut, dass mir davon schon der Schädel brummt.«

»Dann schirm dich dagegen ab.«

Ryk fluchte, packte den Blutlenker an der Schulter und zerrte ihn herum. »Heißt das etwa, dass du alle meine Gedanken kennst?«

»Einfältiger Magier, wofür hältst du dich?« Asmaran schlug seine Hand beiseite. »Glaubst du, du seist so interessant, dass ich nichts Besseres zu tun hätte, als deinen närrischen Zwiegesprächen mit dir selbst zu lauschen? Nein, diesmal war es deine eigene Schuld. Wenn du dich öffnest und deine Sinne ausschickst, dann tust du das auch mit deinen Gedanken, wenn du nicht achtgibst.«

Ryk knirschte mit den Zähnen. Sollte er Asmaran glauben?

»Er sagt die Wahrheit«, warf Nersei beschwichtigend ein, der zu ahnen schien, was in Ryk vorging.

»Ich will, dass du diese Verbindung zwischen uns aufhebst.« Ryks Blick bohrte sich in den des Blutlenkers. »Mach sie ungeschehen. Immerhin sind wir jetzt Verbündete, oder nicht?«

»So funktioniert das nicht, Magier.« Asmaran wedelte gereizt mit einer Klaue, als rede er zu einem Kind. »Durch dein Blut sind wir verbunden, und nichts kann daran etwas ändern. Abgesehen vom Tod.«

»Na, wenn das so ist.« Ryks Hand zuckte zu seinem Schwertgriff.

Asmaran zischte drohend. Goldene Sterne loderten in den Tiefen seiner Augen.

»Das reicht jetzt!«, rief Nersei und schob sich zwischen die beiden Streithähne. Sein wütender Blick wechselte zwischen Ryk und dem Blutlenker hin und her. »Haben wir keine größeren Probleme?«

Ryk knirschte mit den Zähnen. Dieses Mal würde er nicht klein beigeben. Da legte ihm Kela eine Hand auf die Schulter. *Lass es gut sein,* schienen ihre Augen zu sagen. Begriff sie denn nicht, was sie von ihm verlangte? Jeder Mensch brauchte einen Zufluchtsort, an dem er sich sicher und geschützt fühlte. Für Ryk war das stets seine Gedankenwelt gewesen. Dorthin hatte er sich immer zurückgezogen, wenn er Zeit für sich brauchte, wenn er wütend oder verwirrt war oder einfach nur seine Wunden lecken wollte. Asmaran hatte ihm das genommen, indem er jederzeit und ganz nach Belieben dort eindringen konnte. Verbittert wandte er den Blick ab.

»Was ist mit meinen Gedanken?«, hörte er Kela fragen. »Du hast auch von meinem Blut getrunken, und trotzdem konnte ich dich aus meinem Kopf verbannen. Warum ist das nicht auch für Ryk möglich?«

»Das Erbe deines Vaters schützt dich vor meinem Einfluss, Veydra«, antwortete Asmaran daraufhin. »Es liegt in der Natur des schwarzen Wächters, dass er einzig und allein einem Dhana'an zu Gehorsam verpflichtet ist. Der Dämonenjäger besitzt diesen Schutz nicht.« Schweigen folgte auf Asmarans Worte, umso deutlicher traten die Geräusche des Waldes in den Vordergrund. Obwohl Ryk seine Magie zurückgerufen hatte, vernahm er ein Rascheln und Knacken im Dickicht um sie herum, das deutlich näher klang als noch vor ein paar Minuten. Die Reißer. Asmarans Kontrolle über sie schien schwächer zu werden oder ihr Streit hatte ihn abgelenkt. Auch Nersei musste das aufgefallen sein, denn er sagte: »Wir sollten uns beeilen!«

Gut hundert Schritte später tauchte im Zwielicht des Waldes ein Hügel vor ihnen auf, der so gewaltig war, dass er bis hinauf in die Wipfel der Bäume reichte. Der Anblick kam umso überraschender, da der Wald sich bisher völlig eben vor ihnen erstreckt hatte. Der Hügel selbst war nur mit Schösslingen und Farnen bewachsen, als böte er größeren Gewächsen keinen Halt.

Nersei führte sie nach links, wo das Unterholz weniger dicht war. Er scheuchte einen Schwarm glimmender Insekten auf, als er in eine Pfütze trat, die zuvor wie ein stiller, von Moos umrahmter Spiegel dagelegen hatte. Die winzigen Glühkäfer umschwirrten ihn einen Moment lang, bevor sie ins Dickicht entschwanden.

Während sie den Hügel umrundeten, erkannte Ryk, dass es sich nicht um eine natürliche Erhebung handelte. An vielen Stellen war die Erde so dünn, dass Strukturen aus Stein darunter erkennbar waren. Plötzlich begriff er: Es musste sich um eine Ruine handeln. Ein Überbleibsel aus den Tagen von Dhana'Oturis. Begraben unter Erde. Überwuchert von Vegetation.

Nersei blieb stehen. »Wir sind da!«

Vor ihnen klaffte eine von Pflanzen umrankte Öffnung, die ins Innere des Hügels führte. Als Ryk näher trat, spürte er Magie, deren Abwehr wie die Hitzewelle einer Stichflamme über sein Gesicht fuhr. Ein Schutzzauber. Im nächsten Moment erschien ein Val'kai in der Öffnung. Das dritte Auge auf seiner Stirn weit aufgerissen. Die Runen auf seiner Brust loderten golden. Er schien einen Angriff zu erwarten, aber dann fiel sein Blick auf Asmaran. »Dein Erscheinen ehrt uns, Protektor.« Er verneigte sich tief, und die Runen auf seinem Oberkörper erloschen. Ryk konnte sich nicht erinnern, zuvor schon einmal einen von ihnen sprechen gehört zu haben. Vielleicht tat er es aus Respekt vor Nersei.

Der Blutlenker trat vor. »Cros'Anoriel ist gefallen und unser Volk in die Feuersümpfe geflohen.«

Der Empath, gekleidet in eine kurze rote Hose, bleckte die Zähne. »Das sind schlimme Nachrichten, Herr. Aber sag, was kann ich für euch tun?«

»Wir brauchen einen Unterschlupf für die Nacht, und natürlich Nahrung und Wasser. Es war ein harter Tag für uns!«

»Natürlich, Herr.« Der Empath sah zu Ryk. »Was ist mit dem Menschen?«

»Er ist unser ... Gast.«

Der Empath verneigte sich erneut, hob eine Klaue und zeichnete eine Rune vor sich in die Luft. Kurz verschwamm seine Gestalt wie hinter einer Wand aus flirrender Hitze, dann wurden seine Umrisse wieder scharf. Er trat beiseite und ließ sie passieren.

Asmaran und Nersei gingen voran. Ryk und Kela folgten als Nächste. Er spürte den Blick des Empathen wie die kühle Berührung einer Klinge im Nacken, als er durch die Öffnung schritt. Im gleichen Moment, da die vier im Inneren des Hügels verschwanden, erscholl aus dem Unterholz hinter ihnen ein enttäuschtes Fauchen und Knurren.

Ryk, der in der Dunkelheit nicht so gut sah wie die anderen, rief seine Magie dieses Mal nicht zu Hilfe. Er hatte beschlossen, sie aufzusparen. Sicher war sicher. So tastete er sich mit den Füßen voran, bis er auf eine Treppe stieß. Er konnte Nerseis Schritte und das Klicken von Asmarans Krallen auf den Stufen unter ihm hören und folgte ihnen. Kela war direkt hinter ihm. Ryk fühlte ihre Nähe.

Die Treppe verlief in weiten Spiralen. Nach einer Weile wurde es heller unter ihm, sodass er Nerseis und Asmarans Umrisse ausmachen konnte. Nicht lange darauf standen sie am Eingang zu einem Gewölbe. Nur was für eines. Groß wie ein Ballsaal und von atemberaubender Schönheit. Selbst jetzt noch, Jahrtausende später, obwohl ein Schleier aus Staub und Schmutz über den prächtigen, ehemals weißen Reliefwänden lag. Ryk hob den Blick. Leuchtkugeln schwebten unter der Decke, die ein verschlungenes Muster aus silbernen und goldenen Runen zeigte. Den Boden überzog ein Mosaik aus weißen und blauen Fliesen, die vielerorts gesprungen und mit Dreck überdeckt waren und dennoch zweifelsfrei den alten Glanz dieses Ortes erahnen ließen. Früher einmal musste er überirdisch gelegen haben, denn es gab Fensteröffnungen, durch die man auf braunes Erdreich blickte. Durch einige waren Wurzeln ins Innere des Gewölbes eingedrungen, die sich wie ein Geschwür in das Gemäuer und in den Boden gefressen hatten. In der Mitte des Raumes saßen sechs Empathen an einem Lagerfeuer. Damit waren es sieben mit dem, der gerade hinter Kela eintrat. Bei Asmarans Anblick erhoben sie sich und grüßten ihn ehrerbietig. Sie trugen ebenfalls kurze rote Hosen. Der Geruch von Mospath'a, einer Art Wurzel- und Gemüseeintopf, der bei den Val'kai sehr beliebt war, entlockte Ryks Magen ein Knurren. Sein Blick glitt zu dem Topf, der an einem Eisengestell über den Flammen hing.

Nachdem sich alle um das Feuer niedergelassen hatten, erhielten Ryk, Kela, Asmaran und Nersei jeweils eine Schale von dem Eintopf. Dazu reichten ihre Gastgeber einen Schlauch mit Wasser herum. Nach dem ersten Schluck merkte Ryk, wie durstig er war, und trank gut ein Drittel des Inhalts allein. Ein wenig verlegen reichte er ihn an Kela weiter. Er war auch der Einzige, der Nachschlag nahm. Danach war er allerdings derart gesättigt, dass er das Gefühl hatte, sich niemals wieder vom Lagerfeuer wegbewegen zu können. In der Zwischenzeit hatte Asmaran die Empathen über das Ende Cros'Anoriels unterrichtet. Zwar fiel es Ryk nach wie vor schwer, aus den Fratzen der Empathen etwas herauszulesen, dennoch glaubte er, Wut und Trauer darin zu erkennen.

Als der Blutlenker sie fragte, ob es in letzter Zeit zu besonderen Vorkommnissen im Wald gekommen wäre, erwiderte einer: »Nur das Übliche, Herr.« Asmaran nickte, ohne weiter darauf einzugehen. Anschließend informierte er sie von ihren Plänen, mit Ryks Hilfe ein Portal in die Welt der Menschen zu öffnen. »Zaragoths Tod ist unsere einzige Hoffnung, diesen Krieg zu beenden«, sagte er zu ihnen. Die Empathen stießen zischelnde Laute der Zustimmung aus. »Außerdem werdet ihr diesen Beobachtungsposten aufgeben, um uns zu begleiten.«

Ryk hatte gerade einen sehnsüchtigen Blick zu ein paar Pritschen geworfen, die in einer entfernten Ecke des Gewölbes standen, und brauchte einen Moment, um zu begreifen. »Was redest du da?«, fuhr er den Blutlenker an. Es passte ihm schon nicht, dass er Asmaran und Nersei in die Schwebenden Reiche mitnehmen sollte. Die beiden waren schon gefährlich genug, auch ohne dass ihnen zusätzlich Krieger zur Seite standen. »Das war so nicht abgemacht!«

»Vergiss nicht, auch Zaragoth ist nicht allein unterwegs«, erwiderte Nersei und starrte ihn über die Kochstelle hinweg an. »Er hat die To'Dhana an seiner Seite und verfügt über die Macht, sich willenlose Diener zu erschaffen. Wir wissen nicht, wie viele Verbündete er um sich geschart hat. Schon aus diesem Grund brauchen wir jede Unterstützung, die wir kriegen können.«

»Die Magier meines Ordens werden uns alle Hilfe geben, die wir brauchen.« Ryk verschränkte die Arme vor der Brust.

»Die Magier, wirklich?«, fragte Kela. »Ich habe den Obersten deines Ordens kennengelernt, Ryk. Er ist ein Bücherwurm. So wie die meisten von ihnen. Glaubst du ernsthaft, sie könnten es mit dem Fluchbringer aufnehmen?«

Ryk warf ihr einen mürrischen Blick zu. Natürlich hatte sie recht. Die meisten Magier konnten es nicht einmal mit einem Animalia aufnehmen, aber das musste man den Val'kai ja nicht unbedingt auf die Nase binden.

»Wir sind nicht deine Feinde, Ryk«, sagte Nersei.

»Das wird sich erst noch zeigen müssen.« Ryk fuhr sich über das Gesicht. Er war erschöpft, ihm fehlte die Kraft, sich weiter zu streiten, zudem war an Kelas Worten nicht zu rütteln. Er seufzte. »Schön, sie können mitkommen. Aber sie sind auch die Einzigen.«

Nersei nickte. Asmaran, der neben ihm saß, bedachte Ryk mit einem dünnen Lächeln. Dabei spiegelte sich der Schein der Flammen in seinen Augen und verliehen ihnen einen düsteren Glanz. Sofort fragte sich Ryk, ob sein Entschluss nicht voreilig gewesen war.

»Das Portal«, sagte Kela. »Wann versuchen wir es?«

»Nicht vor morgen«, entschied Ryk. »Ich brauche Schlaf, um mein Seelenfeuer zu regenerieren.«

»So soll es sein.« Asmaran blickte in die Runde. »Wir dürfen bei dieser Sache kein Risiko eingehen. Es gibt keinen gefährlicheren Zauber, als einen Durchgang in eine andere Welt zu erzeugen. Schon die kleinste Schwäche in Ryks Konzentration könnte dafür sorgen, dass das Portal zusammenbricht und wir von seiner Magie verschlungen werden.«

Ryk musste an das letzte Mal denken, als er einen Portalzauber gewirkt hatte. Fast hätte er dabei als kross durchgebratenes Spanferkel geendet. Kela und Asmaran hatten den Übergang sehr viel besser weggesteckt. Diesmal würde es jedoch anders sein. Die Barriere ließ zwar zu, dass ein Magier ein Portal öffnete, um einen Dämon aus den Schwebenden Reichen in die Gegenwelt zu bannen. Doch mit dem Portal, das er morgen beschwören würde, versuchte er genau das zu erreichen, was die Barriere verhindern sollte: eine Rückkehr der Dämonen in die Schwebenden Reiche. Was, wenn der Blutlenker sich irrte und ihre Magie sich gegen ihn sperrte, obwohl er ein Dämonenjäger war? Als er in Cros'Anoriel versucht hatte, ein Portal aufzustoßen, war ihm das nicht gelungen. Natürlich gab es noch diese

Schlupflöcher, von denen Asmaran gesprochen hatte. Die Frage war nur, ob sie sich von dieser Seite der Barriere genauso manipulieren ließen, wie es der Verräter Kaldor Morrain von den Schwebenden Reichen aus getan hatte?

»Wieso nennt ihr es eigentlich so?«, fragte Nersei plötzlich. »Seelenfeuer. Das habe ich nie verstanden.«

Ryk sah ihn an und zuckte die Schultern. »Die Ersten Magier haben diesen Begriff geprägt. Sie sagten, als die Magie sie veränderte, hätte sie sich mit ihrer Seele verbunden. Seitdem brennt sie als eine helle Flamme in unserem Innersten.« Er legte die Hand auf die Stelle unterhalb seines Brustbeins, wo das Zentrum seiner magischen Energie saß.

»Ja, Magie ist Hitze und Flammen«, stimmte Asmaran zu. »Aus Feuer wurde Mha'Rodim geboren, und dieses Feuer brennt auch in uns.« Er tippte sich mit der Klaue auf den Oberkörper. »Aber es ist nicht unsere Seele, die brennt. *Wir* sind es, die brennen. Die Magie ist eins mit uns. Wenn diese Flamme in uns erlischt, erlöschen auch wir.«

»Du meinst, ihr sterbt?«, fragte Kela.

Der Blutlenker nickte. »Ja, und jetzt lasst uns schlafen, damit wir für morgen ausgeruht sind. Bei Sonnenaufgang brechen wir auf.«

»Wohin?«, hakte Ryk sofort nach.

»Dieser Posten befindet sich zwar ganz in der Nähe jener Stelle, an der dein Verrätermagier das letzte Mal ein Portal für Zaragoth geöffnet hat, trotzdem werden wir noch tiefer in den Wald vordringen. Zum Zentrum der alten Hauptstadt. Dort gibt es nicht nur die meisten Schlupflöcher, dort ist die Magie auch am wildesten. Vielleicht erhöht das unsere Chance, einen Durchgang zu erzeugen.«

26

Dhana'Oturis, Gegenwelt
27. Septer 1026 n. d. Zweiten Dämonenkrieg

Asmaran erhob sich vom Feuer. Sofort waren auch die Empathen auf den Beinen. Erwartungsvoll sahen sie ihn an. »Ihr seid für unsere Sicherheit zuständig. Sorgt dafür, dass wir heute Nacht nicht gestört werden.« Nun wandte er sich Ryk und Kela zu. »Dort drüben stehen Pritschen zu eurer Verfügung.« Er deutete in die Richtung. »Versucht so viel Schlaf wie möglich zu bekommen. Vor allem du, Magier.« Er sah hinauf zu den Leuchtkugeln, von denen zehn Stück unter der Decke des Gewölbes schwebten. Auf einen Wink von ihm nahm ihre Helligkeit ab.

Ryk suchte für sich und Kela die zwei Pritschen aus, die den größtmöglichen Abstand zu denen von Asmaran und Nersei hatten. Sie waren aus Holz gefertigt. Ein schlichter Rahmen auf vier Füßen, der mit einem festen Stoff bespannt war. An jedem Fußende lag eine zusammengerollte Decke. Als Ryk sich setzte, sank er ein gutes Stück ein. Ohne Zweifel wog er mehr als ein Val'kai.

»Hilfst du mir mal?«, fragte er Kela, die sich auf der Pritsche ihm gegenüber niedergelassen hatte. »Ich will mir die Wunde ansehen.«

»Tut's noch sehr weh?«

»Das ist es ja: weniger, als es sollte.«

Sie half ihm, das Hemd auszuziehen. Es war voller getrocknetem Blut und stank nach Krieg, sodass er froh war, es für den Moment nicht zu tragen. Anschließend machte Kela sich daran, den Verband zu lösen. Ein Laut des Erstaunens kam ihr über die Lippen, als sie den letzten Streifen abwickelte und sich dort, wo die Dämonenkrallen ihm tiefe Wunden gerissen hatten, nur noch blassrosa Striemen auf seiner Haut abzeichneten.

»Sie haben sich vollständig geschlossen.« Kela strich mit den Fingern darüber, als könnte sie es nicht glauben.

Ryk zuckte zusammen. »Fühlt sich noch empfindlich an.«

»Die Magie des Waldes … Sie hat dich geheilt.«

»Ja, scheint so.« Nur zu welchem Preis? Alles hatte einen Preis.

In dieser Nacht träumte Ryk von der Schlacht um Cros'Anoriel. Wie aus weiter Ferne blickte er hinab auf die Sterbenden in den Straßen und ihre brennenden Häuser. Er lauschte dem Lied ihres Wehklagens, das Rauch und Wind zu ihm hinauftrugen, und fühlte … nichts. Er wusste, es sollte ihn beunruhigen, aber das tat es nicht. Stattdessen lehnte er sich zurück auf seinem Thron aus Flammen und Stein, schloss die Augen und gab sich ganz *ihrer* Berührung hin. *Ihre* Hände, die seinen Körper liebkosten, waren wie die Glut der Erde: gierig und immer hungrig. *Ihr* Atem ein Feuersturm, der mit einem unstillbaren Verlangen von seinem Herzen und seiner Seele zehrte. *Ihre* Stimme ein Versprechen, das heiß und wollüstig seine Macht und Größe pries. Keuchend wachte er auf und blinzelte hinauf in das Dämmerlicht unter der Gewölbedecke, von wo die silbernen und goldenen Runen einer vergangenen Zivilisation auf ihn herabfunkelten. Ryk brauchte zwei, drei Herzschläge, um sich zu erinnern, wo er war. Noch immer hielten ihn die Gefühle und Bilder seines Traumes gefangen. Oder war es mehr gewesen als nur ein Traum? Hatte die Magie selbst zu ihm gesprochen? War das ihre Natur, und waren die Dhana'an deshalb so grausam und machthungrig gewesen? Oder hatte der Traum bloß sein eigenes Verlangen widergespiegelt? Er berührte seine Brust. Sie war schweißbedeckt. In seiner Hose presste sich sein Glied hart gegen seinen Oberschenkel. Unwillkürlich drehte Ryk den Kopf zu Kelas Pritsche und sah, dass sie leer war. Sofort richtete er sich auf.

Sein Blick suchte nach Asmaran und Nersei. Der Blutlenker schlief ein Stück entfernt von ihm, ebenso wie einige der Empathen, die ihre Wache bereits hinter sich hatten. Doch Nersei war ebenfalls verschwunden. Im nächsten Moment entdeckte Ryk ihn und Kela beim Lagerfeuer in der Mitte des Gewölbes. Sie saßen dicht beisammen und unterhielten sich. Ihre Rücken waren ihm zugewandt, sodass sie nicht bemerkt haben konnten, dass er aufgewacht war. Kurz dachte er daran, seine Magie zu nutzen, um sie zu belauschen, verwarf den Gedanken aber sofort wieder. Was, wenn er dabei etwas hören würde, das er nicht hören wollte? Er legte sich wieder hin und rollte zur anderen Seite, sodass er gegen die Wand starrte. Kela war eine freie Frau. Sie konnte tun und lassen, was immer sie wollte.

Als ihn jemand an der Schulter rüttelte, fuhr Ryk erschrocken hoch. Verdammt, er musste tatsächlich wieder eingeschlafen sein! »Es wird Zeit«, sagte Kela. »Wie spät ist es?«

»Kurz vor Sonnenaufgang, alle anderen sind schon auf. Asmaran hat Anweisung erteilt, dass die Empathen das Lager abbrechen sollen. Gleich nach dem Frühstück will er los.«

Ryk erhob sich und streckte den Rücken durch. »Wie hast du geschlafen?« Er bemühte sich, seine Frage beiläufig klingen zu lassen.

»Unruhig. Mir sind einfach zu viele Dinge durch den Kopf gegangen.«

Ryk, der gerade in seine Stiefel schlüpfte, sah auf. »Was für Dinge?«

»Der Portalzauber.« Sie zuckte die Schultern. »Ich habe kein gutes Gefühl bei der Sache.«

»Woher der plötzliche Sinneswandel? Also traust du Asmaran und Nersei doch nicht?« Ryk erhob sich. Kela war ihm jetzt so nah, dass ihn die Arme, die sie vor der Brust verschränkt hatte, fast berührten. Sie beugte sich noch ein wenig weiter vor, und sein Herz schlug mit einem Mal schneller. »Es geht nicht darum, ob ich ihnen traue oder nicht, sondern darum, dass du heute sterben könntest. Beim letzten Mal hast du nur knapp überlebt.« Sie drehte sich um und ging davon.

Ryk blickte ihr nach. Erst gestern hatten sie in einem Krieg gekämpft. Sie waren schmutzig und stanken, und trotzdem sah Kela so atemberaubend aus wie immer. Ihr lockiges rotes Haar schimmerte im Licht der Leuchtkugeln, als tanzten goldene Funken darüber. *Ja, ich könnte heute sterben*, dachte er. *Wäre es da wirklich zu viel verlangt gewesen, wenn du mir einen Kuss gegeben hättest?* Er seufzte, schnappte sich sein Hemd vom Fußende der Pritsche und zog es über. Zuletzt band er sich sein Schwert um.

Er steuerte das Lagerfeuer an, um das sich die anderen bereits versammelt hatten. Als er sah, wie sie sich über die Reste des Eintopfs vom vergangenen Abend hermachten, knurrte sein Magen. Ein anderer hätte in seiner Situation vielleicht nichts runterbekommen, aber für einen Dämonenjäger gehörte der Tod mit zum Geschäft. Die meisten von ihnen planten nicht fürs Alter. Viele starben jung in Erfüllung ihrer Pflicht. Nur die wenigsten überlebten so lange wie Ryk.

Gleich nach dem Frühstück brachen sie auf. Die Empathen nahmen sie in ihre Mitte. Ihr drittes Auge war weit geöffnet, um sie vor Reißern und anderen Bewohnern des Waldes zu verbergen. Zusätzlich trugen sie Runenspeere in ihren Klauen. An ihren Gürteln hingen Wasserschläuche gegen den Durst. Auch Ryk, Kela, Nersei und Asmaran waren damit ausgestattet. Ansonsten hatten sie nicht viel bei sich. Es war besser, mit leichtem Gepäck zu reisen, um schneller voranzukommen.

Obwohl die Sonne längst aufgegangen sein musste, war es im Wald kaum heller geworden. Das Blätterdickicht der Baumkolosse hielt jegliches Tageslicht vom Waldboden fern, sodass sie durch Schatten und Zwielicht wanderten. Überall um sie herum konnte Ryk Anzeichen von Ruinen ausmachen. Hügel, die nur auf den ersten Blick natürlich aussahen, während sich in ihrem Inneren Überbleibsel einer jahrtausendealten Zivilisation verbargen. Doch gelegentlich stießen sie auch auf die Überreste von Mauern und Türmen aus weißem Gestein, die das Erdreich durchstoßen hatten und geisterhaft blau im Licht der Bäume schimmerten.

Einmal kamen sie an einem Fluss vorüber, an dem sie anhielten, um sich die Gesichter und Hände zu waschen. Am jenseitigen Ufer ragte der obere Teil einer Statue aus dem schlammigen Untergrund. Sie zeigte einen Val'kai. Allerdings waren sein Oberkörper und seine Arme sehr viel muskulöser als die von Asmaran und seinen Empathen. Neben ihm wirkten sie ausgezehrt und halb verhungert. Vielleicht eine Folge jener Seuche, mit denen das Volk der Si'mo'ri das Imperium der Val'kai einst zu Fall gebracht hatte.

Dank dem Schutz durch die Empathen blieben sie von wilden Val'kai unbehelligt, sodass sie zur Mittagsstunde das Zentrum der Ruinenstadt erreichten. Es war eine Lichtung, geschätzte hundert mal hundert Schritte groß und in gleißendes Sonnenlicht getaucht. Ryk und die anderen waren im Schatten der Bäume stehen geblieben. Auf der Lichtung wuchs ein Meer aus blauen Blüten, die im Wind hin und her wogten und dabei wie Glasglöckchen klangen, die sanft aneinanderschlugen. Ryk erinnerte sich daran, diesen Laut, diese Melodie, schon einmal am Tag zuvor gehört zu haben.

»Das ist wunderschön«, sagte Kela.

Und verstörend, dachte Ryk, denn sie hatten die Gegenwelt als ein karges Land aus Staub und Felsen kennengelernt. Natürlich war ihm klar gewesen, dass es nicht überall so aussehen konnte. Schließlich musste es fruchtbare Gegenden geben, in denen Feldfrüchte gediehen oder Vieh gehalten wurde. Auch die wilden Val'kai mussten irgendwo leben und sich von irgendetwas ernähren. Doch als sie gestern den Wald betreten hatten, da war es ihm vorgekommen, als wären sie mit einem einzigen Schritt von einer Welt in eine andere gewechselt. In ein geheimnisvolles, düsteres Wunderland.

Ryk starrte auf die Blüten. Bei ihrem Anblick rieselte es ihm kalt und heiß den Rücken hinab. In ihnen war die Magie so präsent, dass er ihre Gegenwart wie ein elektrisierendes Knistern auf der Haut spüren konnte. Alle Härchen an seinem Körper richteten sich auf, und sein Seelenfeuer loderte so hell und heiß in seiner Brust, dass er beinahe glaubte, von innen heraus verbrennen zu müssen. Der Blutlenker hatte recht. Wenn er ein Portal in die Schwebenden Reiche öffnen konnte, dann auf dieser Lichtung.

»Zu jener Zeit, als alle Val'kai noch so mächtig waren wie später nur die Dhana'an, nannten unsere Vorfahren Orte wie diesen die Quelle. Welche Bedeutung genau ihnen zukam, ist mir nicht bekannt«, sagte Asmaran. Die Runen auf seiner Brust und auch die auf den Oberkörpern der Empathen glühten, angeregt von der Magie auf der Lichtung. »Ich habe viele verlorene Wahrheiten in Inos' verwirrtem Geist entdeckt, nicht alle konnte ich entschlüsseln.«

»Was passiert, wenn man eine der Blüten pflückt?«, fragte Kela.

»Lass dich nicht davon täuschen, was du siehst«, sagte Nersei. »Die Quelle passt sich stets ihrer Umgebung an. Als hier einst vor Tausenden von Jahren die prächtigen Türme von Dhana'Oturis in den Himmel ragten, war dies ein Brunnen, gefüllt mit goldenen Wassern. Als nach der Zerstörung der Stadt dieser Wald hier zu wachsen anfing, wandelte sie sich in eine Lichtung.« Der Veydra ging in die Hocke, streckte die Finger aus und fuhr damit durch die Blüten, die unter dieser Berührung zu blau leuchtendem Nebel zerfaserten. Kaum zog er die Hand zurück, formten sie sich wieder neu, und alles sah wieder genauso aus wie zuvor.

»Eine Illusion«, murmelte Ryk.

»So scheint es«, sagte der Blutlenker. »Vielleicht ist es auch etwas völlig anderes. Für unser Vorhaben spielt es jedoch keine Rolle.«

Asmaran trat als Erster hinaus auf die Lichtung, gefolgt von Ryk, Kela, Nersei und den sieben Empathen. Die Blüten zerfaserten unter ihren Schritten, wurden zu Nebel, der um ihre Beine wirbelte. Ryk hatte erwartet, dass er sich kühl anfühlen würde, stattdessen war er warm und feucht wie der Atem eines Lebewesens. Das Klingen war mittlerweile verstummt, stattdessen hatte ihn jenes Hochgefühl ergriffen, das ihn gewöhnlich nur durchströmte, wenn er nach seiner Magie rief. Wie ein zu schnell hinuntergestürztes Glas Branntwein stieg es ihm in den Kopf, berauschte seinen Geist und erweiterte seine Sinne. Die Schatten am Rande der Lichtung wurden zu einem wabernden Grau, durchzogen von Schlieren aus öligem Schwarz. Die Lichtpunkte, die die Rinde der Baumkolosse wie ein Geflecht aus Adern durchzogen, gleißten mit einem Mal wie Millionen und Abermillionen winziger Sterne. Der Anblick hatte etwas Erhebendes. Ryk wäre am liebsten stehen geblieben, um sich daran zu weiden, stattdessen zwang er sich, den Blick abzuwenden und sich auf seinen nächsten Schritt zu konzentrieren.

Sie erreichten die Mitte der Lichtung. Asmaran hatte angehalten und sich zu Ryk, Kela und Nersei umgedreht. Derweil bildeten die Empathen einen schützenden Ring um sie. Die Gesichter wandten sie dem Wald zu.

»Bist du bereit, Magier?«, fragte der Blutlenker. Seine Stimme klang angespannt. Zwischen den Lippen zuckte die Doppelspitze seiner Zunge hervor.

Ryk nickte, schloss die Augen und entfachte sein Seelenfeuer. Die Flamme explodierte förmlich, und er stöhnte auf, als ein Schauer der Erregung durch seinen Körper jagte. In diesem Moment war ihm egal, was die anderen dachten oder ob sie ihm seltsame Blicke zuwarfen. Sollten sie ruhig, er sah es ohnehin nicht. Schon dehnte sich seine Wahrnehmung über seinen Körper hinaus aus, und sein Geist stieg über der Lichtung auf wie ein Grauklippenhabicht, der im Licht des ersten Tages der Sonne entgegenstrebt. Hinauf und immer weiter hinauf.

Der Wald lag tief unter ihm. Ryk hörte, wie er atmete. Ein einziger großer Organismus, angefüllt mit Leben. Greifer, Pirscher, Reißer, deren ungestüme Gewalt und rohen Hunger er auf der Zunge schmecken konnte. Jäger auf der Lauer. Er spürte auch, wie aus verschiedenen Richtungen etwas an ihm zerrte. Das konnten nur die Schlupflöcher in der Barriere sein. Manche gingen auf Schwächen im Netz der Runen zurück, andere wurden bewusst von den hundert Unvergessenen erzeugt. Jenen Ersten Magiern, die alles aufgegeben hatten, um die Schwebenden Reiche vor einem erneuten Angriff durch die Val'kai zu schützen. Seit tausend Jahren schliefen sie in ihren Kristallsärgen in einem geheimen Gewölbe unter dem Himmelsgebirge.

Manche der Schlupflöcher waren klein wie der Zugang zum Bau eines Silberfuchses, andere groß genug, dass ein Reißer hindurchgesogen werden konnte. Die meisten lagen nahe dem Waldboden, wo sie unsichtbar zwischen den Wurzeln der Baumkolosse existierten. Nur eines schien groß genug, dass Ryk es in ein Portal umwandeln könnte. Es befand sich direkt über ihm im Himmel. Er hatte gefunden, wonach er suchte.

Er rief die Magie zurück in das Energiezentrum nahe seines Herzens. Mit einem Seufzen öffnete Ryk die Augen und starrte in Kelas, Asmarans und Nerseis erwartungsvolle Gesichter. »Es könnte gelingen«, sagte er. »Ich habe ein passendes Schlupfloch gefunden.«

»Zur Abwechslung einmal gute Nachrichten«, sagte Kela, wobei ihre Worte bemüht fröhlich klangen. Sie schien sich ernsthaft Sorgen um ihn zu machen.

»Ein Funken Hoffnung«, sagte Nersei.

»Woher wissen wir überhaupt, zu welchem Inselreich uns das Portal bringen wird?«, wollte Kela wissen. Bevor Ryk antworten konnte, erhob Asmaran seine Stimme: »Das liegt allein beim Magier. Sein Wille bestimmt das Ziel. Vorausgesetzt, er ist stark genug, das Portal zu lenken.«

»Natürlich, wälze ruhig alle Verantwortung auf mich ab«, erwiderte Ryk gereizt. »Vor allem, weil ich diesen Zauber ja schon so oft durchgeführt habe.«

»Du bist viel zu empfindlich, Dämonenjäger. Eine der schlechteren Eigenschaften von euch Menschen.«

»Empfindlich, ja?« Ryk verschränkte die Arme vor der Brust. »Wie ist es mir dann bloß gelungen, nicht an deinen Foltermethoden zu zerbrechen?«

»Es reicht!«, mahnte Kela, bevor der Blutlenker etwas darauf erwidern konnte. »Konzentrieren wir uns auf das Wesentliche: Was ist der nächste Schritt?«

»Es gibt keinen nächsten Schritt, es gibt nur den Zauber«, erklärte Ryk. »Entweder gelingt er, oder ich versage, und die Magie der Barriere wird uns alle verbrennen.«

»Wenn du es so ausdrückst, kann ich es kaum erwarten.« Kela musterte ihn finster. »Können wir denn gar nichts tun?«

»Ihr könnt mir Glück wünschen!«

Ryk trat ein Stück von den anderen zurück und schüttelte die Arme aus. Seine Schultern und der Nacken schmerzten von der Anspannung, die ihn befallen hatte, seit sie zu der Lichtung gekommen waren. Hier und jetzt würde sich seine Zukunft entscheiden, und nicht nur seine. Wenn er Tol'Avas Glauben schenken durfte, lag das Schicksal der Schwebenden Reiche und der Gegenwelt in seiner Hand und in der des Blutlenkers. Wenn sie also beim Durchqueren des Portals starben, hatte Zaragoth bereits gewonnen. Das konnte er unmöglich zulassen. Schon allein aus diesem Grund durfte er nicht versagen.

Ryk ballte die Fäuste, kniff die Lider zusammen und dachte an zu Hause. Erinnerungen an seine Familie stiegen in ihm auf. An seine Eltern, die er nie richtig kennengelernt hatte. An Onkel und Tante, getötet von den To'Dhana, nachdem sie sich von ihnen und ihrem Wahnsinn abgewandt hatten. Was würden sie wohl sagen, wenn sie wüssten, dass er gerade dabei war, einem der Blutgeneräle der Dhana'an Zugang zu den Schwebenden Reihen zu verschaffen?

Er atmete tief durch.

Einst hatte Ryk allen Val'kai Rache für die Ermordung seiner Familie geschworen, und jetzt kämpfte er Seite an Seite mit ihnen und riskierte sogar sein Leben für sie. Natürlich wusste er inzwischen, dass er nicht alle von ihnen über einen Kamm scheren durfte. Freunde würden Asmaran und er dennoch niemals werden.

»Ab jetzt kein Wort mehr«, murmelte er mit geschlossenen Augen. Ihm blieb nur ein einziger Versuch, der alle Magie verbrauchen würde, die ihm zur Verfügung stand. *Du schaffst das!* Das Seelenfeuer in seiner Brust loderte grell auf. Seine Flammen umhüllten sein Herz, das unter dem unerwarteten Ansturm der Energie wild ausschlug. Magie strömte in seinen Geist, heiß und ungestüm, was ihm wieder einmal bewusst machte, wie sehr sie sich seit seiner Ankunft in der Gegenwelt verändert hatte. Nun griff er mit seinem Willen nach ihr und begann, sie unter den Worten des Portalzaubers zu formen.

Ryk stellte sie sich als Waffe vor: ein Speer aus Licht, dessen Spitze in Flammen gehüllt war. Härter als jeder Stahl, schärfer als jede Klinge. Gewaltig und unbezwingbar. Sie würde die Barriere durchstoßen, würde ihm einen Rückweg in seine Heimat öffnen. Er stieß einen wilden Schrei aus und stellte sich vor, wie er den Speer in das Schlupfloch über ihnen am Himmel rammte, wie er ihn tief hineintrieb und die Grenzen zwischen dieser Welt und den Schwebenden Reichen durchstieß. Er konnte es schaffen. Er konnte es ... Ryk schrie erneut auf. Dieses Mal allerdings vor Schmerz, als die Spitze des Speers gegen eine Wand aus Feuer prallte. Der Rückstoß traf seinen Geist so hart, dass sein Körper ins Taumeln geriet. Die Barriere ... Sie verweigerte sich ihm. Aber das durfte sie nicht. Er war ein Magier. Ein Dämonenjäger, verdammt!

Er riss den Speer zurück und stieß ein weiteres Mal damit zu. Das Ergebnis war das gleiche, nur dass der Rückstoß dieses Mal um ein Vielfaches härter ausfiel. In der wirklichen Welt außerhalb seiner Gedanken stürzte er auf die Knie. Noch mehr Schmerz jagte durch seinen Körper, und wie aus weiter Ferne hörte er Kelas Stimme. Auch wenn er die Worte nicht verstand, verriet ihr Tonfall Panik. Er konnte ihr nicht antworten, ohne die Konzentration zu verlieren. Verzweifelt starrte sein Geist auf die Flammenwand, die sich endlos vor ihm erstreckte. So klein, so unbedeutend wirkten er und sein Speer dagegen.

In diesem Moment berührte etwas sein Bewusstsein. *Ist das der berühmte Kampfgeist der Magier?*, erscholl Asmarans Stimme in seinen Gedanken.

Verfluchter Dämon, sagte ich nicht, du sollst dich aus meinem Kopf raushalten?

Ich würde ja, wärst du nicht so ein jämmerlicher Versager. Du bist für diese Aufgabe einfach zu schwach, Ryk Vangur, ich habe mich in dir getäuscht!

Wut stieg in Ryk auf und loderte fast genauso heiß in seinem Geist wie die Flammen der Barriere. *Bist du nur hier, um mich zu verhöhnen?*

Ginge es hier nur um dich, Magier, würde ich mir dieses Vergnügen mit Freuden gönnen. Doch es geht bei dieser Sache um so viel mehr als dich oder mich. Ich bin hier, um dir meine Hilfe anzubieten.

Red keinen Unsinn! Die Barriere wird dich auf der Stelle töten, wenn du versuchst, ein Portal zu öffnen.

Ein Zischeln wie ein Lachen echote durch Ryks Geist. *Wie wahr, Magier, und das wollen wir doch nicht, oder? Ich will dir einen Vorschlag machen. Du weißt, dass die Verbindung unseres Blutes in beide Richtungen wirkt.*

Ryk erinnerte sich, wie es ihm während des Verhörs auf Kellwyn gelungen war, über diese Verbindung einen kurzen Blick auf Asmarans Gedanken zu werfen. Plötzlich ahnte er, was der Blutlenker vorhatte. *Du willst mir Zugriff auf deine Magie geben?* Es bedeutete, dass der Dämon ihm seinen Geist öffnen musste. Niemals wieder würde er so verwundbar sein wie in diesem Moment.

Es ist der einzige Weg.

Es konnte funktionieren. Wenn Asmarans Magie durch seinen Körper floss, gebändigt durch seinen Geist, würde es ihr viel von der archaischen Wildheit nehmen, die die Magie der Val'kai auszeichnete. *Versuchen wir es!*

So sei es denn, Magier. Nimm von mir, was du brauchst, und unterwirf die Barriere deinem Willen!

Ryk streckte seinen Geist nach Asmarans Magie aus und wäre beinahe zurückgezuckt. *Bei allen Dämonen …* Bis zu diesem Augenblick hatte er keine Vorstellung davon gehabt, wie mächtig der Blutlenker tatsächlich war. Diese Kraft in ihm war wie ein rasendes Tier, das man in einen Käfig gesperrt hatte und das nur darauf wartete, rausgelassen zu werden. Sie wirkte so viel stürmischer und urtümlicher, als die Magie der Menschen es je gewesen war.

Worauf wartest du noch, Dämonenjäger?

Ryk öffnete sich der Magie des Blutlenkers und sie flutete in ihn hinein. Ein Strom goldenen Feuers, der seinen Geist in Flammen setzte. Gedanken, Erinnerungen, Gefühle … Alles brannte lichterloh, und für einen Moment glaubte Ryk, in dieser Feuersbrunst vergehen zu müssen. Doch verspürte er kein Bedauern oder Schmerzen, sondern nur überschwängliche Freude. *Ich brenne! Brenne!*, dachte er voller Verzücken.

Jetzt, Magier, tu es!

Ohne nachzudenken, stieß Ryk zu, rammte den Speer tief in das Schlupfloch hinein. Die Macht des Blutlenkers strömte durch die Waffe und traf auf die Flammenwand. In diesem Moment gab es einen Ruck, als hätte etwas unter dem Druck des Speers nachgegeben.

Die Barriere …

Endlich, das Portal begann sich zu öffnen, aber noch war es zu klein. Ryk brauchte mehr Magie, viel mehr. Er nahm sie von Asmaran und ließ sie in den Zauber hineinfließen. Mehr und mehr und immer mehr, bis ein Aufschrei durch seine Gedanken echote. Asmaran! Einen Augenblick zuvor war der Dämon noch in seinem Kopf gewesen. Jetzt war er fort. Bevor er sich die Konsequenz dessen bewusst machen konnte, geschah es: Der Lichtspeer in seiner Hand zersplitterte. Die Bruchstücke zerrissen die Flammenwand vor ihm und erzeugten eine Öffnung.

Ryk schlug die Augen auf. Er lag auf dem Boden und blinzelte in Kelas bleiches Gesicht, das dem seinen ganz nahe war. »Was ist passiert?«, fragte sie. Bevor er antworten konnte, verblasste die Welt um sie herum, wurde von einem weißen Feuer verschlungen, während ihre Gruppe in die Höhe gerissen und wie Laub im Herbstwind umhergewirbelt wurde. Dieses Mal verspürte Ryk keinen Schmerz. Keine Flammen, die von ihm zehrten. Dieses Mal war das Portal stabil. Er hätte vor Erleichterung laut aufgelacht, wäre er nicht im nächsten Moment so hart mit dem Rücken aufgeschlagen, dass der Aufprall ihm die Luft aus der Lunge trieb. Bunte Flecken tanzten ihm vor den Augen, während er japste wie ein Fisch auf dem Trockenen.

Scheiße, was war passiert?

Er rollte sich auf die Seite. Seine Wange berührte etwas Feuchtes. Gleichzeitig drang ihm der Geruch von Erde in die Nase. Nur allmählich ließ das Flimmern vor seinen Augen nach. Waren das …? Er blinzelte. Tatsächlich, es waren Bäume. Ganz gewöhnliche Bäume mit gelbgrünen, vom Herbst gezeichneten Blättern, die am Rande einer Lichtung standen.

Ein Keuchen erregte seine Aufmerksamkeit. Kela! Sie lag nur ein paar Schritte von ihm entfernt unter einem Riggbusch. Ryk kroch zu ihr hinüber. »Wie … geht es dir?«

»Als hätten wir eine Woche lang nekrossanischen Magenbrenner gesoffen. Mein Schädel … Ich hab das Gefühl, er platzt jeden Augenblick.« Das letzte Mal, als Ryk und Kela ein Portal passierten, war sie ein schwarzer Wächter gewesen. »Hat es … wenigstens … funktioniert?«, wollte sie wissen.

»Ja.« Ryk hob den Blick. Er kannte diese Lichtung wie keine andere. Es war der Ort, an dem er zum ersten Mal dem Blutlenker begegnet war und an dem Jailar und Corr den Tod gefunden hatten. »Wir sind im Ostwald. Nur gut einen halben Tagesmarsch von Imres entfernt.«

Kela blinzelte ihn an. »Warum hier und nicht in deinem Haus?«

Er zuckte die Schultern. »Es war wohl der letzte Ort, an den ich gedacht habe, bevor wir rübergezogen wurden. Hier hat alles angefangen!«

»Na ja, Hauptsache, wir leben noch.« Da war plötzlich etwas in ihren Augen, das er lange nicht mehr gesehen hatte. »Tun wir doch, oder?« Bevor er antworten konnte, zog sie ihn zu sich herunter. Ihre Lippen pressten sich auf die seinen. Warm, weich, erregend. Einen Moment später spürte er auch schon ihre Zunge, die Einlass in seinen Mund begehrte. Nur zu gern gab er ihrem

Drängen nach. »O ja, wir leben noch«, erklärte Kela keuchend, nachdem sie sich wieder voneinander gelöst hatten.

Ryk schluckte. »Du … du weißt, dass ich dich immer noch … liebe.«

Kela sah ihn an. »Zu früh«, flüsterte sie und rollte sich unter seinen Armen heraus. »Außerdem brauchst du dringend ein Bad. Zurzeit wäre selbst ein Fläschchen Siaminzöl nicht genug, um deinen menschlichen Geruch zu überdecken.«

»Sehr witzig.«

»Vater? Sag doch was!«, rief Nersei in diesem Augenblick.

Ihre Köpfe wandten sich in seine Richtung. Der Veydra kniete an Asmarans Seite, der ein Stück entfernt reglos im Gras lag. Die Augen des Dämons waren geschlossen. Seine Haut, sonst bleich wie der Mond, hatte ein ungesundes Grau angenommen. Hinter Nersei hatten die sieben Empathen Aufstellung bezogen. Stumme Wächter, die über ihren Herren aufragten.

Kela war als Erste auf den Beinen. Ryk stolperte ihr hinterher. Als sie die kleine Gruppe erreichten, riss Nersei den Kopf hoch. Seine Augen blitzten. »Was hast du getan?«

»Ich hätte das Portal nicht ohne ihn öffnen können«, erklärte Ryk. »Der Zauber muss ihn ausgebrannt haben.«

Nersei fluchte. »Wieso?«

»Weil es unsere einzige Chance war und er wusste, wie wichtig es ist, dass wir hierher zurückkehren.«

Kela hockte sich an Nerseis Seite. »Ist er …?«

»Nein, aber er ist nah dran.« Die Stimme des Veydras war kaum mehr als ein Flüstern. Er legte eine Hand auf den Brustkorb des Blutlenkers. »Er ist nicht völlig ausgebrannt. Ein wenig Magie spüre ich noch in ihm.«

»Kannst du ihn nicht heilen?«, fragte Ryk.

Nersei hatte den Blick wieder auf Asmaran gesenkt. Ohne aufzusehen, schüttelte er den Kopf. »Es gibt keine Wunde, die ich schließen, keine Krankheit, die ich austreiben könnte. Es ist seine Magie, die Quelle seines Seins. Er hat zu viel davon gegeben, und nun droht dieser letzte Funke auch noch zu verlöschen. Wenn das geschieht, stirbt er.«

»Irgendetwas müssen wir doch tun können«, erwiderte Ryk.

»Diesen Kampf muss er selbst führen.«

Kela legte eine Hand auf Nerseis Schulter. »Er ist ein zäher Hund. Er wird es überleben.«

27

Tal des Dämonenjägers, Xe'Neridian
27. Septer 1026 n. d. Zweiten Dämonenkrieg

War es Tag oder Nacht? Träumte er? Veitt hoffte es, denn wenn er wach wäre, war die Wirklichkeit schlimmer als jeder Albtraum. Schmerz wütete in seinen Eingeweiden. Wie eine wilde Bestie schlug sie ihre Klauen wieder und wieder in ihn, und obwohl sich sein Innerstes anfühlte, als wäre es nur noch eine breiige Masse aus rohem Fleisch, wollte er einfach nicht sterben. Seine Magie kämpfte um sein Überleben. Jetzt verstand er, warum Narodh den Tod durch das Schwert vorgezogen hatte, anstatt elendig an dem Gift zu krepieren. Er wünschte, er könnte die gleiche Wahl treffen und sein Leben selbst beenden. Doch mittlerweile war er zu schwach. Seine Arme und Beine wollten ihm nicht länger gehorchen.

Er fühlte Erde zwischen seinen Fingern, kühlen Stein, der sich in seinen Rücken presste. Lag er immer noch am Ufer des Sees?

Veitt öffnete die Augen. Da war Tageslicht, nur war es seltsam fern, als betrachte er es durch einen Tunnel. Er drehte den Kopf ein wenig. Wo war er? Er sah Schatten, Felsen … Eine Höhle? Wie war das möglich? Er erinnerte sich daran, es noch bis zum Ufer geschafft zu haben, bevor er zusammengebrochen war. Die Höhle lag allerdings auf der anderen Seite des Sees. Niemals wäre er imstande gewesen, sich allein dorthin zu schleppen.

Als die Krämpfe in seinen Eingeweiden stärker wurden, schloss er die Augen wieder, in der Hoffnung, die Finsternis hinter seinen Lidern würde ihm Vergessen bringen. Stattdessen steigerte sich der Schmerz noch. Sein Magen schien mit einem Haufen Scherben gefüllt, die sich bei jedem Krampf tiefer in sein Fleisch bohrten und ihn langsam von innen heraus aufschlitzten. Als er sich das nächste Mal zusammenkrümmte, musste er sich übergeben. Ein Schwall heißer Säure sprudelte ihm über die Lippen, lief ihm über Wange und Kinn und ließ den kupferartigen Geschmack von Blut in seinem Mund zurück.

Zitternd rollte er sich zusammen und versuchte, sich von seiner Pein abzulenken, indem er an seine Kindheit auf Uxta zurückdachte. Sie war nicht nur schlecht gewesen. Tatsächlich hatte es auch viele glückliche Tage gegeben. Er war der Sohn gewesen, den sich seine Eltern immer ersehnt hatten. Der Erbe, der eines Tages das Familiengeschäft übernehmen sollte. Jeden Wunsch hatten sie ihm von den Lippen abgelesen. Auch seine Großeltern waren völlig vernarrt in ihn gewesen. Bei jedem Besuch hatte ihm Großmutter Sani seine Lieblingskekse gebacken, während Großvater Faran im Schaukelstuhl vor dem Ofen gesessen und ihm Geschichten aus den alten Tagen erzählt hatte: von Helden, Monstern und schönen Prinzessinnen. Diese Zeit hatte zu der schönsten seines Lebens gehört.

Und dann war es passiert.

Eines Abends war Veitt von einem Streifzug mit seinen Freunden durch das Hafenviertel nach Hause gekommen und hatte seine Lieblingskatze Tiami verletzt vor der Haustür gefunden. Sie musste in einen Kampf mit einem Phorax geraten sein, denn sie war übel zugerichtet. Er brachte sie in sein Zimmer, wo er sie auf sein Bett legte. Doch als er seinen Vater um Hilfe bat, sagte dieser ihm, dass es gnädiger wäre, Tiami zu töten. Veitt wollte das nicht akzeptieren. Er schluchzte und schlug um sich, damit sein Vater nicht an sie herankäme. Schließlich warf er sich über sie, um sie zu schützen. Als seine Hände ihren Körper berührten, da brach die Magie aus ihm heraus und heilte die Bisswunden des Phorax, und Tiami sprang von seinem Bett und sauste, aufgeschreckt von der ganzen Aufregung, aus dem Zimmer. Er war so erleichtert gewesen – bis er seinen Vater angesehen hatte. Niemals würde er die Abscheu in dessen Blick vergessen. Einen Tag später schickte seine Familie ihn fort – zur Akademie der Magier auf Nekross. Seitdem hatte er sie nicht wiedergesehen. Selbst seine Briefe hatten seine Eltern nicht beantwortet. Tränen quollen unter seinen Lidern hervor. Bald wäre er tot, und sie würden es nicht einmal erfahren.

Eine neuerliche Schmerzwelle erfasste ihn. Stärker als alle vorhergegangenen. Veitt schrie auf, warf dabei den Kopf von einer Seite zur anderen und schrie immer lauter. Seine Finger verkrampften sich. Die Gelenke knackten vor Anspannung. Niemals hätte er es für möglich gehalten, dass man solche Schmerzen empfinden konnte. *Bitte*, dachte er. *Bitte!* Er wollte nur noch sterben.

Etwas Kühles berührte sein Gesicht. Ein Lufthauch? Plötzlich floss Wasser über seine Lippen. Gierig leckte er es auf. Selbst wenn es seine Qual noch verlängern mochte, so war es doch Balsam für seine wunde Kehle. Es kostete ihn alle Kraft, die er noch hatte, nur die Lider zu heben. Jemand hatte sich über ihn gebeugt. Veitt versuchte, die Person zu erkennen, allerdings wirkte sie eigentümlich verschwommen. Wie in Nebel gehüllt. Als sie sich erhob, schien das Tageslicht vom Höhleneingang durch sie hindurch.

»Wer … bist … du?«, krächzte er.

Die Antwort war kaum mehr als ein Wispern, erfüllt von Worten, so sanft und rein wie das Plätschern von Regentropfen auf einem See. »Schlafe, mein junger Freund! Schlafe!«

Schon fielen Veitt die Augen zu. Der Schmerz, der sich einen Moment zuvor noch wie ein Reißer an seinen Eingeweiden ausgetobt hatte, rückte von ihm ab und ein Traum trug ihn in eine Zeit davon, als dieses Tal noch Teil einer einzigen Welt gewesen war. Wie ein Soral schwebte er in großer Höhe und blickte auf das Tal und seine damaligen Bewohner hinab. Eine Gruppe von Menschen war gerade dabei, den Monolithen zu errichten, der in seiner eigenen Zeit bereits wieder umgestürzt und halb im Erdboden versunken war.

Nein, keine Menschen, dachte Veitt einen Herzschlag später. Diese Wesen sahen ihnen nur ähnlich. Sie waren größer, von beinahe hünenhafter Gestalt, mit einer Haut, so schwarz und glänzend wie das Gefieder von Raben. Und plötzlich wusste er, wer sie waren: die Erbauer all jener Relikte, die die Val'kai sogar noch mehr zu fürchten schienen als den Tod.

28

Labyrinth der Toten, Kellwyn
28. Septer 1026 n. d. Zweiten Dämonenkrieg

Ishan leckte sich die Lippen. »Du schmeckst nach Siaminzöl.«

Kela lachte. »Der Preis für ein bisschen Spaß!« Sie lag in seinen Armen, dicht an seinen verschwitzten Körper gepresst, was ihrer Lust, aber auch der Enge der Koje geschuldet war.

»Nur ein bisschen?« Er zog einen Schmollmund.

»Ich habe dir vierhundert Jahre voraus, Junge, da braucht es schon ein wenig mehr als gutes Stehvermögen, um mich zufriedenzustellen.« Sie griff ihm zwischen die Beine und rieb sein steifes Glied. Ishan keuchte. »Aufhören, oder willst du, dass ich schon komme?«

»Ohne mich? Nichts da!« Kela lachte, befreite sich aus seinen Armen und schwang sich über ihn. »Los, mach schon, auf den Rücken mit dir!«

»Wir sind aber heute wild, was?« Er grinste und gehorchte.

»Braver, Junge!« Kela beugte sich hinab und küsste ihn. Ihre Lippen waren warm und weich. Sie küsste ihn noch einmal auf den Mund, dann sein Kinn und schließlich seine Brust. Sein Glied zuckte vor Erregung und schlug gegen die Innenseite ihrer Schenkel. Kela lachte, packte es und ließ sich darauf sinken. Ishan bäumte sich auf und stieß zu.

»Nein«, sagte sie und drückte ihn mit beiden Händen zurück in die Koje. »Mach gar nichts.« Er nickte und entspannte sich.

»Gut so«, sagte sie und zwickte ihn mit einem schelmischen Grinsen in die Brustwarze.

»Au.«

Sie verschloss ihm mit dem Zeigefinger die Lippen und schüttelte den Kopf. Nun ließ sie ihre Hüften kreisen, erst langsam, schließlich immer schneller, bis sie eins waren mit dem Rhythmus der *Seelenfeuer* – dem Auf und Ab der Strömung und der Wellen, die sie geschwind ihrem Ziel entgegentrugen. Als Kela sich dem Höhepunkt näherte, nahm sie Ishans Hände, die auf ihren Oberschenkeln ruhten, und presste sie auf ihre Brüste. »Ja!«, seufzte sie, als er sie zu kneten begann. »Ja, ja, *jaaaaaaa* …«

Ishan schreckte hoch. Sein Atem ging schnell, genauso wie sein Herz, das hart gegen seine Rippen schlug. *Ein Traum. Nur ein Traum*, dachte er und starrte in die Dunkelheit der Höhle, die er bewohnte, seit er sich den Rebellen angeschlossen hatte. Nach einer Weile rutschte er an den Rand der Pritsche, stellte die Füße auf den Boden und vergrub das Gesicht in den Händen. Der Traum … Es war ihre letzte gemeinsame Nacht gewesen – an Bord der *Seelenfeuer*, dem Schiff, das sie auf Befehl des Obersten Magus nach Kellwyn gebracht hatte. Bei Sorons Krähen, konnten seine verfluchten Erinnerungen ihn nicht einfach in Frieden lassen?

Ishan wusste nicht, wie lange er so schon dort gesessen und sich seinem Schmerz hingegeben hatte, als er sich der Kälte bewusst wurde, die durch den Stein unter seinen nackten Füßen in seinen Körper kroch. Fröstelnd erhob er sich. Mittlerweile hatten sich seine Augen an die Dunkelheit gewöhnt, die nicht ganz so vollkommen war, wie sie im ersten Moment nach dem Erwachen gewirkt hatte. Licht schimmerte durch die Decke, die vor dem Ausgang seiner Höhle hing und ihm ein wenig Privatsphäre gab. Es schien schwächer als sonst, was bedeutete, dass noch nicht so viele Feuer brannten. Da waren auch weniger Geräusche als sonst. Ein paar Stimmen, das Klappern von Geschirr … Es musste noch sehr früh sein, was ihm gelegen kam. Weniger Menschen, die ihn sehen würden.

Ohne weitere Verzögerung kleidete er sich an. Anschließend entzündete er eine Kerze, in deren Schein er ein letztes Mal den Inhalt seines Rucksacks überprüfte, den er am Abend zuvor gepackt hatte. Darin fanden sich ein Seil, ein Lederschlauch mit Wasser, ein Maisbrot, ein Beutel mit Trockenfrüchten, alchemistische Zündelhölzer, eine Flasche Lampenöl, ein Messer und eine der Karten, die Iritari für ihn vom Labyrinth hatte anfertigen lassen. Außen am Rucksack war eine Laterne befestigt. Nachdem er sicher war, alles beisammenzuhaben, legte er noch sein Schwert um, schulterte anschließend den Rucksack und trat nach draußen.

Er durchquerte die Höhle, die das Herz des Rebellenlagers bildete. Tagsüber war sie von fröhlichem Kinderjauchzen und vom Geschwätz der Frauen erfüllt, und Hunderte Kochfeuer erhellten sie. Jetzt waren viele davon bis zur Glut heruntergebrannt. Nur vereinzelte wurden noch betrieben. Grüppchen von Rebellen hatten sich darum versammelt. Männer und Frauen, denen Trauer und Sorge den Schlaf raubten. Einige weinten offen, andere starrten mit leerem Blick in die Flammen oder lehnten aneinander auf der Suche nach Trost. Die meisten von ihnen schienen Ishan nicht einmal wahrzunehmen. Im Vorübergehen schnappte er Worte der Hoffnungslosigkeit, aber auch der Ermutigung auf, die die Rebellen austauschten.

»Kommandant?«

Ishan blieb stehen und drehte sich nach der Stimme um. Sie stammte von einem Mann, der sich gerade von seinem Platz am Feuer erhob. Er war von zäher, sehniger Statur und gut zwei Jahrzehnte älter als Ishan. Sein Gesicht kam ihm vertraut vor, dennoch brauchte er einen Moment, bis er sich erinnerte. Er war einer der Jäger, die für die Fleischbeschaffung verantwortlich waren. »Ossa«, sagte er.

»Es ehrt mich, Herr, dass du dich an meinen Namen erinnerst.« Der Mann hielt Ishan einen Becher hin.

Es war Raxas, wie er sofort an dem herb-bitteren Aroma erkannte, das das Gebräu verströmte. Nur zu gern griff Ishan zu. Gleich nach dem ersten Schluck verspürte er bereits die belebende Wirkung. »Du bist ein Lebensretter, Ossa.«

Der Jäger lächelte, bevor er mit einem vielsagenden Blick auf Ishans Rucksack hinzufügte: »Du bist früh auf den Beinen, Herr.«

»Das könnte ich von dir auch sagen.«

Ossa nickte. »Verzeih, ich wollte nicht neugierig sein.«

»Schon gut.« Ishan winkte ab. »Kann ich etwas für dich tun?«

»Lass uns ein andermal darüber reden, Herr. Es ist nicht so wichtig, als dass ich dich noch länger aufhalten wollte.«

Ishan trank den Rest seines Raxas aus, gab den Becher an Ossa zurück und setzte seinen Weg fort. Auch ohne dass er sich noch einmal umgedreht hätte, ahnte er, dass ihm der Blick des Mannes folgte. Verübeln konnte er es ihm nicht. Es herrschte Krieg, und das machte jeden nervös und argwöhnisch. Besonders gegenüber jemandem, der nicht einmal zum eigenen Volk gehörte. Aber es war sicherer für Ossa, dass er nicht wusste, was Ishan vorhatte.

Tatsächlich kannte niemand außer Iritari das Ziel seines heutigen Ausflugs. Er hatte alle Überredungskunst aufbringen müssen, um die Prinzessin davon abzuhalten, ihn zu begleiten. Doch am Ende hatte er sie davon überzeugen können, dass das Risiko zu hoch war. Ishan plante einen der geheimen Orte des Labyrinths aufzusuchen, deren Existenz seit Jahrhunderten von der Herrscherfamilie gehütet wurde. Sie galten als gefährlich und waren durch verborgene Zugänge gesichert. Nähme er

Iritari mit und ihnen beiden würde unterwegs etwas zustoßen, wären die Rebellen ohne Anführer. Das konnte er nicht riskieren.

Ishans Hoffnung war, dass sich hinter einem dieser Orte das Grab des Inos verbarg. Aus diesem Grund konnte er auch sonst niemanden mitnehmen. Es würde die Rebellen bloß in Panik versetzen, wenn sie die Wahrheit kennen würden. Vor allem, wenn sie herausfanden, dass der Fluchbringer Zaragoth früher oder später herkommen würde, um dem Gott neues Leben einzuhauchen. Darüber hinaus war diese Mission etwas Persönliches für Ishan, auch deshalb musste er allein gehen.

Als sein erstes Ziel hatte er sich den Dunkelhort ausgesucht. Ein Name, hinter dem sich durchaus die Grabkammer eines wahnsinnigen Gottes verbergen mochte. Er betrat den Tunnel, der im Westen der großen Kaverne seinen Anfang nahm. Die Wachen grüßten ihn und beäugten neugierig seinen Rucksack, wagten jedoch nicht, ihn darauf anzusprechen. Laut der Karte, die Ishan bei sich trug, musste er dem Tunnel bis zur zweiten Abbiegung folgen und sich dann nach links wenden.

Niemand kam ihm entgegen, aber das hatte er um diese Zeit auch nicht erwartet. Seinem Gefühl nach war gerade erst die zweite oder dritte Stunde nach Mitternacht angebrochen. Noch bevor Ishan die Abzweigung erreichte, musste er seine Laterne entzünden. Nur Gänge und Tunnel, die fester Bestandteil des Rebellenlagers waren, wurden mit Fackeln ausgestattet. Auf diesen Gang traf das nicht zu.

Als er zu der Abzweigung kam, holte er noch einmal die Karte hervor, um sich den weiteren Weg einzuprägen. Anschließend betrat er den Tunnel, der nach einer Viertelmeile zu einer Treppe führte. Einer von vielen, die er heute noch würde hinabsteigen müssen. Sein Ziel befand sich in einem der ältesten Bereiche des Labyrinths. Zahlreiche Stockwerke unter dem, in dem er sich derzeit aufhielt.

Die Stufen waren in den Felsen gehauen. Im Schein seiner Laterne wanden sie sich wie eine Spirale vor ihm in die Tiefe. Die Wände waren gemauert und lagen so dicht beisammen, dass er leicht schräg gehen musste, um nicht mit den Schultern anzustoßen. Nach einer Weile endete die Treppe in einer weitläufigen Höhle, durch die ein Fluss rauschte. Eine Brücke führte darüber. Bei ihrem Anblick erschauderte Ishan, denn sie war teilweise aus menschlichen Gebeinen erbaut.

Die Pfeiler, die aus dem gurgelnden Flusswasser ragten, bestanden aus Stein. Die Brücke selbst war mit einer dicken Lage aus Knochen gepflastert. Hunderte oder wohl eher Tausende übereinanderliegender Arm- und Beinknochen. Bei jedem Schritt knirschten und knackten die spröden Gebeine unter seinem Gewicht. Umso erleichterter war er, als er auf der anderen Seite des Flusses von der Brücke heruntertrat. Nicht weit entfernt entdeckte er den Zugang zu einer weiteren Spiraltreppe, die ihn noch tiefer unter die Erde brachte. Und es würde nicht die letzte sein.

Stunden mussten vergangen sein, als er endlich die letzten Stufen hinter sich ließ und am Anfang eines Stollens stand. Gut eine Meile über ihm ging vermutlich gerade die Sonne über O'Shan'wa auf. Er hob die Laterne, um in ihrem Licht die Tunnelwände zu betrachten, die nicht mehr gemauert waren, sondern aus nacktem Fels bestanden. Auch die Luft roch hier anders als in den höher gelegenen Stockwerken des Labyrinths. Abgestanden und muffig, was unerwartet und ungewöhnlich war.

Ishan ging weiter und blieb dann abrupt stehen. Für einen Moment meinte er Schritte hinter sich zu hören, nur ganz schwach wie aus großer Entfernung. Aber als er lauschte, schienen sie verstummt. Nicht zum ersten Mal in den vergangenen Stunden hatte er das Gefühl, dass ihm jemand folgte. Plötzlich fragte er sich, ob Iritari ihm einen ihrer Leibwächter hinterhergeschickt hatte, der auf ihn achtgeben sollte? Es sähe ihr ähnlich. Sie machte sich zu viele Sorgen um ihn. »Ich weiß, dass du da bist«, rief er in den Stollen hinein. »Zeig dich!« Er wartete eine Zeit lang, ohne dass etwas geschah. Schließlich runzelte er die Stirn. Und wenn es bloß das Echo seiner eigenen Schritte gewesen war, das er gehört hatte? Es wäre nicht das erste Mal, dass der Widerhall in diesen Gängen ihm einen Streich spielte. Ishan schüttelte den Kopf, drehte sich um und ging weiter. Nichtsdestotrotz würde er die Ohren offen halten.

Er war gerade einmal vierzig Schritte weit gekommen, als der Tunnel an einer Erdspalte endete. Wie ein schwarzer Schlund tat sie sich vor ihm auf. Ishan trat bis an ihren Rand heran und streckte die Laterne vor, trotzdem konnte er die andere Seite nicht ausmachen. Vor langer Zeit musste es hier ein Beben gegeben haben, bei dem der Tunnel entzweigerissen worden war. Plötzlich lächelte er. Hier war er richtig.

Er kniete sich hin, stellte die Laterne neben sich ab und streifte den Rucksack ab. Zunächst trank er einen Schluck aus dem Wasserschlauch und aß etwas von dem Brot, bevor er die Karte vor sich auf dem Boden ausbreitete und sie eingehend betrachtete. Kein Zweifel, er war dem Ziel schon sehr nahe. Die Erdspalte stellte den Zugang zum Dunkelhort dar. Allerdings schien sie größer und tiefer zu sein, als sie auf der Karte wirkte. Nur gut, dass er das Seil eingepackt hatte.

Nachdem er sich ein wenig ausgeruht hatte, band Ishan das Seil um einen Felsen und warf es hinab in die Spalte. Die Laterne befestigte er an seinem Rucksack. Nun war er bereit. Er ergriff das Seil, zerrte zur Sicherheit noch einmal daran und schwang sich dann samt Rucksack über den Rand der Erdspalte. Die Felswand war so zerklüftet, dass er keine Probleme hatte, mit seinen Stiefeln Halt zu finden. Er kletterte rund fünfunddreißig Fuß in die Tiefe, bevor er auf den Grund der Spalte stieß. Erneut nahm er den Rucksack ab, löste die Laterne und schulterte ihn wieder. Das Seil ließ er, wo es war. Er würde es für den Rückweg brauchen.

Ishan hielt die Laterne hoch, damit ihr Licht möglichst weit reichte. Auf dem Grund der Erdspalte gab es jede Menge Felsen und Geröll, was nicht weiter ungewöhnlich war. Er marschierte los. Nur wenige Augenblicke später tauchte die andere Seite der Spalte vor ihm aus dem Dunkel auf. Wie auf der Karte eingezeichnet, war hier ein Tor in den Felsen eingelassen.

Die Flügel waren bereits verrottet. Ishan entdeckte Reste von Holz und ein paar verrostete Eisenbeschläge zwischen dem Geröll am Boden. Dieser Ort musste wahrlich alt sein. Sein Blick fiel auf das Relief einer Schlange mit gefiederten Flügeln, die über dem Tor in den Stein gemeißelt war. Die Götze einer vergessenen Kultur hatte Ryk sie einst genannt.

Dahinter führte ein weiterer Gang tiefer in den Felsen. Ishan hatte ihn kaum betreten, als er auch schon wieder stehen blieb. Das Gefühl einer Bedrohung war so plötzlich über ihn gekommen wie der Biss einer Lehmviper. Er fuhr herum, als erwartete er, durch die Dunkelheit etwas heranstürzen zu sehen. Er starrte, wartete und starrte ... Nichts. Nun hielt er den Atem an und lauschte. Wenn dort draußen jemand war, würde das Geröll es ihm verraten. Doch da war kein Knirschen, auch nicht das Geräusch verrutschender Steine, da war nur Stille. Er fing wieder an zu atmen, als der Druck auf seine Lunge zu stark wurde. Sollte er sich schon wieder getäuscht haben? War dort draußen gar nichts? Plötzlich musste er an seine ersten Tage bei den Rebellen zurückdenken. Damals hatte ihm das Labyrinth das Gefühl vermittelt, nicht willkommen zu sein. Er war sich wie ein Außenseiter vorgekommen. Es war erst besser geworden, nachdem er sich als nützlicher Verbündeter für die Kellwyner herausgestellt hatte. »Das Labyrinth wacht über uns, beschützt uns«, hatte Iritari ihm erklärt. »Zunächst warst du ein Fremder in seinen Augen, jetzt weiß es, dass du ein Freund bist.«

War es also möglich, dass dieses Gefühl einer Bedrohung vom Labyrinth selbst ausging? Wollte es ihn am Ende gar warnen? Nur wovor? Einem Verfolger? Oder dem Dunkelhort? Ishan drehte sich wieder um und starrte in den Tunnel, der vor ihm lag. Ein Luftzug fuhr ihm durchs Gesicht, der einen feucht-modrigen Gestank mit sich brachte. Er schluckte. »Ich kann jetzt nicht umkehren«, murmelte er. Wie zur Antwort traf ihn ein weiterer Lufthauch, so kühl und abweisend, dass es seine innere Unruhe noch verstärkte. Seine Hände fingen an zu schwitzen. *Ich muss weiter*, dachte er. Das verfallene Tor, der modrige Geruch ... Hatte das nicht etwas von einem Mausoleum? Demnach musste er dem Grab des Inos schon sehr nahe sein. Ishan drang tiefer in den Tunnel ein. Nach einer Weile kam es ihm vor, als würde es vor ihm heller. Ein unheimliches, grünes Licht. Je näher er ihm kam, desto intensiver wurde der Gestank von Moder und Fäulnis.

Kurz darauf öffnete sich der Gang zu einer Höhle, die von ähnlichen Ausmaßen war wie das Hauptlager der Rebellen. Es gab hier einen großen See. Das Ufer war mit einem schleimigen Gewächs überzogen, auf dessen Oberfläche winzige lumineszierende Blasen saßen, von denen das grüne Leuchten ausging. Der Fäulnisgeruch war inzwischen noch stärker geworden und schien vom See selbst auszugehen. Ishan trat ans Ufer und betrachtete voller Abscheu das faulige Wasser. Eine gewaltige dunkle Fläche, glatt wie ein Spiegel. Weiter draußen, rund dreihundert Fuß vom Ufer entfernt, lag eine Insel. Wie die Spitze eines Unterwasserbergs ragte sie aus dem See. Auch sie war in das Leuchten des grünen Schleims getaucht, der dort Steine und Felsen überzog. In seinem Schein konnte Ishan den Eingang zu einer Höhle ausmachen. Etwas sagte ihm, dass sie sein Ziel war. Er sah sich am Ufer des Sees um, aber es gab hier kein Floß oder Boot.

Missmutig musterte er das Gewässer, bückte sich nach einem Stein und warf ihn hinein. Mit einem Platschen versank er. Die Oberfläche des Sees geriet kurz in Aufruhr, bevor sie einige

Augenblicke später wieder so still und ruhig wie zuvor vor ihm lag. Bei Sorons Krähen, konnte er es wagen und hinüber zur Insel schwimmen? Zumindest einer Sache durfte er sich sicher sein: So, wie die Brühe stank, konnte unmöglich etwas darin leben. *Du bist verrückt, wenn du das machst*, dachte er. Aber war es nicht noch verrückter, erst die ganze Mühe auf sich zu nehmen und hierherzukommen, um dann kurz vor dem Ziel einen Rückzieher zu machen? Das Grab des Gottes mochte zum Greifen nahe sein. Er stöhnte. *Ich muss völlig irre sein!*

Ishan löschte die Laterne, um Lampenöl zu sparen, und stellte sie neben sich auf den Boden. Aufgrund des Leuchtens war es hell genug in der Höhle. Nun legte er auch den Rucksack ab und fing an, sich zu entkleiden. Nachdem er nackt am Ufer stand, blickte er auf sein Schwert. Es würde ihn beim Schwimmen nur behindern, also würde er es zurücklassen müssen. Ganz unbewaffnet wollte er aber auch nicht gehen. Da erinnerte er sich an den Dolch in seinem Rucksack. Er holte ihn hervor und klemmte ihn sich zwischen die Zähne.

Ein letztes Mal suchte Ishan den See mit seinen Blicken ab. Nirgends rührte sich etwas. Na schön. Er setzte einen Fuß ins Wasser und zog ihn sofort wieder zurück. Es war eiskalt. *Komm schon, davon wirst du dich doch nicht aufhalten lassen!* Beim zweiten Mal war er vorbereitet. Diesmal zuckte er nicht zurück, sondern zwang sich, Schritt für Schritt weiterzugehen, bis die Brühe ihm über die Taille reichte. Gänsehaut überzog seinen Körper. Er zählte in Gedanken bis drei, tauchte ganz in den See ein und schwamm los. Das Wasser fühlte sich eigentümlich schmierig zwischen seinen Fingern an, und der Gestank biss ihm in die Nase. Zu dumm, dass er wegen des Messers nicht durch den Mund atmen konnte.

Nach den ersten Zügen fror Ishan nicht mehr ganz so erbärmlich, und nachdem er gut die Hälfte der Strecke hinter sich hatte, wurde ihm sogar warm. Alles lief bestens, bis er sich fragte, wie tief der See wohl war? Den Boden hatte er schon vor einer ganzen Weile unter den Füßen verloren. Plötzlich musste er daran denken, wie er nach seiner Flucht aus dem Kerker auf Xe'Neridian fast ertrunken wäre. Verdammt, warum musste ihm das gerade jetzt einfallen?

Panik stieg in ihm auf, und er warf einen Blick zurück. Mittlerweile war die Insel jedoch eindeutig näher. Ishan schwamm nun schneller, und bald darauf zog er sich auf einen großen, flachen Felsen am Ufer der Insel. Er verschnaufte nur kurz, bevor er sich aufrappelte und mit dem Messer in der Hand auf den Eingang der Höhle zukletterte. Der Algenschleim machte die Felsen glitschig, sodass er mehrmals ausrutschte und sich einige Prellungen und Abschürfungen einhandelte.

Dann endlich stand Ishan vor der Höhle. Der Zugang war breit und hoch genug, dass mehrere Mann aufrecht nebeneinander hätten eintreten können. Der Algenschleim, der auch hier überall wuchs, leuchtete ihm den Weg durch einen Tunnel, der sich leicht abschüssig vor ihm durch den Felsen wand. Bei jedem Schritt bohrten sich kleine Kiesel in seine Fußsohlen.

Nach einer weiteren Biegung öffnete sich der Tunnel zu einer Steinkammer. Ishan blieb stehen. Ihre kreisrunde Form war zu vollkommen, als dass sie natürlichen Ursprungs hätte sein können. Er sah sich um und sank anschließend enttäuscht auf einen Stein. Die Kammer maß rund zwanzig Schritte im Durchmesser und war vollkommen leer. Kein Sarg. Kein Leichnam. Es gab hier nur ein weiteres Relief der Schlange mit den gefiederten Flügeln, das auf der anderen Seite der Höhle in den Fels gemeißelt war. Größer und prächtiger als das über dem Tor.

Er stand auf, um es aus der Nähe zu betrachten. Die Flügel, die ihn an einen Raubvogel erinnerten, hatte die Schlangengötze weit geöffnet, was ihr etwas Majestätisches und Machtvolles verlieh. Ein Stück darunter war eine zweite Kreatur in die Felswand gemeißelt, deren bloßer Anblick Ishan ein Schaudern entlockte. Sie war abgrundtief hässlich, besaß ein Maul voller spitzer Zähne und einen Körper, so plump und abstoßend wie ein Wurm. Offenbar lebte diese Abscheulichkeit im Wasser, denn sie hatte Flossen und einen Fischschwanz. Unter dem Blick der Schlangengötze wand sie sich wie unter Schmerzen. Im nächsten Moment fröstelte Ishan und schlang die Arme um den Oberkörper. Dieses Mal kam die Kälte aus seinem Inneren. *Das ist nur ein Bild im Fels, nichts Reales*, dachte er und starrte auf die Flossen und den Fischschwanz der Kreatur. *Sie lebt im Wasser*. Bei dem Gedanken verspürte er ein leises Grauen in sich aufsteigen, und er dachte an den See, den er gerade durchschwommen hatte. »Sei kein Narr!«, schalt er sich gleich darauf so laut, dass seine Stimme von den Steinwänden widerhallte. Das war doch bloß ein Gleichnis vom Kampf zwischen Gut und Böse. Das Fragment einer schon lange untergegangenen Religion. Das hatte ganz sicher nichts zu bedeuten. Er schluckte. Nur warum wurde die Existenz dieses Ortes dann durch die Fürsten von Kellwyn geheim gehalten?

Ach, verdammt! Ishan wirbelte herum und floh aus der Höhle. So schnell es ihm möglich war, kletterte er hinab zum Ufer. Dort verharrte er an einen Felsen gelehnt und starrte hinaus aufs Wasser. Nichts. Nicht einmal die kleinste Welle, die auf eine Bewegung unter der Oberfläche hindeutete. Allmählich beruhigte sich sein Puls wieder, und er schüttelte beschämt über sich selbst den Kopf. Erneut klemmte er sich den Dolch zwischen die Zähne, ging anschließend in die Hocke und ließ sich in den See gleiten.

Das jenseitige Ufer kam rasch näher. Ishan konnte schon seinen Rucksack und die zurückgelassenen Kleidungsstücke erkennen, als etwas sein Bein streifte. Sein Herz machte einen Satz. *Das hast du dir nur eingebildet. Da ist nichts*. Er schwamm dennoch schneller. Nur noch vierzig Fuß. Wieder berührte etwas sein Bein. Glatt und kühl. Vor Schreck öffnete er den Mund. Das

Messer fiel in die stinkende Brühe und versank. Verdammt, irgendetwas war da. Umkreiste ihn. Panik schnürte Ishan die Luft ab, und sein Herz schlug so heftig, als wollte es seine Brust sprengen. Seine Arme pflügten durch das Wasser. Er war sicher, niemals im Leben so schnell geschwommen zu sein, und trotzdem kam dieses Etwas näher und näher. Er spürte, wie es hinter ihm das Wasser verdrängte, wie es sich unter ihn schob und hochschnellte. Mit einem Aufschrei warf er sich nach vorne. Etwas schnappte nach seinem linken Fuß. Er trat danach und fühlte einen stechenden Schmerz. Noch einmal warf er sich mit aller Kraft nach vorne. Endlich berührten seine Füße den Grund. Die letzten Meter lief er. Um ihn herum spritzte das Wasser in alle Richtungen.

Als er endlich an Land war, gaben seine Beine unter ihm nach. Also kroch er auf allen vieren weiter, bis er neben seinen Sachen zusammensackte. Keuchend blieb er auf dem Stein liegen, am ganzen Körper zitternd. Es brauchte eine Weile, bis er sich wieder beruhigt und genug Kraft gesammelt hatte, um sich aufzusetzen. Sein Blick glitt zurück zum See, dessen Wasser wieder so glatt war wie bei seiner Ankunft.

Scheiße, nur gut, dass ich meine Hosen nicht anhatte!

Er zog seinen linken Fuß heran, der immer noch brannte. Unter seiner Fußsohle fand sich ein langer und tiefer Schnitt, als wäre sie ihm von einem Messer aufgeschlitzt worden. Oder einem Zahn ... Er säuberte die Wunde mit Wasser aus seinem Trinkvorrat und riss danach ein paar Streifen von seinem Hemd ab, um die Wunde damit zu verbinden. Sobald er angekleidet war, schnallte er sich sein Schwert um und schulterte den Rucksack. Ganz zum Schluss entzündete er die Lampe. Ohne noch einmal zum See zurückzublicken, humpelte er auf den Tunnel zu, der ihn zurück zum Grund der Erdspalte bringen würde. Wenn er heute eins gelernt hatte, dann, dass er das nächste Mal auf sein Gefühl hören würde.

Für den Rückweg zum Rebellenlager brauchte er gut dreimal so lange. Das lag vor allem an der schier endlosen Zahl von Stufen, die er sich hinaufkämpfen musste. Schon bald klebte ihm das Hemd am Rücken. Seine Waden brannten, vor allem die rechte, da er seinen verletzten Fuß schonte, so gut es ging. Und Trinkwasser hatte er auch keines mehr, weil er damit die Wunde ausgewaschen hatte. Anfangs legte er noch öfter Pausen ein. Als es ihm nach jeder schwerer fiel, sich wieder aufzuraffen, zwang er sich trotz Schmerzen und Erschöpfung weiterzugehen.

Bei Sorons Krähen, war das Licht vor ihm im Tunnel?

Ein Gefühl der Erleichterung durchströmte ihn und verlieh ihm neue Kraft, als er sich dem Wachposten an der Grenze zum Rebellenlager entgegenschleppte. Viele Stunden zuvor, kurz nach seinem Aufbruch, hatte er ihn schon einmal passiert. Mittlerweile hatte ein Wachwechsel stattgefunden. Zwei junge Männer hockten im Schein einer Fackel auf dem Boden und unterhielten sich. Bei seinem Erscheinen sprangen sie auf. »Wer ist da?«, rief der eine ihm entgegen, als Ishan mit der Laterne aus dem Tunnel auf sie zutrat.

»Kommandant?«, platzte der andere heraus und nahm Haltung an. »Du siehst aus ... Uuh.« Er zuckte vor Ishan zurück. »Du stinkst fürchterlich, Herr.« Eine Eigenart der Kellwyner war, dass sie nur selten ein Blatt vor den Mund nahmen.

»Freut mich auch, euch zu sehen«, keuchte er.

»Brauchst du Hilfe, Herr?«, fragte der zweite Wächter, dem sein Humpeln aufgefallen war.

Ishan stützte sich mit der Hand an der Tunnelwand ab und schüttelte den Kopf. »Ich will, dass einer von euch Prinzessin Iritari über meine Rückkehr informiert. Der andere bleibt auf seinem Posten. Ich werde derweil die Heiler aufsuchen.«

»Ja, Kommandant.« Der kleinere von beiden flitzte davon.

Ishan sah ihm kurz nach, bevor er sich abstieß und an dem zurückgebliebenen Wächter vorbeischlurfte.

»Bist du sicher, dass ich dich nicht stützen soll, Kommandant?«

»Du hast deinen Befehl«, erwiderte Ishan streng.

Der Wächter salutierte.

Die Heiler, die sich um Rebellen kümmerten, die im Kampf gegen die reetacianischen Besatzer verletzt wurden, beanspruchten eine der größten Steinkammern, die es hier unten gab. Sie lag ein wenig abseits der Haupthöhle und verfügte über eine eigene Wasserquelle, die aus einem Spalt im Fels sprudelte. Auf dem Weg dorthin bot man Ishan noch mehrmals Hilfe an, doch er lehnte jedes Mal ab. Es war bloß ein verfluchter Schnitt.

Kaum war er durch den Vorhang gehumpelt, der den Zugang zum Krankenlager abschirmte, eilte ihm einer der Heiler entgegen und brachte ihn zu einer der wenigen unbelegten Pritschen. Zunächst zog er ihm den Stiefel aus. Die Stoffstreifen, die Ishan als Verband genutzt hatte, waren vollgesogen mit Blut. Der Heiler wickelte sie behutsam ab, reinigte die Wunde und untersuchte sie anschließend. »Das muss genäht werden«, entschied er. Nachdem er mit seiner Arbeit fertig war und Ishan einen frischen Verband anlegte, stürzte Iritari, begleitet von einem ihrer Leibwächter, in die Kammer. Als sie sah, dass es nur um seinen Fuß ging, entspannte sich ihre Miene.

»Was ist passiert?« Die Prinzessin trug ein Leinenkleid, das in der Art ihres Volkes mit orangen, gelben und purpurnen Blüten bestickt war. Sie sah hübsch aus. Viel hübscher als in seiner Erinnerung. Dabei hatten sie erst gestern miteinander gesprochen. Vielleicht hatte der Vorfall im See doch etwas Gutes: Der Schmerz über Kelas Tod hätte ihn beinahe vergessen lassen, wie es sich anfühlte zu leben. Er wusste, dass Iritari ihn mochte. Auch er fühlte sich zu ihr hingezogen, hatte sich bisher aber gegen dieses Gefühl gesträubt. Aus Respekt vor Kela. Und auch aus Furcht. Sie zu verlieren, hatte etwas in ihm zerbrochen, und er wusste nicht, ob er es verkraften würde, wenn er einen solchen Verlust noch einmal erlitt. Jetzt fragte er sich allerdings, ob es nicht viel schlimmer wäre zu sterben, ohne noch einmal so empfunden zu haben wie für Kela. Er blickte in Iritaris braune Augen und lächelte.

»Es ist nichts.« Vorerst würde er ihr nicht sagen, was wirklich geschehen war. Es würde sie nur beunruhigen. »Ich war unvorsichtig und habe mir den Fuß verletzt.«

»Was ist mit der anderen Sache?«, fragte sie mit einem Blick auf den Heiler, der gerade die Enden der Bandagen miteinander verknotete.

Ishan wusste genau, was sie meinte, und schüttelte den Kopf. »Er war nicht dort. Aber es gibt ja noch andere Orte, an denen ich mich umsehen kann.«

Iritaris Lippen wurden schmal, und sie verschränkte die Arme vor der Brust, wie so oft, wenn ihr etwas missfiel.

Der Heiler räusperte sich. »Ich bin fertig, Herr. Du kannst jetzt gehen. Achte darauf, den Fuß in den nächsten Tagen nicht unnötig zu belasten. Der Schnitt war übel. Er ging fast bis auf den Knochen durch.«

Ishan bezweifelte, dass es ihm möglich sein würde, es etwas ruhiger angehen zu lassen, trotzdem bedankte er sich bei dem Mann für seinen Rat und seine Hilfe. Der nickte ihm zu und ging davon.

»Er hat recht, du solltest dich schonen«, sage Iritari, als hätte sie seine Gedanken erraten.

Ishan winkte ab, schwang die Beine von der Pritsche und angelte nach seinem Stiefel. Er war noch feucht von seinem Blut, und beim Anziehen kam er an die Wunde. Ishan konnte sich einen Aufschrei gerade noch verkneifen. Verdammt! »Ich muss dir etwas sagen«, meinte Iritari, gerade als er aufstehen wollte, und setzte sich neben ihm auf die Pritsche. »Es geht um Derass«, fügte sie hinzu und wich seinem Blick aus.

Ishan hatte plötzlich einen Kloß im Hals. »Was ... was ist mit ihm?«

Iritari ergriff seine Hand, und als sie weitersprach, zitterte ihre Stimme. »Wir haben Nachricht von einem unserer Verbündeten aus der Herrscherpyramide erhalten. Derass ist tot.«

»Wie?«

»Reetacianische Soldaten hatten ihn nach dem Überfall auf den Nachschubkonvoi gefangen genommen. Sarazas ließ ihn daraufhin foltern, um den Standort unseres Versteckes zu erfahren. Er ... er hat es nicht überlebt.«

»Dieses verdammte Schwein!«, stieß Ishan hervor.

»Es tut mir leid«, sagte Iritari und streichelte seine Finger. »Derass ist ein guter und tapferer Mann gewesen. Er hat dem General nichts verraten.«

Ishan entzog ihr seine Hand, erhob sich und hinkte ohne ein weiteres Wort davon. Als er in seine Wohnhöhle kam, verharrte er einige Atemzüge lang reglos im Zwielicht, bevor er plötzlich aufschrie und seine Faust gegen die Felswand rammte. Der Schmerz trieb ihm die Tränen in die Augen. Aber das war ihm egal. Er lehnte die Stirn gegen den Stein und schloss die Lider. Derass war einer der wenigen Menschen gewesen, dem er von Anfang an vertraut hatte. In seiner Zeit als Kronprinz waren Ishan von allen Seiten Bewunderung und Aufmerksamkeit zugetragen worden. Aber erst durch Ryk und Kela hatte er erfahren, was echte Freundschaft bedeutete. Und nun hatte er einen weiteren Freund verloren.

Er schrie noch einmal auf, fuhr herum und trat nach dem Hocker in der Ecke. Ein Zittern lief durch seinen Körper, während in seinen Eingeweiden jene dunkle Wut aufloderte, die Asmarans Geist nach dem Verhör in ihm zurückgelassen hatte. »Dafür wirst du zahlen, Sarazas!«

29

Labyrinth der Toten, Kellwyn
28. Septer 1026 n. d. Zweiten Dämonenkrieg

Catara folgte Ossa in die Blauhöhle, wie sie von den Rebellen genannt wurde, weil es dort eine Felssäule gab, aus der Kristallgebilde wie blaue Blüten sprossen. Sie lag westlich der Haupthöhle, mit der sie durch einen Tunnel verbunden war, so breit und hoch, dass ein Ochsenkarren hätte hindurchfahren können. Sie diente den Kellwynern in erster Linie als Wohnstätte. Zwar war sie nur rund ein Drittel so groß wie die Haupthöhle, verfügte aber über viele kleine, wabenförmige Grabkammern, die die Rebellen inzwischen als Unterkünfte nutzten. Einige davon konnten jedoch nur über Leitern und Holzgestelle erreicht werden.

Auch Ossa bewohnte eine dieser Kammern, die rund zwölf Fuß über dem Höhlenboden lag. Er musste allein leben, denn als er die bunt bestickte Decke anhob, die vor dem Eingang hing, war dahinter alles dunkel. Catara prägte sich die Position der Kammer ein und ging danach zu einer Feuerstelle, an der ein altes Mütterchen Raxas zubereitete. Sie bat um einen Becher des Gebräus, den ihr die Alte mit einem zahnlosen Lächeln überreichte. Catara nickte ihr zum Dank zu und entfernte sich dann ein Stück, um sich auf eine Holzkiste zu setzen, die bei den Trinkwasserfässern stand. Um sie herum herrschte das gleiche geschäftige Treiben wie auf einem sharigorischen Bazar.

Eine Schlange hatte sich vor einer Gruppe Frauen gebildet, die frische Maisfladen verteilten. Andere Rebellen schleppten Brennholz heran, um die Feuer der Kochstellen in Gang zu halten, die gleichzeitig als Lichtquellen in dieser unterirdischen Höhlenwelt dienten. Hier und dort wurde ein wenig gehandelt: eine Decke gegen Schuhe, eine Axt gegen eine Flasche vergorene Eselsmilch. Und überall umhertollende Kinder, für die das alles ein einziges großes Abenteuer zu sein schien. Catara hätte viel darum gegeben, noch einmal so jung und unwissend zu sein. Sie nippte an ihrem Raxas und verzog das Gesicht. Zu wenig Süßholzsaft.

Ein Gong schlug, laut genug, um die Stimmen und anderen Geräusche zu übertönen. Es gab einen in jeder Höhle. Catara zählte die Schläge mit, die ihr verrieten, dass es die achte Stunde am Abend war. Hier unten, im ewigen Zwielicht, verlor man leicht das Gefühl für die Tageszeit. Lieber wäre ihr gewesen, sie hätte stattdessen ihren Geruchssinn eingebüßt. Die Rebellen hatten nicht oft Gelegenheit, ein Bad zu nehmen. Und seitdem sie Lurnahs Körper übernommen hatte, den Körper einer Jägerin, reagierten all ihre Sinne besonders empfindsam.

Sie trank einen weiteren Schluck Raxas, bevor sie den Rest angewidert neben sich auf dem Boden ausgoss. Das Zeug war nur dann wirklich genießbar, wenn es so viel Süßholzsaft enthielt, dass einem davon die Zähne ausfielen, fand Catara. Sie stand auf, brachte der Frau den Becher zurück und machte sich danach auf den Weg zu ihrer eigenen Wohnhöhle, die – einer glücklichen Fügung sei dank – nicht weit von der Ishans entfernt lag. So konnte sie den Prinzen viel besser unauffällig im Auge behalten.

Catara unterdrückte ein Gähnen. Scheiße, war sie fertig! Es gab keinen einzigen Muskel in ihrem Körper, der nicht schmerzte. Und morgen würde es noch schlimmer sein. Ossa konnte es nicht viel besser ergehen, deshalb glaubte sie auch nicht, dass er seine Kammer heute noch einmal verlassen würde. Für sie alle war es ein verdammt anstrengender Tag gewesen.

Sie tauchte in den Tunnel ein, der sie zurück in die Haupthöhle bringen würde. Vor ihr gingen ein paar Rebellen, die damit prahlten, wie sie vor zwei Nächten hinauf in die Straßen von O'Shan'wa gestiegen waren und sich dort einem Überfallkommando auf reetacianische Patrouillen angeschlossen hatten. Wobei es ihnen vor allem um die Schwerter der Soldaten gegangen war. Einer ihrer Kameraden hatte dabei sein Leben gelassen, und jetzt hielten sie ihn für einen Helden.

Der Tod macht keine Helden, er macht nur Leichen, dachte Catara und drängte sich an der Gruppe vorbei.

In der Haupthöhle wimmelte es von Menschen und Gerüchen, aber nicht nur unangenehmen. Als ihr der Duft von Grünwurzeleintopf in die Nase stieg, knurrte ihr Magen. Sie versuchte sich dran zu erinnern, wann sie zuletzt etwas gegessen hatte. Es musste der Abend zuvor gewesen sein, denn heute war sie noch nicht dazu gekommen. An einer Kochstelle ließ sie sich eine Schüssel von dem Eintopf geben. Er war von einer breiigen Konsistenz, in der ein paar Fleischbrocken schwammen. Wildziege, nach dem Geschmack zu urteilen.

Nachdem Catara gesättigt war, durchquerte sie die Kaverne, um zu ihrer Wohnkammer zu kommen. Auf dem Weg begegneten ihr ein paar Menschen, deren Gesichter sie aus Lurnahs Erinnerungen kannte. Sie nickte ihnen im Vorübergehen zu. Es war erstaunlich. Sie hätte diese Männer und Frauen selbst mit Namen ansprechen können. Früher wäre ihr das nicht möglich gewesen, aber seitdem sie wusste, dass der Schlüssel zur Erinnerung ihrer Opfer ihre Herzen waren, hatte das vieles für sie erleichtert.

Über eine Leiter stieg sie hinauf zu ihrer Kammer, wo sie zunächst eine Kerze entzündete, bevor sie die Decke vor dem Eingang zuzog. Neugierige Blicke konnte sie damit ausschließen. Geräusche hielt der Stoff leider nicht ab. Dafür war er zu dünn.

In ihrer Unterkunft roch es nach getrockneten Tiktikblüten, die ein Aroma verströmten, das in Cataras Geist Bilder des Dschungels erzeugte. Von einer geheimnisvollen Tier- und Pflanzenwelt voller Geräusche, Düfte und kleiner Wunder. Die Blüten befanden sich in einem Beutelchen unter ihrem Kopfkissen. Es war schon dort gewesen, als Catara die Höhle bezogen hatte. Insgesamt war sie ein eher karger Ort. Lurnahs Besitz bestand aus ihrem Bogen, einem Köcher mit Pfeilen, drei Jagdmessern, einem Schleifstein und ein paar Kleidungsstücken. Die Schlafpritsche nicht zu vergessen, die den hinteren Teil der Höhle einnahm.

Catara hockte sich im Schneidersitz auf den Boden, mit dem Gesicht zum Höhleneingang. Die Kerze, die sie mit Wachs auf einen flachen Stein geklebt hatte, stellte sie vor sich ab. Nun zog sie die beiden Messer aus ihrem Gürtel, um es ein wenig bequemer zu haben, behielt sie jedoch in der Nähe. Sie atmete mehrmals ein und aus und konzentrierte sich dabei auf die goldgelbe Flamme vor ihr. Ganz allmählich entspannte sie sich. Nicht nur ihr Geist. Auch die Muskeln in ihren Beinen, Rücken und Schultern. Das war ein gutes, ein verdammt gutes Gefühl!

In Gedanken ging sie noch einmal die Ereignisse des Tages durch. Ishan hatte das Rebellenlager zu einer Zeit verlassen, als die meisten noch geschlafen hatten, um in einen entlegenen und wenig einladenden Bereich des Labyrinths hinabzusteigen. Ossa war ihm gefolgt. Er hatte wohl gehofft, dass der Prinz ihn zum Grab des Inos führen würde. Später hätte er dann seinem Herrn Zaragoth davon berichten können. Ishan hatte allerdings keinen Erfolg gehabt, soweit Catara das beurteilen konnte.

Natürlich war sie den beiden nachgegangen. Sie wollte nicht riskieren, dass Ossa dem Prinzen etwas antat, denn er mochte sich noch als nützlicher Verbündeter erweisen. Außerdem hatte sie heute etwas Wichtiges herausgefunden: Ossa war kein Dämon. Er hatte sich – bis auf ein paar wenige Ausnahmen – bei Ishans Verfolgung äußerst geschickt angestellt. Einem Jäger würdig. Aber zu keiner Zeit hatte er dabei auf die übermenschlichen Fähigkeiten eines Humanos zurückgegriffen. Selbst nicht, als er hinter Ishan in die Erdspalte geklettert und dabei fast abgestürzt wäre. War er also bloß ein Mensch? Vielleicht einer der vielen Spione ihrer ehemaligen Herrin, von denen sie welche auf jedem Inselreich hatte?

Während des Rückwegs, als sie zum zweiten Mal an diesem Tag die Knochenbrücke passierten, hatte sie kurz mit dem Gedanken gespielt, ihn umzubringen und seinen Leichnam im Fluss zu entsorgen. Dann wäre er keine Gefahr mehr für Ishan gewesen. Allerdings hätte sein plötzliches Verschwinden den Argwohn seines Kumpanen Calvos erregt, was nicht gut gewesen wäre. Auch konnte Catara nicht sicher sein, dass die beiden die einzigen Spione Zaragoths unter den Rebellen waren. Besser, sie verhielt sich zunächst unauffällig. Also hatte sie Ossa nicht getötet. Möglicherweise waren er und Calvos lebendig sogar wertvoller für sie. Früher oder später würden Zaragoth und Madea, diese miese verräterische Schlampe, selbst nach Kellwyn kommen. Sie *mussten*, wenn sie vorhatten, Inos wiederzuerwecken. Und wenn es so weit war, würden Ossa und Calvos sie direkt zu ihnen führen. Catara lächelte, wenn sie sich den Ausdruck auf Madeas Gesicht bei ihrem Wiedersehen auf Kellwyn vorstellte. Damit würde sie niemals rechnen.

Ich werde ihr einen ganz besonderen Empfang bereiten, dachte sie, griff nach einem ihrer Messer und stellte sich vor, wie sie damit Madeas hübschen weißen Hals durchtrennte. Bis es jedoch so weit war, würde sie ein Auge auf Ishan haben. Auch wenn er inzwischen sehr gut auf sich selbst aufpassen konnte.

Sie war beeindruckt davon, was er aus sich gemacht hatte.

Noch mehr beeindruckte sie der Respekt, mit dem die Kellwyner ihm begegneten. Trotzdem würde sie sich weiterhin im Hintergrund halten. Sie konnte Ishan unmöglich anvertrauen, dass sie eine Keesa und einst Madeas mächtigstes Werkzeug gewesen war. Er würde es nicht verstehen. Noch nicht.

30

Herrscherpyramide in O'Shan'wa, Kellwyn
28. Septer 1026 n. d. Zweiten Dämonenkrieg

Der reinste Albtraum, dachte General Sarazas.

Er stand auf der Spitze der Herrscherpyramide im Norden von O'Shan'wa, an genau der gleichen Stelle, von wo früher Großfürst Thamaryn auf die Stadt hinabgeblickt hatte. Der Wind fuhr ihm durch das kurz geschnittene Haar, zupfte an den Rockschößen seiner Uniform und machte ihm die Schwüle der Dschungelwelt einigermaßen erträglich. Gereizt verzog er die Mundwinkel. O'Shan'wa war ein Seuchenherd, und die Aufräumarbeiten gingen viel zu langsam voran. Während der Eroberung waren Teile der Stadt niedergebrannt worden. In manchen Ruinen lagen noch immer die Leichen der Bewohner unter Stein und Schutt begraben, faulten vor sich hin und lockten mit ihrem Gestank das Ungeziefer in die Stadt. Purpurfliegen und Ratten, die unbekannte Krankheiten aus dem Dschungel mit sich brachten oder solche verbreiteten, die bereits unter der Bevölkerung ausgebrochen waren.

In der letzten Woche hatte es erste Fälle von Schwarzbeulen und Rotfieber unter den Kellwynern gegeben. Auch einige seiner eigenen Männer, die in den betreffenden Vierteln auf Patrouille gewesen waren, hatten Anzeichen der Krankheiten gezeigt. Um eine Ausbreitung zu verhindern, war er gezwungen gewesen, drastische Maßnahmen zu ergreifen: Er hatte die Kranken zusammentreiben und von seinen Armbrustschützen erschießen lassen. Anschließend waren ihre Leichen verbrannt worden. Hätte er die Wahl, würde er seine Männer umgehend auf die Kriegsschiffe befehlen und mit ihnen nach Reetac segeln. Aber diese Möglichkeit blieb ihm vorerst noch verwehrt.

Arykon hatte ihm ein Bündnis vorgeschlagen. Je nachdem, wie die Verhandlungen ausgingen, würde Sarazas schon bald eine Flotte aus Himmelsgleitern zur Verfügung stehen. Mit ihrer Unterstützung konnte er nicht nur Kellwyn in die Knie zwingen, er wäre sogar mächtig genug, um seine Heimat Reetac zu unterwerfen. Aber noch war das Zukunftsmusik. Noch musste er sich mit der stetig wachsenden Unzufriedenheit seiner Männer herumschlagen, die sich nach ihrem Zuhause und ihren Familien sehnten. Und natürlich mit den Rebellen, die seine Patrouillen und Nahrungsmittellieferungen überfielen. Wenigstens Letzteres würde schon bald kein Problem mehr sein.

Mithilfe von Thamaryns Schwarzmeister hatte er die Lieferungen von zwei Nachschubkonvois aus dem Landesinneren mit dem Gift von Keelabeeren versetzen lassen. Erst gestern waren sie von Rebellen abgefangen worden. Sobald die ersten von ihnen gestorben waren, würden sie begreifen, dass es für sie sicherer wäre, wenn sie in Zukunft die Finger von reetacianischem Eigentum ließen.

»Onkel?«

»Ah, Terell, du bist zurück.« Auf der linken Hand seines Neffen, die in einem festen Lederhandschuh steckte, saß ein Soral. Ein Botenvogel, dessen Flügelspitzen golden im Licht der frühen Morgensonne schimmerten. Er trug eine Haube über dem Kopf, die seine Augen bedeckte und so verhinderte, dass er davonflog. »Ein prächtiges Tier hast du mir da gebracht.«

»Er hat schon viele Lichterstürme überstanden, sagte mir sein Hüter. Er wird die mehrtätige Reise nach Sharigor problemlos bewältigen.«

»Sehr gut, diese Nachricht darf auf keinen Fall verloren gehen.« Sarazas hielt ein Metallröhrchen in der Hand, das er an den Fuß des Botenvogels band. Sobald er fertig war, strich er dem majestätischen Tier über das Gefieder. »Und jetzt flieg zu deinem Ziel!« Er zog die Haube vom Kopf des Vogels.

Das Tier stieß einen Schrei aus, breitete die Schwingen aus und stieg hinauf in den Himmel. Sarazas blickte dem Soral nach, als er sich entfernte. Es war immer gut, mehrere Eisen im Feuer zu haben. Ein Bündnis mit Arykon von Sataou war eine vielversprechende Option. Zwei Geiseln in die Hände zu bekommen, mit denen er die Regenten der Freien Reiche unter Druck setzen konnte, war mindestens ebenso wertvoll.

Gestern Mittag hatte ihm ein Botenvogel ein Schreiben von König Ruvan con Betanne und seiner Frau Madea überbracht, in dem sie sich beunruhigt darüber geäußert hatten, dass er trotz Thamaryns Tod das Fürstenreich Kellwyn immer noch besetzt hielt. Sie ersuchten ihn im Namen der Freien Reiche um eine Zusammenkunft. Sie wollten Bedingungen für einen Friedensvertrag mit den Kellwynern aushandeln, der den Schwebenden Reichen die politische Stabilität brachte, die sie nach dem Zerfall des Fünferbundes dringend benötigten. Als Zeichen ihres guten Willens und ihres Vertrauens in seine Integrität hatte das Monarchenpaar angeboten, ihn auf Kellwyn aufzusuchen. Sarazas hatte diesen Abschnitt des Briefes zweimal gelesen, bevor er in schallendes Gelächter ausgebrochen war. Diese Narren!

»Offenbar halten sie sich für unantastbar«, murmelte er und verschränkte die Arme hinter dem Rücken.

»Von wem sprichst du, Onkel?«

»Von Ruvan und Madea con Betanne.« Sarazas wandte sich von der Stadt ab und dem Gebirge in seinem Rücken zu. Wie an jedem Tag war es in Nebelwolken gehüllt. Er mochte diese Berge nicht. Anfangs hatte er es auf den Nebel geschoben, denn er war der Feind eines jeden Soldaten. Er nahm einem die Sicht, machte es dem Gegner leicht, einen Hinterhalt zu planen. Aber daran lag es nicht. Nicht nur jedenfalls. Sarazas fühlte eine tief sitzende Abscheu gegen diese Berge, ohne sagen zu können, woher sie rührte. Er wandte sich wieder zu seinem Neffen um. »Glauben sie allen Ernstes, ich würde vor ihnen kriechen, nur weil sie sich König und Königin nennen? Oder denken sie, ich fürchte Vergeltungsmaßnahmen der Freien Reiche und würde deshalb nicht Hand an sie legen?« Er winkte ab. »Wir wissen beide doch ganz genau, wie es um die anderen Regenten bestellt ist. Allesamt feige Hunde sind sie, die jede Auseinandersetzung scheuen.«

Terell war näher an ihn herangetreten. »Was hast du vor?«

»Zwei der mächtigsten Regenten der Schwebenden Reiche begeben sich freiwillig in meine Gewalt. Ich wäre ein Idiot, wenn ich das nicht für meine Zwecke nutzen würde. Die anderen Regenten werden alles tun, damit ich ihnen kein Haar krümme.«

»Dann willst du sie als Druckmittel benutzen?«

»So wird es niemand wagen, sich mir in den Weg zu stellen, wenn ich mich selbst zum neuen Herrscher Kellwyns ausrufe. Und sie werden auch nicht eingreifen, wenn ich mir mit Arykons Unterstützung die Herrschaft über Reetac sichere. Schließlich werden sie nicht riskieren wollen, dass ihren heiß geliebten Monarchen etwas passiert.«

»Du ... du willst dich selbst zum Fürsten ernennen?« Terells Stimme überschlug sich vor Erregung, und ein plötzlicher Machthunger loderte in seinen Augen auf. Sarazas hatte den Jungen richtig eingeschätzt. Als Neffe des zukünftigen Herrschers von Kellwyn und Reetac durfte Terell darauf hoffen, etwas vom Kuchen der Macht abzubekommen. Doch plötzlich runzelte er die Stirn. »Werden der König und die Königin nicht auf Rache aus sein, sobald du sie freilässt?«

Freilassen? Sarazas zog eine Braue hoch. In mancher Hinsicht hatte der Junge noch viel zu lernen. »Es ist wichtig, dass sie am

Leben bleiben, solange wir sie brauchen. Danach ... Nun, Unfälle passieren jeden Tag. Womöglich fängt ihr Schiff Feuer, weil die alchemistische Legierung beschädigt ist, die es vor den Auswirkungen der Feuerflüsse schützen soll. Oder eine mysteriöse Krankheit rafft sie dahin.«

Terell lächelte. »Natürlich wärst du in diesem Fall untröstlich, nicht wahr, werter Onkel?«

Jetzt hatte sein Neffe verstanden.

»Ich hoffe, du wirst dich zur richtigen Zeit daran erinnern, wer dir stets treu gedient hat, Onkel.«

Sarazas legte ihm eine Hand auf die Schulter. »Verlass dich darauf, Terell.«

»Was hast du als Nächstes vor?«

»Thamaryns Gemächer aufsuchen. In einer der Truhen dort muss die Krone sein, die er sich hatte anfertigen lassen«, sagte Sarazas. »Es wird Zeit, sie wieder hervorzuholen.«

ZWEITER TEIL

DUNKELKÖNIG

»Schon bald wird die letzte Schlacht anbrechen, mit der wir unseren Feinden die endgültige Niederlage bereiten. Für ihren Verrat soll Inos, der wahre und einzige Dhana'an, über sie richten. Nach seiner Auferstehung wird er die Ungläubigen strafen, seine Getreuen jedoch belohnen. Mit ihm wird ein neues Zeitalter anbrechen. Ein goldenes Zeitalter für ein neues Imperium der Val'kai. Preiset Inos – preiset unseren König und Gott!«

Zaragoth der Fluchbringer,
Ansprache an seine Kinder und Anhänger

31

Tal des Dämonenjägers, Xe'Neridian
29. Septer 1026 n. d. Zweiten Dämonenkrieg

Vor ihm am Horizont reihten sich die Hügelgräber, die das Tal des Dämonenjägers umschlossen, wie dunkle Perlen vor dem blaugrauen Himmel auf. Das flache Grasland ließ sie näher erscheinen, als sie tatsächlich waren. Drei oder vier Stunden, je nachdem, wie aufgeweicht der Untergrund war, würden sie noch brauchen. Ryk wäre am liebsten durchgeritten, doch die Pferde benötigten eine Verschnaufpause. Seit dem Morgen hatten sie keine Rast mehr eingelegt, und mittlerweile war es früher Nachmittag. Auch die Empathen, selbst wenn sie sich nicht beklagten, würden sicherlich keine Einwände erheben. Vier von ihnen schleppten die Trage, auf denen der bewusstlose Asmaran lag. Ihre übermenschliche Schnelligkeit erlaubte es ihnen, mit den Pferden mitzuhalten, auf denen Ryk, Kela und Nersei ritten, aber auch ihre Kräfte kannten Grenzen.

Ryk, der der Gruppe voranritt, hob die Hand zum Zeichen, dass er halten wollte. Ein Bach floss an dieser Stelle durch das Gras, der Regen vom Vormittag hatte ihn anschwellen lassen. Kela und Nersei kamen neben ihm zum Stehen. Die Empathen blieben ein Stück zurück. Ihr Geruch machte die Pferde nervös.

»Warum halten wir?«, wollte Nersei wissen. Er hatte sich in den vergangenen zwei Tagen als geschickter Reiter erwiesen, obwohl es in der Gegenwelt keine Pferde gab.

»Weil wir es nötig haben und damit wir die Pferde am Bach tränken können«, erwiderte Ryk.

Nersei schürzte die Lippen, schließlich nickte er. Etwas Rastloses lag in seinem Blick. Es mochte der Sorge um seinen Vater entspringen, der noch nicht wieder zu sich gekommen war, seit sie das Portal passiert hatten. Drei Tage war das inzwischen her. Zum anderen spielte es sicher auch eine Rolle, dass sie sich auf Xe'Neridian befanden, während Zaragoth sicher schon auf Kellwyn war, wo er nach dem Grab des Inos suchte. Selbst wenn es günstig für sie lief, würde ihre Reise mehrere Wochen dauern. Vor allem, weil Ryk vorhatte, noch an der Akademie auf Nekross vorbeizuschauen. Auch wenn die meisten Magier keine echte Chance im Kampf gegen einen Dämon hätten, brauchten sie alle Unterstützung, die sie kriegen konnten. Und vielleicht würden sie sogar noch ein wenig mehr bekommen. Seit ihrer Rückkehr in die Schwebenden Reiche arbeitete Ryk an einem Plan, über den er mit den anderen noch nicht gesprochen hatte.

Nersei drehte sich auf seinem Pferd um und rief den Empathen etwas in der Sprache der Val'kai zu, woraufhin sie die Trage absetzten und einen schützenden Kreis darum bildeten. Ryk und Kela waren unterdessen von ihren Pferden abgestiegen und führten sie zum Wasser. Begierig tranken sie. Es waren kräftige, wohlgenährte Tiere, die aus Imres stammten, einem Holzfällerdorf am Saum des Ostwaldes. Gleiches galt für ihre Nahrungsvorräte und die frische Kleidung, die sie trugen.

Nersei hatte ihn und Kela nach Imres begleitet, während die Empathen im Wald zurückgeblieben waren, um die Trage für ihren Herrn zu bauen. Die beiden Veydras hatten bei den Männern und Frauen des Dorfes Aufsehen erregt. Sie hatten kaum die Augen von ihnen abwenden können. Nichtsdestotrotz waren die Dorfbewohner wenig erfreut darüber gewesen, als Ryk ihnen erklärt hatte, dass er sie für all diese Dinge nicht bezahlen konnte. Stattdessen machte er von seinem Recht als Dämonenjäger Gebrauch und erklärte sie für beschlagnahmt. Das Gesetz erlaubte ihm solche Maßnahmen im Notfall. Trotzdem hatte Ryk dem Dorfvorsteher sein Wort gegeben, Wiedergutmachung zu leisten, sobald ihm es möglich wäre.

»Ist das der Ort, den du uns beschrieben hast?« Nersei war zu ihnen an den Bach getreten und nickte in Richtung Horizont, vor dem sich die Hügelgräber abzeichneten.

»Das Tal, ja.« Ryk nickte. »Noch ein paar Stunden, und wir sind dort. Asmaran und seine Empathen können es allerdings nicht betreten.«

»Warum nicht?«, fragte Nersei argwöhnisch.

»Kein Val'kai kann das Tal betreten. Zumindest ist mir noch keiner begegnet, der dazu in der Lage war.«

»Ein Schutzzauber?«

Ryk schüttelte den Kopf. »Zumindest kein von Menschen gemachter. Es hat etwas mit den Gräbern zu tun und auch mit dem geborstenen Monolithen im Zentrum des Tals. Überall auf Xe'Neridian gibt es solche Relikte aus alter Zeit. Älter noch als die Ruinen der Menschenstädte. Seit jeher fürchten die Val'kai sie.« Aufmerksam beobachtete er Nerseis Reaktion darauf. Er wollte herausfinden, ob er die Antwort auf dieses Rätsel kannte.

»Nein, Magier, das tue ich nicht«, sagte der Veydra, als hätte er Ryks Gedanken gelesen. »Womöglich kann mein Vater es dir sagen, falls ... wenn er wieder erwacht. Besser, ich schaue mal nach ihm.« Sein Pferd am Zügel führend, ging er davon.

»Wir sollten etwas essen«, sagte Ryk zu Kela und rollte mit den Schultern, in denen es hörbar knackte. »Ich bin das Reiten einfach nicht mehr gewohnt. Nach den letzten beiden Tagen im Sattel gibt es keine Stelle an meinem Körper, die mir nicht wehtut.«

»Wem sagst du das. Mein Hintern fühlt sich an, als hätte ich ihn mir heute früh mit Schmirgelpapier abgewischt.«

»Klingt verlockend.«

Kela lachte. »Es tut gut, wieder zu Hause zu sein, nicht wahr?«

Das tat es wirklich. Er war glücklich, wieder daheim zu sein, auch wenn er trotz der Wollkleidung, die er trug, ein wenig fror. Hier auf Xe'Neridian herrschte ein kühleres, feuchteres Klima als in der Gegenwelt. Dafür roch es nach Gras, Erde und Herbst. Ach, wie hatte er das alles vermisst.

Sie banden die Pferde an einen Strauch, sodass die Tiere grasen konnten, während sie beide sich unweit von ihnen ans Bachufer hockten. Zum Schutz vor der Nässe nutzten sie ihre Sättel als Unterlagen und aßen Käse, Dörrfleisch und den Rest des Brotes.

Nach einer Weile warf Ryk einen Blick zu Nersei hinüber. Der Veydra kniete an Asmarans Seite und versuchte ihm offenbar Flüssigkeit aus seinem Wasserschlauch einzuflößen. Ryk war sich nicht ganz sicher, was er vom Zustand des Blutlenkers halten sollte. Er konnte nicht behaupten, übermäßig betroffen zu sein. Andererseits hatte der Dämon sie wohl alle gerettet. Ohne seine Unterstützung hätte Ryk den Portalzauber nicht zustande gebracht. Und wenn doch, wäre er so instabil gewesen, dass die Passage zumindest einigen von ihnen das Leben gekostet hätte. Auch war Asmaran wohl ihre mächtigste Waffe im Kampf gegen den Fluchbringer. Kela mochte ihm ebenfalls gewachsen sein, wenn sie sich in den schwarzen Wächter verwandelte. Aber in dieser Gestalt war sie auch für alle anderen eine Bedrohung.

Nerseis Pferd wieherte plötzlich. Der Veydra hatte es ein Stück abseits der Val'kai angebunden. Offenbar war der Abstand nicht groß genug. Ryk sah, wie seine Nüstern zuckten und es die Augen verdrehte, wenn der Wind den Geruch der Dämonen zu ihm rübertrug. Unwillkürlich musste er an Feuerherz denken. Den schwarz-braun gescheckten Hengst mit der roten Mähne, der zu Hause im Stall auf ihn wartete. Er vermisste ihn und freute sich darauf, schon bald wieder auf ihm zu reiten. Nur noch wenige Stunden – und auch Veitt würde er dann wiedersehen. Der arme Kerl hielt ihn vermutlich für tot. Bei allen Dämonen, würde der Augen machen!

»Woran denkst du gerade?«, fragte Kela, die ihn neugierig musterte.

»An Veitt, Feuerherz und mein Zuhause.«

Kela nickte und biss dann ein Stück von dem Streifen Dörrfleisch ab. Sie wirkte so entspannt wie schon seit Wochen nicht mehr, und Nersei war zu weit entfernt, um ihr Gespräch belauschen zu können. »Es gibt etwas, das ich dich fragen möchte«, sagte Ryk schließlich.

»Nur zu«, forderte sie ihn auf.

»In der Nacht bevor wir zu dieser Lichtung geritten sind ... zur Quelle, wie Asmaran sie nannte. In dieser Nacht habe ich gesehen, wie du mit Nersei geredet hast.«

Kela zog eine Braue hoch. »Ist da etwa jemand eifersüchtig?«

»Was? Natürlich nicht!«

Kela grinste. Sie wusste genau, dass sie mit ihrer Vermutung ins Schwarze getroffen hatte. »Ganz ruhig, alter Brummbär«, fügte sie hinzu und tätschelte ihm die Hand. »Er riecht zwar verdammt gut, aber er ist nicht mein Typ.«

»Nicht dein Typ?«

»Ich steh nicht so auf Vatersöhnchen. Außerdem war da überhaupt nichts. Ich konnte nicht schlafen, und Nersei auch nicht, also hat er mir Gesellschaft geleistet. Dabei habe ich ein paar sehr interessante Dinge erfahren.«

»Ach ja?«

»Da er wie ich ein Veydra ist, muss er eine menschliche Mutter haben. Ich war neugierig, was aus ihr geworden ist.«

Auch Ryk hatte sich diese Frage schon gestellt. »Was hat er gesagt?«

»Er erzählte mir, dass einige Menschen nach dem Ende des Zweiten Dämonenkriegs in der Gegenwelt geblieben sind. Sie hatten die Eine Welt, aus denen ihre Vorfahren vor so langer Zeit verschleppt worden waren, nie mit eigenen Augen gesehen. Also blieben sie, weil sie die Gegenwelt als ihre Heimat betrachteten, egal, was man ihnen dort angetan hatte.

Nach dem Fortgang der Ersten Magier wurden jedoch viele von ihnen aus Rachsucht für den Tod ihrer Götter von den Val'kai ermordet. Einige wenige konnten fliehen und überlebten, indem sie sich im Verborgenen hielten. Im Laufe der Zeit wurden auch sie immer weniger. Nerseis Mutter war eine der letzten Menschen, und sie starb bereits vor über fünfhundert Jahren.«

»Hat Asmaran sich mit ihr … vergnügt?« Auch wenn die Val'kai der ersten Kaste keine sichtbaren Geschlechtsmerkmale hatten, mussten sie sich irgendwie fortpflanzen.

»Nein, Nersei sagte, sie sei seine Frau gewesen.«

»Was sagst du da?« Ryk konnte sich das beim besten Willen nicht vorstellen: Asmaran und eine Frau aus seinem Volk?

»Nersei behauptet, sie seien glücklich gewesen und dass sein Vater seine Mutter wirklich geliebt habe.«

Ryk schüttelte den Kopf. »Ich kann das nicht glauben. Wenn das stimmt, wieso ist er dann so achtlos mit Jailars und Corrs Leben umgegangen?«

»Warum töten Menschen andere Menschen?«, hielt Kela dagegen. »Er fühlte sich wohl von ihnen bedroht. Immerhin ist dies eine fremde Welt für ihn, und wie wir inzwischen wissen, stand für ihn alles, was er im Laufe der letzten tausend Jahre aufgebaut hatte, auf dem Spiel.«

Ryk hatte keine Lust, weiter über dieses Thema zu reden. »Was ist aus ihr geworden?«, wollte er wissen. »Ich meine Nerseis Mutter. Hat er das auch erzählt?«

Kelas Miene verfinsterte sich. »Zaragoth hat sie getötet, weil er glaubte, diese Verbindung hätte Asmaran verweichlicht und auf falsche Gedanken gebracht.«

»Kein Wunder, dass Asmaran den Fluchbringer so sehr hasst«, sagte Ryk.

Sie waren noch zweihundert Schritt von den Hügelgräbern entfernt, als hinter ihnen jemand aufschrie. Ryk riss so abrupt an den Zügeln seines Pferdes, dass das Tier vor Schreck mit den Hinterhufen ausschlug. Er drehte sich im Sattel um. Genauso wie Kela und Nersei. Der Schrei konnte nur von einem der Empathen stammen, obwohl nicht klar war, von welchem. Alle sieben wirkten wie zu Salzsäulen erstarrt. Drei standen in erster Reihe. Dahinter jene vier, die Asmarans Bahre trugen. Furcht spiegelte sich in ihren Fratzen und in ihren Augen. Selbst in dem kleineren, dritten auf ihrer Stirn, das bei allen weit aufgerissen war.

Nersei wollte von ihnen wissen, was los sei, bekam aber keine Antwort. Erst als er seine Frage wiederholte, erwachte einer von ihnen aus seiner Trance und wandte sich ihm zu. Seine zischelnde Stimme überschlug sich, während er ihm in der Sprache der Val'kai antwortete. Nersei nickte und drehte sich dann zu Ryk und Kela um.

»Sie weigern sich weiterzugehen.« Bei diesen Worten sah er Ryk an. »Sie sagen, der Geruch von etwas Bösem läge in der Luft, und die Hügel würden ihn verströmen.«

»Schau mich nicht so an.« Ryk hob abwehrend eine Hand. »Ich habe dich gewarnt, und was sich im Inneren der Hügel verbirgt, weiß ich nicht.«

»Warum nennst du sie dann Gräber?«

»Weil sie schon von den ersten Siedlern dieser Gegend so genannt wurden.« Ryk zuckte die Schultern. »Was sollten sie auch anderes sein?«

Nersei schien mit dieser Antwort nicht zufrieden, trotzdem hakte er nicht weiter nach. »Also schön, sollen sie hier auf uns warten, während wir weiterreiten.«

Es gab einen Pfad, der zwischen zwei Hügelgräbern hindurch ins Tal führte, und dem sie nun folgten. Jeder der Hügel maß rund einhundert Fuß in Höhe und Breite und war mit Gras bewachsen. Es wirkte dunkler und spitzer als das draußen auf der Ebene und raschelte seltsam trocken in dem Wind, der plötzlich aufgekommen war.

»Ist das kalt«, beklagte sich Kela. »Dabei hat der Herbst noch nicht mal richtig angefangen.«

»Das ist nicht die Jahreszeit, das ist dieser Ort«, widersprach Nersei. »Etwas Düsteres lastet auf ihm.«

Ryk, der der Gruppe voranritt, warf einen Blick zurück. Nersei hatte den Kopf tief zwischen die Schultern gezogen. Der Veydra war an die Temperaturen in seiner Heimatwelt gewöhnt. Hier auf Xe'Neridian musste er trotz der dickeren Kleidung, die sie von den Dorfbewohnern erhalten hatten, frieren. Beklagt hatte er sich bisher nicht. »Es ist nicht mehr weit bis zum Haus. Dort werde ich uns ein Feuer im Kamin machen und Veitt bitten, einen Gewürzwein für uns aufzusetzen«, erklärte Ryk. »Dann sollte uns schnell wieder warm werden.«

»Gewürzwein?«, fragte Nersei.

»Oh, der wird dir gefallen«, versprach Kela.

Ryk wandte sich wieder nach vorne. Die Hügelgräber teilten sich vor ihm, und er ritt hinaus ins Freie. Augenblicklich ließ der Wind nach, aber das nahm Ryk nur am Rande wahr. Er hatte sein Pferd gezügelt und starrte auf die Ruine im Tal, die einmal sein Zuhause gewesen war.

»Scheiße!«, entfuhr es Kela, die zusammen mit Nersei neben ihm gehalten hatte.

»Das heißt dann wohl, dass das mit dem Feuer und dem Gewürzwein nichts wird, was?«, merkte der Veydra an.

Ryk stieß seine Stiefel in die Seiten des Tieres und preschte den Pfad hinunter. Er hörte, wie Kela ihm etwas nachrief, ohne die Worte zu verstehen. Das Anwesen war komplett zerstört, und damit auch all sein Besitz. Seine Waffen, seine Kleidung, seine Forschungen, die kostbaren Bücher in der Bibliothek. Nur der Stall stand noch und der kleine Holzschuppen. Ryk brachte das Pferd auf dem Hof zum Stehen, sprang aus dem Sattel und stolperte auf den Bereich des Anwesens zu, wo einmal der Eingang gewesen war. Das gesamte obere Stockwerk existierte nicht mehr. Vom unteren standen nur ein paar rußgeschwärzte, halb geschmolzene Außenmauern.

Ryk knirschte mit den Zähnen. Die Zerstörung war zu vollständig, um Folge eines normalen Feuers zu sein. Wenn Flammen so heiß wurden, dass sie selbst Stein schmolzen, konnte das nur eines bedeuten: Feuerodem. Und der Einzige, der wusste, dass er die gefährliche Substanz in seinem Labor aufbewahrte, war Veitt gewesen. Ryk ballte die Fäuste. Was war passiert? Ein Unfall? Er konnte sich einfach nicht vorstellen, dass Veitt das absichtlich getan hatte.

In diesem Moment ritten Kela und Nersei hinter ihm auf den Hof. Er hörte, wie sie abstiegen, hörte das Knirschen ihrer Stiefel, während sie sich dem Stall näherten. Feuerherz! Ryks Fingerknöchel knackten. Er zwang sich, tief ein- und auszuatmen.

»Der Stall ist leer«, sagte Kela kurz darauf. »Jemand muss die Tiere rausgebracht haben, als das Feuer ausgebrochen ist.«

Veitt, dachte Ryk. Er hätte nie zugelassen, dass den Pferden etwas zustieß. Aber was war mit ihm selbst? Ryk fachte sein Seelenfeuer an und schickte seine Sinne hinaus ins Tal.

Sofort stieg ihm mit überwältigender Eindringlichkeit der Brandgeruch in die Nase, der immer noch schwer auf der Ruine lastete. Ein sicherer Hinweis, dass das Feuer erst wenige Tage her sein konnte. In der kalten, vom Regen aufgeweichten Asche, die sich am Boden zwischen den Mauerresten gesammelt hatte, spürte er die Gerüche von Holz auf, von Chemikalien, Büchern und … Er schauderte. Er roch verbranntes Fleisch und Knochen. Das war nicht gut. Nun dehnte er seine Sinne aus und konzentrierte sich auf den Eichenhain hinter dem Anwesen. Zunächst vernahm Ryk nur das Wispern der Blätter, während sein Geist, vom Wind getragen, unter den Ästen der knorrigen Bäume hindurchjagte – direkt auf den See im Zentrum des Hains zu. Da war ein Laut, der nicht in den Wald hineingehörte. Ein Pochen. Schwach wie von einer Trommel, auf die jemand lustlos mit dem Zeigefinger klopfte. Ein Herzschlag. Er folgte ihm, bis zu einer Höhle auf der anderen Seite des Sees. Veitt! Jetzt konnte er ihn auch riechen. Er befand sich in der Höhle und ... lag im Sterben.

Ryks Geist schnellte in seinen Körper zurück. »Kommt!«, forderte er Kela und Nersei auf, ließ die Zügel seines Pferdes los und rannte um die Ruine herum. Seine Magie verlieh ihm zusätzliche Geschwindigkeit.

»Wohin willst du, Magier?«, rief Nersei ihm nach.

»Es gibt einen Überlebenden«, antworte Ryk. »Er versteckt sich im Hain.«

Er hörte Kelas und Nerseis Schritte hinter sich. Als Veydras konnten sie mit ihm mithalten. Und wenn sie es nicht gekonnt hätten, wäre ihm das auch egal gewesen. Wenig später tauchte er bereits zwischen die Bäume ein und jagte in ihrem Schatten auf das Herz des Wäldchens zu. *Na endlich*, dachte er, als er vor sich zwischen den Eichen das Glitzern des Sees ausmachte. An seinem Ufer blieb er stehen. Augenblicke später brachen Kela und Nersei rechts von ihm aus dem Unterholz. »Wer ist der Überlebende? Veitt?«, keuchte die Veydra und stützte sich dabei auf ihren Oberschenkeln ab.

»Ja, und er ist verletzt oder krank. Jedenfalls stimmt etwas nicht mit ihm.« Ryk wandte sich nach links und hastete am Ufer entlang, bis er auf ein Dickicht aus Schilf stieß, das ihm den Weg versperrte. Ihm blieb nichts anderes übrig, als außen herum zu laufen und sich danach durch ein paar Dornbeerenbüsche zu kämpfen, die ihm die Unterarme zerkratzten. Dann endlich sah er den Felsen vor sich, der wie der Rücken einer schlafenden Riesenbestie aus dem Erdreich ragte. Es war schon eine Weile her, dass er diesen Ort zuletzt aufgesucht hatte. Jetzt konnte er Veitts Nähe ganz deutlich spüren. Er rannte um den Felsen herum, hinter dem sich der Eingang zur Höhle verbarg.

»Nun warte doch!«, rief Kela ihm atemlos nach.

Ryk hatte die Höhle erreicht. Er befahl die Flamme von Kalrym herbei. Blaue Flämmchen erwachten um die Finger seiner rechten Hand. Ihr Schein fiel auf raue, feucht glänzende Felswände. Und da war auch Veitt. Keine fünf Schritte von ihm entfernt lag er zusammengekrümmt auf dem Höhlenboden. Ryk eilte zu ihm und fiel neben ihm auf die Knie. Als Erstes fühlte er seinen Puls. Gut, er war da, wenn auch sehr schwach.

Veitt lag auf einem Bett aus Moos, Blättern und Farn. Sein Gesicht war totenbleich, das Haar feucht von Schweiß. Ryk streckte die Hand aus, um seine Stirn zu betasten. Noch bevor seine Finger ihn berührten, spürte er bereits die Hitze des Fiebers. Veitt wimmerte leise auf, als Ryk ihm über das Gesicht strich. »Hörst du mich? Sag schon was!« Veitts Augen blieben geschlossen. Auch sonst zeigte er keine Reaktion, aus der sich schließen ließ, dass er Ryks Gegenwart wahrnahm.

Kela und Nersei tauchten neben Ryk auf. Die Veydra stieg über den Bewusstlosen hinweg und hockte sich auf seine andere Seite, um ihn nach Verletzungen abzusuchen. Sie verzog keine Miene, obwohl der Gestank sie umbringen musste. Veitt schien schon mehrere Tage hier zu liegen. Er roch nach Urin und Kot. »Er hat eine Stichverletzung links am Rücken«, verkündete Kela kurz darauf. »Allerdings kann sie nicht die Ursache für seinen Zustand sein. Die Wunde ist gut verheilt, als wäre sie schon mindestens zwei Wochen alt.«

Ryk drehte sich zu Nersei um, der hinter ihm stehen geblieben war. »Kannst du etwas für ihn tun?« Als der Veydra nicht sofort reagierte, fügte er hinzu: »Es würde mir viel bedeuten.«

Nersei nickte, woraufhin Ryk ihm Platz machte. Der Veydra ging in die Knie. Die Spitze des Schwertes, das er inzwischen trug und das ebenfalls aus Imres stammte, kratzte über den felsigen Untergrund. Nun legte er eine Hand auf Veitts Brustkorb, dorthin, wo bei einem Magier das Seelenfeuer saß, und schloss die Augen. Als er sie wieder öffnete, erklärte er: »Euer Freund wurde vergiftet. Es grenzt an ein Wunder, dass er überhaupt noch lebt.«

»Was für ein Gift?«, wollte Ryk wissen.

»Es stammt von einem Va'nafir. Eine Spezies wilder Val'kai, äußerst selten. Sie ist in den Anhöhen von Rhotar beheimatet. Du würdest sie der Primatengattung zuordnen, Magier. Diese Kreaturen sind sehr lichtscheu und wagen sich nur nachts aus ihren Verstecken, um jene zu jagen, die sich in ihr Revier verirrt haben. Sie töten ihre Beute durch ein Gift, das sie ihr durch einen Biss in den Hals verabreichen. Fleisch verschmähen sie. Die Va'nafir haben es ausschließlich auf das Blut und Knochenmark ihrer Opfer abgesehen.«

»Und Veitt wurde von einer solchen Kreatur angegriffen?«, wollte Kela wissen.

»Nein.« Nersei schüttelte den Kopf.

»Aber du sagtest ...«

»Ich weiß, was ich sagte, Dämonenjäger«, fiel Nersei Ryk ins Wort. »Während ich euren Freund mit meiner Magie untersuchte, konnte ich keine Bissspuren entdecken. Was bedeutet, dass ihm das Gift entweder unters Essen gemischt oder durch die Stichwunde verabreicht wurde.«

»Zaragoth«, zischte Ryk und ballte die Linke zur Faust.

»Wie hätte er das Tal betreten sollen?«, wandte Nersei ein. »Du hast selbst gesagt, dass das einem Val'kai nicht möglich ist. Viel wahrscheinlicher ist, dass er seine Diener hergeschickt hat.«

»Du sprichst von Menschen, die vom Grauen Fluch befallen sind«, sagte Kela.

Nersei nickte und wandte den Blick wieder Veitt zu. »Was dieses Gift so gefährlich macht: Es blockiert nach und nach die Energiebahnen, auf denen die Magie durch unseren Körper fließt. Das gilt für Menschen wie für Angehörige meines eigenen Volkes. Eine Selbstheilung ist daher nicht möglich. Mit viel Glück kommt der Tod schnell über das Opfer. Manchmal geht aber auch ein tagelanges Siechtum voraus. Während des Zweiten Dämonenkriegs haben die Val'kai sich das zunutze gemacht, um auf diese Weise einige eurer Magier zu töten. Zaragoth dürfte das nicht vergessen haben und hat das Gift vermutlich aus Mha'Rodim mitgebracht.« Veitt hatte wieder zu wimmern begonnen. »Euer Freund verfügt über ausgeprägte Selbstheilungskräfte, ohne die er schon längst tot wäre, trotzdem werden die ihn nicht retten können.«

»Kannst du nichts für ihn tun?«, fragte Ryk.

Der Veydra sah ihn an. »Ich könnte, nur wird dich das etwas kosten, Magier.«

»Was immer es ist, du sollst es bekommen.« Ryk ahnte bereits, dass die Worte ein Fehler waren, kaum dass er sie ausgesprochen hatte. Doch nach allem, was Veitt im Leben bereits durchgemacht hatte, verdiente er es nicht, so zu sterben.

»Ich will deine Loyalität und deinen Respekt.« Nersei blickte ihm direkt in die Augen, während er hinzufügte: »Nicht für mich, sondern für meinen Vater.«

Ryk knirschte mit den Zähnen. Er hatte es geahnt. »Schön, wenn das der Preis ist, soll es so sein. Mein Wort darauf.«

Nersei betrachtete die blauen Flammen, die um Ryks rechte Hand züngelten. »Ich kann die Reinheit dieses Zaubers spüren, Dämonenjäger. Er hätte mir verraten, wenn deine Worte unaufrichtig wären. Dieser Mensch scheint dir viel zu bedeuten.«

»Er ist mein Freund, und ich stehe in seiner Schuld.«

»So sei es denn.« Nersei drehte sich wieder zu Veitt um. Dieses Mal legte er beide Hände auf seinen Körper. Die rechte platzierte er über seinem Herzen, die linke auf seiner Stirn. »Als Erstes muss ich die Energiebahnen wieder aktivieren, damit die Magie durch seinen Körper strömen kann.«

»Wenn ich dir helfen …«

»Kannst du, Magier, indem du still bist und meine Konzentration nicht störst.«

Ryk schluckte die Erwiderung herunter, die ihm auf der Zunge lag.

Nersei hatte derweil die Augen geschlossen. Sein Kopf war nach unten auf seine Brust gesackt. Ryk spürte das Aufwallen von Magie, als der Veydra mit der Heilung begann, spürte die Hitze, die mit einem Mal von seinem Körper abstrahlte. Die Minuten verstrichen. Schweiß bildete sich auf Nerseis Stirn, und sein Atem ging schneller. Bald schon bildeten sich kleine Fältchen um seine Augen, und seine Mundwinkel begannen zu zucken wie unter einer großen Anspannung. Als er zugestimmt hatte, Veitt zu heilen, hatte er es voller Überzeugung getan. Allmählich regten sich in Ryk Zweifel, ob er dazu tatsächlich in der Lage war. Hatte der Veydra die Bedrohung für Veitts Leben unterschätzt oder seine eigenen Fähigkeiten gar überschätzt? Ryk wechselte einen Blick mit Kela. Sie hatte die Stirn gerunzelt, ihre Augen waren voller Sorge. Plötzlich stöhnte Nersei auf, öffnete die Augen und riss die Hände so rasch von Veitts Körper zurück, als hätte er sich an ihm verbrannt.

»Was ist?«, drängte Ryk.

Veitt wirkte nicht, als hätte sich sein Zustand wesentlich verbessert. Er war immer noch erschreckend blass.

Nersei antwortete nicht, sondern kämpfte sich auf die Beine. Kaum dass er stand, schwankte er und wäre wohl gestürzt, wäre Ryk nicht aufgesprungen, um ihn zu stützen. Der Veydra riss sich jedoch von ihm los und taumelte zur Höhlenwand, um sich daran anzulehnen. Er nahm mehrere tiefe Atemzüge, bevor er erklärte: »Euer … Freund wird es … überleben. Ich habe …

das … Gift neutralisiert. Nun … kann sein Körper … beginnen … sich zu … heilen.«

»Danke«, sagte Ryk.

»Dank ist … nicht nötig. Halte dich … nur an … dein Wort, Magier.«

»Keine Sorge, das werde ich.« Ryk hockte sich wieder auf den Boden, um Veitts Stirn zu fühlen. Das Fieber ließ bereits nach. Erleichterung durchströmte ihn. Nur am Rande gewahrte er, wie Kela zu Nersei trat und leise auf ihn einredete, bis er schließlich einwilligte, sich von ihr ins Freie führen zu lassen. Ryk strich Veitt über das zerzauste Haar. »Schlaf jetzt, mein Freund. In ein paar Stunden wird es dir besser gehen.« Veitt murmelte wie zur Antwort ein paar unverständliche Worte, bevor er zu schnarchen anfing. Ryk lächelte. Vorhin hatte er noch ganz verkrümmt auf seinem Bett aus Moos und Blättern gelegen, als litte er unter starken Schmerzen. Jetzt drückte seine Körperhaltung Entspannung aus.

Ryk stand auf und ging ebenfalls nach draußen. Etwas, das Nersei gesagt hatte, ließ ihn nicht los. Der Himmel hatte aufgeklart, und die Sonne war herausgekommen. Ryk fand die beiden ein wenig abseits des Höhleneingangs, wo sie auf einem Baumstamm saßen, der schon so lange dort lag, wie er diesen Wald kannte. Doch so, wie der Eichenhain sich nicht veränderte, zeigte auch das Holz des Baumes nicht das geringste Anzeichen von Verfall. Nersei und Kela waren in ein Gespräch vertieft, verstummten allerdings, als Ryk sich ihnen näherte. Er versuchte, dem keine allzu große Bedeutung beizumessen.

»Ich muss dich etwas fragen«, sagte er zu Nersei. Er war drei Schritte vor ihm stehen geblieben.

»Dann frag.«

»Du sagtest vorhin etwas über Veitts Selbstheilungskräfte.«

Nersei nickte. »Sie sind der Grund, warum er noch lebt. Sein Seelenfeuer ist stark. Er wird sich schnell wieder erholen.«

Er musterte Ryk mit hochgezogener Braue. »Warum fragst du?«

»Nur so.« Er nickte Nersei und Kela zu und kehrte danach zurück in die Höhle. Einem Gefühl folgend, öffnete er die Schnüre von Veitts Hemd, um einen Blick auf seinen Oberkörper zu werfen. Bei allen Dämonen der Gegenwelt, was hatte das zu bedeuten? Veitts Brandnarben waren verschwunden. Er schloss das Hemd vorsichtig wieder, um ihn nicht zu wecken. Es gab keinen Zweifel, dass dieser Mann Veitt war und nicht etwa einer von Zaragoths Gestaltwandlern. Nersei hätte es gespürt, wenn etwas Dämonisches in ihm wäre. Ryk schüttelte den Kopf. *Was ist hier nur geschehen, während ich weg war? Vor allem mit Veitt?*

32

Labyrinth der Toten, Kellwyn
29. Septer 1026 n. d. Zweiten Dämonenkrieg

Ishan humpelte, so schnell es ihm möglich war, zur Kammer der Heiler, wo er erst gestern selbst wegen seines verletzten Fußes gewesen war. Wenige Minuten zuvor hatte ihn eine von Prinzessin Iritaris Dienerinnen aus dem Bett geholt und ihm eine beunruhigende Nachricht überbracht. Ein Schweißtropfen rann ihm die Stirn hinab. Er wischte ihn mit dem Handrücken fort und ignorierte den Schmerz, der von seinem Fuß bis in die Wade ausstrahlte. Eine Gruppe von Männern und Frauen, die ihm in dem von Fackeln beleuchteten Tunnel entgegenkam, grüßte ihn. Ishan scheuchte sie aus dem Weg, was sonst nicht seine Art war, aber wenn es stimmte, was die Dienerin ihm mitgeteilt hatte, mochte im Rebellenlager schon bald Panik ausbrechen.

Ishan atmete auf, als er sah, dass der Zugang zur Kammer der Heiler von zwei bewaffneten Kellwynern bewacht wurde. Auf Iritari war einfach Verlass. Sie hatte wieder einmal die richtigen Maßnahmen ergriffen. Als er sich den Wächtern näherte, wiesen sie gerade einen Mann ab, der einen mit Blut durchtränkten Stofflappen um seinen Daumen trug. Sie schickten ihn zu einer Kammer am Ende des Tunnels, wo man übergangsweise ein zweites Lazarett eingerichtet hatte. Als die Wachen Ishan erblickten, salutierten sie.

»Die Prinzessin erwartet dich bereits, Kommandant«, sagte einer von ihnen – ein kleiner, rundlicher Kerl – und zog den Vorhang beiseite, der vor dem Durchgang hing.

Ishan stolperte an ihm vorbei und blieb stehen, überwältigt von den Eindrücken, die auf ihn einprasselten. Die Luft in der Kammer war von einer fiebrigen Hitze erfüllt. Es roch nach Ausscheidungen und Erbrochenem. Auf den ersten Blick zählte er mehr als fünfzig Krankenlager mit Männern, Frauen und Kindern. Viele stöhnten und weinten wie unter starken Schmerzen, während sie sich auf ihren Lagern hin und her wälzten. Heiler und Heilerinnen in weißen Roben eilten mit Bechern zwischen den Kranken umher und flößten ihnen Wasser oder Medizin ein. Derweil zählte Ishan sieben, nein, neun Betten mit reglosen Körpern, denen man die Laken über die Gesichter gezogen hatte. Bei Sorons Krähen, was ging hier vor?

»Ishan!« Iritari, die gerade aus einer Nachbarkammer getreten war, kam auf ihn zugeeilt, gefolgt von einem Heiler in einer fleckigen Kutte. Sein Haupt war haarlos, das Gesicht von Narben und Falten zerfurcht. Tokaja war sein Name, wenn Ishan sich richtig erinnerte. Er hatte hier das Sagen. »Es ist eine Katastrophe«, platzte die Prinzessin heraus und ergriff seine Hand. Ihre Augen waren geweitet. Ihre Stimme bebte. Wieder einmal musste er sich ins Gedächtnis rufen, dass sie erst sechzehn war. Noch so jung. Und trotzdem ruhten bereits die Verantwortung für ihr Volk und eine Rebellion auf ihren Schultern.

»Was ist passiert, Iritari?«

Es war Tokaja, der Ishan antwortete. »Ich hatte zuerst befürchtet, dass es sich um eine Seuche handelt. Zum Glück ist dem nicht so.« Er klang erschöpft und kein bisschen erleichtert, obwohl Ishan es als gute Nachricht empfand. Zumindest so lange, bis sein Blick erneut auf die Toten fiel. »Inzwischen sind wir sicher, dass diese Menschen vergiftet wurden«, fuhr der oberste Heiler fort. »Die Betroffenen klagen über Schweißausbrüche, Schwächeanfälle, Herzrasen und Übelkeit. Anfangs waren vor allem ältere Menschen betroffen. Nach und nach suchten uns auch Mütter mit ihren Kindern und Männer im besten Alter auf. Alles deutete zunächst auf eine Krankheit des Herzens hin, denn im Verlauf der Vergiftung schlägt es immer schneller und schneller, bis es schließlich durch die Überbelastung versagt. Als wir daraufhin den Mageninhalt eines der ersten Opfer untersuchten, stießen wir darin auf das Gift der Keelabeere.«

Ishan hatte noch nie davon gehört. »Gibt es ein Gegenmittel?«, wollte er wissen.

»Meine Heiler verabreichen es den Betroffenen bereits. Einige sind jedoch so sehr geschwächt, dass es für sie zu spät sein könnte. Auch suchen uns immer noch weitere Betroffene auf.«

»Oh, Ishan, das ist so schrecklich«, sagte Iritari. »In den vergangenen Stunden sind über dreißig Männer, Frauen und Kinder an dem Gift gestorben. Wer tut nur so etwas?«

Ishan hatte bereits einen Verdacht. Um ganz sicher zu sein, fehlten ihm allerdings noch ein paar Antworten. »Wie lange dauert es gewöhnlich, bis das Gift wirkt?«, wandte er sich an Tokaja.

»Je nach Konzentration tritt der Tod innerhalb von ein bis drei Stunden ein.«

»Weißt du, wie es den Opfern verabreicht wurde?«

»Vermutlich über etwas, dass sie gegessen oder getrunken haben.«

»Warte hier!«, sagte Ishan zu Iritari, löste sich von ihr und humpelte zu den Wachen am Eingang der Kammer. Sein Blick fiel zunächst auf den kleinen, rundlichen Wächter, bevor er sich dem anderen zuwandte. Er war größer und von schlanker Gestalt. »Lauf sofort zu Quartiermeister Sokoel. Du weißt, wo seine Unterkunft ist?«

Der Mann nickte.

»Er soll Befehl geben, dass bis auf Weiteres keine Nahrungsmittel mehr an die Menschen ausgegeben werden. Danach soll er umgehend zu den Räumlichkeiten der Prinzessin kommen.«

Er sah zu, wie der Wächter losrannte. Bevor die Reetacianer in O'Shan'wa eingefallen waren und sein Geschäft niedergebrannt hatten, war Sokoel ein angesehener und stadtbekannter Kaufmann gewesen. Aus diesem Grund war ihm von Iritari die Aufsicht über die Vorräte zugeteilt worden.

Ishan kehrte zurück in die Kammer der Heilung, wo er Iritari und Tokaja von seinem Verdacht erzählte. »Ich fürchte, das hier ist Sarazas' Rache für unsere Überfälle auf seine Karawanen«, sagte er und deutete auf die Kranken und Toten. »Die Nahrungsmittel der Nachschubtransporte müssen vergiftet gewesen sein. Unsere Leute haben sie erbeutet, ohne zu wissen, welche Gefahr von ihnen ausgeht. Das scheint mir vorerst die schlüssigste Erklärung. Ich habe den Befehl erteilt, dass keine Essensrationen mehr ausgeben werden, bis die Angelegenheit geklärt ist. Wir müssen unbedingt herausfinden, welche Vorräte betroffen sind.«

»Alle Opfer sind Bewohner der blauen Höhle«, sagte Iritari. »Es muss also etwas sein, das es nur dort gegeben hat.«

»Gut, das schränkt es schon mal ein«, sagte Ishan. »Ich habe Quartiermeister Sokoel Nachricht gegeben, dass er sich mit uns in deiner Unterkunft treffen soll. Dort können wir alles Weitere mit ihm bereden.«

»Ach, Ishan, wir können uns keine Panik unter den Rebellen leisten. Wir müssen diese Sache möglichst schnell aus der Welt schaffen.«

»Das werden wir.« Er sah den Heiler an. »Können wir uns darauf verlassen, dass deine Leute schweigen?«

»Ich kann nichts versprechen, Herr. Ich werde sie jedoch eindringlich darauf hinweisen, wie wichtig es ist, dass vorerst nichts über diese Vorfälle nach außen dringt.«

»Danke«, sagte Ishan und machte sich mit der Prinzessin auf den Weg zu ihrer Wohnhöhle, um dort auf Sokoels Ankunft zu warten. Beide schwiegen und hingen ihren eigenen Gedanken nach. Ishan fragte sich, ob er den Tod dieser Menschen als ein schlechtes Omen werten musste? Oder ob er gar den Zorn einer dunklen Macht heraufbeschworen hatte, als er den schwarzen See durchschwamm? *Unsinn*, sagte er sich einen Moment später. Es gab keine Götter, es gab kein Schicksal. Jeder war selbst für sein Leben verantwortlich und für das, was er daraus machte. Das hatte ihn schon sein Vater gelehrt. Und auch Ryk.

Er vermisste die beiden und wünschte sich nicht zum ersten Mal, er könnte sie um Rat fragen. Manchmal hatte er das Gefühl, dass ihm seine neue Stellung als Kommandant der Rebellen über den Kopf zu wachsen drohte. So viele Menschen, die zu ihm aufblickten und ihm vertrauten. So viele Entscheidungen, die er tagtäglich treffen musste. Er wünschte, er hätte mehr Erfahrung sammeln können, bevor er in diese Position hineingerutscht war.

»Sarazas hat dieses Mal gewonnen, nicht wahr?«, fragte Iritari plötzlich.

Hatte er das? Ishan ballte die Fäuste. Nein, ganz sicher nicht. Er blieb stehen und drehte sich zu Iritari um. »Der General glaubt sicher, dass wir unsere Überfälle auf seine Karawanen nun einstellen. Was nur logisch wäre, denn wir können nicht das Risiko eingehen, noch mehr vergiftetes Essen zu erbeuten.« Iritari schlug die Augen nieder. Ihre ganze Haltung verriet Niedergeschlagenheit. »Nur irrt er sich, meine Prinzessin«, fuhr er fort, griff ihr unters Kinn und zwang sie, ihn anzusehen. »Soll er ruhig glauben, er hätte diese Schlacht gewonnen, aber das Gegenteil ist der Fall.« Er schenkte ihr ein hartes Lächeln. »Wenn er uns dieser Nahrungsmittel beraubt, soll er sie ebenfalls nicht bekommen.«

Sie sah ihn mit großen Augen an. »Was hast du vor?«

»Wir werden nicht mit den Überfälle aufhören. Im Gegenteil. Wir werden noch verbissener vorgehen. Wir werden alles erbeuten, dessen wir habhaft werden können, und es anschließend verbrennen. Unser Verlust soll auch sein Verlust sein. Auf diese Weise verwandeln wir Sarazas' Triumph doch noch in eine Niederlage.«

»Oh, Ishan, ich wusste von Anfang an, dass du der Richtige für diesen Posten bist.« Iritari stellte sich auf die Zehenspitzen und küsste ihn. Der salzige Geschmack ihrer Lippen erregte ihn, sodass er sie näher an sich heranzog.

Iritari lachte und schmiegte sich an seine Brust. »Ich wünschte, wir könnten diesen Augenblick für immer festhalten«, flüsterte sie.

»Ja, das wünschte ich auch«, erwiderte er und küsste ihr Haar.

33

Tal des Dämonenjägers, Xe'Neridian
30. Septer 1026 n. d. Zweiten Dämonenkrieg

Ryk stand vor der Höhle und blickte hinauf zum Nachthimmel, über den die Wolken dahinzogen wie eine Armee aus Schatten. Hier und dort funkelten Sterne im Dunkel, und manchmal konnte er auch kurz den Mond sehen, dessen silbrig kaltes Licht dann über das Wasser des Sees tanzte. Veitt schlief immer noch. Seit Nersei ihn am Nachmittag geheilt hatte, war er nicht wieder aufgewacht. Aber sein Gesicht hatte wieder Farbe angenommen, und er wirkte sehr viel ruhiger als zu dem Zeitpunkt, als sie ihn gefunden hatten. Auch Kela hatte sich hingelegt, wobei sie reichlich Abstand zu Veitt hielt. Das Erste, was ihm blühte, wenn er zu sich käme, war ein Bad im See. Nersei hatte den Hain und das Tal unterdessen verlassen, um die Nacht bei seinem Vater und in Gesellschaft der Empathen zu verbringen. Ryk selbst war zu aufgewühlt, um Schlaf zu finden.

Mittlerweile musste es weit nach Mitternacht sein. Er seufzte. Noch am Morgen hatte er voller Vorfreude dem Abend entgegengeblickt und sich vorgestellt, wie er mit einem Gewürzwein in seinem Lieblingssessel vor dem Kamin saß und sich die Füße von den Flammen wärmen ließ. Stattdessen stand er nun unter freiem Himmel, die Hände zum Schutz gegen die Kälte in die Achselhöhlen geklemmt, und träumte von einem Zuhause, das es nicht mehr gab. Der Orden würde nicht erfreut sein, wenn er erfuhr, was passiert war. Ryk wüsste es ja selbst gern. Bisher hatte er sich nur zusammenreimen können, dass es einen Angriff gegeben haben musste. Das war die einzige Erklärung für Veitts Zustand, für das Feuer und die Leichen in der Ruine des Anwesens, deren Überbleibsel er gerochen hatte. Den Rest der Geschichte würde er wohl erst erfahren, wenn Veitt endlich aufwachte. Wobei ihn am brennendsten interessierte, warum sein Gehilfe plötzlich in der Lage war, jahrzehntealte Brandnarben zu heilen.

»Hm.« Ryk schnalzte mit der Zunge, was in der nächtlichen Stille unnatürlich laut klang. Inzwischen war selbst der Wind verstummt. Kein Säuseln, kein Rascheln von Blättern, und Tiere gab es in diesem Wäldchen ohnehin nicht. Nur gut, dass wenigstens der Stall noch stand, sodass die Pferde vor der Nacht geschützt waren. Nersei hatte versprochen, auf dem Rückweg zu Asmaran beim Anwesen vorbeizuschauen und sich um die Tiere zu kümmern.

Ryk drehte sich um und blickte auf den Höhleneingang, der in Dunkelheit getaucht war. Er entfachte seine Magie. Das Auflodern seines Seelenfeuers wurde von einem Hochgefühl begleitet, das ihm ein, zwei Herzschläge lang zu Kopf stieg, bevor er sich daran gewöhnt hatte. Nun lauschte er. Sobald Veitts und Kelas regelmäßige Atemzüge an seine Ohren drangen, wandte er sich nach rechts und schritt auf den See zu. Auf seiner Oberfläche spiegelten sich der Mond und die Sterne.

Am Ufer blieb er stehen, ging in die Hocke und tauchte die Hände in das Nass. Er zuckte leicht zusammen, so kühl war der See. Ryk atmete durch und ließ sein Seelenfeuer ein weiteres Mal auflodern. Ein Hitzestoß jagte wie Adrenalin durch seinen Körper, und für einen Moment waren alle Strapazen der vergangenen Tage wie fortgeblasen. Dann entließ er die Magie ins Wasser. Kleine Wellen schossen von seinen Fingern fort und versetzten die Oberfläche des Sees in Aufruhr.

Es dauerte nicht lange, bis Nebel von der Mitte des Sees auf ihn zutrieb. Ryk lächelte bei der Aussicht, den Nebelgeist wiederzusehen. Es war Monate her, dass er zu ihm gesprochen hatte. Das Wesen war ein schweigsamer, aber geduldiger Zuhörer, dem Ryk seit vielen Jahren seinen Kummer und seine Sorgen anvertraute. Im Licht der Himmelsgestirne sah er, wie die Nebelgestalt in der Mitte des Sees in die Höhe wuchs und anschließend über den Nebel hinweg auf ihn zuglitt.

Ryk stutzte und wich einen Schritt vom Wasser zurück. Das war niemals zuvor geschehen. Allenfalls hatte der Nebelgeist zur Begrüßung die Hand gehoben. Jetzt kam er jedoch direkt auf ihn zu. Und noch etwas war anders: Je näher die Gestalt kam, desto mehr gewann sie an Festigkeit. Als sie nur noch zehn Schritte vom Ufer entfernt war, glich sie bereits einem geisterhaften Hünen in einer Robe, dessen Haar in einem Wind flatterte, der lediglich Erinnerung war. Kaum mehr drei Schritte trennten sie voneinander, als die Gestalt schließlich stehen blieb. Nebel umwallte sie. Ryk musste aufblicken, denn der Hüne überragte ihn um gut zwei Köpfe. Er glaubte, ein Gesicht zu erkennen. Die harten, dennoch edlen Züge eines Mannes. Eine Weile starrten sie einander an, bevor der Nebelgeist leicht den Kopf neigte und zu sprechen begann. Doch auch, wenn sich seine Lippen bewegten, trug die Luft nur ein Wispern an Ryks Ohren heran.

»Ich … ich verstehe dich nicht«, sagte er und zuckte die Schultern.

Der Hüne verstummte und legte einen Finger an den Mund, um Ryk Schweigen zu bedeuten. Anschließend sprach er weiter. Die Minuten verstrichen und schienen sich zu einer Unendlichkeit auszudehnen. Noch immer war ihm ein Rätsel, was der Nebelgeist von ihm wollte. *Was tue ich hier?*, fragte sich Ryk. Er wollte dem Nebelgeist gerade erklären, dass es keinen Sinn habe, als ein Wort an sein Ohr drang, das er zu kennen glaubte: Si'mo'ri. Schon einmal hatte er es gehört. Von Asmaran.

»Si'mo'ri«, wiederholte Ryk. »Willst du mir sagen, dass du einer von ihnen bist?«

Der Geisterhüne nickte.

Ryk war mit einem Mal sehr aufgeregt. Die Si'mo'ri waren Forscher und Entdecker gewesen, wenn er dem Blutlenker glauben wollte. Ursprünglich ein friedfertiges Volk, bis die Val'kai ihre Welt mit Krieg überzogen. Die Si'mo'ri rächten sich dafür, indem sie die Val'kai mit einer Seuche infizierten und so ihr Imperium zu Fall brachten. Jahrtausende später errichteten die Dhana'an auf dessen Ruinen ein neues Großreich.

»Sprich weiter«, forderte er sein Gegenüber auf und trat vor, bis er mit den Stiefelspitzen im Wasser stand. Jetzt trennte sie nur noch ein einziger Schritt voneinander. Die durchscheinende Gestalt nahm ihr Flüstern wieder auf. Ryk konzentrierte sich darauf, und nun begannen sich einzelne Wörter aus dem Gemurmel herauszukristallisieren: Reisende ... Welten ... besucht ... gestrandet. Nach einer Weile formten sich aus den Wörtern Sätze: »... bin Kal'Te'Nedha vom Clan der Sucher. Wissen war unser Begehr. In früherer Zeit reisten wir zu ... Orten. Auch zu dieser Welt. Damals war sie ganz ... anders. Gewaltig und von weiten, tiefen Meeren bedeckt, in denen es von Leben wimmelte. Also blieben wir, um zu lernen.

Wir errichteten Anlagen und Landmarken, die der Erforschung und Abmessung des Festlandes, aber auch des Himmels und der Sterne dienten. Und wir bauten heilige Stätten, an denen wir unseren Göttern huldigten. Diese neue Welt schien uns anfangs so vollkommen, aber was wir am Ende hier fanden, war der Tod.«

Ryk starrte den Nebelgeist an. »Warum erzählst du mir das alles?«

»Damit du verstehst, dass ich nicht dein Feind bin.«

»Was genau bist du überhaupt?«

»Ein Schatten, vergessen von der Zeit und seinen Göttern.« Ein Anflug von Trauer huschte über das Gesicht des Geisterhünen. »Ich lebte am längsten von meinen Reisegefährten, bevor der Verfall sich auch meines Körpers bemächtigte. Kurz vor meinem Tod band ich meinen Geist an diesen See, um jene von unserem Volk zu warnen, die nach uns kommen sollten. Sie würden nur überleben, wenn sie diese Welt rasch wieder verließen. Viel zu spät lernten meine Gefährten und ich, dass eure Luft etwas enthielt, das uns langsam vergiftete. Doch für uns war es bereits zu spät.« Er verstummte, und für einen Moment war sein Blick in die Ferne gerichtet, als hinge er lange vergessenen Erinnerungen nach. Schließlich wandte er das Gesicht wieder Ryk zu. »Wie kommt es, dass du nicht überrascht bist, Dämonenjäger?«

»Wäre ich wohl, hätte ich nicht schon zuvor von euch gehört.« Ryk erklärte ihm, wie er als Gefangener in die Gegenwelt geraten war und dort von dem Krieg zwischen den Si'mo'ri und den ursprünglichen Val'kai erfahren hatte. »Niemals zuvor waren wir einem Volk begegnet, das so verdorben und voller Machthunger gewesen war«, erklärte der Nebelgeist mit finsterer Miene. »Sie alle hielten sich für Götter, und in der Tat geboten sie über Kräfte, denen wir nichts entgegenzusetzen hatten. Sie schändeten unsere Heiligtümer, brandschatzten unsere Städte und verschleppten viele von uns in die Sklaverei. Wir, die wir zurückblieben, schworen bittere Rache.

Auf unseren Reisen in andere Welten war mein Volk schon zuvor mit allerlei todbringenden Krankheiten konfrontiert worden. Alles hat nun mal seinen Preis, selbst die Suche nach Wissen. Aber wir kannten ihn und waren bereit, ihn zu zahlen. Eine dieser Seuchen war tödlicher als alle anderen, und unsere Gelehrten nahmen sie als Grundlage, um ein Leiden zu erschaffen, das die Val'kai für ihren Hochmut strafen sollte. Es befiel nicht nur ihre Körper, sondern auch ihren Geist, und nährte sich dabei von ihrer Magie. Es war der Anfang vom Ende der falschen Götter.« Er seufzte. »Nach ihrem Untergang erholte sich unsere Zivilisation langsam. Wir nahmen unser altes Leben als Entdecker wieder auf, und eine unserer Reisen führte mich und meine Gefährten schließlich zu dieser Welt.«

»Jetzt verstehe ich, warum die Val'kai dieses Tal oder auch den Steinkreis im Flüsternden Wald fürchten«, sagte Ryk.

»Sie spüren unsere Präsenz in diesen Relikten. Es ist eine instinktive Furcht, die ihnen durch die Seuche eingepflanzt wurde. Sie sollte uns vor der Rachsucht der Val'kai schützen.«

Ryk war sich nicht sicher, ob er die Si'mo'ri für ihren Einfallsreichtum bewundern oder fürchten sollte. Sie hatten das Imperium der Val'kai gestürzt, indem sie sie grausamer hatten leiden lassen, als vermutlich je ein Volk bestraft worden war. Verdient hatten die Val'kai es zweifelsohne. Nur was machte es aus einem selbst, wenn man seinen Peiniger mit der gleichen Erbarmungslosigkeit begegnete, für die man ihn so sehr verabscheute? Hatten sich die Si'mo'ri am Ende nicht selbst zu Göttern aufgeschwungen, als sie einer ganzen Kultur den Untergang brachten? Vielleicht. Doch war es nicht an ihm, darüber zu richten. Lange Zeit war auch sein eigener Kampf gegen die Val'kai ausschließlich von Rache getrieben gewesen. Erst in den vergangenen Monaten war ihm bewusst geworden, wie blind und ignorant ihn das gemacht hatte. Er hatte ein ganzes Volk für etwas gehasst, das ihm und seiner Familie von den To'Dhana angetan worden war. Ja, es gab Dämonen unter den Val'kai, aber die gab es auch unter den Menschen.

»Dann sind die Hügel am Rande des Tals wirklich Gräber?«, fragte Ryk.

»Ja, dort habe ich meine Gefährten zur letzten Ruhe gebettet.«

»Viele haben sich gefragt, was diese Hügel enthalten. Niemandem ist es je gelungen, sie zu öffnen. Du hast sie mit Magie versiegelt?«

»Du und deinesgleichen würden es wohl so nennen«, antwortete der Geisterhüne.

»Ich verstehe das nicht. All die Jahre, in denen ich zum See kam und zu dir sprach … Warum hast du dich mir niemals zuvor offenbart?«

»Weil es mir nicht möglich war. Im Laufe der Jahrtausende, die ich schon hier verweile, sind meine Bande zu diesem Ort schwächer geworden. Ich war im Begriff, mich aufzulösen, als dein Freund vor drei Tagen zum See kam und sie erneuerte. Wenn auch unbeabsichtigt, wie ich glaube.«

»Veitt«, murmelte Ryk. Wie viele Überraschungen hielt er wohl noch für ihn bereit? »Wie hat er das gemacht?«

»Er war verletzt. Seine Hände waren benetzt mit seinem Blut, und als er sie in den See tauchte, rief mich die Magie darin. Eine Macht, die meine Verbindung zu dieser Welt erneuerte. Nur so war es mir möglich, ihn in die Höhle zu bringen und mit Wasser zu versorgen. Es war das Mindeste, was ich für ihn tun konnte.«

Ryk riss die Augen auf. »Du kannst den See verlassen?«

»Nicht für lange, und es kostet mich jedes Mal viel Kraft, aber ich fühlte mich ihm verpflichtet.«

Ryk neigte das Haupt. »Ich danke dir für deine Offenheit, Kal'Te'Nedha vom Clan der Sucher. Ich fühle mich davon geehrt. Erlaube mir noch eine letzte Frage: Warum bist du mir mit einem solchen Hass begegnet, als ich dich vor über zehn Jahren das erste Mal herbeirief?«

»Deine Magie – sie ist der der Val'kai sehr ähnlich. Damals hielt ich dich für einen ihrer Verbündeten. Erst später verstand ich, dass dein Volk genauso ein Opfer ihrer Machtgier geworden war wie das meine.«

»Verstehe.« Ryk presste die Lippen zusammen. Eigentlich hatte er den Nebelgeist nur gerufen, um ein paar Gedanken und

Sorgen bei ihm loszuwerden. Bekommen hatte er stattdessen Antworten, auf die er nie gehofft hatte.

»Noch eins, Ryk Vangur, bevor ich mich zurückziehe. Eine Warnung.« Die Miene des Nebelgeistes hatte einen grimmigen Zug angenommen. »Ich spüre die Macht eines Val'kais in den Schwebenden Reichen.«

»Du musst Asmaran oder Zaragoth meinen«, erwiderte Ryk. »Ich weiß …«

»Nein, mächtiger«, fiel ihm sein Gegenüber ins Wort. »So mächtig, dass es ihn eigentlich nicht mehr geben dürfte.«

»Inos.« Ryk ballte die Fäuste. »Der Letzte der falschen Götter. Was kannst du mir über ihn sagen?«

»Sein Körper liegt in einem todesgleichen Schlaf. Allein wird es ihm niemals gelingen, zu erwachen, doch er fühlt, dass Hilfe naht. Lass nicht zu, dass er den Bann bricht, der ihn gefangen hält, Dämonenjäger. Tausende Jahre hat sich dieser Geist allein von Wahnsinn und Rachsucht genährt. Sollte er sich erheben, würde es das Ende eurer Welt bedeuten.«

Eine plötzliche Erregung ergriff Ryk. »Kannst du mir sagen, wo ich sein Grab finde?«

»Der Ort ist verschleiert, verborgen hinter Magie. Alles, was ich sehen kann, ist eine Kammer, erfüllt von Dunkelheit und Kälte. Und eine magische Rune, die den Weg weist, an dessen Ende das Verderben in Gestalt des falschen Gottes lauert.« Der Geisterhüne erschauerte. »Das ist alles, was ich dir sagen kann.«

Sie verabschiedeten sich voneinander. Danach kehrte Ryk zurück zur Höhle. Ein Großteil der Nacht musste bereits verstrichen sein, dennoch waren ein paar Stunden Schlaf immer noch besser als gar nichts. Vorausgesetzt, er fände die Ruhe dazu.

34

Tal des Dämonenjägers, Xe'Neridian
30. Septer 1026 n. d. Zweiten Dämonenkrieg

Veitt schlug die Augen auf. Tageslicht fiel durch den Höhleneingang herein. Er schluckte gegen das trockene Gefühl in seiner Kehle an. Was war das nur in seinem Mund? Irgendein pelziges Ding, das sich jetzt auch noch regte. Es dauerte einen Augenblick, bis er begriff, dass es seine Zunge war und kein Ilpis, das sich in der Nacht darin eingenistet hatte. Er stöhnte. Hinter seinen Schläfen pochte es, und seine Glieder schienen so schwer, als hätte man seine Knochen mit Blei ausgegossen. Und trotzdem fühlte er sich besser als seit Tagen.

»Guten Morgen.«

Veitt zuckte zusammen, als plötzlich ein von roten Locken umrahmtes Gesicht über ihm auftauchte. Er blinzelte. War das ein Fiebertraum? »Kela?«, krächzte er. »Kela Mal'Dhun?«

»Du erinnerst dich an mich. Ein gutes Zeichen, würde ich mal sagen.« Veitt spürte, wie sich eine Hand in seinen Nacken schob und sein Kopf angehoben wurde. »Hier, trink.« Sie hielt ihm einen Wasserschlauch an den Mund. »Das wird dir guttun.«

Kaum berührte das Nass seine Lippen, begann er gierig zu trinken. Er kam sich mit einem Mal völlig ausgedörrt vor, und jeder Schluck schien seinen Durst noch zu steigern. »Langsamer«, mahnte ihn Kela und zog den Wasserschlauch zurück. »Du wirst dich sonst noch übergeben.«

Er warf ihr einen mürrischen Blick zu und leckte sich die Lippen, in der Hoffnung, noch einen Tropfen Wasser zu ergattern. Natürlich wusste er, dass sie recht hatte. Das änderte aber nichts daran, dass er immer noch durstig war. »Was ... was tust du hier?«

»Dein Leben retten, was sonst?«, antwortete ihm eine Stimme vom Höhleneingang.

War das etwa ...? Er wagte kaum, daran zu glauben. »Ryk?« Er starrte in das Tageslicht, vor dem sich eine dunkle Gestalt abzeichnete. Sie kam näher. »Du ... du bist es wirklich«, keuchte er, als der Dämonenjäger sich neben Kela an seine Seite kniete.

Ryk lächelte auf ihn herab. Etwas Feuchtes rann Veitts Wange hinab. »Verflucht, ich habe dich für tot gehalten!«

»Weit entfernt davon war ich auch nicht. Ich hatte auf Kellwyn ein Portal geöffnet, um den Blutlenker zu bannen. Kela und ich wurden mit in die Gegenwelt gezogen, und dort haben wir die letzten Wochen in der Gefangenschaft der Val'kai verbracht.«

»Gegenwelt? Gefangene?«, krächzte Veitt und blickte ungläubig von einem zum anderen. »Wie kommt ihr dann hierher?«

»Das ist eine lange Geschichte«, sagte Kela. »Trink jetzt erst noch mal was.«

Nachdem Veitt gut den halben Wasserschlauch geleert hatte, halfen Ryk und Kela ihm, sich aufzurichten. Sie lehnten ihn mit dem Rücken an die Höhlenwand, sodass er Halt hatte. Plötzlich registrierte er eine Bewegung aus dem Augenwinkel. Erst jetzt fiel ihm auf, dass abseits im Schatten noch eine dritte Person stand. »Wer ... wer ist das?«

Die Gestalt trat näher. »Mein Name ist Nersei, und ich bin Oberbefehlshaber der Truppen von Cros'Anoriel. Zumindest war ich das bis vor Kurzem.«

Veitt hatte keine Ahnung, wovon der andere redete. Er wusste nur, dass dieser Nersei der schönste Mann war, den er je gesehen hatte. Die helle Haut, der stattliche Körper, die blauen Augen, die das schwache Tageslicht einfingen und dabei funkelten wie Saphire. Unwillkürlich strich Veitt sich über das Hemd. Er musste entsetzlich aussehen. Ganz schäbig. Und … oh, nein, er stank schlimmer als der Abort hinterm Pferdestall am heißesten Tag des Sommers.

Kela stieß ein Lachen aus. »Er ist ein Veydra, Veitt.« Sie tätschelte ihm den Arm. »Und ich glaube, deine Gesabber macht ihn gerade ziemlich nervös.«

Veitts Gesicht brannte vor Scham, aber auch Nersei wurde rot und warf Kela einen Blick zu, als hätte er am liebsten Blitze auf sie abgeschossen. Die Stille, die darauf folgte, machte es für Veitt nur noch schlimmer. Er stöhnte innerlich. Warum sagte nicht endlich einer was, um das Thema zu wechseln?

Es war Ryk, der sich am Ende erbarmte. »Nersei ist ein Verbündeter aus der Gegenwelt«, sagte er. »Er war es auch, der dich von dem Gift geheilt hat.«

Veitt suchte Nerseis Blick. »Das warst du?«

Der andere nickte.

»Ich … ich danke dir.«

»Danke nicht mir, sondern dem Magier. Er zahlt den Preis dafür.«

Veitt sah Ryk fragend an. Mit einem Mal hatte er ein ungutes Gefühl. »Was meint er damit?«

Der Dämonenjäger winkte ab. »Das ist nichts, um das du dir Sorgen machen solltest. Und jetzt will ich verdammt noch mal wissen, was hier vorgefallen ist! Was hat dich bloß dazu veranlasst, das Anwesen bis auf die Grundmauern niederzubrennen?«

Veitt begann zu erzählen. Zunächst stockend, weil er Schwierigkeiten hatte, seine Gedanken zu sortieren. Was war Erinnerung? Was Fiebertraum? Nach und nach wurde sein Geist jedoch klarer und seine Stimme fester. Er berichtete ihnen von Kess Narodh, die Ryks Nachfolge angetreten hatte, von ihren beiden Gehilfen Elos und Barn, der Köchin Milda und ihrer Enkeltochter Saira. »Sie wirkte so jung, so unschuldig«, er konnte es immer noch nicht recht glauben. »In Wahrheit war sie eine Gestaltwandlerin. Eines von Zaragoths Geschöpfen, das die echte Saira getötet hatte, um ihren Platz einzunehmen.« Er rückte ein wenig hin und her, weil ein Stück Fels ihn im Rücken drückte. Danach schilderte er ihnen den Angriff durch die anderen Gestaltwandler, welche Rolle die falsche Saira dabei gespielt hatte und wie Narodh die Angreifer getötet, dafür allerdings mit ihrem Leben bezahlt hatte. »Sie wollte, dass ich alles niederbrenne, um sicherzugehen, dass sich kein anderes von Zaragoths Geschöpfen ihres Körpers bemächtigt. Ich folgte ihrem Befehl. Auch weil ich hoffte, jemand würde vorbeikommen und wenn er sah, was passiert ist, den Orden unterrichten.«

»Die haben also keine Ahnung davon, was hier vorgefallen ist«, stellte Ryk fest.

»Mir blieb keine Chance, ihnen eine Nachricht zu schicken. Alles ging so schnell, und ich war zu geschwächt. Außerdem waren alle Botenvögel unterwegs. Narodh hatte nach dem Kampf gegen die Pirscher einen Bericht an Tilbrock geschickt. Auch an Fürst Elorien sowie an die Stadträte von Auriss und Weitblick, um sie vor den Dämonen und vor allem vor den Gestaltwandlern zu warnen, die sich in der Gegend herumtreiben. Sie konnte ja nicht ahnen, dass sie zu uns ins Tal kommen würden.«

»Es war klug, dass sie das getan hat. Die Menschen müssen erfahren, was vor sich geht«, sagte Ryk. »Wir haben die Wahrheit viel zu lange von ihnen ferngehalten.«

»Ich weiß nicht«, meinte Kela. »Unter der Bevölkerung wird das bloß Misstrauen und Feindseligkeiten schüren.«

»Das mag sein«, stimmte Ryk ihr zu. »Trotzdem dürfen wir die Menschen nicht offenen Auges in ihr Verderben rennen lassen. Wer weiß, wo Zaragoth überall seine Gestaltwandler platziert hat.«

Veitt schluckte. Er war so glücklich gewesen, Ryk wiederzusehen, dass er auf diesen Gedanken noch gar nicht gekommen war. Der Schreck über diese Vorstellung stand ihm wohl ins Gesicht geschrieben, denn Ryk grinste plötzlich. »Um deiner Frage zuvorzukommen: Nein, wir sind keine Gestaltwandler!« Zum Beweis entfachte er die Flamme von Kalrym, die jede Lüge und jeden Verrat aufgedeckt hätte. »Zufrieden?«, fragte er und erstickte die blauen Flämmchen wieder zwischen seinen Fingern.

»Was das angeht: ja. Ansonsten weiß ich gar nicht, mit welcher Frage ich zuerst beginnen soll. Warum lebt ihr noch? Was ist mit Prinz Ishan? Wie konntet ihr der Gegenwelt entkommen? Wieso seid ihr jetzt hie...?«

»Langsam, Veitt.« Ryk hob beschwichtigend die Hände. »Du sollst alles erfahren. Nur lass uns dabei was frühstücken. Mir knurrt schon der Magen, und ich wette, dir geht es nicht viel anders.«

Veitt legte eine Hand auf seinen Bauch. Über die ganze Wiedersehensfreude hatte er seinen eigenen Zustand völlig vergessen. Aber jetzt, da der Dämonenjäger es erwähnte, war mit einem Mal sein Hunger erwacht. »Wie lange war ich weggetreten?«

»Wann fand der Überfall statt?«, fragte Ryk.

Veitt nannte ihm das Datum.

»Dann sind es fast drei Tage.«

Kein Wunder, dass sich seine Därme ganz krampfig anfühlten, wobei auch das Gift seinen Beitrag dazu geleistet haben dürfte. Während sich Ryk, Kela und Nersei an Käse und Dörrobst labten, kaute Veitt auf einem Streifen Trockenfleisch herum. Das erschien ihm sicherer, nachdem er tagelang nichts gegessen hatte. Unterdessen berichtete Ryk davon, wie sie mehrere Monate zuvor den Blutlenker auf Kellwyn gestellt hatten. Anfangs kamen ihm die Worte noch leicht über die Lippen, dann aber geriet sein Redefluss ins Stocken. Selbst im Zwielicht der Höhle fiel Veitt auf, wie Ryks Augen immer dunkler wurden und sich ein verbitterter Zug um seinen Mund bildete. Als Veitt von Mortos Dex' Tod erfuhr, und wie der kellwynische Dämonenjäger gestorben war, erkannte er darin den Grund dafür.

»Es war nicht deine Schuld«, sagte Veitt. »Der Blutlenker hat dich dazu gezwungen.«

»Mag sein«, brummte Ryk, »trotzdem war es ein Fehler, vor den anderen geheim zu halten, dass er von meinem Blut getrunken hatte.«

»Ja, das war es«, bestätigte Kela und gab sich nicht einmal Mühe, ihren Ärger zu verbergen. »Hättest du es uns gesagt, wären wir wenigstens vorgewarnt gewesen.«

Es erschien Veitt nicht richtig, dass ausgerechnet Kela dem Dämonenjäger Vorwürfe machte. Hatte er ihretwegen nicht schon genug gelitten? Er ließ das Stück Trockenfleisch sinken. »Was hätte das geändert? Ihr brauchtet Ryk, um …«

»Nicht, Veitt.« Ryk schüttelte den Kopf. »Sie hat recht. Es war selbstsüchtig und idiotisch von mir. Ich hatte Angst, sie könnten mich zurücklassen, wenn sie die Wahrheit über mich wüssten. Ich aber wollte Rache für Corrs und Jailars Tod. Nur darum habe ich nichts gesagt, und Mortos hat den Preis dafür bezahlt.« Er biss sich auf die Unterlippe. »Noch ein Leben, das ich auf dem Gewissen habe, Veitt. Und es ist nicht nur bei diesem geblieben.«

Veitt sah von Ryk zu Kela, und mit einem Mal fiel ihm ein tiefer, unausgesprochener Schmerz in ihren Augen auf. Da traf es ihn. »Ishan?«, hauchte er. »Wo ist er?«

Kela wandte das Gesicht ab und starrte zum Ende der Höhle, wohin das Tageslicht nicht drang und die Dunkelheit umso bedrückender wirkte. Eine Träne lief ihr über die Wange. In Veitts Kehle bildete sich ein Kloß. Er hatte den Prinzen und sein vorlautes Mundwerk gemocht. »Verstehe«, murmelte er.

Ryk schilderte mit kurzen, hastigen Worte wie Ishan gestorben war, bevor er darauf einging, was sie in der Gegenwelt herausgefunden hatten. Veitt konnte es kaum glauben, dass ein Bürgerkrieg die Val'kai entzweit hatte. Noch verrückter wurde es, als Ryk erklärte, dass nicht alle Dämonen böse waren. Niemals hätte er erwartet, solche Worte aus Ryks Mund zu hören. Er schüttelte den Kopf. »Asmaran hat euch zuerst gefangen genommen, dann ist seine Stadt gefallen und ihr konntet fliehen, richtig?« Was den Blutlenker und ihre Flucht anging, waren Ryks Schilderungen ziemlich dürftig ausgefallen und ließen viel Raum für Fragen und Spekulationen.

Der Dämonenjäger räusperte sich. »So ... in etwa«, sagte er und wich seinem Blick aus.

Veitt runzelte die Stirn und sah dann zu Nersei hinüber. Der Veydra hockte ein Stück rechts von Ryk und Kela im Schneidersitz, lutschte an einer Dörrpflaume und starrte auf den Höhlenboden. Nicht nur der Blutlenker hatte kaum Erwähnung in Ryks Bericht gefunden. Es war auch kein Wort darüber gefallen, wie sie Nersei kennengelernt hatten. Es schien beinahe so, als gäbe es da etwas zwischen den dreien, von dem sie nicht sicher waren, wie sie es Veitt beibringen sollten.

»Wie fühlst du dich, nachdem du was im Magen hast?«, wechselte Kela das Thema.

Veitt musterte sie mit zusammengekniffenen Augen und zuckte dann die Schultern. »Besser, denke ich.«

»Gut.« Ryk nickte. »Die Zeit drängt. Spätestens morgen müssen wir aufbrechen. Denkst du, du packst das?«

»Wohin soll es gehen?«

»Zunächst nach Nekross und dann weiter nach Kellwyn.« Ryk erzählte ihm von ihrem Verdacht, dass sich das Grab des

Inos auf Kellwyn befand und dass Zaragoth der Fluchbringer in die Schwebenden Reiche gekommen war, um ihn wiederzuerwecken.

»Jetzt auch noch Zaragoth«, stöhnte Veitt. »Und er will den verrückten Gott zurück ins Leben holen? Ist das überhaupt mög…« Moment mal, er starrte den Dämonenjäger aus großen Augen an. »Du … du willst mich mitnehmen?« Das hatte Ryk bisher noch nie getan.

»Wäre es dir lieber, wir ließen dich zurück?«

Veitt schüttelte heftig den Kopf. »Ganz und gar nicht.«

»Dann brauchen wir nur noch ein Pferd für ihn«, sagte Kela.

»Er kann meins haben«, sagte Nersei. »Ich werde zusammen mit den Empathen laufen.«

Veitt runzelte die Stirn. Hatte er sich gerade verhört? »Empathen? Meinst du Magier?«

Ryk räusperte sich erneut. »Es gibt da etwas, das du wissen musst, Veitt.«

Hach, ich hab doch gewusst, dass sie mir etwas verschweigen, dachte er.

»Vielleicht sollte ich euch besser allein lassen.« Nersei erhob sich. »Ich wollte ohnehin nach meinem Vater sehen. Sein Zustand scheint sich zu bessern. Heute Nacht ist er kurz zu sich gekommen.«

»Dein Vater?«, hakte Veitt nach. Veydras waren Halbdämonen, die aus einer Vereinigung zwischen einem Humanos und einer Menschenfrau hervorgingen. Aber das würde ja bedeuten … Sein Kopf ruckte zu Ryk herum.

»Ja, du vermutest richtig«, bestätigte der Dämonenjäger.

»Ich bin dann mal weg«, erklärte Nersei und marschierte aus der Höhle.

Veitt starrte ihm nach. »Wer ist sein Vater?«

Ryk holte tief Luft. »Bitte raste jetzt nicht aus, Veitt. Es ist …«

»Ja?«

»Asmaran.«

Veitts Kopf ruckte zu ihm herum. Das konnte nur ein Scherz sein. Er erwartete, Ryk grinsen zu sehen, doch seine Miene war vollkommen ernst. »Kela?« Er starrte die Veydra an.

»Es stimmt.« Sie nickte. »Ryk sagt die Wahrheit.«

Veitt wurde schwindelig. Das Blut rauschte ihm in den Ohren, und er hatte das Gefühl zu stürzen. »Ihr ... ihr ... ihr steht unter seinem Einfluss?« Er warf sich zur Seite, um von den beiden wegzukriechen. Natürlich hatte er keine Chance. Schon im nächsten Moment war Ryk über ihm, packte ihn und presste ihn mit dem Rücken gegen die Höhlenwand, sodass er gezwungen war, ihm direkt ins Gesicht zu sehen. »Was ... was habt ihr ... habt ihr jetzt vor mit mir?« Ihm war ganz übel vor Angst.

Ryk atmete hörbar durch. »Sei kein Narr, Veitt! Wenn wir unter seinem Einfluss stünden, hätte er wohl kaum zugelassen, dass wir dich retten. Auch war er die vergangenen Tage ohne Bewusstsein. Ohne ihn wäre uns nicht einmal die Flucht in die Schwebenden Reiche gelungen.«

»Ich verstehe das nicht.« Selbst für Veitts eigene Ohren klang seine Stimme seltsam schrill und panisch. »Er ist ein Val'kai, und du hasst die Val'kai!«

»Ich habe auch nicht gesagt, dass der Blutlenker und ich Freunde sind.«

»Was seid ihr dann?«

»Verbündete.« Es war Kela, die gesprochen hatte. Ihr milchweißes Gesicht mit dem roten Haar tauchte neben dem von Ryk auf. »Ich kann mir vorstellen, dass das schwer für dich zu verstehen ist. Aber die Dinge haben sich geändert.« Sie schürzte die Lippen. »Nein, eigentlich nicht. Eigentlich haben wir nur herausgefunden, dass wir die ganze Zeit hinter dem Falschen her waren.«

»Es stimmt, Veitt.« Ryks Blick bohrte sich in seinen. »Wir haben uns nur aus einem Grund mit Asmaran zusammengetan:

Weil wir das gleiche Ziel haben und es ohne ihn nicht schaffen können.«

Veitt schluckte. »Ihr … ihr sprecht von Zaragoth?«

»Der Fluchbringer will mit Inos' Hilfe das alte Imperium der Val'kai wieder auferstehen lassen«, sagte Ryk. »Hingegen treten Asmaran und seine Leute für eine Abschaffung des Kastensystems und den Glauben an die Dhana'an ein. Der Blutlenker ist hier, um für die Freiheit seines Volkes zu kämpfen. Nur mit ihm gemeinsam können wir den Fluchbringer aufhalten. Gelingt uns das nicht, droht den Schwebenden Reichen und der Gegenwelt ein neuer Krieg.«

»Aber er hat Corr und Jailar getötet und … Ishan«, wandte Veitt verzweifelt ein.

»Wie ich schon sagte: Wir sind Verbündete, keine Freunde.« Ryk ließ Veitts Hemd los und rückte ein Stück von ihm ab. »Glaub mir, ich würde nicht zögern, ihm einen Bolzen durch die Brust zu jagen, wenn ich auch nur den geringsten Verdacht hätte, dass er uns hintergeht. Aber solange Asmaran sich an unsere Vereinbarung hält, werden wir ihn zumindest mit Respekt behandeln.« Er seufzte. »Das war Nerseis Preis dafür, dass er dich heilt.«

»Vertraut ihr diesem Veydra etwa?«, wollte Veitt wissen.

»Nersei ist ganz anders als sein Vater«, sagte Kela daraufhin. »Er ist ein Mann von Ehre, der zu seinem Wort steht. Ich bin mir sicher, dass man ihm, im Gegensatz zu Asmaran, trauen kann.«

»Nun, das wird sich erst noch zeigen müssen«, sagte Ryk. »Jetzt zu einem ganz anderen Thema: Es wird Zeit für ein Bad im See, Veitt!«

»Die bisher beste Idee des Tages«, stimmte Kela mit einem Grinsen zu.

»Ihr zwei seid verrückt!« Er schluckte. »Zuerst erzählt ihr mir, dass ihr jetzt dicke Freunde mit dem Blutlenker seid und dann soll ich aus heiterem Himmel ein Bad nehmen?«

Ryk sah ihn an. »Hast du denn noch Fragen?«

Veitt schüttelte den Kopf. Er würde das Ganze erst einmal verarbeiten müssen. Vorausgesetzt, ihm blieb überhaupt Zeit dazu. »Ihr … ihr wollt mich doch nicht etwa im See ertränken, oder?«

»Nachdem wir uns erst die Mühe gemacht haben, dich zu retten?« Ryk stöhnte und entfachte ein weiteres Mal die Flamme von Kalrym, bevor er sagte: »Wir sind deine Freunde, und wir werden dir kein Leid zufügen!«

Veitt nickte erleichtert.

Ryk erklärte sich daraufhin bereit, ihn zum See zu begleiten. Außerdem stellte er ihm frische Kleidung von sich zur Verfügung. Als Veitt kurz darauf ins Freie trat, gestützt von dem Dämonenjäger, kniff er zunächst geblendet die Lider zusammen. Die Sonne schaute zwischen den Wipfeln der Bäume hindurch und überzog das Unterholz mit warmen Gold- und Orangetönen, trotzdem fror Veitt. Feiner Dunst stieg von seinen Lippen auf, als er ausatmete.

Veitt stützte sich auf Ryk, während sie zum See gingen. Als sie ungefähr die Hälfte der Strecke geschafft hatten, warf Ryk einen Blick über die Schulter. Er schien sich zu versichern, dass sie ungestört waren. »Ich wollte nicht vor den anderen darüber mit dir reden«, sagte er.

Bei diesen Worten wurde Veitt erneut mulmig zumute.

»Nersei sagte, dass du nur überlebt hättest, weil dein Seelenfeuer überraschend hell und stark lodert«, fuhr Ryk fort. »Auch ist mir nicht entgangen, dass die Brandnarben an deinem Oberkörper verschwunden sind. Und obwohl du mit dem Gehen Schwierigkeiten hast, humpelst du nicht länger.« Drei Feststellungen, in denen unzählige Fragen mitschwangen.

»Und jetzt hättest du gern eine Erklärung dafür von mir. Also schön.« Veitt sortierte kurz seine Gedanken, bevor er zu erzählen begann. »Alles fing nach deinem Kampf mit dem Blutlenker an. Du warst schwer verletzt aus dem Ostwald zurückgekehrt. Aufgrund deines Zustands fürchtete ich damals, du könntest vergiftet worden sein.« Er musste plötzlich lächeln. Das hatte schon etwas Ironisches, wenn er an seine eigene Situation dachte. »Als ich deine Sachen durchsah, entdeckte ich das Blut des Dämons an deinem Dolch. Ich beschloss es zu untersuchen, war jedoch unvorsichtig und schnitt mich an der Klinge. Dabei hat sich etwas von Asmarans Blut mit dem meinen vermischt. Kurze Zeit später merkte ich erste Veränderungen: Ich fühlte mich besser, stärker. Einige Wochen darauf begann sich meine Magie zu regen.«

»Warum hast du nichts gesagt?«

Veitt blickte zum See, der wie eine große, spiegelglatte Silberscheibe zwischen den Bäumen ruhte. »Ich hatte Angst«, gestand er. »Ich wusste nicht, was diese Veränderungen bedeuteten. Ich fürchtete sogar, ich könnte selbst zu einem Dämon werden.« Er drehte Ryk das Gesicht zu. »Und ich konnte sehen, wie sehr Corrs und Jailars Tod dich mitgenommen hatte, da wollte ich dir nicht auch noch eine Belastung sein.«

»Das wirst du nie sein. Du bist ein … Freund, Veitt. Merk dir das.«

Veitt lächelte. Ryk hatte sich in den vergangenen Monaten sehr verändert. Er war zwar auch ein wenig grauer geworden und hatte mehr Falten um die Augen herum, doch dafür wirkte er nicht mehr ganz so distanziert wie früher. »Glaubst du, dass die Ersten Magier auf ähnliche Weise an ihre Macht gekommen sind? Indem sie ihr Blut mit dem der Val'kai vermischten?«

Ryk war stehen geblieben. Sie hatten das Ufer erreicht. Sein Blick wirkte nachdenklich. »Die Ersten Magier haben stets behauptet, das Leben in der Gegenwelt habe sie verändert und sie auf diese Weise befähigt, sich der Magie zu bedienen.«

»Was nur eine hübsche Umschreibung für das sein könnte, was mit mir passiert ist.«

»Es wäre durchaus möglich«, stimmte er zu. »Trotzdem möchte ich, dass du mir sofort mitteilst, wenn du weitere Veränderungen an dir wahrnimmst oder es dir plötzlich schlechter geht.«

»Schlechter als jetzt?«, scherzte Veitt.

Ryk lachte nicht. Er lächelte nicht einmal. »Du weißt, was ich meine. Das ist ernst, Veitt. Ich kann nicht abschätzen, welche Folgen sich noch aus dieser *Entwicklung* ergeben könnten.«

Er presste die Lippen aufeinander und nickte.

»Jetzt setz dich erst mal«, sagte Ryk und führte ihn zu einem Felsen, der aus dem feuchten Uferschlamm ragte. Danach half er ihm aus seinen Stiefeln und dem Hemd.

»Lass nur, den Rest schaffe ich schon selbst.« Veitt nestelte an seinem Gürtel herum, während Ryk sich ein Stück entfernte und mit vor der Brust verschränkten Armen in die Schatten unter die Bäume blickte. »Es sieht nicht gut für uns aus, Veitt«, sagte er. »Es gibt zu viele Unwägbarkeiten. Vielleicht hat Zaragoth das Grab auch schon längst gefunden und arbeitet an der Wiedererweckung des Gottes.«

Veitt, der sich gerade die Hose auszog, was nicht so leicht war, wenn einem jeder Muskel im Körper von tagelangen Krämpfen schmerzte, verdrehte die Augen. »Du warst schon immer ein Pessimist, Ryk. Versuch es doch mal von der anderen Seite zu sehen: Einer der mächtigsten Dämonen der Gegenwelt hat sich unserer Sache angeschlossen. Einst war er sogar der Blutgeneral des Inos. Selbst wenn der falsche Gott erwacht, ist Asmaran unsere beste Chance, um ihn aufzuhalten.«

»Einmal abgesehen davon, dass Asmaran derzeit nicht auf der Höhe ist.«

»Es wäre auch zu schön, wenn du einmal kein Haar in der Suppe finden würdest.« Mit einem Seufzen glitt Veitt von dem Stein herab und kniete sich auf die Erde. Kiesel bohrten sich in seine Haut. Als er die Hände in den See tauchte, stellten sich ihm die Härchen auf den Unterarmen auf. Das Wasser war so kalt, dass er schon bald am ganzen Leib zitterte. Gleichzeitig tat es unendlich gut, sich den Schmutz der vergangenen Tage abzuwaschen. Mit einem Mal musste er sogar lächeln. Er war erleichtert, dass Ryk noch lebte, und Kela natürlich auch. Noch besser gefiel ihm, dass er nun endlich wieder unter Freunden war.

Und dann gab es noch Nersei: Er hatte die hübschesten blauen Augen, die ihm je bei einem Kerl untergekommen waren.

35

Labyrinth der Toten, Kellwyn
30. Septer 1026 n. d. Zweiten Dämonenkrieg

Noch sieben weitere Menschen waren in der Nacht am Gift der Keelabeere gestorben, viele andere würden aufgrund des Gegenmittels der Heiler überleben. Ishan fuhr sich mit den Händen über das Gesicht. Er war müde. In dieser Nacht hatte er so gut wie nicht geschlafen. Als Iritaris Dienerin ihn geweckt und in die Kammer der Heilung gerufen hatte, war er gerade erst zu Bett gegangen. Das war jetzt mehrere Stunden her. Mittlerweile musste längst die Sonne aufgegangen sein. Ein neuer Tag mit neuen Aufgaben und Verpflichtungen wartete auf ihn, sodass er keine Gelegenheit haben würde, den Schlaf nachzuholen.

Ishan warf einen Blick zu Iritari hinüber, die ein Stück entfernt mit ihrer Dienerin den Tagesablauf besprach. Er kam nicht umhin, sie zu bewundern. Durch nichts ließ die Prinzessin sich ihre Erschöpfung anmerken, dabei war sie mindestens schon genauso lange auf den Beinen wie er. Sie war die geborene Anführerin. Hübsch, klug, und sie wusste sich die Ergebenheit ihrer Untertanen zu sichern. Aber sie war noch so viel mehr – für ihn. Er hatte nicht geglaubt, dass er noch einmal so empfinden würde. Vor ein paar Stunden hatten sie sich geliebt. Es war ihr erstes Mal miteinander gewesen. Die düsteren Ereignisse dieser Nacht hatten in ihnen beiden das Bedürfnis nach Zuneigung und Nähe verstärkt, und so hatten sie ihren Gefühlen füreinander nachgegeben.

Ishan lächelte bei der Erinnerung daran und lehnte sich zurück in die Kissen, die eine Ecke der Höhle einnahmen. Eine von mehreren Höhlen, die Iritari mit ihrem Gefolge bewohnte und die mit einem Sammelsurium aus Teppichen, Stühlen und Truhen vollgestellt war. Ihr kleines privates Reich, in das sie nur ihre engsten Vertrauten einlud. Natürlich hatten sie nicht hier miteinander geschlafen, wo ihre Dienerinnen es mitbekommen hätten. So weit waren sie noch nicht. Stattdessen hatten sie eine abgelegene Kammer aufgesucht. Ein verschwiegenes Plätzchen, getaucht in den Schein lumineszierender Flechten. Ishan seufzte. Es war eine völlig andere Erfahrung gewesen als mit Kela. Sie hatte es wild und hemmungslos gemocht, Iritari hingegen mochte es weich und zärtlich. Aus jedem Kuss, aus jeder Berührung hatte ihre Liebe für ihn gesprochen. In diesem Moment betrat Iritaris zweite Dienerin die Höhle. Sie war klein, mit muskulösen Armen und Beinen, die sie wie eine Kriegerin aussehen ließen. Sie war es gewesen, die Ishan in der Nacht geweckt und zu den Heilern geschickt hatte. Nun verneigte sie sich vor Iritari. »Quartiermeister Sokoel ist zurück und wünscht, dich zu sprechen, Herrin.« Sie sah zu Ishan herüber. »Und auch dich, Kommandant. Er wartet im Besprechungsraum auf euch.«

Nicht ohne Bedauern stemmte sich Ishan aus den Kissen und streifte den linken Stiefel über, den er ausgezogen hatte, um seinen Fuß zu schonen. Anschließend folgte er Iritari durch einen Tunnel in eine angrenzende Höhle. Auch hier gab es Teppiche und einen Tisch, aber keine Sitzgelegenheit. Ein Feuerbecken und mehrere Laternen sorgten für Licht.

Sokoel stand bei dem Tisch und stützte sich mit der Rechten darauf ab. Sein Haupthaar war bereits ergraut, und um die Augen herum hatte er viele Fältchen, die wie eingeschnitzt in seiner dunklen Haut wirkten. Seine Kleidung entsprach der eines Kellwyners: Stiefel, die er über einer Wollhose trug. Dazu ein Schnürhemd, das sich über seinen ausladenden Bauch spannte, und eine mit Stickereien verzierte Weste. Er verneigte sich bei ihrem Eintreten.

»Was kannst du uns berichten, Sokoel?«, fragte Iritari. Erst wenige Stunden zuvor hatten sie ihn über die vergifteten Essensvorräte informiert.

Ishan stellte sich zur Rechten der Prinzessin auf, verschränkte die Arme vor der Brust und nickte dem Quartiermeister zu. Sokoel erwiderte den Gruß und fuhr an Iritari gewandt fort: »Meinen Männern und mir ist es gelungen, die Vorräte ausfindig zu machen. Sie stammen aus dem letzten Überfall auf eine reetacianische Karawane. Gut ein Drittel wurde bereits an die Bewohner der Blauhöhle ausgegeben. Was übrig war, haben wir aussortiert und in eine Felsspalte geworfen.«

»Habt ihr auch nichts übersehen?«, hakte Ishan nach.

»Ganz sicher nicht, Herr.« Der Quartiermeister lächelte und zeigte zwei Reihen perlweißer Zähne. »Du kannst mir vertrauen. Ich weiß, was ich tue.«

Ishan nickte. Er war nicht ganz sicher, was er von Sokoel halten sollte. Dass der Mann verlässlich war und gute Arbeit leistete, daran zweifelte er nicht. Was ihm weniger gefiel, war sein Lächeln. Es hatte etwas Verschlagenes. Aber das war wohl seinem früheren Leben als Kaufmann geschuldet.

In diesem Moment kehrte die kleine Dienerin mit den kräftigen Armen zurück und reichte jedem einen Becher mit Wein. Danach brachte sie einen Korb Brot sowie zwei kleine Tonschalen, eine mit Öl und die andere mit Salz gefüllt. Sie stellte alles auf den Tisch und ging wieder.

»Was gedenkst du wegen unserer Vorräte zu unternehmen, Prinzessin? Das Risiko, weitere Karawanen zu überfallen und dabei erneut vergiftete Nahrungsmittel zu erbeuten, ist zweifelsohne groß. Gleichzeitig müssen wir unsere Leute versorgen.«

Sokoel musterte sie mit gewölbter Braue, während er einen Schluck aus seinem Becher trank.

»Wir werden mehr Jäger ausschicken«, sagte Iritari bestimmt. »Notfalls muss Ossa weitere Männer und Frauen am Bogen ausbilden.«

Sokoel nickte, griff nach einem Stück Brot und tunkte es zuerst ins Öl und anschließend ins Salz, bevor er es sich in den Mund schob.

»Zudem habe ich vor, Kontakt zu den Städten im Norden aufzunehmen und sie um Unterstützung zu bitten. Momentan sind die Rebellen der einzige Grund, warum Sarazas mit seinen Truppen nicht längst weitergezogen ist. Das sollte doch ausreichen, damit sie ihre Vorräte mit uns teilen.«

»Das könnte man jedenfalls annehmen, Prinzessin.« Sokoel setzte den Weinbecher erneut an die Lippen, leerte den Rest in einem Zug und stellte ihn zurück auf den Tisch. »Wenn ihr beide mich jetzt entschuldigen würdet.« Er sah von Iritari zu Ishan. »Ich war die halbe Nacht auf den Beinen und bin nun wirklich nicht mehr der Jüngste. Ein wenig Ruhe wird mir jetzt guttun.«

»Natürlich.« Iritari wartete, bis er fort war, bevor sie sich zu Ishan umwandte.

»Du hast das ausgezeichnet geregelt.« Er nahm ihr den Weinbecher ab, stellte ihn zusammen mit seinem eigenen beiseite und zog sie an sich. »Genauso, wie man es von der Anführerin ihres Volkes erwarten kann.«

»Vielleicht.« Sie lehnte sich bei ihm an. »Nur weiß Sokoel genauso gut wie ich, dass wir keine allzu großen Hoffnungen in den Norden setzen sollten. Wenn sie schlau sind, haben sie sich bereits in ihren Städten verschanzt oder sind aus Furcht vor einer Invasion geflohen. Von ihnen können wir keine Hilfe erwarten, oder nur sehr geringfügige. Und die Dörfer und Ortschaften auf der anderen Seite des Dschungels und im Inland wurden bereits alle Opfer von reetacianischen Raubzügen. Selbst wenn sie wollten, könnten sie uns nicht helfen.«

Ishan streichelte ihr beruhigend über den Rücken. »Wir werden schon eine Lösung finden.« Im Augenblick hatte er selbst keine Idee, wie sie das Problem angehen sollten. Eine Weile würden ihre Vorräte wohl noch reichen. Er biss sich auf die Unterlippe. Dass Sarazas die Eroberung Kellwyns in absehbarer Zeit fortsetzen würde, bezweifelte er. In diesem Fall wäre der General gezwungen, seine Armee aufzuteilen, um die eroberten Gebiete zu sichern. Das würde ihn jedoch schwächen und angreifbar machen. Außerdem barg die Aufspaltung seiner Streitkräfte eine weitere Gefahr für ihn: Die Offiziere, die nach Thamaryns Tod eine Heimkehr nach Reetac favorisiert hatten, könnten die Gelegenheit nutzen, um sich mit ihren Männern abzusetzen.

»Ich würde gern deine Meinung zu etwas erfahren.« Ishan sagte es nicht nur, um die Prinzessin auf andere Gedanken zu bringen, sondern meinte es ernst. Seit er von seinem Ausflug in den Dunkelhort zurückgekehrt war, hatte er sich viele Gedanken über die Erfahrungen gemacht, die er dort unten gesammelt hatte. Das Labyrinth lebte, daran zweifelte er längst nicht mehr. Er glaubte auch, dass es versucht hatte, sich ihm mitzuteilen. Aufgrund dessen hatte er eine Theorie entwickelt. Als Kellwynerin war Iritari mit den Geheimnissen und Mythen des Labyrinths sehr viel besser vertraut als er und würde ihm sicher sagen können, ob er richtiglag oder auf dem Holzweg war.

»Worum geht es?« Sie löste sich von ihm und sah zu ihm auf.

»Lass uns nach nebenan gehen, dort ist es gemütlicher. So kann ich meinen Fuß schonen und dir alles in Ruhe erzählen.« Sobald sie es sich zwischen den Kissen bequem gemacht hatten, legte Ishan den Arm um sie. Das Gefühl ihrer Nähe, ihres warmen Körpers, der sich an den seinen schmiegte, erfüllte ihn mit einem Gefühl von Glück, wie er es seit Kelas Tod nicht mehr empfunden hatte.

»Jetzt spann mich nicht länger auf die Folter«, sagte Iritari. »Worüber wolltest du mit mir reden?«

»Über das Labyrinth und das, was mir im Dunkelhort widerfahren ist.«

Sie sah ihn überrascht an, und er verstand ihre Reaktion. Er war bei diesem Thema bisher sehr verschlossen gewesen, weil er sie nicht hatte beunruhigen wollen. »An meinen ersten Tagen im Labyrinth hatte ich stets das Gefühl, nicht willkommen zu sein, wenn ich durch die Tunnel wanderte und sie erkundete. Manchmal wehte mir ein heißer Wind entgegen, der wer-weiß-woher stammte. Oder ich fühlte mich beobachtet, und selbst die Schatten erschienen mir bedrohlich. Doch sobald ich an eurer Seite gegen die reetacianischen Eindringlinge zu kämpfen begann, hörte das alles auf.«

»Wie ich dir schon einmal sagte: Das Labyrinth hat dich als einen der unseren angenommen.«

»Das hat es. Da bin ich mir sicher. Aber vorgestern, als ich zum Dunkelhort hinabgestiegen bin, passierte etwas Sonderbares.«

»Erzähl mir davon«, bat sie ihn.

»Wenn ich sonst die Tunnel durchstreife, vermittelt mir das Labyrinth ein Gefühl von Sicherheit. Ich bilde mir ein, nichts und niemand kann seine Abwehr überwinden. Und das fühlt sich verdammt noch mal gut an, wenn man bedenkt, in welcher Lage wir uns befinden.«

Iritari lachte leise. »Das ist es, was es für uns tut: Es wacht über uns, gibt uns das Gefühl, zu Hause zu sein. Wie sonst würden all die Menschen es hier unten aushalten? Fern der Sonne und den Straßen, in denen sie aufgewachsen sind. Fern der Menschen, die sie lieben und zurücklassen mussten. Wäre es anders, würden wir uns hier unten wie in einem Gefängnis fühlen und uns schon bald gegenseitig an die Gurgel gehen.«

Aus dieser Perspektive hatte er es noch gar nicht gesehen, aber sie hatte recht. Iritari verstand diesen Ort so viel besser als er, deshalb war es auch gut, dass er jetzt mit ihr sprach. »Wie ich gerade sagte, war es anders, als ich zum Dunkelhort hinabstieg. Schon auf dem Weg dorthin kam es mir vor, als würde ich belauert. Ständig schien mir jemand über die Schultern zu sehen, und eine unsichtbare Stimme schien mir zuzuflüstern, ich solle umkehren. Ich schob es zunächst auf meine Anspannung. Ich war allein unterwegs, in einem Tunnelsystem, das ich nicht kannte, um einen Ort aufzusuchen, den seit Jahrhunderten kein Mensch mehr betreten hatte. Nur war es das nicht, wie ich jetzt im Nachhinein glaube.« Er schüttelte den Kopf. »Je näher ich dem Dunkelhort kam, desto größer wurde mein Wunsch umzukehren. Gegen Ende musste ich mich regelrecht zwingen, weiterzugehen.«

Iritari hob den Kopf. »Du denkst, es war das Labyrinth, dass es dich dort nicht haben wollte.«

Er dachte über ihre Worte nach. »Ja, das glaube ich, aber nicht, weil es das Geheimnis dieses Ortes vor mir verbergen wollte, sondern um mich zu … warnen.« Er richtete sich ein Stück auf und suchte Iritaris Blick. »Es wollte mich warnen, indem es Furcht vor dem Dunkelhort in mir erzeugte. Verstehst du, was das bedeutet?« In Iritaris Augen las er die gleiche Aufregung, die auch er fühlte.

Sie nickte heftig. »Es hat durch deine Gefühle zu dir gesprochen.«

»Ja, genau das habe ich auch gedacht. Also hältst du es auch für möglich, dass es mir bei meiner Suche helfen will?«

»Das Labyrinth lebt, hat ein Bewusstsein. Es unterscheidet Freund von Feind«, sagte Iritari. »Also könnte es auch erkannt haben, wonach du suchst, und versucht nun, dir auf seine Weise den Weg zu Inos' Grab zu weisen.«

Plötzlich hatte er einen ganz trockenen Mund. »Nur wie können wir herausfinden, ob es wirklich so ist?« Er ergriff sie bei den Schultern. »Hast du eine Idee?«

»Die Karten, die ich für dich vom Labyrinth anfertigen ließ. Wo sind sie?«

»Warte, ich hole sie.« Er sprang auf. Ein Gefühl der Erregung hatte ihn ergriffen, wie damals, als er sein erstes Schwert von seinem Vater geschenkt bekommen hatte. Er humpelte an den verdutzten Wachen vorüber, die den Zugang zu Iritaris Unterkunft bewachten, und hinaus in die große Kaverne. Er achtete nicht auf die Zurufe der Rebellen, die an den Feuern saßen. Dafür war jetzt keine Zeit. In seiner Wohnhöhle riss er die Pritsche von der Wand und holte die Karten aus ihrem Versteck. Danach eilte er sofort wieder zu der Prinzessin zurück, wobei er das heftige Pochen in seinem verletzten Fuß ignorierte. »Hier ... sind ... sie«, keuchte er und setzte sich mit den Karten zu ihr. Iritari befreite den Boden von den Kissen und rollte die erste Karte aus. Zum Beschweren der Ecken benutzte sie Steine, von denen es in den Höhlen reichlich gab. »Hilf mir mal, Ishan!«

Es waren insgesamt vier Karten, auf denen mit schwarzer Tinte fein säuberlich die bekannten Tunnel, Kammern und Stockwerke des Labyrinths eingezeichnet waren. Doch auf jeder Karte gab es auch Gänge und Abschnitte, die durch rote Tinte hervorgehoben wurden. Dabei handelte es sich um jene Orte, die nicht zum Allgemeinwissen über das Labyrinth gehörten, sondern deren Existenz über viele Generationen hinweg von den Herrschern geheim gehalten wurde. Die Gründe dafür waren im Laufe der Zeit oftmals in Vergessenheit geraten. Wenn Ishan an den Dunkelhort zurückdachte, konnte er allerdings gut verstehen, warum die Fürsten und Fürstinnen von Kellwyn es hatten verhindern wollen, dass jemand sich dorthin verirrte.

»Sieh dir die Karten ganz genau an«, forderte Iritari ihn auf, sobald alle vier ausgebreitet vor ihnen lagen. Ishan kniete mittlerweile. Genauso wie die Prinzessin. »Was empfindest du, wenn du dir einen der besonderen Orte ansiehst?«

Mit welcher Karte sollte er anfangen? Er entschied sich für

die, die direkt vor ihm lag. Es gab darauf vier mit Rot hervorgehobene Einträge. Die dazugehörigen Bezeichnungen lauteten: Drachenfeuer, Blutzoll, Knochenmühle und Endlosfall. Auch wenn diese Plätze danach klangen, als wollte man sie auf keinen Fall aufsuchen, empfand er nichts als Gleichgültigkeit, als er ihre Namen las.

»Was ist?«, fragte Iritari.

Er zuckte die Schultern und nahm sich die Karte vor, die vor der Prinzessin lag. Ohne Erfolg. Ishan kamen Zweifel. Hatten sie sich geirrt? Hatte er zu viel in das hineininterpretiert, was ihm am Dunkelhort widerfahren war? Er wandte sich der dritten Karte zu. Auf dieser waren sechs dieser Orte verzeichnet.

»Nichts?«, fragte Iritari, als er einen Augenblick später seufzend aufblickte. Die Enttäuschung war ihr anzusehen, und er selbst empfand nicht anders. »Nun, eine ist ja noch übrig«, sagte er ohne viel Hoffnung. Er betrachtete die Orte, die auf der Karte farblich hervorgehoben waren, und wiederholte ihre Namen mehrmals im Geiste, ohne dass sich etwas in ihm regte. Er runzelte die Stirn. Vielleicht funktionierte es auf diese Weise nicht. Vielleicht musste er vor Ort sein, um erspüren zu können, ob er auf der richtigen Fährte … Was war das?

Gerade hatte er sich wieder Iritari zuwenden wollen, als sein Blick an einem Abschnitt der Karte hängen blieb, dem er zuvor keine große Beachtung geschenkt hatte. Schließlich gab es dort auch keine roten Markierungen. Es handelte sich um die Abbildung einer Höhle im Norden des Labyrinths. Doch kaum war sein Augenmerk darauf gefallen, streifte ein warmer Lufthauch seinen Nacken und in seinem Bauch kribbelte es.

»Was hast du?«, fragte Iritari.

Ishan tippte mit dem Finger auf die Höhle. Sie lag unweit dem geheimen Zugang zur Gruft von Iritaris Vorfahren, durch den er und seine Freunde vor mehr als sieben Wochen in die Herrscherpyramide von Kellwyn eingedrungen waren. Nun beugte er sich weiter vor, um die zierlichen Lettern lesen zu können, in denen der Kartenmacher eine Anmerkung neben die Abbildung geschrieben hatte: einsturzgefährdet. Nicht weiter erforscht. »Weißt du, was das für ein Ort ist? Warst du vielleicht schon mal dort?«, fragte er die Prinzessin.

Iritari betrachtete den Kartenausschnitt und schüttelte den Kopf. »Der ganze Bereich gilt als instabil. Schon früher hat es dort Unglücke gegeben. Menschen wurden verschüttet, als plötzlich ein Tunnel einbrach. Zuletzt kam es vor einigen Jahren zu einem solchen Vorfall. Eine Gruppe Abenteurer hatte sich aufgemacht, diesen Teil des Labyrinths zu erkunden. Sie waren davon überzeugt, dass es dort einen Stollen gibt, der hinauf in die Nebelberge führt.«

Ishan krauste die Stirn. »Warum hätten sie danach suchen sollen?«

»Seit jeher gibt es in meinem Volk Geschichten über reichhaltige Gold- und Juwelenvorkommen in den Nebelbergen. Viele haben deshalb versucht, sie zu besteigen, doch nie ist jemand zurückgekehrt. Diese Abenteurer müssen gehofft haben, den gefahrvollen Aufstieg umgehen zu können, indem sie einen anderen Weg finden.«

»Gibt es ihn denn? Ich meine den Stollen.«

Iritari hob die Schultern und ließ sie wieder fallen.

Ishan betrachtete erneut die Höhle, die kaum größer war als ein schwarzer Fleck am oberen Rand der Karte. Noch nie hatte jemand die Nebelberge bezwungen. Noch nie. Er biss sich auf die Unterlippe. Was, wenn das Grab des Inos gar nicht Teil des Labyrinths war? Was, wenn sich hier unten bloß der Zugang dazu befand? Beispielsweise in Form eines vergessenen Stollens. Je länger er über diese Möglichkeit nachdachte, desto stärker wurde das Gefühl, dass er richtiglag mit seiner Vermutung. Einen logischen Grund gab es dafür nicht, weshalb er es sich nur so erklären konnte, dass das Labyrinth dahintersteckte. Sofort erzählte er Iritari, was er soeben herausgefunden zu haben glaubte.

»Habe ich dich richtig verstanden? Das Grab befindet sich im Nebelgebirge?«, hakte sie nach. »Der Zugang dazu liegt jedoch im Labyrinth?«

Ishan tippte mit dem Zeigefinger auf die Höhle nahe dem Kartenrand. »Und zwar genau hier.«

Iritari nickte langsam. »Es würde passen. Seit Ewigkeiten hat sich niemand mehr in diesen Bereich des Labyrinths vorgewagt, weil er als zu gefährlich gilt. Wer es trotzdem getan hat, fand dabei den Tod.« Sie ergriff Ishans Hand. »Wie es aussieht, haben wir endlich eine Spur. Jetzt müssen wir uns nur noch auf die Suche machen.«

»Wir?«, wiederholte Ishan. »Kommt nicht infrage!« Er würde es niemals verkraften, wenn Iritari etwas zustieße. Nicht nach allem, was er in den letzten Monaten durchgemacht hatte. »Das ist viel zu gefährlich.«

»Das hast du schon beim letzten Mal gesagt, und ich habe dich ziehen lassen. Du wurdest verletzt, wenn auch nicht ernsthaft. Doch dass du mir nicht erzählen willst, was wirklich im Dunkelhort passiert ist, verrät mir mehr als Worte, wie knapp du dem Tode entronnen bist.« In ihren Augen blitzte es herrisch. »Ich werde nicht zulassen, dass du ein weiteres Mal allein losziehst, Ishan con Femen. Erst recht nicht nach vergangener Nacht. Außerdem bin ich immer noch die Prinzessin. Niemand schreibt mir vor, was ich zu tun oder zu lassen habe. Und deshalb sage ich dir: Ich komme mit! Habe ich mich klar ausgedrückt?«

Ishan starrte sie an. »Das kannst du nicht tun, denk an dein Volk!«

»Ich bleibe bei meiner Entscheidung.« Iritari verschränkte die Arme vor der Brust. »Auch deshalb, weil ich dem Labyrinth vertraue. Wenn es dich zu dieser Höhle schickt, dann nicht, weil es dir Böses will. Im Gegenteil. Es wird uns beide beschützen, so, wie es das immer getan hat. Du wirst sehen.«

Ishan schnaubte frustriert. Er kannte Iritari inzwischen gut genug, um zu wissen, dass nichts, was er sagen würde, sie umstimmen konnte. »Ich hoffe, du hast recht, Iritari. Ich hoffe es wirklich.«

36

Königsfeuer, *Große Leere*
5. Oktan 1026 n. d. Zweiten Dämonenkrieg

Königin Madea lehnte mit den Ellbogen auf der Reling der *Königsfeuer* und blickte hinaus in die Große Leere. Zum Schutz vor dem Wind, der an ihrem Haar zupfte, hatte sie sich einen Mantel übergeworfen. Seit dem Mittagessen, das sie zusammen mit Zaragoth in ihrer Kabine eingenommen hatte, plagte sie leichte Übelkeit. Sie hatte gehofft, es würde besser, wenn sie ein wenig frische Luft schnappte, doch dem war nicht so. Mit Varras hatte sie viele Schiffsreisen unternommen, und kein einziges Mal war sie seekrank geworden.

Sie hob die Hand zur Stirn und spürte feine Schweißtropfen unter ihren Fingern. *Was ist nur los mit mir?* Um sich abzulenken, wandte sie den Blick dem Lichtersturm zu, der in der Ferne an ihnen vorüberzog. Der Sturm bestand aus einer Nebelwolke, gut eine halbe Meile breit und nicht weniger hoch. Leuchtkugeln schwirrten wie ein aufgescheuchter Hornissenschwarm im Inneren der Wolke umher und versprühten jedes Mal Blitze, wenn zwei oder drei von ihnen aufeinanderstießen. So tödlich dieses Phänomen war, wenn man sich in seiner unmittelbaren Nähe befand, so faszinierend und schön mutete es aus sicherer Entfernung an.

Madea hoffte, dass dies der einzige Sturm war, dem sie auf ihrer Reise begegnen würden. Die Südostpassage war zweifelsohne die schnellste Route nach Kellwyn. Allerdings verlief sie sehr abgelegen. Sollte ihr Feuerreiter unterwegs Schaden nehmen, gab es auf der ganzen Strecke nur eine einzige Werft, die sie anlaufen konnten. Und die lag ausgerechnet auf Nekross, der Insel der Magier. Zaragoth würde das überhaupt nicht gefallen. Die Magier waren die Erzfeinde der Val'kai. Wenn er ihnen in die Hände fiel, wäre ihr ganzer schöner Plan dahin. Aber vermutlich dachte sie viel zu negativ, obwohl das gewöhnlich nicht ihre Art war.

Am Morgen waren sie im Hafen von Calares an Bord der *Königsfeuer* gegangen. Zwischen elf und vierzehn Tagen, je nachdem, ob Wind und Wetter ihnen wohlgesinnt waren, würden sie für die Fahrt nach Kellwyn brauchen. Dort würde sich dann ihrer beider Schicksal erfüllen. Vor nicht ganz drei Tagen hatte sie eine Nachricht von General Sarazas erreicht, in der er sich bereit erklärte, sie zu empfangen. Madea lächelte schwach. Dieser Dummkopf war mit Sicherheit davon überzeugt, er bekäme mit ihnen zwei hochrangige Geiseln in die Hände.

Das Klatschen der Ruder, die unter ihr das Wasser durchpflügten, riss sie aus ihren Gedanken. Die *Königsfeuer* war ein Viermaster von fünfhundertfünfzig Fuß Länge. Das größte Schiff der sharigorischen Flotte. An Bord gab es über zweihundert Ruderer. Männer mit breiten Schultern, die zusätzlich am Schwert ausgebildet waren. Derzeit kämpften sie gegen die Strömung an, die in diesem Gewässer zum Glück nicht allzu stark war. Unterstützung erfuhren sie durch den Wind, der um diese Jahreszeit meist aus Osten wehte und dafür sorgte, dass sie mit geblähten Segeln fuhren. Neben Matrosen, Dienern und Zofen begleitete sie auf dieser Reise noch eine Reihe von Höflingen und Beratern, die seit jeher zu Madeas engstem Vertrautenkreis zählten. So wie früher ihr alter Mentor Ephilius, von dem es immer noch keine Spur gab. Es schien, als hätte die Nacht, in der er dieses anrüchige Badehaus aufgesucht hatte, ihn mit Haut und Haaren verschlungen. Sie presste die Lippen zusammen, schluckte und drängte die Tränen zurück. Hier, auf Deck, wo sie nie völlig unbeobachtet war, durfte sie sich keiner Schwäche hingeben. Vor allen Dingen nicht, weil die Mehrzahl der Männer und Frauen an Bord der *Königsfeuer* Anhänger der To'Dhana waren und in Madea ihre stolze und unbeugsame Hohepriesterin sahen.

Viele von ihnen gab es nicht mehr. Der Kult war über die letzten hundert Jahre geschrumpft. Zu Lebzeiten ihrer Großmutter, der Herzogin von Mhylan, war er weitaus mächtiger gewesen. Es hatte sogar Mitglieder aus den Häusern der Hohen Familien gegeben. Aber ihrer Großmutter war es schon immer leichter gefallen, Menschen um sich zu sammeln. Sie war die Nachfahrin einer Veydra gewesen, was sie ebenso schön wie unwiderstehlich gemacht hatte. Nur die Langlebigkeit der Halbdämonin hatte sie nicht geerbt. Mit ihrem Tod ließ das Interesse an dem Kult wieder nach, und die To'Dhana verloren an Einfluss. Dieser Tage gab es nur noch eine Handvoll wahre Gläubige, die über ganz Sharigor und einige andere Inselreiche verteilt lebten. Zaragoth hatte sie nichts darüber gesagt, wie es wirklich um die To'Dhana stand. Sie war keine Närrin. Natürlich hatte sie versucht, den Kult wieder aufleben zu lassen. Doch auch wenn das Blut ihrer Urahnin in ihren Adern floss und ihr Schönheit und Immunität gegenüber dem Grauen Fluch verlieh, gebot sie nicht über den unwiderstehlichen Charme einer Veydra, der es ihrer Großmutter so leicht gemacht hatte, den Männern ihren Willen aufzuzwingen. Stattdessen hatte Madea sich darauf konzentriert, worauf keiner sonst sich so gut verstand wie sie: dem Sammeln von Informationen. Heimlich hatte sie ein Netzwerk aus Spionen aufgebaut und mit deren Hilfe zur Entstehung der Freien Reiche beigetragen. Als Varras zu ihrem Sprecher und Anführer aufgestiegen war, hatte ihn das zum mächtigsten Mann der Schwebenden Reiche gemacht. Und sie, Königin

Madea, damit indirekt zur mächtigsten Frau. Am Ende war dann doch nicht alles so gelaufen, wie sie es sich ausgemalt hatte. Aber jetzt, mit Zaragoth an ihrer Seite, hatte sich ihr Glück wieder gewendet.

»Da bist du ja, meine Liebste.«

Madea zuckte zusammen. Ruvans Schatten fiel auf sie. Sie drehte sich zu ihrem Gemahl um. Wie immer war er stattlich gekleidet. Nebst Stiefeln aus feinstem Leder trug er dunkelrote Beinkleider und dazu ein weißes Leinenhemd, über das er eine Robe in einem kräftigen Orange gezogen hatte. Lächelnd hielt er ihr den Arm hin. »Vertreten wir uns ein wenig die Beine. Die Bewegung wird dir guttun.«

Sie nickte und hakte sich bei ihm unter.

Ruvan alias Zaragoth schlenderte mit ihr zum Bug des Schiffes, wo es einen Pavillon aus Arnholz gab. Die Säulen waren so geschnitzt, dass sie an Weinreben erinnerten. Sie stützten ein zwiebelförmiges Dach, auf dessen Spitze ein Rabe hockte. Er hatte die Flügel ausgebreitet, sodass es aussah, als wollte er jeden Augenblick in den Himmel aufsteigen. Im Inneren des Pavillons standen Ruhebänke, die mit Kissen und Decken gegen die Kälte ausgestattet waren. Kaum hatten Madea und Zaragoth ihn betreten, eilten zwei Diener herbei, um nach ihren Wünschen zu fragen. Zaragoth schickte sie jedoch weg, damit sie ungestört waren.

»Komm, meine Liebste.« Er geleitete sie zu der Ruhebank, die dem Bug am nächsten war. Dort hatte Madea auch schon früher gern gelegen und die Aussicht genossen, wenn sie mit Varras auf Reisen gegangen war. Sie ließ es zu, dass Zaragoth eine Decke über sie breitete. »Hast du auch alles, was du brauchst?«, fragte er und machte es sich auf der anderen Liege bequem.

Es erstaunte Madea immer wieder aufs Neue, wie fürsorglich Zaragoth war. War es Teil seiner Rolle? Oder lag es an der menschlichen Hülle, die ihn stärker beeinflusste, als ihm womöglich selbst bewusst war? Sie wusste nicht, welches Verhalten sie von einem Val'kai wie ihm erwartet hätte, aber ganz sicher nicht dieses. Sie wandte das Gesicht dem Horizont zu. Vor ihr breitete sich eine scheinbar endlose, azurblaue Weite aus. In der Ferne konnte sie dunkle Punkte ausmachen. Keine Inselreiche, sondern Bruchstücke der alten Welt, die bei der Erschaffung der Schwebenden Reiche durch die Ersten Magier keine Verwendung gefunden hatten. Im Volksmund nannte man sie auch Kolosse. Manchmal waren sie nur ein paar Hundert Fuß groß. Gelegentlich auch bis zu einer Meile. Gemeinsam war ihnen nur eins: Zumeist waren sie öd und unbewohnt. Auch wenn es ein paar Schauermären gab, die das Gegenteil behaupteten. Aber an Monster glaubte Madea schon lange nicht mehr.

Sie seufzte. Selbst hier draußen konnte sie den Herbst riechen und vor allem spüren, der über die Schwebenden Reiche hereingebrochen war. Der Wind erzählte von kommenden Frostnächten. Vorboten des Winters. Sie vermisste den Sommer schon jetzt. Die Sonne auf ihrer Haut, den Anblick schöner Körper in luftigen Gewändern und den fruchtig süßen Geschmack des Samarino.

»Was hast du?«, fragte Zaragoth.

Sie drehte ihm das Gesicht zu und zuckte leicht die Schultern. »Ich weiß auch nicht. Ich fühle mich ein wenig … melancholisch.«

»Kein Wunder, große Veränderungen stehen bevor.« Er warf ihr ein seltsam wissendes Lächeln zu, das sie zugleich verunsicherte und verärgerte. »Unsere Reise wird mindestens zwei Wochen dauern. Das gibt uns Gelegenheit, weitere Pläne zu schmieden, denn Inos' Auferstehung ist nur der Anfang. Meine Heimat ist im Umbruch. Wie ich dir schon sagte, hat ein Bürgerkrieg mein Volk entzweit. Nachdem sich der Verräter Asmaran von unserem Glauben abgewandt hatte, sind ihm viele nachgefolgt. Doch sie alle haben dafür bezahlt. Bevor ich in die

Schwebenden Reiche aufbrach, befahl ich meinen Kindern und Anhängern, die Stadt der Ketzer dem Erdboden gleichzumachen. Nur jene, die sich uns unterwerfen und mit ihrem Blut den Dhana'an ewige Treue schwören, sollten verschont werden. Wenn alles nach Plan verlaufen ist, müsste Asmaran inzwischen tot und der Krieg beendet sein, der mein Volk gespalten hatte.«

»Eine erhebende Vorstellung«, sagte Madea.

»In der Tat«, stimmte Zaragoth zu. »Doch es gibt noch so viel mehr zu tun. Sobald wir Inos erweckt haben, werden wir beide mit seiner Hilfe die Schwebenden Reiche läutern. Wir werden die Magier auslöschen und die Menschen mit Magie und Eisen zwingen, Inos als ihren einzigen und wahren Gott anzuerkennen. Wer sich weigert, soll sterben. Du aber, meine Liebste, sollst als Hohepriesterin der To'Dhana diese Welt in Inos' Namen regieren, während ich zu seinem neuen Blutgeneral aufsteige. Gemeinsam mit Inos werde ich neue Welten erobern und deren Bewohner zu unseren Sklaven machen. Arbeitskräfte und Krieger, die uns dabei helfen, das Imperium der Val'kai wieder aufzubauen. Dieses Mal werden wir unsere Sklaven allerdings sorgfältiger auswählen, um nicht den gleichen Fehler wie mit den Menschen zu begehen. Damals haben wir ihre Verbindung zur Magie unterschätzt.«

Madea gefiel, wie Zaragoth redete. Wie er von einer Welt sprach, in der sie beide endlich frei von den Schatten der Vergangenheit wären. So lange hatte sie ihren Glauben und wer sie wirklich war, verbergen müssen – aus Furcht, gejagt und geächtet, womöglich sogar zum Tode verurteilt zu werden. In der Vision, die Zaragoth ihr von der Zukunft malte, würde sie sich selbst nicht länger verleugnen müssen. Niemand würde es dann mehr wagen, das Wort gegen sie zu erheben, weil sie Dämonenblut in sich trug. Die Menschen hassten Veydras, hassten alles, was mit den Val'kai in Verbindung stand. Die Sharigoren hielten sich für ach so zivilisiert, doch Madea hatte selbst miterlebt, wie sehr diese Menschen alles verachteten, was anders war. Vor zwei Jahren hatte sie hilflos mit ansehen müssen, wie eine Veydra hingerichtet wurde, weil sie angeblich einen Olivenbauern verhext und zum Ehebruch verführt hatte. Dabei konnte jeder sehen, dass es eine Lüge war. Der Mann war hässlich wie die Nacht gewesen. Ein stinkender, einäugiger Trunkenbold. Warum hätte die Veydra sich ausgerechnet auf ihn einlassen sollen, wo sie jeden Mann hätte haben können, den sie wollte? Damals hatte Madea Varras gebeten, die Frau zu begnadigen, doch er hatte abgelehnt. Angeblich, weil auch ein König nicht über dem Gesetz steht. Etwas Gutes war dennoch aus dieser Sache erwachsen: Madea hatte erfahren, wie er wirklich über Veydras dachte, und da war ihr klar geworden, dass sie ihm niemals das Geheimnis ihrer eigenen Abstammung würde anvertrauen können. Später hatte diese Erkenntnis es für sie leichter gemacht, seinen Tod zu beschließen. Getrauert hatte sie trotzdem um ihn.

Erneut blickte sie zu Zaragoth hinüber. Sein Lächeln wirkte so menschlich, so fürsorglich. In seinen Augen hingegen lag ein listiger Ausdruck, der Zweifel an seinen Worten in ihr weckte. Würden er und Inos ihr wirklich die Herrschaft über die Schwebenden Reiche überlassen? Sie war ja nicht einmal eine Vollblut-Veydra. Plötzlich ging ein Ruck durch das Schiff. Sie hatten eine Stromschnelle passiert. Madea keuchte auf und hob die Hand zum Mund, als mit dem Schlingern der *Königsfeuer* auch ihre Übelkeit zurückkehrte. »Du siehst nicht gut aus, Liebste. Soll ich dir etwas bringen lassen?« Zaragoth sah sich nach den Dienstboten um.

»Nein, lass nur«, sagte sie, überzeugt davon, in diesem Moment nicht einmal einen Schluck Wasser herunterzubekommen.

»Wie du meinst.«

Er erhob sich von der Liege, kam zu ihr herüber und ergriff ihre Hand. Eine kribbelnde Wärme strömte von seinen Fingern in die ihren und Madeas Arm hinauf, um sich von dort in ihrem gesamten Körper auszubreiten. Sie drängte die Übelkeit zurück und erfüllte sie mit einem Gefühl von Behaglichkeit. Sie blickte ihrem Gemahl in die Augen und entdeckte in ihnen ein Meer aus goldenen Sternen, so als wären sie Fenster in ferne Galaxien.

»War das gerade Magie, die durch meinen Körper geströmt ist?«, wollte sie wissen.

Statt ihre Frage zu beantworten, sagte er: »Habe ich dir eigentlich schon von meinen Kindern erzählt?«

Verwundert runzelte sie die Stirn. Sie wusste, dass er welche hatte. Drüben in der Gegenwelt. Allerdings war das auch schon alles. »Nein.«

»Einst waren es Hunderte«, sagte er mit einem Seufzen. »Der Krieg mit den Menschen hat mir viele genommen. Ebenso wie der Krieg gegen mein Volk. Aber sie alle waren gute Kinder, stark und loyal. Sie sind im Dienste unserer Sache gestorben, und das verleiht ihrem Tod Sinn. Ich bin stolz auf sie.« Er strich ihr mit der Rückseite seiner Hand über die Wange. »Die Familie gibt uns Stärke. Bei ihr können wir uns sicher sein, dass sie uns niemals in den Rücken fallen wird.«

Bei diesen Worten musste Madea an Varras denken.

»Mach dir seinetwegen keine Vorwürfe«, sagte Zaragoth, als hätte er ihre Gedanken erraten. »Er war nicht dein wahrer Gemahl, denn er kannte dich nicht so gut wie ich. Er war lediglich eine Figur in einem Spiel, das nicht ohne Opfer auskommt. Nein, ich spreche von wahrer Familie.« Er legte die andere Hand auf Madeas Bauch, und mit einem Mal kam ihr ein erschreckender Gedanke. Sie zuckte zusammen.

Zaragoth lächelte. »Ich könnte mich nie durchringen, ein Kind mit einer Menschenfrau zu zeugen. Sie sind solch niedere Kreaturen. Du aber, meine Liebste, trägst Dämonenblut in dir. Du bist würdig, einen Sohn von mir unter deinem Herzen zu tragen, der unsere beiden Welten miteinander vereinen wird.

Und er wird nur der Anfang einer ganz neuen Generation von Val'kai sein.«

Nein, dachte sie. *Nein*. Das konnte nicht sein. Plötzlich fröstelte sie. »Heißt ... heißt das etwa ...«

»Sssscht.« Er verschloss ihre Lippen mit seinem Finger. »Du wirst schon bald die Königin vieler Inselreiche sein. Du brauchst jemanden an deiner Seite, während ich mit Inos ausziehe, um neue Welten zu erobern.« Er beugte sich vor und küsste sie auf die Stirn. »Sind wir nicht eine Familie, du und ich? Bin ich etwa nicht dein Gemahl?«

Sie schluckte. Ihre Hände hatten angefangen zu zittern. Aber sie wollte nicht, dass er es merkte, und nickte.

»Es gibt keinen Grund, dich zu fürchten, meine Liebste. Im Gegenteil. Er wird für dich da sein, wenn ich es nicht bin. Ihm kannst du vertrauen. Ihm allein. Er wird dir stets treu zur Seite stehen und jeden deiner Befehle ausführen. Es liegt ihm im Blut. Er könnte dich niemals hintergehen.«

»Wie?« Sie schüttelte den Kopf. Ihr Verstand weigerte sich noch immer zu akzeptieren, was ihr Herz längst geahnt hatte. Die Übelkeit, die Stimmungsschwankungen ... Die Anzeichen waren da gewesen, und doch hatte sie die Augen davor verschlossen. Mit schwacher Stimme fügte sie hinzu: »Wir haben gar nicht miteinander ...«

»Ich bin ein Val'kai der ersten Kaste.« Seine Mundwinkel zuckten, er klang mit einem Mal gereizt. »Und keine jener niederen Kreaturen, die sich einem entwürdigenden und animalischen Akt unterwerfen muss, nur um sich fortzupflanzen.« Seine Rechte legte sich um ihren Oberarm. »Ich bin Zaragoth, ein Sohn der Dhana'an. Niemand steht den Göttern näher als ich. Niemand.« Seine Finger krallten sich so fest in ihre Muskeln, dass sie vor Schmerz aufwimmerte. Das brachte ihn wieder zur Besinnung. »Verzeih mir, meine Liebste. Für einen Moment hatte ich mich vergessen.« Er lächelte auf sie herab. Seine Augen jedoch blieben dieses Mal kalt. »Das Kind, das du in dir trägst, ist ein Spross der Magie. Die Quelle aller Schöpfung. Aus ihr erschufen die Dhana'an einst die Val'kai. Aus dieser Magie erschuf ich auch unseren Sohn. So, wie die Götter es mich vor langer Zeit gelehrt haben. Und jetzt ruh dich aus. Schlafe, meine Liebste, schlafe.«

Sie wollte noch etwas erwidern, doch weder ihre Zunge noch ihre Lippen gehorchten ihr. Die Lider wurden Madea schwer und fielen ihr zu. Schon glitt sie hinüber in einen traumlosen Schlaf. Dunkelheit umfing sie, Dunkelheit und Schweigen. Und mit einem Mal fühlte sie sich einsam, so schrecklich einsam, dass ihr das Gefühl die Luft abschnürte und sie nicht mehr atmen konnte. Sie fürchtete, ersticken zu müssen. Dann fiel ihr das winzige Leben ein, das in ihr heranwuchs, und so konzentrierte sie sich mit ihrem ganzen Denken auf sein kleines pulsierendes Herz. Sie lauschte seinem Schlagen und erfreute sich an der tröstenden Wärme, die die Nähe des Kindes ihr gab, und plötzlich konnte sie wieder atmen, denn nun war sie nicht länger allein. Sie lächelte und war glücklich. Es war genauso, wie Zaragoth es ihr versprochen hatte. Wie hatte sie nur jemals an ihm zweifeln können?

37

Arville, Xe'Neridian
6. Oktan 1026 n. d. Zweiten Dämonenkrieg

Es war am Nachmittag des fünften Tages nach ihrem Aufbruch aus dem Tal des Dämonenjägers. Gut gelaunt sog Ryk die Gerüche von Holz, Eisen und Öl ein, während er den Schaft der Armbrust streichelte, die vor ihm auf der Ladentheke der Gebrüder Eysenhütter lag. Dem besten Waffenladen in ganz Arville. Er war zwar auch ein hervorragender Schwertkämpfer, eine Schusswaffe zog er im Kampf gegen wilde Val'kai aber immer noch vor.

»Eine ausgezeichnete Wahl«, sagte Vinz, der kleinere und dickere der Brüder Eysenhütter. »Diese Armbrust gehört zu unseren gefragtesten Modellen. Sie ist aus dem Holz einer Windeiche gefertigt, das fast so elastisch ist wie das des kellwynischen Otyngabaumes. Richtig gepflegt wird diese Waffe Euch viele Jahrzehnte treue Dienste leisten, mein Herr.«

Ryk nickte. Er kannte sich gut genug mit den verschiedenen Hölzern zur Herstellung von Schusswaffen aus, um zu wissen, dass der Mann die Wahrheit sprach. Sie war leicht für ihre Größe, lag angenehm in der Hand und war perfekt ausbalanciert. Natürlich hatte er es sich nicht nehmen lassen, sie auszuprobieren. Für diesen Zweck gab es einen Schießstand hinter dem Laden. Einen von Mauern gesäumten Innenhof, der diverse Ziele in Form von Strohfiguren und Holzscheiben bot. Zehn

Bolzen hatte Ryk abgefeuert und zehnmal getroffen. Das lag nicht allein an seinem Können. Auch die Qualität einer Armbrust spielte bei der Trefferquote eine Rolle. Die Gebrüder genossen nicht umsonst einen Ruf, der sie über die Grenzen Arvilles hinaus bekannt gemacht hatte.

»Du siehst glücklich aus«, bemerkte Kela, die ein paar Schritte entfernt an einem Regal lehnte, das Tonkrüge mit Öl, Schleifsteine und noch einige andere Utensilien für die Waffenpflege enthielt. Sie trug einen grünen Überwurf mit einer Kapuze, die sie sich ins Gesicht gezogen hatte, um keine Aufmerksamkeit zu erregen.

»Zufrieden«, korrigierte er sie. Seine alte Armbrust hatte er auf Kellwyn zurücklassen müssen, nachdem sie dort von Asmaran gefangen genommen wurden. Viele Jahre hatte sie ihn auf der Jagd nach Dämonen begleitet. Wie ein Sattel, der sich im Laufe der Zeit dem Gesäß seines Reiters anpasste, so hatte auch der Schaft der Armbrust Vertiefungen an den Stellen besessen, an denen seine Finger auflagen. O ja, er vermisste sie. Das Holz der Armbrust, die vor ihm lag, war noch vollkommen glatt und jungfräulich und würde sich Ryks Vertrauen und Zuneigung erst noch verdienen müssen. Um sie bezahlen zu können und auch all die anderen Sachen, die sie seit ihrer Ankunft am vergangenen Tag in Arville erworben hatten, hatte er zunächst in der Münzmeisterstraße vorbeigeschaut. Dort hatte er die elorienische Bank aufgesucht, die sich im Besitz der Fürstenfamilie von Xe'Neridian befand, um einen Teil des Notgroschens abzuholen, den er dort für alle Fälle hinterlegt hatte.

»Hier habe ich, wonach Ihr gefragt habt, Herr.« Es war Erlen, der andere Bruder. Ein grob aussehender Kerl mit einer Narbe, die sich von seiner Wange bis hinauf zu seinem linken Ohr zog. Er war gerade aus der Werkstatt zurückgekehrt, die an den Verkaufsraum angrenzte, und legte nun einen Köcher mit Pfeilen auf der Theke vor Ryk ab. »Sie sind aus pyrischem Eisen gefertigt. Ich musste ein wenig suchen. Es kommt dieser Tage nicht mehr oft vor, dass Kunden danach fragen, weil es doch sehr kostspielig ist.«

Das stimmte, aber die Pfeile waren ihr Geld wert. Pyrisches Eisen war dafür bekannt, Magie besonders gut aufzunehmen und lange zu speichern. Er nahm einen der Pfeile heraus, wog ihn in der Hand und betrachtete ihn von allen Seiten. Auch hier stimmte die Qualität. »Ich nehme alle, die ihr noch habt.« Vinz und Erlen sahen sich kurz an, bevor sie Ryk mit einem breiten Grinsen bedachten.

»Ich glaube, du hast unseren beiden Brüdern gerade den Tag versüßt.« Ein Lachen drang unter Kelas Kapuze hervor. Sie stieß sich von dem Regal ab und kam zu ihm herübergeschlendert.

»Nicht dass Ihr einen falschen Eindruck gewinnt, Herr. Wir würden Euch niemals übers Ohr hauen«, versicherte ihm Vinz hastig mit einem Blick auf Kela. »Pyrisches Eisen ist nicht leicht zu beschaffen. Der Einkauf des Rohmaterials hat uns viel Geld gekostet, die Weiterverarbeitung ist aufwendig und …«

»Schon gut.« Ryk hob eine Hand. »Ich bin mir sicher, dass euer Preis angemessen ist.« Erlen verschwand noch einmal nach hinten, um die restlichen Pfeile zu holen. Rund zwanzig Stück. Er wickelte sie in Leder ein, das er gut verschnürte. Anschließend bezahlte Ryk. Den Köcher schnallte er sich um. Die Armbrust nahm er in die Rechte. Kela bot sich an, die Ersatzpfeile zu tragen. Als sie nach draußen kamen, umfing sie sogleich der Lärm und der Geruch der Stadt: Stimmen und Hundegebell, das Rattern der Karren, Wind, der um die Ecken der Häuser pfiff und den Gestank von zu vielen Menschen auf zu engem Raum herantrug.

»Uh«, machte Kela, holte eine Phiole hervor und tupfte sich etwas von dem Inhalt unter jedes Nasenloch. »Nur gut, dass es in dem Kräuterladen, an dem wir gestern Abend vorbeigekommen sind, noch Siaminzöl gab.«

Sie setzten sich in Bewegung. Wie immer waren Arvilles Straßen völlig überlaufen. Mancherorts mussten sie sich regelrecht durch die Menge kämpfen, um voranzukommen. Dabei hielten sie sich bereits abseits der Hauptstraßen. Mit über hunderttausend Einwohnern zählte Arville zu den größten Städten der Schwebenden Reiche. Hinzu kamen die Händler, die von nah und fern anreisten, um ihre Waren feilzubieten. Xe'Neridian lag im Herzen der Schwebenden Reiche und war ein Zentrum des Handels und des kulturellen Austauschs. Bald darauf erreichten sie einen kleinen, in Sonnenschein getauchten Platz. Es gab hier einen Markt mit Zelten und Ständen von Händlern und Bauern aus dem Umland. Die Luft roch nach Früchten, nach Fisch und Vieh.

»Haben wir alles zusammen?«, fragte Kela, während sie im Vorübergehen über den Stoffballen einer Tuchhändlerin strich. »Oder fehlt noch was?«

»Ich denke nicht. Außer, es gäbe da noch etwas, das du gern hättest.«

Sie warf ihm einen überraschten Blick unter ihrer Kapuze hervor zu. »Seit wann bist du so großzügig? Ach, Ryk, das hat ja schon fast was Romantisches.«

»Mach dich nicht lustig über mich.«

»Mach ich das?« Sie seufzte. »Dabei wollte ich dich bloß zum Lachen bringen. Das steht dir übrigens gut, falls dir das noch keiner gesagt hat.«

»Ich schreib's mit auf die Liste.«

»Auf welche Liste?«

»Was ich in meinem nächsten Leben besser machen werde.«

Kela verdrehte die Augen und wandte sich wieder den Auslagen der Marktstände zu.

Ryk blickte kurz zu ihr rüber. Hatte sie recht, war er wirklich zu ernst? Nun, dafür nahm sie vieles zu sehr auf die leichte Schulter. Aber vielleicht war das ja so, wenn man vierhundert

Jahre lang gelebt hatte. Vielleicht machte eine solche Einstellung das Leben erträglicher. Ryk wünschte, er könnte genauso empfinden. Im Augenblick hatte er das Gefühl, alle Verantwortung für ihre Mission laste allein auf seinen Schultern. Immerhin war er der Dämonenjäger, was ihn für die Rolle zum Anführer prädestinierte.

Asmaran ging es zwar schon besser, trotzdem war er die meiste Zeit über nicht bei Bewusstsein, und für Nersei war dies eine neue Welt mit fremden Gepflogenheiten. Alleine würde er nur Aufmerksamkeit erregen. Aus diesem Grund hatte Ryk ihn auch zusammen mit Veitt ausgeschickt, um Kleidung für ihre Gruppe zu besorgen und einen Botenvogel aufzutreiben, der eine Nachricht an Everdale Tilbrock überbringen sollte. Außerdem konnte Veitt den Veydra auf diese Weise mit den Regeln und Sitten in den Schwebenden Reichen vertraut machen.

Bei der Nachricht handelte es sich um einen Bericht, in dem Ryk Tilbrock über ihre Gefangenschaft in der Gegenwelt und ihre Absicht nach Nekross zu kommen, informierte. Vorsichtshalber hatte er Asmaran und die Empathen darin unerwähnt gelassen. Ryk drängte es, sich mit Tilbrock und den anderen Mitgliedern seines Ordens über Zaragoth zu beraten. Auch deshalb wollte er ihren Aufenthalt in Arville so kurz wie möglich halten. Natürlich auch, weil er fürchtete, jemand könnte noch vor ihrem Aufbruch die Identität der acht vermummten Gestalten aufdecken, die sich derzeit im Frachtraum der *Sonnensegler* verbargen. Von Anfang an war seine größte Sorge gewesen, wie er Asmaran und die Empathen ungesehen nach Nekross bringen sollte.

Erst gestern Mittag hatten sie nach einer mehrtätigen Reise die Grenze des Hunswaldes erreicht und in der Ferne die Stadtmauer von Arville erblickt. Bis zu diesem Punkt hatten sie sich durchs Unterholz geschlagen und Straßen und Pfade ebenso gemieden wie die Behausungen der Köhler. In der Nähe der Stadt waren jedoch viele Reisende unterwegs, Patrouillen und Händlerkarawanen. Aus diesem Grund hatte Ryk seine Begleiter auch im Schutz des Waldes zurückgelassen. Selbst Veitt, der sich inzwischen von seiner Vergiftung wieder erstaunlich gut erholt hatte. Ihm war es jedoch lieber gewesen, Veitt und Kela bei Nersei und den Val'kai zurückzulassen, damit sie ein Auge auf sie haben konnten. Also war er allein zum Nordtor geritten und von dort aus weiter bis zum Südhafen. Zu seinem Glück hatte Ryk schon bald einen alten Bekannten auf einem der Kais entdeckt: Kapitän Kahag. Seine raue Stimme war bereits von Weitem zu hören gewesen, da er sich eine Auseinandersetzung mit einem Kaufmann geliefert hatte, der offenbar versuchte den Preis für Kahags Fracht zu drücken.

Nachdem die beiden ihren Streit beigelegt hatten, war Ryk an Kahag herangetreten. Der Kapitän der *Sonnensegler* hatte sich sofort daran erinnert, ihn, Kela und Ishan einige Monate zuvor mit nach Nekross genommen zu haben. »Was kann ich dieses Mal für Euch tun, Dämonenjäger?«, hatte er ihn freudig begrüßt, denn das letzte Geschäft mit Ryk war äußerst gewinnbringend für ihn gewesen. Dieses Mal hatte Ryk ihm sogar das Fünffache des üblichen Preises für die Überfahrt zum Inselreich der Magier geboten. Vorausgesetzt, Kahag stellte keine Fragen zu den vermummten Personen, die Ryk mit an Bord bringen würde. Kahag hatte daraufhin gemeint: »Es interessiert mich nicht, wer Eure Freunde sind, solange sie unter Deck bleiben und mir nicht in die Quere kommen.« Nachdem das geklärt war, hatte Ryk die Dämonen nur noch zum Hafen schmuggeln müssen. Dabei waren ihm die Dämmerung und ein paar Kapuzenmäntel behilflich gewesen. Als schwieriger hatte es sich herausgestellt, die Dämonen davon zu überzeugen, ihre Runenspeere im Hunswald zurückzulassen. Es war jedoch nicht anders gegangen. Diese Waffen waren zu auffällig für die Schwebenden Reiche und hätten bloß Misstrauen erregt. Mittlerweile stand ihrer Abreise, die für den späten Nachmittag angesetzt war, nichts mehr im Wege.

Ryk und Kela erreichten gerade die andere Seite des Marktplatzes. Dort gab es mehrere Tierhändler mit übereinandergestapelten Holzkäfigen, in denen sie Hühner, Hasen, Gänse und auch Hundewelpen zum Kauf anboten. Ryk verzog das Gesicht. Keines der Tiere sah gesund aus. Sie wirkten apathisch und lagen teils in ihrem eigenen Kot. Plötzlich zupfte jemand an seinem Jackenärmel. »Haste einen Kupferling für mich, Herr?«

Ein kleines Mädchen streckte ihm eine Hand hin. Sein Gesicht war schmutzig, ebenso wie seine Kleidung, die aus einem viel zu großen Hemd und einer geflickten Hose bestand. Seine Füße waren trotz der Kühle nackt. In einer Stadt, wo der Wohlstand regierte, neigte man leicht zu vergessen, wie die Welt wirklich war. Ryk blickte auf das Mädchen hinab. Er wusste, es hatte keinen Sinn zu fragen, wie sie hieß und was mit ihren Eltern war. Das Mädchen würde ihn anlügen und dabei auch noch zuckersüß lächeln. »Hier«, sagte er und fischte sechs Kupferlinge aus seinem Geldbeutel. »Der Winter kommt schon bald. Kauf dir ein paar Schuhe davon.«

Das Mädchen grinste und entblößte eine Lücke, wo die beiden oberen Schneidezähne fehlten. »Danke, Herr.« Nun sah sie sich nach allen Seiten um und raunte ihm zu: »Jemand folgt euch, seit ihr auf den Markt gekommen seid. Eine Frau in'em blauen Kleid.«

»Woher …«

Das Mädchen hatte sich jedoch schon abgewandt und rannte auf eine nahe Gasse zu.

»Du hast gehört, was sie gesagt hat?«

Kela nickte. »Veydra-Ohren entgeht nichts.«

»Auf drei«, sagte er und zählte herunter.

Sie wirbelten zeitgleich herum. Ein Huhn in einem Käfig gackerte erschrocken. Er achtete nicht darauf, sondern konzentrierte sich ganz auf die Menschen in dem Gang zwischen den Marktbuden. Sein Blick flog von einer Person zur nächsten, bis er auf eine Frau fiel, die scheinbar völlig vertieft in die Auslage eines norsahischen Gewürzhändlers war. Sie trug ein blaues Kleid. Zum Schutz gegen den Wind hatte sie sich ein Tuch um die Schultern gelegt. Als hätte sie seinen Blick gespürt, hob sie den Kopf und starrte in seine Richtung. Zwei, drei Herzschläge lang sahen sie einander an, bevor die Frau herumfuhr und in der Menge hinter ihr untertauchte. Kela wollte ihr bereits hinterher, doch Ryk packte sie am Arm.

»Nein«, sagte er. »In ein paar Stunden brechen wir nach Nekross auf. Spätestens dann sind wir sie los.«

»Was glaubst du, wer sie ist?«

Er dachte an das, was Veitt ihnen über den Angriff im Tal erzählt hatte. »Einer von Zaragoths Spionen«, sagte er düster. »Sie muss mich erkannt haben.«

»Ein Morphus war es jedenfalls nicht. Das hätte ich trotz des Siaminzöls gerochen, so nahe, wie sie uns war«, sagte Kela. »Es könnte auch sein, das mein Veydra-Blut sie angelockt hat. Ich weiß nicht, wie gut Gestaltwandler darin sind, Dämonen oder Halbdämonen zu erkennen.«

Kurze Zeit später vernahmen sie bereits das Geschrei der Möwen. Der Südhafen war nicht mehr fern. Lagerhäuser tauchten vor ihnen auf, über deren Dächer die Maste der Schiffe in den blauen Himmel ragten. Plötzlich blieb Ryk stehen und drehte sich um. Hinter ihnen schlenderten Veitt und Nersei die Straße entlang. Bisher hatten die beiden sie noch nicht bemerkt.

Sie trugen zwei Säcke bei sich, die wohl mit Kleidungsstücken gefüllt waren. Veitt schwatzte munter auf den Veydra ein, der wie Kela eine Kapuze übergestreift hatte. Dabei deutete er mal hierhin und mal dorthin.

»Sieht aus, als hätte Veitt seine Freude daran, Nersei alles zu erklären«, bemerkte Kela mit einem Lächeln in der Stimme.

Wieder einmal fiel Ryk auf, wie anders Veitt im Vergleich zu früher wirkte, bevor es ihn und Kela in die Gegenwelt verschlagen hatte. Selbstsicherer und fröhlicher. Auch schien er von einem inneren Leuchten erfüllt, was aber nichts mit seiner Magie zu tun hatte, sondern einzig und allein an seinem Begleiter lag. Ob Nersei sich darüber im Klaren war?

Das Gesicht des Veydras lag im Schatten seiner Kapuze, sodass Ryk nicht erkennen konnte, was gerade in ihm vorging. Um Veitts willen hoffte er, dass es ihn nicht zu hart treffen würde, wenn Nersei ihm eine Abfuhr erteilte. In der Gegenwelt hatte der Veydra häufig Kelas Nähe gesucht. Zweifelsohne hatte Veitt das falsche Geschlecht.

»Kela!«, rief Nersei, als er sie bemerkte, und stürmte ihnen entgegen. Veitt hatte Schwierigkeiten, mit ihm mitzuhalten. Der Sack schlug ihm immer wieder gegen die Beine, während er dem Veydra mit gerunzelter Stirn hinterherstolperte.

»Habt ihr alles bekommen?«, fragte Ryk.

»Ja«, keuchte Veitt. Seine Wangen waren von der Anstrengung gerötet. »Außerdem haben wir einen Kurierdienst gefunden, der eine Niederlassung in Athane besitzt. Ein Soral ist mit deinem Brief auf dem Weg dorthin. Nach seinem Eintreffen bringt ein Bote ihn direkt zur Akademie.«

»Gut«, sagte Ryk.

Bald darauf erreichten sie den Hafen. Er war beeindruckend. Jedes Inselreich besaß seinen eigenen Pier, um ein schnelles Löschen oder Beladen zu ermöglichen. Anders wäre der Andrang kaum zu bewältigen gewesen, denn hier herrschte ein ständiges Kommen und Gehen. Unablässig trafen neue Feuerreiter ein oder liefen zu fernen Gestaden aus. Selbst bei Nacht fand das Treiben kein Ende. Auf dem Weg zur *Sonnensegler* kamen Ryk und seine Gefährten an Dutzenden von Schiffen vorbei: von einfachen Rudergaleeren bis hin zu prächtigen Drei- und Viermastern.

Die *Sonnensegler* ankerte am Ende des Kais an einem Pier, über dem die nekrossianische Flagge im Wind flatterte. Sie zeigte eine schwebende grüne Insel auf blauem Grund, die von einer Vielzahl kleiner weißer Inseln umgeben war. Das Wappen der Ersten Magier, den Schöpfern der Schwebenden Reiche. Kahags Schiff war ein stolzer Feuerreiter mit breitem Rumpf, der viel Platz für Fracht und die Ruderer bot, die neben den Matrosen zur Mannschaft gehörten. Den Bug schmückte eine Galionsfigur, die einen großen Fisch mit einem langen Horn zeigte, das ihm aus der Stirn wuchs.

Der Kapitän erwartete sie auf Deck.

Das Reisen auf den Feuerflüssen und zu viel Sonne hatten sein Gesicht frühzeitig altern lassen. Seine Haut erinnerte an gegerbtes Leder, und die Falten um seine Augen und den Mund herum sahen aus, als hätte man sie ihm mit einem Messer hineingeschnitzt. »Sieht aus, als wären wir vollständig!«, rief Kahag ihnen von Bord entgegen, während sie die Laufplanke erklommen.

»Das sind wir«, erwiderte Ryk.

»Dann kann's ja bald losgehen, Magier! Meine Mannschaft wurde langsam ungeduldig.« Kahag löste sich von seinem Platz an der Reling und kam Ryk in dem typisch wankenden Gang eines Mannes entgegen, der mehr Zeit auf dem Wasser als zu Land verbringt. Ryk, der gerade von der Laufplanke trat, blieb stehen, weil er das Gefühl hatte, der Kapitän wollte ihm noch etwas mitteilen. Er täuschte sich nicht. Kahag verharrte einen Schritt vor ihm und erklärte dann mit gesenkter Stimme: »Meinen Männern gefallen Eure vermummten Freunde unten im Frachtraum nicht. Mir auch nicht.« Seine Augen wurden schmal. »Ihre Bewegungen wirken irgendwie nicht … menschlich.«

Ryk zog eine Braue hoch.

»Weiß auch nicht.« Kahag zuckte gereizt die Schultern. »Vorhin kam einer von ihnen hoch, um vom Wasserfass zu trinken.

Wie ein Schatten ist er übers Deck gehuscht. Und schnell war er. Schneller, als ich je einen Mann sich habe bewegen sehen.« Seine Wangenknochen arbeiteten. »Was verbirgt sich unter den Umhängen, Magier?«

Ryk starrte ihn an. »Ich dachte, wir waren uns einig.« Sein Blick bohrte sich in den des Kapitäns. »Sag deinen Männern, sie sollen sich von meinen Freunden fernhalten. Dann wird auch niemandem was passieren.«

Kahag schnaubte. »Ihr habt Glück, dass Ihr so unverschämt gut bezahlt.« Er setzte sich wieder in Bewegung und wankte an Kela, Veitt und Nersei vorüber, die hinter Ryk Aufstellung bezogen hatten. Über eine Treppe stieg er auf das erhöhte Heck, wo er dem Steuermann Anweisungen erteilte.

»Besser, wir behalten Kahag und seine Männer im Auge. Du, Nersei, wirst das Gleiche mit deinen Leuten machen, verstanden?«, sagte Ryk. »Ich will auf dieser Reise keine bösen Überraschungen erleben.«

38

Labyrinth der Toten, Kellwyn
06. Oktan 1026 n. d. Zweiten Dämonenkrieg

Eine Woche war verstrichen, seit Ishan den Dunkelhort aufgesucht hatte. Mittlerweile war sein verletzter Fuß so weit abgeheilt, dass er wieder auftreten konnte, ohne Schmerzen zu haben. Auch die Fäden waren bereits gezogen worden. Aus diesem Grund hatte er an diesem Morgen entschieden, sich die Höhle einmal genauer anzusehen, von der er vermutete, dass sie einen Hinweis auf das Grab des Inos enthielt. Der Bereich, in dem sich die Höhle befand, galt als instabil. Wann immer jemand versucht hatte, ihn zu betreten, war es zu Steinschlägen und Einstürzen gekommen. Zufall? Oder ein Abwehrzauber, der Eindringlinge von dem Ort fernhalten sollte?

Dass es in dieser Höhle etwas zu entdecken gab, daran zweifelte Ishan nicht, denn das Labyrinth selbst hatte ihn auf sie aufmerksam gemacht.

»Was hast du vor, wenn wir dort sind?« Iritari trug keines ihrer üblichen traditionellen Gewänder, die sie als Prinzessin der Kellwyner auszeichnete, sondern hatte für diesen Ausflug schlichte Hosen, ein Hemd sowie feste Stiefel angezogen. *Bei Sorons Krähen*, dachte Ishan, *ausgerechnet mich nennt sie einen Dickkopf!* Nachdem er sie erst einmal über seinen Plan informiert hatte, war sie nicht mehr davon abzubringen gewesen, ihn zu begleiten. Kein Bitten oder Flehen hatte geholfen. Selbst das

Argument, dass die Rebellen im schlimmsten Fall beide Anführer gleichzeitig verlieren würden, hatte Iritari dieses Mal nicht gelten lassen. »Das Labyrinth wird über uns wachen! Wir müssen ihm vertrauen!«, hatte sie erwidert und ihm dann mit einem unmissverständlichen Blick zu verstehen gegeben, dass diese Diskussion beendet war. Ishan war nur froh, dass sie wenigstens zugestimmt hatte, dass ihre Leibwächter sie begleiteten. Einer ging mit einer Fackel voraus, um ihnen den Weg zu leuchten. In seiner Rechten hielt er ein Schwert, dessen Spitze auf die Finsternis vor ihm gerichtet war. Der zweite folgte ihnen in fünf Schritten Abstand. Er war mit einer Armbrust bewaffnet. Ishan selbst trug ein Schwert bei sich sowie einen neuen Dolch. Beides hing an seinem Gürtel.

»Was ich vorhabe, hängt davon ab, was uns an unserem Ziel erwartet.« Ishan drückte sich bewusst so vage aus, denn die Leibwächter wussten nicht, was er in der Höhle zu finden hoffte. Je weniger Menschen die Wahrheit kannten, desto geringer war das Risiko, dass sie sich verbreitete. Ishan wagte sich nicht auszumalen, was passieren würde, wenn jemand Gerüchte über die mögliche Wiederauferstehung eines Dämonengottes unter den Rebellen verbreiten würde. Also lenkte er das Gespräch auf ein anderes Thema. »Gibt es Neuigkeiten von den Heilern?«

»Wegen der vergifteten Vorräte? Jene, die das Gegenmittel rechtzeitig erhielten, haben sich wieder vollständig erholt. Neue Fälle einer Keelabeerenvergiftung sind nicht wieder aufgetreten. Wir können wohl davon ausgehen, dass Quartiermeister Sokoel alle verdorbenen Nahrungsmittel ausfindig gemacht und vernichtet hat.«

»Das sind gute Nachrichten«, sagte Ishan und dachte daran, dass Sarazas diese List teuer zu stehen gekommen war. Allein in den letzten Tagen hatten die Rebellen drei reetacianische Nachschubtransporte überfallen und die Wagen mit den von der kellwynischen Bevölkerung beschlagnahmten Vorräten in Brand gesetzt. Und dabei würde es nicht bleiben. Es würde weitere Überfälle geben, sodass Sarazas am Ende sehr viel höhere Verluste zu verzeichnen hätte, als wenn die Rebellen sich gelegentlich eine Lieferung unter den Nagel rissen.

Mittlerweile waren sie seit gut zwei Stunden unterwegs und hatten ihr Ziel noch längst nicht erreicht. Als Mortos Dex sie durch diese Tunnel zur Herrscherpyramide von O'Shan'wa geführt hatte, war Ishan der Weg kürzer vorgekommen. Andererseits hatten sie dieses Mal Umwege über tiefer gelegene Ebenen in Kauf nehmen müssen. Die Rebellen waren gezwungen gewesen, einige der Gänge, denen sie beim letzten Mal gefolgt waren, zum Einsturz zu bringen, nachdem reetacianische Soldaten ins Labyrinth eingedrungen waren.

»Prinzessin, Kommandant«, raunte Dentas hinter ihnen. Der Leibwächter mit der Armbrust war näher an die beiden herangerückt. »Geht bitte weiter, als wäre nichts.«

Der eindringliche Ton in Dentas' Stimme beunruhigte Ishan. »Was gibt es?«, fragte Ishan, ohne sich umzudrehen.

»Ich glaube, wir werden verfolgt, Herr.«

»Du glaubst?«

»Es ist bloß ein Gefühl, Kommandant, da ich weder etwas gesehen noch gehört habe.« Nun klang er ein wenig verlegen. »Ich ... ich wollte euch nicht beunruhigen. Ich hielt es jedoch für sicherer, wenn ihr davon wisst.«

Durch Ryk hatte Ishan gelernt, dass man nicht nur seinen Sinnen, sondern auch seinem Instinkt vertrauen sollte. Zudem war Dentas ein Mann von kräftiger Statur und einem gelassenen Gemüt, den so schnell nichts aus der Ruhe bringen konnte. »Es war richtig von dir, uns zu informieren«, antwortete er leise. »Halt Augen und Ohren weiterhin offen, und gib uns Bescheid, wenn dir etwas auffällt.« Bei ihrem Aufbruch war Ishan aufgeregt gewesen. Jetzt war diese Aufregung einer Anspannung gewichen, die sich bei ihm durch ein Ziehen in Nacken und Schultern bemerkbar machte. Seit Dentas' Warnung ruhte seine Hand auf dem Knauf seines Schwertes. Er hatte nicht vergessen, dass er bei seinem Abstieg in den Dunkelhort ebenfalls das Gefühl gehabt hatte, jemand folge ihm.

»Sollen wir lieber abbrechen?«, flüsterte Iritari, die zu spüren schien, was in ihm vorging. Ishan schüttelte den Kopf. Durch seine Verletzung hatte er schon genug Zeit verloren. Er wollte endlich wissen, was sich in dieser Höhle befand. »Wenn uns wirklich jemand folgt, ahnt er vielleicht, wonach wir suchen«, raunte er zurück. »Durch die Richtung, in die wir gehen, könnten wir schon zu viel verraten haben. Wenn wir jetzt umkehren, wird er möglicherweise auf eigene Faust weitermachen und das Geheimnis vor uns aufdecken.«

»Ich weiß nicht«, murmelte Iritari. »Wie sollte diese Person von Inos' Grab erfahren haben?«

Ishan zuckte die Schultern. »Es war nur eine Vermutung. Vielleicht spioniert sie uns auch aus anderen Gründen hinterher. Immer vorausgesetzt, Dentas irrt sich nicht. Jedenfalls will ich nichts riskieren und darum gehen wir weiter.«

»Was, wenn es ein Attentäter ist?« Ein unterschwelliges Beben in Iritaris Stimme verriet Ishan, wie sehr diese Vorstellung sie erschreckte. »Ein Kellwyner, den Sarazas auf seine Seite gezogen hat oder erpresst.« Sie biss sich auf die Unterlippe. »Hältst du das für möglich?«

»Ich dachte, du vertraust darauf, dass das Labyrinth uns vor unseren Feinden beschützt.« Er warf ihr einen Blick von der Seite zu. »Abgesehen davon glaube ich nicht an einen Attentäter. Er hätte bereits zahllose Möglichkeiten gehabt, uns etwas anzutun. Dafür muss er uns nicht erst durch das halbe Labyrinth folgen. Meine Wohnhöhle wird nicht einmal bewacht, und du pflegst einen so engen Umgang mit den Rebellen, dass es für deine Leibwächter unmöglich ist, dich ständig im Auge zu behalten.« Er griff nach ihrer Hand und drückte sie. Dass Dentas das zwangsläufig mitbekommen musste, war ihm in diesem Moment egal. »Wenn ich eins gelernt habe, seitdem ich mich euch angeschlossen habe, dann, dass es unter den Kellwynern keine Verräter gibt!« Er dachte an seinen Freund Derass, der lieber auf Sarazas' Folterbank gestorben war, als das Versteck der Rebellen preiszugeben. »Dein Volk liebt dich, Iritari. Es würde niemals etwas tun, dass dir schadet!«

Sie lächelte ihn an. »Danke, das habe ich jetzt gebraucht.«

Der Wächter vor ihnen blieb stehen. Im Licht seiner Fackel hatte sich eine Kreuzung aufgetan. Fragend blickte er Ishan an, der selbst nicht genau wusste, wie es von hier aus weiterging. Er nahm den Rucksack ab, an dem ein lederner Wasserschlauch hing, und stellte ihn vor sich auf den Boden. Nun öffnete er ihn und zog die Karte heraus, die zwischen dem Proviant und einem Kletterseil eingekeilt war. Als er sie entrollte, kniete sich Iritari neben ihn.

»Hier sind wir«, sagte sie und tippte mit dem Finger auf die entsprechende Stelle.

»Dann müssen wir nach links abbiegen«, meinte Ishan. »Laut Karte betreten wir damit einen der Tunnel, die als einsturzgefährdet gelten. Vielleicht haben wir ja Glück. Immerhin ist es von hier aus bis zur Höhle nicht mehr ganz eine Viertelmeile.«

Iritari biss sich auf die Unterlippe und sah ihn mit ihren großen braunen Augen an. Er wusste genau, was in ihr vorging. Auch sein Herz schlug bei dem Gedanken schneller, was sie dort erwarten könnte: der Zugang zu den sterblichen Überresten eines seit dreitausend Jahren totgeglaubten Dämonengottes. Er rollte die Karte wieder auf und stopfte sie zurück in den Rucksack. Danach schulterte er ihn und wandte sich den beiden Leibwächtern zu.

»Ihr wartet hier auf uns«, befahl er ihnen. »Die Prinzessin und ich gehen das restliche Stück allein.«

»Aber, Herr«, protestierte Dentas, »dieser Teil des Labyrinths steckt voller Gefahren. Was ist, wenn es einen Erdrutsch gibt und ihr verschüttet werdet?«

»Umso wichtiger ist es, dass ihr hier zurückbleibt. Falls der Tunnel hinter uns einbrechen sollte, könnt ihr Hilfe holen. Wenn ihr mit uns verschüttet werdet, sind wir alle verloren.« Ishan hoffte, dass es nicht dazu kommen würde, fand seine Worte jedoch klug gewählt. Dentas schien seine Meinung nicht zu teilen. Um Beistand heischend, sah er Iritari an. »Bitte, das kannst du nicht tun. Arys und ich haben bei unserem Leben geschworen, dich vor jeder Gefahr zu beschützen. Wenn wir dich jetzt alleine lassen, brechen wir diesen Schwur. Lass uns nicht zurück, Herrin!« Er klang verzweifelt, und Ishan befürchtete bereits, Iritari könnte seiner Bitte entsprechen.

»Der Kommandant hat entschieden, Dentas«, sagte Iritari stattdessen. »Und auch ich glaube, es ist besser so.«

»Prinzessin …«

»Meine Entscheidung steht, Dentas«, fiel Ishan ihm ins Wort. »Außerdem habe ich noch einen anderen Grund, warum du und … Arys hier zurückbleiben sollt. Es gibt aus dieser Richtung nur diesen einen Tunnel, der zu der Höhle führt. Wenn uns wirklich jemand folgt, muss er diese Kreuzung ebenfalls passieren. Das ist eure Gelegenheit, ihn aufzuhalten. Wenn möglich, nehmt ihn lebend gefangen, damit ich ihn später befragen kann.«

Dentas war anzusehen, dass es ihm auch weiterhin widerstrebte, sie allein ziehen zu lassen, während Arys wie ein gehorsamer Soldat neben ihm stand und keine Miene verzog. Doch schließlich nickte er. »Wie du befiehlst, Kommandant.« Er nahm Haltung an.

»Und seid auf der Hut. Unser Verfolger könnte bewaffnet sein.«

»Du kannst dich auf uns verlassen, Herr«, erklärte Arys.

Ishan und Iritari ließen die Kreuzung und die beiden Leibwachen hinter sich zurück. Ishan hatte eine weitere Fackel entzündet, die er in der Linken hielt, während er mit der Rechten den Kauf seines Schwertes umklammerte. Die Wände in diesem Tunnel waren gemauert und mit Kristallstaub bestrichen, der im Schein des Feuers schimmerte. Als sie tiefer in den Stollen vordrangen, fiel Ishan als Erstes auf, dass sich der Geruch veränderte. Zu einem der Wunder des Labyrinths gehörte, dass die Luft hier unten immer frisch zu sein schien. Jetzt schmeckte sie mit einem Mal muffig und erinnerte Ishan an ein feuchtes Kellergewölbe. Nun tauchten auch Spinnweben vor ihnen im Fackelschein auf, und Staubwölkchen tanzten um ihre Stiefel.

»Das ist nicht ... richtig«, murmelte Iritari und rieb sich die Oberarme. Sie sah Ishan an. »Spürst du es auch?«

»Es wird kühler.« Er nickte und fügte hinzu: »Dieser Teil des Labyrinths ist anders.«

»Als ... als würde er nicht mehr dazugehören.«

Ishan verstand genau, was sie meinte. Er fühlte sich plötzlich an das verbotene Land auf Nekross erinnert, und an den toten Wald, in den Ryk sie geführt hatte. Dunkle Magie hatte diesen Ort verwüstet, ihn wie eine unheilvolle Krankheit befallen und ihm alles Leben ausgesaugt. Damals hatte es Ishan mit Abscheu erfüllt, dieses Land zu betreten. Etwas Ähnliches empfand er jetzt auch. Etwas Verdorbenes war hier am Werk. »Bleib dicht bei mir«, ermahnte er Iritari. »Ich bin mir nicht sicher, ob das Labyrinth uns hier noch beschützen kann.«

»Du meinst, wir sind in Gefahr?« Iritari war blass geworden. Sollte er sie besser zurückschicken, damit sie mit ihren Leibwächtern am Eingang des Tunnels auf ihn warten konnte? Dann sah er die Sturheit in ihrem Blick und wusste, dass sie sich nicht darauf einlassen würde. Sie war entschlossen, diesen Weg mit ihm bis zum Ende zu gehen. Bald darauf begann sich der Gang zu verändern. Risse tauchten im Mauerwerk zu beiden Seiten und in der Decke auf. Anfangs waren sie eher unscheinbar, wurden dann aber immer breiter und verzweigter. Danach dauerte es nicht mehr lange, bis sich aus der Dunkelheit vor ihnen der erste Gesteinsbrocken schälte. Er lag mitten auf dem Weg und war groß wie ein Schubkarren. In seiner Nähe lagen Geröll und Schutt.

Ishan blieb stehen und hob die Fackel. In der Decke klaffte ein Loch.

»Wie ich sagte«, meinte Iritari neben ihm. »Diese Region ist sehr instabil.«

Sie gingen um das Hindernis herum und kamen kaum zwanzig Schritte weit, bis sie auf einen weiteren Einsturz stießen. Dieses Mal war die linke Tunnelwand eingebrochen und hatte sich wie eine Lawine in den Gang ergossen. Auch ein Teil der Decke hatte nachgegeben. Auf der rechten Seite des Tunnels existierte noch ein schmaler Durchlass. Er war nicht besonders breit, und scharfkantige Felsen ragten hinein, aber wenn er es seitlich versuchte, konnte Ishan sich vielleicht hindurchschieben. Er leuchtete in den Spalt hinein.

»Bei Sorons Krähen«, fluchte er. Der Einsturz zog sich über eine geschätzte Länge von elf bis zwölf Fuß hin. Weiter konnte Ishan nicht sehen.

Iritari drängte sich von hinten an ihn heran, um einen Blick über seine Schulter zu werfen. »Lass mich vorgehen«, schlug sie vor, ihr warmer Atem streifte sein Ohr. »Ich bin kleiner und schlanker.«

»Auf keinen Fall. Das ist viel zu riskant.« Der Spalt mochte instabil sein. Jederzeit konnten Steine nachrutschen. »Ich gehe voraus, und erst wenn ich sicher auf der anderen Seite angekommen bin, folgst du mir. Verstanden?« Er sah sie eindringlich an.

Sie seufzte und nickte dann.

Er streckte den Arm mit der Fackel in den Spalt, bevor er seinen Oberkörper hineinzwängte. Seine Brust und sein Rücken schabten an Felsen und Geröll vorbei. Kleinere Steine und Schutt lösten sich und rieselten zu Boden. Er achtete nicht darauf und schob sich weiter. Die Flamme der Fackel blendete ihn in der Enge des Spalts. Sein Atem ging nun schneller. Er hatte zwar keine Platzangst, aber allein die Vorstellung, hier drin stecken zu bleiben oder von nachrutschendem Gestein begraben zu werden, trieb ihm den Schweiß auf die Stirn.

Immer wieder fielen Steine herab, trafen seine Füße oder rutschten ihm in den Rücken, während er sich durch den Spalt quetschte. Doch einige der größeren Brocken hatten sich so ineinander verkeilt, dass sie sich gegenseitig Halt gaben.

Ishan schätzte, dass er gut die Hälfte hinter sich hatte. Gerade wollte er Iritari etwas Beruhigendes zurufen, als er ein Rumpeln verspürte, das durch den Felsen in seinem Rücken lief. Staub rieselte auf ihn und die Flamme herab, die knisternd aufloderte.

»Was ist los?«, rief Iritari vom anderen Ende des Spalts.

Ishan war erstarrt. Das Beben wurde stärker. Er spürte es durch die Sohlen seiner Stiefel und in seine Beine hinein, wie bei einem schwer beladenen Ochsenkarren, der direkt neben ihm übers Pflaster rumpelte. Steine gingen um ihn herum zu Boden. Der Fels über ihm knirschte. Die Fackel in seiner Hand begann zu zittern. *Jetzt passiert's*, dachte Ishan. *Jeden Augenblick wird mich das Geröll zerquetschen.*

»Verdammt, Ishan, antworte mir! Geht es dir gut?«

Ishans Kehle war wie ausgedörrt. Die Zunge klebte ihm am Gaumen, sodass er keinen Ton herausbekam. Aber dann flaute das Beben wieder ab. War es Glück? Oder der Einfluss des Labyrinths? Nachdem er sein wild pochendes Herz erst einmal wieder zur Ruhe gezwungen hatte, fand er auch seine Stimme wieder. »Nichts passiert.« Er räusperte sich. »Mir ist nur Staub in die Augen geraten.« Er hatte nicht genug Platz, um den Kopf zu drehen und zu Iritari zurückzublicken. »Ich denke, ich bin fast durch«, fügte er hinzu.

»Ich komme nach.«

»NEIN, verflucht, warte!«

Zu spät.

Er hörte, wie kleine Steinchen herabrieselten, als sich Iritari in den Spalt zwängte. Aufgrund ihrer zierlichen Statur kam sie sehr viel leichter und schneller voran. Er hatte sich noch nicht wieder in Bewegung gesetzt, da spürte er ihre Finger an seinem linken Unterarm. »Worauf wartest du?«, fragte sie.

»Hab ich dir nicht gesagt ... Ach, verflucht!« Ishan wünschte, er hätte sie böse anfunkeln können, und weil das nicht ging, legte er all seinen Ärger in seine nächsten Worte. »Ich sollte dich übers Knie legen und ... au.«

»Du wirst jetzt weitergehen und sonst nichts. Habe ich mich klar ausgedrückt?« Sie hatte ihn am Ohr gepackt. »Ich bin immer noch eine kellwynische Prinzessin und du mein Gast. Und auch wenn wir miteinander schlafen, erwarte ich Respekt von dir. Sogar noch mehr als von jedem anderen.«

»Ich mach mir bloß Sorgen um dich«, maulte er.

»Trotzdem gibt dir das nicht das Recht, mit mir zu reden wie mit einem Kleinkind. Ich bin eine erwachsene Frau. Die Herrscherin meines Volkes. Und jetzt geh endlich weiter, bevor hier wirklich noch alles einbricht.«

Sie schafften es ohne weitere Zwischenfälle bis zur anderen Seite des Spalts, wo sich der Gang zu ihrer Erleichterung fortsetzte. Kaum war Ishan herausgetreten, drehte er sich um und reichte Iritari die Hand, um ihr ins Freie zu helfen. Im Licht der Fackel begegneten sich ihre Blicke. Staub lag auf ihrem Haar und ihrem Gesicht. »Das war dumm von mir.« Er seufzte. »Und es tut mir leid. Ich wollte nicht respektlos sein. Ich hatte bloß Angst um dich.«

Iritari stellte sich auf die Zehenspitzen und küsste ihn. »Das weiß ich doch, Ishan.« Sie lächelte und berührte seine Wange. »Ich mag es und fühle mich geschmeichelt, wenn du als mein Beschützer auftrittst, aber auf Kellwyn sind es die Frauen gewohnt, von ihren Männern als gleichrangig behandelt zu werden. Ich weiß, dass das in Sharigor anders ist. Hier jedoch können Frauen ebenso wie Männer der Palastwache beitreten oder eine Schmiede eröffnen, wenn es das ist, wovon sie träumen. Denk nur daran, wie viele Frauen sich den Rebellen angeschlossen haben.«

Er nickte. »Es ist nur ... So wurde ich nicht erzogen.« Er presste die Lippen zusammen. »Hab ein wenig Nachsicht mit mir.«

»Ich will mir Mühe geben.« Sie lachte.

Im Fackelschein, der über die Wände tanzte, konnte Ishan weitere Risse erkennen. Einige zogen sich auch durch den Boden und waren zum Teil so breit, dass sie darüber hinwegspringen mussten. Nicht lange darauf kamen sie an einem Geröllhaufen vorbei, der ein düsteres Geheimnis barg. Ishan war sicher, zwischen den Steinen Knochen entdeckt zu haben, wollte jedoch nicht so genau hinsehen, um Iritari nicht zu beunruhigen. Unwillkürlich musste er an die Geschichte über die verschollenen Abenteurer denken. Just in diesem Moment vernahm er zum ersten Mal das Knacken, als würde Stein unter hohem Druck zerspringen. Ein Laut, der wie aus weiter Ferne durch den Tunnel zu ihnen getragen wurde, gefolgt von einem Grollen, das den Boden unter ihren Füßen erzittern ließ. Iritari drängte sich an ihn heran. »Was passiert hier?«

Links von Ishan knirschte es in der Tunnelwand, und ein neuer Riss tat sich auf. »Das gefällt mir nicht«, brummte er. Nun setzte auch wieder das Beben ein. Staub und kleinere Steine rieselten auf sie herab. Er zog den Kopf ein. »Vielleicht sollten wir umkehren.«

»Und dann?«, fragte Iritari. »Versuchen wir es ein andermal? Ich bin sicher, dass es uns dann nicht anders ergeht.« Sie sah blass aus, aber entschlossen, wie sie neben ihm herlief, die rechte Hand zum Schutz über das Gesicht gehoben. »Ich vertraue dem

Labyrinth. Es hat zu dir gesprochen, Ishan. Es will, dass wir in diese Höhle gehen. Es wird uns nichts tun. Niemals.«

Ein Felssplitter traf Ishan an der Schulter. Das Leder seiner Jacke pufferte den Aufprall, sodass er mit einer Prellung davonkommen würde. »Das Labyrinth vielleicht nicht«, sagte er, »aber da ist noch etwas anderes.« Eine fremde Macht, deren Gegenwart er umso deutlicher spürte, je näher sie ihrem Ziel kamen. Sie war im Gestein, das sie umgab und in der Luft, die sie atmeten. Und sie schmeckte nach Angst, Blut und Tod. Er schauderte. *Du willst uns zur Umkehr bewegen, nicht wahr? Willst uns von dem fernhalten, was sich in der Höhle verbirgt!* Das war der Grund, warum niemand zurückkehrte, der sich in diesen Bereich des Labyrinths vorwagte. »Ich weiß nicht, was es ist«, rief er über das Grollen hinweg, das immer noch zunahm. »Vielleicht ein Abwehrzauber?«

Dann plötzlich wurde es ruhiger. Zwar rumpelte es nach wie vor unter ihren Füßen, und manchmal lösten sich auch Staub und Splitter aus der Decke, trotzdem hatte das Beben an Kraft verloren. Was noch viel seltsamer war: Manchmal rückte es sogar ganz von ihnen ab, verzog sich in die Ferne, wie um ihnen eine Verschnaufpause zu gönnen. Einen Augenblick später jagte es dann auch schon wieder heran, schoss wie ein unterirdischer Flusslauf durch den Felsen unter ihren Füßen auf sie zu und brachte den Stein zum Ächzen, nur um einen Herzschlag später erneut zurückgedrängt zu werden. Ishan biss sich auf die Unterlippe. *Zurückgedrängt.* Ja, das schien ihm das richtige Wort. Endlich glaubte er zu verstehen. Was um sie herum und unter ihren Füßen vorging, war ein Ringkampf zweier Mächte. Das Labyrinth wollte sie schützen, indem es jene dunkle Kraft von ihnen fernzuhalten versuchte, während diese sich immer wieder gegen ihren Widersacher aufbäumte, um an Ishan und Iritari heranzukommen. Die Prinzessin hatte recht. Das Labyrinth kämpfte für sie. Nur konnte es auch gewinnen?

Der Tunnel wurde immer unwegsamer. Frühere Einstürze und Geröllawinen erschwerten zunehmend ihr Vorankommen. Stellenweise kamen sie nur kriechend weiter oder mussten sich durch Engpässe zwängen. Das Grollen im Felsgestein hielt ebenfalls weiter an und trieb gelegentlich ihren Puls in die Höhe, wenn plötzlich der Boden oder gar der gesamte Tunnel erbebte. Trotzdem gingen sie weiter. Bald darauf wurde der Gang breiter und die gemauerten Wände wichen natürlichem Fels. Er war zerklüftet, von Spalten und Nischen voller Schatten durchzogen, die auch das Fackellicht nicht zu durchdringen vermochte. Und dann standen sie endlich im Eingang zur Höhle. Im selben Moment verstummte das Beben. Der Fels knirschte nicht länger. Kein Staub ging mehr auf sie nieder.

»Es hat aufgehört«, sagte Iritari und lächelte Ishan an. »Die Höhle scheint sicher.«

Ishan war nicht davon überzeugt. Sein Instinkt warnte ihn davor, dass die plötzliche Ruhe lediglich eine Verschnaufpause war. Sie gingen weiter. Die Fackel erhellte nur einen Teil der Höhle. Der Rest lag im Dunkeln. Was Ishan sah, gefiel ihm überhaupt nicht. Noch mehr Knochen, die zwischen herabgestürzten Felsbrocken lagen. Bei ihrem Anblick schob Iritari ihre Hand in die seine.

»Ich … ich dachte, hier könnte uns nichts mehr passieren«, sagte sie mit kaum wahrnehmbarer Stimme.

Ishan ging in die Hocke, ohne die Hand der Prinzessin loszulassen. Der Schein der Fackel offenbarte, dass die Knochen alt und spröde waren. »Um wen auch immer es sich bei diesen Unglückseligen handelt, sie sind schon lange tot.« Er richtete sich wieder auf. »Es sieht aus, als wären sie von herabfallenden Steinen erschlagen worden.«

»Aber das Beben hat aufgehört, sobald wir die Höhle betreten haben«, wandte Iritari ein.

»Vielleicht verdanken wir das dem Einfluss des Labyrinthes.

Wir sollten trotzdem vorsichtig sein, es könnte jederzeit wieder losgehen.«

Iritari biss sich auf die Unterlippe.

Die einzigen Geräusche in dieser Höhle waren das Tröpfeln von Wasser und ihre Atemzüge, die Ishan erschreckend laut erschienen. Aber auch wenn dies ein Hort des Todes war und es genauso moderig roch wie in einer Gruft, glaubte er nicht mehr, dass hier ein Dämonengott begraben lag. Dafür erschien ihm die Höhle zu unspektakulär. Er wusste nicht, was er erwartet hatte. Vielleicht Wächter, Wandmalereien, Säulen, einen Schrein. Nichts von alldem gab es an diesem Ort. Trotzdem musste sich hier etwas befinden, von dem das Labyrinth wollte, dass sie es sahen.

»Gehen wir tiefer in die Höhle rein«, sagte Ishan.

Die Felswände warfen ihre Schritte vielfach zurück. Das gefiel Ishan nicht. So konnte er nicht sagen, ob es wirklich bloß ihre eigenen waren. Schon bald war er darüber so beunruhigt, dass er Iritaris Hand losließ und sein Schwert zog. Iritari sah sich neben ihm mit großen Augen um. *Überall Schatten*, dachte Ishan. Die Höhle war voll davon. Sonst was mochte in ihnen verbergen. Oder auch gar nichts. Nur glaubte er das nicht. Sie wurden belauert. Unsichtbare Augen schienen sie aus dem Dunkeln zu mustern. Ein Schweißtropfen rann seinen Nacken hinab und verschwand im Hemdkragen.

»Wir sind nicht allein, oder?«, flüsterte Iritari.

»Weitergehen«, drängte Ishan. Wenn sie es bis zum anderen Ende der Höhle schafften, konnten sie wenigstens sicher sein, dass man sie nicht von allen Seiten gleichzeitig angriff.

Wie sich zeigte, war sie nicht besonders weitläufig. Kaum vierzig Schritte waren sie gegangen, als das Licht der Fackel auf eine Felswand traf. Sie blieben stehen und drehten sich um. Mit zusammengekniffenen Augen suchte Ishan nach Bewegungen in der Finsternis außerhalb des Fackelscheins. Nichts. Er lauschte.

Doch sobald das Echo ihrer eigenen Schritte verklungen war, drang nur noch das Tröpfeln von Wasser an seine Ohren. Sollten er und Iritari sich getäuscht haben? Beide hatten sie das Gefühl gehabt, nicht allein zu sein. Oder lag das an diesem Ort und der dunklen Macht, die hier hauste? War es ein weiterer Versuch, sie zu vertreiben?

»Was ist das?«, fragte Iritari und deutete auf die Felswand. Nun sah es auch Ishan. Es befand sich am Rande des Lichtscheins. Ein in den Felsen geschlagenes Relief. Noch einmal ließ Ishan den Blick durch die Höhle wandern, bevor er sagte: »Schauen wir uns das mal an.«

Sie gingen näher heran.

Ishan betrachtete das komplexe, ineinander verschlungene Muster, das einen Großteil der Wand einnahm. »Das ist eine Rune«, sagte er. Er hatte sie schon einmal gesehen. Vor vielen Monaten in der Schlucht der Himmelssäulen auf Xe'Neridian. Dort hatte er einen Mann getötet, der dem Kult der To'Dhana angehört hatte. Auf seiner Brust war die gleiche Rune eintätowiert gewesen. Ryk hatte ihm damals erklärt, was sie bedeutete. »Ich erkenne sie wieder.« Er hob sein Schwert und fuhr mit der Spitze eine der Linien im Stein nach. »Willst du wissen, was sie bedeutet?«

»Ich kann es mir denken«, sagte Iritari. »Es ist Inos' Name, nicht wahr?«

Ishan gab ein Schnauben von sich, während er die Kiefer so fest zusammenpresste, dass seine Zähne knirschten.

»Lass das bitte nicht zu«, sagte Iritari, streckte die Hand nach seinem Gesicht aus und zwang ihn, sie anzusehen. »Ich weiß, wie mächtig Hass sein kann und wie leicht er Herz und Seele vergiftet. Mir wäre es beinahe selbst so ergangen, als ich erfahren habe, dass meine Brüder bei der Verteidigung von O'Shan'wa gefallen sind. Ich habe die Reetacianer gehasst, und wie ich sie dafür gehasst habe.« Tränen schimmerten in ihren Augen.

»Hätte … hätte die Liebe meines Volkes mich nicht daran erinnert, wer ich bin, ich wäre an diesem Hass zugrunde gegangen.«

Ishan wusste genau, was sie meinte. Er konnte die Dunkelheit spüren, die sich in ihm regte, wenn er an seine Stiefmutter dachte, die seinen Vater ermorden ließ und ihn hintergangen hatte. Eine Dunkelheit, die die Stimme des Blutlenkers in ihm zurückgelassen hatte und die ihn jedes Mal aufs Neue überwältigte, wenn er sich dem Kampf oder seinem Zorn hingab. In der Schlacht machte ihn das stark, aber auch blind für Erbarmen und Mitleid. Einen Berserker hatten die Rebellen ihn nach dem Überfall auf den Nachschubtransport genannt, weil er wie ein Wahnsinniger unter den Reetacianern gewütet hatte. »Du … du weißt nicht, wie es wirklich in mir aussieht.«

»Da hast du recht. Das weißt nur du allein.« Iritari sah ihm direkt in die Augen. »Sei wütend und traurig, Ishan. Dazu hast du jedes Recht. Aber hasse nicht. Versprich es mir, denn es wird dich am Ende nur unglücklich machen.«

»Das kann ich nicht. Ich wüsste nicht, wie.« Er sah den Schmerz in ihren Augen und wünschte, er hätte ihr dieses Versprechen geben können. Doch sein Hass machte ihn mächtig. Er war die Quelle seiner Stärke. Wie sollte er sonst ertragen, was er durch seine Stiefmutter und Asmaran hatte erdulden müssen? »Es tut mir leid«, sagte Ishan und wandte sich wieder der Rune zu. Er war sicher, dass sie mehr war als nur ein Relief im Gestein. Sie musste einen Hinweis auf den Ort geben, an dem der Gott begraben lag. Oder vielleicht kennzeichnete sie auch einen geheimen Durchgang. Während er den feinen Linien im Fels mit der Schwertspitze nachspürte, fühlte er Iritaris bohrenden Blick im Nacken. Mit einem Mal gab es ein Geräusch hinter ihnen, wie das Brechen eines dürren Zweigs. Nur dass es in einer Höhle für gewöhnlich keine Zweige gibt. *Dafür aber Knochen*, dachte Ishan. »Hinter mich.« Er stellte sich vor Iritari. In der Linken die Fackel, in der Rechten sein Schwert. Die Spitze zeigte auf die bedrückende Finsternis, die außerhalb des Lichtkreises lag. »Zeig dich!«, rief er und schwenkte die Waffe von einer Seite zur anderen.

Nichts geschah.

»Dentas? Arys?«, versuchte er es noch einmal. »Seid ihr das?« Sein Schwert zuckte nach rechts, als er glaubte, dort eine Bewegung am Rande des Feuerscheins gesehen zu haben. Bei Sorons Krähen, was konnte das sein? War das, was sie dort im Dunkeln belauerte, der wahre Grund, warum das Beben aufgehört hatte? Hatte die Macht, die diese Höhle vom Rest des Labyrinthes abschirmte, einen anderen Weg gefunden, sich ihrer zu entledigen?

Ein Stein traf ihn an der Schulter. Schmerz jagte durch seinen Arm. Die Fackel entglitt ihm und fiel zu Boden. Sie rollte ein Stück, bevor sie gegen einen Stein stieß und liegen blieb. Die Flamme loderte zischelnd auf, bevor sie auf ein normales Maß zurückschrumpfte. Schon sauste ein zweiter Stein auf Ishan zu. Dieses Mal sah er ihn kommen und konnte ausweichen. Er packte Iritari und zog sie mit sich zur Seite. Der Stein krachte hinter ihnen gegen die Höhlenwand.

»Du Hundesohn von einem Feigling!«, schrie Ishan. »Zeig dich und kämpf wie ein Mann!«

Etwas brach aus dem Dunkel zu seiner Linken. Sofort riss er sein Schwert hoch. Metall schlug gegen Metall, Funken sprühten, und Ishans Schultergelenk schrie von der Wucht des Zusammenpralls der beiden Waffen auf. Er sah, dass es sich bei seinem Angreifer um einen Mann handelte. Sein Gesicht kam ihm vage vertraut vor.

»Ossa?«, keuchte Iritari hinter ihm.

Jetzt fiel es ihm wieder ein. Ossa war der Anführer der Jäger. Ein Mann, den er als äußerst verlässlich und loyal in Erinnerung hatte. Er fluchte. Schon wieder war er verraten worden! »Das wirst du bereuen«, zischte er und stieß nach Ossas Bauch. Für einen Jäger war er verdammt gut mit dem Schwert, denn er wehrte den Schlag mühelos ab. Ein Grinsen erschien auf seinem Gesicht. »Das war knapp, Kommandant.«

»Nenn mich nicht so, Verräter!« Ishan versuchte es mit einer Finte. Er zielte auf den Schwertarm des Mannes, vollführte jedoch im letzten Moment eine Drehung mit dem Handgelenk und stieß nach der Kehle des Jägers. Wieder parierte Ossa. »Ts, ts, ts, das war nicht nett von dir, Kommandant.« In seinen Augen spiegelte sich der rote Schein der am Boden liegenden Fackel und verlieh ihm etwas Dämonisches. »Ich habe dich während des Trainings beobachtet«, fuhr er fort, während er einen von unten geführten Schlag abwehrte, der auf seine Hüfte gezielt hatte. »Ich weiß, wie du kämpfst. Du kannst nicht gewinnen!« Er tänzelte zurück, um sich aus Ishans Reichweite zu bringen.

»Nur ein Narr würde so etwas glauben.« Ishan schwenkte das Schwert leicht hin und her. Es drängte ihn, dem Verräter zu folgen, aber dann würde er Iritari schutzlos zurücklassen. Also blieb er, wo er war. »Bei den Übungskämpfen habe ich mich zurückgehalten, um die Männer nicht zu demoralisieren. Keiner von ihnen wäre mir gewachsen gewesen.« Nun war er es, der lächelte. »Du siehst, es wäre besser gewesen, du hättest mich aus sicherer Entfernung mit deinem Bogen erschossen.«

Zum ersten Mal zeigte die Miene des anderen Mannes so etwas wie Verunsicherung. »Ginge es nach mir, wärst du schon längst tot«, sagte er. »Nur hast du die Rune des Inos entdeckt, und womöglich kannst du uns auch noch in anderer Hinsicht nützlich sein. Außerdem wird Königin Madea sicher erfreut sein, dich nach all der Zeit wiederzusehen. Nur deshalb lebst du noch!«

»Du arbeitest für sie?« Allein die Erwähnung seiner Stiefmutter brachte Ishans Blut zum Kochen. Er ballte die Linke zur

Faust, während die Dunkelheit am Rande seines Bewusstseins zu wachsen begann.

»Ich diene Zaragoth. Aber da beide die gleichen Ziele verfolgen, könnte man wohl sagen, dass ich auch ihr diene.«

Ishan machte einen Schritt auf den Verräter zu. Dabei stieß er mit dem Stiefel gegen einen Stein, der geräuschvoll davonkullerte.

»Willst du wissen, was ich mit der Prinzessin mache, wenn ich erst mit dir fertig bin?« Ossa grinste. »So ein hübsches junges Ding …«

Ishan stieß ein Knurren aus, das mehr nach einem Tier klang als nach einem Menschen. »Du wirst deine dreckigen Finger von ihr lassen.« Seine Stimme bebte vor Hass. »Hast du mich gehört?«

Als Ossa auflachte, war es so weit. Der Hass überwältigte Ishan. *Töte ihn*, raunte die Dunkelheit in seinen Gedanken. *Töte ihn!* Ishan schrie auf und stürzte sich auf seinen Gegner.

»Ishan, nein!«, rief Iritari.

Er ignorierte sie. So, wie er auch alles andere um sich herum ignorierte. Für ihn gab es nur noch Ossa, den Verräter und Dämonenfreund. Er ließ einen Hagel von Schlägen auf ihn niederfahren. Ossa wehrte sie alle ab, parierte und stieß seinerseits zu. Doch die Gewalt und Schnelligkeit, mit der Ishan auf ihn eindrang, schien ihn schon bald all seiner Kraft zu berauben. Schweiß strömte ihm übers Gesicht, und seine Bewegungen wurden immer schwerfälliger. Ishan hingegen fühlte sich kein bisschen erschöpft. Im Gegenteil. Die Waffe in seiner Hand schien ohne Gewicht, und seine Hiebe gewannen mit jedem neuen Angriff sogar noch an Präzision hinzu. Ossas Augen wurden groß, als er begriff, dass es für ihn kein Entkommen gab. Und nun konnte Ishan seine Furcht riechen. Ihm war, als hätte er niemals zuvor etwas Süßeres gekostet. *Tu es!*, zischte die Dunkelheit in seinem Kopf. *Jetzt!*

Ishan lachte auf, als sein Schwert entlang der Klinge seines Gegners schrappte und sich dann mit einem Schmatzen in Ossas rechte Schulter bohrte, wo sie Fleisch, Knorpel und Knochen durchtrennte. Alle Farbe wich dem Verräter aus dem Gesicht, und die Waffe entglitt seiner Hand. Ishan riss sein Schwert zurück, und mit einem Keuchen fiel sein Gegner auf die Knie.

»Verabschiede dich von dieser Welt, Ossa!« Ishan holte zum Schlag aus, um ihm den Kopf von den Schultern zu trennen.

»Was tust du da, Ishan?«, rief Iritari. Er hörte ihre Schritte – und zögerte. In diesem Moment traf ihn etwas an der Stirn. Grellroter Schmerz explodierte hinter seinen Augen, und er taumelte zurück. Er stolperte, fiel und blieb liegen. Alles um ihn drehte sich. Iritaris verzerrtes Gesicht tauchte über ihm auf. »Zu zweit«, murmelte er. »Sind … zu … zweit.« Er lächelte sie noch einmal traurig an, denn er konnte Iritari nun nicht länger beschützen. Dann verlor er das Bewusstsein.

39

Labyrinth der Toten, Kellwyn
06. Oktan 1026 n. d. Zweiten Dämonenkrieg

Das Klirren von Waffen schreckte Catara in ihrem Versteck auf. Sie hockte hinter einem Felsen in der Nähe des Höhleneingangs, der groß genug war, dass sie sich dahinter verbergen konnte. Nun richtete sie sich so weit auf, dass sie etwas sehen konnte. In rund zwanzig Schritt Entfernung lag eine Fackel auf dem Boden, in deren Lichtschein sich Ishan und Ossa einen Kampf mit dem Schwert lieferten. Iritari stand ein wenig abseits und verfolgte das Ganze mit sorgenvoller Miene. Nur wo steckte der zweite Verräter?

Catara kniff die Augen zusammen und suchte die Dunkelheit nach einer Bewegung ab. Sie war Ossa und Calvos gefolgt, nachdem sie sich an Ishans und Iritaris Fersen geheftet hatten. Es war nicht schwer gewesen, auf ihrer Spur zu bleiben. Sie besaßen ein Luminesauge, das sie von Königin Madea bekommen haben mussten. Ihre frühere Herrin verfügte über viele Ressourcen. Sie besaß nicht nur Vermögen, sondern auch allerlei nützliche magische Artefakte. Die Verräter hatten das Licht des Luminesauges gedämpft, sodass sie dem Prinzen und seiner Eskorte in sicherer Entfernung hatten folgen können. Und natürlich hatten sie es gelöscht, bevor sie hinter Ishan und Iritari in die Höhle geschlüpft waren.

Verdammt, wo ist dieser Calvos?

Catara hatte ihn immer noch nicht entdeckt. Aber bei dieser Schwärze war das auch kein Wunder. Warum hatte Ossa Ishan überhaupt angegriffen? Bisher hatten die Verräter sich stets darauf beschränkt, ihn zu beobachten. Nun, damit schien es jetzt vorbei. Ossa und Calvos hatten bereits die beiden Leibwächter getötet, die Ishan und Iritari an der Kreuzung zurückgelassen hatten.

Catara begann an ihrer Unterlippe zu zupfen, so wie es Lurnah immer getan hatte, wenn sie unschlüssig war. *Scheiße, Scheiße, Scheiße.* Sollte sie in den Kampf eingreifen, um sicherzustellen, dass dem Prinzen nichts zustieß? Nur würde sie Calvos dadurch ihre Anwesenheit verraten. Besser, sie wartete, bis er sich zeigte. Dann konnte sie ihn überraschen und unschädlich machen. Außerdem schlug Ishan sich verdammt gut. Seit Catara ihn das letzte Mal in Fürst Eloriens Palast auf Xe'Neridian hatte kämpfen sehen, hatten sein Geschick und seine Ausdauer deutlich zugenommen.

Was ihr überhaupt nicht behagte, war diese Höhle. Schon auf dem Weg hierher hatte sie die Präsenz einer Macht gefühlt, die ein Kribbeln auf ihrer Haut ausgelöst hatte, als würden Hunderte Mondkäfer mit ihren kleinen spitzen Insektenbeinen auf ihrem Körper herumkrabbeln. Niemals zuvor hatte sie so auf die Gegenwart von etwas Dämonischem reagiert. Was konnte diese Präsenz sein? Ein Dämonenzauber? Falls es so war, dann musste er außergewöhnlich mächtig sein. Verdammt, hatte Ishan mit dieser Höhle etwa das Grab des Inos gefunden?

Catara blickte sich noch einmal um und entschied, dass diese Höhle nicht die letzte Ruhestätte eines Gottes war. *Sie wäre wesentlich besser geschützt*, dachte sie. Trotzdem musste es an diesem Ort etwas geben, das Ossa dazu veranlasst hatte, Ishan anzugreifen. Sie ballte die Fäuste. Dieser verfluchte Hurensohn Calvos – warum hatte er sich immer noch nicht gezeigt?

Sie hasste es, nicht die Kontrolle über eine Situation zu haben.

Gefühlt war sie ihr bereits abhandengekommen, seit sie diesen stinkenden Tunnel betreten hatte. Von Anfang an waren weder Ossa noch Calvos noch sie selbst von dem Dämonenzauber angegriffen worden, der über diesen Teil des Labyrinths wachte. Dagegen waren Ishan und Iritari beinahe unentwegt von Beben und Steinschlägen bedroht worden. Offenbar betrachtete der Zauber Catara und die Verräter als Verbündete. Oder zumindest sah er keine Bedrohung in ihnen. Catara verzog das Gesicht. Es musste an Zaragoths Fluch liegen. Der Zauber schien sie für einen Dämon zu halten. Nur was war mit Ossa und Calvos? Sie waren keine Humanos, dessen war sich Catara sicher. Menschendämonen besaßen besondere Fähigkeiten. Doch keiner der beiden hatte je Anzeichen für Magie oder außergewöhnliche Schnelligkeit an den Tag gelegt, und dennoch mussten auch sie etwas Dämonisches in sich tragen. Verdammt, warum war ihr diese Möglichkeit nicht schon früher in den Sinn gekommen? Natürlich! Wenn Madea sich mit Zaragoth verbündet hatte, mochte es sich bei Ossa und Calvos um Gestaltwandler handeln. Menschen, die wie Catara, Opfer des Grauen Fluchs waren. Jetzt verstand sie. Die beiden waren keine Verräter, sondern Zaragoths Marionetten, die den echten Ossa und Calvos umgebracht hatten, um deren Plätze einzunehmen. Just in diesem Moment schrie Ishan auf. Catara riss den Kopf hoch. Sie befürchtete schon das Schlimmste, doch Ishan war unverletzt. Dann fiel ihr der Ausdruck auf seinem Gesicht auf. Es war verzerrt von Hass. Ein Anblick, den sie nur zu gut aus dem Spiegel kannte. Der Junge hatte sich in den vergangenen Monaten sogar noch stärker verändert, als ihr bisher bewusst gewesen war. Sein Hass verlieh ihm Macht. Nun schlug er einem Berserker gleich mit seinem Schwert auf Ossa ein, und das in so rascher und wechselnder Folge, dass sein Gegner kaum mithalten konnte. Ossa war in die Defensive gewechselt. Noch parierte er Ishans Angriffe, die in immer schnellerer Abfolge auf ihn einprasselten. Es war, als kenne der Prinz keine Erschöpfung. Ossas Arme hingegen zitterten vor Anstrengung. Lange würde er nicht mehr durchhalten.

Catara lächelte grimmig, als Ishan sein Schwert in Ossas Schulter versenkte und wieder herausriss. Der Verräter fiel auf die Knie und Ishan holte mit der Klinge aus, um ihm den Kopf abzuschlagen. »Was tust du da, Ishan?«, schrie die Prinzessin in diesem Moment und lief auf ihn zu. *Närrisches Weibsstück*, dachte Catara. *Ossa ist euer Feind, lass ihn sterben!* Ishan hielt in der Bewegung inne, als er Iritaris Stimme vernahm, und das wurde ihm zum Verhängnis. Aus dem Dunkel flog ein Stein heran und traf ihn an der Stirn. Der Prinz taumelte zurück, verlor den Halt und ging zu Boden. Kein gutes Zeichen. Schon war Iritari bei ihm und beugte sich über Ishan. Da trat Calvos in den Lichtschein der Fackel. Er schlüpfte an Ossa vorbei, ohne sein Wimmern zu beachten, und auf Iritari und Ishan zu. Noch im Gehen hob er sein Schwert – und das war für Catara das Zeichen zum Eingreifen.

Sie sprang auf, ihre Hände glitten zu ihrem Gürtel, an dem Lurnahs Jagdmesser befestigt waren, sie zog beide und spurtete vor. Sie warf das erste Messer im gleichen Augenblick, da Calvos seine Waffe auf Ishan herabschnellen ließ. Verdammter Drecksack! Das zweite schleuderte sie in Ossas Richtung. Calvos' Schwert traf nicht Ishan, sondern Iritari, die sich ohne zu zögern über den Prinzen geworfen hatte. Die Klinge drang tief zwischen ihre Schultern ein, bevor sich Cataras Dolch in Calvos Rücken bohrte. Er zuckte kurz, bevor er nach vorne stürzte und Iritari und Ishan unter sich begrub.

Catara erreichte als Erstes Ossa, der am Boden lag. Das Jagdmesser steckte in seinem Nacken. Sie rollte ihn mit dem Fuß auf den Rücken. Sein leerer Blick verriet ihr, dass er tot war. Sie wollte schon weitergehen, als er sich zu verändern begann. Sein Haar wurde grau. Ebenso seine Haut, die nun schlaff und welk von seinem Gesicht hing, als hätten sich Muskeln und Fett darunter aufgelöst. Jetzt sah er genauso aus wie ein Keesa. Bloß dass er keiner war. Kein Keesa hätte einem anderen Menschen auch nur ein Haar gekrümmt. Mit Ausnahme von Catara selbst natürlich. Rasch entfernte sie das Messer von seinem Nacken und eilte weiter zu Ishan, Iritari und Calvos. Der war ebenso tot wie sein Kamerad. Auch sein Körper war vom Fluch gezeichnet. Catara zog das zweite Messer aus seinem Rücken und steckte beide Klingen zurück in ihren Gürtel. Anschließend hievte sie Calvos von der Prinzessin herunter, die daraufhin ein schwaches Stöhnen von sich gab. Beim Anblick der Wunde, die das Schwert ihr geschlagen hatte, presste Catara die Lippen aufeinander. Iritaris Hemd war mit Blut durchtränkt. Wo der Stoff auseinanderklaffte, zog sich ein tiefer Schnitt von den Schulterblättern bis hinauf zum Nacken, wo Knochensplitter aus der Wunde ragten. Das Schwert, das ihr die Verletzung zugefügt hatte und das dem falschen Ossa bei seinem Sturz aus der Hand geglitten sein musste, lag neben Ishan auf dem Boden. Direkt neben dessen eigener Waffe.

»Das wird jetzt wehtun«, sagte Catara zu der Prinzessin und hob sie so behutsam wie möglich von Ishan herunter. Sie wimmerte, schien aber keine größeren Schmerzen zu spüren, was kein gutes Zeichen war. Catara legte sie neben Ishan ab.

»Wa-as ist los mit mir?« Iritari sah sie mit großen, furchtsam geweiteten Augen an. »Warum fühle ich nichts?«

»Kannst du deine Arme und Beine bewegen?«

»Nein.« Tränen rannen über Iritaris Gesicht.

»Dein Rückgrat wurde verletzt«, sagte Catara, die sich neben sie kniete und ihr eine Haarsträhne aus dem Gesicht strich. »Es sieht nicht gut für dich aus.«

»Wird … wird es wieder heilen?« Es war keine echte Frage, vielmehr das Flehen um eine Hoffnung, die ihr Catara nicht geben konnte. »Du kennst die Antwort so gut wie ich, Herrin.«

Sie hatte beschlossen, die Rolle der Jägerin beizubehalten. »Und ich will dich nicht belügen.«

Noch mehr Tränen strömten über die bleichen Wangen der Prinzessin. »Wer … wer bist du?«

»Man nennt mich Lurnah. Ich bin eine Jägerin wie Ossa. Nur bin ich keine Verräterin. Ich sah, wie er und sein Kamerad euch heute Morgen gefolgt sind, und hatte ein schlechtes Gefühl bei der Sache. Darum bin ich ihnen nachgegangen.«

»Ohne dich wäre ich jetzt tot.« In diesem Moment musste Iritari sich an Ishan erinnert haben. Panik kroch in ihre Augen, und sie versuchte den Kopf in seine Richtung zu drehen. In ihrem Nacken knirschte es, und sie schrie auf.

»Ruhig, Herrin. Er lebt, Ishan lebt.« Sein Gesicht war voller Blut, und er hatte das Bewusstsein verloren, aber er atmete noch. Das war das Erste, wonach Catara geschaut hatte, als sie die Prinzessin von ihm heruntergehoben hatte. Wie schwer die Kopfverletzung war, würde sich erst noch zeigen müssen. »Warte kurz, ich will ihn mir mal anschauen.« Sie beugte sich rüber zu Ishan und begutachtete die Platzwunde. Der Schädelknochen war darunter zu erkennen. Nun hob sie eines seiner Lider.

»Wie geht es … ihm?«, wollte Iritari wissen.

»Er ist ohne Besinnung, und seine Kopfwunde sieht nicht gut aus. Sie muss auf jeden Fall genäht werden.«

»Wird …« Iritari zögerte. »Wird er … überleben?«

Catara hatte schon Männer und Frauen an geringeren Kopfverletzungen sterben sehen. Manchmal zog ein Schlag auf den Schädel Blutungen des Gehirns nach sich. »Ich bin keine Heilerin, Herrin. Das Einzige, was ich für ihn tun kann, ist, seine Wunde zu verbinden, damit er nicht noch mehr Blut verliert.«

»Gut, dann … dann mach das«, sagte Iritari.

»Ja, Herrin.« Catara zog dem falschen Calvos das Hemd aus, riss ein paar Streifen Stoff davon ab und machte daraus einen Verband für Ishan. Nachdem sie fertig war, betrachtete sie ihr

Werk, bevor sie an die Prinzessin gewandt hinzufügte: »Ich bin sicher, ein paar Tage Bettruhe sollten ihn wieder auf die Beine bringen.«

»Ich … ich weiß zu schätzen, dass du mich zu … zu schützen versuchst«, erwiderte Iritari. »Aber ich sehe die … Sorge in deinen Augen. Es geht ihm nicht gut, oder? Du … du musst Hilfe holen. Du kannst uns nicht beide tragen.« Die Prinzessin stöhnte. »Mir … mir ist … schwindelig.«

Catara erhob sich, trat über Ishan hinweg und hockte sich erneut an Iritaris Seite. Sie hatte einen Haufen Blut verloren, das sich um ihren Kopf herum gesammelt hatte. »Du solltest nicht so viel reden«, sagte Catara. »Das strengt dich bloß an, Herrin.«

»Wir … wir haben … Leibwächter an der … Kreuzung zurückgelassen. Sie können … können dir helf…« Iritaris Stimme brach.

»Das werden sie ganz sicher«, sagte Catara und fügte ihn Gedanken hinzu: *Wären sie nicht schon tot!*

Iritari blinzelte zu ihr herauf. Es ging zu Ende mit ihr. Nichts konnte das noch verhindern. »Du … du musst … Ishan beschützen.«

Catara las in ihren Augen, dass sie ihr Schicksal inzwischen für sich angenommen hatte. Manchmal dauerte es eine Weile, bis die Menschen bereit waren, sich der Wahrheit zu stellen. Bei Iritari war es erstaunlich schnell gegangen, aber sie war auch eine starke junge Frau. Nicht nur Lurnah, auch Catara, bedauerte ihr Schicksal. Ihr Tod schien so sinnlos, außer natürlich … Catara beugte sich zu ihr hinab. »Wärst du bereit, wirklich alles dafür zu tun, um ihn zu beschützen?«

Iritari gab einen schwachen Laut von sich. Die Blutlache, die sich um ihren Kopf herum gebildet hatte, war so groß, dass Catara sich wunderte, dass die Prinzessin überhaupt noch bei Bewusstsein war. »Das war ein Ja, nicht wahr?«, fragte sie und lächelte. »Ich bin noch nicht häufig einer so tapferen jungen Frau begegnet. Du musst ihn sehr lieben.«

Iritaris Lider flatterten.

Es wurde Zeit.

Catara beugte sich über sie und brach ihr mit einer schnellen Bewegung das Genick. Es gab nur eine Art, wie sie Ishan beschützen konnte: Sie musste ständig in seiner Nähe sein, und das ging am leichtesten in Gestalt der Prinzessin. Doch der Fluch erlaubte es ihr, sich nur dann ihren Körper zu nehmen, wenn sie sie eigenhändig getötet hatte. Catara zog eines ihrer Jagdmesser, schlitzte das Hemd der Prinzessin auf und öffnete anschließend ihren Brustkorb, um das Herz zu entnehmen.

Es lag warm und feucht in ihrer Hand. Nun wickelte Catara es in einen Streifen Stoff, der von Calvos' Hemd übrig geblieben war, und stopfte es in die Tasche ihrer Jacke. Sie würde erst davon essen, wenn sie in der Nähe des Rebellenlagers war. Lurnahs Körper war stärker und robuster als der der Prinzessin, was es ihr einfacher machen würde, Ishan zu tragen. Iritaris Leiche packte sie bei den Armen und schleifte sie zu einem Geröllhaufen. Danach häufte sie so viele Steine über die Tote, dass nichts mehr von ihr zu sehen war. Niemand durfte ihre Leiche finden, wenn Cataras Plan funktionieren sollte. Für Ossa und Calvos würde sie sich schon noch eine passende Geschichte überlegen.

Ein letztes Mal blickte Catara sich in der Höhle um und entdeckte daraufhin die Rune, die ein Stück von ihr entfernt in die Höhlenwand gemeißelt war. Sie konnte die Sprache der Dämonen zwar nicht lesen, aber sie erkannte sie, wenn sie sie sah. Auch Zaragoths Brustkorb war damit gezeichnet gewesen, als er Ruvan con Betanne getötet hatte. War die Rune der Grund dafür, warum Ossa und Calvos den Prinzen angegriffen hatten? Vermutlich hatten sie verhindern wollen, dass Ishan jemandem von seiner Entdeckung erzählen konnte.

In der Ferne grollte es. Irgendwo polterten ein paar Steine zu Boden. Catara horchte auf. Die Macht, die über diesen Ort und über die Rune wachte, meldete sich zurück. Noch schien sie unentschlossen, was Catara anging, denn sie spürte das Dämonische in ihr. Zugleich musste sie den Tod von Calvos und Ossa fühlen. Die Frage war nun: Konnte der Zauber unterscheiden, durch wessen Hand die beiden gestorben waren? Wenn das zutraf, war es ganz gut, dass Catara auch die Prinzessin getötet hatte. Vielleicht würde das verhindern, dass die Macht sich gegen sie wandte. Bald würde sie Gewissheit haben.

Catara warf einen letzten Blick auf die Rune. Jetzt wusste sie wenigstens, wonach Madea und Zaragoth suchen würden, wenn sie nach Kellwyn kamen. Dass sie kommen würden, daran gab es keinen Zweifel. Sie hatte es selbst aus dem Mund des Dämons und seiner Hohepriesterin gehört, und Ossa und Calvos hatten es noch einmal bestätigt, als Catara sie im Dschungel belauscht hatte. Sie kniete sich neben Ishan auf den Boden. *Auf geht's*, dachte sie und hievte sich den bewusstlosen Prinzen auf die Schulter. Als sie sich aufrichtete, musste sie sich an einem Felsen abstützen, um nicht das Gleichgewicht zu verlieren. Catara spielte kurz mit dem Gedanken, die beiden Verräter nach dem Luminesauge zu durchsuchen, entschied sich letztlich dagegen. Sie traute nichts Magischem. Womöglich konnte man sie dadurch aufspüren. Also hob sie die Fackel auf und nahm eine weitere aus Ishans Vorrat mit. Der ganze Rucksack war zu schwer, um ihn auch noch zu tragen.

Sie verließ die Höhle. Ein Rumpeln zog durch den Tunnel. Mehr geschah jedoch nicht. *Eine Warnung*, dachte Catara. Gut. Wenigstens einmal schien ihr das Schicksal wohlgesonnen.

Die größten Hürden, die sie auf dem Rückweg zum Rebellenlager nehmen musste, waren die Stellen, wo sich Stein- und Geröllawinen in den Tunnel ergossen hatten. Sie waren oft so schmal, dass Catara sie nur kriechend oder eng an die Tunnelwand gepresst passieren konnte. Dass Ishan immer noch nicht wieder zu Bewusstsein gekommen war, machte ihr das Vorankommen nicht leichter. Nach einer Weile blutete sie aus etlichen Abschürfungen an den Händen, Armen und im Gesicht. Zudem war sie so stark durchgeschwitzt, dass ihr die Kleidung wie eine zweite Haut am Körper klebte. Schließlich tauchte vor ihr im Licht der Fackel die Kreuzung auf, auf der die Leichen der beiden Wächter lagen.

Catara trat über sie hinweg. Sie würde sie hier liegen lassen. Später, nachdem sie als Prinzessin Iritari ins Lager heimgekehrt war, würde sie ohnehin erklären müssen, was aus den Leibwächtern geworden war. Und die überzeugendste Lüge war immer noch die, die sich nahe an der Wahrheit hielt. Sie würde von Ossas und Calvos' Verrat berichten, die in Wahrheit Gestaltwandler waren und die Leibwächter umgebracht hatten, bevor Ishan sie töten konnte. Leider fiel seine eigene Verwundung am Ende so stark aus, dass er dann kurz vor ihrer Ankunft im Rebellenlager das Bewusstsein verloren hatte. *Hach.* Wer würde diese Geschichte anzweifeln, zumal sie aus dem Mund der Prinzessin käme.

Catara kam nur langsam voran. Ishan war schwerer, als sie erwartet hätte. Mittlerweile brannten sämtliche Muskeln in ihrem Körper. Er war nicht mehr der weiche Jüngling von vor ein paar Monaten. Er hatte jetzt den Körper eines Mannes. Die Vorstellung erregte Lurnahs Körper, und auch Catara gefiel sie.

Als auch die Ersatzfackel erlosch, geschah es im richtigen Augenblick. Kaum hatte sich die Dunkelheit über sie gesenkt, bemerkte Catara einen Lichtschimmer am Ende des Ganges. Ein Wachposten des Rebellenlagers. Sie schleppte Ishan noch ein Stück weiter, bis sie den Zugang zu einer Knochenkammer erreichte, von denen es im Labyrinth reichlich gab. Catara schlüpfte hinein und wuchtete den Prinzen auf den Boden. Nun entkleidete sie sich, ließ das Bündel neben Ishan liegen, nahm Iritaris Herz und kniete sich in sicherer Entfernung von dem Bewusstlosen auf den Boden. Alles in völliger Dunkelheit.

Sie würgte, als sie den Fleischklumpen an den Mund führte und der Blutgeruch ihr in die Nase stieg. *Verfluchtes Miststück, stell dich nicht so an!* Sie hielt den Atem an, schlug ihre Zähne in das Herz und riss ein Stück davon ab. Sofort breitete sich ein salziger, kupferartiger Geschmack in ihrem Mund aus. *Runterschlucken*, befahl sie sich, als ihr Magen sich zusammenzog. Kaum war das Stück Fleisch ihre Kehle hinabgerutscht, setzte der Fluch ein.

Ein Hitzestoß jagte durch ihren Körper. Catara stöhnte auf und fiel nach vorne auf ihre Hände. Das Feuer verzehrte sie von innen heraus. Sie konnte die Flammen spüren, die sich mit quälender Langsamkeit durch Eingeweide, Muskeln und Sehnen fraßen. Schon warf ihre Haut Blasen. Darunter war rohes Gewebe, glänzend von Fett. Als die Flammen hervorbrachen, drang ihr der Gestank ihres eigenen brennenden Fleisches in die Nase. Sie keuchte, schloss die Augen und konzentrierte sich ganz auf ihren Herzschlag. *Wumm, Wumm, Wumm* … In Gedanken zählte sie mit, zählte und zählte, bis der Schmerz nachließ und das vertraute Jucken einsetzte, wenn frische rosa Haut einen neuen Körper formte.

Leben – Tod – Wiedergeburt.

Sie sprang auf die Füße, fühlte, wie die Überreste ihrer früheren Gestalt als Ascheflöckchen von ihr abfielen. Die Arme um sich selbst geschlungen, stand sie einige Augenblicke so da und murmelte ihren Namen wie ein Mantra vor sich hin: »Catara, Catara, Catara …« Eine Angewohnheit aus alten Tagen, die sie nicht abzulegen vermochte. Schließlich seufzte sie und nahm die Arme herunter. Ganz allmählich ließ das Jucken nach. Catara tastete sich zurück an Ishans Seite, spürte das Kleiderbündel auf und schlüpfte hinein. Zwar war das nicht die Kleidung der Prinzessin, aber ihr würde schon eine Erklärung einfallen, wenn man sie darauf ansprach. Lurnahs Jagddolche hingegen verbarg sie in ihren Stiefeln. Es würde Aufmerksamkeit erregen, wenn die Prinzessin plötzlich bewaffnet herumlief. Jetzt war sie bereit. Allerdings konnte sie Ishan mit diesem Körper nicht länger tragen. Also verließ sie die Kammer und stolperte auf das Fackellicht am Ende des Ganges zu. All ihre oberflächlichen Wunden waren verheilt, ihre Muskeln aber schmerzten immer noch davon, Ishan die lange Strecke getragen zu haben.

»Hilfe!«, rief Catara ganz in der Rolle der Prinzessin, während sie auf die Wächterinnen am Ende des Ganges zustolperte. Drei Frauen mit Armen breiter als Cataras Oberschenkel. Sie standen um ein Fass herum, das sie als Tisch benutzten und über das gerade klackernd ein paar Würfel rollten. Die Wächterinnen fuhren herum und rissen vor Erstaunen die Augen auf.

»Prinzessin Iritari?«, rief die älteste von ihnen, deren Haar bereits Silbersträhnen aufwies und die wohl den Befehl führte. »Bist du etwa allein unterwegs?«

Catara blieb vor ihr stehen und schüttelte den Kopf. »Sie sind tot«, keuchte sie. »Verräter …« In knappen Worten schilderte sie den Vorfall. »Ishan, ich meine, der Kommandant, lebt noch. Ich musste ihn ein Stück den Gang runter zurücklassen, als er plötzlich zusammenbrach.«

»Führe mich schnell zu ihm, Prinzessin.« Sie deutete auf eine der beiden Frauen. »Du bleibst hier und bewachst den Tunnel. Und du«, sie sah die dritte Wächterin an, »begleitest uns!«

Die Anführerin schnappte sich eine Fackel aus einer Eisenhalterung an der Tunnelwand und folgte Catara zurück in die Knochenkammer. Sie traten ein, und das Licht der Fackel fiel auf Ishan. Für Catara fühlte sich dieser Moment an, als hätte ihr jemand eine Faust vor die Brust gerammt. Sie schnappte nach Luft, taumelte vor und fiel vor dem Prinzen auf die Knie. Plötzlich lagen ihre Hände auf Ishans Brust, und heiße Tränen liefen ihr über die Wangen. Niemals zuvor im Leben hatte sie solche Angst um einen anderen Menschen verspürt.

»Herrin, geht es dir gut?« Die Wächterin mit der Fackel legte ihr eine Hand auf die Schulter. Catara wollte sie anschreien, dass sie ihre Hand gefälligst wegnehmen solle. Stattdessen stieß sie ein hilfloses Schluchzen aus. Und dann begriff sie: Was sie fühlte, waren Iritaris Gefühle. Nur wie konnte das sein? Seit sie die Herzen ihrer Opfer aß, war es nicht mehr zu einer Vermischung ihrer eigenen Empfindungen mit denen ihrer Opfer gekommen. Sie starrte auf Ishans bleiches, blutverschmiertes Gesicht und musste dagegen ankämpfen, die Hand auszustrecken und es zu streicheln. »Das nennt man Liebe«, flüsterte eine Stimme in ihrem Hinterkopf. Kein Gefühl war mächtiger, keines weniger zu kontrollieren. Unwillkürlich musste Catara an Darval denken und den Schmerz, den er ihr bereitet hatte. Damals hatte sie sich geschworen, dergleichen nie wieder für einen Menschen zu empfinden.

»Wir … wir müssen ihn zu den Heilern bringen«, stammelte sie. »Schnell!«

40

Athane, Nekross
09. Oktan 1026 n. d. Zweiten Dämonenkrieg

Es war ein sonniger Herbsttag, zumindest in Athanes Straßen. Vor den Stadtmauern wallte wie immer der Nebel, der sie schon auf dem Fluss in Empfang genommen hatte. Veitts Blick wanderte über die Stadthäuser mit ihren Fassadenverzierungen, Erkern und Türmen, die vom Reichtum der Insel kündeten. Die Männer und Frauen, die ihnen entgegenkamen, waren alle wohlgenährt und wohlgekleidet. Hier gab es keine Armut oder stinkenden Abwasserkanäle. Im Gegenteil. Mit seinen magischen Straßenlaternen, den vergnüglich plätschernden Brunnen und zahlreichen Parkanlagen stellte Athane den Entwurf einer vollkommenen Stadt dar.

Zehn Jahre waren vergangen, seit Veitt zuletzt einen Fuß auf Nekross gesetzt hatte. Nicht dass er schlechte Erfahrungen mit der Insel verband – schön, ein paar gab es da schon –, aber im Großen und Ganzen lag es doch eher daran, dass es ihm schlicht an der Gelegenheit für einen Besuch gemangelt hatte. Als ein paar alte Erinnerungen in ihm hochstiegen, lächelte er still in sich hinein. An der Akademie hatte er den Großteil seiner Jugend verbracht. Was für Zeiten das gewesen waren! Mit dreizehn hatte er das erste Mal ein Mädchen geküsst, und dabei festgestellt, dass er es genauso aufregend fand, wie einen sechsfüßigen Beulengecko zu küssen. An der Akademie hatte er sich aber auch zum ersten Mal verliebt. In einen Jungen namens Brego. Sie hatten einen wundervollen Sommer miteinander verbracht, bis Brego dann bei einem Ausflug ins Himmelsgebirge ums Leben gekommen war. Er hatte einer Novizin helfen wollen, die sich zu weit an den Rand des Tiefenbruchs vorgewagt und dabei den Halt verloren hatte. Veitt seufzte. Über ein Jahr hatte er um Brego getrauert.

»Alles in Ordnung?«, fragte Kela, die sich zu ihm hatte zurückfallen lassen.

»Bestens«, erwiderte er und richtete den Blick auf Ryk, der die Gruppe anführte. Ein paar Schritte hinter ihm und Kela gingen Nersei und Asmaran, umringt von den Empathen. Außer Ryk und Veitt trugen alle lange Mäntel, unter deren Kapuzen sie ihre Gesichter verbargen. Zusätzlich erzeugten Asmarans Diener eine Art magischen Schild um sie herum, der die Blicke Vorübergehender von ihrer Gruppe ablenken sollte. Sie konnten ihn über mehrere Stunden aufrechterhalten. Danach war ihre Magie erst mal aufgebraucht und sie benötigten Erholung. Allerdings hatten sie nicht vor, so lange in Athane zu bleiben.

»Wollen wir nicht Frieden miteinander schließen, Veitt?«

Er wandte ihr das Gesicht zu und wölbte eine Braue. »Was denn? Befinden wir uns etwa im Krieg?«

»Sag du es mir!«, forderte Kela.

Sie hatte ja recht. Er war derjenige, der ihr aus dem Weg ging. Das hatte er während ihrer Reise nach Arville getan und auch während der vergangenen Tage auf der *Sonnensegler*. »Also schön«, sagte er leise, damit Ryk nichts mitbekam. »Ich weiß nicht genau, was zwischen euch beiden vorgefallen ist. Es geht mich auch nichts an. Aber du hast ihm damals das Herz gebrochen. Versprich mir, dass du das nicht noch einmal tun wirst, und ich will die Sache als erledigt betrachten.«

Veitt hatte damit gerechnet, dass die Veydra verärgert abziehen würde, stattdessen lachte Kela so harsch auf, dass Ryk kurz zu ihnen zurücksah. »Veitt, Veitt, Veitt«, sagte Kela, nachdem sie sich wieder gefasst hatte. »Hat Ryk das behauptet? Dass ich ihm das Herz gebrochen habe?«

Veitt öffnete den Mund und schloss ihn wieder. Nein, das hatte er tatsächlich nie getan. Er war ganz selbstverständlich davon ausgegangen, dass es so gewesen sein musste, weil Ryk nach der Trennung von Kela völlig am Boden zerstört gewesen war. Wochenlang hatte er kaum sein Bett verlassen und selbst seine Arbeit vernachlässigt. »Was ist dann passiert?«, wollte er von der Veydra wissen.

Kela rückte dichter an ihn heran. »Was früher oder später immer passiert, wenn Ryk einem anderen Menschen zu nahe kommt. Er verhält sich wie ein kompletter Idiot und macht alles kaputt!«

Veitt wusste genau, was sie meinte. Seit dem Tod von Onkel und Tante, die Ryk wie ihr eigenes Kind aufgezogen hatten, fürchtete er sich vor zu viel Nähe zu anderen Menschen. Er ertrug die Vorstellung einfach nicht, noch mal jemanden zu verlieren, der ihm wichtig war. Er seufzte. »Eigentlich hätte ich es mir ja denken können. Tut mir leid, wie ich mich dir gegenüber verhalten habe.«

»Vergiss es.« Kela winkte ab. »Ich bin nur froh, dass wir das aus der Welt schaffen konnten.« Sie warf einen Blick über die Schulter und fügte dann hinzu: »Du magst ihn, nicht wahr?«

»Was?« Veitt sah sie erschrocken an. Redete sie noch von Ryk?

»Ach, komm schon, ich hab genau gesehen, welche Blicke du Nersei zuwirfst. Und warum auch nicht, der Kerl ist verdammt attraktiv.«

Veitt wurde rot. Selbst seine Ohren kribbelten. Ganz automatisch schaute er zurück und begegnete Nerseis Blick. Die Schatten, die die Kapuze auf sein Gesicht warf, verhinderten, dass Veitt etwas aus seiner Miene herauslesen konnte. Und dann war der Moment auch schon wieder vorbei, als Nersei sich seinem Vater zuwandte. Asmaran hatte sich während ihrer Schiffsreise zumindest so weit erholt, dass er wieder selbstständig gehen konnte. Veitt stieß frustriert die Luft aus und schob die Hände in die Hosentaschen.

»Er ist ein Krieger«, sagte Kela. »Mit schmachtenden Blicken wirst du bei ihm nicht viel erreichen.«

»Sehr witzig«, grummelte Veitt.

Ryk hatte sie zu dem größten und angesehensten Kutschenverleih von Athane geführt: *Goldhuf & Söhne*. Veitt und die anderen standen auf einem weitläufigen Innenhof, der dem Wohnhaus vorgelagert war. Zur Linken von Veitt lagen die Ställe. Durch die offenen Türen konnte er Stallknechte beobachten, die die Boxen der Pferde ausmisteten. Zu seiner Rechten befanden sich die Unterstände für die Kutschen. Die Auswahl war beeindruckend. Es gab einfache Planwagen für den Warentransport, grazile Fuhrwerke für Stadtfahrten und schwere Reisekutschen, die ihren Passagieren Schutz vor jedem Wetter boten. Von Letzteren würden sie drei Stück brauchen, immerhin waren sie zu zwölft. Dass sie zur Akademie am Fuße des Himmelsgebirges ritten, kam nicht infrage. Kein Pferd würde einen Dämon auf seinem Rücken dulden. Ihr Geruch machte die Tiere nervös. Ryk hatte ebenfalls ausgeschlossen, dass die Empathen und Asmaran die Strecke zu Fuß zurücklegten. Auch wenn sie Kapuzenmäntel trugen, flöge ihre Tarnung spätestens dann auf, wenn jemand sah, dass sie genauso schnell rannten wie galoppierende Pferde. Also waren ihnen nur die Kutschen geblieben.

Asmaran war von Anfang an gegen ihren Abstecher nach Nekross gewesen. Nicht nur wegen der Nähe zu den Magiern, den Erzfeinden der Val'kai. Bisher war es Zaragoth nicht gelungen, Inos zu erwecken. Andernfalls hätte der wahnsinnige Gott die Schwebenden Reiche längst mit Feuer und Tod überzogen. Sie hatten also immer noch eine Chance, den Fluchbringer aufzuhalten. Vorausgesetzt, sie trafen rechtzeitig auf Kellwyn ein und fanden das Grab des Gottes vor Zaragoth. Aber obwohl jeder Tag zählte, hatte Ryk weiterhin darauf gepocht, zuerst zur Akademie zu reisen. »Ihr müsst mir vertrauen«, hatte er sie beschworen. »Wenn dort alles läuft, wie ich es mir vorstelle, wird Inos kein Problem mehr für uns sein.«

Ein überaus gewagtes Versprechen, wie Veitt fand, denn er konnte sich beim besten Willen nicht vorstellen, was die Magier Inos entgegenzusetzen hatten.

Was hast du bloß vor?, fragte er sich und sah zu Ryk rüber, der gerade mit Abarus Goldhuf, dem Inhaber des Kutschenverleihs, über den Preis verhandelte. Kela, die in ihrem Kapuzenmantel gleich neben Veitt ausharrte, verstand vermutlich jedes Wort von dem, was die beiden sprachen. Natürlich hätte Veitt seine Magie zu Hilfe nehmen können, um sie ebenfalls zu belauschen, aber das Gespräch schien ihm nicht wichtig genug. Stattdessen wandte er sich zu den Val'kai um, um sicherzugehen, dass sie sich ruhig verhielten und keine Aufmerksamkeit auf sich zogen.

Sie warteten direkt beim Tor, damit der Wind ihren Geruch nicht in die Ställe trug und die Pferde aufscheuchte. Nersei stand neben seinem Vater. Beide hatten die Kapuzen tief in die Gesichter gezogen. Genauso wie die Empathen, die sich schützend um ihre Herren aufgestellt hatten.

»Abgemacht«, schallte Ryks Stimme über den Hof. Veitt drehte sich gerade noch rechtzeitig genug herum, um zu sehen, wie der Dämonenjäger und der Inhaber des Kutschenverleihs sich die Hände schüttelten. Gleich darauf kam Ryk zu ihnen und erklärte, dass er die Kutschen zu einem guten Preis bekommen hätte.

»In einer Stunde brechen wir auf«, fügte er hinzu. »Allerdings ist der Tag bereits zu weit fortgeschritten, als dass wir es heute noch bis zur Akademie schaffen. Ich habe das mit Abarus Goldhuf besprochen. Er wird die Kutscher anweisen, Wiesengrund anzufahren, wo wir die Nacht verbringen werden. Wir müssen ohnehin die alte Weststraße zur Akademie nehmen. Die Route über die Hochebenen wäre zwar schneller, ist aber für Kutschen nicht befahrbar.«

Kela nickte. »Was machen wir in der Zwischenzeit?«

»Ihr beiden bleibt hier und passt auf unsere Freunde auf.« Er nickte in Richtung Nersei und der Val'kai. »Ich suche in der Zwischenzeit einen Kurierdienst auf und schicke Everdale Tilbrock einen Botenvogel. Ich will ihm für morgen unsere Ankunft am Westtor ankündigen, damit wir nicht vor verschlossener Pforte stehen.«

Als die drei Kutschen aus dem Innenhof des Kutschenverleihs fuhren, saßen in der ersten Veitt, Ryk, Kela und Nersei. Die zweite teilten sich Asmaran und drei seiner Empathen. In der letzten saßen die übrigen vier Empathen. Anfangs hatten die Dämonen sich den Kutschen nicht nähern können, ohne dass die Pferde mit den Augen gerollt und gescheut hatten. Daraufhin war Kela auf die Idee gekommen, ihnen etwas Siaminzöl auf die Nüstern zu reiben. Danach hatten sie keine Probleme mehr gemacht.

Was für eine Suppe, dachte Veitt, während sie Athane durch das Nordtor verließen. Obwohl es bereits spät am Nachmittag war, hatte sich der Nebel noch immer nicht verflüchtigt. Im Gegenteil. Er schien sogar dichter geworden zu sein. Durch das Kutschenfenster konnte Veitt nur die ersten Meter des Dammweges ausmachen. Er hob den Blick zum Himmel. Die Sonne stand bereits tief im Westen, wo sie wie ein diffuses gelbgoldenes Auge durch den Dunst schimmerte. Je weiter sie sich von Athane entfernten, desto lebendiger wurde der Sumpf. Immer öfter drang das Brüllen der Riesenechsen bis zu ihnen vor. Veitt hatte noch nie eine mit eigenen Augen gesehen. Sie galten als scheu.

Nur an besonders nebeligen Tagen verließen sie ihre Verstecke, um im Sumpf zu jagen.

Veitt sank gegen die gepolsterte Rückenlehne. Draußen gab es ohnehin nicht viel zu sehen. Ihm gegenüber saß Ryk, der die Augen geschlossen hatte. War er erschöpft? Oder vermied er es bloß, ihn anzusehen? Veitt war sich nicht sicher. Er wusste nur, dass Ryk sich ihm gegenüber anders verhielt, seitdem er von den Veränderungen erfahren hatte, die das Dämonenblut bei Veitt ausgelöst hatte. Jeden Tag, so kam es Veitt vor, schien das Seelenfeuer in seiner Brust ein wenig heißer zu lodern.

Warum redest du nicht mit mir, Ryk?

In den vergangenen Tagen hatte er sich mehr als einmal gefragt, was hinter diesen grünen Augen vorging. Leicht zu durchschauen war Ryk nie gewesen, aber früher hatte er sich ihm wenigstens anvertraut und Rat bei ihm gesucht. Mittlerweile hatte er nur noch diesen nachdenklichen Blick für ihn übrig, der Veitt beunruhigte. Aber vielleicht war er auch gar nicht das Problem. Die Gegenwelt hatte Ryk verändert. Seine Magie war stärker geworden, das konnte Veitt spüren. Doch die Welt der Dämonen hatte ihn auch düsterer gemacht. Bevor es ihn dorthin verschlagen hatte, waren seine Augen meist von einem satten Moosgrün gewesen. Jetzt, nach seiner Rückkehr, zeigten sie meist ein grimmiges Grünblau. Veitts Blick wanderte weiter zu Kela, die neben dem Dämonenjäger saß. Sie hatte den Kopf gegen die Kutschenwand gelehnt und starrte hinaus in den Nebel. Vermutlich war sie in Gedanken versunken. Kela schien im Gegensatz zu Ryk kaum verändert aus der Gegenwelt zurückgekehrt zu sein. Nach wie vor flossen die roten Locken ohne das geringste Anzeichen von Grau über ihre Schultern. Auch sonst wirkte sie ganz so, wie Veitt sich aus der Zeit an sie erinnerte, als sie und Ryk das erste Mal zusammengekommen waren.

Kela schien seinen Blick gespürt zu haben, denn plötzlich sah sie zu ihm rüber und zwinkerte ihm zu. Veitt reagierte ganz selbstverständlich mit einem Lächeln, bevor er sich wieder dem Kutschenfenster zuwandte. Sie sollte nicht glauben, er beobachte sie. Draußen sah er etwas Grünes aufblitzen, bevor es vom Dunst wieder verschluckt wurde. Ein Hinweis darauf, dass das Ende des Sumpfes nicht mehr fern war. *Was machst du da eigentlich, Veitt?*, fragte er sich. Eigentlich war es Nersei gewesen, zu dem er sich hatte umdrehen wollen. Bei Ryk und Kela war er nur verharrt, weil er es nicht gewagt hatte, den Veydra direkt anzusehen. Er hatte es mehr wie einen Zufall wirken lassen wollen. Er schluckte. Nersei saß direkt neben ihm. Allein der Gedanke brachte Veitts Herz zum Wummern. Beim Einsteigen in die Kutsche hatte er ebenso wie Kela seine Kapuze abgestreift. Nersei war wahnsinnig attraktiv. Nein, mehr als das. Nersei war ... schön, und das im wahrsten Sinne des Wortes. Die helle Haut, sein ebenmäßiges Gesicht, das rotblonde Haar und erst diese Augen ... In sie hineinzusehen, das war, als würde man den Boden unter den Füßen verlieren und in einen weiten blauen Himmel stürzen.

Es war jedoch nicht nur sein Aussehen, von dem Veitt sich angezogen fühlte. Während ihrer Reise vom Tal des Dämonenjägers nach Arville hatte er viel Zeit gehabt, Nersei zu beobachten. Er war beeindruckt gewesen, mit welcher Hingabe er sich um seinen Vater gekümmert hatte. Beeindruckt von der Verbundenheit und Freundschaft, die Nersei von den Empathen und selbst von Kela entgegengebracht wurden. Und auch wenn Nersei und Ryk häufig miteinander stritten, wurde der Dämonenjäger niemals herablassend oder beleidigend ihm gegenüber. Was bedeutete, dass Ryk ihn ebenfalls respektierte. Zweifelsohne besaß Nersei sehr viel mehr Qualitäten, als nur gut auszusehen.

Ach, was soll's, dachte Veitt und wandte sich zu ihm um. Sofort wünschte er sich, er hätte es nicht getan. Nersei hatte die Arme vor der Brust verschränkt und starrte ihm so finster entgegen, als hätte er nur darauf gewartet, dass Veitt sich zu ihm umdrehte. Hastig fuhr er herum und wünschte, die Kutsche würde sich unter ihm öffnen und er geradewegs ins Maul einer Riesenechse stürzen. Dann hätte er es wenigstens hinter sich und müsste nicht länger mit einem Kopf hier sitzen, der so rot war wie eine reetacianische Wutkröte.

Als die Kutsche vom Dammweg rollte, begann sich auch der Nebel zu lichten. Nach kurzer Zeit fuhren sie durch eine Gras- und Hügellandschaft mit vereinzelten Büschen und Bäumen, deren Blätter sich bereits gelb und rot färbten. Veitt schob den Kopf aus dem Fenster und sah zurück. Die beiden anderen Kutschen, die wie die ihre von jeweils sechs Pferden gezogen wurden, waren direkt hinter ihnen. Die Tiere zeigten keinerlei Anzeichen von Unruhe. Das Siaminzöl schien weiterhin zu wirken. Als er seinen Blick nach vorne richtete, fiel er auf das Himmelsgebirge, das fast den gesamten Horizont einnahm. *Bei allen Dämonen …* Er hatte vergessen, wie sehr der Anblick einen überwältigen konnte. Während die westlichsten Ausläufer des Gebirgszuges in das Feuer der untergehenden Sonne getaucht waren, lag sein östlichster Arm bereits unter einem kobaltblauen Abendhimmel, an dem die ersten Sterne funkelten. Veitt lächelte. Er hatte es nicht so schön in Erinnerung gehabt.

»Was für Berge«, hörte er Nersei neben sich in der Kutsche sagen. Anscheinend hatte auch er gerade die Aussicht entdeckt. »Wie kommt's, dass die höchsten Gipfel weiß sind, als hätte ihnen etwas alle Farbe ausgesaugt?«

»Ja, Veitt«, sagte Kela. »Warum haben die Gipfel keine Farbe?« Er hörte den amüsierten Unterton aus ihrer Stimme heraus und wusste genau, was sie vorhatte. Er ließ sich in die Kutsche zurücksinken und begegnete kurz Ryks Blick, der ihn mit halb geschlossen Lidern musterte. Wieder einer dieser Blicke, die er nicht zu deuten wusste. Rasch wandte er sich Kela zu und zog eine Braue hoch. »Was denn? Vierhundert Jahre alt, und du hast noch nie was von Schnee gehört?«

»Warum erklärst du das nicht Nersei?« Sie grinste ihn an. »Es war schließlich seine Frage.«

Auch wenn sie es gut meinte, für Veitts Geschmack genoss sie die Situation ein wenig zu sehr. Er räusperte sich und begegnete dem Blick des Veydra. Seine Miene wirkte verschlossen. In seinen Augen vermeinte Veitt jedoch einen Funken Neugier zu entdecken.

»Ihr kennt keinen Schnee in der Gegenwelt?«

Nersei schüttelte den Kopf.

Wie erklärte er es ihm am besten? »Schnee ist gefrorenes Wasser«, sagte er. »Wenn es besonders kalt ist, werden aus Regen weiße Flocken. Auf den Gipfeln der Himmelsspalter herrschen das ganze Jahr über eisige Temperaturen, darum schmilzt der Schnee dort auch nicht.«

»Hm, Wasser also.« Nersei schürzte die Lippen und zuckte dann die Schultern. »Ich versteh es trotzdem nicht.«

»Eigentlich ist es ...«

»Nein, lass nur. Ist nicht wichtig«, würgte Nersei Veitt ab und drehte sich wieder zum Kutschenfenster um. Doch dann sah er ihn noch einmal an. »Danke.« Bevor Veitt etwas erwidern konnte, hatte er sich schon wieder abgewandt.

Die Abenddämmerung war längst über Nekross hereingebrochen, als vor ihnen im Dunkeln die Lichter von Wiesengrund auftauchten. Veitt schätzte die Entfernung auf nicht mehr ganz zwei Meilen. Zu beiden Seiten der Straße erstreckte sich Weideland. Gras, das im Wind wogte. Ein paar Schafe, die in der Ferne blökten. Weit im Westen machte Veitt die Silhouette eines Waldes aus, die sich dunkel gegen die Sterne abhob. Gleich dahinter lag die große Seenplatte, von wo es nicht mehr weit bis Lunagaard war. Die Stadt, wo die Mondsteine gewonnen wurden, aus denen die Magier die Luminesaugen herstellten. Als Novize war er einmal dort gewesen, um der Mine einen Besuch abzustatten. Eine Pflichtveranstaltung. Die Stadt und ihre Bewohner hatte er gemocht. Die Mine war ihm dagegen ein Graus gewesen. Allein der Gedanke, Tausende Tonnen Gestein über sich zu haben, hatte ihm schier die Luft abgeschnürt.

Wiesengrund besaß einige Hundert Einwohner, von denen manche neugierig die Köpfe aus der Tür steckten, als die drei Kutschen vorüberratterten. Kurze Zeit später hielten sie vor der Herberge *Zum fröhlichen Schäfer*. Ein dreistöckiger Bau aus Stein und Holz mit einem Schindeldach und erleuchteten Fenstern im Erdgeschoss.

»Ihr wartet so lange in der Kutsche, bis ich mit dem Wirt alles klargemacht habe«, sagte Ryk zu ihnen und stieg aus. »Er könnte misstrauisch werden, wenn ich von mehreren Kapuzenträgern begleitet werde. Ich jedenfalls wäre es an seiner Stelle.«

Veitt sah zu, wie Ryk zur zweiten Kutsche ging, um sich mit Asmaran zu besprechen, bevor er die drei Stufen zu der Holzveranda hinaufstieg und durch die Eingangstür der Herberge verschwand. Nicht lange darauf kehrte er wieder zurück und forderte alle zum Aussteigen auf. Den Kutschern erteilte er Anweisung, zur Rückseite des Gebäudes zu fahren, wo es Platz für die Kutschen gab und Ställe für die Pferde. Die anderen folgten ihm nach drinnen.

Veitt, Ryk, Kela und Nersei brachten zunächst das Gepäck auf die Zimmer, anschließend suchten sie gemeinsam die Schankstube auf. Asmaran und die Empathen begleiteten sie nicht. Sie wollten keine Aufmerksamkeit erregen und blieben auf ihren Zimmern im ersten Stock der Herberge.

Ryk wählte für sie einen Tisch in einer Nische zwischen dem Kamin und dem Treppenaufgang aus. Der Platz war in Schatten getaucht. Er erlaubte es Nersei und Kela, ihre Kapuzen abzustreifen, ohne fürchten zu müssen, sogleich alle Blicke auf sich zu ziehen. Viel los war in der Schankstube nicht. Außer ihnen waren die einzigen Gäste drei junge Burschen und ein Graubart, der mit dem Kopf auf dem Tresen lag und lautstark schnarchte. Einheimische, wie Veitt vermutete.

»Hoffen wir, dass das Essen besser ist, als die Anzahl der Gäste vermuten lässt«, murmelte Kela.

Wie aufs Wort erschien die Schankmaid an ihrem Tisch, die ihnen zum Abendessen Schweinebraten empfahl. Etwas anderes gab es ohnehin nicht. Nersei bestellte zusätzlich acht Portionen für Asmaran und seine Diener mit. »Bitte stell die Teller vor ihren Türen ab und geh dann wieder«, wies er die junge Frau an.

»Wie du wünschst, Herr.«

»Sie hatten einen anstrengenden Tag und wollen nicht gestört werden«, fügte Ryk erklärend hinzu.

»Natürlich, Herr. Geht mich ja auch nichts an«, erwiderte die Schankmaid, obwohl ihre Augen Neugier verrieten. Wer wollte es ihr verübeln? Es kam bestimmt nicht oft vor, dass acht vermummte Gestalten in der Herberge abstiegen. »Soll's auch noch was zu trinken sein? Drei Starkbier und einen Wein für die Lady?«

»Keinen Wein, nur Starkbier. Und eine Lady seh ich hier auch nicht«, entgegnete Kela.

Die Frau grinste und ging davon.

»Starkbier?«, fragte Nersei.

»Du wirst es scheußlich finden«, meinte Veitt, »und dann trotzdem weitertrinken.«

»Hm.« Nersei verschränkte die Arme vor der Brust und lehnte sich in seinem Stuhl zurück, als wollte er sagen: *Das wollen wir erst einmal sehen!*

Die Tür der Schankstube öffnete sich, und die drei Kutscher traten ein. Sie suchten sich einen anderen Tisch. Offenbar wollten sie für sich sein, was Veitt und seinen Freunden nur recht sein konnte.

Nachdem die Schankmaid ihnen die vier Humpen Starkbier gebracht hatte, sahen Veitt, Ryk und Kela Nersei erwartungsvoll an. Mit einem Seufzen griff er nach seinem Krug und nahm einen Schluck daraus. »Was für ein bitteres Gesöff.« Er verzog das Gesicht und trank einen zweiten und dritten Schluck. »Hm, du hattest recht, Veitt. Es wird besser, je mehr man davon trinkt.«

»Das eigentliche Problem ist jedoch, dass man mit jedem Humpen nur noch durstiger wird.« Kela zwinkerte in die Runde. »Und es wirkt sogar noch besser als Siaminzöl gegen den Gestank von Menschen. Vorausgesetzt, man hat bereits genug getrunken.«

Veitt war aufgefallen, dass Kela das Öl in den vergangenen Tagen sehr viel häufiger als Nersei benutzt hatte. War sein Geruchssinn nicht so ausgeprägt wie der ihre? Oder fand er den Geruch von Menschen weniger unangenehm?

Nach dem Essen blieben sie noch eine Weile am Tisch sitzen. Die Stimmung hatte sich dank des Biers gelockert. Vor allem Nersei lachte mittlerweile so häufig, wie es Veitt bei ihm noch nie erlebt hatte. Allerdings war er auch auf den Geschmack des Starkbiers gekommen. Kaum hatte er einen Humpen geleert, orderte er auch schon den nächsten. Kela heizte die Stimmung zusätzlich mit ein paar schlüpfrigen Witzen an, die allen außer ihr die Schamesröte ins Gesicht trieben. Gelegentlich sah Nersei zu Veitt hinüber, schaute aber zumeist sofort wieder weg, wenn Veitt den Blick erwiderte. Das änderte sich erst ab einem bestimmten Punkt des Abends. Mittlerweile waren Nerseis Wangen vom vielen Lachen und Alkohol gerötet, und wenn er Veitt nun ansah, funkelte es schelmisch in seinen Augen.

»Ich muss mal raus, Luft schnappen«, verkündete der Veydra schließlich. »Ich glaub, dieses Starkbier ist mir ein bisschen zu Kopf gestiegen.« Er stand auf und wankte aus der Schankstube wie ein Matrose auf Landgang.

Kela stieß Veitt mit dem Ellbogen an. »Mensch, worauf wartest du? Geh ihm nach!«

Auch Ryk nickte ihm auffordernd zu.

»Ihr habt recht!« Veitt sprang auf, wankte und klammerte sich an die Tischkante. Kela und Ryk johlten vor Vergnügen. Als der Raum endlich aufhörte, sich zu drehen, eilte er Nersei hinterher. Er traf ihn auf der Veranda vor der Herberge an, wo er gegen das Geländer gelehnt dastand und hinauf zu den Sternen sah. »Alles hier ist anders«, murmelte er bei Veitts' Erscheinen. »Nicht mal die Himmelsaugen sind gleich.«

»Geht es dir gut?« Veitt stellte sich neben ihn. Sie waren allein hier draußen. Selbst in den umstehenden Häusern brannte kein Licht, und bis auf den Wind, der sich leise an den Hausecken rieb, war es still.

Einen Moment später lachte Nersei laut auf. »Gut?«, wiederholte er und verstummte dann wieder. Er wandte Veitt das Gesicht zu. Es war in den Lichtschein eines nahen Fensters getaucht. Ein seltsamer Ausdruck lag darauf. Eine Mischung aus Erstaunen und Furcht. Er schluckte und starrte Veitt an. »Es ist in Ordnung«, sagte der und berührte Nerseis Wange. Er fühlte Stoppel unter seinen Fingern. Für einen Moment drückte Nersei das Gesicht gegen seine Hand und seufzte. Veitt lächelte. Seit Jahren war er nicht mehr so glücklich gewesen.

»Nein!«, sagte Nersei plötzlich und stieß ihn so heftig von sich, dass Veitt den Halt verlor und auf seinem Hintern landete. Der Veydra blickte noch einen Moment lang auf ihn herab, fuhr dann herum und stürzte zurück in die Herberge.

Scheiße! Veitt begrub das Gesicht in den Händen. Er wusste nicht, wie lange er so dagesessen hatte, als das Geräusch der Tür an sein Ohr drang. Hoffnungsvoll blickte er auf. Es war nur Kela. Sie blieb vor ihm stehen und hielt ihm die Hand hin. Er packte zu und ließ sich von ihr auf die Füße helfen. »Lief wohl nicht so gut, was?«

»Wie kommst du bloß darauf?«, erwiderte er sarkastisch, schlang die Finger um das Geländer und stieß einen Wutschrei aus. »Warum muss ich mich immer in den Falschen ver…?« Er brach ab und zerrte wie wild an dem Geländer herum, weil er das Bedürfnis hatte, etwas kaputt zu machen. Am Ende gab er auf. Es saß zu fest. Außerdem wollte er es nicht wirklich beschädigen.

»Falls es dich tröstet: Du hast Nersei definitiv den Kopf verdreht, was immer das auch in seinem Fall bedeutet. Er schien sich nicht einmal mehr an Ryk und mich zu erinnern, lief einfach an uns vorbei zur Treppe. Auf dem Weg nach oben ist er noch zweimal, dreimal gestolpert.« Sie schüttelte den Kopf. »Was hast du mit ihm gemacht?«

»Nichts. Das ist es ja. Er ist durchgedreht, bevor überhaupt etwas passiert ist.«

Kela gab ein Glucksen von sich. »So hat es aber nicht ausgesehen.«

Veitt zuckte die Schultern. »Was weiß ich, was in ihn gefahren ist?«

»Tut mir leid für dich«, sagte sie und legte ihm einen Arm um die Schultern. »Ich hoffe nur, du gibst nicht schon auf.«

Aufgeben? Er? Lächerlich. Ryk war er sogar bis ins Tal des Dämonenjägers gefolgt. In ein absolutes Niemandsland. Nur weil er in ihn verliebt gewesen war. »Immerhin hat Nersei mich nicht gleich umgebracht, oder? Vielleicht sollte ich das als positiv werten!«

»Immer schön optimistisch bleiben. So mag ich es.«

Veitt lehnte seinen Kopf an den von Kela. Natürlich hegte er auch immer noch Gefühle für Ryk. Das würde er sein Leben lang tun. Es waren jedoch nicht mehr die Gleichen wie noch vor einem halben Jahr. Ryk hatte jetzt Kela. Zumindest hatten sie sich auf der *Sonnensegler* eine Kabine geteilt und auch hier in der Herberge bewohnten beide dasselbe Zimmer. »Wie geht es dem alten Brummbären eigentlich?« Wenn Ryk ihm schon auswich, bekam er vielleicht über Kela ein paar Antworten. »Ich meine, wirklich.«

»Ihm geht viel im Kopf herum, und die Verantwortung lastet schwer auf ihm.« Sie seufzte. »Nach wie vor ist er davon überzeugt, in der Akademie die Lösung für unsere Probleme mit Zaragoth zu finden. Was das ist, will er mir jedoch nicht verraten.«

»Als Geheimniskrämer war er schon immer gut.« Veitt presste die Lippen aufeinander.

Für eine Weile sagten beide kein Wort. »Ihr … hattet es nicht gerade leicht dort drüben, nicht wahr?« Auch wenn Ryk nicht viel von der Gegenwelt erzählte, waren ihm das zusätzliche Grau im Haar des Freundes und die vielen neuen Fältchen um seine Augen herum nicht entgangen.

Zuerst schien Kela nicht antworten zu wollen, aber schließlich meinte sie: »Für Ryk war es besonders schwer. Als Mensch schlug ihm dort der gleiche Hass entgegen, den die Menschen hier den Val'kai entgegenbringen. Ich glaube, das hat stark dazu beigetragen, seine eigenen Gefühle für sie zu überdenken. Ich konnte spüren, dass sie auch mich hassten. Allerdings nicht, weil ich eine Veydra bin, sondern weil sie mich für den Feind hielten.«

»Ich bin froh, dass er sich von dem Hass lösen konnte«, sagte Veitt. »Ich hatte immer die Befürchtung, dass er Ryk eines Tages auffressen könnte.«

»Ich weiß genau, was du meinst. Bei Ishan war es nicht viel anders. Nach dem Tod seines Vaters war sein Hass auf Thamaryn alles, was ihn aufrecht hielt. Damals habe ich mir große Sorgen um ihn gemacht.«

Veitt biss sich auf die Unterlippe. Kelas Stimme nach zu urteilen, ging ihr Ishans Tod immer noch nahe. »Ich denke, für heute haben wir genug trübe Gedanken gewälzt«, sagte er, hakte sich bei ihr unter und zog sie Richtung Tür. »Es wird Zeit fürs Bett. Morgen müssen wir früh raus.«

41

Labyrinth der Toten, Kellwyn
09. Oktan 1026 n. d. Zweiten Dämonenkrieg

Ishan kam langsam zu sich. Er fühlte etwas Weiches unter sich. Das konnte nur ein Bett sein. Gemurmel drang an seine Ohren. Vielleicht Stimmen? Er blinzelte. Seine Umgebung wirkte seltsam verschwommen, als würde er sie durch eine Wand aus Wasser betrachten. Da war Grau, ganz viel Grau und ein paar orangefarbene Flecken, die bebten und zuckten. Fackeln? Aus dem Augenwinkel sah er etwas Weißes, das an ihm vorüberschwebte. Er folgte ihm mit dem Blick, drehte dabei leicht den Kopf und stöhnte auf, als ein wildes Pochen hinter seiner Stirn einsetzte. Seine Finger krallten sich in das Laken, auf dem er lag. Tränen schossen ihm in die Augen. Er wollte sie schon wieder schließen, als ihm ein vertrauter Geruch in die Nase stieg.

»I-Iri-tari?« Seine Stimme klang rau und war kaum mehr als ein Flüstern.

Plötzlich erbebte das Bett.

»Ishan, du bist wach? Oh, ich bin wohl eingeschlafen.« Finger legten sich auf seine Hand und drückten sie sanft. Eine warme, unendlich tröstliche Berührung. »Ich … ich kann dich nicht … sehen«, krächzte er. »Da sind … nur … Flecken.«

»Warte, trink erst mal was!«

Etwas berührte seine Lippen. Er öffnete sie, und kühles Nass strömte in seinen Mund. Erst jetzt wurde ihm bewusst, wie durstig er war. Er bemühte sich dennoch, nur kleine Schlucke zu nehmen, damit es ihm nicht gleich wieder hochkam. Während er trank, sprach Iritari weiter. »Der Heiler hat gesagt, dass das passieren könnte. Du hast eine ziemlich üble Kopfverletzung. Sie musste genäht werden, und du hast viel Blut verloren. Oh, Ishan, bin ich froh, dass du endlich zu dir gekommen bist.«

Jetzt erinnerte er sich wieder an den Kampf. »Geht … geht es dir gut, Iritari?«

»Ja, dank dir.«

»Mir?«

»Ja, dir«, sagte sie, führte seine Hand zu ihren Lippen und küsste sie.

Ishan entspannte sich wieder, und nun nahm er auch mehr von seiner Umgebung wahr. Das Gemurmel waren tatsächlich Stimmen, und die hellen Flecken nahmen die Gestalten von Männern und Frauen an, die weiße Roben trugen. Jetzt wusste er, wo er war: in der Kammer der Heilung. Auch Iritaris Gesicht wurde langsam deutlicher. Nur das Pochen hinter seiner Stirn wollte nicht nachlassen.

»Wie lange habe ich geschlafen?«

»Drei Tage.« Iritari, die gleich neben seiner Pritsche saß, hatte dunkle Ringe unter den Augen. Sie musste die ganze Zeit über ihn gewacht haben. »Wie fühlst du dich?«

»Benommen.« Er blinzelte, ganz kurz hatte er ihr Gesicht doppelt gesehen. »Als hätte … hätte mich eine Gerölllawine erwischt.«

»Wenn der Schmerz zu stark ist, lasse ich dir etwas Traumwurz bringen.«

»Nein, nein … Ich hab schon viel zu viel geschlafen.«

Sie nickte und beugte sich zu ihm vor, nur, um dann wieder zu verharren, sodass ihr Gesicht dicht über seinem schwebte. In ihrer Miene las er widerstreitende Gefühle: die Sehnsucht nach einem Kuss und zugleich die Angst vor eben jenem. Fürchtete sie, man könnte sie dabei beobachten? Er suchte nach der Antwort in ihren Augen, großen dunklen Augen, und stutzte plötzlich. Etwas an diesen Augen war anders. Ihr Blick kam ihm gleichermaßen fremd wie vertraut vor. Bevor er weiter darüber nachdenken konnte, presste sie ihre Lippen auf die seinen. In diesem Moment schmeckten sie süßer als alles, was Ishan je gekostet hatte. Als sie sich wieder von ihm löste, musste er erst einmal um Atem ringen.

»Ist alles in Ordnung?«, fragte sie besorgt. Er lächelte. »Es ging mir nie besser.« Als er ihr daraufhin in die Augen sah, waren es wieder die von Iritari. Voller Zuneigung und Liebe begegnete sie seinem Blick. »Du musst doch am Verhungern sein«, sagte sie.

Merkwürdigerweise verspürte Ishan jedoch keinen Hunger, obwohl er mehrere Tage durchgeschlafen hatte. »Später vielleicht.« Er zuckte schwach die Schultern. »Erzähl mir lieber, was geschehen ist, nachdem ich das Bewusstsein verloren hatte. Ich weiß noch, dass ich schreckliche Angst um dich gehabt habe.«

Sie sah ihn mit großen Augen an. »Du erinnerst dich nicht mehr?«

»Erinnern? Woran?«

»Dass du weitergekämpft hast. Als der Stein dich traf, bist du für einen Augenblick zu Boden gegangen. Aber dann tauchte der Verräter Calvos aus der Dunkelheit auf, und du hast dich ihm entgegengestellt. Du hast ihn und Ossa getötet. Danach haben wir uns auf den Rückweg gemacht. Kurz bevor wir das Lager erreichten, bist du plötzlich ohnmächtig geworden. Zum Glück waren wir schon nahe genug, dass ich Hilfe holen konnte.«

Wie seltsam, dass er überhaupt keine Erinnerung daran hatte. »Was ist mit Dentos und Arys?«

Iritaris Blick füllte sich mit Trauer. »Tot. Die Verräter hatten ihnen hinterrücks die Kehlen durchgeschnitten.«

»Diese Schweine«, knurrte er. So zu sterben, hatten Iritaris Leibwächter nicht verdient, sie waren gute, brave Männer gewesen. Sein Blick suchte den der Prinzessin. »Und ... und die Rune?«, fragte er leise.

Iritari kam wieder ein wenig näher. »Ich habe niemandem von ihr erzählt.«

»Gut, so muss ...« Er blinzelte, als Iritaris Gesicht vor seinen Augen verschwamm. »... muss es auch ... bleiben.« Ihm war schwindelig, und der Kopfschmerz hinter seiner Stirn nahm mit einem Mal rapide zu. »Jetzt ... jetzt sollte ich mich ... aus-ausruh...«

»Ishan? Ishan?«, hörte er Iritari noch rufen, bevor er in die Dunkelheit abglitt.

42

Magische Akademie, Nekross
10. Oktan 1026 n. d. Zweiten Dämonenkrieg

Früh am nächsten Morgen fanden sich alle in der Schankstube ein, ausgenommen Asmaran und seinen Empathen, die auf ihren Zimmern frühstückten. Nach gestern Abend überraschte es Ryk, Nersei bereits am Tisch sitzen zu sehen, als sie in den Raum kamen. Er hatte erwartet, dass der Veydra die Zeit bis zu ihrem Aufbruch bei seinen Leuten verbringen würde. Veitt schien es ähnlich zu gehen. Für einen Moment stockten seine Schritte, aber dann ging er weiter, als wäre nichts gewesen. Nersei nickte ihnen zu, während sie sich setzten, wobei er es vermied, Veitt anzusehen.

»Gut geschlafen?«, erkundigte sich Kela.

»Kopfschmerzen.« Nersei verzog das Gesicht und begann seine Schläfen zu massieren.

»Irgendwie hatte ich ja gehofft, es wäre dir unangenehm, mir heute Morgen unter die Augen zu treten«, sagte Veitt und verschränkte die Arme vor der Brust. Als Nersei nicht reagierte, schnalzte er mit der Zunge. »Verstehe, Asmaran will es so, nicht wahr? Einer muss ja den Menschen nachspionieren.«

»Es reicht.« Ryk warf ihm einen mahnenden Blick zu, holte ein Stück Traumwurz aus einer seiner Gürteltaschen und reichte es Nersei. »Hier, das hilft gegen den Schmerz. Nur kauen, nicht schlucken, verstanden?«

Wie übel es Nersei wirklich ging, zeigte sich daran, dass er sich das getrocknete Wurzelstück ohne weitere Vorsicht in den Mund stopfte. Das passte so gar nicht zu dem Argwohn, den er ihnen gegenüber gewöhnlich an den Tag legte. Und auch Veitt musste das aufgefallen sein, denn für den Rest des Frühstücks gab er sich friedlich.

Bald darauf brachen sie auf. Die Fahrt in der Kutsche verlief eher schweigsam, was Ryk nur recht sein konnte. Auf diese Weise hatte er Gelegenheit, seine Gedanken zu sortieren. Immer noch hatte er keine Vorstellung davon, wie er es seinem alten Freund und Mentor Everdale Tilbrock beibringen sollte, was er vorhatte. Würde er überhaupt einwilligen? Ryks Plan war riskant, denn er mochte die Existenz der Barriere gefährden. Auf der anderen Seite würde Inos sie ohnehin einreißen, sobald er erst erwacht war. Also musste er es Everdale lediglich so verkaufen, dass sein Vorhaben das kleinere von beiden Übeln war.

Nach drei Stunden auf einer holprigen Straße legten sie eine Rast ein. Ryks Magen rumorte, was er auf das Starkbier vom vergangenen Abend schob. Nersei schien es sogar noch elender zu gehen als am Morgen. Er hatte das Gesicht in den Händen vergraben und blieb auf seinem Platz sitzen, während Ryk, Kela und Veitt ausstiegen, um sich die Beine zu vertreten. Unterdessen versorgten die Kutscher die Pferde mit Wasser und Hafer.

»Etwas beschäftigt dich«, sagte Kela, die sich zu Ryk gesellt hatte.

Er stand am Rande der Straße und blickte auf abgeerntete Felder, die sich über eine weite Ebene erstreckten. In der Ferne konnte er ein Gehöft ausmachen. Rauch stieg aus dem Schornstein des Haupthauses auf. Bei dem Anblick sehnte er sich nach einem Feuer. Er war noch nie ein großer Freund des Herbstes gewesen, geschweige denn des Winters.

»Es ist nichts«, sagte er und wandte das Gesicht gen Norden. Sie waren dem Himmelsgebirge inzwischen so nah, dass er die

Türme und Mauern der Akademie bereits erkennen konnte. Sie schimmerte wie ein grünes Juwel im Licht der Sonne. Nicht mehr lange, und sie erreichten die Straße, die hinauf ins Gebirge und zum Westtor führte.

»Mit anderen Worten: Du willst nicht mit mir darüber reden«, sagte Kela.

Er sah sie unter einer gewölbten Braue hervor an. »Ich *kann* nicht mit dir darüber reden«, widersprach er. »Das ist ein Unterschied.«

»Verstehe.«

»Nein, tust du nicht. Trotzdem musst du mir in dieser Sache vertrauen.« Er legte einen Arm um sie und zog sie an sich, um sein Gesicht in ihren Locken zu vergraben. Wie herrlich sie duftete. »Es gibt Dinge, über die ich nicht sprechen kann, ohne dich in Gefahr zu bringen«, flüsterte er in ihr Ohr. »Diese Magier, die alle Welt so gern als fette, alte und unnütze Männer betitelt, haben eine Seite, die du lieber nicht kennenlernen willst.«

Kela schnaubte. »Keine Sorge, das glaube ich dir aufs Wort.«

Die Gebirgsstraße führte in gerader Linie hinauf zur Akademie. Rechts von ihnen befand sich ein flacher, mit Geröll überzogener Hang, der zu einem düsteren Tannenwäldchen hin abfiel. Auf der anderen Seite ragten die Gipfel des Himmelsgebirges über ihnen auf. Die drei höchsten waren wolkenverhangen, sodass man ihre Spitzen nicht sah.

Eine Viertelmeile vor ihrem Ziel kamen sie an einer von Felsen und Gesträuch geschützten Einbuchtung vorüber. Dort ließ Ryk die Kutschen anhalten. Asmaran, die Empathen sowie die beiden anderen Kutscher sollten hier ein Lager aufschlagen und auf sie warten, während er, Kela, Veitt und Nersei den letzten Abschnitt ihrer Reise allein zurücklegten. Nichts würde Ryk dazu bringen, die Akademie mit einer Handvoll Val'kai im Gefolge zu betreten. Sämtliche Schutz- und Verteidigungszauber würden auf der Stelle ausgelöst. In der Folge käme es zu einem Kampf zwischen den Wächtern der Akademie und den Dämonen, noch bevor Ryk die Chance hätte, die Situation zu erklären. Erst musste er mit Everdale reden und ihm die veränderte Situation in der Gegenwelt erklären. Der Oberste Magus musste von dem Bürgerkrieg erfahren, durch den das Volk der Val'kai entzweit wurde, und dann würde er auch verstehen, warum Asmaran jetzt ihr Verbündeter war. Vor allem musste Ryk ihn vor Zaragoths Plänen warnen, und er musste ihm von seinen eigenen erzählen, die nicht weniger verrückt waren. Gesprächsstoff für viele Abende. Nur dass sie diese Zeit nicht hatten. Schon morgen wollte er sich auf den Rückweg nach Athane machen, um mit dem nächsten Feuerreiter nach Kellwyn aufzubrechen, wo sie sich Zaragoth entgegenstellen würden. Hoffentlich nicht allein.

»Erinnerst du dich?«, fragte Kela, die gerade aus dem Kutschenfenster schaute.

Ryk presste die Lippen zusammen. Soeben hatten sie die Abzweigung passiert, die er, Kela und Ishan noch vor wenigen Monaten auf der Jagd nach dem Morphus in das Hochgebirge eingeschlagen hatten.

»Nur zu gut«, sagte er und dachte an den Freund, den sie verloren hatten. Gleich darauf hielt die Kutsche. Vor ihnen ragte das Westtor der Akademie auf. Ryk stieg als Erster aus. Gefolgt von Kela, Veitt und Nersei. Den Wind, der von den Steilhängen zu ihnen herabwehte, an seinem Haar riss und ihm die Tränen in die Augen trieb, nahm Ryk nur am Rande wahr. Seine ganze Aufmerksamkeit galt in diesem Moment der Akademie, deren erhabener Anblick ihm ein Lächeln entlockte.

Sie war so viel mehr, als ihre äußere Pracht erahnen ließ, so viel mehr als ein Hort des Lernens und des Wissens. Sie war ein Monument jener Schaffenskraft einer Generation von Magiern, die eine ganze Welt neu kreiert hatten. Und sie stand für eintausend Jahre Frieden und Freiheit, die die Bewohner der Schwebenden Reiche der Opferbereitschaft von einhundert Männern und Frauen verdankten, die ihre Leben, ihre Familien und Liebsten aufgegeben hatten, um die magische Barriere zu erschaffen und aufrechtzuerhalten.

»Seid Ihr Ryk Vangur, der Dämonenjäger aus Xe'Neridian?«, tönte es von der Wehrmauer über ihnen.

Ryk kniff die Lider zusammen und suchte nach dem Sprecher. Es war ein Mann mit dunklem Bart. Er trug einen konisch geformten Eisenhelm und eine grüne Uniform, die mit der Farbe des Mauerwerks verschmolz. Neben ihm auf einer Zinne lag eine Armbrust.

»Der bin ich«, rief Ryk zu ihm herauf.

»Dann beweist es.«

Ryk rief seine Magie herbei. Hitze strömte von seiner Brust in seinen rechten Arm bis in die Fingerspitzen, aus denen jetzt blaue Flämmchen zuckten. Sie leckten über seine Haut, ohne ihn zu verbrennen, denn es war die Flamme von Kalrym. Ein magisches Licht, in dessen Schein weder Lüge noch Trug Bestand hatten. Nun nannte er seinen Namen und die seiner Begleiter sowie ihre Absicht, mit dem Obersten Magus zu sprechen.

»Wir haben Euch erwartet, Herr«, sagte der Wächter daraufhin. »Nur einen Augenblick, ich lasse die Pforte für Euch und Eure Gefährten öffnen.«

»Was ist mit unserer Kutsche?«, fragte Ryk, erstickte die Flämmchen zwischen den Fingern und rief die Magie zurück in das Energiezentrum nahe seines Herzens.

»Sobald wir sie überprüft haben, werden wir das Tor auch für den Kutscher öffnen, Herr. Es geht nicht anders. Der Oberste Magus hat uns strenge Anweisungen erteilt, nachdem mehrere Magier verschwunden sind.«

Verschwunden? Eine eisige Hand legte sich bei diesem Wort um sein Herz, und er musste wieder daran denken, was Veitt ihm vor ein paar Tagen im Tal erzählt hatte: dass Gestaltwandler auf den Inselreichen unterwegs waren und Jagd auf Dämonenjäger und deren Freunde machten. »Wen hat es denn erwischt?«

»Die ehrenwerte Emeryle, Leiterin der Bibliothek, und noch ein paar andere. Der Oberste Magus wird es Euch aber sicher selbst erzählen wollen.« Der Wächter wandte sich ab und verschwand aus seinem Sichtfeld. Gleich darauf hörte Ryk, wie er den Befehl rief, die Pforte zu entriegeln, die in den rechten Torflügel eingelassen war.

»Kommt«, forderte Ryk seine Begleiter auf und hielt auf das Tor zu, das von zwei Türmen flankiert wurde. Die Pforte öffnete sich in dem Augenblick, als Ryk sie erreichte. Ohne zu zögern, trat er hindurch, wobei er den Kopf leicht einziehen musste, um ihn sich nicht zu stoßen. Als er wieder aufsah, hatte er sich bereits drei Schritte vom Tor entfernt. Abrupt blieb er stehen, sodass Kela gegen ihn stieß. »Was hat das zu bedeuten?«, verlangte er zu erfahren. Sie waren umringt von Wächtern, die mit ihren Armbrüsten auf sie zielten.

»Sie scheinen sich richtig zu freuen, uns zu sehen«, bemerkte Kela spitz. Zum Zeichen, dass sie unbewaffnet war, hob sie die Arme und trat hinter Ryk hervor. Veitt und Nersei folgten ihrem Beispiel, wobei alle drei allzu plötzliche Bewegungen vermieden.

»Ihr wisst, wer ich bin, und trotzdem bedroht ihr uns?« Ryk starrte die Männer der Reihe nach an. Er suchte nach einem bekannten Gesicht unter ihnen, konnte aber weder Urik noch seinen Kameraden entdecken, die sie bei ihrem letzten Besuch der Akademie in Empfang genommen hatten. Beim Anblick der im Sonnenlicht funkelnden Pfeilspitzen, die auf ihn gerichtet waren, regte sich Ryks Zorn.

»Erklärt euch«, forderte nun auch Veitt.

Der Einzige, der sich in Schweigen hüllte, war Nersei, und das beunruhigte Ryk. Der Veydra war ein Krieger. Er sah zu ihm rüber. Unter der Kapuze hervor musterten Nerseis Augen die Wächter abschätzend. Vermutlich fragte er sich gerade, wie viele von ihnen er töten konnte, bevor sie die Chance hatten, auf ihn zu schießen. Obgleich Ryk bezweifelte, dass ihnen das viel nützen würde. Er hatte den Veydra oft genug kämpfen sehen, um zu wissen, dass er diesen Männern an Schnelligkeit und Stärke weit überlegen war. »Keine Dummheiten«, zischte er ihm zu. »Auch wenn ich gut nachvollziehen kann, wie es gerade in dir aussieht …« Ihm selbst erging es schließlich nicht besser. Niemals zuvor war er an diesem Ort mit einer solchen Respektlosigkeit behandelt worden. Er wandte sich wieder den Wächtern zu. »Seid ihr stumm, oder warum antwortet ihr nicht?«

»Ihr steht unter dem Verdacht, von einem Blutlenker kontrolliert zu werden, Dämonenjäger«, sagte der Wächter, der zuvor von der Wehrmauer zu ihm gesprochen hatte und gerade aus der Pforte des rechten Wachturms getreten war. Offenbar führte er hier den Befehl.

Ryk fixierte den Mann mit seinem Blick. Er war genauso groß wie er selbst, besaß breite Schultern und einen kurz gehaltenen Bart, der ihn auf den ersten Blick älter wirken ließ, als er war. Die Armbrust hielt er locker in der Rechten. Sie war ungeladen und wies zu Boden. Sein Gang war lässig, nur ein gelegentliches Blinzeln verriet eine gewisse Unsicherheit. Ryk krauste die Stirn. Wenn Everdale Tilbrock befürchtete, er würde von einem Dämon kontrolliert, warum hatte er dann keinen älteren und erfahreneren Mann geschickt? Er sah sich noch einmal die anderen Burschen an. Die Gesichter unter den Helmen waren allesamt jung. Ausnahmslos Grünschnäbel. Irgendwas stimmte hier nicht.

»Wie heißt du?«, fragte er den Bärtigen, der in sicherer Entfernung zu ihm stehen geblieben war.

»Ich bin Hauptmann Remas, Herr.«

Ryk verschränkte die Arme vor der Brust. »Also schön, Hauptmann, dann erkläre mir mal, warum ich von einem Dämon besessen sein soll.«

»Der Oberste Magus hat mir …«

»Warte mal«, unterbrach ihn Ryk, »Everdale Tilbrock persönlich hat dir diesen Befehl erteilt?«

Mit stolzgeschwellter Brust bestätigte Remas. »Er rief mich heute Morgen in seine Gemächer und erklärte mir, dass Ihr auf dem Weg hierher wärt. Und dass der Verdacht bestehe, dass Ihr unter der Kontrolle eines Blutlenkers steht. Genau genommen hielt er Euch sogar für tot, weil er so lange nichts von Euch gehört hatte.«

»Nun, tot bin ich offensichtlich nicht«, entgegnete Ryk. »Herr meines Willens bin ich auch noch.«

»Ich kann ihn verstehen, Ryk«, sagte Kela. »Anstelle deines Magus würde ich uns auch nicht trauen.«

Ohne Frage hatte Kela recht, und gerade das machte es so ungeheuerlich, dass Everdale ausgerechnet diese Grünschnäbel mit seiner Festnahme beauftragt hatte. »Gibt es hier noch andere Wächter?«

Remas runzelte die Stirn. Die Frage schien ihn zu verwirren. »Natürlich. Sie sind auf ihren Posten.«

»Irgendwelche Ausfälle? Vielleicht eine Mission …«

»Schweigt, Magier!« Remas war rot geworden. »Der Oberste Magus hat mich geschickt, weil er mir und meinen Männern vertraut. Und nicht etwa, weil sonst niemand da war. Wir sind nicht so unerfahren, wie wir aussehen.« Zornig funkelte er Ryk an. »Ihr werdet jetzt genau das tun, was ich Euch sage. Ansonsten befehle ich meinen Männern zu schießen.«

»Schon gut, Hauptmann«, lenkte Ryk ein, »du hast den Befehl.« Vermutlich war es besser, ihn nicht noch mehr zu reizen. Dieser Remas würde sie mit Sicherheit auf direktem Weg zu Everdale Tilbrock bringen, spätestens dann würde sich alles klären.

Sie hatten sich kaum in Bewegung gesetzt, als Kela ihn mit der Schulter anstieß. »Sieh mal, wer da ist«, sagte sie und nickte in Richtung eines Torbogens, der die Wehrmauer mit einem angegliederten Wachhaus verband. Dort stand Tilbrock persönlich und beobachtete sie. Wahrscheinlich hatte er es schon die ganze Zeit über getan. »Ich hielt euch immer für alte Freunde. Warum ist er nicht zu uns gekommen, um selbst mit dir zu sprechen?«

Ryk starrte zu dem Obersten Magus hinüber, der sich plötzlich umdrehte und in die Schatten unter dem Torbogen eintauchte. Verdammt noch mal! Ein solches Verhalten passte wirklich nicht zu Everdale. Ryk ballte die Fäuste. Jetzt war es amtlich: Etwas Ungeheuerliches ging hier vor.

43

Labyrinth der Toten, Kellwyn
11. Oktan 1026 n. d. Zweiten Dämonenkrieg

Es war der fünfte Morgen nach dem Angriff auf Ishan und Iritari. Catara saß am Bett des Prinzen und betrachtete sein Gesicht. Unter dem dicken Kopfverband sah er blass aus. Dunkle Ringe lagen unter seinen Augen. Er war unrasiert, was ihm stand. Ebenso der grimmige Zug um seine Mundwinkel. Ihr gefiel, wie er inzwischen aussah. Weniger behagte ihr, wie sehr sie sich um ihn sorgte. Die vergangenen Nächte hatte sie an seinem Krankenlager verbracht, ohne die Kammer der Heilung auch nur einmal zu verlassen. *Ach, verdammt, was ist nur los mit mir? Wieso haben Iritaris Gefühle für Ishan nur eine solche Macht über mich?*

Aber vielleicht war das mit der Liebe so. Oder auch mit dem Hass. Vielleicht waren diese beiden Gefühle einfach zu stark, um sie zu kontrollieren. Catara biss sich auf die Unterlippe. Wenn es so war, würde sie schon damit klarkommen. Schließlich ging es nur um ein paar Wochen, höchstens Monate, die sie in Iritaris Gestalt zubringen musste. Sobald sie ihre Rache an Madea und Zaragoth vollendet hätte, würde sie sich einen anderen Körper zulegen. *Komm schon, Ishan, du musst wieder gesund werden,* dachte Catara. *Die Rebellen brauchen dich. Und ich auch, denn du sollst mein Verbündeter im Kampf gegen dieses Miststück Madea und den Fluchbringer sein. Allein werde ich mit ihnen nicht fertig!* Sie berührte seine Wange und erschrak, wie kalt sich seine Haut anfühlte. Doch er lebte. Sie spürte seinen Atem an ihrer Hand und sah, wie sich sein Brustkorb hob und senkte. Sie fuhr sich über das Gesicht. Wenn sie doch nur etwas für ihn tun könnte!

»Geht es dir gut, Hoheit?«, fragte eine Heilerin, die an Ishans Pritsche stehen geblieben war. »Möchtest du etwas trinken? Ich könnte …«

»Danke, ich brauche nichts«, fiel Catara ihr ins Wort. »Allerdings mache ich mir Sorgen um den Kommandanten.«

Die Heilerin tastete nach seinem Puls. »Hat er heute schon was gegessen?«

»Er hatte wieder keinen Hunger.«

»Wann war er zuletzt wach?« Die Heilerin ließ Ishans Handgelenk los.

»Vor rund einer Stunde, schätze ich. Aber nur ganz kurz.«

Die Heilerin betrachtete Ishan mit gerunzelter Stirn. »Ich werde später noch einmal mit Tokaja über ihn sprechen. Seine Kopfverletzung war schwerer, als es auf den ersten Blick schien. Trotzdem sollte es ihm allmählich besser gehen.« Sie schenkte Catara ein aufmunterndes Lächeln. »Das wird schon wieder, Prinzessin.«

Das hatte der Heiler von gestern auch gesagt, und schon da hatte sie die Antwort nicht zufriedengestellt. Trotzdem zwang sie sich zu einem Lächeln. »Ja, bestimmt hast du recht.«

Die junge Frau nickte und eilte davon, um nach einem anderen Patienten zu sehen.

Catara blickte ihr nach. Die meisten Rebellen trugen Kleidung aus Leder, Leinen und Wolle. Hingegen hatten die Roben der Heiler sie von Anfang an an die Magier auf Nekross erinnert. Tatsächlich hatten viele dieser Männer und Frauen an der Akademie studiert. Offenbar besaßen die Kellwyner eine besondere Begabung für die Heilmagie. Gegen ihren Willen musste sie an die verrückte Westa denken, die Catara in Arville davor bewahrt hatte, an einer Schwertwunde zu sterben. Es machte sie immer noch wütend, wenn sie an den Preis dachte, den sie dafür bezahlt hatte. *Irgendwann werde ich es dieser alten Hexe heimzahlen*, sagte sich Catara.

»Iritari?«, brach Ishan in ihre Gedanken.

Sie wandte ihm das Gesicht zu und lächelte. »Du bist wach.«

»Tut mir leid, ich bin die ganze Zeit über so furchtbar müde.« Er griff sich an den Kopf. »Ich versteh das nicht.«

»Hast du Durst oder Hunger?«

Er schien zu überlegen. »Nein, eigentlich nicht.«

»Das ist nicht gut. Wie sollst du zu Kräften kommen, wenn du …«

»Ich werde schon noch was essen. Nur nicht jetzt. Mir ist …« Er zögerte. »Später, einverstanden?«

»Ich werde dich dran erinnern.« Die Worte kamen ihr schroffer als beabsichtigt über die Lippen, aber sie machte sich wirklich Sorgen um ihn.

Nun war er es, der lächelte. »Das glaube ich dir gern.« Ishan versuchte sich aufzurichten, ihm fehlte jedoch die Kraft dazu. »Hilfst du mir mal?«, bat er sie unglücklich.

Catara stand auf und schob ihre Hände unter seine Achseln. Gemeinsam schafften sie es, ihn in eine sitzende Position zu hieven. »Besser so?«

»Ja, danke.« Er klang angestrengt.

»Was macht dein Kopf?«, fragte sie und setzte sich wieder.

»Fühlt sich an, als hätte ich ihn in einen Lichtersturm gehalten.«

Beinahe hätte sie gelächelt, verkniff es sich allerdings im letzten Moment. Er sollte nicht glauben, sie ließe sich so leicht von ihren Sorgen um ihn ablenken. »Dann hast du immer noch Schmerzen?«

Er zuckte die Schultern.

»Was jetzt? Ja oder nein?«

»Es ist alles gut, Iritari.« Ishan griff nach ihrer Hand. Ihr war nicht entgangen, dass er ihre Frage unbeantwortet ließ. »Warum … warum erzählst du mir nicht, was im Lager vor sich geht?«

»Hältst du das für eine gute Idee?« Catara entzog ihm ihre Hand, seine Berührung gefiel ihr viel zu gut. Sie verschränkte die Arme vor der Brust. »Die Heiler sagen, du musst dich schonen.«

»Also ist etwas vorgefallen?«

»Habe ich nicht gesagt.«

»Wäre nichts vorgefallen, hättest du es gleich gesagt.« Clever war er ja.

»Nun rede schon, oder muss ich mich erst aufregen? Das würde den Heilern erst recht nicht gefallen.«

Catara verdrehte die Augen. Sie wusste aber auch, dass es keinen Zweck hätte, weiter zu leugnen. Ishan würde einfach so lange nachhaken, bis sie entnervt nachgeben würde. Also konnte sie es auch gleich tun. »Späher haben gestern Abend fünf sataouanische Luftschiffe über O'Shan'wa gesichtet.«

»Was?« Er starrte sie an. »Haben sie die Reetacianer angegriffen?«

»Nein, die Schiffe sind auf der Ebene im Westen der Stadt gelandet, in der Nähe von Sarazas' Heerlager.«

»Bei Sorons Krähen, das kann nur eines bedeuten!« Ishans Blick huschte unruhig hin und her.

»Was meinst du?«

»Ist das nicht offensichtlich?« Er fuhr sich mit der Hand über das Gesicht. »Ein Bündnis! Bei Sorons Krähen, was, wenn Sarazas und Sataou planen, den Fünferbund wieder aufleben zu lassen?«

»Wenn es so ist, können wir nichts dagegen machen. Ich bezweifle allerdings, dass es schon so weit ist. Die Sataouaner sind ein misstrauisches Volk. Das dürfte auch auf den Nachfolger von Herrin Sharala zutreffen. Vermutlich handelt es sich um einen vorsichtigen Annäherungsversuch. Die Späher konnten beobachten, dass die Sataouaner große Mengen Vorräte von ihren Schiffen luden.«

»Genau das, was Sarazas am dringendsten benötigt.« Ein feiner Schweißfilm hatte sich auf Ishans Gesicht gebildet. »Geschenke für einen potenziellen Bündnispartner«, murmelte er. »Das ... das ist nicht ... gut.«

Sie hatten gehofft, dass es durch die zunehmende Verknappung von Nahrungsmitteln zu einem Aufstand gegen Sarazas unter den reetacianischen Truppen kommen könnte. Diese Hoffnung hatte sich damit zerschlagen.

Ishan sah sie an. »Wir sollten unsere ...« Er blinzelte. »Sollten unsere ... Verbündeten unter Sarazas ... Männern ...« Er verstummte und griff sich an den Kopf.

»Was hast du?« Catara war aufgesprungen.

Ishan schaute sich verwirrt in der Kammer der Heilung um, als wüsste er nicht mehr, wo er sich befand. Seine Pupillen waren so stark geweitet, dass seine Augen fast schwarz wirkten. Er öffnete den Mund und ... kippte zur Seite. Catara bekam ihn am Arm zu fassen und zog ihn zurück ins Bett. »HEILER!«, schrie sie.

Die junge Frau von vorhin tauchte wieder auf, aber Catara verlangte nach Tokaja.

Die Frau rannte los und verschwand durch einen Vorhang, hinter der ein Tunnel oder eine weitere Kammer mit Kranken liegen mochte. Nun wandte sich Catara wieder Ishan zu. Sein Gewicht zerrte an ihren Armen. Erneut rief sie nach einem Heiler. Sofort kam einer herbei und half ihr, Ishan hinzulegen. Dessen Gesicht hatte eine ungesunde graue Färbung angenommen, und er atmete so flach, dass sich sein Brustkorb kaum mehr bewegte. Scheiße, *wo steckt dieser dreimal verfluchte Tokaja!* Sie hatte den Gedanken kaum zu Ende gedacht, als der Vorhang zur Seite gerissen wurde und ein kleiner haarloser Mann mit einem von Narben und Falten zerfurchten Gesicht in die Kammer stürzte.

Der Heiler, der Catara geholfen hatte, Ishan hinzulegen, trat rasch beiseite. »Was ist passiert?« Tokajas dunkle Augen musterten Catara eindringlich.

Mit knappen Worten schilderte sie ihm, was vorgefallen war.

»Er hat einfach das Bewusstsein verloren?«, wiederholte er, schien darauf jedoch keine Antwort zu erwarten, denn er hatte Ishan bereits die Hand aufs Haupt gelegt. Tokaja schloss die Augen.

Magie, dachte Catara. Wenigstens in der Heilung besaß sie ihre Berechtigung, wenn sie sonst schon nur Ärger bereitete. Sie beobachtete, wie Tokajas Miene sich veränderte, während er Ishan untersuchte. Seine Stirn legte sich in Falten. Seine Lippen wurden immer schmaler, bis sie nur noch eine dünne Linie in seinem Gesicht bildeten. Gleich darauf öffnete er die Augen wieder. Noch bevor er etwas sagen konnte, wusste Catara, dass es ernst war.

»Eine Blutung in seinem Kopf, die bei der ersten Untersuchung nicht erkennbar war. Wenn das Blut nicht abfließen kann, wird er sterben.« Tokaja starrte sie an.

Catara wusste genau, wovon er sprach. Vor vielen Jahren hatte ein Auftrag sie in ein Hospital auf Fhey geführt, wo sie in die Rolle einer barmherzigen Schwester geschlüpft war. Dort hatte sie gesehen, wie ein Heiler einen winzigen Kupferbohrer in den Schädel eines Stallknechts getrieben hatte, nachdem dieser von einem austretenden Pferd am Kopf getroffen worden war. Ein ansonsten gesunder und kräftiger Bursche, trotzdem hatte er den Eingriff nicht überlebt.

Catara warf einen letzten Blick auf Ishan, dann trat sie um das Bett herum. Sie packte den überraschten Tokaja an seiner Robe und zerrte ihn so nah an sich heran, dass niemand außer

ihm ihre Worte verstehen würde. »Wenn er stirbt, wirst du ihm ins Reich der Toten nachfolgen. Haben wir uns verstanden?«
Catara konnte die Angst des Heilers riechen, und als er schluckte, hüpfte sein Adamsapfel grotesk auf und ab. »J-j-ja, Prinzessin.«

44

Magische Akademie, Nekross
13. Oktan 1026 n. d. Zweiten Dämonenkrieg

Das ergab alles keinen Sinn. Ryk ballte die Fäuste, während er zum bestimmt tausendsten Mal an diesem Morgen von seiner Strohmatte bis zu den Gitterstäben ihrer Zelle und wieder zurücklief. Seine Schritte hallten von den Felswänden ihres Gefängnisses wider, in das man ihn, Kela, Veitt und Nersei gesperrt hatte. »Bei allen Dämonen der Gegenwelt, sind an dieser Akademie denn alle verrückt geworden?«

»Kannst du auch noch mal was anderes sagen?« Kela, die im Schneidersitz auf dem Boden hockte, starrte ihn gereizt an. Das Licht des Luminesauges in der Decke über ihnen spiegelte sich im Grün ihrer Augen. Ein Anblick, der Ryk an zwei feurige Smaragde erinnerte. »Was erwartest du? Seit drei Tagen lässt uns Everdale in diesem Loch schmoren. Er ist weder selbst aufgetaucht, um mit uns zu reden, noch hat er uns eine Nachricht zukommen lassen.« Er schüttelte den Kopf. »Das passt überhaupt nicht zu ihm. Und die Wachen weigern sich, unsere Fragen zu beantworten.« Es waren die gleichen jungen Burschen, die ihnen unter der Führung von Hauptmann Remas am Westtor aufgelauert hatten. Morgens und abends brachten sie ihnen etwas zu essen. Danach zogen sie sich gleich wieder hinter die schwere, mit Eisenbeschlägen verstärkte Tür zurück, die am Ende des Zellentraktes lag.

»Was ist, wenn dieser Oberste Magus nicht der ist, der er zu sein vorgibt?«, warf Nersei ein. Er lag auf seiner Strohmatte, starrte hinauf zur Decke und knackte mit den Fingerknöcheln.

»Glaubst du, dieser Gedanke wäre mir nicht auch schon gekommen?« Ryk war vor den Gittern stehen geblieben und blickte hinaus auf den Gang. Er war in den Schein von Luminesaugen getaucht. Es gab noch mehr Zellen, allerdings waren die alle leer. Sie waren die einzigen Gefangenen in einem unterirdischen Gewölbe, das schon seit Jahrzehnten nicht mehr als Kerker genutzt wurde. Das Einzige, was es außer ihnen noch hier unten gab, waren Ratten, Staub und Spinnweben.

»Warum verschwinden wir dann nicht?« Nersei richtete sich auf seiner Matte auf. »Brechen wir aus!«

»Er hat recht.« Kelas Oberlippe glänzte von dem Siaminzöl, das sie sich mehrmals täglich unter die Nase rieb. Kein Wunder. Seit Tagen hatte sich keiner von ihnen mehr gewaschen. »Diese Gitterstäbe können uns nicht aufhalten, wenn wir wirklich rauswollen.«

Es stimmte. Dieser Kerker war tief in den Felsen geschlagen worden, der das Fundament der Akademie bildete, aber er war nicht dafür geschaffen, Magier oder Halbdämonen festzuhalten.

Ryk rüttelte an den Gitterstäben, die sich aufgrund der Kälte hier unten wie aus Eis anfühlten. Weder in ihnen noch in den Wänden waren Zauber eingewebt, die sie vor magischen Angriffen schützten. Ursprünglich waren diese Zellen für Nicht-Magier konstruiert worden, da in früheren Zeiten auch viele Menschen an der Akademie gelebt und gearbeitet hatten. Nach all der Zeit waren die Scharniere der Zellentür derart verrostet, dass sie selbst anfällig für die übermenschliche Stärke der Veydras waren. *Wenn wir wollten, könnten wir jederzeit herausspazieren*, dachte Ryk. Umso lächerlicher war es, dass die Wachen sich überhaupt die Mühe gemacht hatten, ihnen die Waffen abzunehmen. Ryk tat es besonders um seine neue Armbrust leid, die er in der Kutsche zurückgelassen hatte und die nun ebenfalls in Gewahrsam dieser Grünschnäbel war. Er seufzte. Wächter mit mehr Erfahrung wären gar nicht erst auf die Idee gekommen, sie hier unten einzusperren. Er konnte gar nicht recht glauben, dass das überhaupt auf Hauptmann Remas' Mist gewachsen war.

»Ja, lasst uns einfach so hier herausspazieren«, sagte Veitt, der an seiner Hose herumnestelte. Er war gerade aus einer Felsnische getreten, in der sich ein Loch für ihre tägliche Notdurft verbarg. »Eins solltet ihr jedoch bedenken. Sobald wir an die Oberfläche kommen, stehen wir mehreren Hundert Magiern und Wächtern gegenüber.«

»Lauter Zeugen für unseren Ausbruch«, fügte Ryk hinzu. »Was ist, wenn Tilbrock – oder wer immer er in Wirklichkeit ist – genau das von uns erwartet? Er muss doch wissen, dass dieser Kerker uns nicht aufhalten kann.«

Nersei runzelte die Stirn. »Worin liegt da die Logik, Dämonenjäger?«

»Ich denke, Ryk will auf Folgendes hinaus.« Kela erhob sich vom Boden und stellte sich an Ryks Seite. »Nehmen wir einmal an, der Oberste Magus ist einer von Zaragoths Dienern. Ein Gestaltwandler wie die, die das Tal angegriffen haben. Was wäre wohl sein Ziel?«

»Zu verhindern, dass Ryk mit den anderen Meistern spricht und ihnen von der Bedrohung durch Zaragoth und Inos berichtet«, sagte Veitt.

»Was ihm bisher ja auch gelungen ist.« Kela nickte. »Zudem genießt unser guter Dämonenjäger einen tadellosen Ruf unter den Magiern. Niemand würde seine Worte anzweifeln. Wenn Ryk aber aus seiner Zelle ausbricht und dabei die Wächter verletzt, die sich ihm in den Weg stellen – und das auch noch in Begleitung zweier Veydras –, sieht die Sache schon anders aus.

In dem Fall hat der falsche Everdale Tilbrock leichtes Spiel, allen weiszumachen, Ryk stünde unter dem Einfluss des Blutlenkers.«

Ryk schnaubte. »Er schindet Zeit, weil er ganz genau weiß, dass sie uns zwischen den Fingern zerrinnt und wir früher oder später etwas unternehmen müssen, wenn wir Zaragoth noch aufhalten wollen.«

»Geht das eigentlich?«, fragte Veitt. »Ich meine, dass ein Gestaltwandler die Akademie betritt, ohne die Schutzzauber auszulösen.«

»Veydras ist es jedenfalls möglich«, erinnerte Ryk ihn. »Und Zaragoths Diener sind in erster Linie immer noch Menschen. Nur ein Teil von ihnen ist dämonisch.«

»Was ist mit Asmaran?« Kela wandte sich Nersei zu. »Könnte er uns nicht durch ein Portal hier rausholen?«

»Könnte er vielleicht, wenn er Kenntnis von unserer Situation hätte«, antwortete der Veydra. »Solange mein Vater allerdings nichts von uns hört, wird er sich ruhig verhalten.«

»Flucht kommt ohnehin nicht infrage.« Ryk verschränkte die Arme vor der Brust. »Ich muss unter allen Umständen mit den anderen Meistern reden.«

Veitt stieß einen tiefen Seufzer aus. »Verdammt, Ryk, willst du uns nicht endlich in deinen Plan einweihen? Sag uns, wie du Inos schlagen willst!« Er sah ihm in die Augen. »Als Schüler der Akademie war ich ein Versager. Meine Magie war nicht stark genug, um zu einem Novizen der sechsten Stufe aufzusteigen. Geschweige denn zu einem Meister. Aber selbst ich weiß, dass ihr Meister eure Geheimnisse vor uns anderen habt. Glaubst du nicht, es wird allmählich Zeit, dein Schweigen zu brechen? Du verlangst, dass wir dir vertrauen. Das tun wir. Nun beweise, dass du uns ebenfalls vertraust. Es ist doch nur fair, dass wir wissen, wofür wir drei unser Leben aufs Spiel setzen, oder nicht?«

Alle Blicke waren erwartungsvoll auf Ryk gerichtet. Schließlich nickte er. »Du hast recht, Veitt. Die Situation ist jetzt eine andere. Durch Everdales Verrat …«

Ein Quietschen draußen auf dem Gang ließ ihn verstummen. Sie alle kannten das Geräusch. Es war die Tür am Ende des Zellentraktes. Für die nächste Mahlzeit war es zu früh. Die letzte lag erst wenige Stunden zurück.

Schritte näherten sich ihrer Zelle. Ryk und die anderen traten näher an das Gitter heran. Das Licht der Luminesaugen fiel auf einen Wächter. Es war jedoch keiner von den Grünschnäbeln, sondern ein alter Bekannter.

»Urik!«, rief Ryk erfreut aus. Der Mann war einen halben Kopf kleiner und mindestens fünfzehn Jahre älter als er. Ein buschiger, grauer Backenbart zierte sein Gesicht. Urik war einer der beiden Torwächter, die Ryk bei seinem letzten Besuch am Haupttor in Empfang genommen hatten. Damals, als sie den Morphus verfolgten. Urik war ein paar Schritte vor der Zelle stehen geblieben, hatte die Arme in die Seiten gestemmt und musterte ihre Truppe mit zusammengekniffenen Augen. Er trug seine Uniform, jedoch keinen Helm. An seiner Seite hing ein Kurzschwert. Nach einer Weile schnalzte er mit der Zunge und sagte: »Es ist also wahr, Ihr seid zurück, Meister Vangur.«

»Sieht ganz danach aus, was?«

»Kaum einer wollte es glauben, als die ersten Gerüchte die Runde machten.«

»Gerüchte?«

Der Wächter nickte. »Der Oberste Magus wollte Eure Gefangennahme wohl geheim halten. Aber Soldaten sind wie Waschweiber, Herr. Sie können nichts für sich behalten. Einer der jungen Burschen, die Euch am Westtor auflauerten, hat geplaudert.«

»Das dürfte Tilbrock nicht gefallen haben«, merkte Kela an.

Bei ihrem Anblick hellte sich die Miene des alten Wächters auf. Er lächelte und entblößte dabei zwei Reihen gelblicher Zähne. »Ich habe oft an dich gedacht, seit ihr uns wieder verlassen habt, meine Schöne.«

»Oh, dessen bin ich mir sicher.« Kela zwinkerte ihm zu, woraufhin Urik errötete wie ein Schuljunge.

Ryk verdrehte die Augen. »Urik«, sagte er streng. »Warum bist du hier?«

Der Kopf des Wächters fuhr zu ihm herum. »Ich wollte mich mit eigenen Augen davon überzeugen, wie viel an den Gerüchten dran ist.« Er zögerte. »Der Oberste Magus ... Ich traue ihm nicht mehr, Herr. Er sieht aus wie immer, redet wie immer, aber er ist es nicht. Keine Ahnung, woher ich es weiß. Vielleicht Instinkt.«

»Wo ist er jetzt?«, wollte Ryk wissen.

»Im Turm der Eingeweihten, Herr. Er hat sich in seine Gemächer in der Turmspitze zurückgezogen und weigert sich, jemanden zu empfangen. Selbst Meister Wodnic wundert sich über sein Verhalten. Er ist es auch, der mich losgeschickt hat, den Gerüchten auf den Grund zu gehen.«

Ryk erinnerte sich aus seiner Zeit an der Akademie noch gut an Meister Wodnic. Schon damals war er ein Mann von beeindruckender Leibesfülle gewesen, den seit jeher eine enge Freundschaft mit Everdale Tilbrock verband. »Du musst Meister Wodnic etwas von mir ausrichten. Wirst du das tun, Urik?«

Der Wächter nickte. »Natürlich, Herr.«

»Dann sag ihm, dass er uns hier rausholen muss. Und zwar auf der Stelle.« Ryk dachte einen Moment darüber nach, ob er riskieren konnte, noch mehr zu verraten. Er entschied sich dafür. Zuvor entfachte er die Flamme von Kalrym, damit Urik wusste, dass er die Wahrheit sprach. »Sag ihm, dass Zaragoth zurück ist und seine Diener ausgesandt hat.« Diesen Hinweis sollte Wodnic verstehen.

»Zaragoth der Fluchbringer?« Urik erschauderte. »Wie ist das möglich?«

»Das spielt keine Rolle. Viel wichtiger ist, dass du meinen Befehl ausführst.«

Urik salutierte und eilte davon.

45

Magische Akademie, Nekross
13. Oktan 1026 n. d. Zweiten Dämonenkrieg

Ich danke dir, dass du dir die Zeit genommen hast, mich zu empfangen, Everdale.« Meister Wodnic, der ihm gegenüber in einem Ohrensessel saß, schenkte ihm ein väterliches Lächeln, von dem seine Augen jedoch unberührt blieben.

»Nun, du hast dich geweigert, wieder zu gehen, obwohl ich dir sagte, dass ich beschäftigt sei. Was kann ich also für dich tun, mein alter Freund?« *Er ahnt, dass ich nicht der Oberste Magus bin, und ist gekommen, um zu sehen, ob sich sein Verdacht bestätigt.*

»Ich hatte heute Nachmittag Gelegenheit, mich mit Ryk Vangur zu unterhalten. Stell dir nur vor, wie überrascht ich war, als Urik mir von seiner Anwesenheit hier in der Akademie berichtete. Noch erstaunter war ich, ihn im Kerker anzutreffen.« Wieder bedachte Meister Wodnic ihn mit diesem falschen Lächeln, das ihm zusammen mit seinem mächtigen Doppelkinn ein krötenhaftes Aussehen verlieh. »Wärst du so freundlich, mir zu erklären, was er dort macht und warum du mich und die anderen Meister nicht über diese Entwicklung informiert hast?«

»Nur zu gern.« Er lehnte sich in seinem Sessel zurück und erwiderte Wodnics Lächeln. Er sah keinen Grund, den alten Magier zu fürchten. Immerhin war er auch mit der Bibliothekarin fertiggeworden, und die war sehr viel jünger und behänder als dieser fette Sack gewesen. »Das Problem mit Ryk Vangur ist, dass ich mir nicht sicher sein kann, ob er nicht durch einen Blutlenker kontrolliert wird.«

Wodnic zog eine Braue hoch. »Wieso glaubst du das?«

»Ich habe meine Gründe«, erwiderte er und zog aus der Tasche seiner Robe den Brief hervor, den der Dämonenjäger an den echten Everdale Tilbrock geschickt hatte. »Er hat mir selbst geschrieben, dass er ein Gefangener des Blutlenkers in der Gegenwelt war.« Er reichte das Schreiben an Wodnic weiter, der es mit gerunzelter Stirn überflog. Als er wieder aufsah, zeigte seine Miene Verunsicherung. »Ich kenne Vangurs Handschrift. Der Brief stammt tatsächlich von ihm.«

»Hast du mich etwa für einen Lügner gehalten? Jetzt bin ich wahrlich von dir enttäuscht, mein alter Freund.« Er legte die Fingerspitzen aneinander und schüttelte vorwurfsvoll den Kopf. »Du siehst, ich habe meinen Grund, dem Dämonenjäger zu misstrauen. Wenn er wirklich in der Gegenwelt war, wie konnte er dann die Barriere überwinden und zurück in die Schwebenden Reiche kommen?« Die Worte verfehlten ihre Wirkung nicht. Wodnics Augen wurden groß. »Du meinst, er hatte Hilfe ...«

»... von einem mächtigen Dämon«, beendete er den Satz für den Magier. »Und zwar von diesem Blutlenker, den er auch in seinem Brief erwähnt.«

Wodnic fuhr sich mit seiner fleischigen Pranke über das Gesicht. »Das gefällt mir nicht, Everdale. Ganz und gar nicht.«

Er lächelte. Dieser törichte alte Mann war so viel leichter zu manipulieren, als er gehofft hatte.

»Trotzdem erklärt es immer noch nicht, warum du ohne mein Wissen und das der anderen Meister gegen Vangur vorgegangen bist.« Der Blick von Wodnics blaugrauen Augen bohrte sich in seinen.

»Du hast recht. Das war ein Fehler«, lenkte er ein. »Ich hätte euch informieren sollen.«

»Ja, das hättest du. Und darum frage ich mich auch, warum du es nicht getan hast? Vertraust du uns plötzlich nicht mehr? Nicht einmal mir, deinem Freund?«

So ist das also, dachte er. *Wodnic will ein wenig spielen. Er kennt die Wahrheit längst und versucht mich in die Enge zu treiben.* Der Dämonenjäger musste ihm alles erzählt haben. Doch so leicht würde er es ihm nicht machen. »Du willst wissen, warum ich ein solches Geheimnis um Vangurs Gefangennahme gemacht habe? Also schön«, sagte er. »Ich muss jedoch ein wenig ausholen, um dir das zu erklären, und meine Kehle ist schon ganz trocken. Was hältst du von einem Schluck Sherry?« Argwohn flackerte in Wodnics Augen auf. *Der Narr glaubt, ich will ihn vergiften. Soll er nur!* »Was ist? Darf es für dich auch ein Glas sein?«

»Ja, warum eigentlich nicht.«

Er spürte, wie Wodnics Blick ihm folgte, als er aufstand, um die Flasche Sherry und zwei Gläser aus dem Regal zu holen.

»Hier, mein Freund, würdest du die für mich halten?«, bat er den Magier und überreichte ihm die Gläser. Entschuldigend deutete er auf das Tischchen, das zwischen ihren Sesseln stand. Es war so dicht mit Pergamenten, Schriftrollen und Büchern belegt, dass sich darauf kein einziger freier Fleck mehr fand. »Natürlich, Everdale.« Wodnic nahm die Gläser entgegen.

Im selben Moment traf ihn die Flasche mit solcher Wucht an der Schläfe, dass sie zersprang. Sherry, vermischt mit Blut und Glassplittern, spritzte in alle Richtungen. Der fette Magier kippte zur Seite. Benommen und blutend hing er über der Sessellehne. »Sieht aus, als wäre dir der Sherry bereits zu Kopf gestiegen.« Er lachte und machte einen Schritt auf den Verletzten zu. Glas knirschte unter seinen Stiefeln. Als er wieder aufsah, begegnete er dem Blick von Wodnics rechtem Auge. Darin standen Angst und Schmerz. Das linke verdeckte ein blutiger Hautlappen, der von seiner Schläfe geklappt war.

»Es sieht nicht gut für dich aus, mein alter Freund.« Er betrachtete den Rest der Sherry-Flasche, den er noch in der Hand hielt. Der Hals war unversehrt, lief jedoch in lange scharfkantige Splitter aus, die ihn an die Zinken einer Krone erinnerten. *Irgendwie hübsch*, dachte er.

»Ni-nicht, bitt…« Meister Wodnics Worte gingen in einem Röcheln unter, als er ihm die Scherbe in die Kehle rammte. Er musste es drei, vier Mal wiederholen, bis er sich durch die Fettwülste um den Hals des Mannes gearbeitet hatte. Danach trat er von ihm zurück und sah zu, wie Blut und Leben aus dem Körper des Magiers gepumpt wurden.

Er seufzte und warf den Flaschenhals auf den Boden. Alles war ganz wunderbar nach Plan verlaufen, bis ihn Vangurs Schreiben erreicht hatte. Er hätte sich davon nicht verunsichern lassen sollen. Aber selbst sein Herr, Zaragoth der Mächtige und Herrliche, hatte das nicht vorausgesehen. Sein Gebieter war fest davon überzeugt gewesen, der Dämonenjäger hätte in Mha'Rodim den Tod gefunden. Doch aus irgendeinem Grund hatte Asmaran den Dämonenjäger nicht umgebracht. Stattdessen mussten sie sich verbündet haben. Anders ließ sich Vangurs Anwesenheit in den Schwebenden Reichen nicht erklären. Verdammt! Er starrte hinab auf Wodnics Leiche. Sobald man sie in seinen Gemächern fand, war es mit seiner Tarnung vorbei. Spätestens dann käme der Dämonenjäger frei, und das Erste, was Vangur tun würde, wäre, ihn zu töten.

Fluchend trat er nach einem der vielen Bücherstapel, die sich auf dem Boden um ihn herum türmten. Das durfte nicht passieren. Zuvor musste er noch den Befehl seines Herrn ausführen. Alles hing davon ab. Zaragoth hatte ihm zwar befohlen, auf sein Zeichen zu warten, aber dafür war jetzt keine Zeit mehr. Er musste auf der Stelle handeln.

Er ging nach nebenan, wo sich das Schlafgemach des Obersten Magus befand, und tauschte seine von Sherry und Blut befleckte Robe gegen eine frische. Danach holte er das kleine Holzkästchen hervor, das er unter dem Bett aufbewahrte. Darin fanden sich ein Dolch und eine Phiole mit Gift, die ihm Zaragoth gegeben hatte. Es stammte von einer Dämonenart, die Va'nafir genannt wurde. Er konnte sich unter diesem Namen nichts vorstellen, aber das war auch nicht wichtig. Was zählte, war die Wirkung des Giftes. Es blockierte die Energiebahnen im Körper eines Magiers oder auch Dämons, sodass er nicht auf die Macht seines Seelenfeuers zugreifen konnte.

Er öffnete die Phiole und goss den Inhalt auf die Klinge des Dolches. Es war ein zähflüssiges, durchscheinendes Gift. Nach wenigen Minuten war es getrocknet. Daraufhin verbarg er den Dolch im Ärmel seiner Robe und begab sich zur schwebenden Kammer. Im Erdgeschoss stieg er aus, wo ihm in der Eingangshalle des Turms eine Gruppe Novizen entgegenkam. Lächelnd erwiderte er die Grüße, die sie ihm zuriefen, und trat anschließend hinaus auf den Platz vor dem Turm der Eingeweihten.

Er schauderte, als der Abendwind ihn in seine kalten Arme schloss. *Es riecht nach Schnee*, dachte er. Nun rückte er seine Brille zurecht und verschränkte die Arme hinter dem Rücken, wie Everdale Tilbrock es stets getan hatte, wenn er sich zu einem Spaziergang aufmachte. Im Licht der Lumineslaternen hielt er auf das gewaltige Himmelsgebirge zu, an dessen Fuß die Akademie errichtet wurde. Seine drei höchsten Gipfel, die unter einer Schicht aus Eis und Schnee lagen, schimmerten silberblau im Licht des Mondes. Ein herrlicher Anblick. Früher, bevor er zu Zaragoths Diener wurde, hatte er stundenlang damit zubringen können, die Schönheit der Natur zu studieren, um darin Anregungen für seine Handwerkskunst zu finden. Manchmal verspürte er auch heute noch diesen Drang, aber gegen die Wünsche seines Herrn hatte er keinen Bestand.

Er bog in eine Straße, die ihn an weiteren Türmen und Gebäuden vorüberführte. Dunkel und verlassen lagen sie zu beiden

Seiten des Weges. Viele schon seit ungezählten Jahrhunderten. Trotzdem zeigte der Stein, aus dem sie erbaut waren, nicht das geringste Anzeichen von Verfall. Anders die Fenster, von denen viele ohne Glas waren. Opfer der Winterstürme, die so nahe dem Gebirge besonders heftig ausfielen. Manche waren auch von übermütigen Novizen eingeworfen worden. All das entnahm er Everdale Tilbrocks Erinnerungen.

»Herr?«

Er zuckte zusammen und wandte sich nach der Stimme um. Sie gehörte einem Wächter mit einem viel zu großen Schnurrbart für sein hageres Gesicht. Er war Teil einer Patrouille. Drei Männer, die unbemerkt aus der Gasse zu seiner Linken getreten waren.

»Oh, guten Abend, die Herren, ich hatte euer Nahen gar nicht bemerkt.«

»Verzeiht, Herr, wir wollten Euch nicht erschrecken. Wir waren nur überrascht, zu dieser Stunde noch jemanden hier draußen anzutreffen.«

»Ach, ich wollte ein wenig frische Luft schnappen. Es ist eine so herrliche Nacht.« Er hob den Blick und lächelte zu den Himmelsgestirnen hinauf. »Ich mag die Stille, die die Straßen und Häuser um diese Stunde ausstrahlen. Da fällt es mir gleich viel leichter, meine Gedanken zu sortieren.«

»Ich verstehe, Herr. In dem Fall wollen wir Euch nicht länger stören.« Der Schnurrbärtige und die beiden anderen salutierten, bevor sie davongingen.

Er sah ihnen kurz nach, bevor er seinen Weg wieder aufnahm. Es gab keinen Grund für ihn, nervös zu sein. Bis man Wodnics Leiche in den Gemächern des Obersten Magus finden würde, hatte er längst getan, wozu er hergeschickt worden war. Sein Blick richtete sich wieder auf das Gebirge, das mit jedem Schritt von ihm noch zu wachsen schien. Natürlich war das absurd. Dennoch gefiel ihm die Vorstellung so sehr, dass er an dem

Gedanken festhielt. Er mochte die Akademie, mochte die mystische Atmosphäre, die hier über allem lag. Er wünschte, er wäre schon einmal hergekommen, als er noch ein anderer gewesen war. Welche Freude und Inspiration ihm dieser Ort dann gewesen wäre.

Selbstverständlich würden all diese Gedanken und Empfindungen nichts an seinem Gehorsam gegenüber seinem Herrn ändern. Zaragoth hatte ihm durch die Verwandlung in seinen Diener den eigenen Willen genommen. Und noch einiges mehr. Selbst seinen Namen hatte er vergessen. Das Einzige, was ihm von seinem früheren Leben geblieben war, waren bruchstückhafte Erinnerungen und Bilder, von denen er nicht wusste, ob sie Traum oder Wirklichkeit waren. Glaubte er ihnen, so war er einst ein Meister der Töpferkunst gewesen, hatte einen Sohn gehabt und in einem kleinen Tal gelebt. All das schien ihm endlos lange her zu sein, und in gewisser Weise war es das auch, denn er hatte auf seinem Weg zu diesem Ort viele Leben und Erinnerungen geraubt. Hier und jetzt war er Everdale Tilbrock, und selbst das würde bald vorbei sein.

Vor ihm aus dem Dunkel schälte sich das Tor, hinter dem die Allee der Unvergessenen lag. Es wurde von vier Wächtern bewacht, die sechseinhalb Fuß lange Speere zur Abschreckung in den Händen hielten. Zusätzlich trugen sie Schwerter bei sich. Auch sie waren erstaunt, ihn zu sehen. Dennoch kamen sie sofort seiner Aufforderung nach, als er ihnen befahl, das Tor für ihn zu öffnen. Dahinter erwartete ihn eine Straße, die zu beiden Seiten von genau einhundert Statuen gesäumt wurde. Auch hier gab es Lumineslaternen, die die lebensgroßen Abbilder jener Ersten Magier und Magierinnen anstrahlten, die mit ihrer Energie seit über eintausend Jahren die Barriere speisten und aufrechterhielten.

Während er der Straße folgte, wanderte sein Blick zu den Silhouetten der Blaublatteichen, die hinter den Statuen aufragten wie ein düsterer Schutzwall. Der Wind, der von den Steilhängen des Gebirges zu ihm herabwehte, flüsterte in ihrem Geäst. Ein Rauschen wie von vielen Stimmen. Vielleicht hätte er sich sogar gegruselt, hätte er nicht gewusst, dass er das einzige Monster war, das es hier gab.

Nach einer Viertelmeile endete die Allee vor einem zweiten Tor, das direkt in den Fuß des Berges eingelassen war. Es hatte gewaltige Ausmaße, als wäre es einst für Titanen erschaffen worden. Sobald die Wächter ihn erkannten, genauer gesagt Everdale Tilbrock, öffneten sie die Flügel für ihn. Dahinter führten lange, breite Stufen hinab ins Gewölbe, dem Herzen der Akademie. Dorthin lotsten ihn Tilbrocks Erinnerungen, dort wartete sein Schicksal auf ihn.

Sobald er das Tor durchschritt, spürte er das Erwachen der Schutzzauber, die in den umliegenden Felsen eingearbeitet waren. Sie sollten verhindern, dass Dämonen diesen Ort betraten. Nur war er kein Dämon. Trotzdem stellten sich ihm die Nackenhärchen auf, und Gänsehaut bildete sich auf seinen Unterarmen, als die Schutzzauber über seine Haut leckten. Für einen Moment verharrte er auf der obersten Stufe, während die Magie wie ein Bluthund seine Spur aufzunehmen versuchte, sie aber nicht recht erfassen konnte. Er lächelte zufrieden und begann mit dem Abstieg.

Es war, wie sein Herr gesagt hatte. Als die Ersten Magier das Gewölbe erschufen, hatten sie keine größere Bedrohung für die Sicherheit ihrer neuen Welt gekannt als die Val'kai. Hingegen war er ein Geschöpf, das trotz des Grauen Fluches zum größten Teil immer noch menschlich war.

Auf seinem Weg nach unten erfreute er sich am Schimmern der Quarzadern, die den Fels links und rechts der Treppe durchzogen und im Schein der Luminesaugen wie ein ganzes Universum aus Farben erstrahlten. Als er nach vielen Hundert Stufen endlich die letzte Pforte passierte, stand er auf einer Galerie.

Er lauschte, wie die Flügel hinter ihm geschlossen wurden, und drehte sich dann zu ihnen um. Er schob den Riegel vor, der von dieser Seite des Tores angebracht war, und trat anschließend an das Geländer der Galerie. Sie war direkt in den Felsen des Berges gearbeitet. Vor ihm erstreckte sich eine Kaverne. Auch sie war von titanenhaften Ausmaßen.

Rund dreißig Fuß unter ihm standen einhundert Kristallsärge in zwei Reihen zwischen mächtigen Säulen. Jeder einzelne Sarg strahlte heller als eine ganze Truhe Luminesaugen, sodass die Körper jener Männer und Frauen, die seit tausend Jahren darin schliefen, wie in einer Blase aus Licht zu schweben schienen. Dies waren die Unvergessenen. Die hundert Mächtigsten unter den Ersten Magiern.

Sein Blick wanderte weiter bis zum jenseitigen Ende der Kaverne, wo die Magie aus den Kristallsärgen zusammenfloss und wie eine winzige Sonne in der Dunkelheit strahlte. Sie war sein Ziel. Der Ort, von dem Zaragoth ihm erzählt hatte und zu dem er um jeden Preis gelangen musste. Davon erfahren hatte der Dämon durch den Magier Kaldor Morrain, der einst hier unten gearbeitet hatte und den falschen Versprechungen der Hohepriesterin der To'Dhana erlegen war.

Er betrachtete das Gleißen der magischen Sonne. Dank Morrain wusste sein Herr, dass sich in ihrem Inneren ein Geheimnis verbarg, von dessen Existenz selbst der Oberste Magus keine Kenntnis zu besitzen schien.

»Wen haben wir denn hier?«

Er zuckte nicht zusammen, denn er hatte die schlurfenden, sich ihm nähernden Schritte schon vor einer Weile vernommen. Ein Gestank nach Schweiß, Urin und Fisch kroch ihm in die Nase. Langsam drehte er sich zu dem Sprecher um. »Magister Ezekiel, Hüter des Gewölbes.«

Die Robe des alten Mannes war ein ausgeblichener, fleckiger Lumpen mit Brandlöchern und Schweißringen unter den Achseln.

Sein Körper war krumm und buckelig, und aus seinem Kopf sprossen vereinzelte Haarbüschel, die lang und strähnig herabhingen. Altersflecken überzogen sein Gesicht wie ein Leopardenfell. Offenbar war er ein wenig wackelig auf den Beinen, denn er klammerte sich mit beiden Händen an das Geländer.

»Hab ich's mir doch gedacht, dass ich die Pforte gehört habe. Was treibt dich zu dieser späten Stunde nach hier unten, Everdale?«

»Die Zukunft unseres Ordens.«

Der Alte krauste die Stirn. »Gibt es ein Problem, von dem ich wissen sollte?«

Er lächelte. »Oh, es gibt immer ein Problem. Zum Glück ist die Lösung meist nicht fern.«

»Übrigens warte ich immer noch auf die Gehilfen, die du mir versprochen hast.« Magister Ezekiel funkelte ihn mürrisch an.

»Verzeih mir, in letzter Zeit war ich abgelenkt und habe das völlig aus den Augen verloren.«

»Dass du mir deine Spione herschicken wolltest, hast du dagegen nicht vergessen.« Ezekiel schnaubte. »Schnüffeln überall herum und richten dabei nichts als Chaos an. Nirgends habe ich mehr Ruhe vor diesen ...« Die Hand des Magiers schoss auf ihn zu. Er bewegte sich flink für sein Alter, doch Everdale Tilbrock war wesentlich jünger gewesen und so wich er dem Angriff mühelos aus. Zur Sicherheit brachte er ein paar Schritte Abstand zwischen sich und Ezekiel. Der Alte klammerte sich noch immer mit einer Hand ans Geländer. Die andere deutete anklagend in seine Richtung. Winzige blaue Flämmchen zuckelten um die Finger. »Sprich die Wahrheit, Eindringling, was bist du?«, krächzte Magister Ezekiel.

»Die Flamme von Kalrym.« Er kannte den Zauber aus den Erinnerungen des Obersten Magus, auch wenn er selbst über keine Magie gebot. Er hatte Tilbrocks Äußeres gestohlen, aber nicht seine Gabe. Zaragoth hatte ihn davor gewarnt, dass das bei Magie nicht möglich sei. Dafür hatte sein Herr ihm andere Talente verliehen. Er zog den Dolch aus dem Ärmel hervor.

»Du wirst mich nicht aufhalten, Magier«, sagte er gelassen.

»Ich vielleicht nicht«, erwiderte der Magister, und seine Augen sprühten vor Hass, »aber die Wächter, die ich jetzt rufen werde. Der Riegel wird sie nicht lange aufhalten.«

Er sah, wie der Alte den Mund öffnete, und schleuderte den Dolch. Noch bevor Magister Ezekiel ein Laut über die Lippen gekommen war, bohrte sich die Klinge in seine Brust. Der Magier brach vor ihm auf der Galerie zusammen. Als er auf dem Boden aufschlug, gab es ein Geräusch, als würde ein Stück brüchiges Pergament zerreißen.

»Was war es?«, fragte er, trat näher und beugte sich über Magister Ezekiel. »Was hat mich verraten?«

Doch der Lebensfunke in den Augen des Alten war bereits erloschen.

Mit einem Seufzen zog er den Dolch aus der Leiche, wischte das Blut an der Robe des Gewölbehüters ab und schnupperte anschließend an der Klinge. Gut. Es war immer noch genug Gift daran, um zu tun, weswegen er hergekommen war. Er schob sie zurück in seinen Ärmel, erhob sich und schritt die Galerie entlang, bis er auf eine weitere Treppe stieß. Er folgte ihr bis zum Grund der Kaverne. Die Luft war hier unten wärmer als auf der Galerie, roch ansonsten jedoch so frisch, als stände er unter einem freien Himmel. Jeweils zur Linken und Rechten zog sich eine Reihe aus Säulen bis zum Ende der Höhle. Jede dicker als eine fünfhundertjährige Eiche und so hoch, dass ihre Kronen von den Schatten weit über ihm verschluckt wurden. Vor jeder Säule war ein Kristallsarg aufgebahrt.

Als er zwischen die Särge eintauchte, leckte die Hitze der Magie mit schmerzhafter Intensität über seine Haut. Er blieb stehen und betrachtete jenen, der ihm am nächsten war. Er sah die Silhouette des Körpers, der in dem leuchtenden Kristall eingeschlossen war – ob Mann oder Frau, vermochte er nicht zu erkennen. Schlief der Magier? Oder war er wach und spürte gar seine Anwesenheit?

Er ging weiter, und die Hitze nahm zu. Ebenso der Schmerz. Eine Träne rann seine Wange hinab. Nun hob er die Hand und sah, dass die Haut daran so rot war, als hätte er sie in einen Topf voll heißen Wassers gehalten. Er ließ sie wieder fallen. Er hatte seinen Befehl, und Zaragoths Wille wog schwerer als jeder Schmerz.

Um sich abzulenken, studierte er im Gehen seine Umgebung. Er war schon immer ein guter Beobachter gewesen. Jeder Kristallsarg, an dem er vorüberkam, ruhte auf einem Block aus Stein. Zahlreiche Runen waren in seine Oberfläche gemeißelt, wobei die einzelnen Schriftzeichen ein komplexes, sich überschneidendes Muster bildeten, das sich auf dem Boden zwischen den Särgen fortsetzte und sie auf diese Weise miteinander verband. Sie glühten weiß, genauso wie die Kristallsärge. Wurde die Magie durch diese Muster zu der kleinen Sonne am Ende der Höhle geleitet? Es musste wohl so sein.

Als er nur noch zehn Schritte von ihr entfernt war, blieb er stehen. Ihr Gleißen blendete ihn. Ihre Magie verbrannte ihn. Er wusste, wie es sich anfühlte zu brennen. Mit jeder Verwandlung verschlangen die Flammen in seinem Inneren seine alte Gestalt, bevor sich sein neuer Körper ausformte. Doch dieser Schmerz war anders. Er kam von außen. Er fraß sein Haar, fraß die oberste Schicht seiner Haut, die begonnen hatte, Blasen zu werfen. Er konnte riechen, wie die Fettschichten darunter köchelten. *Du musst es jetzt tun, solange du noch in der Lage dazu bist!*

Ein weiteres Mal holte er den Dolch aus seinem Versteck im Ärmel. Im Schein der Magie wirkte die Klinge wie aus einem unheimlichen weißen Feuer geschmiedet.

Raschen Schrittes hielt er auf die magische Sonne zu, die gut zehn Fuß im Durchmesser maß. Die Hitze wurde immer unerträglicher. Seine Finger begannen sich schwarz zu verfärben. Kurz bevor er sie erreichte, schloss er die Augen. Er erwartete, auf Widerstand zu stoßen, doch er glitt mühelos in ihr Innerstes. Für einen Moment war der Schmerz überwältigend, dennoch wog der Drang, Zaragoth zu gehorchen, schwerer. Er öffnete die Lider. Er stand im Zentrum der kleinen Sonne. Magie toste um ihn herum wie ein Sturm aus Licht. Blitze flackerten auf, vergingen wieder oder wurden von glühenden Wirbeln verschlungen, die wie aus dem Nichts auftauchten und wieder verschwanden. Er lächelte. So musste das Antlitz der Schöpfung aussehen. Und die Schönheit dieses Anblicks trug ihn jenseits allen Schmerzes, jenseits von allem, was er einst gewesen war.

»Was tust du hier?«, fragte eine Stimme, die aus der Magie selbst zu kommen schien, in Wahrheit jedoch von dem Herzen stammte, das alles in Gang hielt. Dem Kopf, der alles steuerte. Die Seele, die die Magie ihrer Brüder und Schwestern in sich aufnahm, um damit all jene mysteriösen Apparaturen zu lenken, die die Barriere aufrechterhielten und die er in den Erinnerungen des Obersten Magus sah.

Sie war das vielleicht größte Geheimnis dieses Gewölbes. Vergessen von den anderen Magiern, vergessen von der Zeit selbst. Nicht einhundert, sondern einhundertundein Opfer hatte die Erschaffung der Barriere gefordert. Und da saß sie – nur zwei Schritte von ihm entfernt – auf einem Thron aus Licht. So unversehrt und vollkommen wie eine neugeborene Göttin. Die erste Veydra. Tochter einer Menschenfrau und des Dhana'an Menetoris, dem Herrn der Ra'Carohk und dem mächtigsten unter den Göttern. Doch sie hatte ihren Vater und die anderen Dhana'an verraten, indem sie sich während des Zweiten Dämonenkrieges auf die Seite der Ersten Magier geschlagen hatte.

Er machte einen weiteren Schritt auf sie zu.

Ihre Augen waren geschlossen, als schliefe sie. Ebenso ihre Lippen, und dennoch vernahm er ihre Stimme so deutlich, als stände sie neben ihm und spräche die Worte direkt in sein Ohr. »Was tust du hier?«, fragte sie ihn noch einmal.

Er hob das Messer. »Ich bringe das Ende.«

»Es gibt kein Ende. Keinen Anfang. Alles ist Magie.« Ihre Augen öffneten sich. Sie sahen aus wie glühende Sterne. Zwei Sonnen aus reinstem Licht.

»Nein, Ihr irrt Euch, Mylady. Alles ist Feuer. Glaubt mir, ich weiß, wovon ich spreche!« Seine geschwärzte Hand schoss vor und trieb ihr die vergiftete Klinge tief ins linke Auge. Sie öffnete den Mund zu einem Schrei, und dann spürte er, wie sie nach der Magie um sich herum griff, um ihre Verletzung zu heilen. Doch das Gift war stark und hochkonzentriert. Längst strömte es durch ihren Körper und ließ die Energiebahnen darin verdorren. Flammen brachen aus dem ihr verbliebenen Auge, und ein gequälter Ausdruck huschte über ihr wunderschönes Gesicht. Sie konnte die Magie, die ihr zuströmte, nicht länger an die Barriere abgeben. Stattdessen staute sie sich in ihr an. Es war vollbracht!

Er lächelte. *Alles ist Feuer*, dachte er noch einmal, als die Magie wie eine wütende Bestie erst sie, dann ihn und schließlich auch alles andere verschlang.

46

Magische Akademie, Nekross
14. Oktan 1026 n. d. Zweiten Dämonenkrieg

Ryk lag auf seiner Strohmatte und starrte hinauf zur Decke ihrer Zelle. Warum war Meister Wodnic noch nicht zu ihnen zurückgekehrt? Sein Besuch lag bereits etliche Stunden zurück. Mittlerweile musste über Nekross längst die Sonne untergegangen sein. Jetzt verfluchte er sich dafür, Wodnic sein Wort gegeben zu haben, nichts zu unternehmen, bevor der nicht alles mit den anderen Meistern geklärt hatte. Ryk seufzte und lauschte dann auf die Atemzüge seiner Gefährten. Wenigstens sie hatten Schlaf gefunden.

Nach seinem Gespräch mit Wodnic hatte er entschieden, Kela, Veitt und Nersei in sein Geheimnis einzuweihen. Daraufhin hatte er ihnen von den einhundert Unvergessenen erzählt, die mit ihrer Magie die Barriere aufrechterhielten, die seit über eintausend Jahren die Schwebenden Reiche vor der Gegenwelt schützte. Kela und Veitt hatten ihn daraufhin angestarrt, als hätte er den Verstand verloren. Verdenken konnte er es ihnen nicht. Nersei hatte als Erster seine Stimme wiedergefunden. »Also leben einige der Ersten Magier noch heute. Jetzt verstehe ich auch, warum du unbedingt zur Akademie kommen wolltest, Dämonenjäger. Du hoffst, sie könnten uns im Kampf gegen Zaragoth und Inos helfen, falls der Gott erwachen sollte.«

Genau das war Ryks Plan. Ob es überhaupt möglich war, die Unvergessenen aus ihren Kristallsärgen herauszuholen und aufzuwecken, wusste er nicht. Darüber hatte er mit Everdale Tilbrock reden wollen. Daraus würde nun nichts mehr werden. Der Oberste Magus war tot. Daran hatte Ryk keinen Zweifel. Ein Gestaltwandler, der durch den Grauen Fluch erschaffen wurde, konnte nur dann die Gestalt eines anderen Menschen annehmen, wenn er ihn zuvor getötet hatte. Verdammt, wären sie nur früher hier gewesen! Vielleicht hätte er seinen alten Freund und Mentor noch retten können.

Ryk wollte sich gerade auf die andere Seite drehen, fort vom Licht der Luminesaugen, um vielleicht doch noch ein wenig zu schlafen, als plötzlich der Boden unter ihm rumpelte. Scheiße, war das ein Erdbeben? Sofort war er auf den Beinen. »Aufwachen! Aufwachen, verdammt!«, rief er.

»Was'n los?«, fragte Veitt verschlafen.

Das Beben wurde stärker. Im Felsgestein um sie herum knackte es. Staub rieselte von der Decke, und im Boden taten sich Risse auf. Jetzt sprangen auch die anderen auf und kamen in der Mitte der Zelle zusammen.

»Was passiert hier?«, wollte Kela wissen.

»In dieser Gegend hat es noch nie Erdbeben gegeben«, murmelte Veitt. Alle Farbe war ihm aus dem Gesicht gewichen. »Was bedeutet das, Ryk?«

Er hatte selbst keine Ahnung. Nur einer Sache war er sich gewiss: Sie mussten aus diesem Gewölbe verschwinden, wenn sie nicht lebendig begraben werden wollten. Er taumelte auf das Gitter zu und hatte es fast erreicht, als die Erde selbst aufschrie. Ein tiefes, gequältes Grollen, das ihn wie ein Faustschlag traf und zurück gegen seine Gefährten prallen ließ. Alle vier wurden niedergeworfen, während um sie herum der Fels explodierte. Steinsplitter jagten durch die Zelle – knapp über ihre Köpfe hinweg. Sie wären wohl von ihnen zerfetzt worden, hätten sie nicht auf dem Boden gelegen. Als Nächstes brach die Decke auf, und es regneten Geröll und Felsen auf sie herab. Ryk spürte, wie Nersei seine Magie entfachte und einen Schild über ihnen errichtete, um die gefährlichsten Steinbrocken abzufangen. Dann ging ein noch gewaltigerer Ruck durch die Erde, und eine Welle aus purer ungebändigter Magie rollte über sie hinweg.

Die Luft war von einem Tosen und Rauschen erfüllt, von grellen Lichtern und wirbelnden Energieentladungen, die knisternd in die Zellenwände schlugen und noch mehr Steine und Staub auf sie niederschickten. Die Magie war überall. Sie presste Ryk zu Boden, stahl ihm die Atemluft von den Lippen und lud sein Seelenfeuer auf, bis es so heiß in seiner Brust loderte, dass er vor Qual schrie, schrie, schrie ... Wenige Augenblicke später war es vorbei.

Ryk sog gierig Luft ein und bekam sogleich einen Hustenanfall vom Staub, der noch in der Luft hing. Er rollte sich auf die Seite, wischte sich mit dem Handrücken über die tränenden Augen und sah sich nach den anderen um. Kela und Veitt regten sich. Auch sie husteten und rangen gleichzeitig um Atem. Nersei hingegen lag völlig still da. Ryk kroch zu ihm. Die Augen des Veydras waren geschlossen. Blut lief aus seinem Haar und hatte sich am Boden neben seinem rechten Ohr gesammelt. Bei allen Dämonen der Gegenwelt, Asmaran würde ihm eigenhändig die Haut abziehen, wenn seinem Sohn etwas zugestoßen war!

Ryk tastete nach dem Puls an seinem Hals. Es dauerte einen Moment, bis er ihn spürte. Gut. Der Veydra lebte.

»Was ... was ... war ... das gerade?«, hörte er Kela irgendwo links von sich krächzen.

Ryk kämpfte sich auf die Knie. »Eine magische Explosion«, sagte er mit einem so grimmigen Ton in der Stimme, dass er selbst darüber erschrak. »Das Gewölbe wurde soeben zerstört.« Die Macht, die dabei freigesetzt wurde ... Niemals zuvor hatte er so etwas Gewaltiges gefühlt. Wer dafür verantwortlich war, stand wohl außer Frage. Viel schlimmer war, was das für sie alle bedeutete. Er sah in die bleichen Gesichter von Kela und Veitt. »Die Barriere existiert nicht länger. Nichts kann uns jetzt noch vor einem Angriff von Zaragoths Anhängern aus der Gegenwelt schützen.«

»Fantastisch«, murmelte Kela. »Noch mehr gute Nachrichten?«

»Nersei!«, stieß Veitt in diesem Moment hervor und kam auf Ryk zugekrochen, um nach dem Veydra zu sehen.

»Er ist nur ohnmächtig«, sagte Ryk und klopfte Veitt auf die Schulter. »Das wird schon wieder.«

Als hätte er ihn gehört, gab Nersei ein Stöhnen von sich.

Auch Kela war näher herangerückt. »Heißt das …«

Ryk schluckte und nickte. »Alle meine Hoffnungen sind dahin.« Stöhnend rieb er sich das Gesicht. »Die hundert Unvergessenen sind tot. Es kann gar nicht anders sein. Niemand in unmittelbarer Nähe der Explosion kann überlebt haben.«

»Vielleicht sollten wir lieber von hier verschwinden, bevor man uns auch noch dafür verantwortlich macht«, stöhnte Nersei, der sich mit Veitts Hilfe in eine sitzende Position hochgekämpft hatte.

Ryk starrte ihn an. Wenn es dem falschen Everdale Tilbrock gelungen war, dass Gewölbe zu zerstören, musste Meister Wodnic bei dem Versuch, ihn zu enttarnen, versagt haben. Infolgedessen war der Gedanke, dass man die Schuld für dieses Unglück zunächst bei ihm suchen würde gar nicht so abwegig. Immerhin hieß es, er werde von einem Blutlenker kontrolliert. »Also gut, hauen wir von hier ab.«

Veitt half Nersei auf die Füße. Im ersten Moment schwankte der Veydra. »Mein Vater … ist sicher schon auf dem Weg hierher. Er und die anderen … müssen die Erschütterung ebenfalls gespürt haben.«

»Jeder in den Schwebenden Reichen, der auch nur einen Hauch Magie in sich trägt, dürfte das gespürt haben«, entgegnete Ryk.

Nersei hob die Hand zu der Wunde hinter seinem Ohr. Kurz flackerte Magie auf. Zweifelsohne ein Heilzauber. Tatsächlich konnte er regelrecht zusehen, wie die Farbe in das Gesicht des Veydras zurückkehrte. »Dann mal los«, sagte Nersei, packte ihre Zellentür und zerrte daran. Mit einem Knirschen brachen die verrosteten Scharniere. Er warf die Tür zur Seite, drehte sich nach Ryk um und bedeutete ihm voranzugehen.

Einige Luminesaugen hatten das Beben überlebt und beleuchteten einen Gang, der an vielen Stellen eingestürzt war. Immer wieder mussten Ryk und seine Gefährten innehalten, um Steine und Felsbrocken beiseitezuräumen, bis sie endlich die Tür am Ende des Zellentrakts erreichten. Nach wie vor war sie verschlossen. Also rief Ryk seine Magie herbei. Hitze strömte von seiner Brust in seine Beine und härtete Muskeln, Sehnen und Knochen. Er brauchte zwei Tritte, bevor die Tür aus dem Rahmen brach und auf den Boden der dahinterliegenden Wachstube schlug. Staub wirbelte auf. Ein klägliches Wimmern drang an sein Ohr.

Er trat durch die Öffnung und erwartete, sich den Wachen gegenüberzusehen. Drei von ihnen waren jedoch tot. Ihre Leichen lagen zwischen herabgestürzten Steinen und den Trümmern des Tisches, an dem sie gesessen haben mussten. Ein vierter war verwundet. Es war Hauptmann Remas, er lehnte an der Wand neben dem Treppenaufgang und umschlang mit beiden Händen seinen linken Oberschenkel. Unterhalb des Knies war der Stoff der Hose blutdurchtränkt, während der Rest des Beines in einem unnatürlichen Winkel abstand. Furchtsam starrte er Ryk und seine Gefährten an. Rotz rann ihm aus der Nase und troff von seinem Kinn auf seine Uniform.

»Bitte … bitte … tut mir … nichts.«

Ryk war sicher, dass der Hauptmann es nicht allein dorthin geschafft hatte. Jemand musste ihn hingeschleift haben. »Wo ist der andere?«

Ein Schluchzer schüttelte Remas. »Er … er holt Hi-Hilfe, Herr. Bitte …« Er hob flehend eine Hand.

»Ich höre ihn noch.« Kela hielt den Kopf leicht schräg und lauschte Richtung Treppenaufgang. »Er rennt schnell, nimmt immer zwei Stufen auf einmal.« Sie sah Ryk an. »Ich könnte ihn noch aufhalten, wenn ich jetzt loslaufe.«

Ryk überlegte kurz und schüttelte dann den Kopf. »Lass ihn nur. Oben wird so viel Chaos herrschen, dass die anderen ihm kaum Beachtung schenken werden.« Wahrscheinlich hatte der Hauptmann den Wächter in dem Moment losgeschickt, als Ryk das erste Mal gegen die Türe trat. Vielleicht glaubte Remas sogar, er hätte das Beben verursacht, um dadurch aus ihrer Zelle zu entkommen. Er musterte den jungen Offizier fragend. »Du weißt, was gerade geschehen ist?«

»Bitte, Herr, wenn … wenn Ihr mich am … Leben lasst …«

Ryk verdrehte die Augen. »Du begreifst es nicht, Junge, oder? Das war nicht ich. Die Barriere wurde zerstört.« Er schüttelte den Kopf und wandte sich zu Kela, Veitt und Nersei um. »Die werden viel zu beschäftigt sein, um jemanden zu schicken. Trotzdem sollten wir uns beeilen!«

Ohne Remas weiter zu beachten, folgten sie der Treppe nach oben. Sie befanden sich weit unter der Akademie und waren von massivem Fels umgeben, der das Fundament jener Türme bildete, die sich über ihnen viele Hundert Fuß in den Himmel schraubten. Nach endlosen Minuten traten sie ins Freie. Sie befanden sich in einem Außenbezirk im Westen der Akademie, in dem früher die Wächter, Dienstboten und deren Familien untergebracht gewesen waren. Mittlerweile stand dieser Teil der Akademie leer, so wie viele andere Bereiche auch, seit die Anzahl der Magier zusehends schrumpfte.

Kühle Nachtluft empfing sie. Aus der Ferne drangen Schreie an Ryks Ohren, Dutzende Gebäude und Türme brannten. Er blickte zum Himmel. Über der Akademie hing eine glimmende Wolke, die wie Millionen winziger Glühkäfer aussah. Dabei waren es bloß Staubteilchen, magisch aufgeladen von der Explosion.

»Bei allen ... oh, verdammt, Ryk, sieh dir das an!« Veitt war neben ihn getreten und deutete zum Zentrum der Akademie. Es war Ryk gleich als Erstes aufgefallen. Der Wolkenspalter, der höchste Turm und Wahrzeichen der Akademie, existierte nicht länger. Wo er gestanden hatte, ragte die Silhouette eines geborstenen Stumpfes in die Nacht. Bei der Vorstellung, wie viele Gebäude und Leben der Turm unter sich begraben haben musste, schnürte sich Ryk die Kehle zu. Verdammt! Sein Blick wanderte weiter gen Norden zum Hang des Berges, wo der Eingang zum Gewölbe der hundert Unvergessenen lag. Im Schein der Feuer konnte er erkennen, dass das Grün, das ihn einst bedeckt hatte, verschwunden war. Durch die Explosion hatte sich eine Lawine gelöst und alles unter sich begraben. Seine Hände ballten sich zu Fäusten.

»Dort sind die Verräter! Sie haben das alles getan!«

Ryks Kopf fuhr herum. Ein junger Wächter deutete in ihre Richtung. Es musste derjenige sein, den Hauptmann Remas losgeschickt hatte. Bei ihm waren dreißig Wächter mit rußverschmierten Gesichtern, die aus einer Gasse auf der gegenüberliegenden Seite des Platzes strömten.

Ryk fasste sich an den Kopf. Scheiße, das konnte nicht wahr sein! Er blickte in die Gesichter der Männer und las Furcht, Schmerz und Wut darin. Einige hielten Speere in den Händen, andere waren mit Schwertern oder Armbrüsten bewaffnet. Sicherlich hatten sie bei dem Unglück Freunde und Kameraden verloren. Doch was wirklich passiert war, durchschaute zum jetzigen Zeitpunkt vermutlich keiner von ihnen. Sie wussten nur, dass sie Angst hatten und jemanden dafür bezahlen lassen wollten. *Ich hätte es besser wissen müssen*, dachte Ryk. Manchmal fragte er sich, wer die schlimmeren Dämonen waren: die Menschen oder die Val'kai.

»Das sind ziemlich viele«, meinte Nersei.

Ryk wollte nicht kämpfen. Nicht gegen seine eigenen Leute. Erst recht nicht nach allem, was sie gerade durchgemacht hatten. Vielleicht ließ sich ein Kampf verhindern, wenn es ihm gelang, sie aufzurütteln. Er musste an ihre Vernunft appellieren. Ein Versuch war es allemal wert. »Hört mir zu, Männer!«, sprach er mit magisch verstärkter Stimme, die von den Mauern der umstehenden Gebäude widerhallte. Einige Wächter zuckten zusammen. Gut so.

»Nein, Ryk Vangur, jetzt werdet Ihr *uns* zuhören!« Ein Wächter schob sich zwischen den anderen hindurch in die vorderste Reihe. Es war Urik. Für einen Moment war Ryk erleichtert, aber dann wurde er sich der Bitterkeit in Uriks Stimme bewusst und begriff, dass er dieses Mal nicht auf seiner Seite stand. Der alte Wächter hatte die Hände in die Seiten gestemmt und starrte Ryk über den Platz hinweg an. »Es hieß, Ihr wärt von einem Dämon besessen und nur zurückgekommen, um Unheil über uns zu bringen. Ich wollte es nicht glauben! Was für ein Narr ich war. Ein zweites Mal lasse ich mich nicht von Euch täuschen. Es ist an der Zeit, dass Ihr bezahlt, Verräter!« Urik zog sein Schwert und rief: »Schnappt sie euch!«

Die Männer stürmten los.

47

Magische Akademie, Nekross
14. Oktan 1026 n. d. Zweiten Dämonenkrieg

Veitt war kein Kämpfer. Gewöhnlich trug er nicht einmal eine Waffe. Natürlich waren auch Ryk, Nersei und Kela unbewaffnet, da ihnen ihre Schwerter nach ihrer Gefangennahme abgenommen worden waren. In dem Chaos unten im Kerker nach ihnen zu suchen, hätte sie wertvolle Zeit gekostet. Außerdem verfügten sie alle immer noch über ihre Magie. Veitt hatte ihre Hitze gespürt, als das Seelenfeuer des Dämonenjägers aufgelodert war. Nersei, Kela und Ryk bewegten sich schnell. Übermenschlich schnell, als sie ihren Gegnern entgegentraten. Auch Veitts Sinne und Reflexe waren durch seine Magie verstärkt, die nie ganz versiegte. Manchmal war sie nur ein Kribbeln in seinen Fingerspitzen, manchmal strömte sie auch wie ein warmer Odem durch seinen Körper. So wie jetzt.

Veitt zuckte zusammen, als Ryk und die anderen mit den Wachen aufeinanderprallten. Schwerter und die Spitzen der Speere blitzten im Schein des Mondes auf. Die Wächter trafen jedoch stets ins Leere, wenn sie nach Ryk, Kela und Veitt zielten. Flink wichen die drei den Attacken aus. Die wenigen Armbrustschützen waren am Rande zurückgeblieben und warteten dort auf eine Gelegenheit. Veitt selbst war zum Wachhaus zurückgewichen.

Ryk hatte es ihm so befohlen. Genauso, wie er Kela und Nersei verboten hatte, die Wächter zu töten. Schließlich waren diese

Männer bloß fehlgeleitet. Veitt hatte ohne Widerspruch gehorcht. Jetzt bedauerte er es. Ihm gefiel nicht, dass er sich heraushalten sollte, während seine Freunde ihr Leben riskierten. Natürlich verstand er Ryks Entscheidung: Er besaß lediglich Erfahrung aus seinen Übungskämpfen mit dem Dämonenjäger. An einem echten Kampf hatte Veitt noch nie teilgenommen. Zwar gebot er jetzt über Magie, aber er hatte noch viel über sie zu lernen. Was, wenn er jemanden umbrachte, weil er seine Stärke falsch eingeschätzt hatte? So, wie es ihm bei der Gestaltwandlerin passiert war, die sich als Saira ausgegeben hatte. Nein, Ryk hatte schon richtig entschieden.

Inzwischen hatte Kela das Kurzschwert eines Gegners erbeutet. Jetzt konnte sie die Hiebe der anderen Wächter nicht nur parieren, sie konnte selbst zum Angriff übergehen. Anstatt auszuweichen, wie sie es bisher getan hatte, entwaffnete sie die Männer mit gekonnt ausgeführten Attacken. Einige wollten trotzdem nicht aufgeben, woraufhin sie ihnen einen Schlag mit der flachen Klinge gegen die Schläfe verpasste. Drei Wächter hatte sie auf diese Weise schon ausgeschaltet. Auch Ryk und Nersei war es gelungen, mehrere Wächter mithilfe ihrer Fäuste zu Boden zu schicken. Ihre Erfolge spornten ihre Gegner dazu an, nur noch verbissener gegen sie vorzugehen. Ganz eindeutig hatten die Wächter kein Interesse daran, Ryk und seine Gefährten lebend in die Finger zu bekommen. Jeder Streich mit dem Schwert, jeder Stich mit dem Schwert zielte darauf, den dreien eine tödliche Wunde zuzufügen.

Das ist nicht gut, dachte Veitt, als zwei der am Boden liegenden Wächter sich zu regen begannen. Oh, verflucht, diesen Kampf konnten seine Freunde nicht gewinnen! Es waren einfach zu viele Gegner, und es wurden auch nicht wirklich weniger, weil sie früher oder später wieder vom Boden aufstanden. So war es nur eine Frage der Zeit, bis Ryk, Kela und Nersei ihrer Erschöpfung erlagen. Ryks Gesicht war bereits schweißüberströmt. Und Nerseis Bewegungen hatten seit Beginn des Kampfs stark von ihrer Anmut verloren. In den letzten Minuten hatte er sich mehr als einmal an den Kopf gegriffen, dort, wo er bei dem Beben im Kerker verletzt worden war. Kela wirkte von den dreien noch am fittesten. Ohne Unterlass drang sie auf ihre Widersacher ein. Trotzdem hatten auch ihre Stärke und Ausdauer Grenzen.

Veitt ballte die Fäuste. *Was mache ich noch hier? Ich muss ihnen helfen.* Er trat nach draußen, ohne auf die Armbrustschützen zu achten, die auf der anderen Seite des Platzes Stellung bezogen hatten. Sein Blick suchte nach Ryk und Kela, die in einem Pulk von Angreifern verschwunden waren. Plötzlich schrie jemand ganz in seiner Nähe auf. Er wirbelte herum und starrte in Nerseis Gesicht. Der Veydra war kaum vier Schritte von ihm entfernt und blickte ihn mit weit aufgerissenen Augen an. Im nächsten Moment sank er zu Boden. Zwei Bolzen ragten aus seinem Rücken.

Ein Zittern lief durch Veitt, als er begriff, was soeben geschehen war. Nersei hatte sich dazwischengeworfen, um die Pfeile abzufangen, die für ihn bestimmt waren. »Nein«, flüsterte er. »Nein!« Er stolperte auf den Veydra zu. Etwas schoss an ihm vorüber. Ein weiterer Bolzen. Ruckartig blieb er stehen und starrte die Schützen auf der anderen Seite des Platzes voller Zorn an. »NEIN!«, schrie er mit aller Macht. Das Seelenfeuer in seiner Brust loderte grell auf, und die Armbrüste in den Händen seiner Feinde zerbarsten. Noch immer zitterte er. Jetzt allerdings vor Wut, was seine Magie noch weiter anheizte. Weiße und blaue Flammen brachen aus seinem Körper hervor, tanzten über seine Haut, ohne ihn zu verbrennen, und erhellten den Platz. Die Wachen in seiner Nähe wichen vor ihm zurück. Ein Dolch flog auf ihn zu. Funkensprühend prallte er von der Flammenaura ab. Veitt hatte instinktiv einen magischen Schild um sich errichtet. Etwas, wozu kein Magier seit Jahrhunderten fähig war.

»Flieht!«, zischte er den Männern entgegen und baute sich zwischen ihnen und Nersei auf, der hinter ihm auf dem Boden lag. Dank seines geschärften Gehörs konnte Veitt ihn atmen hören. Wenn auch nur schwach. »Macht, dass ihr wegkommt, bevor ich mich vergesse!« Er machte einen Schritt auf die Wächter zu, woraufhin sie sich umdrehten und davonliefen. Er wollte sich gerade Nersei zuwenden, als ein vielstimmiges Triumphgeheul an seine Ohren drang. Sein Kopf fuhr herum. Er sah Kela, wie sie von dem Pulk wegtaumelte, der sie und Ryk zuvor umringt hatte. Kurz hob sie den Blick, und er erschauderte, als er das Rot in ihren Augen sah. Der schwarze Wächter! In dem Moment knallte der Holzschaft eines abgebrochenen Speers auf ihren Hinterkopf. Die Veydra wankte, verdrehte die Augen und klappte zusammen. Der Mann, der den Schlag gegen sie ausgeführt hatte, sprang über Kela hinweg und eilte zurück an die Seite seiner Kameraden. Ein Trupp grün gewandeter Wächter, der sich um etwas am Boden zusammengeschart hatte und mit Tritten, Schwertern und Speeren darauf eindrang.

Die Erkenntnis traf Veitt wie ein Hieb in den Magen. »Ryk!«, keuchte er, und ein überwältigendes Gefühl der Trauer bemächtigte sich seiner. Er fiel auf die Knie, Tränen schossen ihm in die Augen. Im selben Moment erlosch seine Flammenaura.

Die Wächter, die zuvor vor ihm geflohen waren, erkannten ihre Chance und näherten sich ihm nun mit gezückten Waffen. Es war vorbei. Sie hatten verloren. Doch die Männer zögerten plötzlich, verharrten in der Bewegung und ließen ihre Waffen sinken. Veitt starrte sie ungläubig an, bis er das Entsetzen in ihren Augen sah. Es konnte unmöglich ihm gelten, aber das hieße ... Er warf einen Blick über die Schulter, und da stand er: Asmaran. Der Nachtwind hatte seinen Mantel aufgebauscht, der Körper darunter glühte in der Dunkelheit. Ebenso die Runen auf seinem Oberkörper. Seine übergroßen Augen, sonst schwarz wie die Nacht, erstrahlten in einem goldenen Feuer, entzündet von Millionen winziger Sterne. Links und rechts von ihm hatten die Empathen Aufstellung bezogen. Auch sie hatten die Kapuzen ihrer Mäntel zurückgeworfen, sodass Veitt sehen konnte, dass das dritte Auge auf ihrer Stirn weit geöffnet war.

Ein Keuchen ging durch die Reihen der Wächter, gefolgt von panischen Ausrufen. Veitts Blick glitt über den Platz. All jene, die nicht bewusstlos waren, stierten den Blutlenker und sein Gefolge an. Furcht und Abscheu zeichnete ihre Gesichter. Veitt war sich sicher, dass diese Gefühle nicht allein vom Anblick der Dämonen herrührten. Zweifelsohne waren die Empathen in ihre Köpfe eingedrungen, um diese Empfindungen noch anzuheizen. Nicht lange, und die ersten Männer ließen ihre Waffen fallen, drehten sich um und liefen schreiend davon. Das genügte, um auch den Rest zu entmutigen. Innerhalb von Augenblicken hatte sich der Platz geleert. Als die Anspannung von Veitt abfiel, sackte er nach vorne auf seine Hände. *Reiß dich zusammen!*, sagte er sich. *Ryk … Ryk ist tot, aber Nersei braucht dich jetzt!* Er kroch zu dem Veydra, um seine Verletzungen zu untersuchen. Einer der Bolzen steckte in der Schulter. Er war das kleinere Übel. Der andere hatte sich nahe der Wirbelsäule in Nerseis Fleisch gebohrt.

»Wie geht es ihm?«, zischte Asmaran, der wie aus dem Nichts neben ihm aufgetaucht war.

»Er lebt«, sagte Veitt erschöpft. »Wenn ich die Pfeile jedoch nicht bald entferne, verblutet er.«

Asmarans Nüstern blähten sich auf. »Worauf wartest du dann noch, Magier?«

Im Laufe der Jahre hatte Veitt etliche Male Ryks Wunden und die seiner Gehilfen versorgt, wenn sie verletzt von der Dämonenjagd zurückgekehrt waren. Er hatte Schnitte genäht, Gegengifte angerührt, Blutvergiftungen kuriert. Aber das hier … »Wenn ich nicht vorsichtig bin, könnte ich den Schaden vergrößern.« Er deutete auf den Bolzen direkt neben der Wirbelsäule. »Ich will ihn nicht …«

»Tu … es … einfach!« Es war Nersei, der gesprochen hatte, wobei seine Stimme erschreckend schwach klang.

»Du bist bei Bewusstsein?« Veitt beugte sich vor, doch Nersei hatte das Gesicht hinter seinem Arm verborgen.

»Offensichtlich ist er das«, krächzte Asmaran. »Und jetzt mach, was mein Sohn gesagt hat. Ich würde es ja selbst tun, nur sind meine Hände eher fürs Töten geschaffen. Ich sehe derweil nach den anderen.« Der Blutlenker ging davon.

»Es wird wehtun«, sagte Veitt, sobald sie allein waren, und kam sich gleich darauf dumm vor. Nersei war ein Krieger. Ganz sicher handelte es sich nicht um seine erste Verletzung. Zunächst entfernte er den Pfeil aus der Schulter. Der Veydra zuckte einmal kurz. Nun wandte Veitt sich dem zweiten Bolzen zu, und plötzlich zitterte seine Hand. Was, wenn er Nerseis Wirbelsäule verletzte und diese nicht durch Magie wieder geheilt werden konnte?

»Du … kannst das«, stöhnte Nersei, als hätte er Veitts Verunsicherung gespürt.

»Was macht dich so sicher?«

»Weil … ich … dir vertraue.«

Dieses Eingeständnis überraschte Veitt, trotzdem zweifelte er keinen Augenblick daran. Nersei hatte die Bolzen abgefangen, die für ihn bestimmt gewesen waren. Das hätte er nicht getan, wenn er ihm gleichgültig wäre. Veitt biss sich auf die Unterlippe, reckte das Kinn ein wenig vor und schloss die Finger um den Pfeilschaft. Die andere Hand legte er dicht bei der Wunde auf Nerseis Rücken, um ihn ruhig zu halten, falls er sich plötzlich aufbäumte. Dann riss er den Bolzen mit einem Ruck heraus. Ein Stöhnen – mehr kam von Nersei nicht. Veitt fühlte jedoch, wie er zitterte. Gleich darauf sah er das ganze Blut, das aus der Wunde quoll. Dagegen hatte die Schulterverletzung kaum geblutet.

Veitt fluchte und griff nach seiner Magie. Er war kein ausgebildeter Heiler, und so ließ er sich einfach von ihr leiten. Sie strömte aus ihm heraus in Nerseis Körper, wo sie sich wie winzige tastende Fühler aus Licht zu der verletzten Arterie vorarbeitete und sie schloss. Sofort verebbte der Blutstrom. Zur Sicherheit überprüfte Veitt auch das Rückgrat, konnte aber keine Verletzung an den Wirbeln aufspüren. Gut. Er begann die Wunden zu heilen. Verletztes Gewebe und Muskeln fügten sich vor seinen Augen wieder zusammen.

»Genug«, sagte Nersei mit rauer Kehle. »Den Rest … schaffe ich selbst. Sieh nach deinen … Freunden.«

»Bist du sicher?«

»Bin … ich.«

Er half Nersei, sich aufzusetzen. »Geh jetzt«, sagte dieser, als Veitt keine Anstalten machte, sich zu entfernen. Er nickte, stand auf und näherte sich Kela, die von Asmaran gestützt wurde. Nur kurz blickte er zu der Stelle rüber, an der Ryk lag. Zwei Empathen die bei ihm knieten, verdeckten ihn. Er war froh darum, denn er war sich nicht sicher, ob er den Anblick seines geschundenen, toten Körpers ertragen hätte. Die übrigen fünf Empathen hatten am Rande des Platzes Stellung bezogen und behielten die Straßen und Gassen im Auge.

»Es geht mir gut«, sagte Kela und betastete mit schmerzverzerrter Miene ihren Hinterkopf, als Veitt sich nach ihrer Verfassung erkundigte. »Kümmere dich um Ryk, hörst du?«

Veitt erinnerte sich daran, dass sie das Bewusstsein verloren hatte, während die Wächter auf den Dämonenjäger eingestochen hatten. Vermutlich hatte sie gar nicht richtig mitbekommen, was geschehen war. »Ich … ich werde gleich mal nach ihm sehen«, presste er hervor und stolperte auf Ryks leblosen Körper zu, der auf den Pflastersteinen zwischen den beiden Empathen lag. Alles in ihm sträubte sich davor, dorthin zu gehen und sich mit eigenen Augen von Ryks Tod zu überzeugen, denn dann wäre es wirklich endgültig. Er schluckte. Trotzdem musste er es tun. Ryk war sein Freund gewesen.

Die Empathen zogen sich zurück, als er bei ihnen eintraf. Veitt starrte auf Ryk hinab. So viel Blut. Seine Kleidung. Sein Gesicht. Alles war voll davon. Er ging in die Knie. Ryks rechtes Auge war geschlossen, sein linkes eine blutige Höhle. Ein Schwert oder Speer musste ihn dort getroffen haben. Eine Träne rann Veitts Wange hinab. Hastig wischte er sie mit dem Handrücken fort.

»Was ist mit ihm?« Kela war neben ihm auf die Knie gefallen. »Sag schon, was ist mit ihm?« Sie packte Veitt am Arm und schüttelte ihn. Wut kochte in ihm hoch. Sah sie es denn nicht? Er hatte bereits den Mund geöffnet, da ließ sie plötzlich von ihm ab, beugte sich über Ryk und umgriff sein Gesicht mit beiden Händen. »Oh, du Narr, du verdammter Narr!«, schluchzte sie und versuchte das Blut von seinen Wangen zu wischen. »Tu mir das nicht an!« Dann plötzlich erstarrte sie. »Er atmet! Er atmet!« Ihre Finger tasteten nach seiner Halsschlagader. Ihr Kopf fuhr zu Veitt herum. »Hilf ihm!«

Wie war das möglich? Ryks ganzer Körper war von Wunden übersät. Kela musste sich irren. Er stieß sie beiseite, um sich selbst zu überzeugen. Doch sie hatte recht. Er fühlte ein schwaches Pulsieren unter seinen Fingerspitzen. *Ich kann ihn noch retten! Ich muss!* Die Magie jagte durch seinen Körper, fuhr durch seine Hände und strömte von dort in Ryks Körper. Im Geiste sah er die zahllosen Schnitte und Wunden, die gebrochenen Knochen. Was vor ihm lag, war kaum mehr als ein rohes Stück Fleisch.

»Er darf nicht sterben«, schluchzte Kela.

»Wird er nicht«, erwiderte Veitt mit eiserner Entschlossenheit. Licht flutete seinen Geist, der im Hochgefühl seiner Magie sang, während er sich zunächst darauf konzentrierte, alle lebensbedrohlichen Verletzungen zu heilen. Außer seinem Herzen betraf das nahezu alle anderen Organe in seinem Körper. Er hatte mehrere Stiche in den Magen und in den Bauch abbekommen, und ein Flügel seiner Lunge war von einem Speer durchstoßen worden. Dass er nicht längst an seinem eigenen Blut erstickt war, grenzte an ein Wunder. Tiefer und tiefer versank er in Ryks Körper, stoppte Blutungen und fügte verletztes Gewebe wieder zusammen. Doch mit jeder Verletzung, die er aufspürte und heilte, schien an anderer Stelle eine neue aufzubrechen. In Wahrheit waren es einfach zu viele, und seine Magie begann bereits zu schwinden. Verzweifelt lauschte er auf Ryks Herzschlag, der ihm immer noch viel zu schwach und unregelmäßig war. *Ich brauche mehr Zeit*, dachte er. *Ich bräuchte Ruhe und Schlaf, um zu regenerieren.*

Nur war das nicht möglich. Also gab es nur eins, was er noch tun konnte: Er musste der Magie von seiner Lebenskraft zuführen, um sie am Brennen zu halten. Es war seine einzige Chance, Ryk zu retten.

»Nein.«

Er riss die Augen auf und starrte in Nerseis Gesicht, der auf der anderen Seite von Ryks Körper kniete und ihn mit seinen blauen Augen ernst musterte. Wo war er so plötzlich hergekommen? »Ich kann spüren, dass deine Magie fast aufgebraucht ist. Ich lasse nicht zu, dass du dich selbst gefährdest. Nimm von meiner Magie«, sagte er bestimmt.

»Das kann ich nicht, du musst dich schonen und …« Veitt verstummte, als Nersei ihn zornig anfunkelte. »Es ist meine Entscheidung«, erklärte der Veydra.

Also nahm Veitt so viel von Nerseis Magie, wie er es wagte, ohne ihn zu gefährden. Am Ende gelang es ihnen, alle inneren Verletzungen so weit zu heilen, dass keine unmittelbare Lebensgefahr mehr für Ryk bestand. Trotzdem waren noch zahlreiche Knochen gebrochen, und viele Schnitte und Stiche bedurften der Heilung. Mit zittrigen Armen stützte Veitt sich auf dem Straßenpflaster ab und betrachtete Ryks Gesicht. Der Anblick verursachte ihm Übelkeit. Das linke Auge des Dämonenjägers hatte er nicht retten können.

»Wie ... wie geht es ihm?«, wollte Kela wissen, die nach Ryks Hand gegriffen hatte.

»Wir haben getan, was wir konnten. Dennoch wird sein Körper noch viele Wochen oder auch Monate brauchen, um vollständig zu genesen«, sagte Nersei an Veitts Stelle, der sich außerstande fühlte, ihr zu antworten. Er warf dem Veydra einen dankbaren Blick zu und erschrak. »Glaub mir, du siehst nicht besser aus«, sagte Nersei daraufhin.

»Warum ist er immer noch nicht wach?« Kela strich über Ryks Stirn. »Ich ... ich muss sein Auge verbinden.« Sie riss einen Streifen Stoff von ihrem Gewand ab.

»Es ist sein Geist«, sagte Asmaran, der sich ihnen unbemerkt genähert hatte. Er hatte den Mantel so eng um sich gezogen, dass er in der Dunkelheit kaum zu sehen war. »Ich kann ihn nicht erreichen. Auch meinen Empathen ist das vorhin nicht gelungen, deshalb hielten sie ihn auch für tot.«

»Was bedeutet das?« Angst schwang in Kelas Stimme mit.

»Dass der Schaden an seinem Geist zu groß sein könnte.« Asmaran zuckte die Schultern. Kela packte seinen Mantel und zog sich daran hoch. »Ich verstehe das nicht. Seine Gegner haben mit Schwertern, Speeren und Tritten gekämpft. Wie sollen sie damit seinen Geist verletzt haben?«

Asmarans Zunge zuckte zwischen seinen Lippen hervor. »Ich spreche nicht von den Wächtern. Ich spreche davon, dass der Dämonenjäger heute alles verloren hat! Alles, woran er je geglaubt, alles, wofür er je gekämpft hat. Sieh dich um. Seine Welt liegt in Trümmern. Andere haben sich schon aus geringeren Gründen aufgegeben.«

»Nein.« Kela schüttelte den Kopf. »Nicht Ryk. Er würde niemals aufgeben.«

»Wenn du es sagst, Veydra.«

»Ja, das tue ich«, erwiderte sie und zog ein Gesicht, als wollte sie ihm vor die Füße spucken.

»Ich verstehe deine Enttäuschung. Vielleicht hast du sogar recht. Jetzt sollten wir erst mal von hier verschwinden. Das Unglück dürfte sie zwar noch eine Weile beschäftigen, trotzdem werden die Wächter früher oder später mit Verstärkung zurückkehren.« Er erteilte seinen Empathen den Befehl, sich in den umstehenden Gebäuden umzusehen. Sie sollten nach etwas suchen, aus dem sich eine Trage für Ryk bauen ließ.

Mittlerweile hatte Veitt sich auf die Füße gekämpft. Auch Nersei hatte sich erhoben, schwankte aber stark und wäre gestürzt, hätte sein Vater ihn nicht gestützt.

»Danke«, sagte Veitt zu Nersei. Ohne ihn hätte er Ryk niemals retten können. Der Veydra reagierte nicht. Sein Kopf lehnte an Asmarans Schulter. Vermutlich hatte er ihn nicht gehört. Der Blutlenker warf Veitt einen unbestimmten Blick zu. Auch wenn keine Anklage darin lag, fühlte Veitt sich plötzlich schuldig. Nersei wäre heute fast für ihn gestorben.

»Wir werden nicht lange im Lager bleiben können. Es wird sich unter deinesgleichen schnell herumsprechen, dass mehrere Val'kai in der Akademie gesehen wurden.«

Veitt schlug den Kragen seiner Jacke hoch. Mit einem Mal war ihm kalt. »Ich weiß, sie werden schon bald nach uns suchen.«

»Was sollen wir tun?«, fragte Kela, die wieder an Ryks Seite kniete und seine Hand hielt.

»Wir brechen mit dem ersten Tageslicht auf«, erklärte Asmaran.

»Wohin?«, wollte Veitt wissen.

»Zu diesem Dorf, das ihr Menschen Wiesengrund nennt. Dort könnt ihr ein wenig verschnaufen, bevor wir nach Kellwyn reisen, während meine Diener dafür sorgen, dass wir unbehelligt bleiben.« Er sah auf Ryk hinab. »Wir werden ihn dort zurücklassen müssen. Er ist nur eine Last. Außerdem muss er heilen.«

»Wenn er zurückbleibt, werde ich das auch«, sagte Kela.

Veitt verstand sie nur zu gut, aber Asmaran hatte recht. »Eins würde ich noch gerne wissen«, wandte er sich an den Blutlenker. »Wie seid ihr in die Akademie gekommen? Nicht dass du mich falsch verstehst. Ich bin dankbar für euer Eingreifen. Doch die Zauber im Mauerwerk hätten das eigentlich verhindern sollen.«

Asmarans Lippen verzogen sich zu einem Lächeln. »Hätten sie wohl auch getan, wenn sie noch arbeiten würden. Die Magie, die bei der Zerstörung der Barriere freigesetzt wurde, hat sie unwirksam gemacht. Als sie uns aus dem Schlaf riss, kamen wir sogleich hierher. Zufrieden, Magier?«

Wenn nicht einmal mehr die Schutzzauber arbeiteten, war dieser Ort genauso verloren wie der Rest der Schwebenden Reiche, wenn die Val'kai erst merkten, dass die Barriere nicht länger existierte. »Alles geht irgendwann einmal zu Ende, nicht wahr?«, fragte Veitt an niemand Bestimmten gewandt. Zu seiner Überraschung war es Nersei, der ihm antwortete. »Jedes Ende birgt auch einen Neuanfang.«

48

Königsfeuer, *Große Leere*
14. Oktan 1026 n. d. Zweiten Dämonenkrieg

Die Sonne schob sich wie ein rot glühender Feuerball über den Horizont und setzte den östlichen Himmel in Flammen. Madea war schon seit Stunden auf den Beinen. Zaragoth hatte sie mitten in der Nacht geweckt und verkündet, dass die Barriere gefallen war. »Ich hatte mir mehr Zeit erhofft, aber offenbar ist etwas geschehen, das meinen Diener zum Handeln zwang«, hatte er gesagt, bevor er ein Portal geöffnet hatte und verschwunden war. Seitdem wartete Madea vergeblich auf seine Rückkehr.

Unruhe hatte sie erfasst, und ihr Magen schmerzte, weil sie nicht wusste, was diese neue Entwicklung für ihre Pläne bedeutete. Nachdem sie es nicht länger in ihrer Kabine ausgehalten hatte, die ihr plötzlich viel zu beengt vorgekommen war, hatte sie sich an Deck begeben. Dort war sie schnurstracks zum Bug der *Königsfeuer* marschiert, wo sie seitdem auf Zaragoths Rückkehr wartete. Ihre Finger, die die Reling umklammerten, waren schon ganz verkrampft. Wind zupfte an ihrem Haar und an dem viel zu dünnen Gewand, unter dem sie fröstelte.

Der ungewöhnliche Sonnenaufgang beunruhigte sie zusätzlich. Er schien ihr ein Omen. *Blut wird fließen. Viel Blut!* Sie löste eine Hand von der Reling und legte die Finger auf ihren Bauch. Bevor Zaragoth ihr dieses Kind eingepflanzt hatte, war alles anders gewesen. Sie hatte ein klares Ziel vor Augen gehabt: Inos' Erweckung. Seit sie jedoch von dem neuen Leben wusste, das in ihr heranwuchs, wurde sie plötzlich von Ängsten und Zweifeln geplagt. Was, wenn sie versagten? Oder dem Kind etwas zustieß? Natürlich wusste sie, dass Frauen in anderen Umständen häufig unter Gefühlsschwankungen litten. Nur war ihr das kein Trost, denn hier ging es um sie. Warum hatte Zaragoth ihr das angetan? Er hätte sie wenigstens fragen können. Nein, *müssen*. Immerhin war sie nicht irgendwer, sondern die Hohepriesterin der Dhana'an.

Hinter ihr erklang ein Ruf. Andere Stimmen fielen mit ein. Madea drehte sich um. Ein blendendes Licht war nur zehn Schritte von ihr entfernt auf dem Deck des Schiffes erschienen. Ein Mann mit dunklem Haar und aristokratischen Zügen trat daraus hervor: Ruvan con Betanne alias Zaragoth der Fluchbringer. Das Portal schloss sich wieder. Die Matrosen, die ihm am nächsten standen, verneigten sich. Wie der Großteil der Besatzung gehörten auch sie dem Kult der To'Dhana an. Ohne auf die Männer zu achten, hielt Zaragoth auf Madea zu.

»Ich kehre mit guten Nachrichten aus Mha'Rodim zurück, meine Liebste.« Sterne funkelten in den Tiefen seiner Augen. »Cros'Anoriel ist wie erwartet gefallen. Ihre Bewohner sind geflohen und werden von meiner Armee verfolgt. Ein Teil meiner Kinder und Verbündeten ist jedoch in den Ruinen zurückgeblieben, um meine Heimkehr zu erwarten. Sie stehen jetzt bereit und werden kommen, wenn ich sie rufe.«

»Falls etwas schiefgehen sollte?«, fragte Madea.

»Nicht, dass ich damit rechne. Trotzdem ist es mir lieber, auf alle Eventualitäten vorbereitet zu sein.«

Madea musterte ihn stumm. War Zaragoth sich bewusst, wie ähnlich er dem echten Ruvan con Betanne inzwischen geworden war? Je länger er in diesem Körper steckte, desto menschlicher schien er zu werden. »Wir sind nur noch zwei Tage von Kellwyn entfernt«, sagte sie. »Wir könnten zusätzliche Ruderer einsetzen, um die Reise zu verkürzen.«

Zaragoth verschränkte die Arme hinter dem Rücken und trat neben sie an die Reling. »Was für ein herrlicher Anblick der Sonnenaufgang bietet, nicht wahr?«, fragte er mit einem Lächeln, dann sah er sie an, und seine Miene verdüsterte sich. »Jetzt, da die Barriere gefallen ist, kann auch Asmaran jederzeit in die Schwebenden Reiche zurückkehren. Falls er nicht schon längst hier ist.« Nachdenklich schürzte er die Lippen. »Du hast recht, Liebste«, sagte er schließlich, »wir können uns keine weiteren Verzögerungen leisten.«

Madea hob eine Braue. »Wovon sprichst du?«

»Dass wir Asmaran erst gar nicht die Gelegenheit geben dürfen, uns im letzten Moment dazwischenzufunken. Es wird Zeit für unser Treffen mit Sarazas. Ich werde darum umgehend ein Portal nach Kellwyn öffnen.«

»Ein Portal?« Madea sah ihn ungläubig an. »Gefährdet das nicht unsere Tarnung als Friedensbotschafter?«

Zaragoth winkte ab. »Jetzt, da ich nicht länger von meinen Anhängern abgeschnitten bin, besteht kein Grund mehr, diese lächerliche Maskerade aufrechtzuerhalten. Ohnehin werden die Regenten der Freien Reiche die Wahrheit erst begreifen, wenn es schon zu spät ist. Und die Magier dürften nach dem Zusammenbruch der Barriere mit ihren eigenen Problemen zu kämpfen haben.« Er lachte. »Alles wird gut, meine Liebste, denn von nun an kann ich jederzeit Verstärkung herbeirufen.«

»Aber wird es dich nicht überanstrengen, wenn du zweimal so kurz hintereinander ein Portal öffnest?«

»Der Portalzauber lag mir seit jeher im Blut. Außerdem gibt es nichts Wichtigeres als Inos' Erweckung. Selbst wenn mich das all meine Kraft kostet, darf ich nicht länger zögern. Sobald mein Gott erwacht ist, wird er mich für alles entschädigen. Meine Belohnung wird grenzenlos sein.« Er fasste Madea bei den Armen, und sie zuckte zusammen, so hart packte er sie. »Komm, es wird Zeit!« Ihr war nicht entgangen, dass Zaragoth »meine« anstatt »unsere« Belohnung gesagt hatte. *Nur ein Versprecher*, dachte sie und folgte ihm zum Hauptmast der *Königsfeuer*. Es war die breiteste Stelle auf dem Schiff. Zaragoth rief einen Matrosen herbei. »Geh unter Deck und sag dem Hauptmann der königlichen Leibgarde, dass ich ihn und seine Männer hier oben erwarte.«

»Ja, Gebieter.« Der Matrose hastete davon.

Die Leibgarde bestand aus dreißig Männern, die unter Zaragoths Einfluss standen. Er hatte sie mit dem Grauen Fluch belegt und dadurch zu Gestaltwandlern gemacht, die jedem seiner Befehle bedingungslos gehorchen mussten.

Sobald sie an Deck waren, erklärte Zaragoth, was er vorhatte und was er von ihnen erwartete. Im Anschluss daran öffnete er das Portal. Ein gleißendes weißes Rund, das sich wie ein Loch in der Realität vor ihnen auftat. Einige der Matrosen warfen ihnen neidische Blicke zu, als die Leibgarde in Zweierreihen durch das Portal schritt. Sie alle hatten ihr Leben dem Dienst an den Dhana'an verschrieben. Madea hingegen zögerte, als sie an der Reihe war. Ihre Erfahrungen mit Magie waren nicht sehr groß. »Wird es dem Kind auch nicht schaden?«

»Was für ein Unsinn!« Zaragoth ergriff ihre Hand und zog sie mit sich in das Portal. Für einen Moment befiel Madea die Furcht, sie könnte ins Leere stürzen. In ein weißes Nichts, das alles verschlang. Stattdessen traf ihr Fuß auf festen Untergrund. Mit einem Mal stand sie in einem Gang mit Wänden aus massiven grauen Steinblöcken. Fenster gab es nicht, dafür Fackeln, die aufgeregt flackerten. Die Luft war stickig und roch nach Rauch. Madea zupfte ein Taschentuch aus dem Ärmel ihres Gewandes, hielt es sich vor Nase und Mund und warf einen Blick über die Schulter. Das Portal war in dem Moment verloschen, als sie und Zaragoth als Letzte hindurchgetreten waren.

Dahinter setzte sich der Gang fort und traf schließlich auf einen anderen. Madea konnte dort niemanden sehen. War das nun gut oder schlecht?

Schritte näherten sich ihnen, und Madea wandte den Blick wieder nach vorne. Es war Argas, der Hauptmann ihrer Leibgarde. Zumindest sah er so aus. In Wahrheit war er ein Gestaltwandler, der sich Argas' Körper genommen hatte. »Es gab zwei Wachen, um die wir uns gekümmert haben, Herr«, sagte der Hauptmann und deutete mit seiner Klinge auf die reetacianischen Soldaten, die ein Stück den Gang runter in ihrem eigenen Blut lagen. Noch im Tode umklammerten ihre Hände die Griffe ihrer Schwerter. »Wir haben sie getötet, bevor sie Alarm schlagen konnten.«

»Ausgezeichnet, Hauptmann, und nun bewacht den Gang. Lasst niemanden hinein oder heraus.« Er wandte sich Madea zu. »Wir halten uns auf der fünften Ebene der Stufenpyramide auf, die früher der Fürstenfamilie Aca Shan als Palast diente. Hier befinden sich der Thronsaal, die privaten Gemächer und Kadin Aca Shans Arbeitszimmer.« Er blickte zum Ende des Ganges, wo es eine zweiflügelige Tür gab. »Ich denke, dort werden wir General Sarazas antreffen.«

Madea erinnerte sich daran, als Zaragoth vor einigen Monaten in Gestalt von Fürst Kadin Aca Shan aus dem Geheimtunnel in ihrem Gemach getreten war. Für mehrere Monate hatte er den Fürsten verkörpert und dabei nach dem Grab des Inos gesucht, bevor er durch die Invasion der reetacianischen Truppen zur Flucht gezwungen worden war. »Was macht dich so sicher, dass er hier ist?«

»Sarazas ist in erster Linie Soldat. Für den Luxus der fürstlichen Privatgemächer dürfte er nicht viel übrig haben.« Zaragoth zuckte die Achseln. »Ein Thronsaal scheint mir für einen Krieger ebenfalls unpassend. Aus diesem Grund tippe ich auf das Arbeitszimmer.«

Zaragoth setzte sich in Bewegung. Gefolgt von Madea. An den Leichen der Reetacianer stapfte er vorbei, ohne sie eines Blickes zu würdigen, und blieb dann vor dem Tor stehen. Nun hob er die Hände und stieß die beiden Flügel auf.

Der Raum dahinter war größer, als Madea erwartet hatte. Durch mehrere Fenster flutete das Licht der Morgensonne. Es fiel auf seltsame Skulpturen, die in Nischen entlang der Wände standen. Kreaturen mit Hundeköpfen und andere Abscheulichkeiten. Möbel gab es so gut wie keine. Abgesehen von ein paar Truhen mit Büchern und Schriftrollen und einem großen klobigen Schreibtisch, an dem zwei Männer standen und erschrocken zu ihnen herübersahen. Bei dem einen handelte es sich um General Sarazas. Madea war ihm bereits bei früheren Gelegenheiten begegnet. Er hatte braunes, kurz geschorenes Haar, das an den Schläfen bereits ergraut war, kupferfarbene Augen und ein Gesicht so ausdruckslos wie ein Klumpen Brotteig. Er trug einen silbernen Schienenpanzer über einer roten Tunika. Sein Schwert lag vor ihm auf dem Schreibtisch und beschwerte eine Landkarte, die er gerade studiert haben musste.

Der andere Mann war gut halb so alt wie Sarazas und trug ebenfalls eine reetacianische Uniform. Über seinen Schultern lag ein roter Wollmantel, der vor seiner Brust von einer Silbernadel zusammengehalten wurde. Er hatte kurzes blondes Haar und edle Gesichtszüge. Sie brauchte einen Moment, bevor sie ihn erkannte. Natürlich. Terell Sarazas, der Neffe des Generals. Ihre Spione hatten ihn als unbedeutend abgetan. Ein junger Adliger mit Ambitionen, dem jedoch der nötige Schneid fehlte, um es zu etwas zu bringen. Obwohl der Schock über ihr Eindringen ihm noch immer ins Gesicht geschrieben stand, hatte der Neffe bereits sein Schwert gezogen.

»Wer seid Ihr?«, verlangte er zu erfahren.

Madea war in der Tür stehen geblieben, während Zaragoth auf die beiden Männer zuschritt.

»König Ruvan, Königin Madea, ich habe Euch erst in ein paar Tagen erwartet.« General Sarazas musterte Zaragoth mit kühlem Blick. Eine Falte, die sich über seiner Nasenwurzel gebildet hatte, verriet seine Irritation. »Noch mehr erstaunt es mich, wie es Euch gelingen konnte, bis hierher vorzudringen. Meine Wachen ...«

»Schweig, Mensch!«, zischte Zaragoth und begann, sich vor ihrer aller Augen zu verwandeln. Obwohl Madea schon einmal dabei zugesehen hatte, wie er von Kadin Aca Shan zu Ruvan con Betanne geworden war, vermochte selbst sie sich der Faszination dieses Anblicks nicht zu entziehen. Vor ihren Augen schrumpfte die stolze, hochgewachsene Gestalt des Königs von Sharigor in sich zusammen. Das Haar fiel ihm aus. Die Augen wurden größer und nahmen die Farbe einer sternenlosen Nacht an. Anschließend warf er ohne Scheu seine Kleidung ab.

»Ein Dämon«, hörte sie Terell Sarazas keuchen. »Wachen! Wachen!«

Alarmiert sah Madea sich nach ihm um. Terell war hinter dem Schreibtisch hervorgekommen und stürzte mit erhobenem Schwert auf Zaragoth zu. Der stieß ein gereiztes Zischeln aus, bevor er der Klinge auswich. Selbst Madea überraschte die Anmut seiner Bewegung, die im Gegensatz zu seiner ausgemergelten Gestalt stand. Dann schlug er auch schon zu. Mit der Linken packte er Terells Schwertarm, riss ihn zu sich herum und stülpte ihm die rechte Klaue übers Gesicht. Terell gab ein ersticktes Keuchen von sich, als es plötzlich knackte und seine Hand in einem unnatürlichen Winkel vom Rest des Arms abstand. Das Schwert entglitt ihm und fiel zu Boden. Es folgte ein Knacken, Knirschen und Reißen, bei dem Madea erschauderte und die Arme um den eigenen Oberkörper schlang.

Zaragoth hielt Terells Kopf in die Höhe. Den Rest des Leichnams stieß er zu Boden. »Dies ist der Anfang eines neuen

Zeitalters«, zischte Zaragoth. »Dies ist der Beginn des dritten und letzten Krieges und das Ende eurer Freiheit, Menschensklave.«

Er schleuderte Terells Haupt Sarazas entgegen. Der Kopf seines Neffen schlug vor ihm auf dem Schreibtisch auf. Dokumente wirbelten davon, Blut spritzte auf den General. Sarazas blinzelte mehrmals, bevor er am Kopf seines Neffen vorbei nach seinem Schwert griff, das zur Beschwerung der Landkarte gedient hatte. Nun trat er ebenfalls hinter dem Tisch hervor. Nur wenige Schritte trennten ihn von Zaragoth. »Worauf wartest du noch, Dämon?«

»Solltest du dich nicht fürchten, Mensch?«

»Würde das etwas ändern?« Sarazas' Blick wanderte weiter zu Madea. »Was ist mit Euch? Seid Ihr echt oder ebenfalls ein Dämon?«

Madea öffnete den Mund, aber Zaragoth kam ihr zuvor. »Sie ist meine Dienerin.«

»Ein Mensch, der sich mit den Val'kai verbündet? Dann habt Ihr dieses Übel über uns gebracht, Königin von Sharigor?« Bisher hatte Sarazas kaum eine Gefühlsregung erkennen lassen. Nicht einmal, als Zaragoth seinem Neffen den Kopf abgerissen hatte. Jetzt jedoch zeigte seine Miene deutliche Verachtung. »Die Val'kai sind, was sie sind, Königin Madea. Ihnen das zum Vorwurf zu machen, wäre so, als würde man einen Wolf dafür verurteilen, dass er Ziegen und Lämmer reißt. Ihr hingegen habt Euch zur Hure der Dämonen gemacht. Tiefer kann man wohl kaum sinken.«

Madea erbleichte. Waren die Worte nur zufällig gewählt? Es musste wohl so sein. Sarazas konnte unmöglich wissen, dass sie Zaragoths Nachwuchs in sich trug. Dafür war es noch zu früh. »Ihr enttäuscht mich, General«, sagte sie. »Ich hätte Euch für einen besseren Verlierer gehalten.«

Barthomae Sarazas wusste, dass er sterben würde. Ein Gedanke, der ihn weder mit Angst noch Bedauern erfüllte. Um dergleichen zu fühlen, musste man ein Herz haben, eine Seele. Als der Dämon ihn angriff, unternahm er nicht einmal den Versuch, sich zu wehren. Er warf das Schwert von sich und blickte in die unergründlich schwarzen Augen der Kreatur, die ihm so nahe war, dass sie sein gesamtes Sichtfeld ausfüllte. Ihr Atem streifte ihn, als ihre Zunge hervorschoss und tastend über sein Gesicht glitt. Ein heftiger Schmerz überkam ihn, als sich die Klaue des Dämons in seine Brust grub, und er sackte zurück gegen den Schreibtisch in seinem Rücken.

Er schloss die Augen und dachte an jenen Moment vor so vielen Jahren zurück, als er noch eine Seele gehabt hatte. Es war der Todestag seiner Mutter. Damals war er fünf Jahre alt gewesen, hatte schluchzend in einer Ecke gehockt und hilflos dabei zugesehen, wie der Trunkenbold ihr den Dolch in den Bauch rammte. Sie war nicht gleich tot gewesen, sondern hatte sich vor Schmerzen schreiend am Boden gewälzt. Das hatte den Trunkenbold aber nur noch wütender gemacht. Also hatte er sich über sie geworfen und so lange mit den Fäusten auf ihr Gesicht eingeprügelt, bis sie verstummt war. Und vermutlich hätte er auch ihn noch umgebracht, wäre in diesem Moment nicht sein älterer Bruder ins Zimmer gekommen und hätte dem Trunkenbold, den Barthomae früher einmal Vater genannt hatte, das Schwert bis zum Heft in die Brust gestoßen. Danach war er zu seiner Mutter herübergekrochen und hatte versucht, die schrecklichen Wunden mit seinen kleinen Händen abzudecken. »Hör auf«, hatte sein Bruder ihn angebrüllt, bevor er ihn zur Seite gestoßen hatte. Er war daraufhin gestürzt, gleich neben die Leiche seines Vaters. Dessen Augen waren offen gewesen. Groß und leer – so unendlich leer. Und er hatte tief in diese Augen gesehen und die Leere darin in sich aufgesogen …

Madea presste die Hand auf den Mund, als Zaragoth seine Klaue aus Sarazas' Brust zog. Bei Ruvan con Betannes Tod hatte sie zugesehen, ohne dass es ihr etwas ausgemacht hatte. Doch Terells Tod und der des Generals lösten Übelkeit bei ihr aus. Lag es an der Grausamkeit oder dem offensichtlichen Vergnügen, das Zaragoth beim Töten der beiden Männer empfand? Oder war sie empfindlicher geworden, seit sie ein Kind unter ihrem Herzen trug?

»Gepriesen sei Inos!«, rief Zaragoth und versenkte seine Zähne in Sarazas' Herz. Nur einige Augenblicke später stand er bereits in Gestalt des Generals vor Madea und musterte sie mit seinen kupferfarbenen Augen und diesem ausdruckslosen Gesicht. Ein Schauer lief ihr über den Rücken.

»Komm mit«, forderte er sie mit Sarazas' Stimme auf. »Vorbereitungen müssen getroffen werden!«

»Ich warte hier auf deine Rückkehr. Ich brauche etwas Ruhe und …«

»Nein!« Seine Hand schoss vor und umschloss ihr Kinn so hart, dass ihre Kiefer knirschten. »Meine Geduld ist am Ende, Hohepriesterin. Ich war sehr nachsichtig mit dir. Vielleicht war das ja ein Fehler. Solange du meinen Nachwuchs in dir trägst, wirst du mir nie wieder von der Seite weichen. Verstanden?« Er stieß sie von sich. Das also war das wahre Gesicht des Dämons. Irgendwie hatte sie es schon die ganze Zeit geahnt.

»Hast du Ephilius deshalb getötet? Weil ich dir gehöre und er mir zu nahe stand?« Zum ersten Mal hatte sie es laut ausgesprochen. Bis zu diesem Moment hatte sie es in Zaragoths Nähe nicht einmal zu denken gewagt.

»Du weißt es also.«

Jetzt weiß ich es, dachte sie, denn zuvor war es nur ein Verdacht gewesen. Tränen stiegen ihr in die Augen. »Das … das wäre nicht nötig gewesen. Er war nur mein Mentor, und ich war dir von Anfang an treu ergeben.«

»Treue, Ergebenheit – du verstehst es immer noch nicht, oder? Du bist mein. Mein Besitz. Und solange du lebst, teile ich dich mit niemandem.« Er nahm ihre Hand und zerrte sie nach draußen auf den Gang, wo er sich seinen Dienern in seiner neuen Gestalt präsentierte.

49

Magische Akademie, Nekross
15. Oktan 1026 n. d. Zweiten Dämonenkrieg

Die drei Kutschen ratterten dem Tiefland entgegen, wobei die Kutscher die Pferde so schnell antrieben, wie sie es auf der steinigen Gebirgsstraße wagten. Veitt starrte aus dem Fenster. Die Berghänge schimmerten rötlich im Licht der aufgehenden Sonne. Der Anblick hatte etwas Beunruhigendes. Vielleicht lag das auch nur an seiner momentanen Stimmung. In den vergangenen Stunden war so viel Schreckliches geschehen: die Zerstörung der Akademie und der Barriere, Ryk, der fast gestorben wäre. Bisher hatte er das Bewusstsein noch nicht zurückerlangt. Und wenn es so blieb? Was sollten sie ohne ihn tun? Jetzt, wo die Val'kai nichts mehr davon abhalten konnte, in die Schwebenden Reiche einzudringen und ein neuer Dämonenkrieg drohte. Veitt fuhr sich mit der Hand über das Gesicht. Er wusste es nicht. Er wusste überhaupt nichts mehr.

Nachdem Asmaran die Wächter der Akademie mit seinem Auftritt vertrieben hatte, waren sie zunächst ins Lager zurückgekehrt. Die Empathen hatten Ryk mit einer behelfsmäßigen Trage transportiert, Nersei wurde den ganzen Weg über von seinem Vater gestützt. Veitt hatte jede Hilfe abgelehnt. Woher er die Kraft genommen hatte, die Strecke auf eigenen Beinen zurückzulegen, wusste er im Nachhinein nicht zu sagen.

Sobald sie im Lager angekommen waren, hatten die Empathen damit begonnen, es abzubrechen und die Schlafdecken, Vorräte und sonstigen Habseligkeiten auf die Kutschen zu verteilen. Unterdessen hatten Veitt und Kela Ryks Wunden mit Wasser aus einem nahen Gebirgsbach gereinigt. Einige hatten auch genäht werden müssen. Das hatte Veitt übernommen, der darin die größere Erfahrung besaß. Zwei von Ryks Rippen waren zudem gebrochen. Um sie zu heilen, hatte Veitt die Kraft gefehlt. Zum Schluss hatten sie ihm frische Kleidung angezogen und die alte, blutgetränkte verbrannt. Anschließend waren sie beide so erschöpft gewesen, dass sie die Hilfe von zwei Empathen gebraucht hatten, um Ryk in eine der Kutschen zu verfrachten.

Während Kela bei ihm zurückgeblieben war, suchte Veitt noch einmal den Bach auf, um sich Hände und Gesicht zu waschen. Dort traf er auf Nersei. Der Veydra lehnte mit geschlossenen Lidern an einem Felsen und hielt die rechte Hand ins Wasser, das plätschernd seine Finger umspielte. Er musste sich gerade gewaschen haben, als die Erschöpfung ihn übermannte, denn sein Oberkörper war noch feucht. Neben ihm auf dem Boden lag sein Hemd. Veitt blieb stehen, um ihn zu betrachten. Da öffnete Nersei die Augen.

»Kann … kann ich dir helfen?«, fragte Veitt verlegen.

Nersei musterte ihn weiterhin stumm. Ein Blick, so intensiv und durchdringend, als würde der Veydra ihm direkt in die Seele schauen. Nach einer halben Ewigkeit, wie es Veitt vorkam, hielt er ihm das Hemd hin. Veitt nahm es, löste die Schnüre und kniete sich neben Nersei. So nah war er dem Veydra noch nie gewesen. Der warme Duft seiner Haut drang in Veitts Nase. Er schluckte und betrachtete die Muskeln an seinen Armen und auf seiner Brust. Gleichsam überkam ihn eine so schmerzhafte Sehnsucht, ihn zu berühren, wie er es noch bei keinem Mann gefühlt hatte. Er biss sich auf die Unterlippe und senkte den Blick. Nersei war ein Veydra. Es gab nur wenige, die so einem Geschöpf widerstehen konnten, und er wollte nicht, dass Nersei glaubte, er fühle sich nur wegen seiner Abstammung zu ihm hingezogen. Also versagte er sich die Berührung.

Er räusperte sich. »Dein Hemd, du … du solltest es besser anziehen, bevor du dich noch verkühlst.«

In diesem Moment schlossen sich Nerseis Finger um sein Handgelenk. Es war ein kräftiger Griff, der ihn erschrocken aufschauen ließ. Erneut begegnete er seinem Blick. Gleichzeitig führte der Veydra seine Hand zu seiner Brust und presste sie darauf, sodass Veitt seinen Herzschlag unter den Fingern spüren konnte. Ein elektrisierendes Kribbeln durchfuhr ihn.

»Dein Vater schickt mich«, krächzte plötzlich einer der Empathen hinter ihnen, »wir brechen auf.«

Der Moment war vorüber. Veitt zog hastig seine Hand zurück und half Nersei, das Hemd überzuziehen. Anschließend bot er ihm seine Schulter, damit er sich für den Rückweg zum Lager darauf stützen konnte.

Seitdem war nicht mal eine halbe Stunde vergangen. Nersei saß neben ihm in der Kutsche, und Veitt konnte spüren, wie er ihn von der Seite ansah. Er wagte den Blick jedoch nicht zu erwidern. Er war verunsichert. Dass sie sich gegenseitig gerettet hatten, mochte Nerseis Einstellung ihm gegenüber verändert haben. Nur was genau bedeutete das? War es bloß Dankbarkeit, die ihm der Veydra entgegenbrachte? Nersei stammte aus einer anderen Welt, und vielleicht bedeuteten solch flüchtige Berührungen, wie sie sie vorhin geteilt hatten, in seiner Kultur etwas anderes. Warum musste in seinem Leben immer alles so verflucht kompliziert sein? Oder machte er es sich bloß kompliziert? *Himmel noch mal! Vielleicht sollte ich einfach aus der Kutsche springen und mich in den nächsten Abgrund stürzen*, dachte Veitt.

Er schloss für einen Moment die Augen und suchte Ablenkung in den Gedanken an das, was als Nächstes auf sie zukommen würde. Zurzeit waren sie auf dem Weg nach Wiesengrund. Veitt glaubte nicht, dass die Wächter ihnen bis dorthin folgen würden. Die Feuer in der Akademie würde sie noch eine Weile beschäftigen. Außerdem: Woher sollten sie wissen, wohin sie sich wenden würden? Es gab in dieser Gegend zahlreiche Ortschaften. Genauso gut konnten sie Zuflucht in der Wildnis suchen oder direkt bis nach Athane durchfahren. Tatsächlich waren die Wächter noch ihre geringste Sorge.

Ihr wahres Problem war Zaragoth, weshalb sie auch schnellstmöglich nach Kellwyn mussten. In Wiesengrund würde ihnen nicht mehr als ein Tag bleiben, um ihre Wunden zu lecken und sich zu erholen. Dann mussten sie weiter. Veitt warf einen Blick auf Ryk. Er saß ihm schräg gegenüber, direkt neben Kela, und war weiterhin ohne Bewusstsein. Sein Kopf lehnte an der Schulter der Veydra, die seine Hände umklammert hielt. Durch den Blutverlust war sein Gesicht ganz bleich. Das rechte Auge, das ihm geblieben war, lag reglos unter dem Lid. Er schien nicht einmal zu träumen. Verflucht! Ryk sah mehr tot als lebendig aus. *Du Narr hättest uns von Anfang an in deinen Plan einweihen sollen*, dachte Veitt. Nur hätte das was geändert? Vermutlich nicht. Auch wenn der Plan durch einen von Zaragoths Gestaltwandlern vereitelt worden war, war es ein guter gewesen. Vielleicht der Einzige, der eine Chance gehabt hätte, zu funktionieren, falls der Dhana'an Inos erwachte. Veitt konnte es immer noch nicht recht fassen, welches Geheimnis über tausend Jahre lang im Gewölbe gehütet worden war. Madea und der Fluchbringer mussten zweifelsohne durch den Verräter Kaldor Morrain davon erfahren haben. Doch wie war es dem falschen Everdale Tilbrock gelungen, etwas so Mächtiges wie die Barriere zu zerstören? Er presste die Lippen zusammen. Wahrscheinlich würden sie das nie herausfinden.

Ein Ruck ging durch die Kutsche, vermutlich ein Schlagloch. Ryks Kopf drohte von Kelas Schulter zu rutschen, doch sie reagierte übermenschlich schnell. »Vorsicht«, murmelte sie und strich ihm über die Wange. Ihre Augen waren leicht gerötet, wie ihm erst jetzt auffiel. Sie musste geweint haben, als er zum Bach gegangen war, um sich zu waschen. Er konnte sich diese Seite an ihr nur schwer vorstellen. Kela wirkte stets so selbstbewusst, so stark, und hatte immer die passende Erwiderung auf den Lippen. Doch in Wahrheit hatte wohl jeder eine verletzliche Seite. Jeder. Er drehte den Kopf ein wenig mehr und begegnete Nerseis Blick. Einen Herzschlag lang fürchtete er sich davor, was er darin entdecken könnte. Seine Sorge war jedoch unberechtigt. Nersei lächelte. Und plötzlich fühlte sich Veitt sehr viel besser. Seine Erschöpfung schien wie verflogen, auch wenn sein Seelenfeuer nach wie vor auf kleiner Flamme loderte.

Sie erreichten Wiesengrund im Laufe des Vormittags. Der Wirt der Herberge *Zum fröhlichen Schäfer* reagierte weniger überrascht, sie so schnell wiederzusehen, als Veitt erwartet hatte. Möglicherweise war Asmaran oder einer seiner Empathen nicht ganz unschuldig daran, denn der Mann stellte auch sonst keine Fragen. Tatsächlich machte er einen recht apathischen Eindruck, während er sie zu ihren Zimmern führte. Wie immer, wenn sie unter Menschen waren, trugen Asmaran und seine Diener ihre Kapuzenmäntel. Auch Kela und Nersei hielten ihre Gesichter wieder verborgen, um unnötige Aufmerksamkeit zu vermeiden.

Veitt half Kela, den bewusstlosen Ryk auf sein Zimmer zu bringen. Kaum hatten sie ihn auf einem der vier Betten abgelegt, die in dem Raum standen, ging die Tür auf, und Asmaran und Nersei traten ein.

Der Blutlenker blieb am Bettende stehen und betrachtete Ryk mit düsterer Miene. Als er wieder aufsah, streifte sein Blick seinen Sohn, der sich mit vor der Brust verschränkten Armen neben Veitt und Kela gestellt hatte. »Euch dürfte klar sein, dass die Zerstörung der Barriere eine nicht unerhebliche Gefahr für unsere Mission birgt. Ganz zu schweigen davon, dass wir wertvolle Zeit verloren haben, weil wir auf Drängen des Dämonenjägers nach Nekross gereist sind, statt nach Kellwyn.«

»Er hatte seine Gründe, Vater«, sagte Nersei daraufhin. »Gute Gründe, von denen wir jedoch erst erfahren haben, als wir vor Ort waren. In einem geheimen Gewölbe unter der Akademie haben noch hundert der Ersten Magier gelebt. Sie hielten die Barriere zwischen unseren beiden Welten aufrecht. Ryk erhoffte sich von ihnen Hilfe im Kampf gegen Inos. Unglücklicherweise fanden sie bei der Explosion, die das Gewölbe und weite Teile der Akademie zerstörte, den Tod.«

Asmarans Zunge stieß zischelnd zwischen seinen Lippen hervor. »Und er hat uns nichts davon gesagt. Mal wieder typisch Mensch!« Er schaute nun noch finsterer drein als zuvor. »Ihr könnt euch sicher vorstellen, welche Folgen die Zerstörung der Barriere für uns hat?«

»Zaragoth kann nun jederzeit Hilfe aus der Gegenwelt herbeirufen«, sagte Veitt, der nicht vorhatte, sich von dem Blutlenker und seiner schlechten Laune einschüchtern zu lassen. »Was ist mit dir?« Er sah Asmaran direkt in die Augen. »Könntest du nicht das Gleiche tun?«

»Mein Volk ist in die Feuersümpfe geflohen. Verfolgt von Zaragoths Armee. Das Gebiet ist riesig. Ich könnte dort Wochen mit der Suche nach ihnen verbringen, ohne sie zu finden. So viel Zeit haben wir nicht. Zaragoth hingegen verfügt über breite Unterstützung. Vor allem durch seine zahlreichen Kinder. Auch würde es mich zu viel Kraft kosten, in die Gegenwelt zurückzukehren. Diese Magie werde ich stattdessen dazu einsetzen, in der kommenden Nacht ein Portal nach Kellwyn für uns zu öffnen. Ich mache es nicht gerne, weil der Zauber mich schwächen wird, aber wir können uns keine weiteren Verzögerungen leisten. Bis dahin habt ihr Zeit, euch auszuruhen.«

»Haben wir dabei auch noch ein Wörtchen mitzureden?« Kela funkelte Asmaran an.

»Dann hast du einen besseren Plan, Veydra?«

»Nein«, gab Kela zähneknirschend zu. »Aber was ist mit Ryk?«

»Wie ich schon sagte: Wir müssen ihn hier zurücklassen«, entgegnete Asmaran. »In diesem Zustand ist er nur eine Belastung für uns. Zudem ist er hier in Sicherheit. Die Menschen in diesem Haus können sich um ihn küm…«

»Wenn Ryk bleibt«, fiel ihm Kela ins Wort, »bleibe ich auch.«

Asmarans Nüstern blähten sich auf. »Wir brauchen dich!«

Kela schüttelte den Kopf. »Ich bin nur eine Gefahr für euch. Ich hätte heute Nacht beinahe die Kontrolle verloren. Wäre ich nicht niedergeschlagen worden, hätte der schwarze Wächter mich übernommen. Das hätte euer aller Tod sein können.« Sie schüttelte den Kopf. »Ich verstehe das nicht. In der Gegenwelt war das anders. Dort hatte ich meine dunkle Seite viel besser im Griff.«

Asmaran starrte sie an. »Mha'Rodim ist die Heimat des schwarzen Wächters. Die Fähigkeiten eines jeden von uns sind dort stärker. Somit auch deine Selbstbeherrschung.« Veitt entging nicht, wie der Blick des Blutlenkers erneut kurz zu Nersei glitt, bevor er zu Kela zurückkehrte. »Trotzdem kann ich nicht zulassen, dass du zurückbleibst. Am Ende könntest du unser mächtigster Trumpf gegen Zaragoth sein, Veydra!«

»Ich stimme Kela zu«, meldete sich Veitt zu Wort. »Wir lassen Ryk nicht zurück, wir brauchen ihn. Auch haben wir noch nicht alles versucht, um ihm zu helfen.«

Asmaran bleckte die Lippen und entblößte dabei zwei Reihen nadelspitzer Zähne. »Ach, ist das so, Magier?«

Veitt schluckte. »Ich … ich möchte allein mit Asmaran sprechen.«

Nersei und Kela starrten ihn ungläubig an.

»Du hast ihn gehört, Sohn«, sagte Asmaran. »Lass uns allein.«

Der Blick, den Nersei seinem Vater daraufhin zuwarf, wirkte nicht minder überrascht.

»Du bitte auch, Kela«, sagte Veitt. »Vertrau mir, es ist wichtig!«

Für einen Moment sah sie ihn an, als wollte sie ihm widersprechen, dann nickte sie und verließ zusammen mit Nersei das Zimmer. Der Blutlenker war derweil näher an Veitt herangetreten, sodass sie kaum mehr ein Schritt voneinander trennte. »Was hast du mir zu sagen, Magier?«

Veitt schluckte. Asmaran konnte ihn mit einem einzigen Hieb seiner Klaue töten und würde deswegen vermutlich nicht einmal Gewissensbisse haben. *Jetzt nur nicht klein beigeben*, sagte er sich, atmete tief durch und erklärte: »Ich weiß, wie die Ersten Magier ihre Macht erlangt haben.«

Asmarans Miene blieb ausdruckslos.

»Ich weiß, dass das Blut der Val'kai durch ihre Adern geflossen ist«, fügte Veitt hinzu.

Nun verzogen sich Asmarans Lippen zu einem schaurigen Grinsen. »Ich hatte mich schon gefragt, wann du darauf zu sprechen kommen würdest. Ich kann mein Blut in deinen Adern riechen.« Er neigte den Kopf zur Seite und musterte ihn durchdringend. »Soll ich dir etwas verraten, Magier? Ich war sogar dabei, als die Ersten von euch *geboren* wurden.«

»Was?« Veitt hatte bisher geglaubt, den Ersten Magiern wäre es wie ihm ergangen, und sie wären durch Zufall darauf gestoßen, wie das Blut der Dämonen sie verändern konnte.

»Nein, Magier, die Dhana'an selbst erschufen sie.«

Veitt starrte ihn an. »Erklär mir das!«, forderte er.

»Warum nicht? Es spielt ohnehin keine Rolle, jetzt, da du das Geheimnis kennst.« Asmaran zuckte die Schultern. »Vor eintausend Jahren, bevor der Zweite Dämonenkrieg das Ende der falschen Götter brachte, waren die Dhana'an auf dem Höhepunkt ihrer Macht. Viele Welten hatten sie erobert, reichhaltige Beute gemacht und eine Vielzahl an Sklaven dazugewonnen. Doch wer einmal von der Macht gekostet hat, der findet nie wieder Zufriedenheit. Nach mehr und immer mehr wird es ihn verlangen. So auch die Dhana'an.

Zu jener Zeit waren die Eroberungsfeldzüge ins Stocken geraten, denn die Zahl unserer Krieger war begrenzt. Wir hatten viele Welten zu beherrschen. Im Gegensatz zu uns schienen die Menschen ein Volk, das sich leicht und schnell vermehrt. Die Dhana'an glaubten, darin die Lösung für ihr Problem gefunden zu haben. Sie wollten mithilfe eurer Männchen und Weibchen eine neue Art von Kriegern heranzüchten. Vergleichbar mit den schwarzen Wächtern. Tausende und Abertausende, die für sie in den Krieg ziehen würden. Und so begannen sie, mit den Menschen zu experimentieren.

Der Dhana'an Menetoris ging als Erster eine Verbindung mit einer Menschenfrau ein und zeugte auf diese Weise die erste Veydra. Sie war stark, aber eigensinnig. Die Dhana'an wollten dagegen Krieger, die vollkommen gehorsam waren. Also wählten sie einige Menschen aus und gaben ihnen von ihrem Blut, um herauszufinden, wie sich das auf sie auswirkt. Sie hofften, die Menschen würden dadurch ebenfalls Zugang zur Magie erhalten, sodass sie mächtiger, schneller und zäher würden. Und wieder war der eifrigste unter ihnen Menetoris. Dieser Narr glaubte, die veränderten Menschen genauso wie die schwarzen Wächter beherrschen zu können. Die Magie veränderte die Menschen jedoch auf eine Art, wie die Dhana'an es sich niemals vorgestellt hätten. Statt Diener züchteten sie sich einen ebenbürtigen Feind heran. Das war der Beginn vom Ende der falschen Götter.«

»Wenn das wahr ist? Warum haben die Ersten Magier dieses Geheimnis nie mit dem Rest der Menschheit geteilt?«

Asmaran lachte. »Wissen deine Freunde denn um dein Geheimnis?«

Nur Ryk kannte die Wahrheit. Veitt schüttelte den Kopf. »Ich wusste nicht, was es aus mir macht. Ich hatte Angst ...« Er brach ab.

»... sie könnten dich für ein Monster halten?« Asmarans Lippen verzogen sich hämisch. »Warum sollten die Ersten Magier nicht ähnlich gedacht haben? Durch ihre Adern floss das Blut der falschen Götter, den Feinden der Menschheit. Glaubst du, dein Volk hätte ihnen dann noch vertraut?«

Veitt schluckte. »Vermutlich nicht.«

»Wie ist es überhaupt dazu gekommen, dass mein Blut durch deine Adern fließt?«

Erst zögerte Veitt, aber dann entschloss er sich doch, Asmaran zu erzählen, wie er sich an Ryks Dolch geschnitten und so mit Asmarans Blut infiziert hatte. Wenn er vollkommen ehrlich zu ihm war, würde der Blutlenker vielleicht eher dem zustimmen, worum Veitt ihn als Nächstes bitten wollte. »Wenn du Ryk etwas von deinem Blut gibst, könnte ihn das heilen. Womöglich sogar seinen Geist.«

»Ich wusste, dass du das sagen würdest«, zischelte Asmaran. »Ich wusste es, seit wir aus der Akademie geflohen sind.« Seine Nüstern blähten sich auf. »Du weißt nicht einmal, ob es funktioniert, Magier. Es könnte ihn umbringen.«

»Genauso gut könnte es ihn retten!«

»Oder in den Wahnsinn treiben.« Asmaran winkte gereizt ab. »Nein, das Risiko ist viel zu hoch.«

»Das ist nicht wahr, Vater, und das weißt du!« Nersei stand in der Tür. Bei ihm war Kela. »Erinnere dich daran, was Tol'Avas uns über ihn gesagt hat: In seiner dunkelsten Stunde, wenn alles Leben aus dem Magier zu weichen droht, soll auch dein Blut fließen, Vater. Dieser Moment wird über Sieg oder Niedergang unserer beider Kulturen entscheiden.«

Asmaran bleckte die Lippen. Sterne funkelten in den Tiefen seiner Augen. »Hast du gelauscht, weil du Sorge hattest, ich könnte deinem *He'taika* etwas antun?«

Nersei wurde wurde rot. »Bitte, Vater, lass uns nicht streiten!«

»Es würde den Magier zu mächtig machen.«

Nersei betrat den Raum, gefolgt von Kela. »Und wenn Tol'Avas recht hat. Was, wenn der Dämonenjäger nicht mehr erwacht oder stirbt und wir den Kampf gegen Zaragoth nur deshalb verlieren? Ist dein Stolz es dir wert, dass du uns und dein Volk dafür opfern willst?«

Asmaran bewegte sich so schnell, dass es aussah, als wäre er direkt vor Nersei aus dem Nichts erschienen. »Wage es nicht, in diesem Ton mit mir zu reden!« Seine Klaue lag um Nerseis Hals und drückte ihm die Luft ab. Seine Mundwinkel zuckten vor Anspannung. Der Veydra hingegen tat gar nichts. Er stand einfach nur da, starrte Asmaran in die Augen und sackte langsam auf die Knie, während ihm der Atem ausging.

Veitt wollte ihm zu Hilfe eilen, aber Kela war schneller. Sie stellte sich zwischen ihn und Asmaran. »Nicht.«

»Er bringt ihn noch um«, erwiderte Veitt verzweifelt.

Der Blutlenker stieß einen Schrei aus, ließ von seinem Sohn ab und stapfte zu Ryks Bett, wo er sich auf das Fußende stützte. Schon war Veitt an Kela vorbei, um Nersei auf die Füße zu helfen. Auf der Haut an seinem Hals zeichnete sich deutlich der Abdruck von Asmarans Klaue ab. »Erinnere dich daran, was du mir über den Dämonenjäger erzählt hast, Vater«, keuchte Nersei mit rauer Stimme, während er sich auf Veitt stützte. »Als er das Portal in die Schwebenden Reiche öffnete, hätte er dir all deine Magie nehmen und dich töten können. Dennoch hat er es nicht getan.«

Asmaran winkte ab. »Ein Moment der Schwäche, den er längst bereut hat.«

»Vater, bitte!« Nersei löste sich von Veitt, trat zu seinem Vater und legte ihm eine Hand auf die Schulter. »Denk an das, was du Mutter versprochen hast. Du hast ihr gesagt, du würdest unser Volk um jeden Preis beschützen.«

»Elantea«, seufzte Asmaran und warf Nersei einen unbestimmten Blick zu. »Du bist genauso halsstarrig wie sie.« Er trat um das Bett herum an Ryks Seite, hob seinen linken Arm und fügte sich mit einer Kralle seiner Rechten einen Schnitt über dem Handgelenk zu. Blut quoll aus der Wunde. Nun hielt er den Arm über den leicht geöffneten Lippen des Dämonenjägers und ließ von dem Blut in seinen Mund tropfen. Zunächst geschah nichts, aber dann bewegten sich Ryks Lippen, wie bei einem Verdurstenden, der plötzlich Wasser schmeckt.

»Das muss genügen«, entschied Asmaran, trat zurück und heilte den Schnitt an seinem Gelenk. Schon war Kela an dem Blutlenker vorbeigestürzt, um nach Ryk zu sehen. Nersei folgte ihr schnellen Schrittes. Nur Veitt rührte sich nicht von der Stelle. Asmarans Blick bannte ihn. Der Blutlenker kam auf ihn zu, packte ihn und zerrte ihn durch die Tür hinaus auf den Korridor.

»Nersei ist mein einziger Sohn«, zischte er.

Veitt schluckte. Er wusste, was jetzt kommen würde: Im Gegenzug für Ryks Rettung würde Asmaran von Veitt verlangen, dass er sich von Nersei fernhielt. »Was … was ist mit ihm?« Die Worte waren kaum mehr als ein Flüstern.

»In Mha'Rodim hat er die Stadtwache angeführt, die für den Schutz von Cros'Anoriel verantwortlich war. Als erster Krieger unseres Volkes war es ihm nicht gestattet, einen *He'taika* zu erwählen. Sein ganzes Denken sollte allein dem Schutz der Stadt gelten. Mit ihrem Untergang ist diese Pflicht von ihm genommen worden.« Er hob seine Klaue und bohrte sie in Veitts Brust. »Ich habe euch Magiern nie getraut und werde es auch niemals tun. Nersei ist jedoch alt genug, seine eigenen Entscheidungen zu treffen. Das respektiere ich. Sei trotzdem gewarnt, Veitt: Ich behalte dich im Auge!« Damit drehte er sich um und schritt davon.

Veitt sah ihm verblüfft nach, bis der Blutlenker in dem Zimmer verschwunden war, das er mit einem Teil der Empathen bewohnte. Was war hier gerade passiert?

»Was hat mein Vater gesagt?« Nersei war zu ihm auf den Flur getreten und musterte ihn besorgt.

Veitt sah ihn an und lächelte. »Nur, dass er dich liebt!«

50

Labyrinth der Toten, Kellwyn
15. Oktan 1026 n. d. Zweiten Dämonenkrieg

Vier Tage waren vergangen, seit Ishan plötzlich das Bewusstsein verloren und der Heiler Tokaja ihm ein Loch in die Schädeldecke gebohrt hatte, um Blut abzulassen, das sich dort angesammelt hatte. Allein bei der Vorstellung erschauderte er. Ishan hob die Hand an die Stirn und tastete über den Verband. Er seufzte und ließ sich zurück in die Kissen sinken, dieses Bett war sehr viel bequemer als das in der Kammer der Heilung. Es gehörte Iritari, bei der er seit zwei Tagen wohnte. Die Prinzessin war der Ansicht gewesen, dass er sich unter ihrer Obhut viel schneller und besser erholen würde als unter der der Heiler. Letztlich hatte Tokaja nur zugestimmt, weil er Ishan für stabil hielt.

»Hier hast du viel mehr Ruhe«, hatte Iritari zu ihm gesagt, nachdem sie ihm in ihrer Schlafkammer die Decke bis zum Kinn hochgezogen hatte. Tatsächlich hatte Ishan den Verdacht, sie wollte ihn in ihrer Nähe wissen, um ständig ein Auge auf ihn zu haben. Sein Zusammenbruch musste ihr einen gewaltigen Schrecken eingejagt haben. Entsprechend umsorgte und verhätschelte sie ihn. Sie hatte ihm streng verboten aufzustehen. Wenn er etwas brauchte, holte sie es entweder selbst oder schickte eine ihrer Dienerinnen los. Dabei fühlte er sich – abgesehen von leichten Kopfschmerzen – schon wieder ganz passabel.

Gestern Abend war Iritari zu einer ungeplanten Besprechung gerufen worden. Ishan hatte die Gelegenheit genutzt, um das Bett für einige Minuten zu verlassen. Es hatte sich gut angefühlt, wieder auf den Füßen zu sein und ein paar Schritte zu gehen, auch wenn sie zunächst noch sehr holprig ausgefallen waren. Nach ihrer Rückkehr hatte Iritari ihm dann berichtet, dass Quartiermeister Sokoel vermisst wurde. Er hatte das Rebellenlager zur Mittagsstunde des vergangenen Tages verlassen und wurde seitdem nicht mehr gesehen. Eine beunruhigende Entwicklung, da der ehemalige Kaufmann der Einzige war, der einen genauen Überblick über die Vorräte hatte. Ishan erinnerte sich an ihn als einen verlässlichen, äußerst akkuraten Menschen. Iritari hatte sogleich Suchtrupps ins Labyrinth ausgeschickt. Bisher ohne Erfolg. Sokoel war nicht wieder aufgetaucht. Nun fürchteten alle das Schlimmste. War er unvorsichtig gewesen und hatte sich auf der Suche nach neuen Lagerplätzen im Labyrinth verlaufen? Oder war er gar in einen Hinterhalt der Reetacianer geraten?

Natürlich hatte Iritari auch einige von Ishans Aufgaben übernehmen müssen. Tagtäglich erreichten sie Berichte der Wachtrupps, die in den Tunneln rund um das Lager patrouillierten, oder von Spähern, die von der Oberfläche zurückkehrten. Und Ishans Offiziere informierten sie regelmäßig über die Fortschritte beim Kampftraining. Dabei war Iritaris Zeit durch ihre anderen Pflichten ohnehin schon knapp bemessen. Wenn Derass noch gelebt hätte, hätte er ihr zur Hand gehen können. Ishan ballte die Fäuste. Nur an den Verlust des Freundes zu denken, machte ihn schon wütend. Sarazas würde für Derass' Tod bezahlen.

Ishan schob sich an den Rand des Bettes, angelte nach Hemd und Hose, die auf einem nahen Hocker lagen, und streifte beides über. Danach schwindelte ihm leicht, und er schloss für einen Moment die Augen.

»Bist du bereit?«

Ishan öffnete die Augen und sah zum Eingang der Höhle, die ihm und Iritari als Schlafkammer diente. Die Prinzessin stand dort und musterte ihn mit gerunzelter Stirn. »Fast«, sagte er und lächelte ihr zu. Er stand auf, schlüpfte in seine Stiefel und griff nach seinem Schwert, das neben dem Bett an der Höhlenwand lehnte. »Wie sehe ich aus?«, fragte er, nachdem er sich die Waffe umgeschnallt hatte.

Iritari kam zu ihm, stellte sich auf die Zehenspitze und küsste ihn. »Ich bin froh, dass es dir wieder besser geht. Trotzdem wünschte ich, ich könnte dich noch etwas länger schonen, aber die Rebellen werden langsam unruhig.«

»Darum ist es auch an der Zeit, dass ich mich ihnen zeige.« Iritari hatte zwar verlauten lassen, dass er auf dem Wege der Besserung sei, trotzdem hielten sich hartnäckig Gerüchte, dass das Gegenteil der Fall war.

»Du hast recht.« Sie zupfte eine Fluse von seinem Obergewand und strich es glatt. Dabei kaute sie auf ihrer Unterlippe herum. »Irgendetwas beschäftigt dich«, sagte er und fasste sie bei den Schultern. Sie nickte kaum merklich. »Es gibt da etwas, das du wissen musst. Ich habe es selbst gerade erst erfahren.« Sie hob das Gesicht. Ein eigentümliches Feuer brannte in ihren Augen, wie er es nie zuvor in ihnen gesehen hatte. War es Wut? Hass? Auf beunruhigende Weise erinnerte der Blick ihn an diesen Rod, der ihn vor etlichen Monaten aus Fürst Eloriens Kerker auf Xe'Neridian befreit hatte. »Was ist es?«, wollte er wissen.

»Königin Madea ist hier.«

»Was?« Er ließ sie los und fuhr sich mit beiden Händen durch das Haar. Seine Stiefmutter hier auf Kellwyn? Sein Atem ging mit einem Mal schneller. »Bei Sorons Krähen, wann ist sie angekommen?«

»Das ist es ja: Unsere Späher wissen es nicht. In den vergangenen Tagen hat kein Schiff den Hafen von O'Shan'wa angelaufen. Niemand weiß, wann oder wie sie nach Kellwyn gelangt ist.« Iritaris Augen verengten sich. »Ich hatte mir schon überlegt, dass sie mit einem Luftschiff der Sataouaner gekommen sein könnte, aber dann hätten wir von unseren Verbündeten im Palast schon vor Tagen davon erfahren. Es ist, als wäre sie von jetzt auf gleich einfach da gewesen.« Iritari schüttelte den Kopf. »Wie hat sie es bloß geschafft, unsere Späher auszutricksen?«

»Ist das nicht offensichtlich? Darauf gibt es nur eine Antwort: Zaragoth!« Ishan hatte den Namen des Fluchbringers kaum ausgesprochen, da spuckte Iritari auf den Boden. Vor Verblüffung zog er beide Brauen hoch. Niemals zuvor hatte er die Prinzessin etwas Vergleichbares tun sehen.

»Die Val'kai sind schuld am Unglück meines Volkes«, sagte sie und zuckte entschuldigend die Achseln.

Tatsächlich hatte Großfürst Gregorius Thamaryn unter dem Einfluss Asmarans gestanden, als er in Kellwyn eingefallen war. »Eins steht jedenfalls fest. Wenn Madea hier ist, kann der Fluchbringer nicht weit sein«, meinte Ishan.

»Darauf wette ich.« Iritari atmete mehrmals tief durch, bevor sie weitersprach. »Zaragoth ist ein Dämon der ersten Kaste. Eitel und machthungrig. Zudem ein Gestaltwandler. Vielleicht hat er sogar Madeas Körper gestohlen, oder den von General Sarazas. Natürlich könnte er auch irgendein beliebiger Soldat sein, was allerdings nicht viel Sinn machen würde.«

»Ich wusste gar nicht, dass du dich so gut mit den Val'kai auskennst.«

Für einen Moment wirkte sie verunsichert, doch dann lächelte sie. »Mein Vater war ein Sammler. Er hortete nicht nur die Geschichten unseres eigenen Volkes, sondern ebenso die anderer Reiche. Auch solche über die Val'kai. Er war überzeugt davon, dass sie eines Tages wiederkehren würden, und hielt es für nützlich, dieses Wissen über sie zu bewahren.«

»Ach, Iritari, du weißt mich immer wieder aufs Neue zu überraschen.«

»Und ich bin längst nicht fertig damit.« In diesem Moment sah sie ihn so ernst an, dass ihm ganz mulmig zumute wurde.

»Noch mehr schlechte Neuigkeiten?«

»Es dürfte dich interessieren, *wie* unsere Späher von der Anwesenheit deiner Stiefmutter auf Kellwyn erfahren haben.«

In Ishans Magen rumorte es. »Erzähl.«

»Sarazas und Madea sind vor drei Stunden gemeinsam an die Öffentlichkeit getreten, um zu meinem Volk zu sprechen. Sie haben bekannt gegeben, ein Bündnis zum Wohle der Kellwyner eingegangen zu sein. Königin Madea hat erklärt, den Wiederaufbau O'Shan'was mit Arbeitskräften, Rohstoffen und Hilfsgütern aus Sharigor zu unterstützen. Vorausgesetzt, die Rebellenplage würde zuvor beseitigt, denn sie seien die eigentlichen Unruhestifter und stünden einem Frieden auf Kellwyn im Wege. Aus diesem Grund soll in Kürze eine Großoffensive der Reetacianer gegen uns erfolgen.«

Ishan öffnete den Mund und schloss ihn wieder. Nun schüttelte er den Kopf. Er konnte diesen Irrsinn nicht glauben. »Ist Sarazas verrückt geworden? Er weiß doch, was passiert, wenn er seine Männer ins Labyrinth schickt.« Er fuhr sich mit der Hand über den Mund. »Das ist Wahnsinn, Iritari. Unzählige Menschen werden dabei sterben!«

»Und nicht nur Reetacianer, Ishan. Ich bezweifle, dass das Labyrinth es mit Tausenden von Soldaten gleichzeitig aufnehmen kann.«

»Ich verstehe das nicht. Wenn das wirklich Sarazas' Plan ist, warum gibt er ihn dann öffentlich bekannt? Ihm muss klar sein, dass wir davon erfahren.«

Iritari nickte. »Daher macht es auch nur Sinn, wenn er will, dass wir von dem Angriff wissen.«

»Ein Ablenkungsmanöver, natürlich!« Ishan fluchte. »Wenn Zaragoth glaubt, dass Inos' Grab sich in einer der Knochenkammern hier unten befindet, sind wir ihm bei der Suche danach im Weg. Wenn hier unten jedoch eine Schlacht tobt, könnte er sich unbemerkt in anderen Teilen des Labyrinths umsehen. Vielleicht hofft er sogar, dass die Reetacianer uns vernichten. Bei Sorons Krähen!«

»Dazu müsste er die Kontrolle über die reetacianischen Streitkräfte übernommen haben«, sagte Iritari. »Und es gibt nur einen Weg, wie ihm das gelungen sein kann.«

»Sarazas«, sagte Ishan grimmig. »Er muss den echten General getötet und seine Gestalt angenommen haben. Kein Wunder, dass es ihn kaltlässt, was aus den reetacianischen Truppen wird, wenn er sie ins Labyrinth schickt. Menschenleben haben diese Dämonen noch nie interessiert.« Etliche reetacianische Späh- und Soldatentrupps hatten bei früheren Versuchen, das Rebellenlager aufzuspüren, mit dem Leben dafür bezahlt. Um seine Leute zu schützen, hatte der General schließlich beschlossen, keine weiteren Vorstöße ins Labyrinth zu befehlen, bevor er nicht den genauen Standort des Lagers in Erfahrung gebracht hatte. Zaragoth würde solche Skrupel nicht haben.

»Wir müssen auf der Stelle Gegenmaßnahmen treffen«, sagte Ishan. »Wir müssen unsere Leute auf den Angriff der Reetacianer vorbereiten. Ich bin sicher, dass du recht hast. Einem so gewaltigen Ansturm ist das Labyrinth nicht gewachsen.«

Iritari nickte. »Der Dämon wird darauf zählen. Diese Ablenkung dürfte nicht nur für uns, sondern auch für das Labyrinth bestimmt sein. So kann es ihm ebenfalls nicht in die Quere kommen.«

»Zaragoth ist gerissen. Jedenfalls hat Ryk das immer über die Val'kai behauptet. Vielleicht weiß er sogar über die Rune Bescheid.« Ishan rieb sich das Kinn. »Ich werde aus unseren besten Kriegern einhundert Männer und Frauen auswählen und sie zu der Höhle schicken, in der wir die Rune entdeckt haben. Sollte der Fluchbringer dort auftauchen, werden sie ihm einen angemessenen Empfang bereiten.«

»Wirst du sie begleiten?«

Ishan war unentschlossen. Er wollte die Rebellen nicht im Stich lassen, wenn es zu einer Schlacht kam. Gleichzeitig durfte er nicht zulassen, dass Zaragoth das Grab des Gottes fand. »Ich habe mich noch nicht entschieden.« Er biss sich auf die Unterlippe. »Haben die Späher etwas darüber gesagt, wann der Angriff stattfinden soll?«

»Nur, dass es in Kürze passieren wird.«

»Wir müssen sofort eine Versammlung einberufen. Schicke deine Dienerinnen und die neuen Leibwächter los, damit sie die Offiziere verständigen. Sie sollen umgehend hierherkommen.« Während Iritari aus der Höhle eilte, überlegte Ishan, wie viel Zeit ihnen noch blieb. Sarazas, nein, Zaragoth, würde mindestens einen Tag brauchen, um die reetacianischen Streitkräfte zu mobilisieren. Das Heer hatte mehrere Monate lang geruht. Die Männer waren unvorbereitet. Außerdem würden sie nach Zugängen ins Labyrinth suchen müssen, die alle gut versteckt waren. Plötzlich sog Ishan scharf die Luft ein. Bei seinem Verhör durch Asmaran hatte er erfahren, dass Zaragoth bereits Zeit auf Kellwyn verbracht hatte, bevor er durch Thamaryns Einmarsch zur Flucht gezwungen wurde. Das konnte bedeuten, dass er einige der geheimen Zugänge kannte, über die man ins Labyrinth gelangte.

Damit bleiben uns höchstens ein bis zwei Tage bis zur Großoffensive der Reetacianer, dachte Ishan. *Verdammt!*

Er musste sich erst einmal setzen. Also kehrte er zurück zum Bett. Wenn er auf Nummer sicher gehen wollte, blieb ihnen gerade einmal Zeit bis zum nächsten Morgen, um alle Vorbereitungen zu treffen. Bei Sorons Krähen, das dürfte verflucht knapp werden! In spätestens zwei Stunden mussten sie mit der Evakuierung des Rebellenlagers beginnen. Es galt Tausende von Kellwyner in Sicherheit zu bringen. Die Kinder, die Alten, die Kranken und all jene, die nicht in der Lage waren, zu kämpfen.

Jemand musste sie hinab in die ältesten Regionen des Labyrinths führen. Möglichst weit weg vom Lager. *Iritari*, dachte er. *Ich werde sie schicken. Die Menschen hören auf sie. Und sie wäre sicher dort.* Natürlich würde es nicht leicht werden, sie dazu zu überreden. Sie würde an seiner Seite bleiben wollen.

Er vergrub das Gesicht in den Händen und wünschte sich verzweifelter denn jemals zuvor, dass Kela und Ryk jetzt bei ihm wären. Sie wüssten bestimmt, was zu tun wäre. Er nahm seine Hände wieder herunter und starrte sie an. Sie zitterten, wollten gar nicht mehr aufhören. Ishan hatte Angst. Nicht etwa vor dem Kampf oder dem Tod. Nein, was er fürchtete, war, als Anführer zu versagen. Die Menschen zu enttäuschen, die ihm vertrauten und ihn liebten. In diesem Augenblick begriff er, wie nichtig sein Wunsch nach Rache die ganze Zeit über gewesen war. Was aus seiner Stiefmutter wurde, war nicht mehr wichtig. Was in diesem Krieg wirklich zählte, waren nicht die Leben, die er nehmen würde, sondern die, die er am Ende rettete.

51

Herrscherpyramide, Kellwyn
15. Oktan 1026 n. d. Zweiten Dämonenkrieg

Ein Tag war vergangen, seit Zaragoth Barthomae Sarazas getötet und sein Herz verspeist hatte. Nun war er nicht mehr Ruvan con Betanne, König von Sharigor, sondern ein General, der über eine Armee von über siebentausend Kriegern gebot. Und er hatte große Pläne mit ihnen.

Madea stand auf der obersten der sieben Terrassen, die die Herrscherpyramide im Norden von O'Shan'wa krönte, und war von einem blühenden Garten umgeben, der sie an ihren eigenen in Calares erinnerte. Sie trug eine weiße Tunika, die nichts von der Pracht ihrer üblichen Gewänder hatte. Der dünne Stoff, der sich in einer kaum vorhandenen Brise regte, kitzelte ihre Waden. Ihr war warm. Schweißperlen rannen ihren Nacken hinab, obwohl sie sich das Haar hochgesteckt hatte. Eine drückende Schwüle lastete wie der Vorbote eines Unwetters über O'Shan'wa, nur dass der Himmel blau war und weit und breit keine Wolke in Sicht.

Mit einer Mischung aus Mitleid und Abscheu blickte sie hinab auf die Stadt, die sich zu Füßen der Pyramide nach Osten, Süden und Westen ausbreitete. Einst mochte sie von einer primitiven, nichtsdestotrotz beeindruckenden Schönheit gewesen sein. Madea schätzte die Klarheit der gradlinig verlaufenden Straßen, der rechteckigen Bauten und Plätze, die wie das sorgfältig durchdachte Muster eines Webteppichs ineinandergriffen. Obwohl die Reetacianer ganze Viertel niedergebrannt hatten, war es noch immer zu erkennen. Genauso wie das Elend, das der Krieg über O'Shan'wa gebracht hatte.

Selbst in dieser Höhe glaubte sie, den Verfall und die Krankheiten riechen zu können, die unter den Bewohnern grassierten. Niedergebeugte Gestalten, die durch die Straßen schlurften, um Wasser aus den Brunnen zu holen oder bei den reetacianischen Patrouillen die wenigen Habseligkeiten, die ihnen geblieben waren, gegen Nahrung einzutauschen. Madea schüttelte sich und legte die Arme schützend über ihren Bauch. Was, wenn durch ihr Handeln allen Menschen in den Schwebenden Reichen ein ähnliches Schicksal drohte? Durch die Auferstehung des Dhana'an Inos erhoffte Madea sich Freiheit für alle Veydras, Freiheit für ihren Glauben. Von kleinauf hatten ihre Eltern sie gelehrt, dass die Geschichten über die Tyrannei der Dhana'an nichts als Lügen waren. Verleugnungen, erfunden von machtgierigen Magiern, die die Götter nur gestürzt hatten, um selbst an ihre Stelle treten zu können.

Ihre Mutter und Großmutter, die vor ihr die Position der Hohepriesterin innegehabt hatten, waren der Überzeugung gewesen, dass die Dhana'an gütig und wohlwollend gegenüber jenen wären, die ihnen loyal dienten. Inos' Irrsinn hatten sie als eine weitere Lüge der Magier abgetan, die lediglich seinen Namen verunglimpfen sollte. Jetzt war Madea sich dessen nicht mehr so sicher. Zaragoth hatte sich in den letzten Tagen sehr verändert. Die Brutalität und Grausamkeit, mit der er gegen ihre Gegner vorging, konnte sie akzeptieren. Sie waren Teil der Natur der Val'kai. Doch das Vergnügen, das sie in seinen Augen gesehen hatte, als er Sarazas und seinen Neffen tötete, löste noch jetzt eine Gänsehaut bei ihr aus. Es hatte sie an den Eifer auf den Gesichtern jener Menschen erinnert, die der Hinrichtung der Veydra beigewohnt hatten, um deren Leben sie Varras angefleht hatte. Was, wenn Inos genauso schlimm war wie Zaragoth, oder gar noch schlimmer?

Sie kehrte der Aussicht auf O'Shan'wa den Rücken und setzte sich auf eine Bank im Schatten eines Orchideenbaumes. Bis auf zwei ihrer Leibwachen, die ganz in der Nähe standen und sie auf Zaragoths Anweisung überallhin begleiteten, war sie allein. Und so fühlte sie sich auch. Ephilius zu verlieren, hatte sie härter getroffen, als sie es je für möglich gehalten hatte. Das ausgerechnet Zaragoth hinter seiner Ermordung steckte, hatte ihr Vertrauen in ihn schwer erschüttert. Wenn sie wenigstens ihrer Trauer um Ephilius freien Lauf lassen könnte. Aber selbst das wagte sie nicht, weil sie fürchten musste, dass ihre Leibwächter Zaragoth über alles, was sie tat, genauestens berichten würden.

Ich fühle mich wie eine Gefangene, dachte sie, und das war sie wohl auch. Sie erinnerte sich daran, wie Zaragoth vor noch nicht allzu langer Zeit behauptet hatte, dass Inos sie beide zum Dank für seine Erweckung zu König und Königin über die Schwebenden Reiche erheben würde. An dieses Versprechen glaubte sie nicht länger. Auch nicht daran, dass sie und ihr Kind etwas ganz Besonderes für Zaragoth seien. Er hatte selbst gesagt, dass er viele Kinder in der Gegenwelt besaß. Warum also sollte dieses von größerer Bedeutung für ihn sein als alle anderen? Nein, für ihn waren sie alle nur Werkzeuge, das begriff sie jetzt.

Madea richtete den Blick auf den Dschungel, der sich östlich der Stadt wie eine grüne Mauer erhob. Sie sah Vogelschwärme über den Baumwipfeln aufsteigen. Sehnsüchtig blickte sie ihnen nach und wünschte, sie könnte einfach die Arme ausbreiten und ihnen folgen. Frei sein. Nur war es dafür zu spät. Sie hatte ihre Entscheidung getroffen und musste mit den Konsequenzen leben. Zaragoth würde sie und ihr Ungeborenes eher töten, als sie ziehen zu lassen. Jetzt konnte sie nur noch mitspielen und hoffen, dass am Ende alles gut für sie ausging.

Am Tag zuvor, kurz nach ihrer Ankunft und Zaragoths Machtübernahme, hatte er Sarazas' Offiziere in den Thronsaal zitiert und sie über seine Pläne für die Rebellen unterrichtet. »Wir werden sie ein für alle Mal vernichten«, hatte er ihnen erklärt und dabei auf dem Thron von Kadin Aca Shan gesessen. »Zu diesem Zweck werde ich zwei Drittel meiner Streitkräfte ins Labyrinth schicken, damit sie die dreckigen Widerständler ausmerzen. Die restlichen Soldaten werden O'Shan'wa besetzen und so unterbinden, dass sich die Bevölkerung auf die Seite des Widerstands schlägt und uns in den Rücken fällt.«

Kaum hatte er die Worte ausgesprochen, war es zum Tumult unter den Offizieren gekommen. »Die Männer werden alle sterben!«, hatten die einen gerufen. »Ach was, sie werden sich von vornherein weigern«, die anderen. »Wir kennen ja nicht einmal den genauen Standort des Rebellenlagers«, hatten die übrigen protestiert.

Falls sie sich über Madeas Anwesenheit gewundert hatten, verloren sie kein Wort darüber. Sie hatte zur Rechten des Thrones gestanden und stillschweigend zugesehen. Als die Offiziere sich Zaragoth zunächst widersetzten, hatte sie erwartet, er würde in Raserei verfallen und sie allesamt töten oder sie durch den Grauen Fluch zum Gehorsam zwingen. Das tat er jedoch nicht. Offenbar hatte die Erschaffung der Portale ihn mehr Kraft gekostet, als er ihr gegenüber zugeben wollte. Also griff er stattdessen auf eine unerwartet menschliche Taktik zurück, um sie auf seine Seite zu ziehen. Er versprach jedem von ihnen Titel, Gold und Land, wenn Kellwyn erst einmal vollständig erobert wäre. Einzige Bedingung: Sie mussten die Männer dazu bringen, gegen die Rebellen in die Schlacht zu ziehen. »Ich gebe euch zwei Tage für die Mobilisierung des Heeres, dann werden wir zuschlagen«, hatte er abschließend erklärt. »Und was den Standort des Rebellenlagers angeht, kann ich euch beruhigen. Ich werde in Kürze alles darüber erfahren!«

Danach war Madea an der Reihe gewesen. Als offizielle Gesandte der Freien Reiche hatte sie kundgetan, dass die anderen Regenten General Sarazas' Vorgehen billigten und ihn sogar als neuen Regenten von Kellwyn anerkannten. Lügen über Lügen. Doch die Offiziere hatten sie geglaubt. Warum auch nicht? Sie hatten keinen Grund, der Königin von Sharigor oder ihrem eigenen General zu misstrauen.

Menschen sind so leicht zu manipulieren, dachte sie. Die Offiziere hatten sich von der Aussicht auf Reichtum und Macht blenden lassen. Allerdings konnte sie selbst sich von dieser Schwäche nicht völlig freisprechen. Auch sie hatte sich von Zaragoths Schmeicheleien allzu leicht hinters Licht führen lassen. Madea lächelte verbittert. Gefühle machten einen nun mal schwach, und darum hätte sie es besser wissen müssen.

»Eure Majestät.«

Madea schreckte aus ihren Gedanken hoch. Vor ihr stand ein Diener. Ein Reetacianer in einer grauen Livree, der sich vor ihr verneigte. Er wurde von ihren beiden Leibwächtern flankiert. »General Sarazas schickt mich«, sagte der Diener. »Er bittet um Eure Anwesenheit in seinem Arbeitszimmer.«

Bittet? Das ich nicht lache. »Hat er einen Grund dafür genannt?«

»Für den Fall, dass Ihr fragt, soll ich Euch ausrichten, dass der dringend erwartete Gast endlich eingetroffen sei.«

Sie nickte, erhob sich und strich ihre Tunika glatt. »Du wirst vorausgehen.« Sie war sich nicht sicher, ob sie den Rückweg durch die düsteren, oft nur von Fackeln oder Feuerschalen erhellten Gänge der Herrscherpyramide allein finden würde.

»Selbstverständlich, Eure Majestät.« Der Diener verneigte sich. Für ihn und alle übrigen Reetacianer war sie weiterhin die neue Bündnispartnerin von General Sarazas.

Als der Diener ihr kurz darauf die Tür zu Sarazas' Arbeitszimmer öffnete, blieben ihre Leibwächter draußen zurück, während sie in Begleitung des Reetacianers eintrat. Zaragoth saß hinter dem Schreibtisch, den einen Tag zuvor noch Sarazas' Blut und das seines Neffen besudelt hatte.

»General.« Der Diener verneigte sich. »Ich bringe Euch die Königin von Sharigor.«

Zaragoth erhob sich und nickte Madea respektvoll zu. »Lass uns allein«, forderte er anschließend den Diener auf. Sobald dieser den Türflügel hinter sich geschlossen hatte, wies Zaragoth Madea an, näher zu treten. »Ich bin äußerst zufrieden mit dir. Du hast gestern vor den Offizieren und heute Morgen vor der kellwynischen Bevölkerung einen überzeugenden Auftritt hingelegt. Mittlerweile dürften die Rebellen von unseren Angriffsplänen erfahren haben.«

»Was ist, wenn die Rebellen eine Falle wittern?«, wandte sie ein.

»Sollen sie nur. Ihnen wird dennoch nichts anderes übrig bleiben, als zu kämpfen. Und während sie und die Reetacianer sich gegenseitig die Bäuche aufschlitzen, werden wir ins Labyrinth hinabsteigen und beenden, was ich vor so vielen Monaten begonnen habe.«

»Müssen nicht auch wir das Labyrinth fürchten?« Zaragoth selbst hatte Madea von dem Bewusstsein erzählt, dass in den Gängen, Kammern und Höhlen hauste, in dem die Kellwyner und ihre längst vergessenen Ahnen unzählige Tote zur letzten Ruhe gebettet hatten. Natürlich waren ihr schon früher Gerüchte über das Knochenlabyrinth zu Ohren gekommen, allerdings hatte sie sie immer als abergläubischen Unsinn abgetan.

»Das ist ja das Geniale an meinem Plan. Sobald das Blut der Rebellen zu fließen beginnt, wird sich das Labyrinth ganz auf den Schutz seiner ›Kinder‹ konzentrieren.«

Es klopfte.

»Ah, unser Gast.« Zaragoth sah zur Tür hinüber und rief: »Tritt ein!«

Madea wandte den Kopf in dem Moment um, als ein feister Mann mit Hängebacken und ergrautem Haar eintrat. Er hatte die rotbraune Haut und die dunklen Augen eines Kellwyners. Sein Haar war allerdings schon ergraut. Aufgrund seiner Leibesfülle wirkte seine Verbeugung ungelenk und plump.

»Darf ich dir Sokoel vorstellen, den Quartiermeister der Rebellen«, sagte Zaragoth triumphierend.

Sokoel näherte sich ihnen. Zweifelsohne handelte es sich um einen der Gestaltwandler, die Zaragoth schon vor Wochen vorausgeschickt hatte, um die Lage auf Kellwyn auszukundschaften. Ursprünglich waren es drei gewesen. Zu den beiden anderen hatte er jedoch keine Verbindung aufbauen können. Madea verstand nicht genau, wie diese funktionierte. Zaragoth schien auch nicht gewillt, sie in dieses Geheimnis einzuweihen. Nur so viel hatte sie herausgefunden: Wenn die Entfernung nicht zu groß war, schien es eine mentale Verbindung zwischen ihm und seinen Dienern zu geben.

»Bist du einer der Gestaltwandler aus dem Dorf Lynta nahe Calares?«, wollte Madea von ihm wissen.

Der falsche Quartiermeister runzelte die Stirn, dann nickte er.

Dort hatte sie zum ersten Mal miterlebt, wie Zaragoth den Grauen Fluch wirkte. »Wie lautet dein richtiger Name?«

»Der spielt keine Rolle«, fiel ihr Zaragoth ins Wort. »Komm näher!« Er winkte den Gestaltwandler herbei. »Wieso kommst du erst heute, obwohl ich schon gestern nach dir rief?«

»Vergebt mir, Gebieter.« Der Gestaltwandler verbeugte sich erneut. »Es war nicht ganz einfach, ungesehen aus dem Rebellenlager zu verschwinden. Ich war gezwungen, mich mehrere Male zu verstecken und größere Umwege in Kauf zu nehmen, um den Patrouillen auszuweichen. Wäre ich ihnen in die Hände gefallen, hätten sie mich wieder zurückgebracht. Das konnte ich nicht riskieren.«

»Schön«, brummte Zaragoth. »Aber was ist mit den anderen beiden, die ich zusammen mit dir hergeschickt habe?«

»Tot, Gebieter«, antwortete der falsche Sokoel. »Gerüchte besagen, Prinz Ishan von Sharigor hätte sie getötet, um Prinzessin Iritari vor ihrem Angriff zu schützen.«

»Mein Stiefsohn lebt?«, fragte Madea ungläubig.

»Nicht jetzt.« Zaragoth warf ihr einen gereizten Blick zu. »Sprich weiter«, forderte er den Gestaltwandler auf.

»Es ist eine Lüge, denn ich war selbst dort. Ich hielt mich im Hintergrund und beobachtete das Geschehen.« Er klopfte sich auf den Bauch. »Dieser Körper ist nicht fürs Kämpfen gemacht, Gebieter. Er ist alt und fett. Es hätte meinen Tod bedeutet, wäre ich den beiden anderen zu Hilfe geeilt. Stattdessen blieb ich in meinem Versteck, um dir später berichten zu können.«

»Ja, ja, gut gemacht.« Zaragoth winkte ab. »Erzähl mir, was du gesehen hast.«

»Es war nicht Prinz Ishan, der meine beiden Brüder getötet hat, sondern eine andere Gestaltwandlerin, die ich nicht kannte. Während der Prinz bewusstlos am Boden lag, brachte sie die beiden um und aß anschließend das Herz der sterbenden Prinzessin. Auf diese Weise wurde sie zu Iritari. Weder Prinz Ishan noch der Rest der Rebellen ahnt, dass sie nur eine Betrügerin ist.«

»Das kann nur Catara sein«, warf Madea ein. »Das gefällt mir nicht!« Die Keesa war eine der wenigen, die ihnen gefährlich werden konnte. Zudem war sie sehr erfinderisch, wenn es darum ging, jemanden zu töten, den sie aus ganzem Herzen verabscheute.

Zaragoths Miene hatte sich verfinstert. »Was macht sie hier?«

»Was wohl?« Madea schnaubte. »Sie ist natürlich auf Rache aus.«

Zaragoth schürzte die Lippen. »Das könnte die Sache verkomplizieren.«

»Ishan sollten wir ebenfalls nicht unterschätzen«, warf Madea ein. »Ich hielt ihn immer für einen naiven Jungen. Aber wenn er bisher überlebt hat, muss mehr in ihm stecken, als ich ihm zugetraut hätte.«

Zaragoth wandte sich an den Gestaltwandler. »Könnte dieser Ishan eine Gefahr für unsere Mission darstellen?«

»Diese Möglichkeit besteht durchaus, Gebieter. Ich fürchte sogar, dass er vom Grab des Inos weiß. Seit Wochen unternimmt er Ausflüge ins Labyrinth, ohne jemandem den Grund dafür zu nennen. Er sucht etwas.«

»Das muss nichts zu bedeuten haben«, wandte Madea ein. »Woher sollte er von der Existenz des Grabes hier auf Kellwyn erfahren haben?«

»Ich weiß es nicht.« Der Gestaltwandler zuckte die Achseln. »Ich weiß nur, dass er vor Kurzem in einer abgelegenen Höhle die Rune des Inos entdeckt hat und sie sogar lesen konnte. Deshalb haben meine Brüder ihn auch angegriffen.«

Zaragoths Gestalt verschwamm vor Madeas Augen. Als sie wieder sichtbar wurde, stand er direkt vor dem Gestaltwandler und hatte seine Finger in dessen Gewand gekrallt. »Erklär mir ganz genau, wo dieser Ishan sie gefunden hat«, zischte er und leckte sich dabei mit seiner gespaltenen Zunge über die menschlichen Lippen. Der falsche Quartiermeister tat, wie ihm befohlen wurde. »Ich wusste, dass ich beim letzten Mal auf der richtigen Fährte war«, rief Zaragoth triumphierend, nachdem der Gestaltwandler mit seinem Bericht geendet hatte. »Es zog mich zu dieser Höhle hin. Ein stummer Ruf, den ich vernahm, als ich ganz in der Nähe das Labyrinth erkundete. Doch bevor ich zu ihr vordringen konnte, musste ich fliehen, um mich Asmarans und Thamaryns Zugriff zu entziehen.« Er stieß den Quartiermeister von sich und kehrte zu seinem Platz hinter dem Schreibtisch zurück. »Endlich ist es so weit. Endlich bin ich am Ziel!« Goldene Sterne funkelten in den Tiefen seiner Augen.

»Umso vorsichtiger sollten wir sein«, sagte Madea. »Ishan war lange Zeit mit einem Dämonenjäger unterwegs, von ihm hat er sicher einiges gelernt. Und wenn er über Inos Bescheid weiß, könnte das bedeuten, dass er auch meine wahre Identität kennt. In dem Fall wäre er vorgewarnt und könnte unsere wahren Absichten durchschaut haben.«

»Das Ablenkungsmanöver.« Zaragoth nickte und rieb sich mit Zeigefinger und Daumen das Kinn. »Ich werde entsprechende Vorkehrungen treffen. Ansonsten bleibt alles wie gehabt. Morgen früh werden die Reetacianer das Labyrinth angreifen.« Nachdem dies entschieden war, reichte er dem Gestaltwandler Federkiel und Papier, damit er ihm den Weg zum Hauptlager der Rebellen aufzeichnen konnte. »Sehr gut«, erklärte Zaragoth, als er die Karte in den Händen hielt. »Ich werde gleich Kopien davon anfertigen lassen, die an die Offiziere gehen.« Er lachte. »Gepriesen sei Inos, der Eine, der uns alle erretten wird!«

52

Wiesengrund, Nekross
15. Oktan 1026 n. d. Zweiten Dämonenkrieg

Ryk konnte nicht begreifen, was geschehen war. Er blickte in einen roten Himmel mit einer kleinen brennenden Sonne, die gehässig auf ihn herabstarrte. Er war zurück in der Gegenwelt. Wie war er hergekommen?

Er stand am Ufer eines Eilands, das hundert Fuß im Durchmesser maß und ganz aus schwarzem Fels bestand. Nach allen Seiten hin war es von Lava umgeben, die gegen den Fels schwappte und giftige Rauchschwaden ausstieß. Ryk roch Schwefel und andere Gase, deren Namen er nicht kannte und die ihm die Tränen in die Augen trieben. »Ist da jemand?«, rief er. »Kann mich jemand hören?« Natürlich erhielt er keine Antwort.

Er seufzte. Die Hitze, die von der Lava ausstrahlte, trieb ihm den Schweiß aus allen Poren. Sein Hemd klebte ihm am Oberkörper. Sein Mund war wie ausgedörrt. Er zog seine Jacke aus, warf sie zu Boden und trat vom Ufer des Lavameeres zurück. Abkühlung brachte es nicht, denn hier wehte kein Wind. Noch einmal blickte er sich verzweifelt um, kletterte schließlich auf einen Felsen und starrte in die Ferne. Nichts. Nur brodelnde Lava. Nicht mal eine weitere Insel. Ohne einen Feuerreiter gab es für ihn kein Entkommen von diesem Ort. Er setzte sich, ließ die Beine vom Fels herunterhängen und rieb sich das linke Auge, hinter dem ein unangenehmer pochender Schmerz tobte. Gleichzeitig versuchte er sich zu erinnern. Es musste doch eine Antwort darauf geben, wie er hierhergelangt war.

Es hatte einen Kampf gegeben. Das wusste er noch. Soldaten in grünen Uniformen hatten ihn angegriffen. Männer, die eigentlich seine Verbündeten hätten sein sollen. Jemand hatte sie getäuscht und ihn als Verräter gebrandmarkt. Um sie nicht zu verletzen, hatte er auf seine Magie verzichtet. Aber das war ihm zum Verhängnis geworden. Bilder von herabstoßenden Schwertern und Speeren stiegen in ihm hoch, und er keuchte auf, als er sich an den Schmerz erinnerte. Panisch tastete er über seinen Körper. Nahezu überall tat es weh, doch da waren keine Wunden und auch kein Blut. Seltsam.

Schließlich musste er während des Kampfes wohl die Besinnung verloren haben und war dann hier erwacht.

Ein Lachen – direkt hinter ihm. Ryk stieß sich von dem Felsen ab, landete auf den Füßen und wirbelte herum. Über ihm ragte Asmaran auf. Eine dürre, knochige Gestalt, die von der Lava in eine rötliche Aura gehüllt wurde. Die Runen auf seinem Oberkörper schimmerten golden. »Du!« Ryk deutete anklagend mit dem Finger auf ihn. »Verdanke ich das hier dir? Hast du mich hergebracht?«

»Mir?« Asmaran sprang von dem Felsen und landete direkt vor Ryk. In Erwartung eines Angriffs riss er die Fäuste hoch, doch der Blutlenker marschierte einfach durch ihn hindurch. Ryk fuhr herum und starrte den lächelnden Dämon an. »Was … was geht hier vor sich?«

Asmarans Zunge stieß zwischen seinen Zähnen hervor, wie bei einer Schlange, die Beute wittert. »Hast du es noch nicht begriffen?« Er neigte den Kopf zur Seite und musterte Ryk mit seinen unnatürlich großen Augen. »Du träumst, Dämonenjäger! Dein Unterbewusstsein hat sich an diesen Ort zurückgezogen, als die Realität zu grausam wurde, um sie länger zu ertragen.«

»Der Kampf?«

»Der Zusammenbruch der Barriere, die Zerstörung der Akademie ... Offensichtlich war das alles zu viel für dich!«

Wenn das stimmte, warum dann dieses Eiland? Warum nicht das Tal?

»Vielleicht glaubst du ja, es nicht verdient zu haben? Vielleicht willst du dich selbst für etwas bestrafen?«, erwiderte Asmaran, der wieder einmal seinen Gedanken gelesen haben musste.

»Lass das«, blaffte Ryk ihn an.

»Wie könnte ich, wo alle deine Gedanken offen vor mir liegen.«

»Dann verschwinde aus meinem Kopf!«

»Nicht bevor ich gesagt habe, was du hören musst, Dämonenjäger. Außerdem könntest du mir ruhig etwas mehr Dankbarkeit entgegenbringen. Du wärst gestorben, hätten meine Empathen und ich nicht eingegriffen, um die Wächter zu vertreiben!«

Wieder sah er die Schwerter und Speere vor sich, deren Spitzen im kalten Mondlicht aufgeleuchtet hatten, bevor sie in seinen Körper gefahren waren. »Wenn ... wenn es stimmt, was du sagst, und mein Geist sich an diesen Ort zurückgezogen hat. Wie steht es um mich?«

»Du lebst. Zumindest halbwegs. Was du im Übrigen Veitt und meinem Sohn zu verdanken hast. Alle lebensbedrohlichen Verletzungen konnten sie heilen. Nur dein Auge war nicht mehr zu retten.«

Ganz automatisch fuhr Ryks Hand hoch zu seinem linken Auge. Er presste die Lippen zusammen und nickte. »Was tue ich dann noch hier? Warum bin ich nicht längst zu mir gekommen?«

Asmaran schwieg für einen Moment. »Du hast viel verloren, Dämonenjäger. Vielleicht zu viel.«

»Was willst du damit sagen?« Mit geballten Händen funkelte Ryk den Blutlenker an. »Ich bin noch nie im Leben vor etwas davongelaufen!«

»Wirklich noch nie?«

Plötzlich musste er an die Zeit nach der Trennung von Kela denken. An das Loch, in das er gestürzt war, an die Verzweiflung und die durchzechten Nächte. Selbst die Jagd nach Tierdämonen hatte er vernachlässigt. Ohne Veitt, der ihm zugeredet und mehrmals kräftig in den Hintern getreten hatte, hätte er wohl nicht mehr aus dem Loch herausgefunden. Aber das war etwas anderes gewesen. Oder nicht? »Ich habe nicht aufgegeben. Und ich will mich auch nicht für irgendetwas bestrafen!«

Asmaran zuckte die Schultern. »Es könnte auch am Zusammenbruch der Barriere liegen. Die Magie, die dabei freigesetzt wurde, war gewaltig. Seit Tausenden von Jahren habe ich eine solche Macht nicht mehr verspürt. Wenn man bedenkt, dass du beinahe gestorben wärst, könnte das hier eine Folge davon sein.«

Ryk runzelte die Stirn. »Kannst du mir helfen?«

»Das habe ich bereits, Dämonenjäger. Der Rest liegt bei dir.«

Er kniff die Lider zusammen. »Was meinst du damit?«

Asmaran lachte rau auf. »Seit unserer ersten Begegnung kann ich mein Blut in Veitts Adern riechen. Es hat ihn verändert, hat seine eigenen Begabungen verstärkt. Trotzdem steht er erst am Anfang seiner Verwandlung.«

»Heißt das …«

»Ja, mein Blut strömt nun auch durch deine Adern, Ryk Vangur. Darum ist dies auch das letzte Mal, dass ich in deinen Gedanken bin. Die Magie meines Blutes hat bereits begonnen, dich zu verändern. Schneller als bei Veitt, denn du bist stärker als er und hast eine Zeit lang in Mha'Rodim gelebt. Wenn du wieder zu dir kommst, wirst du ungleich mächtiger sein.«

Doch dazu musste er erst einmal erwachen. Im Moment hatte Ryk keine Vorstellung, wie er das anstellen sollte.

»Was hält dich hier fest, Dämonenjäger?«, fragte Asmaran daraufhin.

Ryk blickte an dem Dämon vorbei auf das Lavameer. »Ich bräuchte einen Feuerreiter …«

»Der dich aus deinem Traum heraussträgt?«, fiel ihm Asmaran spöttisch ins Wort. »Lass los, Magier! Dieser Ort ist nicht real.«

Ryk warf ihm einen zornigen Blick zu, bevor er sich umwandte und an den Rand der Felseninsel trat. Nur eine Handbreit von seiner rechten Stiefelspitze entfernt schwappte die Lava über den Stein, brodelnd und zischend. »Es fühlt sich so echt an«, sagte er, als ihre Hitze ihm über Hände und Gesicht leckte.

»Weil du es für echt hältst.« Asmaran war neben ihn getreten. Der Blick seiner unnatürlich großen Augen bohrte sich in seinen. »Befreie dich von diesem Ort! Spring, Dämonenjäger!«

Alles in ihm sträubte sich gegen diesen Gedanken.

»Glaubst du, ich würde mich des Vergnügens berauben, dich mit meinen eigenen Händen zu töten, wenn es mir darum ginge?« Asmaran bleckte die Lippen und grinste ihn an. »Es ist deine Entscheidung: Bleib hier oder lebe!«

Ryk riss sich von seinem Blick los. *Er lügt!*, schrie alles in ihm. *Vertrau ihm nicht!* Aber blieb ihm wirklich eine andere Wahl? Außer er wollte den Rest seines Lebens an diesem öden Ort verbringen, der nicht einmal real war. »Also gut.« Ryk atmete noch einmal durch, zählte in Gedanken bis drei und sprang. Er hatte erwartet von der brodelnden Glut verschlungen zu werden, stattdessen fiel er einfach durch sie hindurch. Darunter erwartete ihn Finsternis. Ryk wusste nicht, ob er noch stürzte oder schwebte, denn es gab kein Oben oder Unten. Es gab nur ein eigentümlich rhythmisches Donnern, von dem die Schwärze erfüllt war und die ihm so laut in den Ohren dröhnte, dass er sich die Hände darauf presste. Nur half das nicht.

Er hörte das Donnern auch weiterhin, und da erst wurde ihm klar, dass es das Trommeln seines eigenen von Adrenalin und Magie berauschten Herzens war. Umgehend konzentrierte er sich darauf, versank ganz im Rhythmus seines Pochens, bis dieser mit der Zeit immer mehr in den Hintergrund rückte und er eine Stimme vernahm, die zuvor davon überdeckt worden war. Kela! Sie rief seinen Namen. Sofort antwortete er ihr: »Hier, Kela, hier bin ich!«

Etwas berührte seine Wange.

Ryk öffnete sein Auge und stöhnte, als grelles Licht ihn blendete.

»Ryk? Na, endlich!« Warme Hände legten sich um sein Gesicht, und als seine Sicht sich allmählich klärte, sah er Kela über sich gebeugt. Tränen schimmerten in ihren grünen Augen. Hinter ihr – immer noch ein wenig verschwommen – konnte er Veitt, Nersei und Asmaran ausmachen, der jetzt allerdings einen Mantel um die Schultern trug. Und da waren Wände. Er war in seinem Zimmer und nach dem Stroh zu urteilen, das ihn in den Rücken pikte, lag er in einem Bett.

»Tu mir das nie wieder an«, drohte ihm Kela, und dann presste sie ihre weichen, süßen Lippen auf die seinen. Für einen Moment dachte er, dass er vielleicht doch tot war und dass die Menschen sich irrten und es Götter und ein Paradies gab. Aber da meldete sich sein schmerzender Körper zurück, und er wusste, dass er noch lebte. »Ich habe dich vermisst«, murmelte er, als Kela sich kurz von ihm löste, damit sie beide Luft holen konnten. »Natürlich hast du das«, sagte sie und küsste ihn ein weiteres Mal.

53

Labyrinth der Toten, Kellwyn
15. Oktan 1026 n. d. Zweiten Dämonenkrieg

Ich komme mit dir«, beharrte Iritari und kuschelte sich an Ishans Brust. Stumm seufzte er in sich hinein. Vielleicht würde es ihre letzte gemeinsame Nacht sein, und er wollte sich nicht mit ihr streiten. Nur warum musste sie so unglaublich dickköpfig sein? »Das ist unvernünftig, Iritari. Du kannst nicht einmal kämpfen.«

Sie hob den Kopf und funkelte ihn an. »Und wenn ich doch kämpfen kann?«

»Das wäre mir neu.« Ishan zog beide Brauen hoch. »Kannst du mit einer Waffe umgehen?«

Ihre Mundwinkel zuckten. Zunächst schien Iritari etwas sagen zu wollen, wandte dann aber den Blick ab und schüttelte stumm den Kopf.

Das war seltsam. Nicht zum ersten Mal in den vergangenen Tagen hatte Ishan das Gefühl, dass die Prinzessin nicht ganz ehrlich zu ihm war. Nur ergab das keinen Sinn, denn er wusste genau, dass sie nie gelernt hatte, mit der Klinge oder dem Bogen umzugehen. Das hatte sie ihren Brüdern überlassen, während sie selbst sich der Kunst der Diplomatie verschrieben hatte. Wenn sie ihn also nicht belogen hatte, warum kam es ihr dann so vor? »Was ist los?«, wollte er wissen. »Du bist noch nie scharf aufs Kämpfen gewesen.«

Iritari seufzte. »Ich möchte nur nicht zurückgelassen werden. Ich will an deiner Seite bleiben.« Ihre Stimme bebte. »Ich will dich nicht verlieren, Ishan!«

Er spürte, dass das stimmte. Mehr als alles andere. Er brauchte ihr nur in die Augen zu sehen, um zu wissen, dass sie ihn liebte. Er fuhr ihr zärtlich durch das Haar, das von ihrem Liebesspiel noch ganz zerzaust war. »Dein Volk braucht dich. Sie erwarten von dir, dass du über sie wachst und ihnen Mut und Hoffnung zusprichst, wenn sie selbst keine mehr haben.« Er richtete sich auf, sodass ihre Gesichter kaum mehr eine Handbreit voneinander entfernt waren. »Zurzeit brechen stündlich Gruppen aus Frauen, Kindern und Alten auf, um in den tiefsten und ältesten Regionen des Labyrinths Schutz zu suchen. Die letzte wird sich kurz vor Sonnenaufgang auf den Weg machen. Als ihre Herrscherin bist du es ihnen schuldig, sie zu begleiten.«

Iritari presste die Lippen zusammen und nickte. »Du hast ja recht«, gestand sie ihm zu, wenn auch nicht ohne Widerwillen. Der Blick ihrer dunklen Augen bohrte sich in seinen. »Ich wünschte, wir beide wären nicht die, die wir sind. Ich wünschte, wir wären woanders, nur nicht hier!«

Er küsste sie auf die Stirn. »Ich wünschte auch, dass es anders wäre, aber wir können nun mal nicht aus unserer Haut heraus. Wir tragen die Verantwortung für diese Menschen.«

»Ja, das tun wir«, sagte Iritari und lächelte plötzlich. »Ich bin froh, dass du bist, wie du bist.« Sie strich über seine Wange. »Ich hätte nie im Leben geglaubt, einmal jemandem zu begegnen, der seine eigenen Bedürfnisse für andere zurückstellen würde. Weißt du eigentlich, wie besonders dich das macht?«

»Ich hoffe, es ist in Ordnung für dich.«

»In Ordnung? Genau deshalb liebe ich dich.«

»Und ich dachte, es wäre mein gutes Aussehen.« Er zwinkerte ihr zu. »Weißt du, ich war nicht immer so. Noch vor ein paar Monaten war ich ein ganz schön verzogener ...«

Iritari verschloss ihm mit dem Zeigefinger die Lippen. »Was zählt, ist das Hier und Jetzt.«

»Ach, Iritari.« Er zog sie an sich und vergrub das Gesicht in ihrem Haar. Wie gut es duftete. Nach Freiheit und Glück.

»Wie geht es nun weiter?«, fragte sie.

»Wir warten«, antwortete er. »Ich habe den Befehl erteilt, dass unsere Leute sich auf einen baldigen Aufbruch vorbereiten sollen. Vielleicht bleibt uns noch diese Nacht. Vielleicht nicht einmal mehr diese. Sobald sich Sarazas' Streitkräfte in Bewegung setzen, werden wir durch unsere Späher davon erfahren. Und während du die Letzten deiner Leute fortbringst, werde ich mit unseren Kriegern den Reetacianern entgegentreten. Ich will sie auf den höheren Ebenen abfangen. In den Tunneln können wir sie in viele kleine Scharmützel verwickeln. Auf diese Weise ist ihre zahlenmäßige Überlegenheit von keinem so großen Vorteil für sie.«

»Das klingt nach einem guten Plan.« Iritari nickte. »Und die Rune? Was ist mit ihr?«

Ishan ließ sich zurück in die Kissen fallen. Die Rune des Inos bereitete ihm nach wie vor Kopfschmerzen, was nicht nur an seiner Verletzung lag. Nachdem er von Madeas Ankunft in O'Shan'wa erfahren hatte, hätte er sich am liebsten sofort zu der Höhle begeben. Er war sicher, dass seine Stiefmutter früher oder später dort auftauchen würde. Doch es ging nicht. Seine Leute brauchten ihn. Wenn er die Rebellen nicht in der Schlacht anführte, würden sie denken, er hätte den Glauben an sie verloren. Das war ihm seine Rache nicht wert. »Wie ich bereits sagte, habe ich hundert unserer besten Kämpfer ausgewählt und sie losgeschickt. Mittlerweile sollten sie bei der Höhle angekommen sein. Zusätzlich habe ich ihnen Späher mitgegeben, die den Weg zur Höhle überwachen. Sie werden mir umgehend berichten, sollten sie Madea und Sarazas sichten. Wenn es dazu kommt, werde ich ihnen mit einem Teil der Rebellen nachfolgen. Wir müssen um jeden Preis verhindern, dass sie den wahnsinnigen Gott wiedererwecken.«

»Wird das genügen, um sie aufzuhalten?«

»Ich gehe davon aus, dass Madea und Zaragoth entweder alleine oder mit einer geringen Anzahl von Begleitern unterwegs sein werden. Sie wollen auf keinen Fall Aufmerksamkeit erregen, was der Fall wäre, wenn sie mit einer eigenen Armee in das Labyrinth einzögen.«

»Das klingt logisch«, stimmte ihm Iritari zu. »Aber was ist mit dem Grauen Fluch, für den der Dämon Zaragoth bekannt ist? Wie willst du dich davor schützen?«

Das war der heikelste Punkt in seinem Plan. »Auch darüber habe ich mir Gedanken gemacht.« Ishan berührte die winzige Kruste oberhalb seiner linken Schläfe. An dieser Stelle hatte Tokaja den Bohrer angesetzt, um das Blut abzulassen, das den Druck in seinem Kopf gefährlich erhöht hatte. »Ich weiß, dass die Fähigkeiten des Blutlenkers Grenzen haben. Das sollte auch für Zaragoth gelten. Er kann unmöglich alle von uns mit dem Fluch belegen.«

»Das beruhigt mich jetzt ungemein.« Iritari verpasste ihm einen Knuff. »Ach, verdammt, Ishan, lass mich mit dir zu der Höhle kommen.«

»Was sollte das bringen, Iritari? Bist *du* etwa immun gegen den Fluch?« Ihm entging nicht das zornige Aufblitzen in ihren Augen. »Versteh mich nicht falsch. Dein Mut ehrt dich, aber wir haben doch schon darüber gesprochen, dass dein Volk dich braucht.« *Außerdem habe ich schon Kela an einen Dämon verloren*, dachte er. *Ich will nicht auch dich noch verlieren!*

Die Prinzessin verfiel in Schweigen. Eine ganze Weile sagte sie kein Wort, sodass Ishan allmählich unruhig wurde. Gerade wollte er sie fragen, was los sei, da seufzte sie. »Ich … ich muss dir etwas sagen.« Sie zögerte. Was immer sie ihm anvertrauen wollte, schien ihr Angst zu machen, denn sie konnte ihm nicht länger ins Gesicht blicken. Ihre Unterlippe begann zu beben. Besorgt nahm Ishan ihre Hand. »Du weißt, du kannst mit mir über alles reden!« Sie nickte und sah wieder auf – ein gequälter Ausdruck in den Augen. »Ich bin nicht die Frau, für die du mich hältst, Ishan. Ich bin …«

»Herrin?« Eine von Iritaris Dienerinnen war im Durchgang zu ihrer Schlafkammer aufgetaucht. »Ich weiß, ich sollte dich nicht stören. Außer, wenn es wichtig ist.«

»Was gibt es?«, wollte Iritari wissen.

»Ein Späher ist eingetroffen. Er sagt, er habe Neuigkeiten.«

»Wir kommen.«

Sobald die junge Kellwynerin sie wieder allein gelassen hatte, meinte Ishan: »Du wolltest mir noch etwas sagen.«

Iritari sah ihn traurig an. »Ein anderes Mal. Das ist wichtiger!«

»Bist du sicher?«

Sie küsste ihn, sprang aus dem Bett und begann sich anzukleiden. »Wie du meinst«, murmelte Ishan und folgte ihrem Beispiel. Nachdem beide angezogen waren, gingen sie nach nebenan, wo ein kleiner, wieselgesichtiger Kellwyner auf sie wartete. »Herrin, Kommandant«, begrüßte er sie mit einer Verbeugung.

»Eneris«, sagte Ishan. »Was ist passiert?«

»Ihr werdet es nicht glauben«, sagte der kleine Mann und grinste. »Nicht alle Reetacianer scheinen mit Sarazas' Plänen einverstanden zu sein. Am Abend gab es einen Aufstand. Ein Teil des Heeres hat sich von der Hauptstreitmacht abgespalten. Die Soldaten haben sich bis zum Hafen durchgeschlagen, wo sie mehrere Kriegsschiffe kaperten und hinaus in die Große Leere segelten.«

»Wie viele?«, wollte Ishan wissen.

»Schätzungsweise zweitausend Mann, Kommandant.«

»Oh, Ishan, endlich einmal gute Nachrichten!«, rief Iritari aufgeregt.

»In der Tat.« Er wandte sich wieder Eneris zu. »Verbreite die Neuigkeit unter unseren Leuten. Sag ihnen, dass die Ahnen mit uns sind.« Sobald der Späher gegangen war, meinte er zu Iritari: »Das Ungleichgewicht hat sich ein wenig zu unseren Gunsten verschoben. Trotzdem sind es immer noch fünftausend Reetacianer, denen nicht ganz dreitausend Rebellen gegenüberstehen.«

»Es ist ein Anfang, und vielleicht erkennen schon bald noch mehr den Wahnsinn in Saraz... Zaragoths Plänen und kehren ihm den Rücken.«

»Es liegt durchaus im Bereich des Möglichen«, stimmte Ishan ihr zu.

Iritari schlang ihre Arme um ihn. »Hoffnung ist im Augenblick unsere mächtigste Waffe.« Trotz ihrer Worte klang sie ein wenig niedergeschlagen.

»Wir haben mehr als das«, sagte er und küsste ihr Haar. »Die Rebellen kämpfen für ihre Freiheit und die ihrer Familien. Die Reetacianer bloß für ihren Sold. Am Ende könnte das den Ausschlag geben.«

»Wie machst du das nur?«

»Was meinst du?«, fragte er.

Sie sah zu ihm auf. »Dass du immer genau das Richtige zu sagen weißt.« Sie nahm ihn bei der Hand und führte ihn zurück in ihre Schlafkammer. Dort schubste sie ihn aufs Bett.

»Was hast du vor?«, fragte er lachend.

»Was denkst du?«, erwiderte sie und machte sich an den Schnüren seiner Hose zu schaffen. »Die Nacht hat gerade erst begonnen. Jetzt gehörst du noch mir. Morgen könnte schon alles ganz anders sein.«

Catara betrachtete Ishans Gesicht, der tief und fest neben ihr schlief. *Wie konnte das nur passieren?*, fragte sie sich. Sie hatte sich geschworen, nie wieder zu fühlen, was sie für Darval empfunden hatte. Geschworen! *Das liegt nur an den dummen*

Gefühlen der Prinzessin, sagte sie sich. Catara ahnte jedoch, dass das nicht die ganze Wahrheit war.

Iritaris Liebe für Ishan hatte etwas in ihr losgetreten, das schon länger unter der Oberfläche der kaltblütigen Assassine geschwelt hatte. Die Sehnsucht nach Nähe, nach Empfindungen, die sie für immer verloren geglaubt hatte. Nach Darval waren alle Männer in ihren Augen selbstsüchtige Schweine gewesen. Ishan hatte ihr gezeigt, dass dem nicht so war. Er kämpfte für die Kellwyner und war bereit, sein Leben für sie zu geben, obwohl sie nicht sein Volk waren. Und die Vehemenz, mit der er sich dafür eingesetzt hatte, dass sie – Iritari – sich aus dem Kampf heraushielt, bewies, wie sehr er sich um sie sorgte. Catara seufzte. Warum ausgerechnet jetzt? Sie war hergekommen, um ihre Rache vorzubereiten, stattdessen hatte sie hier etwas gefunden, das so viel schöner und besser war. Plötzlich ballte sie die Fäuste. *Sag mir, Schicksal, ist das bloß ein weiterer verfluchter Versuch von dir, mich zu demütigen?*

Sie vergrub das Gesicht in den Händen. Seit sie zurückdenken konnte, war ihr das Schicksal stets in den Rücken gefallen. Als eine Keesa geboren zu sein, war schon Strafe genug. Warum musste ihr auch noch das Herz gebrochen werden? Erst von Darval, ihrem Geliebten, und dann von Madea, die sie wie eine Mutter verehrt hatte. Wie würde es wohl mit Ishan enden? Vielleicht mit einem Dolch, den er ihr in die Brust stieß? Besser wäre, sie würde auf der Stelle gehen. Weit fort, ohne jemals zurückzublicken. Aber was würde das ändern? Letztlich fand das Schicksal stets einen Weg, sie zu betrügen. Das tat es immer.

54

Wiesengrund, Nekross
16. Oktan 1026 n. d. Zweiten Dämonenkrieg

Es war die zweite Stunde nach Mitternacht. Ryk genoss den Duft von Erde und Laub, der in der Luft hing. Immer wieder atmete er tief durch. Die Welt roch mit einem Mal so viel lebendiger als früher. Vielleicht hatte es mit seiner Nahtoderfahrung, ganz sicher aber mit seiner sich verändernden Magie zu tun. Seit Asmarans Blut durch seinen Körper strömte, war alles anders. Die *Medica*, die Heilmagie, hatte er nie wirklich zu beherrschen gelernt. Doch nach seinem Erwachen in der Herberge war er zu seinem eigenen Erstaunen in der Lage gewesen, seine übrigen Wunden und Knochenbrüche selbst zu heilen. Und seine Sinne waren geschärft, ohne dass er sein Seelenfeuer dafür erst anfachen musste. Er konnte den Honig in einem zwanzig Schritte entfernten Bienenstock riechen. Überhaupt alles roch nun intensiver. Selbst die Menschen, was nicht unbedingt eine Bereicherung war. Jetzt konnte er Kela besser verstehen. Auch sah er im Dunkeln sehr viel deutlicher als früher. Er konnte kleine Tiere ausmachen, die vor ihnen davonhuschten. Baumwurzeln, über die er sonst gestolpert wäre. Dabei besaß er nur noch ein Auge, und auch das Licht des Mondes und der Sterne drang bloß schwach durch die Wipfel der Bäume zu ihnen vor.

Ryk und seine Gefährten wanderten unter den tief hängenden Ästen von Zitterweiden. Das Knarren und Rascheln, das von ihnen ausging, hatte ihn früher immer gereizt. Nun erschien es ihm wie eine uralte, lange vergessene Melodie, die von den Jahrhunderten sang, die diese Weiden schon durchlebt hatten. Die Geschichten von Dürren, Winterstürmen, Plagen und goldenen Sonnenaufgängen erzählte. Veitt hatte ihm die Veränderungen so erklärt, dass permanent und ohne sein Zutun Magie von seinem Seelenfeuer in seinen Körper floss und seine natürlichen Fähigkeiten auf diesem Wege steigerte. Natürlich waren sie bisher nicht vergleichbar mit denen der beiden Veydras oder der Humanos. Um mit ihnen in einem Wettlauf oder Kampf mithalten zu können, würde er sein Seelenfeuer immer noch entfachen müssen. Trotzdem war das alles so viel mehr, als er früher gekonnt hatte.

Aufmerksam behielt Ryk ihre Umgebung im Auge, während sie immer weiter in das Wäldchen eindrangen, das keine drei Meilen vor Wiesengrund lag. Sie hatten sich von den Kutschern hierherbringen lassen, bevor sie sie bezahlt und zurück nach Athane geschickt hatten. Ryk rechnete an diesem Ort nicht ernsthaft mit einer Gefahr. Es gefiel ihm lediglich, mit seinen verbesserten Sinnen zu spielen. Früher hatten sie ihm stets nur begrenzte Zeit zur Verfügung gestanden. Jetzt musste er sich daran gewöhnen, dass es ständig so sein würde und dass sie sich sogar noch steigern würden. Wie auch Veitt fühlte er, dass die Veränderungen seines Körpers und seiner Fähigkeiten gerade erst begonnen hatten. Das Einzige, was er bedauerte, war der Verlust seines Auges. Die leere Höhle verbarg er hinter einer Augenklappe, die er sich vor ihrem Aufbruch in Wiesengrund besorgt hatte. Zürnte er den Wächtern der Akademie deshalb? Ja, schon. Er wusste aber auch, dass sie durch den Gestaltwandler beeinflusst gewesen waren. Er hatte ja selbst den Fehler begangen, sie zu unterschätzen. Noch immer fragte er sich, wie der falsche Everdale Tilbrock dazu in der Lage gewesen war, die Barriere zu zerstören.

»Wir sind tief genug, um von der Straße aus nicht mehr gesehen zu werden.« Asmaran war neben einer von einem Sturm entwurzelten Weide stehen geblieben. »Ich öffne jetzt ein Portal nach Kellwyn. Östlich der Stadt liegt die Ruine einer Pyramide, in deren Schatten wir vor Entdeckung sicher sein sollten. Von dort aus schlagen wir uns in das von den Reetacianern besetzte O'Shan'wa durch. Aus meiner Zeit während der Belagerung der Hauptstadt weiß ich von mehreren verborgenen Eingängen ins Labyrinth.«

»Was, wenn wir unterwegs entdeckt werden?«, warf Veitt ein. »Kannst du uns nicht direkt ins Labyrinth bringen?«

»Zu riskant. Dem Labyrinth wohnt eine eigene Macht inne, die sich angegriffen fühlen könnte, wenn ich das versuche.« Asmaran deutete auf die Empathen, die hinter ihm Aufstellung bezogen hatten. »Sie werden einen magischen Schild um uns errichten, der die Blicke der Menschen von uns ablenkt. Das sollte genügen, um ungesehen in die Stadt zu kommen.«

Ryk räusperte sich. »Sobald wir in O'Shan'wa sind, sollten wir auf dem schnellsten Weg Kontakt zu den Rebellen suchen. Niemand kennt sich im Labyrinth der Toten besser aus als sie. Wir sind auf ihre Mithilfe angewiesen, falls sich das Grab des Inos dort unten befindet.«

Asmaran stieß ein Zischeln aus. »Ein kluger Gedanke, Magier, der allerdings einen Haken hat. Warum sollten die Rebellen einer Handvoll Dämonen und ihren Verbündeten helfen wollen? Sobald sie uns sehen, werden sie versuchen uns umzubringen.«

Der Blutlenker hatte recht. Das war ein Problem. »Überlass die Sache mir«, sagte Ryk. Er war sicher, dass ihm schon etwas einfallen würde.

»Wie du meinst.« Damit drehte sich Asmaran von ihnen fort, hob die Hände und flüsterte Worte, die selbst für Ryks geschärftes Gehör nicht zu verstehen waren. Ein plötzlicher Windstoß kam auf und bauschte den Mantel des Dämons auf, gefolgt von einem Geräusch, als würde man ein Stück Stoff entzweireißen. Ryk schloss für einen Moment die Augen, als das Licht des Portals vor ihnen im Wald aufflammte. »Beeilt euch!«, krächzte der Blutlenker.

Ryk stolperte auf der anderen Seite des Portals mitten in eine Wand aus feuchtschwüler Luft. Er stöhnte und blickte sich um. Geschätzte dreißig Schritte vor ihm ragte die Ruine der Stufenpyramide auf. Bei Nacht wirkte sie wie ein großer, von Bäumen und Sträuchern überwucherter Hügel. Sie waren tatsächlich auf Kellwyn. Sofort traten die Erinnerungen an seinen letzten Besuch mit brutaler Klarheit in sein Bewusstsein. Er dachte an den Tod von Mortos Dex und den von Ishan, der unter der Folter des Blutlenkers gestorben war, und ballte die Fäuste. Asmaran hatte verdammtes Glück, dass sie auf seine Hilfe angewiesen waren.

Ryk wandte sich zu Kela, Nersei und Veitt um, die gerade erst aus dem Portal getreten waren. Gleich hinter ihnen begann der Dschungel. Düster ragten die Baumriesen vor dem Sternenhimmel auf. Etwas an dem Anblick störte ihn. Er kam aber nicht darauf, was es war.

Aus dem Augenwinkel gewahrte Ryk, wie die letzten der Empathen das Portal verließen. Erst ganz zum Schluss folgte Asmaran. Kaum war er herausgetreten, erlosch der Durchgang wie eine Kerzenflamme im Wind. Plötzlich taumelte der Blutlenker. Sofort kamen zwei seiner Diener herbei, um ihn zu stützen. Asmaran schüttelte ihre Klauen jedoch ab und richtete sich auf. Sein Stolz verlieh ihm die Stärke dazu. Zweifelsohne konnte dieser Portalzauber nicht so kräftezehrend gewesen sein wie ihre Reise durch die Barriere.

»Wir sollten uns beeilen«, drängte der Blutlenker. »Die Dunkelheit bietet uns zusätzlichen Schutz, während die Empathen uns vor den Blicken der Menschen abschirmen.«

»Wie weit ist es von hier bis nach O'Shan'wa?«, wollte Veitt wissen.

»Nur ein kurzes Stück«, antwortete Ryk. »Die äußeren Viertel, von denen viele beim Einmarsch der Reetacianer zerstört wurden, beginnen gleich hinter der Ruine.« Er warf dem Blutlenker einen grimmigen Blick zu. »Denk daran: Sollten wir auf Rebellen treffen, haltet du und deinesgleichen euch im Hintergrund, während ich das Reden übernehme. Laufen wir dagegen einer Patrouille der Reetacianer in die Arme, habe ich gegen ein bisschen Unterstützung nichts einzuwenden. Tötet aber nur, wenn es sich nicht vermeiden lässt.«

»Wer immer ihr seid, ihr scheint keine Freunde der Reetacianer zu sein. Wenigstens klingt es nicht so«, sagte eine Stimme.

Ryk und die anderen fuhren zu ihr herum.

Die Sprecherin war eine Kellwynerin mit schulterlangem Haar und dunklen, wachsamen Augen. Sie befand sich in Begleitung von acht Männern und Frauen, die mit ihren Armbrüsten auf Ryk und seine Gefährten zielten. Ganz sicher ein Spähtrupp der Rebellen. Offenbar hatte er sich in der Dunkelheit zwischen den Baumriesen verborgen gehalten. Jetzt wusste Ryk auch, was ihn vorhin am Dschungel gestört hatte. Es war viel zu ruhig gewesen. Verdammt, wäre er von seinen Erinnerungen nicht so abgelenkt gewesen, hätte er ihre Gegenwart sicher wahrgenommen. Allerdings wirkten die anderen nicht minder überrascht vom Auftauchen der Rebellen. Womöglich waren ihre Sinne auch kurzzeitig durch den Portalzauber getrübt worden.

»Du hast recht«, sagte Ryk und schob sich vor seine Gefährten. »Wir sind hier, weil wir mit euch reden müssen. Ihr gehört doch zu den Rebellen?«

Plötzlich wurde es hell. Die Frau hielt eine Laterne in der Hand, die sie zuvor unter einem Tuch verborgen haben musste. »Wer seid ihr?«, fragte sie Ryk. »Was war das für ein Licht, aus dem ihr getreten seid? Und warum …« Ihr Blick war auf Asmaran gefallen, der von der Laterne angestrahlt wurde. Als er vorhin aus dem Portal getaumelt war, musste ihm die Kapuze vom Kopf gerutscht sein. »Ein Dämon!«, schrie die Rebellin. »Schießt!«

»Nein, wartet!«, rief Ryk und wollte schon auf die Rebellin zustürzen, als er sah, wie ihr Blick und der ihrer Begleiter leer wurde. Er fuhr zu den Empathen herum. »Was habt ihr getan?«

»Uns gerettet«, erklärte Asmaran zischelnd. »Jetzt reg dich wieder ab, Magier! Diesen Menschen fehlt nichts. Später werden sie nicht einmal mehr wissen, was hier gerade geschehen ist.« Sein Blick wanderte zu der Anführerin des Spähtrupps. »Wie lautet dein Name? Und was macht ihr hier?«

»Ansari«, antwortete die junge Frau tonlos. »Wir sind auf Patrouille. Die Reetacianer planen eine Großoffensive gegen die Rebellen. Unser Kommandant hat uns an die Oberfläche geschickt, um festzustellen, wann sich Sarazas' Streitkräfte in Bewegung setzen. Wenn das geschieht, sollen wir ihm umgehend Bericht erstatten.«

Asmaran knurrte. »Der Zeitpunkt für unsere Ankunft auf Kellwyn hätte ungünstiger nicht sein können.« Er sah Ryk an. »Willst du immer noch mit den Rebellen sprechen, Dämonenjäger?«

»Dringender als je zuvor. Wir müssen herausfinden, was hier vorgeht.« Ryk hatte so eine Ahnung, dass hinter Sarazas' Offensive mehr stecken könnte, als es auf den ersten Blick schien.

Asmaran wandte sich von ihm ab. Dieses Mal sprach er nicht zu der Rebellin, sondern ihren acht Begleitern. »Kehrt in den Dschungel zurück und setzt eure Patrouille fort. Vergesst, was hier geschehen ist.« Er gab den Empathen einen Wink. Wie ein Mann senkten die acht ihre Waffen, drehten sich um und tauchten wieder in die Schwärze unter den Baumriesen ein.

Ryks Nackenhärchen sträubten sich. Nur zu gut erinnerte er sich noch daran, wie es sich angefühlt hatte, von dem Willen eines Dämons beherrscht zu werden.

»War das wirklich nötig?«, fragte Kela vorwurfsvoll. »Sie sind nicht unsere Feinde.«

»Aber auch nicht unsere Freunde«, erwiderte Asmaran. »Zudem haben wir nicht die Zeit, um uns mit jedem dahergelaufenen Rebellen herumzuschlagen. Der gute Ryk wird noch genug erklären müssen, sobald wir auf diesen Kommandanten treffen.« Die Augen des Blutlenkers richteten sich wieder auf die Rebellin. »Jetzt zu dir, Ansari. Bring uns auf zu deinem Herrn!«

55

Labyrinth der Toten, Kellwyn
16. Oktan 1026 n. d. Zweiten Dämonenkrieg

Ishan fuhr aus dem Schlaf auf. Seine Hand war bereits auf dem Weg zu seinem Schwert, das an der Höhlenwand neben dem Bett lehnte, als er den Mann erkannte, der in Iritaris Schlafkammer geplatzt war. Es handelte sich um Jarik, einen ihrer neuen Leibwächter. Eine Laterne, die in der Kammer nebenan brannte, tauchte seine Gestalt in eine blassgelbe Aura.

»Hat der Angriff begonnen?«, wollte Iritari wissen. Auch sie saß aufrecht im Bett. Einen Dolch in der Rechten, wobei sie den Leibwächter mit einem Blick fixierte wie eine sharigorische Lehmnatter ihre Beute. Es hatte etwas Beunruhigendes, wie Ishan fand. Nicht zum ersten Mal in letzter Zeit zeigte Iritari eine Seite, die er bisher nicht an ihr gekannt hatte. Seit sie aus der Höhle mit der Rune zurückgekehrt waren, schien sie verändert. War dort etwas vorgefallen, an das er sich nicht erinnern konnte? Er wusste es nicht. Iritari behauptete, ihm alles erzählt zu haben, was sich nach seinem Kampf gegen die beiden Verräter Ossa und Calvos zugetragen hatte. Manchmal überkam ihn trotzdem das Gefühl, dass sie ihm etwas verschwieg.

»Nein, Herrin, wir haben noch keine Nachricht über den Aufbruch von Sarazas' Heer erhalten«, sagte der Leibwächter. »Die Männer hoffen inzwischen, dass der General den Angriff abbläst, jetzt, wo sich ein Teil seiner Streitkräfte abgesetzt hat.«

»Sie hoffen vergebens«, sagte Ishan, stieg aus dem Bett und begann sich anzukleiden. Er bezweifelte, dass er in dieser Nacht noch einmal Ruhe finden würde. »Der Angriff wird kommen, Jarik. Wenn nicht heute, dann ganz sicher morgen. Und jetzt verrate mir, warum du hier bist!«

»Ansari ist zurück, Kommandant.«

Ishan, der gerade sein Schwert anlegte, runzelte die Stirn. »Sollte sie nicht auf Patrouille sein?«

»Ja, Herr, und sie ist ohne ihren Trupp heimgekehrt. Bei ihr befinden sich zwölf Fremde. Sie verlangen, zum Kommandanten der Rebellen gebracht zu werden. Ihr Sprecher behauptet, sein Name sei Ryk Vangur und er sei der xe'neridianische Dämonenjäger.«

Ishan starrte den Leibwächter an. Er musste sich verhört haben. »Ryk Vangur? Bist du dir sicher?«

Jarik nickte.

Ishan schüttelte den Kopf. Bei Sorons Krähen, was hatte das zu bedeuten?

»Sagtest du nicht, er wäre tot, Ishan?«, fragte Iritari. Sie hatte ebenfalls das Bett verlassen und kleidete sich an.

Jarik wandte verlegen den Blick ab.

»Ja, das ist er auch.« Er biss sich auf die Unterlippe. Handelte es sich um einen Trick seiner Stiefmutter? Oder steckte gar Zaragoth selbst dahinter? Versuchten sie auf diese Weise an ihn und Iritari heranzukommen? »Wo sind dieser Ryk Vangur und seine Begleiter jetzt?«

»Ansari hat sie durch den Echotunnel zum Lager geführt. Die Wächter dort wollten sie aber nicht passieren lassen, weil es ihnen zu viele Fremde waren. Einer von ihnen kam her, um Bericht zu erstatten. Er wartet in der Kammer hinter mir.«

»Ruf ihn herein«, befahl Ishan.

Jarik drehte sich um. »Telas? Der Kommandant will mit dir sprechen.«

Ein junger Bursche erschien im Durchgang und zwängte sich an Jarik vorbei in den Raum. Als er Iritari und Ishan erblickte, blieb er stehen und salutierte. »Kommandant, Herrin, wie kann ich helfen?« Telas war groß und kräftig wie ein Mann. Seine weichen Gesichtszüge verrieten jedoch, dass er kaum das fünfzehnte Lebensjahr überschritten hatte.

»Jarik hat mich über alles informiert«, erklärte Ishan und legte Telas eine Hand auf die Schulter. »Ich möchte, dass du mir den Mann ganz genau beschreibst, der sich Ryk Vangur nennt.«

Telas tat, wie ihm geheißen wurde.

»Ein Einäugiger?«, wiederholte Ishan anschließend. Das klang eher nach Mortos Dex, aber der war ja auch tot. Ansonsten kam die Beschreibung recht nahe an Ryk heran. »Was ist mit seinen Begleitern?«

»Bei ihm ist ein zweiter Mann. Gut einen Kopf kleiner als der Magier, blondes Haar und blaue Augen.« Das klang nach Veitt, allerdings auch nach zigtausend anderen Männern in den Schwebenden Reichen. »Der Rest von ihnen trägt Kapuzen, Herr«, fügte Telas hinzu.

Ishan kniff die Augen zusammen. »Kapuzen?«

»Sie haben sie tief in die Gesichter gezogen. Die dazugehörigen Mäntel verbergen den Rest von ihnen. Ich weiß nicht einmal, ob es Männer oder Frauen sind.«

Ishan presste die Lippen aufeinander. Wer hier unten im Zwielicht der Tunnel Kapuzen trug, hatten eindeutig etwas zu verbergen.

»Was habt ihr mit ihnen gemacht?«, wollte Iritari wissen, die neben Ishan getreten war.

Telas wandte ihr das Gesicht zu. »Nahe unseres Wachpostens gibt es eine Knochenkammer. Dorthin haben die anderen sie gebracht, während ich auf schnellstem Weg hierherkam. Wir … wir haben ihnen nicht getraut.« Fragend sah er von der Prinzessin zu Ishan, der daraufhin nickte. »Es war richtig, ihnen den

Zugang ins Lager zu verwehren«, bestätigte er. Telas lächelte stolz.

»Wie spät ist es, Jarik?«, fragte Iritari.

Der Leibwächter blickte sie überrascht an. »Der Gong in der großen Kaverne hat vorhin die dritte Stunde nach Mitternacht geschlagen, Prinzessin.«

»Gut, dann dürften nicht viele etwas mitbekommen haben.« Sie berührte Ishan am Arm. »Gerade zum jetzigen Zeitpunkt können wir es uns nicht leisten, unsere Leute in Unruhe zu versetzen. Daher sollten wir diese Angelegenheit schnell und ohne großes Aufsehen erledigen. Du glaubst doch auch nicht, dass es wirklich dein Freund Ryk ist?«

»Ich weiß nicht, was ich glauben soll. Ich weiß nur, dass mich die Kapuzengestalten verdächtig an Thamaryns Berater erinnern, und wir wissen beide, wer das in Wirklichkeit war.« Ishan fluchte und trat nach dem Hocker neben dem Bett, der daraufhin umkippte und davonrollte. »Das gefällt mir nicht«, brummte er und schüttelte den Kopf. Gleich darauf fixierte er Jarik mit seinem Blick. »Ich möchte, dass du unauffällig fünfzig unserer besten Armbrustschützen zusammentrommelst. Sie sollen uns am Zugang zum Echotunnel erwarten, wir werden in Kürze dazustoßen.«

»Jawohl, Herr.« Der Leibwächter eilte davon.

»Was hast du vor?«, wollte Iritari wissen.

»Ich werde mir unsere Besucher einmal persönlich ansehen.«

»Dann komme ich mit.«

»Das halte ich für keine gute Idee.« Ishan nahm Iritaris Hände in die seinen. »Es könnte gefährlich werden.«

»Fünfzig Armbrustschützen sollten ausreichen, um mich zu beschützen.«

»Warum kannst du nicht einmal tun, was ich sage?«

Iritari entzog ihm ihre Hände. »Weil ich kein kleines Kind bin und für mich selbst entscheiden kann. Außerdem will ich mir diese Vermummten mit eigenen Augen ansehen.« In ihren letzten Worten hatte ein eigenartiger Unterton mitgeschwungen, der Ishan aufhorchen ließ. Er runzelte die Stirn. »Was hast du vor, Iritari?«

»Ich will bloß verstehen, was vor sich geht. Das ist alles.«

»Und warum habe ich dann das Gefühl, dass das nicht die ganze Wahrheit ist?«

Iritari lief rot an und ballte die Fäuste.

»Äh, vielleicht sollte ich besser nebenan warten?«, meldete sich Telas zu Wort.

Ishan hatte seine Anwesenheit völlig vergessen. Er starrte den Jungen an. »Nein, schon gut, wir sind fertig.« Er warf Iritari einen finsteren Blick zu, die sich davon unbeeindruckt zeigte. »Gehen wir.«

Ishan und Iritari durchquerten in Begleitung von Telas und einem weiteren Leibwächter die mächtige Kaverne, die das Herz des Rebellenlagers bildete. Kaum ein Fünftel der Kochfeuer, die früher zu Hunderten die Kaverne erleuchtet hatten, brannten noch. Das lag nicht nur an der frühen Stunde. Viele der Frauen, Kinder und Alten, die sie früher in Gang gehalten hatten, befanden sich bereits auf dem Weg in tiefer gelegene Regionen des Labyrinths. Jede Stunde brach eine neue Gruppe auf. Ishan konnte nicht alle gleichzeitig losschicken. Wie er aus eigener Erfahrung wusste, waren die Tunnel dort unten schmal und verwinkelt. Zu viele Menschen auf einmal würden sich gegenseitig behindern. Die Folgen wären Chaos und Panik.

Der Geruch von Rauch, tiefschwarzem Raxas, der über einigen Feuern köchelte, und neugierige Blicke folgten ihnen durch die Höhle. Die meisten stammten von Männern und Frauen, deren Kampftraining Ishan persönlich in den vergangenen Monaten überwacht und begleitet hatte. Ein paar waren auch Teil der Einheiten gewesen, die er während der Überfälle auf die reetacianischen Nachschublieferungen angeführt hatte. Am vergangenen Abend hatte er den Kriegern und Kriegerinnen unter den Rebellen befohlen, früh zu Bett zu gehen. Ein ausgeruhter Verstand und wache Reflexe konnten in einer Schlacht über Leben und Tod entscheiden. Aber er verstand auch, dass einige keine Ruhe gefunden hatten. Für sie alle stand viel auf dem Spiel. In diesem Krieg ging es nicht einfach um Sieg oder Niederlage, es ging um die Freiheit, die Hoffnungen und das Überleben eines ganzen Volkes. Dafür hatten die Rebellen in den vergangenen Monaten alles gegeben. In Kürze würden sie wissen, ob sich das harte Training ausgezahlt hatte.

Sarazas' Heer lagerte auf der Ebene westlich von O'Shan'wa. Sobald Ishans Späher ihm berichteten, dass es sich in Bewegung setzte, blieb ihm immer noch genug Zeit, um die Rebellen in die Tunnel und Gänge zu führen, die unmittelbar unter den Häusern und Straßen der Hauptstadt verliefen. Dort würden sie den Feind erwarten. Sie erreichten das Ende der Kaverne, woraufhin Telas sie in einen breiten, von Fackeln erhellten Gang lotste, von dem eine Vielzahl weiterer Tunnel abging. Manche führten zu Lagern, von denen die meisten inzwischen leer geräumt waren. Noch zweimal bogen sie ab, bevor sie den Echotunnel betraten, wo sie von Jarik und fünfzig mit Armbrüsten bewaffneten Rebellen erwartet wurden. Der Trupp harrte dort in völligem Schweigen aus, während vom Ende des Ganges, wo die Knochenkammer lag, erregte Stimmen durch den Tunnel hallten.

»Ab hier übernehme ich, Jarik«, flüsterte Ishan. »Du bleibst an Iritaris Seite, und lass sie nicht eine Sekunde aus den Augen.«

»Ja, Kommandant.«

Ishan wandte sich den Schützen zu und sagte mit gesenkter Stimme: »Wie ich sehe, sind eure Armbrüste bereits geladen. Gut. Und jetzt folgt mir!«

Die Knochenkammer gehörte mit zu den größten, die Ishan kannte. In zahllosen Nischen und Aushöhlungen entlang der

Wände ruhten Hunderte vergilbter Gebeine. Gleich hinter dem Eingang stand Ansari, die einen seltsam entrückten Eindruck auf Ishan machte, sowie der Rest von Telas Wachtrupp. Zwei Frauen und ein Mann, die Kurzschwerter in den Händen hielten und argwöhnisch die Fremden beäugten, die sich auf die andere Seite der Kammer zurückgezogen hatten.

»Kommandant«, riefen die Mitglieder des Wachtrupps bei Ishans Erscheinen wie aus einem Munde. Die Erleichterung über seine Ankunft und die der Armbrustschützen war ihnen deutlich anzusehen.

Ishan ging an ihnen vorüber und blieb in der Mitte der Kammer stehen. Die Schützen bezogen links und rechts von ihm Aufstellung. Er zählte sieben Vermummte, die von Kopf bis Fuß verhüllt waren und rund zehn Schritte von ihm entfernt einen schützenden Kreis um fünf weitere Gestalten bildeten, von denen mindestens drei ebenfalls Kapuzenumhänge trugen. Ishan reckte das Kinn vor. »Ihr wolltet mit dem Kommandanten der Rebellen sprechen – hier bin ich.«

»Da soll mich doch ... Ishan? Bist das wirklich du?« Der Kreis brach auf, und einer der Vermummten stürmte daraus hervor. Sofort richteten die Armbrustschützen ihre Waffen auf ihn. Die Gestalt erstarrte. »He, he, Jungs und Mädels, immer mit der Ruhe!«

Ishan schluckte. Diese Stimme ... Gebannt beobachtete er, wie der Vermummte seine Hände zu der Kapuze hob und sie zurückwarf. Darunter kam eine Frau mit roten Locken und milchweißer Haut zum Vorschein. »Kela«, keuchte er. Immer noch so betörend schön, wie er sie in Erinnerung hatte.

»Ich ... ich dachte, du wärst tot«, sagte die Veydra.

»Das dachte ich von dir auch.« Sein Blick wanderte weiter zu den anderen drei Gestalten, die nun ebenfalls den Kreis verließen und zu Kela aufschlossen. Darunter auch Ryk. Sein Haar war grauer geworden, er hatte mehr Falten im Gesicht und trug eine Augenklappe. Gekleidet war er in die typische Lederkluft eines Dämonenjägers. Rechts von ihm stand Veitt, der wie immer aussah und ihn mit einem knappen Nicken begrüßte. Die dritte Person stellte sich zur Linken von Kela auf. Es war einer der Vermummten, der seine Kapuze langsam zurückwarf. Der Mann, der darunter zum Vorschein kam, war unzweifelhaft attraktiv. Mit seinem roten Haar und der hellen Haut hätte er Kelas Bruder sein können.

»Ich habe keine Ahnung, was hier los ist«, sagte Ishan und betrachtete sie der Reihe nach. »Seid ihr wirklich die, die ihr zu sein vorgebt? Oder ist das bloß ein Trick?« Er erinnerte sich noch gut daran, wie der Dämonenjäger einmal einen Illusionszauber bei ihm angewandt hatte, damit er nicht von Fürst Eloriens Wachen erkannt wurde.

»Kein Trick«, sagte Ryk.

»Dann beweist es.« Iritari war an Ishans Seite getreten. Mit herrischem Blick musterte sie die vier. »Euch beide kenne ich, Ryk und Kela. Falls ihr keine Betrüger seid. Die anderen beiden Männer sind mir fremd. Und warum verbirgt der Rest von euch seine Gesichter unter Kapuzen?«

Mut hat sie ja, dachte Ishan. Trotzdem wäre es ihm lieber gewesen, sie hätte sich im Hintergrund gehalten.

»Ich kann dein Misstrauen verstehen, Prinzessin.« Ryks Blick wanderte über die Armbrustschützen, deren Waffen weiterhin auf sie zielten. »Der blonde Mann neben mir heißt Veitt. Er ist mein Gehilfe. Zumindest Ishan müsste ihn wiedererkannt haben. Der Rothaarige an Kelas Seite nennt sich Nersei und ist ebenfalls ein Veydra und Freund.« Er sah zu Ishan herüber. »Du kennst die Flamme von Kalrym und weißt, dass ich in ihrem Schein nur die Wahrheit sprechen kann.« Der Dämonenjäger hob seine Rechte, und blaue Flämmchen zuckten aus seinen Fingern. »Ich schwöre dir, Ishan, und auch dir, Herrin der Kellwyner, dass wir keine Betrüger sind und auch keine Magie benutzen, um euch zu täuschen.« Er schloss die Hand, und die Flämmchen erstickten.

Ishan drehte sich zu Iritari um. »Ich habe diesen Zauber schon einmal gesehen. Was er sagt, ist wahr. Es sind wirklich meine Freunde.«

»Was ist mit den anderen?« Iritari nickte in Richtung der Vermummten.

Als erinnerte Kela sich erst jetzt wieder an deren Gegenwart, fuhr sie mit einem Mal herum. »Du verfluchtes Scheusal!«, schrie sie und schritt zurück in den Kreis der Vermummten, wo eine weitere Kapuzengestalt stand. »Warum hast du uns nicht gesagt, dass Ishan noch lebt? Du hast uns im Glauben gelassen, er wäre tot!«

»Ich hielt ihn ja selbst für tot, du Närrin«, zischelte eine Stimme unter der Kapuze hervor.

Bei ihrem Klang erstarrte Ishan. Das … das durfte nicht sein. »Es stimmt schon, während des Verhörs habe ich ihn nicht umgebracht. Ich ließ es nur so aussehen, um euren Widerstand zu schwächen. Der Dämonenjäger hatte recht. Als Geisel war der Prinz viel zu wertvoll. Als Ryk das Portal öffnete, geriet die Magie jedoch völlig außer Kontrolle. Ich dachte, der Prinz wäre in ihrem Feuer umgekommen. Jedenfalls ist er keiner von Zaragoths Gestaltwandlern. Das würde ich spüren.« Ganz kurz wandte sich die Kapuzenöffnung Iritari zu.

»Du hättest es uns trotzdem sagen müssen«, stieß Kela hervor und schlug mit der Faust nach dem Vermummten. Er wich so plötzlich zurück, dass ihm dabei die Kapuze herunterrutschte.

Ishan stöhnte auf. Es war tatsächlich Asmaran!

Mehrere Rebellen schrien beim Anblick des Dämons auf. Gleich darauf erfüllte das Sirren von Sehnen die Kammer, als ein Dutzend Bolzen auf den Blutlenker zuschossen. Kela warf sich zu Boden. Asmaran und die Vermummten verschwammen vor Ishans Augen und tauchten ein Stück weiter rechts wieder auf, während die Bolzen wirkungslos in einem Stapel Gebeine einschlugen. »Ts, ts, ts, das war nicht nett«, krächzte der Blutlenker. Im gleichen Moment erschlafften die Gesichter der Männer und Frauen um Ishan herum. Jedes Anzeichen von Intelligenz wich aus ihren Augen, und sie ließen ihre Waffen sinken. Iritari drängte sich an Ishan. Angst im Blick, aber immer noch sie selbst. »Was geschieht hier?«

Die übrigen Vermummten warfen nun ebenfalls ihre Kapuzen ab. Darunter kamen weitere Dämonen zum Vorschein, die verblüffende Ähnlichkeit mit Asmaran hatten. Abgesehen von einem kümmerlichen dritten Auge auf ihrer Stirn. »Nicht, Junge!«, rief Ryk, als Ishan sein Schwert zog. »Deinen Leuten geht es gut. Die Empathen haben sie lediglich ruhiggestellt, damit niemand verletzt wird.«

Ishan schnaubte, trat vor und presste ihm die Spitze seiner Klinge an die Kehle. »Lügner, du stehst doch unter seinem Einfluss!«

»Nein, das tut er nicht.« Kela war wieder auf den Beinen und kam auf ihn zu. »Keiner von uns.«

»Komm ja nicht näher«, warnte er sie, »sonst schlitze ich ihm den Hals auf.« Er sah Veitt und diesen Nersei an. »Das gilt auch für euch!«

»Vergisst du nicht etwas, Kommandant der Rebellen?«, krächzte Asmaran und verließ den Kreis der Empathen. Er ging an Kela vorbei und blieb erst stehen, als er auf einer Höhe mit Ryk war. Jetzt trennten ihn und Ishan nur noch ein einziger Schritt.

Ishan starrte den Dämon an. Sein Herz raste. Schweiß brach ihm am ganzen Körper aus. Dieses Monster war in seinem Kopf gewesen, hatte seine Erinnerungen gelesen, selbst seine geheimsten Träume und Wünsche. Nichts war ihm verborgen geblieben. Nichts. Dabei hatte er gekämpft, hatte versucht den Blutlenker aus seinem Kopf zu vertreiben. Vergeblich. Der Dämon hatte bloß gelacht und seine Klauen noch tiefer in seinen Geist geschlagen.

»Sachte, Junge«, murmelte Ryk, »ich würde gern noch etwas länger leben.«

Ishan drehte dem Dämonenjäger das Gesicht zu und bemerkte ein feines Rinnsal aus Blut, das ihm am Hals hinablief. Erst jetzt wurde ihm bewusst, wie stark seine Hand mit dem Schwert zitterte. Erschrocken wich er zurück und stieß gegen Iritari.

Die Prinzessin klammerte sich an ihn. »Oh, Ishan.«

»Wenn ich vorhätte, dir zu schaden, hätte ich das längst getan«, zischte Asmaran gereizt. »Vergiss nicht, ich habe seinerzeit von deinem Blut getrunken. Ich kann jederzeit die Kontrolle über dich übernehmen. Stattdessen versuchen deine Freunde und ich, dich dazu zu bewegen, uns endlich anzuhören!«

»Stimmt es, was der Dämon sagt?«, fragte Iritari.

Er nickte, ohne sie anzusehen. Sein Blick suchte Kela, die er einst geliebt und der er bedingungslos vertraut hatte. »Es ist wahr, wir wollen bloß mit dir reden«, sagte sie und lächelte ihm aufmunternd zu.

Er schluckte. »Wo-worüber?«

»Zaragoth den Fluchbringer«, sagte sie.

»Das Grab des Inos«, flüsterte Ishan.

»Du weißt Bescheid?«, fragte Ryk überrascht. Er rieb sich mit der Rechten gerade über den Schnitt an seinem Hals, der sich unter der Berührung schloss.

»Während … während des Verhörs hat der Blutlenker mich mit Fragen über meine Stiefmutter und den Fluchbringer gequält.« Ishan erschauderte. »Daher kenne ich die Wahrheit über sie und auch über das verborgene Grab hier auf Kellwyn.« Er verstärkte den Griff um sein Schwert, in der Hoffnung, das Zittern in seiner Hand würde dann nachlassen. Doch es schien nur noch stärker zu werden. »Sie … sie sind hier, Madea und Zaragoth. Und ich fürchte, sie wissen, wo Inos ist.«

»Heißt das, du weißt es ebenfalls?«, stieß Asmaran hervor. »Du musst es mir sagen, Mensch. Sag es mir!« Die Stimme des Dämons hallte in seinem Geist wider.

Ishan zuckte zusammen. Der Blutlenker war zurück, war wieder in seinem Kopf. *Nein. Nein. NEIIIIIIN.* Er riss sich von Iritari los und schrie seine Angst und Wut hinaus. Gleichzeitig schlug die Dunkelheit, die stets wie ein Schatten am Rande seines Bewusstseins lauerte, wie eine Woge über ihm zusammen und spülte jegliche Furcht davon. Ishan schwang sein Schwert und ließ es auf Asmaran niedergehen. Im gleichen Moment trafen sich ihre Blicke. Und Augen, schwarz wie der Schatten, der sich seiner Seele bemächtigt hatte, verschlangen ihn.

Über ihm waren Sterne, ganze Galaxien, und sie erstrahlten in einem matten goldenen Feuer. Der Boden unter seinen Füßen schimmerte wie schwarzes Glas. Eine endlose Ebene, auf der nichts gedieh und auf der es weder Berge noch Gebäude gab. Sein Schwert hatte er noch, der Blutlenker war allerdings verschwunden. Genauso wie die Knochenkammer mit den Rebellen und seinen Freunden. Das musste Asmarans Werk sein.

»Du hast recht«, zischelte es hinter ihm.

Ishan wirbelte herum und stieß mit dem Schwert zu. Die Klinge glitt einfach durch den Dämon hindurch. Erneut stieß er zu und noch einmal, ohne dass Asmaran Schaden nahm. Schließlich gab er auf und ließ die Waffe sinken. »Wo sind wir?«

»In deinem Geist, wo wir die flüchtige Erinnerung an einen lange vergessenen Traum teilen«, antwortete der Blutlenker. »Hier kann ich ihn bis in alle Ewigkeit ausdehnen, während für deine Freunde draußen in der wirklichen Welt nur ein Herzschlag verstreicht.«

»Warum tust du das?«

»Damit wir reden können, ohne dass du gleich versuchst, mich umzubringen, Mensch.«

Ishan kniff die Augen zusammen. »Na schön, Dämon, dann rede.«

Daraufhin berichtete Asmaran ihm von dem Bürgerkrieg, der das Volk der Val'kai entzweit hatte. Von Zaragoths Plänen, das alte Imperium mit Inos' Hilfe wieder aufleben zu lassen. Dem Bündnis, das er mit Ryk eingegangen war, und von der Zerstörung der magischen Barriere, auf die zweifelsfrei ein dritter Dämonenkrieg folgen würde, wenn es ihnen nicht gelang, den Fluchbringer aufzuhalten. »Darum ist es so wichtig, dass wir das Grab vor Zaragoth finden. Wenn du also etwas weißt, musst du es uns sagen.«

»Warum nimmst du dir die Information nicht einfach?«, erwiderte Ishan. »Wir sind hier immerhin in meinem Kopf.«

»Das könnte ich, Mensch. Aber ich würde es bevorzugen, wenn wir zusammenarbeiten. Wenigstens bis unsere Feinde besiegt sind oder wir von ihnen geschlagen wurden.«

Ishan dachte über seinen Vorschlag nach. »Also schön, ich helfe euch. Ich verlange jedoch eine Gegenleistung.«

»Ist die Rettung der Menschheit etwa nicht Lohn genug?«, knurrte Asmaran.

»Es geht um das, was du mir während des Verhörs angetan hast«, entgegnete Ishan unbeirrt. »Nachdem du in meinen Geist eingedrungen warst, hast du einen Teil deiner Dunkelheit in mir zurückgelassen. Bei jeder sich bietenden Gelegenheit übernimmt sie die Kontrolle über mich. Ich will, dass das aufhört.«

Asmaran neigte den Kopf zur Seite und bleckte die Lippen wie zu einem Grinsen. »Ich kann die Dunkelheit in dir sehen, Mensch. Aber du irrst dich, nicht ich bin ihr Ursprung, sondern dein eigener Hass. Auf der einen Seite verleiht er dir Stärke, auf der anderen vergiftet er deinen Geist und deine Seele. Nur weißt du das schon längst, nicht wahr? Deine Prinzessin hat dich davor gewarnt. Also gib mir nicht die Schuld an etwas, für das du selbst die Verantwortung trägst.«

Ishan sah zu Boden, einen bitteren Geschmack im Mund. Er wusste, dass Asmaran die Wahrheit sagte. Auch wenn er wünschte, es wäre anders. »Wie geht es jetzt weiter?«, wollte er wissen.

»Wir werden deine Freunde von unserem Pakt unterrichten.«

Im nächsten Augenblick fand sich Ishan in der Knochenkammer wieder. Blinzelnd starrte er in Ryks und Kelas Gesichter, die besorgt näher gekommen waren. Das Schwert war seinen Händen entglitten und lag vor ihm auf dem Boden. Iritari, die neben ihm stand, berührte zaghaft seine Wange. Ishan hingegen starrte weiterhin Asmaran an, der sich wieder in den Kreis seiner Empathen zurückgezogen hatte, oder wie auch immer Ryk diese Dämonenart mit ihrem dritten Auge genannt hatte.

»Du hast sicher viele Fragen«, sagte Ryk, nachdem Ishan ihnen erklärt hatte, was soeben geschehen war.

»Über das Wichtigste hat Asmaran mich bereits aufgeklärt. Der Rest kann warten.« Er musterte seine Freunde und neuen Verbündeten. In Ryks und Veitts Adern floss inzwischen Dämonenblut, was sie ganz allmählich in die mächtigsten Magier verwandelte, die es in den Schwebenden Reichen gab. Und Nersei war der Sohn des Blutlenkers. Wenigstens Kela schien immer noch die Alte zu sein.

»Wie hast du es eigentlich zum Kommandanten der Rebellen gebracht?«, wollte sie von ihm wissen.

Mit knappen Worten schilderte Ishan ihr, was sich auf Kellwyn zugetragen hatte, nachdem sie durch das Portal in die Gegenwelt gezogen worden waren.

»Ishan hat viel für uns getan. Ohne ihn hätten wir niemals so lange überlebt«, bestätigte Iritari und schmiegte sich an ihn. Automatisch sah Ishan zu Kela. Sie schien jedoch nicht überrascht und lächelte sogar.

»Und jetzt erzähl uns alles, was du über Zaragoth und das Grab des Inos weißt«, forderte Asmaran aus dem Hintergrund.

Also berichtete Ishan ihnen zunächst von ihrer Vermutung, dass der Dämon die Gestalt des Generals angenommen hatte, um Gewalt über Sarazas' Truppen zu erlangen. »Wir glauben, dass es sich bei der bevorstehenden Schlacht um ein Ablenkungsmanöver handelt, damit die Rebellen ihm nicht in die Quere kommen können.«

»Klingt plausibel«, stimmte Ryk zu.

»Was ist mit der Rune?«, wollte Nersei wissen. »Du hast sie doch nicht etwa unbewacht gelassen, oder?«

»Natürlich nicht. Ich habe hundert unserer besten Krieger zu ihrem Schutz entsandt. Sie werden jeden aufhalten, der die Höhle zu betreten versucht.«

Nersei schüttelte den Kopf. »Das wird nicht reichen. Er könnte den Grauen Fluch gegen deine Leute einsetzen. Vielleicht bringt er auch Gestaltwandler mit sich.«

»Oder Dämonen, jetzt, wo die Barriere gefallen ist«, fügte Veitt düster hinzu. Er sah Ishan und die Prinzessin an. »Ist denn sicher, dass er weiß, wo die Höhle ist?«

»Es ist zu befürchten«, sagte Iritari. »Vor Kurzem haben sich zwei unserer Jäger als Gestaltwandler entpuppt. Nun ist auch noch unser Quartiermeister verschwunden. Möglicherweise war auch er einer von Zaragoths Dienern. Er könnte irgendwie Kenntnis von der Rune erlangt und dieses Wissen an seinen Herrn weitergeben haben.«

»Das hättest du uns gleich als Erstes erzählen sollen, Mensch!« Asmaran und seine Empathen waren bis auf wenige Schritte an sie herangekommen. Nun blähten sich die Nüstern des Dämons geräuschvoll auf. »Du musst uns auf der Stelle zu der Rune führen!«

»Er hat recht«, sagte Ryk. »Die Zeit drängt.«

»Ich kann nicht«, sagte Ishan. »Meine Leute brauchen mich.

Der Angriff der Reetacianer wird in Kürze erfolgen. Wenn ich jetzt gehe, fühlen sie sich von mir im Stich gelassen. Ich habe eine Karte …«

»Ich werde es tun«, sagte Iritari da. »Es ist besser, wenn jemand mit ihnen geht, der sich im Labyrinth auskennt.«

»Kommt nicht infrage, Iritari«, widersprach Ishan.

»Das ist nicht deine Entscheidung.« Die Prinzessin sah ihm in die Augen. »Mein Volk braucht mich. Und ich bin überzeugt, dass ich ihm auf diese Weise besser dienen kann, als wenn ich mich in einer düsteren Höhlen verkrieche.«

»Was, wenn dir etwas zustößt?«

»Was, wenn Zaragoth Erfolg hat? Lieber riskiere ich mein Leben, als zuzulassen, dass er einen wahnsinnigen Gott erweckt, der am Ende mein ganzes Volk auslöscht.«

Er wollte ihr widersprechen, wollte ihr befehlen, die Frauen, Kinder, Kranken und Alten zu begleiten, um sich in Sicherheit zu bringen. Doch er wusste, das sie nicht auf ihn hören würde. Er beugte sich vor und küsste sie. »Versprich mir, dass du auf dich achtgibst.«

Sie nickte. »Und du auf dich.«

»Kommandant! Kommandant!«, hallte es in diesem Moment aus dem Tunnel vor der Kammer.

»Was ist denn jetzt schon wieder?« Ishan schob sich zwischen den Armbrustschützen hindurch, die noch immer mit leerem Blick dastanden, trat nach draußen auf den Gang, wo er fast mit einem Späher zusammengeprallt wäre. Sein Name lautete Waruc, wenn er sich recht erinnerte.

»Was gibt es?«

»Die … die Reetacianer, Kommandant«, keuchte Waruc. »Sie haben … soeben das Lager im Westen der Stadt … verlassen und marschieren … auf … O'Shan'wa zu.«

Nach Zaragoths und Madeas Rede vor dem Volk hatte Ishan bereits befürchtet, dass der Feind schnellstmöglich zuschlagen würde. Jetzt war es so weit. Nach seinem Zeitgefühl zu urteilen, waren es aber immer noch zwei Stunden bis Sonnenaufgang. Warum ließ Zaragoth das Heer im Dunkeln marschieren? Fürchtete er, es könnten sich weitere Kompanien absetzen, wenn er noch länger wartete? Oder hatte er gar Asmarans Ankunft auf Kellwyn gespürt und den Angriff deshalb vorgezogen? Im Grunde spielte es auch keine Rolle. Jetzt kam es nur noch darauf an, dass er handelte. »Informier sofort die Offiziere. Sie sollen unsere Krieger in der großen Kaverne zusammenrufen. In einer halben Stunde brechen wir auf!«

»Ja, Kommandant.« Waruc eilte davon.

Ishan kehrte in die Knochenkammer zurück. »Der Krieg hat begonnen«, verkündete er. »Meine Leute brauchen mich.« Er zog Iritari an sich und flüsterte ihr ins Ohr: »Stell ja nichts Dummes an.«

»Keine Sorge, Ishan, so leicht wird man eine Prinzessin aus dem Hause Aca Shan nicht los.«

56

Herrscherpyramide, Kellwyn
16. Oktan 1026 n. d. Zweiten Dämonenkrieg

Madea hatte sich das Haar zu einem Zopf geflochten und ihre Gewänder gegen Wams, Hose und Stiefel eingetauscht. Die Kleidung kratzte auf ihrer Haut, aber wenigstens bot sie Schutz gegen den Nachtwind, der durch die Straßen von O'Shan'wa wehte. Sie fröstelte dennoch, nur hatte das nichts mit dem Wind zu tun.

Sokoel führte sie und Zaragoth durch die Schatten am Rande der Stadt, wo viele Gebäude leer und verlassen waren, was ihre Chancen erhöhte, unbemerkt zu bleiben. Sokoel wusste von einem abgelegenen Zugang ins Labyrinth. Er verbarg sich in einer Ruine auf einer Lichtung im Dschungel, umgeben von uralten Baumriesen. Dorthin brachte er sie.

Madea hatte keine Angst vor der Nacht, auch nicht vor dem Labyrinth der Toten. Sie wusste, Zaragoth würde sie beschützen. Allein schon wegen des ungeborenen Kindes unter ihrem Herzen. Was sie jedoch fürchtete, war die Begegnung mit Inos. Früher hatte sie der Aussicht, eines Tages einem lebenden Gott gegenüberzutreten, entgegenfiebert. Das hatte sich geändert, nachdem sie in den vergangenen Tagen beobachtet hatte, wie Zaragoth wirklich war. Wenn Madea schon in seinen Augen eine niedere Kreatur war, die allein dazu diente, ihm zu Willen zu sein, was wäre sie dann erst für Inos?

Ein Nichts.

Ich war eine Närrin, sagte sie sich, doch für eine Umkehr war es zu spät. Sie hatte alles geopfert. Mit dem Mord an Varras hatte sie sich selbst der Sicherheit eines behüteten und einflussreichen Lebens beraubt. Ihre gesamte Zukunft hing nun von Zaragoths Wohlwollen ab, der keine zwei Schritte vor ihr durch die Gasse ging und sich flüsternd mit Sokoel unterhielt.

Madea blickte zum Himmel auf. Der Mond und die Sterne waren im Augenblick ihre einzigen Lichtquellen. Bis Sonnenaufgang dauerte es noch gut zwei Stunden. Mittlerweile mussten sich die reetacianischen Streitkräfte in Bewegung gesetzt haben. Zaragoth hatte den Angriff vorangetrieben, nachdem ein Teil des Heeres sich am vergangenen Abend abgesetzt hatte. Er war furchtbar wütend gewesen, als er es erfuhr. In seinem Zorn hatte er den Boten vor Madeas Augen in Stücke gerissen.

Alsbald ließen sie die Stadt hinter sich und tauchten in den Dschungel ein. Unter den tief hängenden Ästen der Bäume war es so dunkel, dass sich Madea verzweifelt an Zaragoth klammerte, um den Anschluss nicht zu verlieren. Die Luft war feucht und schwül, und der Boden federte unter ihren Schritten. Gelegentlich stolperte sie über Wurzeln und Vertiefungen. Zaragoth zischte dann jedes Mal gereizt auf und zog sie weiter. Er war ungeduldig. Sie konnte es spüren, so wie man ein Kribbeln im Nacken spürt, wenn man beobachtet wird. Unentwegt zischelte er trotz seiner menschlichen Erscheinung. Vermutlich ein Zeichen seiner Erregung. Über lange Jahrhunderte hatte er darauf hingearbeitet, Inos zu finden und zu erwecken. Und nun war dieses Ziel zum Greifen nahe. Sokoel hatte ihm den entscheidenden Hinweis geliefert.

Allmählich wurde es vor ihnen heller zwischen den Bäumen. Zaragoth und Sokoel verlangsamten ihr Tempo. Sie mussten dem Eingang ins Labyrinth inzwischen nahe sein. Tatsächlich erreichten sie kurz darauf die Lichtung, und Sokoel hob die Hand zum Zeichen, dass sie stehen bleiben sollten. Er beugte sich zu Zaragoth rüber: »Es ist die Ruine dort drüben«, raunte er und deutete hinaus auf die Lichtung. Was er als Ruine bezeichnete, war in Madeas Augen kaum mehr als ein Steinhaufen. »Es gibt zwei Wachen, Gebieter. Ich werde vorausgehen und mich um sie kümmern. Es gibt keinen Grund für sie, mir zu misstrauen. Also werden sie bei meinem Erscheinen auch keinen Alarm schlagen.«

»Einverstanden«, zischelte Zaragoth.

Sokoel neigte den Kopf, wandte sich um und verließ die Sicherheit des Waldes.

»Was machen wir, wenn wir das Grab finden?«, raunte Madea Zaragoth zu, während sie zusah, wie Sokoel auf die Ruine im Zentrum der Lichtung zuging.

»Das erfährst du, wenn es so weit ist«, zischte Zaragoth. »Im Augenblick sorge ich mich wegen des Labyrinths. Ich kann seine Macht nicht einschätzen. Vielleicht wird es sich gegen uns wenden, wenn es herausfindet, was wir vorhaben. Solange die Schlacht andauert, sollte es jedoch abgelenkt sein.«

»Also sollten wir darauf hoffen, dass der Kampf zwischen den Rebellen und Reetacianern lange genug anhält.«

Zaragoth lachte plötzlich. »Keine Sorge, das wird er. Du weißt, ich überlasse die Dinge ungern dem Zufall, aus diesem Grund habe ich entsprechende Vorkehrungen getroffen.«

Natürlich hatte er nicht mit ihr darüber gesprochen. Sie fragte sich, wie viele Geheimnisse er noch vor ihr hatte?

»Gehen wir, Sokoel hat die Wachen getötet.«

Madea war nicht überrascht, dass Zaragoth das wusste, obwohl sie selbst nichts von einem Kampf zwischen dem Gestaltwandler und den Rebellen mitbekommen hatte. Zaragoth besaß über kurze Entfernungen eine mentale Verbindung zu seinen Dienern. Sie folgte ihm über die Lichtung.

Die Ruine bestand aus einem Haufen aufgeschütteten Gerölls und einer verfallenen Mauer, die früher mal zu einem Haus gehört haben mochte. Im Inneren lagen die Leichen von zwei Frauen. Sokoel hatte sie mit einem Messer erstochen. Drei Schritte von ihnen entfernt gab es ein Loch im Erdboden, aus dem der Schein einer Laterne strahlte. Der Eingang ins Labyrinth. Über eine Leiter stiegen sie hinab in einen Tunnel.

»Ich werde Euch über einen Umweg zu der Rune führen, Gebieter«, sagte Sokoel zu Zaragoth. »Andernfalls kämen wir dem Gebiet der Rebellen zu nahe und würden eine ungewollte Begegnung riskieren.« Er bückte sich nach der Laterne und führte sie in den Tunnel.

Madea verlor in dem Gewirr aus Gängen schon bald jegliche Orientierung. Gemauerte Tunnel gingen in Stollen über, die sich durch massiven Fels fraßen. Auf diese folgten Stufen und weitere Tunnel. Stockwerk für Stockwerk stiegen sie hinab in die Tiefe. Waren sie erst Minuten unterwegs oder schon Stunden? Madeas Fußknöchel schmerzten, und sie hatte Schürfwunden an Händen und Ellbogen, da sie mehrmals umgeknickt war. Am liebsten hätte sie sich auf den Boden gehockt und geheult. Sie war eine Königin und solche Anstrengungen nicht gewohnt. Aber sie wagte es nicht, sich gehen zu lassen. Es würde Zaragoth bloß erzürnen. Vermutlich würde er sie einfach hinter sich herschleifen.

»Jetzt ist es nicht mehr weit«, sagte Sokoel, nachdem sie eine Kreuzung passiert hatten.

Der Tunnel, den sie nun betraten, wirkte auf unerklärliche Weise bedrohlicher auf Madea als all die anderen, die sie zuvor durchwandert hatten. In diesem Moment drang ein Rumpeln an ihr Ohr, und plötzlich erbebte der Boden unter ihren Füßen. Zaragoth stieß ein Zischeln aus, das sie an ein Lachen erinnerte. »Ich spüre Magie in diesem Tunnel, uralte Val'kai-Magie. Ein Schutzzauber, der früher einmal sehr viel stärker gewesen sein muss.« Er blieb stehen und ging in die Knie. »Es wäre Verschwendung, sie zurückzulassen.«

Zaragoth legte die Hände auf den Boden. Madea ging neugierig näher heran, um zu sehen, was er tat. Einen Herzschlag später leuchtete der Stein unter seinen Fingern in einem satten Goldton. Zaragoth seufzte. Als das Leuchten auf ihn übergriff, begann sich sein Äußeres zu verändern. Sarazas' Gestalt fiel von ihm ab, und er wurde zu einer dürren, ausgemergelten Kreatur mit grauweißer Haut und schwarzen, unnatürlich großen Augen. Der wahre Zaragoth. Seine Nüstern blähten sich auf. »Ah, das tut gut«, zischelte er und saugte die Magie in sich auf.

Madea beobachtete, wie das Licht durch die Venen auf seinen Handrücken pulsierte, von wo es seine Arme hinaufströmte und sich vermutlich in seinem ganzen Körper verteilte. Sarazas' Uniform verhinderte, dass sie es sehen konnte. Nicht lange, und die Magie floss auch durch die Venen in seinem Gesicht. Nun begannen Zaragoths Augen zu glühen, als wären in ihrem Inneren zwei kleine Sonnen erwacht. Als das Licht unter seinen Klauen verblasste, erhob er sich und streifte seine menschliche Kleidung ab. »Jetzt bin ich bereit für das, was vor uns liegt.«

War er das zuvor nicht gewesen? Madea musterte ihn unauffällig. Die Portale zu erschaffen, musste ihn mehr Kraft gekostet haben, als er sich hatte anmerken lassen. »Wenn Ihr mir folgen würdet, Gebieter.« Sokoel hob die Laterne an und ging weiter. Jetzt wurde deutlich, dass Zaragoth von einer schwachen Aura aus Licht umgeben war.

Der Weg wurde nicht einfacher. Im Gegenteil. Sie mussten über Geröllhaufen hinwegklettern und sich an herabgestürzten Felsbrocken vorbeizwängen. Madea trieb es den Schweiß auf die Stirn. Nicht allein von der Anstrengung, sondern ebenso von der Vorstellung, dass einer der Brocken verrutschen und sie zerquetschen könnte. »Wir sind da«, verkündete Sokoel leise, als der Eingang zur Höhle in Sicht kam. Ein Triumphgefühl wollte sich trotzdem nicht bei Madea einstellen, denn sie waren nicht alleine. Auch wenn sie von ihrer Position aus unmöglich in die

Höhle hineinschauen konnten, verriet der Schein eines Feuers, dass sich jemand darin aufhielt.

»Ich habe dich gewarnt, dass wir Ishan nicht unterschätzen sollten«, flüsterte sie Zaragoth zu. Er funkelte sie mit seinen schwarzen Augen an. »Und du solltest mich nicht unterschätzen, Weib.« Er bleckte die Zähne, seine Zunge schoss hervor und leckte über Madeas Gesicht. Nur mit Mühe gelang es ihr, ein Schaudern zu unterdrücken.

»Warte hier auf mich«, befahl Zaragoth ihr, bevor er sich zu Sokoel umdrehte. »Was immer passiert, du wirst sie mit deinem Leben verteidigen. Dem Kind darf nichts zustoßen.«

»Ja, Gebieter.«

Mit übermenschlicher Schnelligkeit jagte Zaragoth davon und verschwand im Eingang der Höhle. Nur wenige Sekunden später setzten die Schreie ein, und der Geruch von brennendem Fleisch kroch in Madeas Nase. Schützend presste sie die Hand auf ihren Bauch, fuhr herum und übergab sich.

57

Labyrinth der Toten, Kellwyn
16. Oktan 1026 n. d. Zweiten Dämonenkrieg

Ishan schritt zügig aus. Ihm folgten mehrere Hundert Männer und Frauen, die mit Kurzschwertern, Bögen, Messern und Armbrüsten bewaffnet waren. Den letzten Meldungen seiner Späher zufolge hatten sich die reetacianischen Streitkräfte beim Erreichen der Stadtgrenze aufgesplittet. Ein Teil des Heeres war auf dem Weg in den Osten O'Shan'was, der andere Teil hielt auf die Herrscherpyramide im Norden der Stadt zu. In beiden Distrikten gab es Eingänge ins Labyrinth. Es konnte also kein Zufall sein, dass sie ausgerechnet dorthin unterwegs waren. Jemand musste ihnen Informationen zugespielt haben, was den Verdacht erhärtete, dass es sich bei Quartiermeister Sokoel um einen Verräter handelte.

Fackeln und Laternen, die von den Kriegern hinter Ishan getragen wurden, leuchteten den Tunnel aus, durch den er die Rebellen Richtung Oberfläche führte. Es handelte sich um einen zentralen Tunnel, in den mehrere verborgene Eingänge aus dem Ostviertel mündeten. Er war breit genug, dass vier Mann nebeneinander hergehen konnten. Zum einen bot er damit Raum zum Kämpfen, zum anderen die Möglichkeit, eine starke Verteidigungslinie gegen ihre Angreifer aufzubauen. An vorderster Front würden die Schwertkämpfer stehen, gleich dahinter die Bogen- und Armbrustschützen. Wenn sie es geschickt angingen, konnten sie den Gang endlos lange halten. Wenigstens hoffte Ishan das.

Wände und Decke des Tunnels waren gemauert. Winzige Kristalle, mit denen der Stein durchsetzt war, erweckten den Eindruck, als würden sie durch ein Meer funkelnder Sterne waten. Der Anblick hätte etwas Erhebendes gehabt, wären sie nicht gerade in die Schlacht gezogen. Ishan spürte deutlich die Anspannung seiner Leute. Auch das Labyrinth schien darauf zu reagieren. Immer öfter entdeckte er Schatten mit menschlichen Umrissen an den Wänden, die nicht zu den Männern und Frauen mit ihren Fackeln und Laternen zu passen schienen. Die Vorstellung beunruhigte ihn, obwohl er vermutete, dass das Labyrinth hinter diesem stummen Geleit aus körperlosen Phantomen steckte. Hatte es sie geschickt, damit sie ihnen in der Schlacht beistanden?

Auch fragte Ishan sich, ob er der Einzige war, der sie sah. Bisher hatte keiner der Rebellen ein Wort über sie verloren. Er warf einen Blick über die Schulter und begegnete ernsten Gesichtern mit grimmigen Augen und verkniffenen Mündern. In manchen las er Angst, in anderen Entschlossenheit. Er fragte sich, wie viele von ihnen am Ende des Tages noch leben würden. Mit Sicherheit fragten sie sich das auch selbst, und trotzdem waren sie jetzt hier bei ihm, weil sie ihm vertrauten und an ihren Kampf für die Freiheit glaubten.

Ishan wandte den Blick wieder nach vorne. Mittlerweile konnten sie nicht mehr weit von der Oberfläche entfernt sein. Jeden Augenblick mussten sie die Stelle erreichen, wo der Tunnel nach Norden abknickte. Dort würden sie die Reetacianer erwarten. Kurz dachte er an die anderen Gruppen, die er ausgesandt hatte. Ob sie bereits an ihren Zielorten angekommen waren?

Jedem seiner Offiziere hatte Ishan eine eigene Truppe von mehreren Hundert Kriegern unterstellt und sie zu den wichtigsten Einstiegspunkten des Labyrinths geschickt, um den Feind dort abzupassen. Er hatte alles gegeben, um diese Männer und Frauen in den letzten Monaten zu Kämpfern auszubilden. Heute würde sich zeigen, ob er seine Arbeit gut gemacht hatte. Er konnte sich glücklich schätzen, dass Ryk und Kela zurück waren. Die beiden würden sich zusammen mit ihren neuen Verbündeten um Zaragoth und seine Stiefmutter kümmern. Es beruhigte Ishan, dass er wenigstens dieses Problem nicht mehr am Hals hatte. Außerdem: Wenn es jemanden gab, der den Fluchbringer aufhalten konnte, dann diese beiden.

Zwar traute Ishan dem Blutlenker nach wie vor nicht und hätte ihm lieber einen Dolch ins Herz gestoßen, als ihn mit seinen Freunden ziehen zu lassen. Aber er musste wohl akzeptieren, dass Ryk und Asmaran einen Pakt geschlossen hatten. Seine größte Sorge galt allerdings weiterhin Iritari. Vor ihrem Aufbruch hatte er Ryk in einem günstigen Moment das Versprechen abgenommen, dass er auf sie aufpassen würde. Endlich. Keine zwanzig Schritte vor ihm konnte er im Feuerschein die Abzweigung ausmachen. Er gab den Befehl zum Halten. Die Rebellen hatten sich kaum formiert, als Ishan plötzlich eine feuchtwarme Böe über das Gesicht fuhr. Wieder einmal fühlte es sich an wie der Atemzug eines gewaltigen Lebewesens. Hinter ihm keuchten einige der Rebellen überrascht auf. Instinktiv wusste Ishan, dass es eine Warnung des Labyrinths war. Er zog sein Schwert.

»Macht euch bereit!«, raunte er seinen Leuten zu, während er ein letztes Mal den Sitz der Dolche an seinem Gürtel überprüfte. Im Flüsterton wurde die Anweisung weitergegeben. Ishan starrte mit angehaltenem Atem auf die Abzweigung. Und dann sah er es: ein rötlicher Widerschein an den Tunnelwänden, der rasch wuchs. Alsbald gesellte sich das Rasseln von Kettenhemden hinzu. Kurz darauf tauchten die Reetacianer hinter der Abzweigung auf und sahen sich den Rebellen gegenüber. Ihr Anführer – er trug einen Helm mit rotem Federbusch – blieb für einen

Augenblick verdutzt stehen, bevor er die Fackel in seiner Linken fortwarf und mit gezücktem Schwert auf Ishan zumarschierte. Dicht gefolgt von seinen Männern.

Er sah den Hass im Gesicht des Mannes, den Willen zu töten in seinen Augen. Ein Knurren entrang sich Ishans Kehle, und er packte den Griff seines Schwerts fester. »Vorwärts!«, rief er und lief dem Reetacianer entgegen. Mit jedem Schritt, den er sich dem anderen näherte, spürte er die Dunkelheit in sich wachsen. Dann trafen ihre Klingen aufeinander. Eisen sang. Funken sprühten. Etwas in Ishan lachte, lachte so laut, das es selbst den Lärm der Schlacht übertönte, die um ihn herum ausgebrochen war. Er schlug zu, parierte und erkannte die Schwäche in der Verteidigung des Reetacianers. Er brauchte nicht lange auf eine günstige Gelegenheit zu warten, um ihm die Klinge in die Kehle zu stoßen. Mit einem Röcheln ging der Offizier zu Boden, während Ishan sich bereits dem nächsten Gegner zuwandte.

Ishan drang auf ihn ein und trennte ihm im nächsten Augenblick den Schwertarm unterhalb des Handgelenks ab. Blut spritzte aus dem Stumpf. Bevor der Mann aufschreien konnte, bohrte sich ihm ein Bolzen ins Gesicht. Ishan preschte weiter vor. Überall im Tunnel wurde jetzt gekämpft. Überall sangen Schwerter und Äxte ihr Lied von Verstümmlung und Tod. Aus dem Augenwinkel gewahrte Ishan den roten Mantel eines Reetacianers und hieb in seine Richtung. Er spürte, wie die Klinge durch Muskeln und Knochen schnitt. Der Mann schrie. Ishan hatte sich jedoch schon wieder von ihm abgewandt. Von vorne drohte ihm Gefahr durch einen Speerträger, der mit wutverzerrter Miene auf ihn zustapfte.

Die Eisenspitze zielte auf seine Brust. Doch er fühlte keine Angst, denn er wusste, der Mann war schon so gut wie tot. Wieder hörte er das Lachen in seinem Hinterkopf, das alle anderen Geräusche ausblendete, sodass die Welt nur noch aus ihm und seinem Angreifer bestand. Als der Soldat zustieß, warf sich

Ishan zur Seite, sodass der Speer ihn verfehlte. Gleichzeitig ließ er sein Schwert auf den Holzschaft herabsausen und schlug die Waffe dem Reetacianer aus den Händen. Der stöhnte erst auf und versuchte dann zurückzuweichen. Aber auch hinter ihm wurde gekämpft. Zwei lange Schritte, und Ishan war bei ihm. *Tot*, flüsterte die Stimme in seinem Kopf, die seine eigene war und zugleich unendlich fremd klang. Düster und voll roher Gewalt. Seine Klinge fuhr herab – mitten durch das Gesicht seines Gegners. Blut spritzte, Knochen splitterten, und ein Stück des Unterkiefers flog Ishan entgegen. Die Stimme in seinem Kopf lachte, während der Soldat hintenüberkippte und zwischen den Füßen der kämpfenden Rebellen und Reetacianer verschwand.

Ishan hielt kurz inne, um sich umzusehen. Vor und hinter ihm stachen die Menschen aufeinander ein. Weiter hinten im Tunnel konnte er die Bogen- und Armbrustschützen ausmachen, die jeden Reetacianer ins Visier nahmen, auf den sie freie Sicht hatten. Auf sie folgte die Reserve. Bewaffnete Rebellen, bereit einzuspringen, sobald sich eine Lücke in den Reihen ihrer Kameraden auftat. Gerade noch rechtzeitig nahm Ishan aus dem Augenwinkel das Aufblitzen von Metall wahr. Sofort riss er sein Schwert hoch und parierte den Schlag des Soldaten. Der Bursche war kaum älter als er selbst, unerfahren und ohne den Schutz eines Kettenhemdes. Ishan rammte ihm das Schwert in die Brust.

»Vorsicht, Kommandant!«

Ishan wirbelte herum und sah sich zwei Reetacianern gegenüber, die sich hinter seinem Rücken mit ihren Schwertern an ihn herangeschlichen hatten. Wieder hörte er das Lachen in seinem Kopf, und die Stimme drängte ihn, sich den Männern entgegenzuwerfen. Doch dieses Mal war sein Instinkt stärker und mahnte zur Vorsicht. Es waren erfahrene Männer mit vernarbten Gesichtern und kalten Augen. Schnell wurde deutlich, dass sie schon früher Seite an Seite gekämpft hatten, denn ihre Angriffe waren aufeinander abgestimmt. Die Klinge des Größeren flog von rechts auf Ishan zu, während der kleinere Glatzkopf ihn von links attackierte. Nur einen von beiden würde er abwehren können, was er auch tat. Um dem zweiten Hieb zu entgehen, tauchte Ishan darunter hinweg. Dabei prallte er gegen die Beine eines anderen Soldaten. Gerade noch konnte er verhindern, dass er das Gleichgewicht verlor, als plötzlich eine Klinge auf sein Gesicht zuschoss. Ishan ließ sich zurückfallen, rollte über die Schulter ab und sprang wieder auf die Füße. In diesem Moment schlitzte ihm etwas den linken Oberarm auf. Der Hieb war von dem Größeren der beiden Veteranen ausgegangen. Den Glatzkopf konnte er gerade noch abwehren, sonst hätte er ihm die Klinge in den Bauch gerammt.

Ishan fluchte und holte zum Gegenschlag aus, als mit einem Mal die Schreie einsetzten. Sie waren so schrill und voller Verzweiflung, dass Rebellen wie Reetacianer in ihren Kämpfen innehielten. Alle blickten sie den Tunnel hinauf, durch den die reetacianischen Soldaten bisher nachgerückt waren, um gefallene Kameraden zu ersetzen. Irgendetwas ging dort vor sich. Doch was es auch war, es lag hinter der Abzweigung. Ishan konnte nur zuckendes Fackellicht und monströse Schatten ausmachen, die über die Wände glitten. Sofort dachte er an die Phantome. Hatten sie sich über die Reetacianer hergemacht und veranstalteten ein Gemetzel unter ihnen? Er wollte es nicht glauben. Das Grauen hinter diesen Schreien erschien ihm zu groß, als dass das Labyrinth dafür verantwortlich sein konnte.

58

Labyrinth der Toten, Kellwyn
16. Oktan 1026 n. d. Zweiten Dämonenkrieg

Es fühlte sich eigentümlich schmerzhaft an, von Ishan getrennt zu sein. Tatsächlich hatte Catara Angst, sie könnte ihn nach dem heutigen Tag nie wiedersehen. *Scheiße! Scheiße! Scheiße!* Was war nur aus ihr geworden? Wohin war die kaltblütige, skrupellose Assassine verschwunden? Das hier konnte unmöglich die wahre Catara sein. Und dann begriff sie. Das hier war Leta, das Mädchen, das sie einmal vor langer Zeit gewesen war und von dem sie geglaubt hatte, es wäre mit Darval gestorben. Die Vorstellung erschreckte Catara, denn Leta war schwach gewesen. Aber auch glücklich. Verdammt, das konnte sie nun wirklich nicht gebrauchen!

Rechts und links von ihr gingen Iritaris neue Leibwächter. Einer hieß Jarik, an den Namen des anderen konnte sie sich nicht erinnern. Es war auch nicht wichtig. Ihre Mission auf Kellwyn würde mit dem Tod von Madea und dem des Fluchbringers enden. Anschließend wurde es Zeit, weiterzuziehen. *Und Ishan?* Darauf wusste sie keine Antwort. *Später*, sagte sie sich. Im Augenblick war das Wichtigste, das sie sich auf ihr Ziel konzentrierte: ihre Rache. Sie tastete nach dem Griff des Schwertes, das an ihrer Seite hing, und überprüfte zum bestimmt hundertsten Mal innerhalb der vergangenen Stunde, ob es sich immer noch so leicht und geschmeidig herausziehen ließ wie in dem

Moment, als sie es sich umgeschnallt hatte. Natürlich tat es das. Aber sicher war sicher.

Ishan hatte sich darüber gewundert, dass sie auf diese Waffe bestanden hatte. Iritari konnte schließlich nicht damit umgehen, doch sie war ja nicht wirklich die Prinzessin. Von den Dolchen, die sie in ihren Stiefeln und ihrer Kleidung verbarg, ahnte er erst recht nichts. Catara hatte sich für ein Hemd und eine Hose aus leichtem Stoff entschieden. Beides würde sie in einem Kampf nicht einschränken.

Einige Schritte vor ihr gingen Ryk und Asmaran. Sie führten die Gruppe an. Catara hatten sie in die zweite Reihe verbannt, wo sie sie sicher wähnten und von wo aus sie ihnen Anweisungen erteilte, wenn sie auf eine Abzweigung oder Kreuzung stießen. Gleich hinter Catara folgten Kela, Veitt und Nersei. Dieser Nersei war wahnsinnig attraktiv. Genauso wie die Halbdämonin, aber das waren Veydras immer. Den Abschluss ihrer Gruppe bildeten die sieben Empathen, die zu Asmarans Gefolge gehörten. Sie sollten ihnen im Falle eines Angriffs von hinten den Rücken freihalten. Ishan hatte ihnen reetacianische Kurzschwerter überlassen. Das Einzige, was sie außer ihren Lendenschurzen noch trugen.

Die Nähe der Dämonen widerte Catara an. Wegen des Fluchs, der auf den Keesa lastete, hatte sie schon immer alles gehasst, was mit den Val'kai zusammenhing. *Es ist ja nur für begrenzte Zeit*, sagte sie sich. *Sobald ich meine Aufgabe erledigt habe, bin ich sie wieder los.*

Ryk Vangur trug als Einziger eine Laterne. Vermutlich hatte er sie nur wegen ihr mitgenommen. Die anderen in der Gruppe schienen kein Licht zu benötigen, um sich in der Düsternis des Labyrinths zurechtzufinden. Interessant. Der Dämonenjäger hatte sich seit ihrer letzten Begegnung auf Kellwyn verändert. Er wirkte älter, entschlossener, vor allem grimmiger. Was durch die Augenklappe, die genauso schwarz war wie seine Kleidung, noch verstärkt wurde. Ihr Blick wanderte weiter zu Asmaran. Er hatte seinen Kapuzenmantel abgelegt. Auch Schuhe trug er keine, weshalb es bei jedem Schritt klackte, wenn seine sechs Zehen mit den langen Krallen auf dem Boden aufsetzten. Wenn sie ihn ansah, musste sie automatisch an Zaragoth denken, der all das Leid und den Schmerz über ihren Stamm gebracht hatte. Noch nie war etwas Gutes von diesen Dämonen ausgegangen. Am liebsten hätte sie Asmaran genauso ein Messer in die Kehle gestoßen, wie sie es bei dem Fluchbringer tun würde. Aber sie wusste auch, dass sie den Blutlenker und seine Empathen brauchten, wenn sie eine Chance gegen Zaragoth haben wollten. In ihrer Rachsucht war sie keinesfalls so verblendet zu glauben, dass sie es allein mit ihm aufnehmen könnte. Vor allem, da sie nicht wusste, wie viele seiner verdammten Gestaltwandler er bei sich hatte.

»Wie geht es von hier aus weiter?«, fragte Ryk.

Jetzt erst sah Catara, dass sie die Kreuzung erreicht hatten, von der aus ein Tunnel zu der Höhle mit der Rune führte. Zwei dunkle Flecken auf dem Boden verrieten die Stellen, an denen Iritaris frühere Leibwächter gestorben waren. Sobald sich im Lager herumgesprochen hatte, wie sie gestorben waren, hatten ihre Angehörigen ihre Leichen geborgen, um sie angemessen zu bestatten.

»Es ist der linke Tunnel«, sagte Catara. Bisher hatten sie verfluchtes Glück gehabt. Sie waren weder über reetacianische Soldaten gestolpert noch über eine von Zaragoth zurückgelassene Überraschung. Aber vielleicht waren sie dem Dämon auch voraus. »Ab hier müssen wir vorsichtig sein«, fügte sie hinzu. »Diese Region des Labyrinths ist instabil. Das letzte Mal hat die Erde gebebt.«

»Im Moment wirkt alles ganz ruhig.« Ryk starrte in den Tunnel. »Wollen wir?«

Sobald sie ihn betreten hatten, spürte Catara, dass etwas anders war. Wie schon bei ihrem ersten Besuch schmeckte die Luft muffig, und es roch nach feuchtem Keller, was für das Labyrinth untypisch war. Was jedoch fehlte, war das Gefühl einer dämonischen Präsenz, die sie beim letzten Mal verspürt hatte. Was war mit dem Zauber geschehen? Warum bebte die Erde nicht längst?

Kela keuchte plötzlich auf. »Ich rieche einen Dämon!«

»Zaragoth«, krächzte Asmaran. »Ich rieche ihn ebenfalls. Außerdem ist der Stein um uns herum von den Restspuren einer uralten Magie durchdrungen.«

Restspuren?, dachte Catara. Irgendetwas musste hier vorgefallen sein.

Sie gingen jetzt schneller, stießen jedoch bald schon auf ein Hindernis. Der Tunnel war eingestürzt, und es gab nur eine schmale Lücke, durch die sie sich würden zwängen müssen. Catara erinnerte sich noch vom letzten Mal daran. Sie hatte es nicht genossen, sich durch den engen Spalt zu quetschen. Sollten die anderen ruhig vorgehen.

»Ich mache den Anfang«, erklärte Ryk und reichte die Laterne an Veitt weiter. Kela folgte als Nächste.

»Geh du vor mir«, sagte Nersei zu Veitt und nahm die Laterne entgegen. Kaum war Veitt in dem Spalt verschwunden, drängten die Empathen von hinten näher an Catara heran, sodass ihr nichts anderes übrig blieb, als vorzurücken. Plötzlich stand sie direkt vor Asmaran und seinem Sohn. Sofort legte sich ihre Hand um den Griff ihres Schwertes.

»Wir wollen bloß reden«, sagte Nersei daraufhin.

Catara reckte das Kinn vor. »Worüber?«

»Darüber wer du wirklich bist«, sagte Asmaran. Der Blick seiner dunklen Augen bohrte sich in den ihren. »Du bist nicht die Prinzessin, denn ich spüre etwas Dämonisches in dir. Zuerst hielt ich dich für einen von Zaragoths Gestaltwandlern. Aber das bist du auch nicht, sonst hättest du gewusst, dass ich dich durchschaue, und du würdest uns ganz sicher nicht helfen, ihn aufzuspüren.«

Catara nickte. »Ich bin eine Keesa. Vor über dreihundert Jahren brachte Zaragoth den Grauen Fluch über meinen Stamm. Doch bevor er meine Vorfahren seinem Willen unterwerfen konnte, tauchten Dämonenjäger auf und verbannten ihn in die Gegenwelt.«

Asmaran bleckte die Zähne zu einem Grinsen. »Dann bist du hier, weil du Rache willst?«

»Rache an ihm und Königin Madea, die mich verraten und sich mit ihm verschworen hat!«

»Was ist mit der echten Prinzessin?«, wollte Nersei wissen.

»Einer von Zaragoths Spionen hat sie getötet.«

Er nickte. »Dieser Ishan weiß also nicht, wer du wirklich bist?«

»Wohl kaum.«

»Iritari?«, erscholl Veitts Stimme aus dem Spalt. »Ich bin durch. Du kannst jetzt nachkommen.«

Catara sah den Blutlenker fragend an, woraufhin er ihr den Weg frei machte.

»Gab es Schwierigkeiten?«, wollte Ryk wissen, als sie sich auf der anderen Seite des Spalts hinaus in den Tunnel zwängte.

»Überhaupt nicht«, sagte sie und lächelte zu ihm auf. »Nersei war ganz reizend zu mir, während ich darauf gewartet habe, dass Veitt mir Bescheid gibt.«

»Ja, zum Glück hat er mehr von seiner Mutter als von seinem Vater«, bestätigte Ryk.

59

Labyrinth der Toten, Kellwyn
16. Oktan 1026 n. d. Zweiten Dämonenkrieg

Ishans Puls raste. Das Blut pochte ihm in den Ohren. Die Schreie, die durch den Tunnel hallten, waren so durchdringend und grell, dass sie nicht von Menschen stammen konnten. Bei Sorons Krähen, was ging nur am oberen Ende des Tunnels vor sich? Auch um ihn herum rührte sich niemand. Rebellen und Reetacianer hatten ihre Waffen sinken lassen und glotzten mit vor Grauen verzerrten Gesichtern in die Richtung, aus der die Schreie kamen. Selbst die beiden hartgesottenen Veteranen, die Augenblicke zuvor noch versucht hatten, Ishan umzubringen, waren erstarrt.

Plötzlich gewahrte Ishan eine Bewegung aus dem Augenwinkel. Es waren drei Schattenphantome. Wie Wolken am Himmel glitten sie über die Tunnelwände hinweg auf die Schreie zu. Bisher hatte er nicht mitbekommen, ob sie aktiv am Kampf teilnahmen. Vielleicht waren sie bloß stille Beobachter oder warteten auf den richtigen Moment? Wieder schien niemand außer ihm sie wahrzunehmen. Lag das an seiner besonderen Verbindung zum Labyrinth? Bevor die Phantome die Abzweigung erreichten, erstarben die Schreie jäh. Was folgte, war eine unheimliche Stille, die Ishan wie die Kälte in einem frostklirrenden Winterwald unter die Haut und bis in die Knochen drang.

»Was … was war das?«, fragte eine dünne Stimme hinter ihm.

Niemand antwortete. Die Worte hatten die Menschen jedoch aus ihrer Starre gerissen. Sie blickten auf die Waffen in ihren Händen, dann, als erinnerten sie sich mit einem Mal, rissen sie die Köpfe hoch und knurrten sich gegenseitig an. Die ersten hatten die Schwerter bereits wieder erhoben, als ein neuerlicher Schrei durch den Tunnel ging: »Dämonen! DÄMONEN!«

Ein reetacianischer Soldat taumelte hinter der Abzweigung hervor, das Gesicht blutbeschmiert und zu einer Fratze des Wahnsinns verzogen. Noch einmal schrillte sein panischer Ruf über ihre Köpfe hinweg, dann sprang ihn etwas von hinten an und zerrte ihn zurück in die Dunkelheit. Für einen Moment füllte das Kreischen des Mannes Ishans Ohren so vollständig, als wäre es der einzige Laut auf der Welt. Dann brach es abrupt ab. Was folgte, war ein Brüllen wie von einem wilden Tier, unter dem die Luft im Tunnel vibrierte. Ishan hatte genug. Er wollte wissen, was da vor sich ging. Er entriss einem Rebellen die Fackel und schleuderte sie zum oberen Ende des Tunnels. In einem Funkenregen schlug sie auf dem Boden auf. Ein Keuchen ging durch die Reihen der Rebellen und Soldaten, als ihr Licht die Quelle des Gebrülls offenbarte. Auf der Leiche des Reetacianers thronte ein Reißer. Einer der Größten, die Ishan je gesehen hatte.

Die Bestie riss das Maul auf und brüllte erneut. Auf den ersten Blick erinnerte sie an einen Berglöwen. Sie hatte einen breiten Brustkorb, der in einem schmalen Hinterleib auslief. Nur Fell besaß sie keines. Stattdessen bedeckte eine rote, von pulsierenden Adern und Muskelwülsten durchzogene Haut ihren Körper. Die Tatzen waren gewaltig und konnten mit einem einzigen Hieb Knochen zertrümmern. Im Licht der Fackel glühten die Augen des Dämons weiß auf.

»Tötet den Dämon!«, schrie ein Reetacianer.

In diesem Moment spuckte die Dunkelheit hinter dem Ungeheuer weitere Reißer aus. Fünf, zehn, fünfzehn … und immer noch mehr.

Die Männer und Frauen, die sich nur Augenblicke zuvor noch bis aufs Blut bekämpft hatten, warfen sich gegenseitig Blicke zu, in denen eine stumme Übereinkunft lag. Innerhalb eines Herzschlags wurden aus Gegnern Verbündete. Ishan lächelte düster, als Kellwyner und Reetacianer sich Schulter an Schulter positionierten, während die Reißer ihnen vom Ende des Tunnels knurrend und fauchend entgegensprangen. Vielleicht war es verrückt, das zu denken, aber dieser Dämonenangriff mochte das Wunder sein, das die Rebellen so dringend benötigt hatten. Falls Zaragoth dahintersteckte, hatte er sich damit keinen Gefallen getan. Schon zischten Bolzen über ihre Köpfe hinweg. Sie waren jedoch nicht stark genug, das harte Muskelgewebe an Hals und Brustkorb der Reißer zu durchdringen. Viele prallten ab. Die übrigen verletzten die Reißer nur oberflächlich. Ryk hatte seine Bolzen immer magisch aufgeladen, damit sie Wirkung bei den Dämonen zeigten. Nun, wie es aussah, mussten sie dieses Mal ohne Magie mit ihnen fertigwerden. Ishan schwang sein Schwert und rief: »Für Frieden und Freiheit!« Dann warf er sich den Bestien entgegen.

Der Kampf hatte wieder begonnen. Im Schein der Fackeln, die mittlerweile viele abgeworfen hatten und die flackernd und zischend zwischen den Leichen am Boden lagen, wirkten die Reißer noch einmal so bedrohlich. Vielleicht lag es an der gnadenlosen Brutalität, mit der die Dämonen auf die Männer und Frauen losgingen, um sie mit Klauen und Zähnen zu zerreißen, dass Ishan seiner dunklen Seite dieses Mal nicht nachgab. Zu erschreckend war das Grauen um ihn herum, als dass er selbst zu einem Monster werden wollte.

Er drängte den Hass und Schmerz zurück und konzentrierte sich ganz auf den Kampf. Zuschlagen – abwehren – zuschlagen – zurückweichen. Viele Male traf sein Schwert den Körper des Dämons vor ihm, doch fügte er ihm nur unbedeutende Wunden zu. Wie viel Kraft er auch in seine Hiebe legte, sie vermochten den schützenden Brustpanzer nicht zu durchdringen. Er fluchte und machte einen Satz zurück, als der Reißer nach ihm schnappte. Fast wäre er über einen gefallenen Reetacianer gestürzt, konnte sich jedoch im letzten Moment fangen. Der Dämon brüllte vor Enttäuschung, dass seine Beute sich ihm ein weiteres Mal entzogen hatte, und setzte mit einem Sprung nach. Die Bestie landete mit den Vorderpranken auf dem Gefallenen und fixierte Ishan mit ihren weiß glühenden Augen. Und da traf es ihn.

»Ihre Augen!«, schrie er über das Brüllen der Dämonen hinweg. »Sie sind ihre Schwachstelle.« Gleich darauf vernahm er hinter sich das Sirren von Sehnen. Noch mehr Bolzen schossen über ihre Köpfe hinweg. Er selbst stieß sich vom Boden ab und flog auf die Bestie zu. *Alles oder nichts! Leben oder sterben!* Noch im Sprung drehte er sich zur Seite, sodass der Hieb des Reißers seinen Oberkörper verfehlte, gleichzeitig stieß er seine Klinge mit so viel Kraft in das linke Auge der Kreatur, dass sie tief bis in den Schädel eindrang. Das Knacken von Knochen drang an seine Ohren. Im selben Moment erlosch das Glühen im anderen Auge des Dämons, und er brach tot zusammen.

Ishan stemmte den rechten Fuß gegen den Körper des Reißers und riss das Schwert aus dessen Schädel. Mit Befriedigung sah er, wie sich um ihn herum ähnliche Szenen abspielten. Und er beobachtete noch etwas, das niemand außer ihm wahrzunehmen schien: Die Schattenphantome des Labyrinths griffen nun ebenfalls in den Kampf ein. Von überallher glitten sie über Decke, Wände und Boden auf die Reißer zu.

Gleich mehrere von ihnen fuhren in eine Bestie ganz in Ishans Nähe hinein. Der Dämon erstarrte. Einen Herzschlag später jaulte er auf, Blut schoss aus seinen Nüstern und dem Maul. Gleich darauf sackte er in sich zusammen und rührte sich nicht mehr. Sofort strömten die Schatten aus dem Körper des Reißers heraus und wandten sich dem nächsten Dämon zu. Ishan war derart gebannt von dem Anblick, dass er beinahe das Kämpfen vergessen hätte. Im letzten Augenblick nahm er ein Geräusch hinter sich wahr, fuhr herum und jagte einem Reißer das Schwert ins geöffnete Maul. Nachdem es ihm gelungen war, den Dämon zu töten, fiel sein Augenmerk auf einen jungen Reetacianer. Ein Reißer hatte ihn von seinen Kameraden abgedrängt, sodass er isoliert war und mit dem Rücken zur Tunnelwand stand. Eine Mischung aus Panik und Erschöpfung verzerrte das Gesicht des Jungen. Jeden Moment mochte er unter einem Hieb des Dämons fallen.

»Seine Augen!«, schrie Ishan.

Der Bursche schien ihn nicht zu hören. Ishan fluchte und zwängte sich in der Enge des Tunnels an zwei Reetacianern und einem Rebellen vorbei, die ebenfalls gegen einen Reißer kämpften. Er erreichte den Jungen gerade noch rechtzeitig, um ihn aus dem Weg zu stoßen, bevor sich die Reißzähne des Dämons um seine Kehle schließen konnten.

»Nimm das!«, zischte Ishan und schlug dem Reißer das Schwert auf den Schädel. Gleichzeitig riss er einen Dolch von seinem Gürtel und rammte ihn dem Dämon ins Auge. Der Reißer war tot, noch bevor sein Körper den Boden berührte. Ishan wandte sich dem jungen Reetacianer zu, der mit blasser Miene zu ihm aufsah. »Hier, nimm meine Hand«, sagte er und hielt sie ihm hin. Nach kurzem Zögern griff der Bursche zu und ließ sich von ihm auf die Füße ziehen. »Danke … danke, Herr«, stammelte er.

Ishan nickte ihm zu und blickte sich im Tunnel um. Mittlerweile schien der Kampf vorüber und die Reißer tot. Die Leichen von Dutzenden und Aberdutzenden Rebellen und Reetacianern lagen zwischen felllosen roten Körpern am Boden. Ishan war jedoch überzeugt, dass es noch viele mehr wären, hätten das Labyrinth und seine Schattenphantome nicht eingegriffen. Natürlich gab es auch etliche Verletzte, denen ihre Kameraden bereits zu Hilfe kamen. Einige Männer und Frauen weinten offen. Insbesondere unter den Kellwynern, von denen so mancher heute zum ersten Mal getötet hatte. Viele Rebellen hatten sich Ishan zugewandt und starrten ihn erwartungsvoll an. Gleiches galt für die Reetacianer, die ohne Anführer waren, nachdem Ishan ihren Offizier gleich zu Anfang der Schlacht getötet hatte.

Er sah in die Gesichter jener, die ihm am nächsten standen. »Gut gemacht«, sagte er zu ihnen.

»Was jetzt, Kommandant?«, fragte eine Rebellin mit zittriger Stimme. Ihre Kleidung war rot vom Blut ihrer Gegner. Sie selbst schien unverletzt.

Ja, was jetzt? Die Krieger beider Lager warteten darauf, dass er ihnen sagte, wie es weiterging. Er räusperte sich. »Die Dämonen kamen von der Oberfläche. Wir müssen davon ausgehen, dass dort noch mehr von ihnen sind. Unsere Freunde und Kameraden könnten in Gefahr sein.« Er hob das Kinn. »Finden wir heraus, was oben in der Stadt vor sich geht. Was sagt ihr?«

Zustimmende Rufe.

»Aber wo kommen die Dämonen her?«, wollte jemand wissen.

Ishan blickte sich nach dem Sprecher um, ohne ihn zu entdecken. Es waren einfach zu viele Gesichter. Er wusste, dass weder den Rebellen noch den Reetacianern die Wahrheit gefallen würde, aber er brauchte sie an seiner Seite, und darum mussten sie verstehen, was auf dem Spiel stand. Er atmete tief durch und erklärte: »Die Barriere ist gefallen!«

Entsetzte Aufschreie folgten. Ein Chaos aus Stimmen, das von den Tunnelwänden widerhallte und alle anderen Geräusche schluckte.

»Ruhig, Leute!«, schrie Ishan.

Niemand reagierte.

Er fluchte, kletterte auf den Leichnam des nächsten Reißers und brüllte so laut, dass seine Stimme durch den gesamten Tunnel getragen wurde. Allmählich verebbten die Stimmen. Mehr und mehr Gesichter wandten sich ihm wieder zu.

»Ich habe selbst erst vor Kurzem durch einen Dämonenjäger davon erfahren und konnte es zunächst nicht glauben«, sagte er. »Jetzt, da ich die Reißer mit eigenen Augen gesehen habe, kann ich die Wahrheit nicht länger leugnen. Weder vor mir noch vor euch. Die Val'kai sind zurück!«

»Vielleicht war es nur dieses eine Rudel«, sagte eine Rebellin hoffnungsvoll.

»O'Shan'was Straßen sind voller reetacianischer Soldaten«, erwiderte Ishan. »An denen wäre ein einzelnes Rudel niemals vorbeigekommen, wenn dort oben nicht noch mehr von ihnen wären. Darum sage ich euch: Lasst uns an die Oberfläche gehen und unseren Freunden und Kameraden verdammt noch mal zur Seite stehen!«

»Was, wenn es zu viele Dämonen sind?«, fragte der junge Reetacianer, den Ishan wenige Minuten zuvor vor dem Reißer gerettet hatte. Er war noch immer bleich um die Nase herum, und seine Hand zitterte so stark, dass er das Schwert kaum gehalten bekam.

»Kämpfen wir trotzdem und treten den Dämonen gehörig in den Arsch. Hier geht es schließlich um unsere Welt, unser Zuhause!«

Für einen Moment herrschte Schweigen, doch dann brachen alle in Jubel aus.

Ishan nickte und lächelte den Menschen zu, obwohl ihm kein bisschen danach zumute war. Aber sie schienen ihn als ihren Anführer zu betrachten, und so durften sie erwarten, dass er sich entsprechend verhielt. Er teilte einige von ihnen ein, bei den Verletzten zu bleiben. Danach wandte er sich den anderen zu und riss sein Schwert hoch. »Folgt mir!«, rief er und machte sich an den Aufstieg.

In O'Shan'wa ging es sogar noch schlimmer zu, als er es sich vorgestellt hatte. Die Dämonen waren überall: in den Straßen, auf den Dächern und selbst am Himmel. Kreischende rote Kreaturen, die Ishan an die Flughunde in den sharigorischen Grotten auf Rhuk erinnerten. Nur dass sie um ein Vielfaches größer und blutrünstiger waren. In den ersten Strahlen der aufgehenden Sonne stürzten sie sich in die Tiefe und ergriffen reetacianische Soldaten und Stadtbewohner, die sie mit sich in die Höhe zerrten, um sie anschließend in den Tod stürzen zu lassen.

Zu seiner Erleichterung stelle Ishan fest, dass sich auch hier an der Oberfläche Reetacianer und Kellwyner zusammengetan hatten, um den Dämonen gemeinsam entgegenzutreten.

Ishan und seine Krieger schlugen sich gerade zum Ende einer Gasse durch, wo der Kampf am heftigsten zu toben schien, als plötzlich ein Pirscher aus einem Hauseingang auf ihn zusprang. Ishan wirbelte zur Seite und stieß dem Raubkatzendämon in der gleichen Bewegung die Klinge ins Auge. Zuvor war es dem Biest noch gelungen, ihm drei tiefe Kratzer am rechten Unterarm zuzufügen. Die Wunde brannte und blutete stark. Ishan fluchte, riss ein Stück Stoff von seinem Hemd ab und verband den Arm notdürftig. Unterdessen bekämpften seine Leute ein Rudel wolfsartiger Dämonen, das sich von den Dächern der Häuser auf sie gestürzt hatte. Drei Rebellen und ein Reetacianer starb bei dem Angriff, bevor es ihnen gelang, die Dämonen zu töten. Kurz darauf erreichten sie das Gassenende. Vor ihnen lag ein weitläufiger Platz, der von mehrstöckigen Steinhäusern gesäumt wurde. Rauch stieg aus einigen von ihnen auf, während auf dem Platz eine wilde Schlacht tobte.

Die Luft war erfüllt von den Schreien der Sterbenden und vom Brüllen, Krächzen und Keifen der Dämonen. Darunter Kreaturen, wie Ishan sie noch nie gesehen hatte. Neben Reißern, Pirschern und Greifern kämpften die Menschen gegen kleine, spinnenartige Dämonen und riesige käfergleiche Bestien mit scharfen Klauen und giftsprühenden Mandibeln. Andere Dämonen besaßen Körper, die nur aus Dornen und Mäulern zu bestehen schienen und aussahen, als wären sie einem Albtraum entschlüpft. Unter den Kämpfenden entdeckte Ishan auch Rebellen, die er ausgeschickt hatte, um die anderen Eingänge ins Labyrinth zu überwachen. Es musste ihnen ähnlich ergangen sein wie seinem eigenen Trupp. Nur so ließ es sich erklären, dass sie nun hier waren.

»Schwärmt aus!«, rief Ishan den Männern und Frauen in seinem Gefolge zu, bevor er sich selbst in den Kampf warf.

Er wusste nicht, wie lange die Schlacht schon andauerte, als er den ersten Humanos entdeckte. Sein rechtes Handgelenk schmerzte, seine Schulter brannte, und in seinen Ohren summte es vom Lärm der Schlacht. Er fixierte den Menschendämon mit seinem Blick. Die Kreatur stand auf dem Dach eines Gebäudes am Rande des Platzes und hatte die unnatürlich großen Augen auf die blutige Szenerie unter ihr gerichtet. Durch Ryk wusste Ishan, dass Menschendämonen die Macht besaßen, Animalia zu kontrollieren. Demnach koordinierte dieser die Angriffe der Dämonen auf dem Platz. Ishan sah sich um und entdeckte drei Armbrustschützen, die einen Reißer ins Visier genommen hatten. Es waren Rebellen, die sofort reagierten, als er sie zu sich winkte. Er wies mit der Schwertspitze auf den Menschendämon. »Tötet ihn!«

Die Männer legten an, zielten und ließen die Bolzen fliegen. Noch bevor sie ihr Ziel erreichten, verschwamm die Gestalt des Dämons und tauchte in einiger Entfernung auf dem Dach eines anderen Hauses wieder auf. Kurz sah der Humanos in ihre Richtung, bleckte die Zähne und konzentrierte sich danach wieder auf das Kampfgeschehen unter ihm.

»Sollen wir es noch einmal versuchen, Kommandant?«, fragte einer der Schützen.

Ishan presste die Lippen zusammen und schüttelte den Kopf.

Er wusste, es hatte keinen Sinn. Der Dämon war einfach zu schnell für ihre Waffen. »Vergesst ihn! Ebenso den Reißer. Versucht es bei diesen insektenartigen Dämonen. Ihre Panzer scheinen nicht ganz so fest zu sein.« Sobald die Schützen ein neues Ziel ausgemacht hatten, sah Ishan sich noch einmal nach dem Humanos um, konnte ihn jedoch nirgends mehr entdecken. Mit einem Fluch warf er sich wieder ins Getümmel.

Bald kam er zur anderen Seite des Platzes, wo in einer Straße eine Gruppe Reetacianer gegen einen Greifer kämpfte, dessen vier Arme wie Windmühlenflügeln unter den Soldaten wüteten. Einer der Männer rammte ihm seinen Speer in die Lende. Der Greifer heulte auf, bekam den Mann zu packen und riss ihm den Arm samt Speer aus dem Schultergelenk. Der Soldat ging schreiend zu Boden. Ohne zu zögern, nahm Ishan seinen Platz ein.

Dank dem Dämonenjäger wusste er auch ein wenig über diese Art und ihre Schwachstellen, weshalb er sein Schwert einsteckte und sich den Speer eines toten Reetacianers schnappte. Mehrere von ihnen waren offenbar schon im Kampf gegen den Greifer gefallen. Zunächst beschränkte Ishan sich darauf, die Angriffe der Kreatur abzuwehren, während die anderen Reetacianer sie weiterhin mit ihren Speeren traktierten. Er wartete auf den richtigen Moment, der kam, als einer der Reetacianer seine Waffe in die empfindliche Achselhöhle des Dämons stieß. Der Greifer riss das Maul auf und schrie so laut, dass Ishan die Ohren klingelten. Er ließ sich davon allerdings nicht beirren und rammte den Speer mit aller Kraft ins Maul der Kreatur. Er hörte Knochen bersten, als die Metallspitze bis in sein Hirn vordrang.

Der Greifer erstarrte und kippte anschließend hintenüber, wobei er einen verletzten Pirscher unter sich begrub. Die Männer jubelten. Ishan nickte ihnen zu und eilte weiter. Wo dieser Greifer herkam, waren womöglich noch andere. Er erreichte das Ende der Straße und fand sich auf einer Kreuzung wieder.

Keine Greifer. Dafür hatte er freie Sicht auf die Herrscherpyramide von O'Shan'wa. Über dem Tor flatterte eine neue Fahne im Wind. Sie zeigte eine goldene Rune auf blutrotem Hintergrund. Die gleiche Rune, die Ishan in der Höhle entdeckt hatte, zu der Iritari und seine Freunde gerade unterwegs waren. Jetzt gab es keinen Zweifel mehr, dass diese Dämonen zu Zaragoth gehörten.

Ishan warf den Speer beiseite und zog sein Schwert.

»Kommandant!«, tönte eine Stimme von links.

Ishan fuhr herum. Ein Stück die Straße runter wurde gekämpft. Im Schlachtgetümmel konnte er Unar ausmachen. Einen seiner Offiziere, der ursprünglich mit seinen Kriegern einen der verborgenen Zugänge ins Labyrinth nahe dem Palast bewachen sollte. Unar war ein kleiner feister Mann, der ein außergewöhnliches Talent für die Klinge besaß. Sein Kopf leuchtete rot vor Anstrengung, während er und einige Rebellen sich durch eine Schar aus Wolfsdämonen auf ihn zukämpften. »Kommandant!«, rief er noch einmal.

Ishan lief ihm entgegen, weil er glaubte, Unar und seine Leute bräuchten seine Hilfe. Der Offizier schüttelte jedoch den Kopf und deutete hinter Ishan. »Dort, Herr! Seht nur!«, rief er ihm über das Kampfgeschehen hinweg zu.

Ishan blieb stehen und drehte sich um. Auf der anderen Seite der Kreuzung, rund zweihundert Schritte von seiner Position entfernt, loderte ein grelles weißes Licht von der Größe einer Kutsche. Dutzende Humanos standen davor. Einige trugen Lendenschurze wie die Empathen. Andere waren nackt und geschlechtslos wie der Blutlenker. Einer von ihnen hob eine Klaue und deutete in Richtung der Nebelberge, die weit hinter dem Palast aufragten, umringt vom Nebel und den Baumriesen des Dschungels. Nun setzten die Menschendämonen sich in Bewegung und traten in das Licht.

Ein Portal!

Ishan rannte los, doch er hatte kaum die Hälfte der Strecke geschafft, als es sich bereits wieder hinter dem letzten Humanos schloss. Er fluchte, blickte erneut zu den Nebelbergen und bemerkte eine größere Anzahl an Flugdämonen, die ebenfalls auf dem Weg dorthin waren. Und da begriff er. Iritari und er hatten richtig vermutet: Das Grab des Inos lag in den Nebelbergen. Vermutlich waren seine Freunde bereits dort oder zumindest auf dem Weg dahin. Verdammt! Allein würden sie es mit so vielen Dämonen niemals aufnehmen können. Plötzlich legte sich eine Hand auf Ishans Schulter. Er zuckte zusammen, doch es war nur Unar. Er und seine Krieger hatten die Dämonen erledigt. »Ruf alle zusammen, die bereit sind, dir zu folgen«, befahl Ishan ihm. »Wenn wir diesen Krieg noch gewinnen wollen, müssen wir auf der Stelle zurück ins Labyrinth!«

60

Labyrinth der Toten, Kellwyn
16. Oktan 1026 n. d. Zweiten Dämonenkrieg

Die Höhle ist gleich dort vorne«, sagte Iritari und deutete auf den Durchgang am Ende des Tunnels. Er war in Dunkelheit getaucht, was bei Ryk sämtliche Alarmglocken läuten ließ. Wenn die hundert Krieger und Kriegerinnen, die Ishan hergeschickt hatte, noch am Leben wären, hätte es hier Licht geben müssen. Es war unwahrscheinlich, dass sie die Rune in völliger Finsternis bewachen würden. Er blieb stehen. »Hier stimmt etwas nicht.«

»Du sagst es, Magier.« Asmaran war neben ihm stehen geblieben. Seine Zunge fuhr zwischen den Lippen vor und zurück. »Ich spüre aus Richtung der Höhle etwas Dämonisches.«

»Uh, was ist das nur für ein Geruch?«, platzte Veitt heraus und verzog das Gesicht.

»Verbranntes Fleisch«, sagte Kela.

Nersei sah seinen Vater an. »Der Graue Fluch?«

»Ohne Zweifel.«

Der Blutlenker wandte sich zu den Empathen um, die direkt hinter ihm Aufstellung genommen hatten und bis auf ihre Lendenschurze und die Schwerter völlig nackt waren. Einer von ihnen trug ein Bündel Fackeln, das Asmaran von ihm entgegennahm. »Unsere Augen können die Dunkelheit zwar durchdringen«, zischte er, »trotzdem mag sie Überraschungen für uns bereithalten, die nur das Licht aufdecken kann.« Er teilte die Fackeln unter Kela, Iritari, Nersei und Veitt auf. Die ölgetränkten Enden entzündeten sie an der Laterne, die Ryk trug. »Ab jetzt keinen Ton mehr«, mahnte Asmaran sie zum Schluss.

Ryk und der Blutlenker gingen der Gruppe voran. Mit jedem Schritt, den sie sich dem Durchgang näherten, schlug Ryks Herz schneller. Seine Sinne waren von der Magie geschärft und nahmen jede noch so winzige Nuance in dem Gestank wahr, der ihnen aus der Höhle entgegenschlug. Neben verbranntem Fleisch roch er auch verkohltes Haar und Kleidung, die wie ein feiner Aschenebel in der Luft hing. Ryk drehte sich der Magen um. Nicht nur wegen des Geruchs, sondern vor allem wegen des grausigen Schicksals, das Ishans Leuten widerfahren war. Der Blutlenker hatte recht, Zaragoth musste sie mit dem Grauen Fluch belegt haben. Es war das Einzige, was Sinn ergab. Vermutlich hatten nicht alle die Verwandlung überlebt, trotzdem mochten es immer noch genug sein, um ihnen gefährlich werden zu können.

Als sie dem Durchgang schon sehr nahe waren, drang ein Wimmern an Ryks Ohren, das nur entfernt menschlich klang. Er lauschte und konnte nun auch das Tröpfeln von Wasser hören. Aber da waren noch andere Laute im Hintergrund: Stöhnen und Röcheln. Er wechselte einen Blick mit Asmaran.

»Die Verwandlung kann noch nicht lange zurückliegen«, krächzte der Blutlenker und bestätigte damit Ryks Vermutung. »Was bedeutet, dass Zaragoth uns nicht weit voraus ist.«

Der Schein der Fackeln offenbarte ihnen das ganze Ausmaß des Grauens. Überall in der Höhle lagen verbrannte Körper. Von einigen waren nur noch Knochen übrig. Sie hatten den Prozess nicht überlebt. Andere zeigten rohes, von Feuer geschwärztes Fleisch. Zum Teil regten sie sich schwach. Ryk wandte sich Iritari zu, um ihr zu sagen, sie solle den Blick abwenden, doch als er den Ausdruck auf ihrem Gesicht sah, schwieg er. Er hatte erwartet, sie entsetzt und ängstlich zu sehen, stattdessen zeigten ihre Züge Abscheu und Zorn.

»Das erste Stadium des Fluchs: der Raub der eigenen Identität.« Nersei stieß hörbar den Atem aus. »In diesem Zustand stellen sie keine Gefahr für uns dar.«

»Wir sollten sie trotzdem töten«, erklärte Asmaran. »So können sie uns später wenigstens nicht in den Rücken fallen.«

»Nein«, sagte Ryk sofort und funkelte den Blutlenker an. »Es besteht immer noch Hoffnung für sie, sollte es uns gelingen, Zaragoth zu töten. Ist es nicht so?«

Asmaran zuckte die Achseln. »Es wäre denkbar, dass der Fluch mit Zaragoths Tod seine Wirkung verliert. Sicher ist es jedoch nicht.«

»Dann werden wir wohl abwarten müssen.« Ryk wandte sich Iritari zu. »Wo finden wir die Rune?«

»Ich zeige sie euch.« Sie schritt an ihm vorbei in die Höhle hinein. Ryk musste sich sputen, um nicht den Anschluss zu verlieren. *Kennt sie denn überhaupt keine Furcht?*, fragte er sich ärgerlich. Ishan würde ihm nie verzeihen, wenn ihr etwas zustieße. Auf ihrem Weg kamen sie an einem Haufen Geröll und vergilbten, halb unter Schutt begrabenen Knochen vorüber. Ähnliches hatte Ryk auch schon draußen im Tunnel beobachten können.

»Es sind zu viele, als dass sie alle Opfer zufälliger Steinschläge sein könnten«, sagte Asmaran, der Ryks Blick bemerkt haben musste. »Der Schutzzauber, der früher über diesem Ort lag, muss für ihren Tod verantwortlich sein.«

»Was ist das?«, rief Iritari. Die Prinzessin war stehen geblieben und hielt die Fackel so, dass ihr Licht auf eine Öffnung in der Felswand fiel. »Wie kann das sein? Bei unserem letzten Besuch gab es den noch nicht, stattdessen war hier die Wand mit der Rune.«

»Du bist sicher, dass das die richtige Stelle ist?«, wollte Ryk wissen.

»Natürlich.«

»Sie sagt die Wahrheit«, krächzte der Blutlenker.

Ryk blickte sich nach ihm um. Asmaran hatte sich ein paar Schritte von ihm entfernt auf den Boden gehockt, um eine Leiche zu betrachten. Kela, Nersei und Veitt waren bereits hinter ihn getreten.

»Das ist ein Keesa«, stellte Kela fest.

Ryk ging ebenfalls näher. Die Veydra hatte recht. Dieser Körper war nicht verbrannt wie die anderen. Also konnte er nicht erst vor Kurzem verwandelt worden sein. Das Gesicht des Toten zeigte das eines Mannes, so weit sich das an der grauen, von Falten und Runzeln überzogenen Haut erkennen ließ.

»Jemand ... jemand hat ihm das Herz aus der Brust gerissen«, merkte Veitt mit zittriger Stimme an.

»Was denkst du, Vater?«, fragte Nersei. »Ein Blutopfer, um die Rune zu aktivieren und dadurch den verborgenen Tunnel zu öffnen?«

Asmaran erhob sich. »Was sonst? Die Zauber der Dhana'an erforderten oft solche Opfer. Es sollte ihre Macht als Götter demonstrieren.«

Iritari, die neben Ryk stand, biss sich auf die Unterlippe. »Er sieht wirklich aus wie ein Keesa, trotzdem glaube ich nicht, dass er einer ist.«

»Wie kommst du darauf?«, fragte Ryk.

»Ich denke, dass er einer von Zaragoths Gestaltwandlern ist. Und zwar jener, der die Rolle von Quartiermeister Sokoel gespielt hat. Ich erkenne ihn an seiner Kleidung.«

»Dann hat er Zaragoth hergeführt«, sagte Ryk. »Seine Belohnung dafür dürfte ihm nicht gefallen haben.«

Iritari zuckte die Achseln. »Er war ein Verräter und hatte nichts anderes verdient.« Sie drehte sich um und hielt auf den Tunnel zu.

»Was machst du da?«, rief Ryk ihr hinterher. »Du wirst gefälligst warten …« In dem Moment sprang hinter einem Geröllhaufen eine der verbrannten Gestalten hervor und warf sich auf die Prinzessin. Durch den Aufprall wurde sie gegen die Felswand gedrängt. Die Fackel entglitt ihr und fiel zu Boden. Sofort zog Ryk sein Schwert, um ihr zu Hilfe zu kommen. »Dreckiges Scheusal«, keuchte Iritari und hielt plötzlich einen Dolch in der Hand. Ohne zu zögern, stieß sie ihn ihrem Angreifer in den Hals. Dieser gab ein Röcheln von sich, taumelte ein paar Schritte zurück und brach tot zusammen.

»Erinnere mich bei Gelegenheit daran, dass ich unserer hübschen Prinzessin niemals im Dunkeln begegnen möchte«, raunte Kela hinter Ryk.

Iritari ging zu der Leiche, zog den Dolch aus ihrer Kehle und wischte ihn an ihrer Hose ab, bevor sie ihn in ihrem Ärmel verschwinden ließ. Nun drehte sie sich zu Ryk und den anderen um. »Ich bin nicht so schwach, wie ich aussehe«, sagte sie.

Ryk schob sein Schwert zurück in die Scheide und nickte. »Ganz offensichtlich bist du das nicht. Trotzdem werden Asmaran und ich vorgehen. Der Gestaltwandler war längst noch nicht in Vollbesitz seiner Kräfte.« Er musterte sie im Vorübergehen. Warum hatte Ishan ihm nichts von den Fähigkeiten der Prinzessin verraten?

»Beeilen wir uns!«, drängte Asmaran. »Das Grab kann nicht mehr weit sein, und Zaragoth ist uns immer noch voraus.«

Bevor sie den Tunnel betraten, zogen sie ihre Schwerter. Selbst die Empathen. Asmaran trug keine Waffe bei sich. Vor ihrem Aufbruch hatte er erklärt, dass er es vorzog, mit seinen Klauen zu kämpfen. Ryk betrachtete die Klinge in seiner Hand. Es war ein Kurzschwert, das die Rebellen von den Reetacianern erbeutet hatten. Eine gute Waffe, ohne Frage. Trotzdem wünschte er, er hätte seine neue Armbrust noch. Bedauerlicherweise hatte er sie in der Akademie auf Nekross zurücklassen müssen, wo sie vermutlich unter einem Haufen Schutt begraben lag.

Über mehrere Meilen ging es steil aufwärts, bevor Ryk endlich einen hellen Fleck vor ihnen ausmachen konnte. Tageslicht. Angespornt von der Aussicht, der Dunkelheit der Tunnel zu entrinnen, legten er und die anderen an Tempo zu. Der Ausgang war nur noch dreißig Schritte entfernt, als Ryk seinen Gefährten mit einem Wink zu verstehen gab, dass sie stehen bleiben sollten. Er drehte sich zu ihnen um. »Wir wissen nicht, was uns dort draußen erwartet«, sprach er mit gesenkter Stimme. »Gehen wir vom Schlimmsten aus.«

»Ich stimme dem Magier zu«, zischte Asmaran. »Wir müssen mit einem Hinterhalt rechnen. Wie ich Zaragoth kenne, wird er Verstärkung bei sich haben. So kurz vor dem Ziel wird er kein unnötiges Risiko eingehen.«

Sie löschten die Fackeln und ließen sie in dem Tunnel zurück. Kurz darauf schritten sie hinaus in einen schattigen Talkessel, der von schroffen, blaugrauen Felswänden umringt war. Nebel kroch von oben in das Tal herab, in dem nichts Grünes wuchs. Kein Baum, kein Busch, nicht mal ein Grasbüschel. Das Einzige, was es hier im Überfluss gab, waren bizarre Felsnadeln. Einst mussten sie wie Säulen in den Himmel geragt haben, inzwischen neigten sie sich wie halb geschmolzene Talgkerzen zur Seite. Verformt von einer mächtigen Magie, von der alles an diesem Ort durchdrungen war. Allein ihre Berührung ließ das Seelenfeuer in Ryks Brust schmerzhaft heiß auflodern.

Veitt, der rechts von ihm zwischen Kela und Nersei stand, gab ein Stöhnen von sich. Iritari, die an Ryks anderer Seite stand, hatte die Augen geschlossen und zeigte ein eigentümlich beunruhigendes Lächeln. Der Blutlenker, umringt von seinen Empathen, hatte sich ein Stück entfernt. Seine Zunge zuckte immer wieder aufgeregt zwischen seinen Lippen hervor und schnupperte die Luft. Sterne tanzten in seinen Augen, und für einen flüchtigen Moment wirkte seine Erscheinung größer und kräftiger. Er sah aus wie die Statue der ursprünglichen Val'kai, die er im magischen Wald in der Gegenwelt gesehen hatte, fand Ryk. Doch es musste eine Sinnestäuschung gewesen sein, denn schon im nächsten Augenblick war Asmaran wieder so ausgemergelt und hager wie immer.

Im Zentrum des Tales erhob sich ein Kuppelbau, so gewaltig, dass sein höchster Punkt beinahe an den oberen Rand des Talkessels heranreichte. Er hatte die gleiche Farbe wie das umliegende Felsgestein und erinnerte Ryk in seiner Architektur an die Halle der Entscheidungen in der Gegenwelt. Nur war dieser Bau noch um ein Vielfaches größer und beeindruckte durch mächtige Runen, die in seine Oberfläche eingraviert waren und mattgolden im Licht der Morgensonne schimmerten. Sie mussten der Ursprung der Magie sein, die aus diesem Ort seit über dreitausend Jahren das Grab für einen wahnsinnigen Gott machte. Ihre Bedeutung zu entziffern, fiel Ryk nicht schwer. Es waren Schutzsiegel. Und sie hatten den Zweck, das einzuschließen, was sich im Inneren der Kuppel befand.

»Wir haben es gefunden«, sagte Nersei.

»Aber nicht als Erste.« Asmaran deutete auf etwas am Boden, nur ein paar Schritte von Ryk entfernt. Er blickte in die Richtung. Der Nebel war hier am Grund des Tals weniger dicht als auf den Hängen, sodass er zwei Paar Fußabdrücke erkennen konnte, die sich im Erdreich abzeichneten und auf den Kuppelbau zuführten. Das eine stammte von Stiefeln. Das andere besaß die Form nackter Füße, die einen sechsten Zeh aufwiesen.

»Der Fluchbringer und seine Verbündete, Königin Madea«, knurrte Ryk. »Folgen wir ihnen!«

Sie mussten die Kuppel gut zur Hälfte umrunden, bis sie auf zwei schwarze Säulen stießen, auf deren Spitzen goldene Flammen tanzten und die den Eingang des Grabes markierten. Ein zweiflügeliges Tor aus schwarzem Eisen. Als sie sich ihm näherten, lösten sich zwei Gestalten aus seinem Schatten. Die eine bleich und knochig und kaum von Asmaran zu unterscheiden.

Abgesehen von seinen Augen, die ein wenig kleiner und eher mandelförmig waren. Das musste Zaragoth sein. Neben ihm stand Madea. Gekleidet wie ein Mann in Hemd, Hose und Stiefel, was ihrer strahlenden Schönheit allerdings keinen Abbruch tat.

Asmaran, der neben Ryk stehen geblieben war, ließ ein krächzendes Lachen vernehmen. »Hast du geglaubt, du könntest einfach in das Grab hineinspazieren, du Narr? Als die Dhana'an es erschufen, wollten sie sichergehen, dass Inos niemals seinem Gefängnis entrinnen kann.« Seine Nüstern blähten sich. »Und natürlich wollten sie auch sichergehen, dass niemand ihn einfach befreien kann. Nicht einmal du, Zaragoth, bist stark genug, den Schutzzauber eines Dhana'an zu überwinden.« Er hatte in der Sprache der Menschen zu dem Fluchbringer gesprochen. Vielleicht aus Rücksichtnahme auf seine Begleiter.

»Ich habe es noch gar nicht richtig versucht.« Zaragoth bleckte drohend die Zähne in Asmarans Richtung. »Es braucht nur ein wenig Zeit, die ich zur Genüge haben werde, sobald ich mit euch fertig bin.«

»Lächerlich, ihr seid bloß zu zweit.« Asmaran warf der Königin einen abschätzenden Blick zu. »Ich bezweifle, dass die Menschenfrau eine gute Kämpferin ist.«

»Wieder siehst du nur, was du sehen willst. Das war schon immer deine Schwäche, Bruder.«

»Worauf wartest du noch, Asmaran?«, knurrte Kela. »Töte ihn endlich!« Alarmiert von der Anspannung in ihrer Stimme, warf Ryk ihr einen Blick zu. In den Tiefen ihrer Augen glomm ein roter Funke. *Scheiße*. Das musste an der Magie der Dhana'an liegen, von der hier alles durchdrungen war. Er hätte ahnen müssen, dass sie auch Kela beeinflussen würde. »Oder tritt aus dem Weg, damit ich Zaragoth selbst töten kann!« Kela ballte die Fäuste und rammte dabei die Nägel tief in ihre Handballen. Blut quoll hervor und tropfte zu Boden.

Asmaran und Zaragoth sahen sie an. Der Fluchbringer neigte den Kopf zur Seite und schnüffelte. »Haben wir da etwa eine schwarze Wächterin?« Er lachte. »Hervorragend! Sobald Inos erwacht ist, wirst du mein erstes Geschenk an ihn sein.«

Kela öffnete den Mund, um etwas darauf zu erwidern, doch ein Blick von Asmaran brachte sie zum Verstummen. Es wunderte Ryk ein wenig, dass sie sich ihm so einfach fügte, obwohl der schwarze Wächter bereits begonnen hatte, ihre Persönlichkeit zu übernehmen. »Die Zeiten haben sich geändert, Zaragoth«, fuhr Asmaran an den Fluchbringer gewandt fort. »Der falsche Gott liegt schon so lange in seinem Schlaf, dass er viel von seiner Macht eingebüßt hat. Du musst es ebenfalls spüren. Selbst wenn er erwacht, wird er seine Kräfte erst regenerieren müssen. Vorher werden wir ihn allerdings töten!«

»Du Verräter!« Die Runen auf Zaragoths Oberkörper begannen zu leuchten. »Ich lasse nicht zu, dass du meine Pläne zunichtemachst. Nicht so kurz vor dem Ziel. Und jetzt wird es Zeit, dass du begreifst, dass du mich nicht aufhalten kannst.«

Ryk sah, wie sich Königin Madeas Lippen zu einem wissenden Lächeln verzogen. Gleich würde etwas passieren. Sein Blick irrte durch das Tal – über den Nebel und die Felshänge. Hatten sie etwas übersehen?

»Dort drüben!«, rief Veitt.

Ryk und die anderen folgten seiner ausgestreckten Hand. Ein gutes Stück von ihrer Position gab es zwei Felsnadeln, deren zur Seite geneigte Spitzen sich berührten und so einen Torbogen bildeten. Darunter war ein Portal erschienen. Ein Dutzend Humanos trat aus dem gleißenden Licht.

»Lasst Zaragoth keine Sekunde lang aus den Augen«, forderte Ryk Veitt und Nersei auf. Dann sah er sich nach Iritari um und musste feststellen, dass sie sich abgesetzt hatte. Verdammtes Gör, was hatte sie bloß vor?

Ishan war zurück im Labyrinth. Seine Freunde brauchten ihn. Ihm folgten Unar, einer seiner Offiziere, und etwa dreihundert Krieger – Kellwyner und Reetacianer –, die der kleine feiste Mann in aller Eile zusammengetrommelt hatte. Das waren nicht gerade viele, wenn man bedachte, dass die Menschendämonen ihnen an Kraft und Schnelligkeit haushoch überlegen waren. Trotzdem konnten Ryk, Kela und ihre Gefährten sicher jede Hilfe brauchen, die sie kriegen konnten.

Fackeln, die er und andere trugen, leuchteten ihnen den Weg durch die Tunnel. Sie gingen schnell, ohne zu laufen, da die Männer und Frauen ohnehin schon vom Kampf erschöpft waren und er nicht wollte, dass sie sich verausgabten, noch bevor sie an ihrem Ziel ankämen. Als sie endlich die Höhle erreichten, in der er und Iritari die Rune des Inos vor nicht ganz zwei Wochen entdeckt hatten, erwartete ihn eine böse Überraschung. Ishan war stehen geblieben. Hundert seiner besten Krieger hatte er hergeschickt, um diesen Ort gegen Zaragoth zu verteidigen. Als er nun sah, was der Fluchbringer ihnen angetan hatte, drehte sich ihm der Magen um. Im Schein der Fackeln zählte er Dutzende bis zur Unkenntlichkeit verbrannte Körper. *Was habe ich nur getan?* Iritari hatte ihn davor gewarnt, aber er hatte unterschätzt, wie mächtig der Graue Fluch wirklich war. Dafür hatten diese einhundert Männer und Frauen bezahlt.

»Sind das unsere Leute?«, fragte Unar, der zu ihm aufgeschlossen hatte. Er schluckte und fuhr sich mit dem Handrücken über den Mund.

Ishan nickte grimmig. »Das ist Zaragoths Werk.« *Und meines*, dachte er, sprach es aber nicht laut aus.

Ein plötzliches Geräusch ließ ihn aufhorchen. Sein Blick bohrte sich in die Finsternis im hinteren Teil der Höhle.

»Was war das?«, fragte Unar.

»Die Überlebenden des Grauen Fluchs, Sklaven von Zaragoths Willen.« Ishan konnte sie zwar nicht sehen, doch er war sicher, dass sie in der Dunkelheit lauerten und nur auf eine günstige Gelegenheit zum Angriff warteten. Er fuhr zu seinem Gefolge herum. »Zieht eure Waffen!«

»Du glaubst, sie werden uns angreifen?«

»Sie können gar nicht anders.«

Ishan führte sie tiefer in die Höhle hinein. Der Fackelschein fiel auf noch mehr Leichen, alte Knochen, Felsen und Geröll. Noch blieben die Diener des Dämons in Deckung. Doch schwache Geräusche, die aus verschiedenen Richtungen an seine Ohren drangen, warnten Ishan davor, dass sie inzwischen ganz nahe waren. Dann erfolgte auch schon der Angriff.

Sie sahen aus wie Leichname, denen jemand unheiliges Leben eingehaucht hatte. Dreißig nackte, grauhäutige Körper mit hohlwangigen Gesichtern und starrenden Augen. Sie schlurften von vorne auf sie zu, wobei sie ihnen die wie zu Krallen verkrümmten Finger entgegenreckten. Einige von ihnen wiesen immer noch Brandwunden auf. Im ersten Moment empfand Ishan Mitleid mit ihnen, denn sie erinnerten ihn an die Keesa. Im Gegensatz zu diesem friedfertigen Stamm im Norden Xe'Neridians unterstanden diese Verfluchten jedoch Zaragoths Willen und wollten ihren Tod.

Ohne Waffen und ohne einen gesunden und starken Körper konnten die Gestaltwandler es nicht mit ihnen aufnehmen. Innerhalb weniger Minuten hatten Ishan und seine Leute sie getötet. Und die ganze Zeit über hatte es sich wie Verrat angefühlt, denn er hatte diese Menschen gekannt, hatte sie ausgebildet und selbst für diese Mission ausgewählt. Allein bei dem Gedanken kroch ihm ein bitterer Geschmack die Kehle hinauf. Er schluckte dagegen an und zwang sich, seine Gedanken auf das zu richten, was vor ihnen lag.

»Weiter!«, rief er und steuerte auf den Tunnel zu, der sich an der Stelle befand, wo zuvor die Rune gewesen war. Er führte stetig aufwärts in nördlicher Richtung, soweit Ishan das beurteilen konnte. Er rief sich die Karten in Erinnerung, die Iritaris Kartenmacher für ihn angefertigt hatte. Wie er es sich gedacht hatte: Der Gang schien aus dem Labyrinth hinaus und geradewegs in die Nebelberge zu führen.

Sobald er Tageslicht über sich im Tunnel bemerkte, fing er an zu laufen. Noch bevor er den Ausgang des Tunnels erreichte, konnte er bereits das Kreischen der Flugdämonen hören. Wut packte ihn, aber er ließ nicht zu, dass sie ihn kontrollierte. Wenn schon, dann kontrollierte er sie. Ishan hob sein Schwert. »Für unsere Verbündeten! Für die Schwebenden Reiche!«, schrie er und lief hinaus in das Tal.

Licht fiel von hinten über Ryks Schulter. Ein weiteres Portal hatte sich soeben geöffnet und spuckte noch mehr Menschendämonen und auch Animalia aus. Greifer, Dämonenhunde, Wühler und Spinnendämonen. Bei allen Dämonen der Gegenwelt, dachte er, als über ihm am Himmel ein Kreischen ertönte. Er hob den Blick und sah rothäutige Dämonen mit Fledermausflügeln über dem Tal kreisen. Eine Art, die selbst ihm fremd war.

»Habt ihr geglaubt, unser Gott würde ohne würdiges Geleit sein, wenn ich ihn ins Leben zurückhole?«, spottete Zaragoth. »Mithilfe meiner Kinder und Verbündeten werde ich die Reiche der Menschen in die Knie zwingen. Und mit Kellwyn fange ich an. Weitere Val'kai sind bereits auf dem Weg hierher, und auch die Ra'Carohk werden in Kürze zu uns stoßen. Tausende werden ihnen zum Opfer fallen, und ihr Blut und ihre Schreie werden wie ein Weckruf für Inos sein.«

Asmaran verzog die Lippen. »Du bist genauso wahnsinnig wie er!«

Es sind einfach zu viele, dachte Ryk. Einer solchen Übermacht hatten sie nichts entgegenzusetzen. Er sah zu Kela herüber. Ihr Gesicht war eine Maske, bleich und ohne Emotionen. Nur in ihren Augen loderte noch immer der rote Funken, der sich jeden Moment entzünden und das Erbe ihres Vaters in ihr hervorbringen konnte. Als sich ihre Blicke trafen, schenkte sie ihm ein trauriges Lächeln. »Ich liebe dich!« Er wusste, dass sie das niemals gesagt hätte, hätte sie nicht ebenfalls den Ernst ihrer Lage erkannt. Dann blickte er zu Veitt. Alle Farbe war ihm aus dem Gesicht gewichen, trotzdem nickte er Ryk zu und signalisierte ihm dadurch, dass er bereit für das war, was auch immer als Nächstes passieren würde. *Verdammt!* Ryk hatte ihn noch nie so glücklich erlebt wie in den vergangenen Tagen, umso mehr bedauerte er, ihn und die anderen in diese aussichtslose Situation geführt zu haben. *Vergebt mir, meine Freunde*, dachte er und hob sein Schwert über seinen Kopf, sodass die Klinge im Licht der Morgensonne aufflammte.

»Ihr habt verloren«, frohlockte der Fluchbringer. »Seht es endlich ein, diesen Krieg könnt ihr nicht gewinnen!«

Asmaran schien anderer Ansicht. Fast schon mitleidig schüttelte er den Kopf. War er wirklich so verblendet, dass er die Wahrheit nicht sah, selbst wenn sie ihn mitten ins Gesicht schlug? »Du willst es einfach nicht begreifen, Zaragoth. Die Vergangenheit ist tot, die Götter sind tot, und du wirst es auch bald sein!«

Einen Atemzug später jagten die beiden wie auf ein geheimes Zeichen hin aufeinander zu. Nur dank seiner Magie konnte Ryk ihren Bewegungen folgen, die übermenschlich schnell waren. Gleichzeitig stürzten die Flugdämonen aus dem Himmel auf sie herab, und auch die Menschendämonen und Animalia liefen, stampften und krochen auf sie zu. Sofort schwärmten die sieben Empathen aus, um sich den Gegnern mit ihren Schwertern entgegenzustellen. Es waren jedoch zu viele, als dass sie es mit allen hätten aufnehmen können.

»Für unsere Verbündeten! Für die Schwebenden Reiche!«, erscholl in diesem Moment eine allzu vertraute Stimme von der anderen Seite des Tals her. Plötzlich schöpfte Ryk wieder Hoffnung. Er fuhr herum und sah, wie Ishan und mehrere Hundert Krieger ins Tal strömten. Er lächelte. Der Junge hätte sich keinen besseren Zeitpunkt für sein Auftauchen aussuchen können.

Asmarans Empathen waren bereits in einen Kampf mit neun Humanos und mehreren Animalia verstrickt. Zwölf weitere Menschendämonen und etliche Tierdämonen hielten gerade auf Ryk, Kela, Veitt und Nersei zu, als die Ankunft des Prinzen und seiner Krieger sie innehalten ließ. Ihre Blicke wechselten zwischen Ryk und seinen Gefährten sowie den Neuankömmlingen hin und her. Dann tauschten sie rasch ein paar Worte miteinander aus und teilten sich auf. Vier der Humanos marschierten weiterhin auf Ryk, Kela, Veitt und Nersei zu. Die anderen acht rannten zusammen mit den Animalia auf die kellwynische und reetacianische Verstärkung zu. Offenbar kontrollierte einer dieser acht Humanos auch die Flugdämonen am Himmel, denn sie flogen in die gleiche Richtung.

»Bereit?«, fragte Ryk seine Gefährten.

Alle drei nickten, hoben ihre Schwerter und traten Zaragoths Verbündeten entgegen.

Ryk schätzte ihre Aussichten auf einen Sieg nicht besonders hoch ein. Aber Ishan mochte ihnen durch sein Eingreifen Zeit verschafft haben. Zeit, die Asmaran nutzen konnte, um diesen Zaragoth zu vernichten und so Inos' Auferstehung zu verhindern.

Catara versteckte sich hinter einer Felsnadel am Rand des Tals. Nebel wallte hinter ihr vom Hang herunter und hüllte sie in einen Schleier aus Dunst, der sie vor neugierigen Blicken verbarg. Aus ihrem Versteck hatte sie einen unverstellten Blick auf Königin Madea, die neben diesem dreckigen Dämon stand, der für das jahrhundertelange Leiden ihres Stammes verantwortlich war. Sie machte sich nichts vor, mit Zaragoth selbst konnte sie es nicht aufnehmen. Selbst wenn sie den Dämonenfinger behalten hätte, den sie während ihrer Reise nach Xe'Neridian in den Feuerfluss geworfen hatte. Ihre ehemalige Herrin hingegen war ein leichtes Opfer für sie. Zumindest wenn sich der Fluchbringer nicht mehr in ihrer Nähe aufhielt.

Catara hatte sich hierher zurückgezogen, um sich der Aufmerksamkeit der anderen zu entziehen. Der Dämonenjäger hatte sie kaum einen Moment aus dem Auge gelassen. Das konnte sie nicht gebrauchen. Außerdem hätte Zaragoth ihre »Maskerade« früher oder später genauso durchschaut wie der Blutlenker, wenn sie sich zu lange in seiner Nähe aufgehalten hätte. Aus diesem Grund war sie hier sicherer. Angst verspürte sie nicht. Im Gegenteil. Sie war voller Euphorie, wenn sie daran dachte, dass Madea schon bald für ihren Verrat bezahlen würde. Sie musste nur den richtigen Moment abpassen, und sie war sicher, dass er bald kommen würde.

Als die Portale sich öffneten und diese grässlichen Dämonen ausspien, war sie zuerst beunruhigt gewesen und hatte sich enger an den kalten, nebelfeuchten Felsen gepresst. Aber dann war Ishan gekommen und hatte mit seinen Kriegern und Kriegerinnen für Ablenkung gesorgt. Bei seinem Anblick hatte Cataras Herz einen unerwarteten Hüpfer getan, und beinahe wäre sie aufgesprungen, um zu ihm zu laufen. Zum Glück hatte sie sich rechtzeitig daran erinnert, wer sie wirklich war. Damit sie es auch nicht vergaß, hatte sie damit begonnen, ihren Namen vor sich hinzuflüstern. So, wie sie es früher immer während einer Verwandlung getan hatte.

»Catara, Catara, Catara«, wiederholte sie wieder und wieder wie ein Mantra, während sie dabei zusah, wie Asmaran und Zaragoth aufeinander losgingen. Ihre Bewegungen waren zu schnell, als dass sie ihnen mit den Augen hätte folgen können. Doch gelegentlich hielten sie in ihrem Kampf inne, um Luft zu holen oder sich gegenseitig mit Worten zu reizen, bevor sie erneut aufeinander losgingen. Noch wagte sie sich nicht aus ihrem

Versteck, weil die beiden Dämonen Madea weiterhin zu nahe waren. Manchmal schaute sie auch kurz zu Ishan hinüber, um herauszufinden, wie er sich schlug. Jedes Mal durchströmte ein warmes Gefühl von Stolz ihre Brust, wenn sie sah, mit wie viel Mut er gegen die Animalia vorging und wie viel Geschick er selbst gegen die Menschendämonen an den Tag legte, die umringt von den Rebellen und Reetacianern in ihrer Bewegungsfreiheit und damit auch in ihrer Schnelligkeit eingeschränkt waren.

Und dann kam der Augenblick, auf den sie gewartet hatte.

Durch den Kampf mit Asmaran hatte Zaragoth sich immer weiter entfernt von Madea, sodass sie inzwischen ganz allein zwischen den beiden Säulen stand, die den Eingang der Kuppel flankierten. Mit all den Kämpfen um sie herum schien Madea sich mit einem Mal ihrer eigenen Verletzlichkeit bewusst geworden zu sein. Die Verräterin hatte sich tief in die Schatten unter dem Tor zurückgezogen, das sonst so hübsche Gesicht von Furcht verzerrt. Sie hoffte wohl, dort unbemerkt zu bleiben.

Catara lächelte. *Falsch gedacht, Miststück!*

Sie verließ ihre Deckung und lief in gebückter Haltung zu einer anderen Felsnadel. Dort harrte sie aus, bis sie sicher war, dass niemand in ihre Richtung blickte, und hastete anschließend zum nächsten Felsen weiter. Auf diese Weise kam sie Madea Stück für Stück näher. Dabei achtete sie sorgfältig darauf, nicht in einen Kampf mit einem Dämon verwickelt zu werden. Nichts sollte zwischen Catara und ihre Rache kommen.

Mittlerweile trennten sie nicht einmal mehr fünfzehn Schritte von ihrer Feindin. Das Herz pumpte ihr wild in der Brust. Gleich … gleich war es so weit. Catara schüttelte das verborgene Messer aus ihrem Ärmel, sprang hinter dem Felsen hervor, der ihr bis dato Schutz geboten hatte, und stand plötzlich einer knurrenden, felllosen und abgrundtief hässlichen Hundekreatur gegenüber.

Verdammte Scheiße!

Der Dämon musste sie gerochen haben. Catara fletschte nun ihrerseits die Zähne und ging leicht in die Knie, um einen festeren Stand zu haben. Die Rechte mit dem Messer hatte sie leicht vorgereckt. Um ihr Schwert zu ziehen, war es zu spät. »Na, komm schon, du verfluchte Bestie, bringen wir es hinter uns.«

Der Dämonenhund knurrte wie zur Erwiderung und stieß sich mit den Hinterläufen vom Boden ab. Sekunden dehnten sich zu einer Ewigkeit aus, als der Dämon auf sie zuflog. Catara fühlte, wie das Adrenalin durch ihre Venen pumpte, fühlte das Feuer, das der bevorstehende Kampf in ihr entfachte. Am liebsten hätte sie laut aufgelacht. Es war viel zu lange her, dass sie sie selbst gewesen war. Zwar hatte sie erst vor Kurzem jenes armselige Geschöpf in der Höhle getötet, aber das war kein würdiger Gegner gewesen.

Als die Klauen des Hundes ihrem Gesicht so nahe waren, dass sie ihre Berührung fast spüren konnte, warf sie sich zurück ins Hohlkreuz, sodass die Bestie über sie hinwegschießen würde. Gleichzeitig rammte sie dem Dämon ihr Messer in den ungeschützten Bauch, sodass er sich – von seinem eigenen Schwung getragen – der Länge nach selbst daran aufschlitzte. Warmes Blut regnete auf Catara herab, und noch bevor der Dämonenhund den Boden berührte, war er bereits tot. Sie richtete sich wieder auf und wischte sich mit dem Ärmel ihres Hemdes durch das Gesicht.

»Wie hast du das gemacht?«

Cataras Kopf flog herum. »Ishan!« Wo war er so plötzlich hergekommen?

»Ich dachte, du wärst in Gefahr, und wollte dir zu Hilfe kommen.« Sein Blick bohrte sich in ihren. Einen Herzschlag lang hielt sie ihm stand, dann sah sie zu Boden. »Ich wollte es dir längst erzähl…«

Doch bevor Catara den Satz zu Ende sprechen konnte, wurde Ishan von einem Menschendämon bedrängt, der sich unbemerkt angeschlichen hatte. Er trug einen roten Lendenschurz. Soweit Catara wusste, bedeutete dies, dass er nach der Tradition der Val'kai der zweiten Kaste angehörte und somit nicht ganz so mächtig war wie einer von Zaragoths direkten Nachfahren. Zudem blutete er bereits aus zahlreichen Wunden. Manche schienen nur oberflächlich, andere reichten eindeutig tiefer und hatten ihn geschwächt. Aus diesem Grund bewegte er sich auch kaum schneller als Ishan, der gerade mit dem Schwert eine Klaue des Dämons abwehrte.

»Menschenpack, ich werde euch töten«, zischelte er mit starkem Akzent. Erneut attackierte er Ishan mit seinen Krallen.

Er wird schon mit dem Dämon fertig, sagte sich Catara und blickte zum Eingang der Kuppel. Dort wartete ihr Schicksal. Sie lächelte und rannte los. Kaum zehn Schritte später tauchte sie in den Schatten unter dem Tor ein und stand Madea gegenüber.

»Was ... was willst du von mir, Mädchen?«

»Erkennst du mich etwa nicht, *Herrin?*« Das letzte Wort hatte Catara voller Abscheu gesprochen.

Die Augen der Königin wurden groß. »Catara? Bist das wirklich du? Ich kann dir erklä...« Die Worte erstarben ihr auf den Lippen, als Catara ihr das Messer in die Brust stieß. Sie presste sich eng an den Leib der Königin, aus deren Augen bereits das Leben wich. »Ich will keine Erklärung. Ich will Genugtuung. Nur ein einziges Mal im Leben!« Dann trat sie zurück und sah zu, wie Madea zu Boden sackte. Schwach drückte diese eine Hand auf die Wunde. Blut quoll zwischen ihren schlanken Fingern hervor. Nichts und niemand würde sie jetzt noch retten können. »Leb wohl, Madea!«

Die Königin sah zu ihr auf, und plötzlich lächelte sie. Zu spät begriff Catara, was das bedeutete. Der Schmerz war überwältigend und zugleich das Schönste, was sie je gespürt hatte, denn in diesem Moment erkannte sie, dass es das letzte Mal sein würde, dass sie Leid erfahren musste.

»Du hast das Weibchen meines Gebieters getötet!« Mit einem Zischeln riss der Menschendämon seine Klaue aus ihrem Rücken heraus.

Catara stürzte zu Boden, über ihr der blaue Himmel. Im nächsten Moment beugte sich der Dämon zischelnd über sie, hob die Klaue und ... Eine Klinge fuhr ihm in den Nacken und trennte ihm das Haupt von den Schultern. Kopf und Körper gingen neben Catara zu Boden.

»Iritari! Iritari!« Ishan fiel neben ihr auf die Knie, schlang die Arme um sie und zog sie auf seinen Schoß. Tränen rannen ihm über die Wangen. »Ich ... ich war zu langsam. In einem Moment kämpfte er mit mir. Im nächsten stand er schon hinter dir. Er ... er muss noch einmal all seine Kraft zusammengezogen haben.« Er schüttelte den Kopf. »Bei Sorons Krähen, wie konnte ich das nur zulassen?«

»Es ... es war nicht deine Schuld, Liebster!« Catara hob die Hand und berührte seine Wange. *Liebster* ... So hatte sie niemanden mehr seit Darval genannt. »Ich ... ich muss dir etwas ... sagen.«

»Nicht reden, du musst dich schonen.«

Sie lächelte, weil er immer noch voller Hoffnung war, obwohl es längst keine mehr gab. Sie würde ihn vermissen, wohin auch immer ihre nächste Reise sie führen würde. »Du ... du sollst etwas ... wissen. Ich ... ich bin nicht ... Iri-Iritari. Sie starb in der Höhle, als ... als euch Zaragoths Diener ... angriffen.«

Er sah sie stumm an.

»Ich ... ich bin eine Keesa ... eine Gestaltwandlerin. Nur stehe ich nicht unter Zaragoths ... Einfluss.«

»Rod und Tovan Ethu – das warst ebenfalls du, nicht wahr?«

»Du ... du wusstest es?«

»Es war nur eine Ahnung.« Er strich ihr übers Haar.

»Wie?«

»Auch wenn sie alle anders aussahen, sahen sie mich doch alle mit dem gleichen Blick an.«

»Warum ... hast du ... nichts gesagt?«

»Weil ich nie sicher war.« Ishan beugte sich hinab und küsste sie. Als er sich wieder von ihr löste, lag ein friedlicher Ausdruck auf ihrem Gesicht. »Ich ... ich werde dich niemals vergessen«, murmelte Ishan und wiegte sie in seinen Armen, selbst noch als ihr Körper im Tod wieder seine wahre Gestalt annahm.

Der Humanos stolperte mit aufgerissener Kehle zurück. Einer von den Dolchen, die Ryk seinem Gehilfen Veitt vor dem Kampf gegeben hatte, ragte aus seiner Brust. Der allein hätte dem Dämon nichts anhaben können, hatte ihn jedoch so weit abgelenkt, dass Ryk einen gezielten Streich gegen ihn führen konnte.

»Es sind zu viele, einfach zu viele«, keuchte Veitt, dessen Gesicht und Arme mit Dämonenblut bespritzt waren. Schon holte er zum nächsten Hieb aus und trennte einem Keulenpeitscher den skorpionartigen Schwanz ab, mit dem er nach ihm geschlagen hatte. Kreischend wich der Dämon zurück. Veitt sah aus, als wollte er sich übergeben, doch er hielt durch und wandte sich gleich dem Spinnendämon zu, der ihn von der anderen Seite bedrängte.

Erst vor Kurzem hatte sich ein drittes Tor geöffnet und weitere Animalia ausgespuckt. Dornenmäuler und Keulenpeitscher sowie Tass'ryten mit ihren von Giftstacheln überzogenen Fangscheren. Die meisten von ihnen hatten sich sogleich in den Kampf mit den Reetacianern und Rebellen gestürzt, unter denen besonders die Tass'ryten wüteten. Schon der kleinste Kratzer löste schwerwiegende Lähmungserscheinungen bei den Opfern aus. Einige der Animalia waren allerdings den Humanos zu Hilfe gekommen, die gegen Ryk, Nersei, Veitt und Kela kämpften. Momentan stand nur noch einer von ihnen auf den Beinen.

Zwei hatte Nersei getötet. Ryk den dritten mit Veitts Hilfe. Den vierten bekämpften Kela und Nersei gemeinsam. Am meisten beeindruckte Ryk, wie gut Veitt sich schlug. Was ihm an Erfahrung und Training mangelte, machte er an Willen und Schnelligkeit wett. Die Magie in ihm war stark. Und trotzdem gab es keine Hoffnung für sie, solange es Asmaran nicht gelang, Zaragoth zu töten.

Mit einem Aufschrei rammte Ryk einem Spinnendämon, der von vorne auf ihn zugehetzt kam, sein Schwert in den Rachen. *Es sind zu viele*, dachte er und zog seine Klinge aus dem Kadaver. *Und es werden immer noch mehr!*

Er keuchte schwer, sein Hemd war durchgeschwitzt und lag ihm wie eine zweite Haut am Körper an. Wie lange würde er wohl noch durchhalten? Ryk war schneller und ausdauernder geworden, seit Asmarans Blut durch seine Adern floss. Aber er hatte sich immer noch nicht vollständig von seinen Verletzungen erholt, die ihm während des Kampfes gegen die Wachen der Akademie zugefügt wurden. Vor allem der Verlust seines Auges machte ihm zu schaffen, dadurch war sein Sichtfeld erheblich eingeschränkt. Er atmete tief durch und verzog das Gesicht. Der Gestank des vielen Dämonenblutes, das überall an ihm klebte, war überwältigend.

Ryk seufzte und schwang die Klinge nach einem Pirscher, der sich ihn als sein nächstes Opfer ausgesucht hatte. Just in diesem Moment fiel ein Schatten auf ihn. Ein Flugdämon. Ryk versuchte ihm noch auszuweichen, diesmal war er jedoch nicht schnell genug. Das Vieh riss ihm mit der Klaue die linke Schulter auf, bevor der Schlag mit einem seiner Flügel ihn zu Boden warf. Sofort war der Pirscher über ihm. Er landete mit einer Wucht auf Ryks Brustkorb, dass es ihm alle Luft aus der Lunge trieb. Auf die kurze Distanz war ihm das Schwert nutzlos. Er ließ es fallen und rammte dem Dämon seine Rechte in die Rippen, während er mit der Linken nach den Dolchen an seinem

Gürtel tastete. Der Pirscher fauchte, riss das Maul weit auf und stieß mit seinem Raubtiergebiss auf Ryks Kehle herab.

Scheiße!

Doch plötzlich wurde der Dämon hochgerissen. Er strampelte zwei, drei Herzschläge lang hilflos mit den Tatzen, dann knackte es und seine Bewegungen erschlafften. Der Dämon landete links neben Ryk im Staub. Über ihm stand Kela und lachte. Ein Laut, bei dem sich sämtliche seiner Gedärme zusammenzogen. *Nein*, dachte Ryk. Sie hatte so lange durchgehalten. Er blickte in ihre Augen, die in einem intensiven Rot glühten, während zwischen ihren Lippen eine lange, gespaltene Zunge hervorzuckte. Im nächsten Moment wirbelte sie herum, stieß Nersei beiseite und sprang den Humanos an, gegen den der Veydra gekämpft hatte. Mit einem wilden Aufschrei zerfetzte Kela ihm das Gesicht, bevor sie ihm den Kopf von den Schultern riss. Die Tierdämonen in ihrer Nähe ergriffen die Flucht.

Kela warf den Kopf des Dämons fort und riss sich die Kleider vom Leib, der nun tiefschwarz wie eine sternenlose Nacht war. Kurz kostete sie mit ihrer Zunge die Luft, und dann raste sie auf die Schlacht zu, die zwischen Rebellen, Reetacianern und Dämonen tobte. Schon immer hatten Gewalt und Tod die schwarzen Wächter gelockt.

Ryk rappelte sich vom Boden auf. Den Schmerz in seiner Schulter ignorierte er. Seine Magie hatte bereits begonnen, die Wunde zu heilen. »Wir müssen sie aufhalten!«, rief er Nersei und Veitt zu. »In dieser Verfassung kann sie nicht zwischen Freund und Feind unterscheiden.« Er warf einen Blick zu Asmaran herüber, der immer noch gegen den Fluchbringer kämpfte.

»Wir dürfen uns da nicht einmischen«, keuchte Nersei, der näher gekommen war. »Sonst werden es auch Zaragoths Kinder und Anhänger tun.«

Ryk nickte, drehte sich um und stolperte Kela hinterher.

Der Tanz folgte einer Melodie, die er lange nicht mehr gehört hatte. Zuletzt hatte er ihn mit Ryk Vangur begangen, aber der Dämonenjäger war seiner Überlegenheit nicht gewachsen gewesen. Die Melodie war bedauernswert kurz ausgefallen und hatte noch vor dem Höhepunkt geendet. Nicht so mit Zaragoth. Obwohl es dieser leichenfressende Wurm auch nicht mit ihm aufnehmen konnte.

Asmaran lachte krächzend, als ein weiterer von Zaragoths Hieben ins Leere ging. Spielend wich er dessen Schlägen aus, und selbst wenn sie einander trafen und verletzten, schloss er seine Wunden sogleich wieder mit einem einzigen Gedanken. Die uralte Magie in diesem Tal vibrierte durch seinen Körper. Seine Energiezentren pulsierten vor Macht. So fantastisch hatte er sich seit über einem Jahrtausend nicht mehr gefühlt.

Immer wieder schlitzten seine Klauen die Haut des Fluchbringers auf, fügten ihm Wunden und Schmerzen zu und entzogen ihm mehr und mehr Kraft. Er sah, wie sein Gegner schwächer wurde, sah das Zittern in seinen Gliedern, als seine Stärke ihn allmählich verließ. Mit gezielten Schlägen zerfetzte Asmaran das komplizierte Runenmuster auf der Brust seines Feindes. Sobald Zaragoth es zu heilen versuchte, fügte er ihm eine neue Wunde hinzu, die das Muster an anderer Stelle unterbrach. Er lachte erneut, als Zaragoth keuchend auf die Knie fiel.

»Wie … kann … das sein? Ich … war stets … der Mächtigere von uns … beiden.«

Asmaran kniete sich vor ihn hin. »Das mag sein, aber in diesem Tal habe ich mich daran erinnert, wer ich wirklich bin.«

Zaragoth sah ihm direkt in die Augen. Furcht verzerrte mit einem Mal seine Züge. »Endlich begreifst du«, zischte Asmaran. »Nur ist es jetzt zu spät.« Seine Klaue zuckte vor – die Melodie in seinem Kopf steigerte sich zu einem Crescendo aus lange vergessenen Tönen und blutrünstiger Leidenschaft – und riss Zaragoth das Herz aus der Brust.

Asmarans Stimme hallte laut durch das Tal. Verstärkt von seiner Magie, schwang eine solche Macht darin mit, dass alle – Menschen, Humanos und selbst die Animalia – im Kampf innehielten und sich zu ihm umwandten.

Er stand aufrechter da, als Ryk ihn je gesehen hatte, er schien gewachsen zu sein, und aus den Runen auf seiner Brust loderten goldene Flammen. Ganze Galaxien aus Sternen tanzten in seinen Augen. »Seht das Ende des Emporkömmlings, das Ende des Bruderverräters, der sich gegen mich und unser Volk gewandt hat.« Er hob die rechte Klaue, die den Hinterkopf des Fluchbringers umklammerte. Blut tropfte aus dem durchtrennten Hals. »Der Tod ist die Strafe für sein Vergehen, und der Tod soll all jene seiner verdorbenen Brut treffen, die sich ihm angeschlossen haben.« Es knackte, als Asmaran den Schädel mit seiner Klaue zerquetschte.

Die überlebenden Humanos, Zaragoths Kinder und Anhänger, erwachten aus ihrer Starre. Hastig begannen sie Runen in die Luft zu zeichnen. Gleich mehrere Portale öffneten sich, und die Menschendämonen flohen mitsamt ihren Gefolgen aus Animalia hinein. Die letzten lebenden Flugdämonen kreischten auf, dann drehte der Schwarm ab und flog gen Süden davon. Innerhalb weniger Herzschläge hielt sich außer Asmaran und seinen Empathen, von denen gerade einmal drei noch lebten, kein einziger Val'kai mehr im Tal auf.

Ryk, Nersei, Veitt sackten schwer atmend neben der bewusstlosen Kela zu Boden. Sie hatte jetzt wieder ihre menschliche Gestalt. Doch bevor es den dreien gelungen war, sie zu überwältigen, hatte sie neben den Dämonen bereits Dutzende Reetacianer und Rebellen getötet. Ryk seufzte und strich ihr eine Strähne ihres rötlichen Haars aus dem Gesicht. *Sie wird sich dafür hassen*, dachte er und wünschte, er bräuchte es ihr nicht zu sagen. Natürlich könnte er behaupten, sie gerade noch rechtzeitig überwältigt zu haben, bevor sie einen Menschen hatte verletzen können. Er wusste jedoch, dass sie seine Lüge in derselben Sekunde durchschauen würde, in der er sie aussprach.

Ishan kam zwischen ein paar Felsen auf sie zugestapft. Seine Augen waren gerötet. Der Staub auf seinem Gesicht von hellen Furchen durchzogen, die Tränen dort zurückgelassen hatten. Ryk wagte kaum zu fragen, aber er war es dem Jungen einfach schuldig. »Wo ist Iritari?« Seine Stimme klang rau und spröde, denn seine Kehle war wie ausgedörrt.

»Tot.« Ishan hockte sich zu ihnen in den Staub. Die Härte in seinem Blick verriet Ryk, dass der Junge nie wieder derselbe sein würde.

Plötzlich näherten sich ihnen die drei Empathen. Sie blieben vor Nersei stehen, das dritte Auge auf ihrer Stirn weit geöffnet. Nach einer Weile nickte der Veydra, ergriff Veitts Hand, der neben ihm auf dem Boden saß, und blickte die anderen an: »Mein Vater will, dass wir diesen Ort auf der Stelle verlassen. Er sagt, die Magie hier ist sehr stark und könnte Folgen für uns haben, wenn wir uns noch länger hier aufhalten.« Er sah Ishan an. »Fühlst du dich imstande, deine Leute aus dem Tal zu führen?«

Ohne ihm zu antworten, erhob sich Ishan und schritt auf die überlebenden Reetacianer und Rebellen zu, die sich nahe dem Tunneleingang versammelt hatten. Nur noch knapp vierzig von den ehemals über dreihundert Kriegern hatten die Schlacht überlebt.

Ryk sah ihm kurz nach. Er machte sich Sorgen um Ishan. Jetzt war allerdings nicht der richtige Augenblick zum Reden. »Wo steckt Asmaran überhaupt?«, fragte er Nersei.

Der Veydra warf den Empathen einen fragenden Blick zu, nickte und sah wieder Ryk an. »Er verfolgt eine Gruppe von Val'kai, bei denen es sich um direkte Nachkommen des Fluchbringers handelt. Er glaubt, es sei zu riskant, sie entwischen zu lassen.«

Ryk warf den Empathen einen argwöhnischen Blick zu, den sie mit ausdruckslosen Mienen erwiderten. Anschließend sah er hinüber zu der Kuppel im Zentrum des Tales. Die Runen, die in die steinerne Oberfläche eingearbeitet waren, schienen plötzlich heller zu leuchten. Oder lag das bloß an der Sonne, die inzwischen hoch am Himmel stand? »Also schön, verschwinden wir von hier.« Später, so schwor er sich, würde er noch einmal allein ins Tal zurückkehren, um das Grab einer genaueren Untersuchung zu unterziehen. Außerdem würde er mit Unterstützung der Kellwyner dafür sorgen müssen, dass dieser Ort für niemanden zugänglich war. Vor allem nicht für die Anhänger der To'Dhana. Aber jetzt, da sie alle sich kaum mehr auf den Beinen halten konnten, war es erst einmal an der Zeit, sich zurückzuziehen. Es gab viele Verletzte zu versorgen und noch mehr Tote zu beklagen. Auch brauchte Kela dringend einen Heiler, der sich der verdammten Beule an ihrem Hinterkopf annahm, die er ihr mit dem Knauf seines Schwertes zugefügt hatte, während Nersei und Veitt sie abgelenkt hatten.

61

Nebelgebirge, Kellwyn
16. Oktan 1026 n. d. Zweiten Dämonenkrieg

Asmaran wanderte durch einen langen Gang. Die Krallen seiner Zehen klackten auf dem Boden, der sich seltsam warm unter seinen Fußsohlen anfühlte. Runen waren in den Stein der Wände gemeißelt. Ihr Schimmern spendete ihm Licht. Trotz des ungeheuren Alters der Grabkammer gab es an diesem Ort weder Staub noch Spinnweben. Dafür Wachen. Gleich hinter dem Tor hatten ihm zwei aufgelauert. Geschöpfe aus reiner Magie. Er hatte sie getötet und ihre Energie in sich aufgenommen. Es gab noch mehr solcher Wesen in der Nähe, die andere Zugänge ins Tal bewachten. Er spürte ihre Anwesenheit. Auch um sie würde er sich kümmern müssen.

Asmaran wünschte, er hätte zu seinem Schutz den schwarzen Wächter mitnehmen können, obwohl er nicht ernsthaft glaubte, in Gefahr zu sein. Ohnehin hätte er sich bloß verdächtig gemacht, wenn er Kela befohlen hätte, ihm zu folgen, und sie es ohne Widerspruch getan hätte. Er lächelte. Niemand ahnte, wer er wirklich war. Zaragoth hatte die Wahrheit im letzten Augenblick seiner unglückseligen Existenz begriffen, aber der Verräter war jetzt tot. Tatsächlich ahnte nicht einmal Nersei, sein eigener Sohn, wer er war. Alle hielten sie ihn für Asmaran, für den er sich schon seit über tausend Jahren ausgab. Lange Zeit hatte er selbst daran geglaubt. Doch hier im Tal hatte die uralte

Magie der Dhana'an seine Erinnerungen wieder geweckt, die er einst mithilfe eines Zaubers aus seinem Gedächtnis verbannt hatte.

Der echte Asmaran war während des Zweiten Dämonenkriegs umgekommen, woraufhin er zu seinem eigenen Schutz die Identität des Blutlenkers angenommen hatte. Es war seine einzige Möglichkeit gewesen, sein Leben zu retten, nachdem er den Ersten Magiern der Menschen seinen Tod vorgegaukelt hatte. Die Jahrhunderte in diesem Körper hatten ihn allerdings geschwächt, hatten ihn die Macht vergessen lassen, über die er einst geboten hatte. Vielleicht wäre es besser gewesen, wenn es dabei geblieben wäre. Dieser Abschnitt seines Lebens lag schon lange hinter ihm. Im Grunde hatte er damit bereits abgeschlossen, als er es aufgab, ein Gott zu sein. Er war nun ein anderer, und dieses Leben genügte ihm. Jetzt gab es nur noch eine einzige Sache, um die er sich kümmern musste, um wieder Frieden zu finden.

Mittlerweile hatte er das Ende des Ganges erreicht und betrat einen kreisrunden Raum. Das Herz der Kuppel. Die Luft hier roch frisch. Keine Anzeichen von Verfall oder Verwesung. Runen, eingelassen ins Mauerwerk, füllten die Kammer mit goldenem Licht. In der Mitte des Raumes erhob sich ein quadratischer Stein, und darauf ruhte Inos. Er war größer, kräftiger und ansehnlicher als die heutigen Val'kai, denn er stammte noch aus der Zeit vor der Seuche, als alle ihres Volkes so mächtig waren wie Götter.

Inos' Körper fühlte sich hart und kalt wie Stein unter seiner Berührung an. Der Geist, der darin gefangen war, aber lebte selbst nach über dreitausend Jahren noch. Es war der wohl mächtigste Zauber, den er sowie seine Brüder und Schwestern je gewirkt hatten. Gnädiger wäre es gewesen, sie hätten Inos getötet. Doch einigen aus ihrer Mitte hatte es widerstrebt, einen der ihren auszulöschen. Er ließ seine Sinne durch seine Hand in den Körper des Inos fließen. »Wach auf, Inos!« Er spürte, wie der

Geist seines irren Bruders sich regte, während sein Leib weiter im Bann des Todesschlafes gefangen blieb.

»Wer … wer ist da?«

»Ich bin es, Asmaran, Gebieter.«

Einen Herzschlag lang herrschte Schweigen, dann erwiderte die Stimme, die jetzt sehr viel schärfer und wacher klang als noch einen Augenblick zuvor: »Du bist nicht mein Blutgeneral! Du siehst aus wie Asmaran, du denkst wie er, vermutlich riechst du sogar wie er. Nur bist du es nicht. Nein, du bist …«

»… Menetoris der Schlaue, Menetoris der Hinterhältige, Menetoris, der Herr der Ra'Carohk, und Menetoris, der Gott, der niemals verliert.« Er lachte und ließ seine Erinnerungen an den Zweiten Dämonenkrieg in Inos' Geist strömen. »Ich befahl Asmaran, meinen Platz einzunehmen, und so fand er den Tod an meiner statt, während ich zu ihm wurde.«

»Ja, Bruder, so erinnere ich mich an dich: stets auf den eigenen Vorteil bedacht. Und nun zögere nicht länger und befreie mich. Gemeinsam sind wir stark und können uns die Val'kai und Menschen erneut untertan machen.«

»Ich fürchte, das kann ich nicht tun.«

»Was? Warum nicht?«, hallte Inos' Stimme wütend durch seine Gedanken. »Du bist mein Bruder … Ich bin ein Gott … Du musst mir helfen!«

»Wir waren nie Götter. Ansonsten hätte die Seuche der Si'mo'ri unser Volk nicht so leicht zu Fall bringen können, ansonsten hätten die Magier der Menschen keine Chance gegen uns gehabt. Nein, Inos, wir waren bloß verblendet. Ich hatte jedoch das Glück aufzuwachen.«

»Wovon redest du, Narr?«, zischte Inos.

»Meine Macht ist schwächer, und ich selbst bin alt geworden, Bruder. Auch wenn wir es uns selbst stets eingeredet haben, so spüre ich inzwischen, dass nichts von ewiger Dauer ist. Selbst wir nicht. Ach, Inos, wir hätten Großes vollbringen können und haben unser Volk stattdessen in den Untergang geführt.« Er seufzte. »Ich werde diesen Fehler nicht noch einmal begehen. Ich werde zu meinem Volk zurückkehren – als Asmaran. Und sie werden mich als Held und Anführer ehren. Das reicht mir. Ich will sie in eine neue Zukunft führen, in eine bessere Welt, die frei ist von längst überholten Traditionen. Auf diese Weise werden sie sich an mich erinnern, und ich werde in ihren Geschichten weiterleben, wenn mein Körper längst verfallen ist. Und in dieser Welt, mein Bruder, hast du keinen Platz.«

»Nein, nein.« Er hörte die Panik und Verzweiflung in Inos' Stimme, denn er wusste sehr genau, was das für ihn bedeutete. »Ich könnte so sein wie du! Wie du, hörst du?«

»Dein Wort ist nichts wert, Bruder. Das weißt du genauso gut wie ich. Du würdest mich bei der erstbesten Gelegenheit verraten und die Macht an dich reißen. Nein, es geht nicht anders, du musst sterben. Nur so kann ich erhalten, was ich mir in den letzten tausend Jahren aufgebaut habe. All die Opfer, die ich und meine Anhänger gebracht haben, wären andernfalls umsonst gewesen.« Plötzlich schnürte sich ihm die Kehle zu. »Vor Kurzem habe ich meine Tochter verloren. Die erste Veydra, die je gezeugt wurde. Sie starb bei der Zerstörung der Barriere, die diese Welt und Mha'Rodim voneinander trennte. Und das auf Zaragoths Befehl hin. Zum ersten Mal verlor ich sie, als sie sich damals von mir abwandte und sich im Zweiten Dämonenkrieg auf die Seite der Menschenmagier schlug. Nun verlor ich sie ein zweites Mal. Kannst du dir vorstellen, was das für einen Vater bedeutet?

Nein, Bruder, die Zeit der Götter ist vorbei. Das hat Zaragoth nie begriffen. Dabei hätten er und ich gemeinsam so vieles leisten können. Aber er war wie du. Das Relikt einer untergegangenen Zivilisation. Und jetzt wird es Zeit für den Abschied, Inos.«

»Nein, nein, das kannst du nicht tun, Menetoris! Wir sind Brüder. Brüder, hörst du? *Neeeeeeeeeeeiiiiiin* …«

EPILOG

Magische Akademie, Nekross
19. Nova 1026 n. d. Zweiten Dämonenkrieg

Die Sonne neigte sich dem Horizont entgegen und tauchte die schneebedeckten Gipfel des Himmelsgebirges in goldenes Feuer. Ryk stand auf dem Dach des Weitsehers, dem höchsten Turm der Akademie, seit der Wolkenspalter während der Zerstörung der Barriere umgestürzt war und dabei auch den Turm der Eingeweihten und etliche andere Gebäude unter sich begraben hatte. Der Weitseher war zum neuen Zuhause jener Magier und Novizen geworden, die diese verhängnisvolle Nacht überlebt hatten.

Ryk trug nicht mehr die Lederkluft eines Dämonenjägers, sondern eine knöchellange grüne Robe sowie einen Fellmantel, der ihn vor der Kälte und dem Wind schützte. Vor wenigen Tagen war der erste Schnee gefallen und hatte das Geröll, das den Zugang zum Gewölbe blockierte, mit einer glitzernden weißen Schicht überzogen. Das Gleiche galt für die Ruinen der zerstörten Bauwerke. Der Schnee ließ alles weniger schlimm erscheinen und konnte einen allzu leicht vergessen machen, wie viele Leben die Zerstörung des Gewölbes gekostet hatte. Weit über zweihundert Magier, Novizen und Wächter waren bei der magischen Explosion umgekommen.

Der Wind trug Stimmen zu ihm herauf. Weit unter ihm lieferten sich ein paar Novizen eine Schneeballschlacht. Ryk lächelte.

Es hatte etwas Beruhigendes, dass trotz der schrecklichen Ereignisse der vergangenen Monate, trotz des Verlusts von Freunden und Kameraden immer noch Freude in den Herzen der Menschen wohnte. Solange es Hoffnung gab, würde das Leben weitergehen, würde dieser Ort bestehen bleiben. Im Frühjahr, wenn der Schnee schmolz und die Ruinen wieder freilegte, würde der Schmerz noch einmal zurückkehren, aber er würde schwächer sein und die Überlebenden daran erinnern, dass sie dieses Unglück überstanden hatten und immer noch eine Zukunft besaßen. Eine Zukunft, an deren Gestaltung sie mitwirken konnten. Vieles würde sich ändern. Die Akademie konnte nicht weitermachen wie bisher, wenn sie überdauern wollte. Es wurde Zeit, die Tore auch für Nicht-Magier zu öffnen, denn es gab hier vieles, das man die Menschen lehren konnte, ohne dass sie über die Gabe der Magie verfügten: Schreiben und Lesen, die Kunst des Heilens, die Bewahrung von Wissen …

Vor drei Wochen war Ryk an die Akademie zurückgekehrt. Als Erstes hatte er seine Sinne ausgesandt, um in den Tiefen unter der Erde nach Überlebenden zu forschen. Vergebens. Die hundert Ersten ebenso wie Magister Ezekiel, der Hüter des Gewölbes, waren tot. Für die Schwebenden Reiche bedeutete dies, dass eine magische Barriere sie nicht länger vor den Bewohnern der Gegenwelt schützte. Trotzdem konnten Animalia nicht länger zufällig herübergesogen werden, denn die Schlupflöcher, die dafür die Ursache gewesen waren, gab es nicht mehr. Schließlich hatten die Hundert sie nur erzeugt, um die Magie aus der Gegenwelt anzuzapfen und dadurch die Barriere aufrechtzuerhalten. Die einzigen Val'kai, die jetzt noch in der Lage waren, zwischen den Welten zu reisen, waren Humanos, die genug Macht besaßen, um Portale zu öffnen. Doch ein Pakt, den er mit Asmaran geschlossen hatte, würde auch das verhindern.

Ohne die hundert Unvergessenen waren die Magier nicht in der Lage, eine neue Barriere zu erschaffen. Aber zusammen mit

Asmaran war es Ryk gelungen, einen Zauber zu wirken, der die Erzeugung von Portalen zwischen ihren beiden Welten verhinderte. Der war zwar nicht so sicher wie die Barriere, musste jedoch reichen. Fürs Erste würde er verhindern, dass Val'kai, die einst Zaragoth gedient hatten, vor Asmaran in die Schwebenden Reiche fliehen konnten, um dann hier weiteres Unheil anzurichten.

Mit Zaragoths Tod hatte auch der Graue Fluch seine Wirkung verloren. All jene, die davon versklavt worden waren, hatten sich wieder in Menschen zurückverwandelt. Abgesehen von den Keesa.

Die Magie des Fluches war seit über drei Jahrhunderten Teil ihres Lebens und so eng mit ihrer Existenz verknüpft, dass der Tod des Fluchbringers sie nicht von ihren Leiden hatte erlösen können. Ryk bedauerte das aus ganzem Herzen, denn er mochte diese friedfertigen Menschen sehr. Die Keesa selbst, die ihr Los schon vor langer Zeit akzeptiert hatten und auch kein anderes Leben kannten, hatten mit Gleichmut auf diese Entwicklung reagiert. Nichts schien ihre Lebensfreude trüben zu können.

Als der Wind stärker wurde, zog Ryk den Mantel enger um sich zusammen. Winzige Eiskristalle zwickten ihn in die Wangen, trotzdem würde er noch eine Weile bleiben. Er genoss die Ruhe, die ihm hier oben vergönnt war und die es ihm erlaubte, eigenen Gedanken nachzuhängen. Es erinnerte ihn an seine früheren Besuche am See des Nebelgeistes. Seit dem Ende des Krieges hatte Ryk noch keine Gelegenheit gehabt, ihn aufzusuchen. Im Frühjahr würde er das nachholen. Er hatte in den vergangenen Wochen einfach zu viel um die Ohren gehabt. Dazu hatte vor allem ein Besuch vom Grab des Inos gehört. Zu diesem Zweck war er allein nach Kellwyn zurückgekehrt. Es hatte ihn nicht überrascht, das Tor der Kuppel aufgebrochen vorzufinden, obwohl der Zugang zum Tal seit Zaragoths Tod streng von den Kellwynern überwacht wurde. Daher konnte auch nur Asmaran dafür verantwortlich sein. Er hatte den Empathen von Anfang an nicht geglaubt, als sie das Verschwinden des Blutlenkers damit erklärt hatten, dass er auf der Jagd nach flüchtigen Dämonen sei.

Im Inneren des Grabes hatte Ryk dann Inos steinernen Körper vorgefunden. Über Tage hatte er ihn untersucht, ohne auch nur das winzigste Lebenszeichen darin zu entdecken. Nun fragte er sich, ob das auch schon so gewesen war, bevor Asmaran sich von ihnen abgesetzt hatte und in die Grabkammer eingedrungen war? Ryk hatte den Blutlenker vor seiner Abreise in die Gegenwelt darauf angesprochen, aber natürlich hatte er abgestritten, den Kuppelbau überhaupt betreten zu haben. Ein Grund mehr, Asmaran nicht zu trauen, obwohl er sich bisher an alle Abmachungen gehalten hatte.

Ryk seufzte.

Plötzlich drangen Schritte an seine empfindlichen Ohren, die das Heulen des Windes vor jedem anderen verborgen hätte. Ryk brauchte sich nicht umzudrehen, um zu wissen, wer es war.

»Veitt, Nersei, was kann ich für euch tun?«, begrüßte er die beiden und wandte sich zu ihnen um.

»Oberster Magus.« Veitt verneigte sich.

»Ach, lass den Unsinn«, brummte Ryk. »Erzählt mir lieber, was es Neues gibt.«

»Nicht viel.« Nersei zuckte die Achseln. Er war in den Schwebenden Reichen geblieben, wegen Veitt, während sein Vater und der Rest der Empathen schon einen Tag nach Zaragoths Tod nach Mha'Rodim zurückgekehrt waren. In der Gegenwelt warteten auch auf Asmaran vielzählige Aufgaben. Zu einer der dringlichsten gehörte der Wiederaufbau von Cros'Anoriel. Zwischenzeitlich hatte er Ryk jedoch noch mehrere Male aufgesucht, um die Details für den Zauber zu klären, der ihre beiden Welten voreinander schützen sollte. »Zwei Botenvögel sind eingetroffen«, fuhr Nersei fort. »Einer stammt vom neuen kellwynischen

Dämonenjäger, der andere kommt aus Dagoras. Es sieht so aus, als hätte man die letzten flüchtigen Flugdämon erwischt.«

»Wir hatten Glück«, fügte Veitt hinzu. »Weiter als bis zur Waldinsel sind sie wohl nicht gekommen.«

Ryk zog eine Braue hoch. »Ihr zwei seid doch nicht nur gekommen, um mir das mitzuteilen, oder?«

»Wie … wie geht es dir?« Veitt zögerte. »Du weißt schon, wegen Kela.«

Kela … Mussten sie ausgerechnet ihren Namen nennen? Er kehrte ihnen den Rücken zu und betrachtete erneut die schneebedeckten Hänge des Himmelsgebirges. Gleichzeitig kämpfte er gegen das bittere Gefühl der Enttäuschung an, das in ihm aufstieg. Die Veydra hatte die Schwebenden Reiche zusammen mit Asmaran nach seinem letzten Besuch verlassen, um fortan in der Gegenwelt zu leben. Es hatte ihr schwer zugesetzt zu erfahren, dass sie während der Schlacht gegen Zaragoths Anhänger auch Menschen getötet hatte. Kellwyner und Reetacianer. Und vermutlich wären es noch mehr geworden, hätten Ryk, Veitt und Nersei sie nicht aufgehalten. Wenn der schwarze Wächter erst einmal hervorbrach, gab es nichts, was seinen Blutdurst stillen konnte.

In Mha'Rodim hingegen war es Kela sehr viel leichter gefallen, ihn unter Kontrolle zu halten. Zudem lebten dort keine Menschen, die sie verletzen konnte. So war es dieses Mal sie, die ihn verlassen hatte. »Es geht mir bestens«, sagte er schließlich. Die Wunde war einfach noch zu frisch, um darüber zu reden. »Sind weitere Nachrichten eingetroffen? Vielleicht von Ishan?«, fragte er, um das Thema zu wechseln und weil er sich ernsthaft Sorgen um ihn machte. Durch Königin Madeas Verrat war dem Jungen verdammt viel genommen worden. Nicht zuletzt Prinzessin Iritari. Nachdem man jedoch in Sharigor erfahren hatte, dass in Wahrheit Königin Madea hinter dem Attentat auf ihren Gatten Varras con Femen steckte, war Ishan durch den Kronrat umgehend zum neuen König bestimmt worden. Derweil war er vor allem damit beschäftigt, all jene Mitglieder des Hofstaates ausfindig zu machen, die dem Kult der To'Dhana angehört hatten.

»Mir ist lediglich ein Gerücht zu Ohren gekommen«, sagte Veitt. »Es heißt, er habe einer Ehe mit der Tochter eines einflussreichen rhukischen Fürstenhauses zugestimmt, um seine Position gegenüber dem Kronrat zu stärken.«

Ryk presste die Lippen zusammen. Ishan hatte Besseres verdient als eine Zweckehe. Andererseits hatte die Liebe dem Jungen ebenso wenig Glück gebracht wie ihm selbst. Er drehte sich wieder zu seinen Freunden um. »Wer von euch hat Lust auf einen norsahischen Branntwein?« Er rieb sich die Hände. »Ich brauche jetzt dringend etwas zum Aufwärmen.«

Nersei legte einen Arm um Veitt. »Wenn er genauso gut schmeckt wie dieses Starkbier, bin ich dabei, Dämonenjäger.«

Ryk lächelte schwach. Außer dem Veydra nannte ihn niemand mehr so. Ach, wie er die alten Zeiten vermisste. Früher hatte er wenigstens nur gegen Dämonen kämpfen müssen. Heute bestand sein Tagesablauf aus Fakultätssitzungen, Beschwerden, noch mehr Sitzungen, dem Unterschreiben von Dokumenten und dem Versuch, jedem aus dem Weg zu gehen, der etwas von ihm wollte. Was bei einer Position wie der seinen so gut wie alle waren. Er hätte das Amt des Obersten Magus nicht annehmen sollen, sagte er sich. Stattdessen hätte er in sein Tal zurückkehren und dort mit dem Wiederaufbau seines alten Hauses beginnen sollen.

Jetzt war es zu spät dafür. Er hatte die Verantwortung akzeptiert und würde sie für den Rest seines Lebens tragen müssen. Er hoffte nur, er würde sich ihrer am Ende als würdig erweisen …

DRAMATIS PERSONAE

MENSCHEN

Iritari Aca Shan, Tochter des Fürsten Kadin Aca Shan, Anführerin der Rebellen
Kadin Aca Shan, Fürst von Kellwyn
Arykon, Bastardbruder von Herrin Sharala und neuer Regent des Wüstenreichs Sataou
Amaldis, Schamanin und Anführerin des Stammes der Keesa
Ansari, eine Rebellin auf Kellwyn
Arys, ein Leibwächter von Prinzessin Iritari Aca Shan
Barn, ein Jäger im Dienst der Dämonenjägerin Kess Narodh
Barsac, Kapitän der *Gluttänzer*
Ruvan con Betanne, Großneffe von König Tesla con Femen und König von Sharigor
Calvos, ein Späher im Dienst der Rebellen auf Kellwyn
Corr, Gehilfe des Dämonenjägers Ryk Vangur
Cowan, ein Töpfermeister aus dem sharigorischen Dorf Lynta
Darval, ehemaliger Geliebter der Assassine Catara Fiers
Dentas, ein Leibwächter von Prinzessin Iritari Aca Shan
Derass, ein Rebell auf Kellwyn und guter Freund von Prinz Ishan
Elorien, Fürst des Inselreichs Xe'Neridian
Elos, ein Axtkämpfer im Dienst der Dämonenjägerin Kess Narodh

Emeryle, Magierin und Leiterin der Bibliothek der Magischen Akademie
Eneris, ein Späher im Dienst der Rebellen auf Kellwyn
Ephilius, Mentor und Berater von Königin Madea con Femen
Eridor, ein Bauer aus dem Stamm der Keesa und Schüler der Schamanin Amaldis
Tovan Ethu, ein kellwynischer Rebell
Ishan con Femen, Kronprinz von Sharigor, Sohn von König Varras und Stiefsohn von Madea con Femen
Issy con Femen, Schwester von Ishan con Femen, Tochter von König Varras
Madea con Femen, Königin von Sharigor, Frau von König Varras und Stiefmutter von Ishan und Issy con Femen
Varras con Femen, König von Sharigor, Anführer des Bündnisses der Freien Reiche
Catara Fiers, eine Keesa, die Königin Madea als Assassine dient
Rupert Grimbogg, Chronist und Magier
Jailar, Gehilfe des Dämonenjägers Ryk Vangur
Jarik, ein Leibwächter von Prinzessin Iritari Aca Shan
Mensos Kahag, Kapitän der *Sonnensegler*
Lurnah, eine Jägerin, die sich den Rebellen angeschlossen hat
Kela Mal'Dhun, eine Veydra (Halbdämonin), die mit dem Dämonenjäger Ryk Vangur befreundet ist
Maruca, der Sohn des Töpfermeisters Cowan aus dem sharigorischen Dorf Lynta
Milda, Köchin im Dienst der Dämonenjägerin Kess Narodh
Kaldor Morrain, Magier und Wächter des Gewölbes
Kess Narodh, die neue Dämonenjägerin auf Xe'Neridian
Oris, Graf des Inselreichs Uxta
Ossa, ein Jäger, der sich den Rebellen auf Kellwyn angeschlossen hat
Remas, ein Hauptmann an der magischen Akademie auf Nekross

Risari, ein Mädchen, das im sharigorischen Dorf Lynta lebt und Zaragoths Fluch zum Opfer fällt
Saira, Enkeltochter der Köchin Milda, arbeitet für die Dämonenjägerin Kess Narodh
Barthomae Sarazas, General der reetacianischen Truppen auf Kellwyn
Terell Sarazas, Neffe von General Sarazas
Sharala, Herrin des Wüstenreichs Sataou und Mitglied des Fünferbundes
Sokoel, ehemaliger Kaufmann und Quartiermeister der Rebellen
Telas, ein Rebell auf Kellwyn
Everdale Tilbrock, Oberster Magus des Ordens der Deret'kai und ein alter Freund des Dämonenjägers Ryk Vangur
Gregorius Thamaryn, ehemaliger Regent des Inselreichs Reetac und Oberhaupt des Fünferbundes
Tokaja, oberster Heiler in der Kammer der Heilung
Unar, ein Offizier der Rebellen
Urik, ein Torwächter an der Akademie auf Nekross
Ryk Vangur, Dämonenjäger auf Xe'Neridian
Veitt, Assistent des Dämonenjägers Ryk Vangur
Veola, eine Kopfgeldjägerin
Westa, eine mächtige Heilerin auf Xe'Neridian

DÄMONEN

Dhana'an (lebende Götter)
Inos, der grausamste der sieben Dhana'an, die einst über die Val'kai herrschten
Menetoris, Herr der Ra'Carohk und Vater der ersten Veydra

HUMANOS (MENSCHENDÄMONEN)

Asmaran, ein Kal'Seth, auch Blutlenker genannt, ein jahrtausendealter Dämon, der als Blutgeneral im Ersten und Zweiten Dämonenkrieg diente

Zaragoth, ein Kal'Sar, auch der Fluchbringer genannt, ein jahrtausendealter Dämon, der als Blutgeneral im Ersten und Zweiten Dämonenkrieg diente

Dhana'Ros, auch schwarzer Wächter genannt, ein Leibwächter der Dhana'an

ANIMALIA (TIERDÄMONEN)

Akha'ri auch **Reißer** genannt, löwenartige Dämonen, die im Rudel jagen

Di'hypra oder auch **Geisttöter**, insektenartige Dämonen mit einem Giftstachel

Go'nas auch **Wühler** genannt, im Erdreich lebende Dämonen mit großen Grabklauen

Ken'drac auch **Greifer** genannt, gehören zu den Primaten unter den Dämonen, sie besitzen eine geringe Intelligenz, dafür aber ein großes Aggressionspotenzial

Lega'ronen, auch **Keulenpeitscher** genannt, insektenartige Dämonen mit einem Skorpionschwanz

Mago'ta oder auch **Dornenmäuler**, gehören zu den Lauerjägern, ihre Mäuler schließen sich wie Bärenfallen um die Gliedmaßen ihrer Opfer

Nari'ith oder auch **Titanenfüßler**, Riesendämonen mit baumstammdicken Beinen und Dutzenden Mäulern

Pa'rac oder auch **Pirscher**, gehören zu den Jägern, die im Hinterhalt ihren Opfern auflauern

Ra'Carohk oder auch die **Zerstörer**, drachenartige Dämonen von titanenhafter Größe
Ri'jha oder **Berserker** gehören der Primatengattung an, töten aus reiner Lust und Blutgier
Tass'ryten oder **Stachelkneifer** sind insektenartige Dämonen mit stachelbesetzten Fangscheren
Va'nafir oder auch **Bluträuber** genannt, blutsaugende Dämonen, die der Primatengattung angehören
Varu'kesh, Dämonenhunde, die im Rudel jagen

DANKSAGUNG

Auch während meiner zweiten Reise in die Schwebenden Reiche und die Gegenwelt haben mir wieder großartige Menschen zur Seite gestanden, bei denen ich mich herzlich für ihre Unterstützung bedanken möchte. Ohne sie wäre dieses Buch nicht, was es ist. Mein besonderer Dank gilt meiner Lektorin Stefanie Brösigke, meinem Agenten Markus Michalek sowie meinen beiden fantastischen Testlesern Tanja Bergenroth und Jörg Nellen.